Karl-Ludwig Täschner

Therapie der Drogenabhängigkeit

Ein Handbuch

Karl-Ludwig Täschner

Therapie der Drogenabhängigkeit

Ein Handbuch

Verlag W. Kohlhammer
Stuttgart Berlin Köln Mainz

CIP-Kurztitelaufnahme der Deutschen Bibliothek

Täschner, Karl-Ludwig:
Therapie der Drogenabhängigkeit :
e. Handbuch / Karl-Ludwig Täschner. –
Stuttgart ; Berlin ; Köln ; Mainz : Kohlhammer, 1983.
ISBN 3-17-008136-5

Für Helmi

Anschrift des Autors:
Privatdozent Dr. med. Karl-Ludwig Täschner
Klinikum der Johann Wolfgang Goethe-Universität
Zentrum der Psychiatrie
Abteilung für Klinische Psychiatrie II
Heinrich-Hoffmann-Straße 10

6000 Frankfurt am Main 71

Verlagsort: Stuttgart
Gesamtherstellung: W. Kohlhammer
Druckerei GmbH + Co. Stuttgart
Printed in Germany

Inhalt

Vorwort

Die Literatur zum Drogenproblem ist in den vergangenen Jahren recht umfangreich geworden. Gerade therapeutische Probleme waren immer wieder Gegenstand von Einzeldarstellungen, und auch die Kongresse und Seminare der mit dem Drogenproblem Befaßten waren immer wieder gerade mit therapeutischen Fragen ausgefüllt. Es existieren auch einige Sammelbände, die sich Behandlungsfragen widmen. Aber ein zusammenfassendes Buch, in dem man sich über die Relevanz therapeutischer Ansätze, Verfahren und Ergebnisse orientieren kann, das sich zugleich mit den Fragen im Umkreis der Therapie ausführlicher auseinandersetzt, war bis jetzt auf dem deutschsprachigen Markt nicht erhältlich. Diese Lücke will das vorliegende Buch füllen, das sich bemüht, auf der Basis eigener Erfahrungen im Umgang mit Drogenabhängigen in den letzten zwölf Jahren diejenigen Erkenntnisse und Ergebnisse in übersichtlicher Form darzustellen, die den heutigen Stand unseres Wissens repräsentieren. So ist das vorliegende Buch als Nachschlagewerk konzipiert, das weitverstreute und teilweise schwer auffindbare Informationen in gestraffter Form darbieten will. Es wendet sich an alle diejenigen, die mit dem Drogenproblem befaßt sind, also in erster Linie an Ärzte, Psychologen und Sozialarbeiter, aber auch an Lehrer, Sozialpädagogen, Juristen, Apotheker, schließlich auch an politische Entscheidungsträger, denen das Buch eine informatorische Hilfe sein soll. In einem einleitenden Kapitel stellen wir grundsätzliche Fakten dar, deren Kenntnis für einen therapeutischen Umgang mit Abhängigen unerläßlich ist. Hier geben wir auch diejenigen Erkenntnisse wieder, die wir über die Entstehungsbedingungen von Sucht und Abhängigkeit heute haben. Im zweiten Kapitel stellen wir die zur Verfügung stehenden präventiven, rehabilitativen und organisatorischen Methoden dar, während die spezielle Therapie Drogenabhängiger Gegenstand des dritten Kapitels ist. Hier finden sich auch sonst wenig behandelte therapeutische Themen: Notfallbehandlung, Therapie von Begleiterkrankungen, Psychosen bei Drogenkonsumenten, psychotherapeutische Verfahren und Motivationsprobleme. Die Behandlungsergebnisse bei den einzelnen Verfahren sind im vierten Kapitel wiedergegeben. Konkrete Beispiele existierender Einrichtungen beschreiben wir im fünften Abschnitt; Rechtsfragen im Umkreis des Umgangs mit Drogenabhängigen sind im sechsten Kapitel dargestellt. Hier gehen wir auch auf die zahlreichen Probleme und Beurteilungsmaßstäbe bei der Begutachtung von Drogenabhängigen ein, die sich dem behandelnden Arzt und Psychologen häufiger stellen. Die weiteren Abschnitte befassen sich mit Ausbildungs- und Kostennutzenfragen und mit

der Frage, welche politischen Mittel einzusetzen sind, um das drängende Drogenproblem besser in den Griff bekommen zu können.
Bei der Fertigstellung des Buchs kamen dem Verfasser viele praktische Ratschläge und Literaturhinweise von Mitarbeitern zugute, insbesondere aber von Herrn Dr. Kleiner, dem früheren Chefarzt an der Karl-Bonhoeffer-Nervenklinik in Berlin, der das gesamte Manuskript durchsah und mit vielen wertvollen Anmerkungen versah, für die ihm an dieser Stelle besonderer Dank ausgesprochen werden soll. Schließlich ist der Verfasser seiner langjährigen Sekretärin, Frau L. Schützkowski, und Frau B. Becker zu Dank verpflichtet, die in nimmermüdem, zuverlässigem Einsatz das Manuskript geschrieben haben.
Wenn das Buch einen Beitrag leisten kann, gängige Mißverständnisse und Vorurteile in der Öffentlichkeit über das Drogenproblem und die Behandlung Abhängiger zu korrigieren und speziellere Informationen auch an Fachleute weiterzugeben, wäre es der Mühe wert gewesen, es zu schreiben.

Frankfurt am Main, im Spätsommer 1983

Karl-Ludwig Täschner

1. Sucht und Abhängigkeit

1.1 Grundbegriffe, Terminologie

1.1.1 Vorbemerkung

In diesem Kapitel werden die notwendigen Definitionen für die grundlegenden Begriffe gegeben. Da die Begriffe nicht nur im Laufe der Zeit, sondern auch von Ort zu Ort und von Therapeut zu Therapeut inhaltlich sehr unterschiedlich, teilweise auch willkürlich benutzt werden, sollte eine entsprechende Definition voranstehen.

Wir halten uns weitgehend an die in der wissenschaftlichen Literatur üblichen Begriffe. So folgen wir aus Gründen der Einheitlichkeit über weite Strecken den Definitionen der Weltgesundheitsorganisation (WHO), obgleich deren Terminologie teilweise Mängel und Widersprüche aufweist. Dies gilt insbesondere für den *Diagnoseschlüssel psychiatrischer Krankheiten,* der auch die verschiedenen Suchtformen enthält (Degkwitz u. Mitarbeiter, 1980), aber auch für den Begriff »Droge«, der recht unterschiedlich definiert ist.

Als Beispiel sei der Hinweis erlaubt, daß die sogenannten Drogenpyschosen (ICD Nr. 292) in Drogenentzugssyndrome (292.0), drogeninduzierte paranoide und/oder halluzinatorische Zustandsbilder (292.1) und den pathologischen Drogenrausch (292.2) aufgeteilt werden. Hier wird eine Ähnlichkeit oder Verwandtschaft unterstellt, die weder vom Krankheitsbild (*Syndrom*) noch von der Krankheitsklassifizierung (*Nosologie*) her belegt ist. Die Zuordnung der Psychosen bei Drogenkonsum ist weiterhin ein offenes Problem, da es nach wie vor große Schwierigkeiten bereitet, diese Psychosetypen überhaupt einem der beiden bekannten Pole zuzuordnen, sei es dem exogenen oder auch dem endogenen Pol. So klar es scheint, daß Drogenentzugssyndrome organische Psychosen sind, so wenig geklärt ist es bis heute geblieben, ob drogeninduzierte paranoide und/oder halluzinatorische Zustandsbilder nicht vielleicht doch Schizophrenien sind, wenigstens zu einem wesentlichen Teil.

Es ist auch schwer nachvollziehbar, wieso unter den Abhängigkeitstypen die Alkoholabhängigkeit (ICD Nr. 303) von der Drogenabhängigkeit vom Barbiturattyp (ICD Nr. 304.1) unterschieden wird und inwiefern davon dann noch einmal die Abhängigkeit von anderen Medikamenten/Drogen (ICD Nr. 304.6) definiert werden muß, worunter insbesondere die Abhängigkeit und das Schnüffeln von Lösungsmitteln zu verstehen sind. Daß man sich nicht zur Definition von Hauptabhängigkeiten angesichts des großen Anteils von Polytoxikomanen unter der Klientel Drogenabhängiger entschließen konnte, ist ein weiterer Mangel des ICD-Schlüssels und führt zu der Kuriosität, daß neben der Abhängigkeit vom Morphintyp (ICD Nr. 304.0) eine Polytoxikomanie einschließlich des Morphintyps (ICD Nr. 304.7) und davon abgetrennt eine Polytoxikomanie ohne Morphintyp (ICD Nr. 304.8) unterschieden werden. Inwieweit es schließlich einen Mißbrauch vom Morphintyp (ICD Nr. 305.5) überhaupt gibt, muß offen bleiben.

1.1.2 Sucht

Im täglichen klinischen Gebrauch, aber auch in der Umgangssprache spielt der Begriff *Sucht* eine wichtige Rolle. Sucht wird meist synonym mit *Drogenabhängigkeit* gebraucht, obwohl hier entscheidende Unterschiede bestehen können, worauf wir noch eingehen werden. Wenn auch im wissenschaftlichen Bereich seit der Definition der verschiedenen Typen von Abhängigkeit durch die Weltgesundheitsorganisation (WHO) »Sucht« als Begriff in den Hintergrund getreten ist, so bedarf er doch einer Erläuterung, weil – wie erwähnt – der Begriff in der Klinik und in der Umgangssprache nach wie vor häufig gebraucht wird.

Der Mensch besitzt ein »natürliches« Bedürfnis, sich zu berauschen. Er strebt einen Zustand an, in dem er zu Erlebnisformen finden kann, die ihm in der täglichen Wirklichkeit versperrt bleiben. Es gibt ein allgemeines menschliches Streben grenzüberschreitenden Charakters, eine Unrast und Ungeduld, über das Bekannte hinaus Neues zu erkunden, Fahrten in unbekannte Gegenden anzutreten, auch rein gedanklich, dem täglichen, begrenzten Einerlei zu entfliehen. Das Streben nach Ekstase, nach Verlassen der engen Umgrenzung, die unsere Erlebnisfähigkeit einschränkt, bestimmt vielfach das Verhalten des Menschen. Dabei ist Ekstase sicher nicht nur durch die Einnahme psychotroper Stoffe herbeizuführen; wir kennen ekstatische Verhaltensweisen im Bereich der Sexualität, der Religiosität und auf anderen Gebieten.

Rauschmittel sind uralter Menschheitsbesitz (Gehlen, 1961). Wir kennen altägyptische Darstellungen von Gottheiten mit Mohnkapseln, wir kennen die Geschichte Herodots über die Verwendung von Hanfkörnern zur Erzeugung von Rauschzuständen bei den Skythen, die Überlieferungen vom delphischen Orakel der Pythia, die Erlebnisse des Odysseus bei der Zauberin Kirke, und wir kennen auch die Geschichte vom Haschischesser aus den Erzählungen aus Tausendundeiner Nacht und die Schilderungen Marco Polos über den Alten vom Berge. Überall begegnen wir dem Bedürfnis des Menschen nach Grenzüberschreitung, nach neuem Erleben und nach neuer Erkenntnis. Wir müssen davon ausgehen, daß noch heute gebräuchliche Suchtmittel bereits in vorgeschichtlicher Zeit verwendet wurden, etwa Alkohol, Kokain und Opiate.

Schon früh wurde auch die mit dem Konsum solcher Stoffe verbundene Gefahr erkannt. Sie führte dazu, daß man den Gebrauch psychotroper Substanzen streng ritualisierte. Seine Einbindung in kultische bzw. religiöse Handlungsabläufe beschränkte den Zugang zu den rauscherzeugenden Substanzen in drastischer Weise. Rauschmittel konnten so nicht alltägliche Mittel zur Daseinserleichterung oder Problembewältigung bzw. -verdrängung werden. Es entwickelte sich eine soziokulturell festgelegte Indikation zum Gebrauch von Rauschmitteln.

So ist der Konsum des meskalinhaltigen Peyote-Kaktus durch bestimmte Indianerstämme in Mexiko wesentlicher Teil ihres ideologischen und religiösen Systems. Einmal jährlich begeben sich die Huichol-Indianer auf eine »Peyote-Wallfahrt«, in deren Verlauf sie den rauschmittelhaltigen Kaktus suchen und sammeln (Furst, 1981). So gehen der Wallfahrt bestimte Reinigungsriten voran, um sich mit deren Hilfe symbolisch in einen vorgeburtlichen oder neugeborenen Zustand zu versetzen. Unter strengen rituellen Vorkehrungen wird der Kaktus dann aufbereitet und von den Teilnehmern der Wallfahrt unter bestimmten zeremoniellen Abläufen verzehrt. Ein Schamane gibt hierzu die Anleitung.

Auch die Berichte Castanedas (1973) zeigen, daß bei anderen mexikanischen Volksgruppen ähnliche rituelle Einbindungen des Peyotekonsums in religiöse Überzeugungsbildungen vorhanden sind, so daß es keinesfalls etwa zu einem Massenkonsum des meskalinhaltigen Kaktus kommen kann, weil dem die starke zeremonielle Schematisierung des Konsums entgegensteht.

In anderen Kulturen ist der Konsum rauschmittelhaltiger Substanzen überhaupt nur dem Schamanen erlaubt. Der Konsum von Kokablättern beispielsweise war in der Inkazeit nur dem Inka selbst und einigen wenigen Verwandten bzw. hochstehenden Persönlichkeiten gestattet.

Außerhalb solcher soziokulturell eingeschränkter Indikation kam es zu schweren psychosozialen Schädigungen der Benutzer solcher Stoffe. Hier ist etwa an die verheerende Wirkung der Einführung von Alkohol bei den Indianern Nordamerikas zu erinnern, dessen Gebrauch die weißen Siedler offenbar zeitweise deswegen förderten, weil er schnell als Mittel der Unterdrückung erkannt wurde. Der Konsum von Haschisch durch die Jugendlichen etwa Westeuropas und Nordamerikas ist ein weiteres Beispiel dafür, daß eine Droge außerhalb ihrer soziokulturellen Indikation zu einer erheblichen Gefährdung für die Konsumenten führen kann. Es kommt dann in der Regel zu einer epidemischen Ausbreitung bestimmter Mißbrauchsmuster in bestimmten Regionen oder bei bestimmten Gruppen. Indessen bleibt es nicht beim Mißbrauch, sondern es kommt schnell zur gleichfalls epidemischen Ausbreitung süchtigen Verhaltens, wie wir es auch bei nicht stoffgebundenen Formen kennen.

Andere Faktoren bei der epidemischen Ausbreitung von Süchten sind Modeströmungen und die Verfügbarkeit bestimmter suchterzeugender Substanzen. So galt es etwa nach dem Ersten Weltkrieg in Deutschland in bestimmten Zirkeln Intellektueller als besonders schick, Kokain zu konsumieren. Entsprechend kam es zur Ausbildung einer Kokainwelle, die nur durch eine Reihe restriktiver gesetzgeberischer Maßnahmen eingedämmt werden konnte. Auch heute stehen wir wieder vor der Frage, ob wir solche Maßnahmen insbesondere gegen das Haschisch anwenden sollen, da wir hier eine ganz ungewöhnliche Verbreitung eines suchterzeugenden Stoffes in einer bestimmten Bevölkerungsgruppe, nämlich bei jüngeren Menschen, vorfinden. Ursprünglich galt es Ende der 60er Jahre in der Bundesrepublik als »progressiv«, Haschisch zu rauchen. Entsprechend kam es zu einer epidemischen Ausbreitung dieser Substanzen in der Bundesrepublik und in anderen westlichen Ländern.

Wir stehen heute vor der Frage, ob es mit gesetzgeberischen bzw. strafjustitiellen Maßnahmen gelingen kann, die daraus entstandene Drogenwelle wirkungsvoll einzudämmen.

Im übrigen ist es auch heute wieder das Kokain, das – vor wenigen Jahren aus einer speziellen restriktiven Gesetzgebung, dem »Kokaingesetz« (s. hierzu die §§ 12–15 BtMVV), entlassen – nun wieder stärker auf den Markt drängt. Die Aufgriffszahlen in der Bundesrepublik sind stark steigend, wir müssen damit rechnen, daß wir in absehbarer Zeit wieder mehr Kokainabhängige auch in den Kliniken zu behandeln haben werden. Die Fra-

ge muß sich auch hier wieder stellen, inwieweit Mode und zugenommene Verfügbarkeit der Substanz dazu beigetragen haben, ihre Attraktivität zu erhöhen und ihre Verbreitung zu fördern.
Es sind aber sicher nicht nur modische Strömungen und nicht nur die Verfügbarkeit von rausch- und suchterzeugenden Substanzen, die die Ausbreitung solcher Stoffe bewirken. Wenn auch die Verfügbarkeit sicherlich eine notwendige Bedingung für die Entstehung süchtiger Entwicklungen ist, so bleibt auf der anderen Seite doch das Problem der offenen Gesellschaft, mit einem möglichst gering ausgebildeten Inventar von Regelinstanzen in die Freiheit des einzelne einzugreifen und ihm die Verfügbarkeit bestimmter Stoffe zum Konsum einzugrenzen (Täschner, 1982).
Sucht äußert sich meist als Giftsucht (*Toxikomanie*). Sie ist damit stets von Vergiftung (*Intoxikation*) begleitet. Demnach ist bei stoffgebundenen*) Suchtformen immer nach drei Komponenten zu fragen:

- *Nach individuellen Grundstörungen,* die eine Suchtentwicklung einleiten; hier denken wir z. B. an chronische Schmerzzustände, Schlafstörungen oder an bestimmte Konfliktsituationen;
- *nach den psychopathologischen Folgen der Suchtstoffeinnahme;* hier denken wir insbesondere an toxisch bedingte Veränderungen der kognitiven Leistungsfähigkeit;
- *nach dem Grad der Suchthaltung dem Leben gegenüber,* die wir als Süchtigkeit bezeichnen. Sie besitzt eine psychologische Eigengesetzlichkeit und ist stoffunabhängig und durch eine besondere Art der Einstellung des Ausweichens und des Verdrängens, des Selbstverständnisses und des Lusterlebens charakterisiert. Sie bleibt für viele Menschen eine lebenslange Aufgabe der Daseinsbewältigung. »Süchtigkeit ist ein starkes, hemmungsarmes Verlangen nach bestimmten Werten oder Scheinwerten, welches aus der Persönlichkeit heraus, im wesentlichen entsprechend dieser Persönlichkeit, auch aktiv geformt ist, das gewöhnliche Maß überschreitet und daher zerstörerisch wie selbstzerstörend wirkt. Dabei ist eine Entscheidungsmöglichkeit dieser Menschen zu bejahen« (Laubenthal, 1964).

Sucht ist in erster Linie ein psychisches Problem, bei dem in der Regel bald sekundäre körperliche und soziale Folgen auftreten. Sucht ist durch einen eigengesetzlichen Ablauf und durch den fortschreitenden Verlust freier Handlungsfähigkeit und -kontrolle gekennzeichnet. Sie liegt dann vor, wenn eine prozeßhafte Abfolge in sich gebundener Handlungen kritisch geprüfte und sorgfältig und folgerichtig gesteuerte Handlungsabläufe im Hinblick auf den Suchtstoffkonsum ersetzt.
Sucht ist stets *Krankheit.* Dies hat das Bundessozialgericht 1968 durch zwei Urteile und seitdem in ständiger Rechtsprechung für den Alkoholismus festgestellt. Gleiches gilt analog auch für die Drogenabhängigkeit. Als Kriterium für die Annahme des Vorliegens einer Sucht hat das Gericht dabei den Verlust der Selbstkontrolle und das »Nichtmehraufhörenkönnen« herausgestellt. Seither sind die gesetzlichen Krankenkassen verpflichtet, die Kosten für die Behandlung Suchtkranker zu übernehmen, während manche privaten Krankenversicherungen nach wie vor Suchterkrankungen von ihrer Leistungspflicht ausnehmen.
In seiner Kurzfassung lautet das Urteil des Bundessozialgerichts in Kassel vom 18. 6. 1968 (Az.: III RK 63/66): Trunksucht ist an sich und nicht erst im »vorgeschrittenen Grade« eine Krankheit im Sinne der RVO (Reichsversicherungsordnung). Kriterien für Trunksucht sind das »Nichtaufhörenkönnen« und der »Verlust der Selbstkontrolle«.

*) Beispiele für nicht stoffgebundene Suchtformen sind die Spielleidenschaft (»Spielsucht«), aber auch Geltungs-, Gewinn-, Gefall- oder Arbeitssucht.

Im einzelnen führte das Bundessozialgericht in der Begründung des Urteils, das sich mit den Kosten für die Entzugsbehandlung einer trunksüchtigen Frau befaßte, aus:

»Nach der feststehenden Rechtsprechung des Bundessozialgerichts (BSG) ... ist unter Krankheit im Sinne der gesetzlichen Krankenversicherung der regelwidrige Körper- oder Geisteszustand zu verstehen, dessen Eintritt entweder allein die Notwendigkeit einer Heilbehandlung oder zugleich oder ausschließlich Arbeitsunfähigkeit zur Folge hat. Es muß also ein objektiv faßbarer regelwidriger Zustand des Körpers oder des Geistes oder beides zugleich vorliegen, der von der Norm abweicht und der durch eine Heilbehandlung behoben, gelindert oder zumindest vor einer drohenden Verschlimmerung bewahrt werden kann ... Dies war bei Frau G. ... der Fall. Denn auch Trunksucht in der vorliegenden Form ist eine Krankheit. Dabei ist der Kern des Suchtbegriffes die langdauernde, zwanghafte Abhängigkeit von dem Suchtmittel; dies gilt insbesondere auch für die Trunksucht ... So vertreten auch Schulte und Mende ... die Meinung, die Trunksucht, d. h. das süchtige Trinken als besondere Form des Alkoholismus, sei auch unabhängig von körperlichen oder psychischen Folgeerscheinungen oder chronischer Alkoholintoxikation, wie jede andere Sucht ein regelwidriger Körper- oder Geisteszustand und bedürfe der ärztlichen Behandlung. Die Regelwidrigkeit bestehe in der körperlichen wie auch psychischen Abhängigkeit vom Alkohol, welche es dem süchtigen Trinker in den meisten Fällen nicht mehr erlaube, mit eigener Willensanstrengung vom Alkohol loszukommen. Schließlich hat der Fachausschuß für Alkohol und Alkoholismus der Weltgesundheitsorganisation in dem Bericht über eine Sitzung vom 27. 9. bis 2. 10. 1954 ... sowohl das »Nichtaufhörenkönnen« als auch den »Verlust der Selbstkontrolle« als zwei verschiedene, aber gleichwertige Kriterien der Trunksucht bezeichnet. Die hier vorliegende Alkoholsüchtigkeit schweren Grades braucht sich nicht als eine Geisteskrankheit im engeren Sinne oder sich schon in »körperlichen« Erscheinungsformen zu äußern. Vielmehr ist der Verlust der Selbstkontrolle das Merkmal dieser körperlich-seelischen Komplexerkrankung. Dieser Zustand erfordert aber eine ärztliche Behandlung.

Wenn die Rechtsprechung des Reichsversicherungsamtes ... diesem Ergebnis entgegensteht, kann ihr nicht mehr gefolgt werden. Soweit dieser Rechtsprechung zu entnehmen ist, daß die Trunksucht im Stadium des Verlustes der Selbstkontrolle und des Nichtaufhörenkönnens bei Fehlen weiterer körperlicher oder psychischer Begleit- oder Folgeerkrankungen keine Trunksucht in fortgeschrittenem Grade und deshalb keine Krankheit im Sinne der gesetzlichen Krankenversicherung sei, muß diese Ansicht als durch die Fortschritte der medizinischen Erkenntnisse überholt bezeichnet werden.«

Mitscherlich (1948) betont, daß der Sucht die Süchtigkeit als eine wesentliche Bedingung vorangeht. Sucht verfehlt den (zwischen)menschlichen Bezug. Süchtige befinden sich deshalb auch nicht auf »eigentlich menschlicher Daseinshöhe«. Sucht gibt einem bereits zuvor stattgehabten Freiheitsverlust nachträglich das Motiv und den Inhalt. Sie zieht aus dem Gesamthaushalt der Person wesentliche Kräfte ab und verringert damit die Spielbreite und die Möglichkeiten menschlichen Daseins. »Die Sucht zieht alle jene Kräfte in sich hinein, die eigentlich zur Fülle eines Menschenlebens sich entfalten sollten.«

Sucht engt die Freiheitsgrade des betroffenen Menschen entscheidend und fortschreitend ein. Sie ist die Ursache einer Fülle körperlicher, geistiger und sozialer Schäden und bedarf der qualifizierten Behandlung. Sie kann zur Invalidität führen und die Lebenserwartung des Erkrankten erheblich verkürzen. Sucht schleift wesentliche charakterlich-individuelle Akzente der Persönlichkeit zunehmend ab und ähnelt darin defektbildenden Geisteskrankheiten. Es kommt mehr und mehr zu einer Entwicklung zur Unfreiheit durch Bedürfnisverlagerung und -verschiebung. Dabei registrieren wir seelische und soziale Ursachen und Konstellationen, die schließlich dazu führen, daß Süchtige in einer »immerwährenden Wiederholung des Gleichen« verharren, statt sich selbst durch »Fortschreiten und Aufsteigen zu immer neuen Stufen der individuellen Geschichte« zu verwirklichen. Es kommt zum »Verfall der historischen Persönlichkeitsgestalt« (Zutt, 1958). Freiheitsverzicht und Freiheitsverlust sind zwei entscheidende Momente, die jede süchtige Entwicklung begleiten.

Ein geschlossener theoretischer Ansatz zur Erklärung der Entstehung süchtiger Entwicklungen fehlt bislang. Mit Hilfe bestimmter Modelle können Einzelerscheinungen im Umkreis der Sucht erklärt werden, nicht aber die Gesamterscheinung Sucht. Bislang können wir auch nicht vorhersagen, wer einmal süchtig werden wird: Bei gleichen disponierenden individuellen und kollektiven Ausgangsfaktoren treten Suchtentwicklungen offenbar nicht zwangsläufig auf. Das Zustandekommen süchtiger Entwicklungen erklären wir heute als auf mehreren Ursachenbündeln beruhend (multifaktoriell). Dabei spielen u. a. folgende Faktoren beim Zustandekommen von Süchten eine Rolle:

- *Individuelle Faktoren,* etwa die Persönlichkeitsstruktur; hier dominieren offenbar ängstliche, verschlossene, sensitive, leicht verletzliche Persönlichkeiten (Hobi, 1972), die eine mangelnde Frustrationstoleranz aufweisen;
- *die Eigenwirkung der Substanzen,* die dem Konsumenten oftmals nur wenig Spielraum für Entscheidungen läßt, wenn der Konsum ein gewisses Ausmaß erreicht hat. Hier ist insbesondere an das Heroin zu denken;
- *soziale Faktoren,* wir denken hierbei an das häufige Vorkommen von broken-home-Situationen in der Familie später süchtig entgleister Persönlichkeiten, vor allem bei Rauschmittelkonsumenten wurde dieser Faktor nachgewiesen;
- *historisch-kulturelle Faktoren* im Sinne einer Verankerung des Drogengebrauchs im soziokulturellen Umkreis und im Sinne traditionell verankerter Konsumgewohnheiten;
- *soziokulturelle Umwälzungen,* etwa zunehmende Technisierung, Streßbelastung und Leistungsdruck;
- *erbliche Faktoren* im Sinne genetisch festgelegter Prägungen, hier haben Zwillingsuntersuchungen entsprechende Ergebnisse erbracht.

Bei der Beurteilung süchtiger Entwicklungen ist streng zu trennen zwischen ursächlicher Verknüpfung von Faktoren (*Kausalität*) und gleichzeitigem, zufällig häufigem Auftreten von Einzelerscheinungen. In der Diskussion der Faktoren, die zu Suchtentwicklungen führen können, werden in letzter Zeit soziale Faktoren besonders stark gewichtet. Inwieweit dies berechtigt ist, soll hier offen bleiben. Grundsätzlich gilt aber, daß gerade auf dem Gebiet der Sucht Ursachen, Wirkungen und Begleiterscheinungen häufig nicht oder nur sehr schwer voneinander zu trennen sind.

Am Beispiel der Entstehung der Rauschmittelabhängigkeit bei Jugendlichen wird das vielfältig verflochtene Bedingungsgefüge besonders deutlich, das beim Zustandekommen solcher Entwicklungen maßgeblich beteiligt ist. So haben wir davon auszugehen, daß auf dem Hintergrund der spezifischen historisch-sozialen Situation Westeuropas nach dem Zweiten Weltkrieg mit all ihren Verschiebungen und Neuorientierungen für die Jugend eine veränderte Situation gegenüber früheren Lebensbedingungen eingetreten ist. Sicher gelten solche Feststellungen auch für die Jugend anderer Zeiten, die stets in einer spezifischen Situation aufwächst und sie gelten auch – mit Abstrichen – für die Jugend, die in den Staaten mit einem sogenannten sozialistischen Gesellschaftssystem aufwachsen muß. Nie ist jedoch der Einschnitt in die geschichtlichen Wachstumsprozesse deutlicher gewesen und nie sind traditionell und kulturell verankerte Wertvorstellungen radikaler verändert worden als im Gefolge des Zweiten Weltkriegs. Auf diesem Hintergrund sind soziale Strukturen entstanden, die ebenfalls nicht historisch gewachsen, sondern durch die Radikalität des Krieges mehr oder weniger abrupt geschaffen worden sind. Auf eine solche Weise ist es zu einer Neuschichtung der Gesellschaft in sozialer Hinsicht gekom-

men. Soziale Faktoren haben sich am Anfang der Drogenwelle noch deutlich bei einzelnen Konsumenten beobachten lassen. Heute ist es zu einer weitgehenden Verwischung schichtenspezifischer Verteilungsmuster unter den Drogenabhängigen gekommen.
Die vorstehend angesprochenen Bereiche sind natürlich in weitere Untergruppen aufzuteilen, so daß schließlich ein Netzwerk verschiedener Sozialfaktoren entsteht, das insgesamt das Bedingungsgefüge für Suchtentwicklungen ausmacht. In ähnlicher Weise sind außer für soziale Faktoren auch Faktorenbündel für humangenetische, biochemische oder psychiatrisch-psychologische Kriterien zu isolieren (vgl. Kohler und Täschner, 1983). Dies führt dazu, daß wir immer neue Teilaspekte einer Sucht beleuchten können. Der soziologische Ansatz ist gewiß nur einer von vielen, die uns im multifaktoriellen Modell Hinweise auf die Entstehungsmechanismen einer Abhängigkeit liefern können.
Sucht stellt sich als Syndrom bei unterschiedlichen Grundstörungen und als ein unspezifisches Gefüge aus individueller Persönlichkeit und ihrer besonderen lebensgeschichtlichen und sozialen Situation vor dem Hintergrund der soziokulturellen Konflikte unserer Zeit dar. Es besteht eine enge Verflechtung zwischen psychologischen, familiensoziologischen und gesellschaftlich-strukturellen Gegebenheiten, welche eine wissenschaftliche Bearbeitung von Suchtproblemen erschwert (von Ferber, 1968).
Auch die Weltgesundheitsorganisation (WHO) hatte Schwierigkeiten, der Komplexität des Suchtbegriffs gerecht zu werden. Sie definierte 1957 Sucht (*drug addiction*) als einen Zustand periodischer oder chronischer Vergiftung, hervorgerufen durch den wiederholten Gebrauch einer natürlichen oder synthetischen Droge. Für das Vorliegen von Sucht fomulierte sie vier Kriterien:

- ein unbezwingbares Verlangen zur Einnahme und Beschaffung des Mittels;
- eine Tendenz zur Dosissteigerung (Toleranzerhöhung);
- die psychische und meist auch körperliche Abhängigkeit von der Wirkung der Droge;
- die Schädlichkeit für den einzelnen und/oder die Gesellschaft.

1.1.3 Typen der Drogenabhängigkeit

Die genannte Definition konnte auf Dauer nicht befriedigen. Angesichts des Aufkommens neuer Abhängigkeitsformen, die von dem alten Suchtbegriff nur unzulänglich erfaßt wurden, entschloß sich die Weltgesundheitsorganisation (WHO) 1964 zur Schaffung des Begriffs der Drogenabhängigkeit (*drug dependence*). Danach gilt als Droge jede Substanz, die im lebenden Organismus eine oder mehrere Funktionen zu ändern vermag. Dies ist selbstverständlich eine sehr weitgehende, praktisch jedes Pharmakon einschließende und damit unzulängliche Definition, zumal viele Psychopharmaka nicht abhängig machen (Neuroleptika, Antidepressiva). Gemeint sind als Drogen aber vor allem Stoffe, die eine Wirkung auf das Zentralnervensystem ausüben. Damit umfaßt der Begriff der Droge immer noch eine Vielzahl von Arzneimitteln, aber auch den Alkohol und die bekannten Rauschdrogen.
Drogenabhängigkeit als übergreifender Begriff wurde als Zustand psychischer oder psychischer *und* physischer Abhängigkeit von einer Substanz mit zentralnervöser Wirkung definiert, die zeitweise oder fortgesetzt eingenommen wird. An-

gesichts der beträchtlichen Wirkungsunterschiede der verschiedenen hier relevanten Substanzen wurden sieben Varianten von Drogenabhängigkeit unterschieden:

- *Cannabistyp:* Mäßige bis deutliche psychische Abhängigkeit von der angestrebten Wirkung bei weitgehendem Fehlen körperlicher Abhängigkeit und typischer körperlicher Abstinenzsymptome sowie gering ausgeprägter Tendenz zur Dosissteigerung. Neuere Untersuchungen könnten für eine mäßige körperliche Abhängigkeit sprechen, hierauf soll in unserem Zusammenhang nicht näher eingegangen werden (vgl. Täschner, 1981).
- *Halluzinogentyp:* Verschieden stark ausgebildete psychische Abhängigkeit bei fehlender körperlicher Abhängigkeit und deutlichem Vorhandensein von Toleranzbildung. Die Toleranzerhöhung ist besonders beim LSD und Psilocybin zu beobachten, dort entwickelt sie sich rasch und kann ebenso rapide wieder verschwinden. Beim Meskalin entsteht sie offenbar langsamer. Zwischen den einzelnen Substanzen besteht Kreuztoleranz, d. h. Toleranz gegen die Wirkungen einer Substanz erstreckt sich zugleich auf die gleichartigen Wirkungen anderer Substanzen desselben Abhängigkeitstyps (hier: des Halluzinogentyps).
- *Amphetamintyp:* Variable psychische Abhängigkeit, keine körperliche Abhängigkeit, keine körperlichen Abstinenzprobleme. Im Zustand der Entwöhnung kommt es in vielen Fällen zu starken Depressionserscheinungen, die Substanzgruppe führt zu starker Toleranzbildung gegen eine Reihe von Wirkungen.
- *Kokaintyp:* Die Drogenabhängigkeit vom Kokaintyp besteht aus einer starken psychischen bei fehlender körperlicher Abhängigkeit. Es treten keine körperlichen Abstinenzsymptome beim Absetzen der Substanz auf, dafür aber starke psychische Entzugserscheinungen. Toleranzbildung fehlt angeblich. Untersuchungen (Matsuzaki, 1976) sprechen indessen dafür, daß es sehr wohl zu toleranzbedingten Dosiserhöhungen im Laufe einer Kokainabhängigkeit kommt. Auf die zerstörende Wirkung des Kokains auf das Einzelwesen und die Gesellschaft wird ebenfalls hingewiesen.
- *Barbiturat/Alkohol-Typ:* Hier finden wir psychische Abhängigkeit von variabler Intensität, die oft zu einem periodischen Mißbrauch anstelle eines kontinuierlichen Mißbrauchs führen kann. Wir finden daneben körperliche Abhängigkeit: Sinkt der Konsum unter einen kritischen Schwellenwert, so treten Entzugserscheinungen umschriebener Art und Dauer auf. Zwischen Barbituraten und Alkohol scheint eine Kreuztoleranz zu bestehen. Es kommt weiter zu Toleranzerhöhung und im Falle des Alkoholismus zu Zellschäden, insbesondere am Zentralnervensystem.
- *Morphintyp:* Die Abhängigkeit vom Morphintyp besteht aus einer starken seelischen Abhängigkeit, dem unwiderstehlichen Zwang, mit allen Mitteln die Droge zu beschaffen, um in den erwünschten Genuß zu gelangen oder um aufgetretene unangenehme Zustände zu beseitigen. Ferner entsteht körperliche Abhängigkeit, die entweder zur Dosissteigerung zwingt oder den Konsumenten bzw. Abhängigen auf eine Substanz mit analogen Eigenschaften ausweichen läßt. Die Anwendung eines Morphinantagonisten führt zu klar beschriebenen, charakteristischen und zeitlich begrenzten Abstinenzerscheinungen. Ferner gehört zur Abhängigkeit vom Morphintyp die Tendenz zur Dosissteigerung, die auf einer erhöhten Toleranz gegenüber der Substanz beruht. Abhängigkeit vom Morphintyp kann innerhalb von Tagen entstehen, wenn die Droge kontinuierlich zugeführt wird.
- *Khattyp:* Mäßige psychische Abhängigkeit beim Fehlen körperlicher Abhängigkeit und beim Fehlen von Toleranzbildung. Dieser Abhängigkeitstyp ist für europäische Verhältnisse weniger interessant, weil die Droge aus ihren Anbaugebieten (Jemen, Horn von Afrika) praktisch nicht exportfähig ist.

1.1.4 Mehrfachabhängigkeit (Polytoxikomanie)

Polytoxikomanie im weitesten Sinne bezeichnet den Mehrfachgebrauch von Suchtstoffen. Dies schließt in unserem Sprachverständnis auch den Alkoholkonsum ein, während andere Autoren ihn ausschließen. Darüber hinaus ist der Begriff außerordentlich vieldeutig und damit auch mißverständlich geworden. Als Oberbegriff sollten wir ihn dennoch beibehalten. Es wäre allerdings besser, von *polytoxikomanem Verhalten* zu sprechen und dann im Rahmen dieses Begriffes weiter zu differenzieren. Dazu hat Wanke

(1976) folgende systematische Einteilung vorgeschlagen:

- Polytoxikomanie als Mehrfachmißbrauch, wie er z. B. in der Anfangsphase bei jugendlichen Drogenkonsumenten auftritt. Sie experimentieren zur gleichen Zeit nebeneinander mit den verschiedensten Substanzen, vom Hustenmittel bis zum Heroin. Mehrfachmißbrauch kann simultan erfolgen, wenn die Einnahme der einen Droge dazu dient, die Wirkung einer anderen zu steigern. Viele Jugendliche betreiben aber auch alternierenden Mehrfachmißbrauch, indem sie etwa Schlaf- und Schmerzmittel abwechselnd hintereinander zuführen.
- Polytoxikomanie als Mehrfachabhängigkeit: Bei simultanem Auftreten werden alle nur denkbaren psychotrop wirkenden Stoffe wahllos und gleichzeitig eingenommen. Bei diesem Abhängigkeitsmuster geht die Wirkungsspezifität der einzelnen Stoffe verloren (z. B. Mischung von Heroin und Kokain, »speed ball«). An ihre Stelle tritt eine weitgehend mittelunabhängige übergeordnete psychische Wirkung, die sich gewissermaßen verselbständigt. Alternierende Mehrfachabhängigkeit tritt meist zwangsläufig auf bei Beschaffungsschwierigkeiten der süchtig mißbrauchten Mittel, so z. B. in Form von Barbituratinjektionen bei Opiatabhängigkeit oder als Alkoholismus bei Einschränkung der Verfügbarkeit von Opiaten.
- Daneben beobachten wir auch Verschränkungen von Abhängigkeit und Mißbrauch, z. B. dann, wenn Alkoholiker zur Vermeidung unangenehmer Begleitwirkungen Beruhigungsmittel mißbrauchen.
- Schließlich kennen wir auch Verschränkungen von Mehrfachgebrauch und nicht stoffgebundenen Suchtformen, wie dies insbesondere bei sexuellen Perversionen gelegentlich zu beobachten ist, ferner bei medikamentenabhängigen Spielern.

1.1.5 Psychische/körperliche Abhängigkeit

Die Definition der vorstehend wiedergegebenen sieben Typen von Drogenabhängigkeit und die Definition des Oberbegriffs von Drogenabhängigkeit durch die Weltgesundheitsbehörde (WHO) enthält an zentraler Stelle den Begriff der *psychischen Abhängigkeit,* der praktisch bei allen sieben Typen vorhanden ist. Bei der Entstehung einer Toxikomanie spielt die Herausbildung psychischer Abhängigkeit eine wesentliche Rolle. Sie ist definiert als ein unbezwingbares, gieriges, seelisches Verlangen, mit der Einnahme der Droge fortzufahren und sie sich um jeden Preis zu beschaffen. Psychische Abhängigkeit charakterisiert – wie erwähnt – alle sieben Drogenabhängigkeitstypen, während die körperliche Abhängigkeit mit dem Merkmal des Auftretens körperlicher Abstinenzerscheinungen beim Absetzen des Suchtstoffs nur beim Morphintyp und beim Barbiturat/Alkohol-Typ auftritt.

Als körperliche Entzugserscheinungen sind Schmerzzustände (Glieder-, Rücken-, Bauch-, Gelenk-, Nervenschmerzen) anzusehen, aber auch stark ausgebildete Vegetativerscheinungen, etwa Zittern, Frieren, Schweißausbrüche, Naselaufen oder Speichelfluß. Ferner sind zu den körperlichen Entzugserscheinungen Durchfall, Erbrechen, Übelkeit, Schwindel und Abgeschlagenheit, aber auch Krampfanfälle zu rechnen. Wir sprechen auch von einem »Syndrom der gestörten Adaptation« (Feuerlein, 1979).

Demgegenüber bestehen psychische Entzugserscheinungen aus Unruhezuständen, Angst, dem Drang zu erneuter Drogeneinnahme, ferner aus depressiven Verstimmungen mit häufig vorkommenden Selbstmordgedanken. Psychische Entzugserscheinungen sind es, die die Abhängigen immer wieder dazu bringen, erneut mit der Einnahme der Droge fortzufahren und damit abhängig zu bleiben.

Die psychische Abhängigkeit ist deshalb auch zentraler Gegenstand aller therapeutischen Bemühungen bei Suchtkranken und von daher wichtigstes Thema dieses Buches.

Ein Modell für die Entstehung von körperlichen Entzugserscheinungen bei Opiatsüchtigen hat – basierend auf der Homöostase-Theorie von Himmelsbach (1943) und in Abwandlung der Vorstellungen Klees (1975) – K. Kuschinsky (1977) vorgelegt. Danach ist der Anstieg der Konzentration von c-AMP (zyklischen 3,5-Adenosin-Monophosphats) im Serum Heroinsüchtiger im Entzug verantwortlich für die entstehende Abstinenzsymptomatik. Bei der Substanz handelt es sich um ein Stoffwechselzwischenprodukt, das sich in bestimmten Abschnitten des Gehirns nachweisen läßt und dessen jeweilige Konzentration in gewissen Zellverbänden als Indikator für die Sensibilität von solchen Rezeptorsystemen gilt, die auf Morphin bzw. Opiate reagieren. Anstieg der Konzentration dieser Substanz bedeutet im allgemeinen verminderten Abbau, weil das abbauende Enzym (Adenylat-Cyclase) fehlt; verminderte Konzentration von c-AMP kommt hingegen in der Regel durch vermehrtes Auftreten des abbauenden Enzyms zustande. Zum Anstieg der c-AMP bei Absetzen des Opiats kommt es offenbar, weil die Stimulation der Aktivität des Enzyms durch das Opiat wegfällt, es mithin zu seiner normalen Aktivität zurückkehrt und die bislang umgesetzte c-AMP-Menge nicht mehr »schafft« (vgl. Abb. 1).

1.1.6 Gewöhnung

Die Weltgesundheitsorganisation (WHO) definierte Gewöhnung (besser: Gewohnheitsbildung, *drug habituation*) als Wunsch, mit der Einnahme einer Substanz fortzufahren, ohne daß eine sichere Tendenz zur Dosissteigerung und Ausbil-

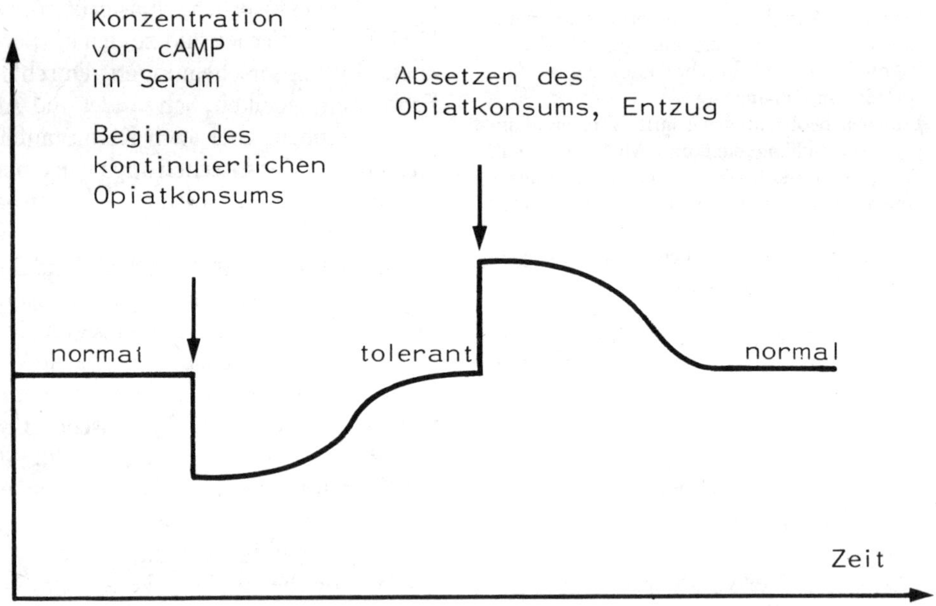

Abb. 1: Konzentration von c-AMP bei Opiattoleranz und Opiatentzug. – Nach anfänglichem Abfall der Konzentration von c-AMP steigt die Aktivität der Adenylat-Cyclase, es kommt zum (durch die Anwesenheit des Opiats gehemmten) Anstieg des c-AMP. Nach Absetzen des Opiats fällt deren Stimulierung durch das Opiat weg. Als Ergebnis sinkt ihre Aktivität, und die Konzentration von c-AMP im Serum steigt nunmehr ungehemmt an und löst die Entzugserscheinungen aus (vgl. Kuschinsky, 1977).

dung körperlicher Abhängigkeit zu beobachten ist. Allerdings kann psychische Abhängigkeit auftreten. Folgeschäden der Einnahme betreffen vor allem das Individuum, dagegen nicht immer oder manchmal nur indirekt die Gesellschaft. Dieser Begriff der Gewohnheitsbildung hat sich im deutschen Sprachraum nie recht einbürgern können. Er ist zu unterscheiden vom pharmakologischen Begriff des Toleranzerwerbs, den man vielfach auch als pharmakologische Gewöhnung bezeichnet hat. Gewohnheitsbildung und Toleranzerwerb sind zwei Seiten ein und derselben Medaille, und zwar die psychische und die organische Seite.

1.1.7 Toleranzerwerb

Die organische Dimension von Abhängigkeit und Sucht wird am Toleranzerwerb besonders deutlich. Der Organismus gewinnt durch die kontinuierliche Zufuhr von Fremdsubstanzen allmählich die Fähigkeit, an sich giftige und in manchen Fällen tödlich wirkende Substanzmengen zu verarbeiten. Den zugrundeliegenden organischen Umstrukturierungsprozeß bezeichnen wir als Toleranzerwerb. Sowohl das Absinken der Empfindlichkeit der zellulären Rezeptoren an den Wirkorten als auch die Beschleunigung des Fremdstoffabbaus im Organismus

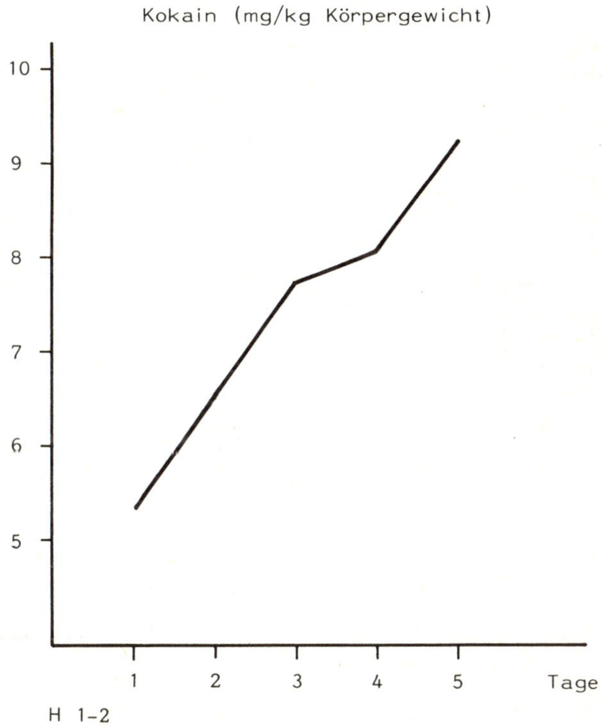

Abb. 2: Toleranzbildung am Beispiel einer mittleren Kokaindosis, die gerade noch krampferzeugend wirkt, im Verlauf eines Versuches an jeweils 6 Affen. Die angegebenen Werte für den zweiten bis fünften Tag unterscheiden sich signifikant von dem für den ersten Tag angegebenen Wert. Aus der Abbildung geht das deutliche Anwachsen der zur Krampferzeugung erforderlichen Kokainmenge im Verlaufe des Versuchs hervor (nach: Matsuzaki, M.: Behavioral, psychic, neuropharmacologic, and physiologic aspects. In: Mule, S. J. (ed.): Cocaine: Chemical, Biological, Clinical, Social and Treatment Aspects. CRC Press, Cleveland 1976).

führt zum Toleranzerwerb. Das Ergebnis dieser Veränderung besteht letztlich in dem Zwang zur Steigerung der Ursprungsdosis, damit es überhaupt noch zu einer spürbaren Wirkung kommen kann. Die spätere Wirkung gleicht dabei nicht immer derjenigen, die normalerweise oder am Anfang des Konsums eingetreten war.

Folge des Toleranzerwerbs ist die *Dosissteigerung*. Sie betrifft nicht nur die Einzeldosis, sondern auch die Einnahmefrequenz. Die Gesamtdosis wie auch die Einzeldosis übersteigt bei Abhängigen in vielen Fällen bald die für ungewohnte Personen tödliche Schwelle. Die bei Heroinsüchtigen vielfach konsumierte Einzeldosis von 300 bis 500 mg Heroin, bzw. die Tagesdosis von 1 bis 2 g Heroin liegt so weit über der ursprünglichen »therapeutischen« Dosis, daß sie beim Ungewohnten tödlich wirken müßte. Im Verlauf eines Toleranzerwerbs kommt es vielfach zu paradoxen Wirkungen dergestalt, daß etwa Schlafmittel nicht mehr schlafanstoßend oder sedierend wirken, sondern subjektiv leistungssteigernd und objektiv euphorisierend.

Am Beispiel des Kokains, dem man lange Zeit eine Toleranzbildung bei Dauerkon-

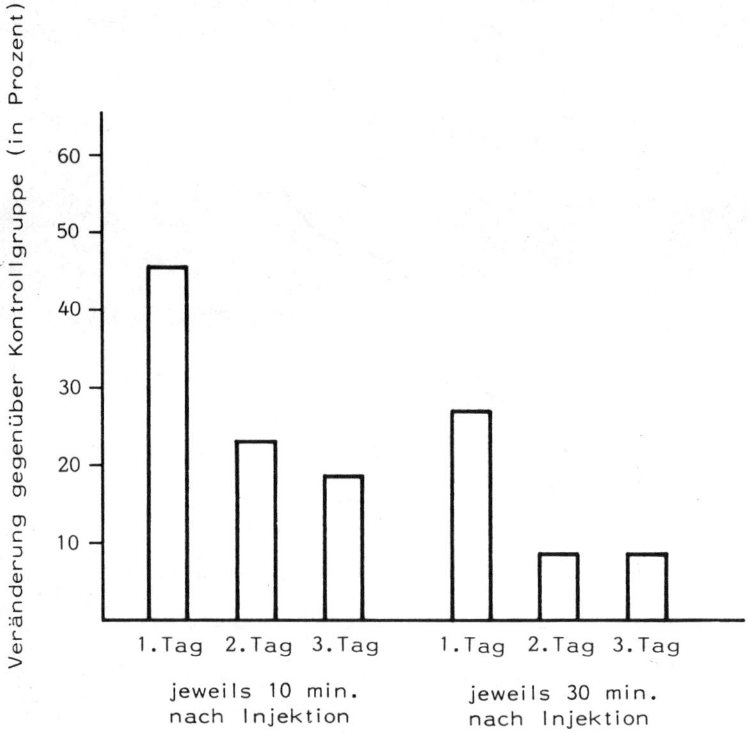

Abb. 3: Toleranzbildung am Beispiel des mittleren prozentualen Anwachsens der Herzfrequenz bei täglicher Injektion von 4 mg pro Kilogramm Körpergewicht bei jeweils 4 Affen. Die linken drei Säulen zeigen die Veränderungen jeweils 10 Minuten nach der Injektion der Kokaindosis, die rechten drei Säulen zeigen die Veränderungen jeweils 30 Minuten nach der Kokaininjektion. Die gleiche Dosis Kokain ruft am dritten Tag noch weniger als die halbe Wirkung des Kokains am ersten Tag hervor (nach: Matsuzaki, a. a. O.).

sum gegen einzelne Wirkungen abgesprochen hat, sei illustriert, was unter Toleranzbildung zu verstehen ist.
Matsuzaki (1976) verabreichte Versuchstieren 5 mg Kokain pro Kilogramm Körpergewicht intravenös und beobachtete die Ausbildung von Toleranz gegenüber dem krampferzeugenden Effekt und gegenüber der stimulierenden Wirkung auf Herzaktion und Atemfunktion. Dabei zeigte sich einerseits, daß bei 40 Tage dauernder gleichartiger Dosierung einerseits eine deutliche Abnahme der krampferzeugenden Wirkung der einzelnen Tagesdosen zu beobachten war, andererseits eine Zunahme derjenigen Dosis, die gerade noch geeignet war, Krampfanfälle auszulösen (Abb. 2).
Die Stimulation von Herzaktion und Atemfunktion in gleicher Höhe erforderte laufend höhere Kokainmengen bei dauernder Verabreichung im Tierversuch. Umgekehrt ausgedrückt: Gleichartige Mengen zugeführten Kokains führten zu abnehmender Stimulation von Herz- und Atemfrequenz (Abb. 3 und 4).

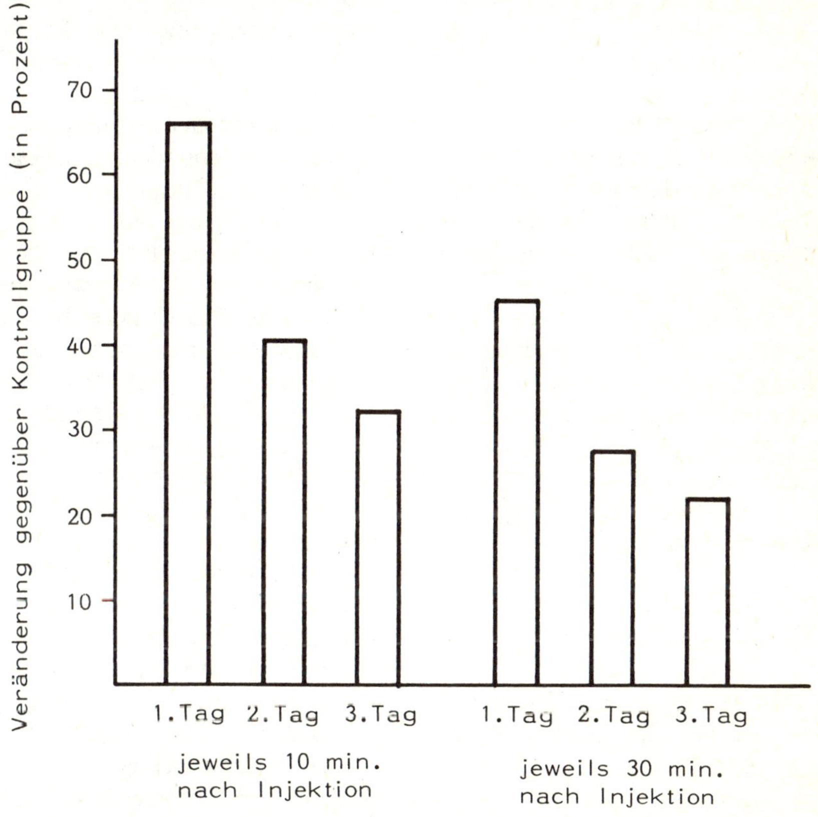

Abb. 4: Toleranzbildung am Beispiel des mittleren prozentualen Anwachsens der Atemfrequenz bei Gabe von 4 mg Kokain pro Kilogramm Körpergewicht bei 4 Affen innerhalb von 3 Tagen. Die linken drei Säulen zeigen die Veränderungen jeweils 10 Minuten nach der Injektion, die rechten drei Säulen zeigen die Veränderungen jeweils 30 Minuten nach der Injektion. Deutliches Absinken der atemfrequenzerhöhenden Wirkung des Kokains bei mehrfacher Gabe innerhalb von drei Tagen (nach: Matsuzaki, a. a. O.).

Parallel dazu sank die Halbwertszeit*) des Kokains im Plasma um 48 % innerhalb von 4 Tagen ab. Dieser Befund wurde mit Hilfe radioaktiv markierter Substanz erzielt. Er spricht ebenfalls für eine erhebliche Toleranzbildung.
Ähnliche Erscheinungen sind auch bei anderen Rauschdrogen zu beobachten: So tritt etwa gegen die sedierende, gegen den Schwindel gerichtete und gegen die den Augeninnendruck erniedrigende Wirkung des Haschischs bzw. seines Hauptinhaltsstoffes THC (Tetrahydrocannabinol) nach kurzer Zeit Toleranz ein, die zur Dosissteigerung zwingt. Auch die Toleranzbildung gegen die analgetische und sedierende Wirkung des Morphins ist ein Beispiel in diesem Zusammenhang.
Der Toleranzerwerb nimmt im übrigen z. B. bei Barbituratabhängigen solange zu, bis die Leberzellen durch die Dauerzufuhr der genannten Fremdstoffe bzw. ihrer Beimengungen so nachhaltig geschädigt sind, daß sie die gesteigerten Stoffwechselvorgänge nicht mehr bewältigen können. Dann nimmt die Toleranz der Betroffenen allmählich wieder ab. Dieses Phänomen nachlassender Toleranz gegenüber rauscherzeugenden Wirkungen ist vor allem vom fortgeschrittenen Alkoholismus mit seinen schwerwiegenden Leberschädigungen bekannt.

1.1.8 Rausch und Intoxikation

Die psychopathologischen Erscheinungen, die wir bei Drogenkonsumenten beobachten können, lassen sich im wesentlichen in drei Gruppen einteilen: in Räusche, welche wiederum akut oder sich länger hinziehend (protrahiert) verlaufen können und vom Inhalt her typisch oder atypisch gestaltet sein können. Wir unterscheiden davon Intoxikationen, die ebenfalls schnell abklingen oder im Einzelfall auch einen chronischen Verlauf nehmen können. Schließlich sind hier noch die Psychosen bei Drogenkonsumenten zu nennen, die sich gleichfalls in verschiedene Untergruppen einteilen lassen. Alle psychiatrischen bzw. psychologischen Erwägungen, insbesondere therapeutischer Natur bei Drogenkonsumenten, setzen eine exakte Kenntnis dieser Erscheinungen voraus; deshalb soll im folgenden darauf eingegangen werden.
Der *Rausch* ist an eine unmittelbare Drogenwirkung gebunden. Ohne die Anwesenheit und Wirkung einer Fremdsubstanz im Organismus gibt es keinen Rausch. Dabei sehen wir von denjenigen Zuständen ab, die umgangssprachlich ebenfalls als Rausch bezeichnet werden, psychopathologisch und von der Auswirkung her durchaus vergleichbar sind, aber ohne die Zufuhr von Fremdsubstanzen zustandekommen: gemeint sind Zustände wie »Goldrausch«, »Blutrausch« oder »Geschwindigkeitsrausch«. Diese nichtstoffgebundenen Rauschformen sollen hier außer Betracht bleiben.
Wir sehen als charakteristisch für den stoffgebundenen Rausch den Umstand an, daß er im Anschluß an den Drogenkonsum auftritt, in seiner Ausprägung offenbar abhängig von der zugeführten Dosis des Rauschmittels ist und abklingt, sobald die Fremdsubstanz aus dem Organismus ausgeschieden ist. Jeder gesunde Mensch ist trotz individueller Abstufungen grundsätzlich berauschbar.
Der Rausch gehört zur menschlichen Existenz wie Freude und Glück, Trauer und

*) Die Halbwertszeit (HWZ) ist derjenige Zeitraum, in dem die Hälfte einer chemischen Substanz umgesetzt oder einer radioaktiven Substanz umgewandelt wird, mithin also ein Maß für die Geschwindigkeit eines chemischen, physikalischen oder biologischen Ablaufs.

Angst. Die Kenntnis von Rauschzuständen läßt sich bis in frühe historische Zeiten zurückverfolgen. Was den Rausch seit Menschengedenken so attraktiv macht, aber auch so geheimnisvoll, was ihn in die Nähe des Übersinnlichen oder gar Göttlichen gerückt hat, ist die Euphorie, die zum typischen Rauschverlauf führt. Berauschte sind über die Maßen glücklich, fröhlich, freundlich, sorgenfrei. Sie sind kontaktfähig und kontaktfreudig, sie sind eins mit der Welt. Sie kennen weder Konflikte noch Probleme, das Unwiederbringliche der dahinströmenden Zeit, das zeitlich Begrenzte ihrer Existenz ist wie weggewischt, bedeutungslos, ohne jede Relevanz für den Augenblick. Berauschte sagen »zum Augenblicke ... verweile doch, du bist so schön«. Sie können sich ihrem Rauschzustand ganz hingeben, sie verschmelzen mit der Umgebung, nichts ficht sie an, die Last der Welt streifen sie ab, das Alltägliche werfen sie in ihrer Banalität weit fort. Euphorie und Ekstase sind wesentliche Inhalte des typischen Rausches. Taumel und überirdische Beglückung, Abrücken von der täglichen Mühsal, Glück und Erfüllung machen den Rausch zu einem Zustand, der es lohnenswert erscheinen läßt, daß man ihn immer wieder herbeiführt. Es leuchtet ein, daß sich aus euphorischen Erlebnissen, wenn sie wiederholt vom Individuum durchlebt werden, leicht eigengesetzliche, d. h. süchtige Entwicklungen ergeben können. Zutt (1975) hat aus anthropologischer Sicht ausgeführt, der Rausch locke und verführe den Berauschten »zum Schwelgen in Weiten jenseits der Grenzen, innerhalb deren der Weg seines individuell geordneten Lebens verläuft. In dieser Weite schwelgen, das ist das Wesen des Rausches ... Der Gegensatz des Rausches ist die Angst.« Zutt betont vor allem das Außersichsein als wesentlichen Rauschinhalt und als dessen entscheidendes Merkmal. Die rauschhafte Ekstase führt »zu einem traumähnlichen Außersichsein, zu einem Offen für und Fasziniertsein von Tönen und Musik, von Farben und Bildern. Die Probleme der alltäglichen Wirklichkeit treten zurück.« Charakteristisch ist die Fülle von Einfällen und Empfindungen, typisch aber auch die Abkehr vom Alltag, die Entrückung während des Rausches.

Kryspin-Exner (1971) grenzt zwei Phasen des Verlaufs eines typischen Rausches ab: Zunächst stehen die heitere Verstimmung, Enthemmung und Antriebssteigerung sowie ein beschleunigter Gedankenablauf im Vordergrund. In der zweiten Rauschphase hingegen kommt es zu allgemeiner Verlangsamung aller psychischen Abläufe und zur depressiven Verstimmung, Ermüdung und Erschöpfung. Während des Rausches sei in der Regel eine Fülle objektivierbarer psychischer Leistungseinbußen festzustellen.

Weitere Eigenschaften des Rausches bestehen in seiner kurzen Dauer und dem Erlebnisreichtum, der zu anders nicht erfahrbaren Eindrücken von seltener Dichte führen kann, zur Ekstase und zur Einfühlung in Fremdartiges, zur Beglückung, schließlich auch zur Hingabe und inneren Kraftentwicklung, die sonst dem Individuum womöglich verborgen bleiben.

Zum Rausch gehört neben Euphorie und Ekstase die Bewußtseinsstörung. In der Mehrzahl der Rauschzustände kommt es zu Bewußtseins*trübungen*. Bei einzelnen Räuschen kann aber auch eine erhöhte Bewußtseins*helligkeit* eintreten, etwa bei solchen Räuschen, die durch Konsum von Weckmitteln oder Kokain hervorgerufen werden. Die Bewußtseinsstörung steht aber nicht im Mittelpunkt des Rauschinhaltes, sondern sie begleitet ihn, vielfach für Außenstehende und den Berauschten unmerkbar.

Tritt der Teilaspekt der Bewußtseinsstö-

rung in den Vordergrund der Rauschsymptomatik, so sprechen wir in aller Regel weniger von einem Rausch als vielmehr von einer *akuten Intoxikation*, deren äußeres Bild wiederum von kaum merkbarer Benommenheit bis hin zu schwerer Bewußtlosigkeit reichen kann.
Der Rausch ist durch mehr oder weniger stark ausgeprägte Veränderungen der Bewußtseinstätigkeit gekennzeichnet, die von wechselnden, meist euphorischen Stimmungsschwankungen überlagert sind. Die einströmenden Sinneseindrücke und Wahrnehmungen werden nur noch teilweise kritisch gesichtet und geordnet, infolgedessen auch nur noch teilweise nach ihrem Bedeutungsgehalt bewertet. Vielmehr haften Berauschte oft am irrelevanten Detail, dem sie erhöhte Aufmerksamkeit zuwenden.
Rausch besteht aus euphorischen, lustbetonten, ekstatischen, dabei vielfach anregenden und erregenden Elementen, die von einer mehr oder weniger stark ausgeprägten Bewußtseinsstörung begleitet sind. Der Rausch ist für die Menschen »attraktiv«, weil er sie bei typischem Verlauf neue Welten des Fühlens, Erlebens und Wahrnehmens kennenlernen lassen kann.
Nicht alle Räusche verlaufen aber typisch. Im *atypischen Rauschverlauf* stehen Angst und Unlust, Panik und Horrorgefühle, motorische Erregung und das Gefühl des Ausgeliefertseins im Vordergrund. Es kommt zum Umschlag der Befindlichkeit ins Depressive. Dysphorie (Verstimmung) und quälende Erlebnisstörungen beherrschen das Bild. Hierzu folgendes Fallbeispiel:

Ein jugendlicher Patient wurde eines Abends in unsere Klinik gebracht, weil er sich – offenbar nach dem Konsum eines LSD-Trips – plötzlich verfolgt fühlte und vor seinen eigenen Familienangehörigen in panische Angst geriet. Er glaubte, sie wollten ihn töten, ihm das Blut aussaugen, ihn zu Tode quälen. Er war Argumenten in keiner Weise mehr zugänglich, verkroch sich gespannt und innerlich hoch erregt in eine Ecke und lehnte jeden Kontakt mit seiner Umgebung ab, weil er offenbar jeden Augenblick einen tödlichen Angriff auf sich erwartete. Schließlich gelang es, ihn in die Klinik zu bringen. Hier war nur schwer Kontakt zu ihm zu gewinnen, allerdings registrierte er den Wandel der Umgebung, er flehte um Hilfe, die er in einer »Todesspritze« sah. In den anwesenden Krankenpflegern sah er Vampire, die sich anschickten, ihm das Blut auszusaugen. Er ließ niemand an sich heran, auch geduldiges Zureden war in dieser akuten Situation nicht möglich, so daß wir dem Patienten schließlich gegen seinen Willen eine beruhigende Injektion verabreichen mußten. Wenige Minuten nach dieser Injektion klang das ängstlich-agitierte Zustandsbild ab, der Patient beruhigte sich und blieb noch einen Tag zur Beobachtung in der Klinik, bevor er wieder nach Hause entlassen wurde.

An diesem Beispiel erkennen wir die atypischen Rauschinhalte: Angst, paranoide Erlebnisumformung, Erregtheit, Verkennung der Umgebung als Folge schwerer Wahrnehmungsstörungen. Wir sprechen in solchen Fällen von atypischen Rauschverläufen, weil in aller Regel z. B. Halluzinogenräusche weitgehend frei von derartigen Inhalten sind. Wir müssen davon ausgehen, daß jede Rauschdroge geeignet sein kann, solche atypischen Rauschverläufe herbeizuführen, in denen nicht selten eine akute Selbstmordgefährdung, aber auch Fremdaggressivität bis hin zur Gewaltdelinquenz gegeben ist, weil die Patienten keine andere Möglichkeit mehr sehen, den quälenden Zustand zu beenden.
Bleiben solche Erlebnisstörungen bestehen, nachdem die Drogenwirkung bereits abgeklungen ist, so sprechen wir von einer drogeninduzierten Psychose, die je nach Dauer einer der bekannten Untergruppen zuzuordnen ist (vgl. S. 127 ff.).
Die Grenzen zwischen Rausch und Intoxikation sind schwer zu bestimmen. Der Rausch beruht – und wir sprechen hier

wiederum nur von stoffgebundenen Räuschen – auf einer Intoxikation. Aber nicht jede Intoxikation führt zum Rausch. Rauscherlebnisse fassen wir als etwas Produktives auf, das eine immer noch weitgehend intakte Funktion des Zentralnervensystems voraussetzt. Eine solche intakte Funktion des Zentralnervensystems ist bei der Intoxikation allerdings nur noch teilsweise anzunehmen.

Besonders massive Intoxikationen überspringen in ihrem Verlauf das Rauschstadium und führen schnell zum vorherrschenden Bild der Bewußtseinstrübung, so daß es zur Ausbildung rauschhafter Erlebnisveränderungen gar nicht kommen kann. Als Beispiel sei hier das Heruntertrinken einer großen hochprozentigen Alkoholmenge innerhalb weniger Minuten genannt, wodurch es nicht zu einem Alkoholrausch in typischer oder atypischer Ausprägung kommt, sondern praktisch in kurzer Zeit zum Vorherrschen der Bewußtseinsstörung, so daß wir hier von einer Intoxikation durch Alkohol sprechen würden.

Allerdings sind die Übergänge zwischen beiden Phänomenen fließend. Am korrektesten wäre es, wenn man bei jeder Wirkung eines Rauschmittels zunächst von einer Intoxikation spräche und nur dort auch zusätzlich von einem Rausch, wo entsprechende Erlebnis- und Wahrnehmungsveränderungen bei den Intoxizierten vorliegen und nicht die Bewußtseinstrübung als vorherrschendes Element das Bild bestimmt. Für Rauscherlebnisse muß immer noch Raum bleiben können, und dieser Raum schwindet mit dem Vorrücken der Bewußtseinstörung. Auch für die Intoxikation gilt, daß sie an das Vorhandensein einer Fremdsubstanz im Organismus gebunden ist, daß ihre Ausprägung dosisabhängig ist und daß sie abklingt, wenn das Mittel aus dem Organismus ausgeschieden wird. Während der Rausch etwas »Produktives« und von Erlebnisinhalten gekennzeichnet ist, stellt die Intoxikation einen mehr oder weniger stumpfen Zustand dar, dessen Ausprägung wir – bildhaft gesprochen – am Vorrücken des Zeigers auf der Skala der Bewußtseinsstörungen in Richtung der Bewußtlosigkeit erkennen können.

Im Verlauf der Sucht kommt es zur Abnahme der Zahl von Rauschzuständen bei den einzelnen Stoffzufuhren und zur Zunahme von Intoxikationen. Mit anderen Worten: Im Verlauf der Sucht nimmt die Fähigkeit zum Rauscherleben allmählich ab. Sucht führt so über den Weg der häufigen und schließlich dauernden Intoxikation zur Erlebnisverarmung. Bei einem fortgeschritten Süchtigen geht es praktisch zuletzt nur noch darum, den Zustand der chronischen Intoxikation aufrechtzuerhalten, weil sonst Entzugserscheinungen einsetzen müßten. Sucht ist gekennzeichnet durch dauernden Freiheitsverlust und gipfelt schließlich in körperlichem und psychischem Zerfall.

Intoxikationen können akut verlaufen, wenn es sich um die einmalige Zufuhr einer zentralwirksamen Substanz handelt. Wir können dann davon ausgehen, daß der Organismus die Substanz vollständig eliminiert und die Intoxikation restlos abklingt.

Wenn wir aber an den Gewohnheitskonsum, den gewohnheitsmäßigen Mißbrauch oder an die Abhängigkeit von einer zentralwirksamen Substanz denken, so müssen wir zugrunde legen, daß dieser Stoff häufiger zugeführt wird, zumindest täglich oder mehrmals täglich, so daß ein entsprechender Wirkstoffspiegel ständig vorhanden ist. Das bedeutet wiederum, daß die einmal zugeführte Menge nicht vollständig aus dem Organismus ausgeschieden wird, bevor die nächste Einzeldosis zugeführt wird. Damit kommt es zu einer dauernden Anwesenheit von rauscherzeugender Substanz im Organismus; dies bedeutet chronische Intoxikation. Sucht ist deshalb stets *chronische Intoxikation.* Ohne ständige Anwesenheit der Fremdsubstanz im Organismus ist keine Sucht denkbar. Damit ist Suchtbehandlung zumindest in einem Anfangsstadium immer auch Intoxikationsbehandlung. Wir sollten nicht aus dem Auge verlieren, daß wir bei einem Süchtigen zugleich auch einen Intoxizierten vor uns haben. Dieser Umstand wird bei der Behandlung Suchtkranker vielfach übersehen.

1.1.9 Mißbrauch, Selbstmedikation

Unter Mißbrauch (*Abusus*) verstehen wir jeden nicht medizinisch indizierten Medikamenten- und jeden Rauschdrogenkonsum. So kennen wir nicht nur einen Mißbrauch von Beruhigungsmitteln, sondern auch einen solchen von Laxantien (Abführmitteln). Die meisten Rauschdrogen sind nicht offizinell, d. h. sie werden in Apotheken nicht geführt und sind damit nicht handelsüblich. Wir denken dabei an Cannabis, LSD, Meskalin, Psilocybin, pulverförmiges Kokain, aber auch an das Heroin. Auch jede Form von Alkoholkonsum ist – streng genommen – Mißbrauch, weil es eine medizinische Indikation für den Konsum dieses Mittels nicht gibt. Jedoch sollte man diese Definition nicht engherzig strapazieren; denn die Mehrzahl unserer Mitbürger demonstriert uns täglich, daß es – in Grenzen – einen unschädlichen Genußkonsum dieser Substanz gibt.

Eng verwandt mit dem Mißbrauch ist die *Selbstmedikation*, worunter wir den nicht ärztlich verordneten Arzneimittelkonsum verstehen. Er hat in der Bundesrepublik offensichtlich ein erhebliches Ausmaß angenommen. Schätzungen des Umsatzes bewegen sich in Größenordnungen zwischen ein und zwei Milliarden DM pro Jahr. (Der gesamte Arzneimittelumsatz in Apotheken betrug im Jahre 1971 ca. 6,8 Milliarden DM; 1979 produzierte die pharmazeutische Industrie für 11,2 Milliarden DM Medikamente. Auf welche Medikamentgruppen sich dieses Produktionsvolumen verteilt, ist aus den Angaben im Pharma-Jahresbericht des *Bundesverbandes der pharmazeutischen Industrie* 1980/81 nicht zu ersehen.)

Mißbrauch und Selbstmedikation sind wesentliche Ausgangspunkte für die Entstehung einer Abhängigkeit. Es liegt auf der Hand, daß die Mißbrauchsrate mit dem Grad der Verfügbarkeit gerade psychotroper Substanzen korreliert.

1.1.10 Risikoindex / Gefahrenquotient

Angesichts der unterschiedlichen Gefährdungsmomente, die von den einzelnen Rauschdrogen ausgehen, interessiert die Frage, ob in diesem Bereich Quantifizierungen möglich sind. Einen solchen Versuch hat die Weltgesundheitsorganisation (WHO) in Zusammenarbeit mit der Betäubungsmittelkommission der Vereinten Nationen unternommen. In die Berechnung gehen der medizinische Indikationwert einer Substanz (soweit es sich um Medikamente handelt) sowie das Risiko ein, die Volksgesundheit zu gefährden. Dieses Risiko korreliert mit der Anzahl der Abhängigen von einer Substanzgruppe. Der Risikoindex errechnet sich aus der Anzahl der Abhängigen, multipliziert mit dem medizinischen Indikationswert der Substanzgruppe, der mit der Zahl der Verordnungen zusammenhängt, und dividiert durch die Anzahl konsumierter Einzeldosen.

Dieser Risikoindex ist bei den Amphetaminen deutlich größer als bei den Schlaf-,

Beruhigungs- und Schmerzmitteln. Danach sind die Halluzinogene mit dem seltensten medizinischen Indikationsbereich und dem höchsten Risiko, die Volksgesundheit zu gefährden, in die Gefährlichkeitsgruppe I einzuordnen. In der Gruppe II folgen die Weckmittel, in der Gruppe III die barbiturathaltigen Schlafmittel und in der Gruppe IV die barbituratfreien Schlaf- und Beruhigungsmittel. Die Weltgesundheitsorganisation (WHO) strebt an, je nach Risiko die einzelnen Stoffe stufenweise internationaler Kontrolle zu unterwerfen, wie sie für Opiate, Cannabis und Kokain bereits verbindlich ist.

Den Gefährdungsquotienten eines zentralwirksamen Medikaments hat Kielholz (1968) für die opiatfreien Schmerzmittel, die Schlafmittel, die zentralwirksamen Stimulantien und die Tranquilizer errechnet. Dazu benutzte er die von der Industrie bekanntgegebenen Verkaufszahlen und setzte sie ins Verhältnis zu den gemeldeten Fällen von Mißbrauch, die er anhand einer gesamtschweizerischen Erhebung herausgefunden hatte. Das entsprechende Verhältnis verkaufter Einzeldosen der jeweiligen Medikamentengruppe zu Fällen von Mißbrauch wurde für die Analgetika gleich 1 gesetzt. So konnte er die anderen psychotropen Stoffe damit vergleichen. Für die Tranquilizer fand er einen Gefahrenquotienten von 0,2; sie sind also als fünfmal weniger gefährlich als opiatfreie Schmerzmittel im Hinblick auf das Risiko der Entstehung einer Abhängigkeit anzusehen. Für die Schlafmittel errechnete er einen Gefahrenquotienten von 2,7; für die Weckmittel einen solchen von 3,8. Hier handelt es sich insgesamt um Schätzungen, die aber deutlich belegen, daß wir von sehr unterschiedlichen Gefahrenmomenten ausgehen müssen, die die einzelnen Substanzgruppen beinhalten.

1.1.11 Einschätzung des Suchtpotentials einer Droge

Wegen der Notwendigkeit, neu einzuführende Pharmaka auf ihre suchterzeugende Wirkung zu untersuchen, wurden Testmethoden entwickelt, die insbesondere das Suchtforschungszentrum des *National Institute on Mental Health* in Lexington/USA an Freiwilligen erprobte. Sie sind als sogenannte *Lexingtontests* bekannt. Im einzelnen handelt es sich dabei um folgende Verfahren:

- Morphinsüchtige erhalten die neue Substanz in steigenden Dosen, um zunächst festzustellen, ob überhaupt euphorische Wirkungen auftreten. Wird keine Euphorie entdeckt, steigert man die Dosis bis zur Verträglichkeitsgrenze. So kann letztlich die euphorische Wirkung einer Substanz festgestellt oder auch ausgeschlossen werden.
- Morphinsüchtigen wird das Morphin abrupt entzogen. Die auftretenden körperlichen Entzugserscheinungen werden mit Hilfe eines Punktsystems quantifiziert. Anschließend gibt man dem Patienten die zu prüfende Substanz. Man steigert die Dosis, um festzustellen, bei welcher zugeführten Menge die Prüfsubstanz die Morphinabstinenzerscheinungen abschwächt bzw. aufhebt. Auf diese Weise können wir die suchterzeugende Potenz in Morphinäquivalenten ausdrücken.
- Morphinsüchtigen wird die minimale Substanzdosis gegeben, die ihre Abstinenzerscheinungen gerade verhindert. Diesen Zustand versucht man durch sukzessive Gabe der Prüfsubstanz zu imitieren; auch auf diese Weise können wir eine morphinäquivalente Dosis einer neuen Substanz herausfinden.
- Am problematischsten ist die Testuntersuchung bei ehemaligen Morphinsüchtigen, die drei Monate oder länger abstinent sind. Sie erhalten die in der klinischen Praxis vorgesehene Dosis der Prüfsubstanz. Nach einem festgelegten Beobachtungssystem werden Gewöhnungs- bzw. Suchterscheinungen registriert. Man gibt die Prüfsubstanz über mehrere Monate hinweg. Wir können so mit Hilfe des Tests die suchterzeugende Wirkung einer noch nicht bekannten Substanz relativ zuverlässig einschätzen.

Zu den genannten vier Testuntersuchungen ist festzustellen, daß es für ihre Anwendung in der Bundesrepublik keine Rechtsgrundlage gibt. Außerdem stehen ihrer Anwendung schwerwiegende ärztlich-ethische Gesichtspunkte entgegen. Wir haben die sogenannten Lexingtontests aber erwähnt, weil sie in den Gesamtzusammenhang unseres Themas gehören.
Auch mit Hilfe von Tierversuchen können wir die potentiell suchterzeugende Wirkung einer Prüfsubstanz abklären. Dabei macht man sich die Erfahrung zunutze, daß die Differenz zwischen der tödlichen Dosis und dem Auftreten einer bestimmten Schwanzstellung bei Mäusen einen Parameter für die suchterzeugende Potenz einer Prüfsubstanz darstellt. Je größer die Differenz, desto größer die Wahrscheinlichkeit, daß die Substanz suchterzeugend wirkt. Mit Hilfe dieses Verfahrens ist eine erste Einschätzung möglich, sicher aber keine zuverlässige Beurteilung einer Prüfsubstanz.

1.1.12 Depravation

Bei schweren Suchtentwicklungen beobachten wir eine typische Persönlichkeitsdeformierung, deren Grundlage möglicherweise organische, vor allem hirnorganische Veränderungen sind. Die Giftwirkung der chronisch zugeführten Substanz setzt vor allem am Zentralnervensystem an und führt hier zu teils reversiblen, teils aber auch bleibenden Schäden, die sich zunächst als diskrete psychische Veränderungen zeigen. Im Verlauf tritt eine fortschreitende Beeinträchtigung zentraler kognitiver Fähigkeiten hinzu, die sich mit Hilfe etwa von Intelligenztests registrieren lassen. Es kommt zunehmend zu einem Verfall individueller Akzentuierungen zugunsten einer stetigen Uniformierung und Monotonisierung des Persönlichkeitsbildes. Dies ist das zentrale Element der Depravation: Ursprünglich differenzierte Persönlichkeitsmerkmale werden mehr und mehr eingeebnet. Das Ergebnis ist suchttypische Wesensänderung (*Depravation*).
Zutt (1958) beschrieb die Depravation als »Destruktion der persönlichen inneren Haltung«, Bürger-Prinz (1950) sprach von »Entdifferenzierung des Persönlichkeitsgesamts«, Staehelin (1960) nannte die Depravation eine »Entkernung der Persönlichkeit«. Schrappe (1963) schließlich sprach bei Depravierten von einem »Endzustand, der bar aller ursprünglichen Potenzen vegetiert, vergleichbar einem im Wasser treibenden steuerlosen Wrack«.
Mit Schrappe fassen wir Depravation als Folge eines Abbau- bzw. Nivellierungsprozesses auf; am Schweregrad einer Depravation zeigt sich die Malignität eines süchtigen Verlaufs. Unter den zahlreichen psychischen Veränderungen bei Süchtigen stellt die Depravation einen Endpunkt dar oder besser eine Endstrecke, wenn man berücksichtigt, daß auch Depravation ihren eigenen Verlauf nimmt.

1.2 Verläufe und Stadien

Bei jungen Drogenabhängigen lassen sich typische Verlaufsformen der süchtigen Entwicklung erkennen. Untersuchungen in unserer Klinik haben die immer wieder beobachtete Reihenfolge Haschisch-LSD-Weckmittel-Opiate mit einem nicht seltenen Übergang auf das »harte« Gebrauchsmuster des intravenösen Spritzens im Bereich der Weckmittel und der Opiate als die am häufigsten vorkommende Rauschmittelkarriere bestätigt.

Auf den Konsum der Rauschdroge Haschisch muß aber nicht zwangsläufig der Konsum stärker wirkender Mittel folgen. Gleichwohl ist der mögliche Umsteigeeffekt vom Haschisch auf andere Drogen nicht zu bagatellisieren; denn, dies gilt sicher nicht nur für Haschisch, sondern auch für eine Anzahl anderer zentralwirksamer Substanzen, ihr länger andauernder Konsum wirkt gewohnheitsbildend und kann Mißbrauchsverhalten sowie abhängige Verhaltensweisen verfestigen. Ausdrücklich soll an dieser Stelle die Droge Alkohol nicht ausgenommen werden.

Cannabiskonsum verstärkt ein auf Manipulation der eigenen Befindlichkeit und auf Ausweichen vor den Belastungen des Alltags gerichtetes Verhalten, besonders bei jüngeren, noch unzureichend psychisch stabilisierten Menschen. Der Wunsch nach Wirkungsverstärkung und die im Verlauf als nachlassend empfundene Wirkung dieses Stoffes können die Konsumenten auf die Suche nach stärker wirkenden Substanzen führen. Als solche erweisen sich zunächst Halluzinogene, später Weckmittel, schließlich auch Opiate. Die Dosissteigerung allein reicht beim Haschisch nur kurze Zeit aus, um die Wirkung weiter zu steigern. Statt dessen müssen neue Substanzen mit stärkeren substanzeigenen Wirkungsprofilen konsumiert werden. Durch den Dauerkonsum von Haschisch wird eine Bereitschaft geschaffen, in eine spätere Opiatsucht hineinzugleiten. Es kann den Weg zum Heroin ebnen, und wahrscheinlich käme in vielen Fällen ohne Cannabis- kein Heroinkonsum zustande. Die aus der täglichen klinischen Praxis stammenden Erfahrungen zeigen, daß zwischen dem Haschischkonsum und einer späteren Opiatsucht ein Zusammenhang bestehen kann. Haschisch muß deshalb mit anderen Einstiegsdrogen in eine Reihe – wenn auch aus vielen Gründen an ihren Anfang – gestellt werden.

Wenn wir über Verläufe und Stadien der Drogenabhängigkeit sprechen, so müssen wir bedenken, daß wir eine Drogenszene vor uns haben, die einem dauernden Wandel unterworfen ist. Unterschiedliche Einflüsse führen leicht zu Verschiebungen im Verhalten der Drogenabhängigen, so sind die einzelnen Verläufe und Stadien u. a. auch vom aktuellen Angebot auf der Drogenszene abhängig.

Verschiedene Autoren haben Stadieneinteilungen bei Rauschmittelabhängigen vorgelegt, die mehr oder weniger geeignet sind, die Erscheinungen der fortschreitenden Abhängigkeit vom Probieren über den gelegentlichen Konsum von Halluzinogenen bzw. die gewohnheitsmäßige Einnahme von Weckmitteln und Opiaten bis hin zur schweren süchtigen Entgleisung im Rahmen etwa einer Heroinsucht mit allen körperlichen und sozialen Begleiterscheinungen zu beschreiben. Dabei drückt sich die zunehmende Abhängigkeit nicht etwa nur in einer quantitativen Steigerung des Drogenkonsums oder nur in einem Übergang zu »härteren« Drogen aus, sondern auch in einem veränderten Sozialverhalten, das in allen Abschnitten der Rauschmittelabhängigkeit spezifische Züge trägt.

In einer ersten Phase steht die Orientierung zur Gruppe hin ganz im Vordergrund; die Jugendlichen konsumieren das klassische erste Rauschmittel, das Haschisch, zumindest am Anfang einer Drogenkarriere in der Regel gemeinsam, meist unter rituell-zeremoniellen Begleithandlungen. Auch den LSD-Trip »werfen« die Jugendlichen am Anfang häufig in Gesellschaft, und den einsetzenden Rausch erleben sie gemeinsam. In diesem Stadium kommt es zu charakteristischen, schwärmerisch-überhöhten Überbewertungen des Gruppenerlebnisses; gerade unsichere, labile und konfliktbeschwerte Jugendliche können hier das Erlebnis des Geborgenseins und Mitgetragenwerdens durch die Gruppe vermittelt bekommen. Ideologiebildungen, etwa von der Art der »psychedelischen Bewegung« Learys, aber auch konkret politischen Inhalts, wie sie Anfang der 70er Jahre zeitweise vom SDS (Sozialistischer Deutscher Studentenbund) vertreten wurden, können ihren Platz in derartigen Gruppen finden und zu deren Festigung beitragen. Diese Phase bezeichnen wir mit Mader und Sluga (1969) als *Integrationsstadium.* Freilich mußte gerade in politisch motivierten Kreisen der ursprünglich als Protestvehikel propagierte Rauschmittelkonsum bald wieder tabuisiert werden, weil mit den inzwischen zu anderen, meist stärker wirkenden Drogen übergegangenen Konsumenten selbst niedrig angesetzte politische Ziele nicht mehr anzugehen waren. Man hatte den Eigenverlauf, den süchtige Entwicklungen nehmen, in Gewicht und Tragweite unterschätzt.

Dabei sollten wir nicht verkennen, daß der unter *Integrationsstadium* beschriebene Vorgang ein durchaus normales jugendliches Verhalten darstellt. Die Hinwendung zur Gruppe bedingt in sich noch nicht notwendig einen Gegensatz zum Elternhaus, sondern stellt ein übliches Durchgangsstadium in der postpubertären Entwicklung Jugendlicher dar. Auch sollten wir nicht verkennen, daß Elemente der Ablösung vom Elternhaus in der zur Rede stehenden Altersgruppe durchaus nichts Pathologisches darstellen, sondern in gewissen graduellen Abstufungen sogar erwünscht sind. Das Streben nach Leitbildern und Identifikationsmöglichkeiten veranlaßt die jungen Menschen, sich an Gruppen anzuschließen und dort unter Gleichaltrigen und Gleichgesinnten Erfahrungen zu sammeln. So ist zunächst im Verhalten drogenkonsumierender Jugendlicher kein wesentlicher Unterschied zur großen Gruppe der Altersgenossen zu sehen, bei denen Drogen keine bestimmende Rolle spielen.

Mit der Zunahme des Gebrauchs und dem Übergang auf stärker wirkende Substanzen tritt ein zweites Stadium ein, das durch sich auflockernde Gruppenbeziehungen und loseren Kontakt bei anwachsender Dominanz des Rauschmittelkonsums im Verhalten der Gruppenmitglieder gekennzeichnet ist. Wir bezeichnen es als Stadium des *Kohäsionsverlusts.* Zugleich werden die Spannungen unter den Mitgliedern der Gruppe und die Auseinandersetzungen mit der Öffentlichkeit stärker und gewinnen an Gewicht. Während Rauschmittel bisher als bloßes Vehikel zu einer spezifischen Erlebnisweise und auch zum Gruppenzusammenhalt dienten, gewinnen sie nun ein eigenständiges Gewicht und nehmen eine zentrale Position ein.

Die Suche nach ihnen wächst zu einer dominierenden Verhaltensmotivation aus, schließlich zum alleinigen Inhalt. Die Droge steigt an subjektivem Wert, zugleich treten egoistische, auf eigenen Besitz und Vorrat (solange sich dies überhaupt von den Voraussetzungen her ermöglichen läßt) bedachte Motivationen auf. Die Bindungen innerhalb der Gruppe lockern sich, die integrierende Kraft von Ideologien wird durch die desintegrierende Kraft von abhängigmachenden Drogen verdrängt.

Im letzten Stadium schließlich, dem der *Desintegration,* geht das Gruppenprofil verloren. Die Gruppe beginnt sich aufzulösen, und die typische Vereinzelung und Isolation der fortgeschritten Abhängigen folgt dem Übergang auf harte Drogen, meist Opiate oder Heroin, im Einzelfall Kokain. Einen Schlußpunkt sehen wir in letzter Zeit auch beim Methadon (in

Deutschland: *Polamidon*). Die Beschaffung von Drogen, auch auf kriminellem Wege, wird zunehmend zum alleinigen Lebensinhalt. Zugleich sind die Abhängigen kaum mehr imstande, Vorratswirtschaft zu betreiben. Daran ist die wachsende süchtige Entgleisung mit Kontrollverlust und der zugleich rapide fortschreitende soziale Abstieg schuld. Ein augenblicksverhaftetes, keinerlei Planung mehr kennendes und auf die eigene Person als Zentrum aller Interessen hin ausgerichtetes Leben setzt ein, das weder partnerschaftliche Bindungen noch Interessen oder Ziele kennt. Beschaffung und Konsum von Drogen werden dominierender Lebensinhalt. Kriminelle Verwicklung und weiterer sozialer Abstieg, verbunden mit körperlichem und oft auch seelischem Verfall, lassen nicht lange auf sich warten. Depravation und Verwahrlosung bis hin zu massiver Verelendung bezeichnen das Endstadium derartiger süchtiger Entwicklungen.

Eine andere Stadieneinteilung, die sich von der wiedergegebenen nur unwesentlich unterscheidet, haben Waldmann und Mitarbeiter (1973) vorgelegt. Wenn auch einzelne Probleme in diesem Zusammenhang diskussionswürdig erscheinen, so wollen wir doch kurz auf die Einteilung eingehen, da sie für die Praxis der Behandlung Drogenabhängiger Bedeutung haben könnte.

Danach unterscheiden wir vier Stadien, die durch Differenzen nicht nur im Gruppenverhalten, sondern auch in der Art der Sozialisation, der Beziehung zur Droge und im Konsumverhalten gekennzeichnet sind. Im ersten Stadium befinden sich potentielle Rauschmittelkonsumenten und Jugendliche, die zur Droge eine *suchende* Beziehung haben. Sie sind zwar zum Drogenkonsum motiviert, haben auch Rollenkonflikte und Konformitätsprobleme, bieten mithin also das für einen späteren Drogenkonsum günstige Ausgangspotential.

In der zweiten Gruppe finden sich sozial integrierte und in Gruppen angepaßte Rauschmittelkonsumenten, die Drogen *gewohnheitsmäßig* nehmen, ohne abhängig zu sein. Hier ist möglicherweise an Gruppen haschischkonsumierender Jugendlicher und junger Erwachsener zu denken, die sich über Jahre hinweg in einem Mißbrauchsstadium befinden, ohne daß es zur Ausbildung einer Abhängigkeit kommt. Gerade beim Haschisch scheint es derartige protrahierte Konsumstadien zu geben, die etwa mit den langdauernden Mißbrauchsstadien alkoholtrinkender Erwachsener vergleichbar sind.

In der dritten Gruppe finden wir *entsozialisierte* Drogenkonsumenten, die keine Kontrolle mehr über ihren eigenen Konsum haben; man sollte hier bereits von Drogenabhängigen sprechen, auch wenn es sich um ein Anfangsstadium handeln mag.

In der vierten Gruppe befinden sich schließlich *Drogenabhängige,* die *unfähig* zu jeder Form der *Sozialisation* und der *Integration* sind und deren Konsum nur noch der Vermeidung des Entzugssyndroms dient. Wir müssen hier von einem Endstadium sprechen. Diese Gruppe ist in der Regel unfähig, überhaupt einen Rausch zu erleben, weil aufgrund der Gewöhnung an die Drogen die Rauschschwelle trotz steigender Dosis nicht mehr zu erreichen ist.

Der Übergang vom oralen zum intravenösen Gebrauch der Rauschdrogen liegt häufig zwischen dem zweiten und dem dritten Stadium; hier verläuft gewöhnlich auch die Trennlinie zwischen psychischer Abhängigkeit einerseits und psychischer und körperlicher Abhängigkeit andererseits mit den entsprechenden therapeutischen Konsequenzen.

Wir sind auf die Gruppeneinteilung bei

jungen Drogenabhängigen deshalb so breit eingegangen, weil wir versuchen wollen, den statisch erscheinenden Begriff der Drogenabhängigkeit durch einen mehr dynamischen, die süchtige Entwicklung als Ablauf in der Zeit beschreibenden Prozeß zu ersetzen. Dieser Prozeß schließt eine Abfolge verschiedener Zustandsbilder ein, einen Vorgang, der vom gelegentlichen, genießenden Gebrauch von Haschisch bzw. Halluzinogenen bis hin zur schweren Polytoxikomanie mit vollständiger Genußunfähigkeit (*Rauschunfähigkeit*) reicht.

Nach aller Erfahrung ist keine scharfe Abgrenzung der einzelnen Stadien möglich, gleichgültig, welcher Einteilung man folgt, statt dessen sollten wir die Einteilung überhaupt nur als eine Art gedanklichen Ordnungsversuch auffassen, der uns die Orientierung erleichtern kann. Auf fließende Übergänge zwischen den einzelnen Stadien ist zu achten. Auch existieren die einzelnen Abhängigkeitstypen genau wie die geschilderten Verlaufsstadien nicht in reiner Form, wenn man von den Endzuständen einmal absehen will. Drogenabhängigkeit stellt sich als ein Prozeß mit stark individuellen und sozialen Färbungen dar, wobei die körperlichen Veränderungen meist am ehesten therapeutisch anzugehen sind, während die sozialen Veränderungen den rigidesten Charakter tragen und gegenüber Einflußnahmen von seiten der Therapeuten den hartnäckigsten Widerstand bieten.

1.3 Körperliche Veränderungen

Im Gefolge fortgesetzter Drogenzufuhr kann es zu einer Reihe körperlicher Veränderungen kommen. Regelhaft finden wir diese Veränderungen in Endstadien der Drogenabhängigkeit. Dabei ist zunächst an die Leberentzündung (*Hippie-Hepatitis, Gilb*) zu denken, die praktisch jeder opiatspritzende Süchtige einmal durchmacht, auch wenn die Symptome manchmal unbemerkt bleiben mögen. Wir fassen sie als Folge meist unsauberer Injektionstechnik und damit zusammenhängender Virusinfektion auf, nicht als Eigenwirkung der Opiate.

Weitere Infektionskrankheiten, die auf dem Injektionswege durch den Gebrauch unsauberer Injektionsmaterialien übertragen werden, beobachten wir in Gestalt der *Syphilis*, wobei das Erstaunen der Betroffenen meist groß ist, wenn die Diagnose gestellt werden muß. Es entzieht sich der Vorstellung vieler Laien, daß trotz mangelnder Sexualkontakte eine derartige Geschlechtskrankheit auch auf untypischem Wege übertragen werden kann. Als weitere Virusinfektionskrankheit haben wir – offensichtlich ebenfalls auf diesem Wege übertragene – *Röteln* festgestellt.

Bei fast allen »Fixern« beobachten wir einen fortschreitenden hochgradigen Zahnverfall (*Karies*), diese Befunde sind sowohl bei Drogenkonsumenten als auch bei Alkoholkranken intensiv untersucht worden (Gerlach, 1977). Gegenüber einer Vergleichsgruppe von Gleichaltrigen, sonst gesunden Patienten, wiesen die beiden Suchtkollektive einen außerordentlich starken Kariesbefall in Form der Zahnhalskaries auf. Als Ursache dieses speziellen Typs von Zahnverfall kommen rauschmittelbedingte Stoffwechselveränderungen sowie mangelnder Speichelfluß und Mundtrockenheit, vor allem aber vernachlässigte Mundhygiene und mangelnde zahnärztliche Betreuung in Betracht. Mit dem Grad der sozialen Desintegration, der abhängig ist von der Drogenkarriere, nehmen Mundhygiene und

Zahnpflege ab. Außerdem finden sich bei Heroinsüchtigen häufig Abbrüche, Sprengungen und Einrisse an den Zähnen infolge von Spasmen der Kaumuskulatur in der Rauschphase. Dabei ist die Bißkraft offenbar so stark, daß Backen- und Frontzähne brechen. Zahnfleischentzündungen und Konkrementauflagerungen an den Zähnen sind häufige Erscheinungen bei Süchtigen. Sechs und mehr zerstörte Zähne bei Drogenabhängigen sind keine Ausnahme. In vielen Fällen kommt nur noch prothetische Versorgung in Betracht. Die veränderten Ernährungsgewohnheiten Heroinsüchtiger dürften in diesem Zusammenhang eine weitere Ursache für den Zahnverfall darstellen: Sie leben praktisch ohne jede Vitaminzufuhr, ohne Ballaststoffe, ohne frisches Obst und Gemüse und fast nur von Süßigkeiten. Die starke analgetische Wirkung des Heroins schaltet die Signalwirkung des Zahnschmerzes aus, so daß es zu einem ruinösen Fortschreiten des Zahnverfalls kommen kann. Bis auf Stummel reduzierte Gebisse bei Heroinsüchtigen im Alter zwischen 20 und 30 Jahren sind im klinischen Alltag keine Seltenheit.

Weitere körperliche Erkrankungen im Zusammenhang mit der Drogenabhängigkeit sind *periphere Polyneuropathien*, deren Wirkungen von Sensibilitätsstörungen bis hin zu Lähmungen reichen können. Wir beobachten weiterhin *Magen-* und *Zwölffingerdarmveränderungen*, auch *Ulcerationen*, wobei wiederum keine Beschwerden aufgrund der analgetischen Wirkung des Heroins bestehen.

Parasitenbefall ist im klinischen Alltag bei Drogenabhängigen nichts Seltenes, wobei Läusebefall (Kopfläuse, Kleiderläuse, Filzläuse) am häufigsten zu beobachten ist, gefolgt von der Krätze; in seltenen Fällen wurden auch Flöhe beobachtet. Eine allgemeine Abwehrschwäche auf der Basis eines hochgradig reduzierten Ernährungs- und Kräftezustandes rundet das Bild körperlichen Verfalls ab.

Bei Cannabisabhängigen muß mit *Veränderungen der oberen Luftwege* als Folge des Cannabisrauchens gerechnet werden. Hier haben wir einen Befund vor uns, der als empirisch gesichert gelten kann (Tashkin et al., 1973, 1976; Vachon et al., 1976). Hingegen ist eine Reihe anderer körperlicher Veränderungen beim Cannabiskonsum letztlich nicht schlüssig nachgewiesen, da die Ergebnisse ursprünglicher Untersuchungen, z. B. bezüglich vermehrter Chromosomenbrüche, sich später nicht bestätigen ließen. Hier sind noch weitere Forschungen nötig, um nähere Einzelheiten zu erfahren.

Daß viele heroinsüchtige Frauen *sekundär amenorrhoeisch* sind, soll hier nur am Rande Erwähnung finden. Auf diese Weise entstehen gelegentlich Schwangerschaften, die die Frauen erst im fortgeschrittenen Stadium entdecken. Auch hier liegt es an der Ausschaltung des »Frühwarnsystems« des Organismus, daß Schwangerschaften erst so spät bemerkt werden. Für die dann einzuleitenden Maßnahmen ist es in vielen Fällen schon zu spät; eine Unterbrechung der Schwangerschaft ist dann häufig nicht mehr möglich, so daß auch bei bestehender sozialer Indikation die Geburt des Kindes nicht mehr zu verhindern ist. Auf die spezifischen Gefährdungsmomente für das Neugeborene einer opiatsüchtigen Mutter wird an anderer Stelle einzugehen sein.

Bei »Heroinfixern« sind häufig auch *Abszeßbildungen* und *Empyeme* (Vereiterungen der Haut) zu beobachten, die wiederum mit der unsauberen Injektionstechnik zusammenhängen, zugleich aber auch deswegen eine so ungewohnt starke Ausprägung gewinnen können, weil sie auf der Basis hochgradiger Abwehr-

schwäche extrem gut gedeihen können. Hier ist häufig eine antibiotische Behandlung indiziert, um allgemeine Sepsis zu verhindern. In manchen Fällen ist auch eine chirurgische Behandlung geboten.
Schließlich wollen wir noch auf die nicht selten vorkommenden *cerebralen Krampfanfälle* bei Drogenabhängigen hinweisen, die sowohl unter der Wirkung einzelner Mittel (z. B. von Amphetaminen oder von Kokain) auftreten können, aber auch im Zustand beginnender Abstinenz bei einer polytoxikoman unterlegten Morphin- oder Heroinsucht.

1.4 Psychische Veränderungen

Im Verlauf der Rauschmittelabhängigkeit kommt es vielfach zur Ausbildung typischer psychischer Veränderungen, die wir als *amotivationales Syndrom* bezeichnen. Es besteht aus der Symptomtrias Euphorie, Apathie und Passivität. Ihr Vorhandensein beschleunigt und begünstigt den weiteren Drogenkonsum und das Fortschreiten der süchtigen Entwicklung. Gleichgültigkeit gegenüber der Umgebung, der eigenen Person, Interesselosigkeit gegenüber den Belangen des Alltags, Passivität im Hinblick auf das eigene Schicksal kennzeichnen dieses Zustandsbild. Es ist keine Frage, daß ein passiver, sich aber subjektiv zufrieden fühlender Mensch von sich aus wenig Neigung entwickelt, diesen Zustand zu beenden. Statt dessen wird er alles tun, um ihn möglichst lange beizubehalten; der Motivierung solcher Abhängiger zur Therapie kommt deshalb eine erhöhte Bedeutung zu.
Auf das Problem der Psychosen bei Drogenkonsumenten werden wir in einem eigenen Kapitel eingehen (vgl. S. 127 ff.). Sie stellen die schwerwiegendste psychische Veränderung dar und bedürfen einer spezifischen Diagnostik und Behandlung.
Die atypischen Rauschverläufe, die im weitesten Sinn auch in diesen Zusammenhang gehören, haben wir in Kapitel 1.1.8 dargestellt.

1.5 Soziale Veränderungen

Gleichgültig, ob wir es mit jugendlichen Opiatsüchtigen oder etwa mit schlafmittelabhängigen Frauen im mittleren Lebensalter zu tun haben, wir finden immer eine charakteristische Fixierung der Interessen und Antriebe auf den süchtigen Konsum der betreffenden Substanz. Gerade diese süchtigen Bedürfnisse sind es, die die Motive für alle nur denkbaren Beschaffungshandlungen bilden; an ihnen orientieren sich nahezu alle weiteren Handlungen, Wünsche usw. der abhängigen Person. Damit sind nicht nur vielfältige Veränderungen individueller Wertvorstellungen, sondern vor allem auch vielfältige soziale Konsequenzen verbunden.
Unter den sozialen Folgen der Drogenabhängigkeit leidet, wie beim Alkoholkranken, in besonderer Weise die Familie des Suchtkranken. Im Verlaufe der Sucht kann es zu einer zunehmenden emotionalen Abwendung der Familienangehörigen und zu sich verstärkenden Desintegrationserscheinungen im familiären Bereich kommen. Für jugendliche Drogenabhängige besteht in besonderer Weise die soziale Problematik auch darin, daß sie vielfach begonnene Ausbildungsgänge unterbrechen müssen und auch später nur sehr schwer das Ausbildungsverhältnis wieder beginnen können.

Wanke und Mitarbeiter (1972) studierten eingehend die sozialen Veränderungen bei jugendlichen Drogenabhängigen. Danach zeigte sich bei den meisten Konsumenten schon nach halbjährigem Rauschmittelkonsum soziale Beeinträchtigung etwa in Gestalt einer Abnahme der Beziehungen zur Familie, zum Freundes- und Bekanntenkreis, in Gestalt einer Unterbrechung der Kontinuität der Schul- und Berufswege. Entsprechend hoch ist auch die Anzahl von jugendlichen Rauschmittelabhängigen, die bei Aufnahme in der Klinik angeben, ohne Beschäftigung oder arbeitslos zu sein (47 %; der Befund stammt aus der Zeit der Vollbeschäftigung; Täschner, 1974).

Auch die Konfliktbelastung Rauschmittelabhängiger ist stärker als bei einer Kontrollgruppe etwa neurologisch Kranker. Während sie hier bei Patienten unserer Klinik durchschnittlich 2,4 % betrug, erreichte sie bei der Gruppe der Rauschmittelsüchtigen eine Höhe von 19,5 %. Dabei überwogen Konflikte im familiären Bereich mit einem Anteil von 54 %.

Soziale Folgen im weiteren Sinne für Drogenabhängige entstehen aber auch dadurch, daß sie die hohen Kosten ihrer Sucht bald nur noch durch kriminelle Handlungen decken können. Ihr Lebensablauf besteht schon bald aus einer Abfolge von Delinquenz, Bestrafung, Aufenthalt in der Haft- oder Entziehungsanstalt, in psychiatrischen Kliniken und erneuten Rückfällen in süchtige Fehlverhaltensweisen.

Viele Drogenabhängige werden frühzeitig zu Sozialhilfeempfängern. Einer beruflichen Tätigkeit können sie kaum mehr nachgehen, da sie in ihrer Leistungsfähigkeit schwerwiegend beeinträchtigt sind. Eine begonnene Ausbildung können sie aus dem gleichen Grunde oft nicht beenden. So sind sie mehr oder weniger oft zu einem richtungslosen Dahinleben verurteilt, wenn es nicht gelingt, sie einer kontinuierlichen Behandlung ihrer Drogenabhängigkeit zuzuführen.

1.6 Ergebnisse der Motivationsforschung

Die unterschiedlichsten Beweggründe bringen Menschen dazu, Drogen zu konsumieren. Darüber existieren ausgedehnte Untersuchungen, die sich meist auf die Befragung bereits Abhängiger stützen. Wir können die Vielzahl der Untersuchungsergebnisse hier nicht referieren; statt dessen wollen wir einzelne Motive aufführen, die im Einzelfall auch kombiniert das Zustandekommen von Mißbrauch und Abhängigkeit bestimmen. Unter ihnen läßt sich nur schwer eine Rangfolge aufstellen. Deshalb sollen im folgenden einige wichtige Motive genannt werden, ohne daß man aus der Reihenfolge auf eine Rangfolge schließen kann. Die Wertigkeit der einzelnen Motive ist bei den jeweiligen Abhängigkeitsformen, aber auch individuell und persönlichkeitsbedingt unterschiedlich. Unsere Einteilung folgt weitgehend einem Vorschlag Hobis (1973), der eine größere Gruppe jugendlicher Drogenabhängiger in Basel untersuchte und dabei auch Untersuchungsergebnisse anderer Autoren berücksichtigte. Ferner liegen der folgenden Einteilung auch Erfahrungen aus dem klinischen Umgang mit Drogenabhängigen zugrunde.

1.6.1 Selbstbehandlung psychischer Störungen

Es liegt in der Natur der Sache, daß wir als Psychiater vielleicht intensiver auf psychi-

sche Störungen bei Drogenabhängigen achten als andere Ärzte.
Es mag aber auch sein, daß wir in den psychiatrischen Kliniken eine ausgewählte Klientel zu sehen bekommen, unter der sich vermehrt psychisch gestörte Drogenabhängige befinden. Wie dem auch sei, es gibt eine Reihe von Untersuchungen, die immer wieder gezeigt haben, daß bestimmte reaktive psychische Fehlhaltungen eine Motivation zum Gebrauch von Drogen und Rauschmitteln darstellen können. So kann z. B. eine auf Versagen ausgerichtete Fehlentwicklung das Bedürfnis verstärken, einen Ausgleich für eigene Mißerfolge zu schaffen. Ein solcher Ausgleich kann in Gestalt des Drogenkonsums erfolgen, wobei der Griff nach solchen Stoffen besonders nahe liegt, die geeignet sind, antriebs- und leistungssteigernde Wirkungen zu entfalten.
Angst ist ein subjektiver Faktor, der nach Selbstbehandlung drängt. Wie wir wissen, scheint sie in der Bevölkerung und gerade unter Jugendlichen weit verbreitet. Aber nur selten sprechen Jugendliche konkret über ihre Angst. Befragt man sie jedoch speziell danach, so erkennt man, daß viele von ihnen die Grunderfahrung »Angst« nicht nur gemacht haben, sondern daß sie für sie auch gegenwärtig ist. Angst kann die Grundlage von Schmerz- oder Schlafmittelkonsum sein, sie kann aber auch den Ausgangspunkt für Kokainkonsum darstellen, und sie kann in eine weitergehende Drogenkarriere hineinführen. Mit Hilfe psychotroper Substanzen läßt sich zumindest für den Augenblick ein Ausgleich für die eigene Bedrängnis herstellen.
Aber auch Persönlichkeitsstörungen spielen als Ausgangspunkt süchtiger Entwicklungen eine Rolle. Untersuchungen haben gezeigt, daß unter Süchtigen abnorme Persönlichkeiten der verschiedensten Färbungen zu finden sind. Begünstigt eine derartige Grundstörung das Zustandekommen eines Mißbrauchsverhaltens, so kann dieses leicht in Abhängigkeit münden. Aus dem Erlebnis eigenen Gehemmtseins kann der Wunsch erwachsen, dieses Defizit zu überwinden und auszugleichen. Hier sind Mittel mit enthemmender und antriebssteigernder Wirkung geeignet, folgerichtig werden sie auch benutzt.
Jedoch nicht nur Hemmungen, sondern auch Kontakt- und Willensschwäche sind Faktoren, die das Bedürfnis nach Überwindung durch Einnahme zentralnervös wirkender Mittel wecken können. Hier ist an solche Substanzen zu denken, die sozialen Kontakt erleichtern oder die eine vorhandene Willensschwäche überwinden helfen, indem sie antriebssteigernd wirken. Kommt eine stimmungsanhebende Komponente hinzu, so sind solche Substanzen besonders willkommen. Wir denken dabei an Haschisch, aber auch an Amphetamine und Kokain, die in diesem Zusammenhang eine wichtige Rolle spielen.
Stimmungslabilität ist ein weiterer möglicher Ausgangspunkt für Mißbrauch und Abhängigkeit. Hier spielen vor allem Cannabis und Psychopharmaka eine Rolle. Die Jugendlichen konsumieren vor allem solche Stoffe, die eine beruhigende, reizabschirmende Wirkungskomponente enthalten. Überhöhtes Geltungsbedürfnis ist ein weiterer möglicher Ausgangspunkt, der zum Konsum zentralwirksamer Substanzen führen kann.
Schließlich müssen wir aber auch an endogene psychische Erkrankungen denken, die zum Drogenkonsum führen können. Die Patienten bekämpfen die als störend erlebten Krankheitssymptome im Sinne eines Versuchs der Selbstbehandlung durch Einnahme bzw. durch Mißbrauch zentralwirkender Stoffe. Zielsymptome sind dabei vor allem Halluzi-

nationen, Icherlebensstörungen, Wahnsymptome, Antriebshemmungen, aber auch Konzentrations- und Denkstörungen. Wir kennen auch Fälle vorwiegend depressiv gefärbter endogener Psychosen, bei denen massiver Alkoholmißbrauch vorlag, der der Bekämpfung der depressiven Symptomatik dienen sollte. Wir sprechen dann von einem symptomatischen Medikamenten- oder Rauschmittelmißbrauch. Besonders bei symptomarm (*blande*) verlaufenden schizophrenen Erkrankungen sehen wir häufig den Mißbrauch von Rauschmitteln zum Zwecke der Bekämpfung der als störend erlebten Symptome. Dabei ist die Beobachtung von Interesse, daß es bei diesen Patienten häufig bei einem Cannabisbzw. Halluzinogen- oder Amphetaminmißbrauchsverhalten bleibt, während im Ausnahmefall eine Opiatsucht zustande zu kommen scheint.

In jüngster Zeit hat sich bei dieser Krankheitsform, die meist im zweiten oder dritten Lebensjahrzehnt beginnt, ein Wandel in der Art des überlagernden symptomatischen Mißbrauchs gezeigt: Jugendliche Schizophrene greifen häufiger zu Rauschdrogen mit halluzinogener Wirkung. Wir erwähnten schon, daß sie die Schwelle zu stärker wirkenden Substanzen nur selten überschreiten. Daneben gibt es eine Gruppe von Jugendlichen, bei denen es unter der Einnahme von Halluzinogenen zur Auslösung von Psychosen endogenen Gepräges kommt, die von »echten« endogenen Psychosen nur schwer zu unterscheiden sind.

1.6.2 »Mystische« und »intellektuelle« Motive

Der Drogenkonsum gerade von Jugendlichen ist auch aus dem Bedürfnis nach Ekstase und der Suche nach tiefgreifenden Lebensinhalten und Lebenszielen zu verstehen wie sie z. B. Religionen bieten können. Die schwärmerisch-gefühlhafte Erlebnisakzentuierung der Jugendphase stellt Religiosität in einen neuen Zusammenhang. Die Hinwendung zu mystischen Erlebnisweisen läßt sich hieraus ableiten. Die Auflösung religiöser Bindungen in unserer weitgehend säkularisierten Gesellschaft hat offenbar Lücken hinterlassen, die die Jugendlichen als besonders schmerzhaft und ausfüllenswert empfinden.

Mit dem Bedürfnis nach rauschhaften Erlebnisformen ist ein »Gegenschlag zur rationalistischen Ausdörrung unseres Lebens« (Siegmund, o. J.) verbunden. Man hat gesagt, das Außersichsein in der Ekstase sei eine menschliche Erlebnismöglichkeit, der wir weitgehend verloren gegangen seien. Im Rausch könne man sie zumindest in Andeutungen nachvollziehen. Daß die Jugendlichen angesichts ihrer Vereinzelung und Zurückgewiesenheit auf sich selbst, seien sie auch nur subjektiv empfunden, auf irrationale Erlebnismöglichkeiten ausweichen, kann uns nicht überraschen. Die Suche nach mystischen Vollzügen und Erlebnissen therapeutisch auszunutzen, ist zwar eine subtile, im Einzelfall aber erfolgversprechende Methode.

Bei Jugendlichen spielt auch die intellektuelle Probierfreude eine Rolle beim Zustandekommen von Drogenkonsum. Wir kennen Fälle, wo Lust am Experiment eine echte Einstiegsmotivation darstellte und nicht nur eine später aufgesetzte sekundäre Motivation war. Hier handelt es sich um einen der Jugendphase zugehörigen Zug. Die Lust am Ausprobieren ist zwar eine Motivation, die nur in verhältnismäßig wenigen Fällen Drogenkarrieren eröffnet, meist bleibt es beim Probierverhalten; sie ist aber dennoch in ihrer Bedeutung nicht zu unterschätzen, gerade wenn es um Substanzen geht, die in relativ kurzer Zeit schnell und vehement in die Abhängigkeit führen.

1.6.3 Angleichung an die Gruppe

Aus dem Erlebnis der Vereinzelung heraus erwächst bei Jugendlichen das Streben nach Zugehörigkeit zu einer Gruppe Gleichgesinnter und Gleichaltriger und mit gleichen Konflikten Belasteter – also nach einer Gruppe, die eigene Probleme mitzutragen verspricht. Oft führt die Integration in solche Gruppen über Drogenkonsum, z. B. über den Konsum von Haschisch. Wir wissen, daß es vom Cannabiskonsum in einer Vielzahl von Fällen zum Übergang auf andere Drogen kommt, so daß sich schließlich aus einem isolierten Mißbrauchsverhalten Abhängigkeit entwickeln kann. Nicht nur die Suche nach einem bergenden Gruppengefühl bringt junge Menschen zum Drogenkonsum, sondern auch eine Eigenwirkung der Gruppe selbst, die wir als *Gruppendruck* bezeichnen. Während die Jugendlichen auf der einen Seite die Gruppe suchen, weil sie Schutz verheißt und den Kontakt mit Gleichgesinnten verspricht, übt die Gruppe auf der anderen Seite auch Druck auf das Verhalten ihrer Mitglieder aus, macht sie mehr und mehr von ihr abhängig. Wir haben bei jugendlichen Drogenkonsumenten gesehen, daß sie an Drogen gelangten, weil »man« Drogen nimmt, weil dieses Verhalten »in« ist. Viele emotional und psychisch labile Jugendliche schaffen es dann nicht mehr, sich solchem Gruppendruck zu entziehen. Sie glauben, nur noch bestehen zu können, wenn sie sich dem Diktat der Gruppe und deren Forderungen und Rollenerwartungen anpassen oder gar unterwerfen. Man hat bisher zu wenig auf diese Vorgänge im Inneren solcher Gruppen geachtet. Hier herrscht offensichtlich ein enormer Druck, den dominierende Mitglieder auf einzelne Gruppenangehörige ausüben. So kommt es zu einem Funktionswandel der Gruppe, der auch das einzelne Mitglied betrifft, das in aller Regel mit fortschreitendem Drogenkonsum immer stärker »nach außen gleitet«. So kommt es allmählich zum drop out aus der Gruppe, später auch aus weiteren sozialen Bindungen.

1.6.4 Lustgewinn

Für viele Jugendliche bilden Verstimmungen, Langeweile und das Erlebnis des Nichtausgelastetseins, aber auch der tatsächlichen Überforderung eine Motivation zum Drogenkonsum. Treten zwischen den eigenen, subjektiv registrierten Fähigkeiten und den Anforderungen, die von außen an die Jugendlichen gestellt werden, größere Diskrepanzen und Disharmonien auf, so kann es leicht zum Ausweichen auf den Gebrauch zentralwirksamer und abhängig machender Substanzen kommen. Sowohl Unterbeanspruchung als auch Überforderung kann die gleiche Wirkung in der gleichen Richtung entfalten.
Unter den Motiven im Zusammenhang mit Lustgewinn spielt die Nachahmung des Verhaltens anderer eine wesentliche Rolle. Lustbetonte Zustände, die andere schildern oder die bei anderen zu beobachten sind, werden versuchsweise bei der eigenen Person herbeigeführt und können den Einstieg zu Mißbrauch und Abhängigkeit bilden.
In unserem Zusammenhang spielt auch die Neugier eine wesentliche Rolle als Ausgangsmotivation. Was andere als attraktiv schildern, will man gerne selbst ausprobieren. Neugier ist eine allgemein der Jugendphase zuzurechnende Grund-

haltung, die an sich positiv zu bewerten ist. Wo sie sich allerdings auf schädigende Verhaltensweisen bezieht, sollten Informationen das Ausprobieren überflüssig machen.

1.6.5 Ideologische Motive

Auch im gesellschaftlich-ideologischen Bereich lassen sich Motive für Drogenkonsum finden. So soll etwa ein höherer Grad von Anpassung an Bestehendes erleichtert werden; aber auch auf der Suche nach gesellschaftlichen Alternativen stellt die Drogensubkultur mit ihrem ideologischen Überbau eine für manchen verlokkende Gegenkultur dar, zu der der Zugang nur über den eigenen Konsum von Drogen möglich scheint. Schließlich finden wir eine mögliche Motivation zum Drogenkonsum auch darin, den Blick der Gesellschaft auf bestehende Mängel zu richten, indem zunächst ihr Blick auf die protestierende, abweichende Jugend gerichtet werden soll. Ihr auffälliges Verhalten soll als Symptom tiefreichend gestörten gesellschaftlichen Lebens der Öffentlichkeit transparent werden – der »kaputte Fixer« gleichsam als Mahnmal einer »kaputten Gesellschaft«.

Eine weitere Motivation ist im Wunsch nach Identifizierung mit gesellschaftlichen Idealbildern zu sehen. Wo Jugendliche traditionelle Normen und Leitbilder als unzureichend erleben, ertönt schnell der Ruf nach Veränderung bestehender Verhältnisse oder zumindest nach einer Flucht aus ihnen in Außenseitergruppen mit eigenen – zu herrschenden konträren – Normen. Oft bleibt dann allerdings die »Kritik« am Bestehenden sehr rasch in Mißbrauch und Abhängigkeit von Drogen stecken. Wir sollten daher stärker beachten, daß der Ruf nach anderen, vermeintlich besseren Verhaltens- und Lebensnormen bei Jugendlichen ein Ausdruck der Unzufriedenheit ist mit den auf »Reproduktion und Anpassung lautenden Forderungen der Gesellschaft« (Waldmann, 1970).

Die ideologische Motivation zum Drogenkonsum war besonders in der Frühphase der sogenannten Drogenwelle Ende der 60er Jahre und Anfang der 70er Jahre vorherrschend. Die daraus erwachsende Generation von Drogenabhängigen war bald aber nicht mehr in der Lage, differenzierte ideologische Forderungen vorzutragen. So haben wir es heute im wesentlichen mit einer ideologiefremden, weitgehend unstrukturierten und nur ansatzweise noch zu Gruppenbildungen neigenden Generation unter den fortgeschrittenen Abhängigen zu tun. Die ideologische Komponente des Drogenkonsums der Jugendlichen ist offenbar heute von schwindender Bedeutung.

1.6.6 Wunsch nach Vergessen und Flucht aus der Wirklichkeit

Entlastungsbedürfnisse spielen heute eine wichtige motivische Rolle für das Zustandekommen süchtiger Entwicklungen. Die Bewältigung von Lebensschwierigkeiten stellt eine starke, von vielen Menschen nur schwer zu tragende Belastung dar. Die daraus resultierenden mannigfachen Konflikte sind von vielen kaum mehr selbst zu bewältigen. So entsteht das Bedürfnis, Spannung, wenn nicht zu lösen, so doch aus dem Blickfeld zu rükken. Als Hilfsmittel dazu bieten sich zentralwirksame Rauschmittel bzw. Medikamente an.

Wir betonten schon, daß gerade bei Jugendlichen als besonderes Motiv der »Erlebnishunger« hinzukommt. Viele Jugendliche wollen aus dem täglichen Einerlei hinaus, sie vermissen den Reiz des

Neuen in einer scheinbar durch und durch organisierten Welt, die kaum Lücken für sie zu lassen scheint. Reisen in exotische Länder sind aufwendig, zeitraubend und kaum realisierbar. Aber Reisen in das eigene Innere, die »Astronautenfahrt in die eigene Seele«, scheinen durch die Rauschdrogen leicht möglich und verheißen einen Rest von abenteuerlichem Erleben. Dabei spielen auch selbstzerstörerische (*autoaggressive*) Tendenzen eine Rolle, die wir häufig bei Süchtigen finden. Eine erhöhte Risikobereitschaft führt dazu, daß auch vor selbst- und fremdschädigendem Verhalten nicht zurückgeschreckt wird. Daß eine solche Fehlhaltung tief in die Psychopathologie der Persönlichkeit hineinreicht, sei nur am Rande erwähnt. Man hat den Wunsch nach dem Vergessen von Sorgen und nach der Flucht aus der Wirklichkeit auch die eigentliche Suchtkomponente der zahlreichen Motivationsstrukturen genannt, die wir dargestellt haben. Wo man eigenes Verhalten oder eigenes Erleben nicht mehr steuernd in den Griff nimmt, sondern es auf sekundäre, höchst indirekte Weise durch die Einnahme von zentralwirkenden Substanzen beeinflußt, ist die Gefahr von Mißbrauch und Abhängigkeit naturgemäß besonders groß.

1.7 Konsumverhalten (Gebrauchsmuster)

1.7.1 Vorbemerkung

Beim Konsum der einzelnen in Betracht kommenden Substanzgruppen beobachten wir recht unterschiedliche Verhaltensmuster, die von einem gelegentlichen Mißbrauchsverhalten, z. B. der vereinzelten Einnahme eines Tranquilizers ohne strenge Indikation oder dem Gelegenheitskonsum einer Einzeldosis Haschisch bis zu einer schweren süchtigen Entgleisung reichen können, die sich etwa als Mehrfachabhängigkeit von Heroin und anderen psychotropen Stoffen zeigen kann. Da die unterschiedlichen Verhaltensstile der Konsumenten auch unterschiedliche therapeutische Konsequenzen nach sich ziehen müssen, wollen wir im folgenden darauf kurz eingehen.

1.7.2 Mißbrauchsverhalten

Das in der Bundesrepublik und in anderen westlichen Industrieländern, aber auch in Ländern des sogenannten real existierenden Sozialismus weit verbreitete Mißbrauchsverhalten gegenüber psychotropen Stoffen stellt eine wesentliche Wurzel der Drogenabhängigkeit dar. Es findet seine Ursachen in der leichten Verfügbarkeit zentralwirksamer Medikamente, in dem in weite Bereiche des Lebens hineinwuchernden täglichen Alkoholkonsum, aber auch in einer Fülle von Lebensumständen, die mehr oder weniger als zeittypisch anzusehen sind. So ist allgemein der ständig steigende Arzneimittelverbrauch, speziell der steigende Verbrauch von Psychopharmaka mit Einstellungen in Zusammenhang zu sehen, die durch eine große Vermeidungstendenz gekennzeichnet sind. Schmerz-, Schlaf- und Beruhigungsmittel sollen helfen, das Ausmaß täglicher Belastung zu verringern, von Problemen des Alltags abzulenken, die Genußfähigkeit zu erhalten, die überreizte, »nervöse« Atmosphäre zu bereinigen, in der wir leben, Auseinandersetzungen in der Familie zu dämpfen, Konflikte zu kompensieren. Die Wissenschaftsgläubigkeit unserer Zeit hielt lange Medikamente für omnipotent und Psychopharmaka für Wunderdrogen. Heute beginnen wir, auf die Nebenwirkungen von

Medikamenten stärker zu achten und ihnen gegenüber eine gewisse Sensibilität zu entwickeln. Gleichwohl gilt es weiterhin als durchaus schick, bestimmte Arzneimittel nicht nur bei sich zu führen, sondern sie auch ständig einzunehmen. Diese Verhaltensweise gilt vielen als Ausweis der Zugehörigkeit zu einer gestreßten Hochleistungsgruppe mit positivem Image. Die »Schmerzfeindlichkeit« unserer Zeit schließlich hat dazu geführt, daß selbst kleine Veränderungen des Allgemeinbefindens, etwa leichte Verstimmungen, eine gewisse Wetterfühligkeit, gelegentliche Kopfschmerzen, leichtes Leibweh und andere Unlustgefühle mit der Einnahme meist stark wirkender Medikamente beantwortet werden.
Das Mißbrauchsverhalten betrifft aber nicht nur die Einnahme von Medikamenten, sondern auch den sorglosen Umgang mit Drogen. Wie anders wäre sonst eine Kampagne zu verstehen, die die sogenannte Deutsche Cannabisreformgesellschaft betreibt, um ein von vielen Fachleuten als gefährlich eingestuftes Rauschmittel legal verbreiten zu können?
Das Mißbrauchsverhalten zieht sich quer durch alle Bevölkerungsgruppen. Es ist gekennzeichnet durch eine mehr oder weniger unkontrollierte Einnahme aller nur denkbaren Arzneimittel, vor allem von Psychopharmaka, oft in Verbindung mit anderen Mitteln oder mit Alkohol. Das Mißbrauchsverhalten bleibt fast immer im präklinischen Bereich. Seine Relevanz für dic Gesundheit der Betroffenen liegt aber sowohl in sich ausbildenden Organschäden durch chronischen Mißbrauch (z. B. *Phenacetinniere*) als auch in der Verfestigung und schließlichen Ausuferung des Mißbrauchsverhaltens in Richtung der Entstehung einer Drogenabhängigkeit. Es wird unmittelbar deutlich, daß präventive Maßnahmen vor allem beim Mißbrauchsverhalten ansetzen müssen bzw. bei denjenigen Verhaltens- und Einstellungsweisen, die Grundlage des Mißbrauchsverhaltens sind.

1.7.3 Cannabis- und Halluzinogenabhängigkeit

Nur relativ selten wird es zur Ausbildung einer Abhängigkeit vom Cannabistyp bzw. einer Abhängigkeit vom Halluzinogentyp bei Jugendlichen kommen. Die Erfahrung zeigt, daß es entweder bei einem sporadischen Probierkonsum von Cannabis bzw. von Halluzinogenen bleibt und der Konsum anschließend abgebrochen wird, oder es kommt zu einer längerdauernden Phase von Gelegenheitskonsum dieser Substanz, ohne daß sich eine Abhängigkeit ausbildet. Die dritte Möglichkeit ist, daß die Cannabis- bzw. Halluzinogenkonsumenten auf den Konsum stärker wirkender Substanzen umsteigen, ohne daß sich eine Abhängigkeit vom Cannabistyp bzw. vom Halluzinogentyp ausgebildet hätte.
Im Mißbrauchsstadium werden Cannabis bzw. Halluzinogene meist in der Gruppe konsumiert. Das gemeinsame Erleben steht im Vordergrund. Meist haben wir es mit sehr jungen Jugendlichen zu tun; 12 bis 18 Jahre dürfte der Altersdurchschnitt sein, selten sind die Betroffenen älter. Meist handelt es sich um Schüler, Lehrlinge, also um in sonstiger Ausbildung befindliche junge Menschen. Der Konsum von Haschisch bzw. von Halluzinogenen hat zunächst meist keine unmittelbare Auswirkung auf die sozialen Bezüge. Die Eltern merken oft nichts, die Leistungsfähigkeit in geistiger und körperlicher Hinsicht wird erst verhältnismäßig spät ernsthaft eingeschränkt, nämlich dann, wenn aus dem Gelegenheitskonsum Abhängigkeit geworden ist. Die auftretenden leichten Verhaltensstörungen werden anfangs

als puberal und entwicklungsbedingt eingestuft. Schwere Folgeerscheinungen sind in diesem Stadium eher selten, es sei denn, daß es zu atypischen Rauschverläufen (*»Horror-Trips«*), Komplikationen oder krimineller Verwicklung bei der Stoffbeschaffung kommt.

1.7.4 Opiatabhängigkeit

Von zentraler Bedeutung ist das Konsumverhalten bei Opiatabhängigen, das durch die hohe suchterzeugende Potenz dieser Stoffgruppe weitgehend determiniert ist. Die Abhängigen sind – unabhängig von Alter und anderen Lebensumständen – gezwungen, hohe Preise für die von ihnen benötigten Substanzmengen auf dem illegalen Drogenmarkt zu bezahlen. Dabei sind Tagessätze von DM 200,– bis DM 600,– durchaus nichts Ungewöhnliches. Solche Beträge können auch gut Verdienende in der Regel nicht durch normale Erwerbstätigkeit aufbringen, ganz abgesehen davon, daß Opiatkonsumenten meist nicht arbeitsfähig, vielfach sogar erwerbsunfähig sind. So sind die Abhängigen gezwungen, zu Drogenerwerbsmethoden zu greifen, wie sie auf der Drogenszene üblich sind, und die wir kurz darstellen.

Ein noch nicht allzuweit sozial abgestiegener Opiatsüchtiger kann sich am sogenannten *Kommissionshandel* beteiligen. Er kauft 5 oder 10 Gramm Heroin von einem größeren Zwischenhändler, der selbst Heroin in der Größenordnung von 100 Gramm besitzt und dieses wiederum von einem Händler erwirbt, der selbst im 500- bis 1000-Gramm-Bereich Heroin besitzt. Unser Kleinhändler erwirbt also 5 bis 10 Gramm Heroin, nimmt sich davon den von ihm benötigten Teil und hat nun zwei Möglichkeiten das Geld aufzubringen, das er seinem Lieferanten für die Gesamtmenge schuldet: Er kann entweder zum Einkaufspreis weiterverkaufen und die ihm zur Verfügung stehende Stoffmenge strecken. Er kann aber auch einen höheren als den von ihm aufgebrachten Einkaufspreis fordern. Auf diese Weise finanziert er seinen eigenen Opiatkonsum. Dies ist aber nur möglich, solange er noch eine gewisse Vertrauenswürdigkeit gegenüber dem ihm übergeordneten Lieferanten besitzt. Viele Opiatabhängige besitzen das hierzu erforderliche Vertrauenspotential aber nicht mehr. Kein Lieferant wird ihnen 5 oder 10 Gramm Heroin in die Hand geben, weil er fürchten müßte, daß der Gegenwert ihm nicht entrichtet wird. Solche Süchtigen sind dann gezwungen, auf der Drogenszene zu *checken*. Sie kennen die Besitzer kleinerer Heroinmengen und erkundigen sich auf der Drogenszene, wer Heroin kaufen will. Für die Vermittlung an den Besitzer kleinerer Heroinmengen erhält der »Chekker« eine Substanzmenge, die im 10- bis 20-Prozent-Bereich der verkauften Menge liegt. Wenn sich dieser Vorgang genügend oft wiederholt, kann der Opiatkonsument auf diese Weise seinen Eigenbedarf sichern.

Wir wollen hier nicht auf die vielen Einzelheiten der Beschaffungstechnik Opiatsüchtiger eingehen. Auf eine weitere Möglichkeit wollen wir aber hinweisen: Mit Hilfe sogenannter *direkter Beschaffungsdelikte*, z. B. in Gestalt eines Einbruchdiebstahls in Apotheken oder pharmazeutische Lager, können sich Abhängige ebenfalls Stoff beschaffen.

Auch *Rezeptdelikte* spielen nach wie vor eine große Rolle bei der Beschaffung von Suchtstoffen: 1972 wurden etwa 900 solcher Delikte verübt, 1973 1430, die Zahl ging 1974/75 zurück, um 1977 mit 2200 Fällen einen Höhepunkt zu erreichen. 1980 waren es etwa 1300 derartige Delikte in der Bundesrepublik. Die Zahl der *Rezeptdiebstähle* blieb hingegen relativ konstant: sie betrug 1972 320, 1975 350, 1977 erreichte sie einen Gipfel mit 710, 1980 waren es 470 Fälle. Eine weitere Beschaffungsvariante ist das *Erschleichen von Rezeptverordnungen*, die von uninformierten Ärzten immer wieder zu erhalten sind.

Das Verhalten Opiatsüchtiger wird weitgehend davon bestimmt, daß sie praktisch ständig zur Beschaffungsdelinquenz gezwungen sind. Ein weiterer bestimmender Faktor liegt darin, daß die Süchtigen ihren Tagesrhythmus und -ablauf ganz auf den Erwerb und Konsum ihrer Suchtstoffe abstellen. Aufgrund der ihnen eigenen Haltung, im augenblicklichen Zustand solange zu verharren, bis er unerträglich wird, beginnt für sie der Tag spät, und er endet entsprechend spät. Die Zwischenzeit ist mit Aktivitäten zur Stoffbe-

schaffung und zum Stoffkonsum ausgefüllt. Das Verhalten der Opiatsüchtigen erhält mehr und mehr in den Augen Außenstehender unzuverlässige Züge, aber nur insoweit, als es nicht um Stoffkonsum und -beschaffung geht. Stets ordnen Opiatsüchtige ihr Verhalten daraus erwachsenden Notwendigkeiten unter.
Da wir auch die Opiatsucht als einen Vorgang in der Zeit auffassen müssen, können wir Opiatabhängige, die sich in verschiedenen Stadien ihrer Abhängigkeit befinden, nur schwer miteinander vergleichen. Im Ablauf der Opiatsucht kommt es zu einem immer stärker werdenden sozialen Abgleiten, zu wachsenden kriminellen Verwicklungen, zur Arbeits- und Erwerbsunfähigkeit, zum Abbruch sozialer Bindungen, zum Anstieg der Konflikthäufigkeit und -intensität, zur Gleichgültigkeit gegenüber Anforderungen des Alltags, gegenüber der eigenen Gesundheit, dem eigenen Organismus.

1.7.5 Abhängigkeit vom Amphetamintyp

Dieser Abhängigkeitstyp spielt in unserem Zusammenhang nur eine untergeordnete Rolle. Weckmittel werden vor allem im Rahmen einer Polytoxikomanie meist von jugendlichen Drogenabhängigen konsumiert. Der körperliche und soziale Verfall bei reinen Weckmittelkonsumenten gilt auf der Drogenszene als besonders schwerwiegend (*speed freaks*). Häufig spielt der Wunsch nach Leistungssteigerung und nach Kompensation der sedierenden Heroinwirkung eine Rolle für den Konsum von Weckmitteln.

1.7.6 Barbiturat/Alkohol-Typ

Auch diesen Abhängigkeitstyp wollen wir in unserem Zusamenhang nur kurz behandeln; denn in der Regel haben wir es bei der von uns zu behandelnden Klientel mit vorwiegend Opiatsüchtigen zu tun, zumindest aber mit solchen Polytoxikomanen, bei denen eine Abhängigkeit vom Morphintyp im Vordergrund steht.
Die verschiedensten zentralwirksamen Arzneimittel führen zur Abhängigkeit vom Barbiturat/Alkohol-Typ. Darunter fallen vor allem die Gruppe der Schlafmittel, der opiatfreien Schmerzmittel und der Tranquilizer. Arzneimittelabhängigkeit finden wir besonders häufig bei Frauen im mittleren Lebensalter. Bei jugendlichen Drogenabhängigen spielen Arzneimittel meist als Überbrückungsmittel bei Stoffbeschaffungsschwierigkeiten eine wichtige Rolle.
Kennzeichnend für die Entstehung einer Arzneimittelabhängigkeit ist der für die Betreffenden meist unmerkliche *Übergang vom Gebrauchsverhalten zum Mißbrauchsverhalten* und von hier zur *Abhängigkeit.* Während der Arzt die betreffenden Medikamente zunächst verordnet, weil (oft minimale) Beschwerden vorliegen, lernen die Patienten die Wirkung der psychotropen Substanzen kennen und übernehmen allmählich selbst die Entscheidung über den Anlaß der Einnahme und die Höhe der Dosierung. In vielen Fällen kommt es zu einer Dosiserhöhung, weil der gewünschte Erfolg mit der ursprünglichen Dosishöhe nicht mehr zu erreichen ist. Ursache hierfür ist die Toleranzbildung gegenüber einer Reihe von Wirkungen bei wiederholtem Konsum zentralwirksamer Substanzen. So merken z. B. Schlafmittelkonsumenten, daß die von ihnen benutzten Substanzen, in entsprechender Dosierungshöhe genommen, bei entsprechender Gewöhnung keine schlafanstoßende Wirkung mehr haben, sondern lediglich die Grundbefindlichkeit verändern, meist in Richtung einer wohlig-euphorischen Entspannung,

in manchen Fällen aber auch hinsichtlich einer Stimmungsanhebung und Antriebssteigerung bei zugleich vermehrter Wachheit. Diesen Effekt führen die Patienten bald absichtlich herbei, da sie ihn schätzen lernen. Dosissteigerung und paradoxe Wirkung sind jedoch typische Indizien für eine fortgeschrittene Toleranzbildung, die wiederum eine Bedingung der Abhängigkeit darstellt.

Gerade bei den arzneimittelabhängigen Frauen hat es sich erwiesen, daß vor allem das Gefühl des Nichtausgelastetseins, der Zurückstufung und der Isolation eine wesentliche Rolle beim Zustandekommen süchtiger Fehlhaltungen spielt. Es sind in vielen Fällen Rollenprobleme und Rollenkonflikte, die bei entsprechender Fehlverarbeitung in die Drogenabhängigkeit führen können. Nicht nur die mangelnde Integration am Arbeitsplatz, sondern auch die Tatsache, daß viele Frauen aus dem Erlebnis beruflicher Anerkennung in das durch nur langfristige Erfolgserlebnisse bekräftigte Hausfrauendasein überwechseln müssen, führt in vielen Fällen zu einem Ausweichverhalten, zu dem auch Drogenkonsum gehört. So zeigt sich am Beispiel der Arzneimittelabhängigkeit, wie vielfältig die Interaktionen zwischen der süchtigen Fehlhaltung einerseits, der Persönlichkeit der Betroffenen und gesellschaftlich-strukturellen Gegebenheiten andererseits sind. Aber nicht nur das Gefühl zu geringer Belastung, sondern auch das Erlebnis der Überbelastung im beruflichen und familiären Bereich kann bei entsprechender Persönlichkeitsstruktur zu einer verstärkten Medikamenteneinnahme im Sinne eines Ausgleichs von erlebten Defiziten oder von starken Entlastungsbedürfnissen führen.

Zum Gebrauchsmuster ist zu sagen, daß wir meistens eine über den Tag verteilte orale Einnahme von Schlaf-, Beruhigungs- und Schmerzmitteln vorfinden, wobei allerdings auch die Zufuhr von Schmerzmitteln in Form von Zäpfchen gerade bei Frauen eine gewisse Rolle zu spielen scheint. Diese Medikamente werden in der Mehrzahl von Ärzten verschrieben, die die sich entwickelnde Medikamentenabhängigkeit entweder nicht richtig einstufen oder nicht richtig erkennen (können). Hinzu kommt, daß viele der mißbrauchten Medikamente rezeptfrei in Apotheken erhältlich sind.

Das Verhalten der Abhängigen wird mehr und mehr durch Verheimlichungs-, Verniedlichungs- und Verharmlosungstendenzen gekennzeichnet. Herabgesetzte allgemeine Leistungsfähigkeit, Änderungen des Tagesrhythmus, der allgemeinen Belastbarkeit, erhöhte Krankheitsbelastung, vermehrte Konfliktbelastung sind weitere Folgen der sich entwickelnden Abhängigkeit, die das Verhalten der Süchtigen weitgehend mitbestimmen. Am Ende steht das Stadium der *Dekompensation,* in dem es nicht mehr gelingt, die Mitteleinnahme zu kaschieren. Der Prozeß der Ausbildung einer solchen Abhängigkeit verläuft nicht kontinuierlich, sondern eher schubförmig mit zwischenzeitlich eingestreuten Intervallen scheinbarer Besserung. Mehrfachkonsum verschleiert vielfach das Bild der allmählich in den Vordergrund rückenden Abhängigkeit.

1.7.7 Kokaintyp

Auch Kokain wird im wesentlichen im Rahmen von polytoxikomanen Verläufen konsumiert. Reine Kokainabhängigkeiten sind hingegen selten. Da es sich um eine zentralstimulierende Substanz handelt, kommt es zu Veränderungen des Tag-Nacht-Rhythmus, zu starker zentraler Erregung, zu Antriebssteigerungen, gehobener Stimmung, breitflächiger

Kontaktnahme mit der Umgebung. Kritikschwäche und Distanzlosigkeit sind Zeichen für eine fortgeschrittene Kokainabhängigkeit. Zugleich drängen sich Ermüdungs- und Erschöpfungszustände in den Vordergrund. Körperliche Verwahrlosung tritt hinzu. Die Beschaffungsnotwendigkeiten, die Gefahr krimineller Verwicklung und der soziale Abstieg bilden sich im gleichen Umfang heraus wie bei der Heroinsucht. Deshalb können wir hier davon absehen, spezielle Verhaltensweisen Kokainabhängiger gesondert darzustellen.

1.8 Bedingungsgefüge von Mißbrauch und Abhängigkeit

Wir stellen uns die Entstehung von Mißbrauch und Abhängigkeit innerhalb eines Bedingungsgefüges vor, das vieldimensional angelegt ist. In der medizinischen Forschung dominiert heute nicht nur für die Entstehung süchtiger Entwicklungen, sondern für eine Vielzahl anderer Erkrankungen eine *multifaktorielle* Betrachtungsweise. Mißbrauch und Abhängigkeit verstehen wir als einerseits biologisch begründeten, an somatisches Substrat gebundenen, andererseits aber auch als soziogenetisch induzierten und komplettierten Sachverhalt. Familiäre, persönlichkeitsbedingte, psychopathologische und in vielen Fällen für die Jugendphase spezifische, aber auch soziologische und ideologische Momente bilden ein Faktorenbündel, das in sich vielgestaltige Interaktionen zeigt und zusammengenommen neben der Verfügbarkeit der suchterzeugenden Substanzen und ihren spezifischen Wirkungen für süchtige Entwicklungen verantwortlich ist.

Es soll freilich nicht verkannt werden, daß soziale Faktoren gerade bei der Entstehung von Drogenabhängigkeit und auch Alkoholismus eine wesentliche Rolle spielen können. Von einer *reinen* Soziogenese kann jedoch nicht gesprochen werden. Freilich ist das nur organische Modell der Suchtentwicklung ebenfalls unzureichend, so daß wir eine multifaktorielle Betrachtungsweise der Entstehungsbedingungen der Drogenabhängigkeit favorisieren müssen.

Betrachten wir die gesellschaftliche Situation, in der es zu der sogenannten Drogenwelle unter den Jugendlichen Westeuropas und Nordamerikas Ende der sechziger Jahre gekommen ist, so kann man an der Unzufriedenheit der Jugend mit den herrschenden gesellschaftlichen und politischen Verhältnisse nicht vorübergehen. Kritik an der Situation in den Hochschulen, Kritik am amerikanischen Engagement in Vietnam waren zum Beispiel Anlässe weltweiter Protestbewegungen. Die Kritik an den sicher teils überzogenen Anforderungen der industrialisierten Leistungsgesellschaft war und ist in weiten Kreisen der Jugend verbreitet. Die Forderung nach Anpassung führt zu Rollenkonflikten; denn Anpassung schränkt die individuelle Freiheit zugunsten des Funktionierens übergeordneter gesellschaftlicher Prinzipien ein. Gerade dazu aber ist der Jugendliche oft nur in geringem Maße bereit, der froh ist, gerade der »Enge« der familiären Verhältnissse entronnen zu sein.

Schelsky (1963) hat die Nachkriegsgeneration die »skeptische Generation« genannt. Er sah sie u. a. dadurch bestimmt, daß eine »eigenständige und daher positiv bestimmbare soziale Rolle ... in der Gesellschaft nicht mehr vorhanden ist.« Das Dominieren anonymer Bezugssysteme, die auf das Funktionale reduzierten Beziehungen der Menschen untereinander, sind neuartige Strukturen, die die Situation des Jugendlichen heute wesentlich mitbestimmen. Die hohe soziale Mobilität der Jugend, die Dynamik der sozialen Umwelt führt die Jugendlichen in früher nicht gekannte Konfliktsituationen. Die Dynamik der Gesellschaft erfaßt auch die Jugendlichen und führt zu einer nur schwer kompensierbaren Unsicherheit bezüglich der eigenen Rolle. Eine »lebensnotwendige Konventionalität« geht mehr und mehr verloren. Der »Zugang zu den Realitäten« (Tenbruck, 1965) wird zur schwer tragbaren Belastung für die junge Generation.

Dies sind Entwicklungen, die uns verdeutlichen können, warum wir heute eine Haltung bei Jugendlichen beobachten können, die man als die große Verweigerung bezeichnet hat.

Noelle-Neumann (1982) hat den Verzicht auf »Selbstbeherrschung« als eine Ursache der Jugendunruhen Ende der 70er, Anfang der 80er Jahre herausgestellt. Der Verzicht auf Disziplin, auf das Akzeptieren von Konsequenzen eigenen Fehlverhaltens und auf soziale Ordnung sind weitere Faktoren, die einer Entwicklung in ein zügelloses egozentrisches Genußverhalten Tür und Tor öffnen. Daß soziale Ordnung entlastend wirkt und Kräfte freisetzt, die anderweitig auch der eigenen Person zugute kommen können, sollte wieder allgemeine Überzeugung werden; dann brauchte sich die junge Generation sicherlich nicht länger in der Rolle des Opfers der Verhältnisse erleben. Stichworte wie »Ziellosigkeit« und »Sprachlosigkeit« (Eidgenössische Kommission für Jugendfragen, 1981) sind Chiffren für die untergründige Aggressivität, die aus dem Erlebnis der Ohnmacht in der Rolle des Opfers erwächst. Gewalt ist dann etwas, dessen sich die anderen ohnehin täglich bedienen, ein Mittel, das sie versteckt ständig anwenden, ein Instrument der Unterdrückung. Der Satz Brechts, wonach Gewalt hilft, wo Gewalt herrscht, ist dann eine Anweisung zum Handeln, die für wohlmeinende Protestler bis hin zu RAF-Terroristen gilt (zur Nachbarschaft von Drogenkonsum und Terrorismus siehe Süllwold in: Jäger, Schmidtchen u. Süllwold, 1981).

Die Frage, warum die Grundstimmung vieler Jugendlicher »die der Resignation, Wut, Ohnmacht, Frust« sei, warum es einen steigenden Haß gegen die Perfektion unseres bürokratisierten Lebensalltags gebe, versucht Schwind (1981) so zu beantworten: »Die Freiheit, die eine liberale Erziehung gewährt, wird von den Jugendlichen in der Leistungsgesellschaft am Anfang des Berufslebens oft nicht wiedergefunden.« Das hinzutretende politische Ohnmachtsgefühl lasse die Jugendlichen sich als hilflos und ausgeliefert erleben. Es seien praktisch keine Freiräume mehr für die Jugendlichen gegeben, weil »bürokratischer Perfektionismus« (Baacke, 1972) sie inzwischen weitgehend zugemauert habe.

Gleiches gilt für die überwiegend von negativen Inhalten ausgefüllten Erwartungen der heraufkommenden Zukunft, die von Weltuntergangsängsten, zunehmender Entmenschlichung gesellschaftlicher Bezüge, Zerstörung der Umwelt und Kriegsgefahr bestimmt sind. Hingegen ist die Erwartung, die Zukunft werde unsere Lebensverhältnisse moderner und fortschrittlicher werden lassen und wir hätten Aussicht, in einer Welt zu leben, in der Gleichheit und Brüderlichkeit bestimmende Elemente sind, nur wenig verbreitet. Unter 21 Items einer Umfrage, die unter Jugendlichen zwischen 15 und 24 Jahren im Jahre 1981 in der Bundesrepublik durchgeführt wurde, fanden sich nur vier positive, hingegen 17 negative Erwartungen (»Shell-Studie«, s. u. »Jugendwerk der Deutschen Shell (Hrsg.)«, 1982).

Auch die gesellschaftliche Zukunft wird

von den Jugendlichen eher pessimistisch betrachtet: So rechnen 95 % der befragten Jugendlichen nicht damit, daß die Kriege abgeschafft werden und daß es eine sorgenfreie Gesellschaft geben werde. 80 % rechnen mit Rohstoffknappheit, Wirtschaftskrisen und Hungersnöten, 78 % rechnen nicht damit, daß es mehr Gleichheit unter den Menschen geben werde, und 76 % erwarten, daß Technik und Chemie die Umwelt zerstören werden (Shell-Studie, 1982).

Auf den Gleichheitswahn, der zeitweise die Gemüter beherrschte und eine Fülle von Motivationen auch politischen Handelns lieferte, wird noch einzugehen sein. Die Ergebnisse dieser Überzeugungsbildung sind noch nicht in ihrer vollen Tragweite abzusehen. Aber auch hier müssen viele Erwartungen und vermeintliche hochgeschraubte Rollenzuweisungen reduziert werden und Enttäuschung und Frustration bei den Betroffenen zurücklassen, die ihrerseits eine Quelle für aggressives Verhalten wie für Ausweichverhalten (z. B. Drogenkonsum) darstellen. In populärer Form hat Zimmer (1980) Untersuchungen zusammengefaßt, die dafür sprechen, daß von »gottgegebener Gleichheit« unter den Menschen aufgrund von empirischen Forschungsergebnissen wohl nicht die Rede sein kann (siehe hierzu auch Eysenck, 1975).

Wenn es wahr ist, daß die Jugendlichen zur Verantwortung gezogen werden, »ohne sich selbst und die Welt, in der sie leben, mit verantworten zu können« (Baacke, 1972), dann sollten wir wohl darüber nachdenken, ob nicht außer unseren Anschauungen auch unsere Wirklichkeit änderungsbedürftig ist und wie wir solche Veränderungen bewerkstelligen können. Dann sollten wir vor allem unsere eigene Konsumhaltung korrigieren, so schwer es uns auch fallen mag, »die das eigene Dasein nur noch von der Teilnahme an den Gütern und Diensten her verstehen kann, die wirtschaftlich erzeugt werden« (Tenbruck, 1965). In einer Zeit, in der die Grenzen des Wachstums (Meadows, 1972) immer deutlicher zutage treten, ist dies sicherlich eine leicht zu akzeptierende Aufgabe existenzsichernden Charakters; und vielleicht wäre es auch zugleich ein Beitrag zur Prävention des Drogenkonsums.

Unter den Faktoren, die Hauptrollen beim Zustandekommen süchtiger Entwicklungen spielen, sind die Person (das betroffene Individuum) einerseits und das soziale Umfeld, in dem sich die Entwicklung abspielt, andererseits die bedeutendsten. Im Spannungsfeld zwischen beiden Faktoren bildet sich die süchtige Entwicklung heraus. Hierbei spielen Bedürfnisse und Anforderungen als diejenigen Größen eine wesentliche Rolle, die – in Ausgeglichenheit befindlich – die Voraussetzung für das psychische Wohl des Menschen und somit eine psychohygienische Grundgegebenheit sind.

Tatsächlich erlauben die bisher vorliegenden Untersuchungsergebnisse zur Ursachenforschung süchtiger Entwicklungen nur schwer definitive Schlußfolgerungen. Zwar können wir z. B. aus dem epidemischen Auftreten von Suchtentwicklungen auf das Mitwirken bestimmter kollektiver Faktoren schließen oder aus dem Gebrauch gewisser Stoffe gerade durch Jugendliche auf Wirkungen, die mit der Motivationsstruktur zusammenhängen mögen; aber aus der Drogenkarriere etwa auf eine »Einstiegsdroge« mit bestimmten kausalen Wirkungen für den weiteren Konsum zu schließen, ist sicher nicht zulässig.

Gerade auf dem Gebiet von Sucht und Mißbrauch ist zwischen Kausalität und zufälligem gleichzeitigem Auftreten bestimmter Erscheinungen konsequent zu unterscheiden. Nicht alles, was nebeneinander oder in zeitlicher Abfolge auftritt, ist auch notwendig kausal miteinander verbunden. Wenn wir ferner bedenken, daß die meisten empirischen Untersuchungen auf dem Gebiet der Drogenabhängigkeit Querschnittsuntersuchungen sind, die nur Augenblicksbefunde festhalten, Verläufe jedoch nicht exakt erfassen, so wird deutlich, daß wir auch nicht genau unterscheiden können zwischen dem, was nebeneinander besteht und dem, was miteinander zusammenhängt. Auch aus der Anamnese lassen sich Kausalverbindungen nur sehr schwer ablesen, weil die zeitliche Abfolge nicht gleichbedeutend mit Ursache und Wirkung ist.

Gerade die Untersuchung vermeintlicher soziogenetischer Faktoren, die immer wieder als bestimmend für Drogenabhängigkeit vorgebracht worden sind, ist durch die methodische Schwierigkeit belastet, daß diese Faktoren bei bereits Süchtigen erhoben wurden und man sie mithin nur als Korrelate süchtiger Entwicklungen betrachten kann. So machen wir bei solchen Untersuchungen – und fast alle Studien sind so angelegt – strenggenommen nur eine Aussage zum augenblicklichen Zustand der Betreffenden und nicht zu denjenigen Bedingungen, die vor Beginn des Mißbrauchs bzw. der Abhängigkeit bestanden haben (können). Auch wenn wir die bereits Abhängigen über ihre Lebensbedingungen vor der Abhängigkeit befragen, ist mit erheblichen Verzerrungen und Umdeutungen zu rechnen, die überwiegend auf das Konto des Kausal- und Erklärungsbedürfnisses des Menschen gehen dürften. Auf die spezielle Problematik von Untersuchungen über die Einstellung gegenüber bestimmten, mit der Drogenszene zusammenhängenden Sachverhalten wollen wir hier nicht eingehen. Eine Vielzahl von Befunden ist letztlich auf solche Einstellungen gegründet, die über die tatsächlichen Verhältnisse nur wenig auszusagen vermögen.

In der Tat können wir bei Untersuchungen an bereits Abhängigen nicht mehr mit der erforderlichen Sicherheit entscheiden, ob z. B. bestehende Auffälligkeiten im familiären Bereich oder psychopathologische Symptome schon vor Beginn des Drogenkonsums vorhanden waren oder aber erst in dessen Gefolge aufgetreten sind. Auch das Verhältnis zwischen dem Grad sozialer Einordnung etwa auf der einen und Mißbrauch von Drogen oder Drogenabhängigkeit auf der anderen Seite müssen wir als Wechselbeziehung sehen. Das gleiche gilt u. U. auch im Persönlichkeitsbereich bei Jugendlichen, wo Ursache und Wirkung nur schwer voneinander zu unterscheiden sind. So bleibt nichts weiter übrig, als eine Palette oftmals kühn vorgetragener Hypothesen über die Verursachung von Sucht und Mißbrauch zunächst einmal als lose Gruppierung allenfalls korrelativer Zusammenhänge anzusehen, die nichts über die Ursache des Drogenkonsums aussagen.

1.9 Psychologische und physiologische Modelle der Suchtentstehung

1.9.1 Psychoanalytische Auffassungen

Die meisten analytischen Darstellungen der Suchtentstehung verweisen auf eine Fixierung der späteren Suchtkranken in der sogenannten oralen Entwicklungsphase als auslösende Ursache (Rauchfleisch, 1971). Die in jener Zeit vorhandenen Mutter/Kind-Beziehungen lassen dieser Annahme zufolge entweder Abhängigkeitsbedürfnisse unbefriedigt oder sie befriedigen sie zu reichlich. Selbstbestrafungstendenzen und verdrängte Wünsche, die Suche nach emotionaler Befriedigung, die von seiten der Mutter nicht vorhanden war, bis hin zu selbstzerstörerischen Tendenzen sind Hypothesen psychoanalytischer Theorie. Insgesamt zeigen die auf tiefenpsychologischer Grundlage zustande gekommenen Theoriebildungen über die Suchtentstehung ein Bild, das sehr verschiedenartige, ja gegensätzliche Faktoren in reichhaltiger Auswahl und Kombination enthält. Eine befriedigende Theorie der Suchtentstehung hat die Psychoanalyse bis heute aber nicht vorgelegt.

In diesem Zusammenhang tauchen immer neue Begriffsbildungen auf, die uns nicht nur nicht weiterführen, sondern die sich auch bei näherem Hinsehen als Übersetzungen des gängigen psychiatrischen Begriffsinventars in ein anderes »System« erweisen. Man muß sich hier die Frage nach dem Sinn solcher Begriffsübertragungen stellen, die unsere Erkenntnisse insgesamt nicht erweitern, sondern die eher geeignet sind, uns den Blick auf die Realität der Sucht zu verstellen. Was nützt es, wenn wir statt von hemmungsarmem Verlangen nach Drogenkonsum von Regression aus der ödipalen in die prägenital-orale Stufe der Entwicklung sprechen? Dies wäre sinnvoll, wenn daraus therapeutische Konsequenzen erwüchsen. Was nützt es, wenn wir statt von Ausweichverhalten, Problemverdrängung oder Schuldabschiebungstendenzen von »Defekt in der Struktur des Selbst« oder »fehlendem Selbst-Objekt« des Süchtigen bzw. vermeintlichen »oralen, analen und phallischen Masturbationen» (Bublitz, 1981) sprechen? Wir kommen zumindest therapeutisch nicht weiter mit unseren Überlegungen, wenn wir sie in derartige Begriffsschemata kleiden. Statt dessen sollten wir klar und verständlich das ausdrücken, was wir auch sehen und beobachten.

Immerhin hat Rado (1926) in seinen psychoanalytischen Erörterungen der Frage nach dem Wesen der Sucht den sexuellen Orgasmus als ein umfassendes Erleben dargestellt, das den Gesamtorganismus aufs intensivste ergreife. Auch im toxischen Rausch komme es zur Erzeugung vergleichbarer Wollust, wobei die Verlaufskurve im Gegensatz zum sexuellen Orgasmus weniger steil, dafür aber langgestreckter verlaufe. Hier hat der Autor eine Beobachtung vorweggenommen, die wir bei Heroinsüchtigen immer dann machen können, wenn wir sie nach Wesen und Inhalt des Heroinrauschs, insbesondere seiner Anfangsphase unmittelbar nach der Injektion (»kick«, »flash«, »high«) befragen. Nach anfänglichem Zögern und einer (begreiflichen) Suche nach passenden Worten für die Beschreibung eines komplexen Sachverhalts pflegen viele Drogenabhängige zu antworten, im Grunde sei das Rauscherleben mit nichts zu vergleichen, es sei einmalig. Aber wenn es einen Vergleich gäbe, dann den mit dem Orgasmus, nur daß er viel kürzer sei als ein Heroinrausch und nicht so intensiv ausgeprägt. Rado spricht von einem »pharmakogenen Orgasmus«, der »mit den natürlichen Modalitäten der Sexualbefriedigung in Wettbewerb« trete. Der toxische Rausch werde zu einer Art von »Sexualziel«, und wenn dies einmal eingetreten sei, dann müßten wir von einer Sucht sprechen. Da der »Libido-Haushalt« auf diese Weise aber gewissermaßen aufgebraucht werde, bleibe wenig Platz für ein Interesse an einer »natürlichen« Triebbefriedigung; denn nach Art eines Kurzschlusses komme es, beispielsweise durch das Spritzen von Morphin, unter Umgehung des gesamten peripheren Sexualapparates zu einer direkten Einwirkung auf das Zentralnervensystem. Diesen Vorgang bezeichnet Rado als »Meta-Erotik«, die letztlich zu einer Unterminierung der genitalen Potenz führe und die natürlichen Wege der Lustgewinnung entwerte (»Abbau des Genitalprimats«). Die Folge sei ein Ausweichen in prägenitale Organisationsformen, in Träumereien und Phantasien; und wenn wir uns wieder auf das Bild unserer Heroinsüchtigen besinnen, mit denen wir täglich zu tun haben, so können wir diese Beschreibung als gelungen und typisch bezeichnen, wenn wir auch einzelnen Schlußfolgerungen des Autors, besonders zur Ähnlichkeit des Hungers/Essens mit der Depression/Manie heute kaum noch folgen können.

Nach der heute herrschenden Lehrmeinung der Psychoanalyse handelt es sich bei den Verhaltensweisen Süchtiger um »Es-Durchbrüche« im chronischen Konflikt des Es mit dem Über-Ich des süchtigen Individuums. Als typisch für die Sucht ist die immer wieder aufeinanderfolgende Befriedigung einmal der Es- als auch der Über-Ich-Forderungen, ein Schwanken zwischen totaler Befriedigung der Es-Regungen einerseits und einseitiger Erfüllung der Über-Ich-Forderungen bei nahezu umfassender Lähmung der Es-Impulse andererseits. Der krankmachende Konflikt liegt beim Süchtigen zwischen Es- und Über-Ich-Instanz. Als charakteristisch ist das Schwanken zwischen ungesteuerter Befriedigung der durchbrechenden Es-Impulse und einseitiger Erfüllung der versagenden Forderungen des Über-Ichs zu sehen.

Lürssen (1974) hat als Grund für die relativ geringe Beschäftigung der Psychoanalyse mit dem Problem der Sucht die prinzipielle Ungeeignetheit der Süchtigen für eine analytische Therapie genannt. Die Psychoanalyse habe stets ihre theoretischen Erkenntnisse aus der praktischen Arbeit abgeleitet. Auf dem Gebiet der Sucht fehle es ihr an Erfahrung. Der Autor verweist auf die Ansichten der frühen Psychoanalytiker, welche die Ersatzfunktion des Drogenkonsums im Rahmen einer fehlenden Objekt-Beziehung betont hätten. Von entscheidender Bedeutung seien die Persönlichkeitsdefekte des Süchtigen in der Ich-Struktur und der damit verbundenen Abwehrorganisation. Die registrierten Ich-Defekte ließen die Gefahr der Selbstdesintegration aufkommen, und daraus resultiere der »Selbstheilungsversuch durch Drogen« (Haas, 1974). Der Süchtige gerate dadurch aber verstärkt in eine »archaische Objektabhängigkeit« (Lürssen), Ersatzobjekte benötige er indessen in verstärktem Maße, weil ihm Urvertrauen und innere Sicherheit weitgehend fehlten. Der Sucht liege eine narzißtische Persönlichkeitsstörung mit desintegrativen und regressiven Prozessen zugrunde, die vor allem im Bereich des Ich und des Über-Ich angesiedelt sei.

Die *Rolle der Aggressivität* beim Zustandekommen süchtiger Entwicklungen betont Wurmser (1974; vgl. auch Khantzian, 1981). Danach geht es Rauschgiftsüchtigen vor allem um die Kompensation der von ihnen erlebten Defizite im persönlichen und zwischenmenschlich-sozialen Raum, um die Abwehr von Gefühlen der Einsamkeit, der Erregung, des Schmerzes bzw. der Scham und der Schuld. Opiate als primär antiaggressiv wirkende Substanzen kompensieren mit ihrer Wirkung die das Ich destabilisierenden aggressiven Impulse des Individuums. Gestörte Ich-Funktionen sollen dadurch wieder ins Lot gebracht werden, dysphorische Zustände werden vermieden bzw. ihnen wird durch Drogenkonsum in einem »therapeutischen« Sinne begegnet. Ein Beitrag zur Therapie-Diskussion, den die Psychoanalyse leisten kann, besteht deshalb in der Herausstellung der Notwendigkeit des Abbaus von Aggressionen bei Süchtigen. Dazu dient ihnen die Droge, und an ihre Stelle müssen »drogenfreie« Bewältigungstechniken für aggressive Impulse und auch latente Aggressivität treten; eine Einsicht, die in unseren Therapieeinrichtungen vielleicht noch nicht im erforderlichen Maße berücksichtigt wird.

Die *Rolle der oralen Regression* in der psychoanalytischen Theorie der Suchtentstehung hält Janz (1975) zwar für einen interessanten Aspekt, aber doch nur für die Erklärung einer Teilbedingung des Gesamtgeschehens. Sie sei auch auf die Entstehung vieler Neurosen anwendbar, die ohne Suchtentwicklung verlaufen. Diese Theorie sei insbesondere nicht geeignet, therapeutische Konsequenzen zu entfalten; und daß die Psychoanalyse so lange an ihr festgehalten habe, finde seinen Grund in der mangelnden praktischen

Beschäftigung der Psychoanalyse mit den Süchtigen wie auch umgekehrt die mangelnde Beschäftigung mit unserem Gegenstand zu keiner neuen Theoriebildung innerhalb der psychoanalytischen Richtung führen könne.

In diesem Zusammenhang hat P. Matussek (1972) darauf hingewiesen, daß wir uns zur Erklärung der Suchtentstehung der dahinter liegenden süchtigen Haltung (also der »Süchtigkeit«) zuwenden müssen. Ein Schwerpunkt der Suchtentstehung liege nicht bei der Substanz, sondern beim Individuum, und diesem Schwerpunkt müssen wir uns widmen, wenn wir therapeutisch erfolgreich sein wollen. Dabei müssen wir lernen, anlagebedingte Faktoren, die sicher nicht zu leugnen sind, in ihrer Bedeutung kritisch zu gewichten.

Die frühe Psychoanalyse deutet die Arzneimittelsucht als Abwehr eines bestimmten Konfliktes. Dabei wurde zeitweise die Bedeutung des Sadismus für die Entstehung einer süchtigen Haltung besonders herausgestellt (Glover, 1933). Sucht erscheint in dieser Interpretationsweise als Abwehrneurose. Das Suchtmittel wird als Symbol ursprünglicher Libido-Objekte aufgefaßt (z. B. der Mutterbrust). Später sah die Psychoanalyse in der süchtigen Verhaltensweise die Befriedigung infantiler oraler Wünsche (Fenichel, 1945, 1975). Dabei legte man zugrunde, daß orale Befriedigung stabiler sei als genitale Befriedigung; und daß beide in einer Art Gleichgewicht befindlich seien, gehe auch aus der Störung der Fähigkeit zu genitaler zugunsten des Übermaßes an oraler Befriedigung, beispielsweise beim Alkoholiker, hervor.

Das Nachlassen der Sexualität bei Suchtkranken, insbesondere bei Alkoholikern und Morphinisten, sei auf diese Weise zu erklären, und erst danach durch eine substanzspezifische Wirkung.

Die Erfahrungen mit der Sexualität bei Heroinsüchtigen sind geeignet, diese Auffassungen zu unterstützen.

Wenn orale Bedürfnisse in der Kindheit nicht befriedigt werden können, so die Auffassung der Psychoanalyse, dann trägt das Individuum sie in spätere Entwicklungsphasen hinein, wo sie nicht mehr alters- und entwicklungsspezifisch befriedigt werden können, gleichwohl aber als verhaltensbestimmende Triebkräfte weiterhin aktiv bleiben (Rosenfeld, 1972). Die Objekte der Umwelt bleiben dann für den so Fehlentwickelten nur »Nahrungsspender« (Fenichel), und es kommt zu einer Haltung des Verschlingenwollens der Dinge, die die passiv-orale Haltung des Suchtkranken charakterisiere. Er versuche, die mütterlich-nährende Welt wiederzufinden, indem er sich dem Einverleiben außerhalb seiner befindlicher Objekte ganz hingebe. Dabei gehe es nicht um Appetit, Hunger oder Geschmack, sondern lediglich ums »Verschlingen« (Matussek).

In diesem Zusammenhang sei es nicht verwunderlich, daß Süchtige oft nicht beim Konsum *eines* Mittels bleiben, sondern bald zum Konsum einer ganzen Reihe verschiedener Substanzen übergehen. Auch das ist eine Erfahrung, die wir aus unserer Sicht bestätigen können, und der Hinweis, daß dies aus der inneren (Fehl-) Haltung des Suchtkranken verständlich sei, ist sicher wertvoll. Es bedürfe auch nicht eines pathophysiologischen Phänomens wie der »Toleranzbildung», um zu erklären, daß Süchtige danach die Dosis steigerten. Auch dieses Verhalten erkläre sich aus der oralen Suchthaltung der Patienten, die immer mehr und mehr verschlingen müßten, weil mehr besser sei als weniger.

Die Frage bleibt zu beantworten, woher im Einzelfalle eine derartige orale Fixierung stammt. Darauf hat die Psychoanalyse bisher allerdings keine schlüssige Antwort gefunden. Matussek sagt:

»Das Ineinander von Anlage und Umwelt ist letztlich eine so einmalige Situation, daß sich die Entstehungsbedingungen frühkindlicher Störungen nur in ganz groben Zügen objektivieren lassen. Signifikante Differenzen zwischen den verschiedenen Krankheitsgruppen (Schizophrenie, Depression, Sucht) im Hinblick auf die störenden Umweltfaktoren der frühen Kindheit ließen sich bis jetzt nicht feststellen ...«

Untersucht man die Haltungen der Eltern später süchtig Gewordener, so zeigen sich auf der einen Seite ein harter Vater und auf der anderen Seite eine weiche Mutter, aber das sind zweifelsfrei Eigenschaften, die wir bei der Mehrzahl von Eltern auch nicht Süchtiger feststellen können, wobei zu betonen ist, daß einzelne Untersuchungen auch genau gegenteilige Ergebnisse bei Süchtigen erbrachten (Gerard u. Kornetsky, 1954).
Schließlich verdient aus psychoanalytischer Sicht die Nähe von Zwang und Sucht eine gewisse Beachtung. Beide Erscheinungen seien zwar psychodynamisch verschieden zu erklären, aber andererseits bestehen sicher auch Zusammenhänge. Zwanghafte Züge bei Süchtigen sind nach psychoanalytischer Auffassung nicht selten zu beobachten. Viele Suchtkranke tragen danach geradezu pedantische Züge. Verschiedene Typen von Verhaltensweisen werden von Süchtigen zwanghaft als Abwehr gegen Rückfälle in süchtiges Verhalten aufgebaut. »Das Zwangsmäßige drängt die Sucht zurück, und die Sucht bricht aus dem Zwang heraus« (Matussek, 1972). Auch die Weltgesundheitsorganiation (WHO) spricht bei der Drogenabhängigkeit von einem Zwang; und von Zwang sprechen auch die Süchtigen, wenn sie ihr eigenes Verhalten erklären wollen. Dabei sind Unterschiede zwischen Suchtkranken und Zwangskranken offenkundig: *Zwangskranke* erleben die ihr Verhalten bestimmenden Impulse als unsinnig, sie quälen sich damit und leiden darunter. *Suchtkranke* hingegen empfinden das Verlangen nach dem Suchtmittel nicht als Ich- oder wesensfremd, sondern als der eigenen Person durchaus zugehörig, wenn auch das dem Impuls folgende Nachgeben massive Konflikte aufwirft, die sich in den typischen Gewissensängsten und Schuldgefühlen Suchtkranker niederschlagen.

1.9.2 Verhaltenspsychologische Erklärungen

Den verhaltenspsychologischen Theorien der Suchtentstehung liegt gemeinsam die Vorstellung zugrunde, daß es sich bei der Sucht um (falsch) gelerntes Verhalten handele. Therapeutische Konsequenz dieser Theorie ist, daß falsch gelerntes Verhalten auch wieder über Verhaltenstraining beseitigt werden kann.
Wenn man die Ergebnisse von Tierversuchen zugrunde legt, kann man zu dem Schluß kommen, daß süchtiges Verhalten eine gelernte Reaktion ist, die die Süchtigen deswegen aufrechterhalten, weil sie innere Spannungen mildert. Man muß sich allerdings fragen, warum nicht die äußerst negativen Langzeiteffekte des süchtigen Verhaltens das Übergewicht über die vorübergehende Spannungsminderung durch Drogenkonsum gewinnen können. Dies mag daran liegen, daß der Effekt z. B. des Trinkens in positiver Weise unmittelbar nach dem Trinken, ja noch während des Trinkens zu erleben ist, während die negativen Auswirkungen noch lange Zeit nach Trinkende auftreten können. Sofortwirkungen sind aber stärker verhaltensdeterminierend als Spätwirkungen.

Verhaltenstheoretische Erwägungen sind deshalb von Bedeutung, weil in viele Behandlungsverfahren Elemente der Verhaltenstherapie Eingang gefunden haben. Das System von Belohnung und Bestrafung für erwünschtes bzw. nicht erwünschtes Verhalten findet sich in vielen Therapiekonzepten. Sicher sind auch sozialpsychologische Erklärungen des Suchtverhaltens möglich. Die Sozialpsychologie hat in den letzten Jahrzehnten wesentliche Erklärungsmodelle abnormen Verhaltens geliefert, und sie hat durch die Einbeziehung ihrer Betrachtung der Person im Kontext von Interaktionen mit Bezugspersonen und der gesamten sozialen Umgebung ein facettenreiches Bild bestimmter Abweichungen gegeben. Zu berücksichtigen sind danach vor allem Divergenzen zwischen Rollenerwartungen der Umgebung an das Individuum und dessen Vermögen, solchen Erwartungen auch genügen zu können. Das soziale System von Normen, Sanktionen, Ausweich- und Kompensationsmöglichkeiten führt in seiner dauernden Einwirkung auf das Individuum zu Prägungen, die letztlich verhaltensdeterminierend wirken können. Hier kommt der Familie als dem typischen sozialen Nahraum besondere Bedeutung zu. Sozialisationsdefizite als Ergebnis von Fehlanpassungen des Individuums an die Erwartungen der Gesellschaft begünstigen dessen Fehlverhalten in mannigfacher Ausprägung, u. a. auch süchtiges Verhalten.

1.9.3 Persönlichkeit und Sucht

Die Suche nach der typischen »Suchtpersönlichkeit« hält weiter an, auch nachdem Wieser (1972) betont hat, daß unter Alkoholkranken eine beträchtliche »Anzahl durchschnittlicher Persönlichkeiten« zu finden sei. Eine *geringe Frustrationstoleranz* scheint ein gemeinsames Merkmal Suchtkranker zu sein. Viele Suchtkranke sind als sensitive, verletzliche und wenig belastbare Persönlichkeiten zu beschreiben. Bei Trinkern spielen Impulsivität, die nie kontrolliert wurde, extravertiertes Verhalten und eine Tendenz zur Betonung der Männlichkeit eine Rolle, sie sind sich wenig des Eindrucks bewußt, den sie auf andere machen, und sie sind weniger von gegebenen sozialen Bedingungen beeinflußt. Bei Frauen sind Empfindlichkeit, Kontaktarmut, Reizbarkeit und Sensibilität gegenüber Kritik wichtige Persönlichkeitsmerkmale, die für eine süchtige Entwicklung zu disponieren scheinen (Jones, 1968, 1971).

1.9.4 Verhaltensgenetik

Die Vorliebe für Alkohol ist bei verschiedenen Tierarten nicht gleich. Bei Ratten, die eine Vorliebe für Alkohol zeigten, konnten Segovia-Riquelme und Mitarbeiter (1971) durch selektive Paarung Tiere züchten, die eine besonders große Vorliebe für diese Substanz zeigten. Dieses Modell mag nicht ohne weiteres auf den Menschen übertragbar sein. Die Beobachtung allerdings, daß Kinder von Alkoholkranken in erhöhtem Maße zu Alkoholismus neigen, könnte eine Erklärung durch die genannte Tierbeobachtung finden. Allerdings kann es sich dabei auch um in der Famile gelerntes Verhalten handeln.

Während wir zur genetischen Belastung von Drogenabhängigen keine aktuellen Untersuchungen zur Verfügung haben, gibt es solche Untersuchungen bei Alkoholkranken. So untersuchten Goodwin und Mitarbeiter (1973) 174 Versuchspersonen aus einer Gruppe von zunächst 5483 männlichen Neugeborenen, die in Kopenhagen zwischen 1924 und 1947 adoptiert worden waren. Die Versuchspersonen wurden auf Experimental- und Kontrollgruppen aufgeteilt. Wenigstens ein biologisches

Elternteil jeder Versuchsperson in der Experimentalgruppe war wegen Alkoholismus stationär behandelt worden. Die Versuchspersonen waren innerhalb von 6 Wochen nach der Geburt von solchen Personen, mit denen sie nicht verwandt waren, adoptiert worden und hatten in der Folge keinen Kontakt mehr mit den biologischen Verwandten gehabt. Jede Versuchsperson der Kontrollgruppe wurde nach dem Alter und der Zeit der Adoption mit einer Versuchsperson der Experimentalgruppe verglichen. Die biologischen Eltern dieser Kontrollpersonen wiesen beide keine Krankenhausaufenthalte wegen Alkoholismus auf. Für die Nachuntersuchung dieser ursprünglichen Stichprobe wurden 133 Versuchspersonen ausfindig gemacht. Sie waren zum Zeitpunkt der Nachuntersuchung etwa 30 Jahre alt. Der Untersucher, der sie befragte, wußte nicht, welcher Gruppe sie angehörten. Die Fragen betrafen Trinkgewohnheiten, psychopathologische Erscheinungen und Sozialdaten. Es ergaben sich signifikante Unterschiede zwischen der Experimental- und der Vergleichsgruppe. Es war möglich, beide Gruppen anhand der Merkmale zu unterscheiden, die mit dem aktuellen Alkoholkonsum zu tun hatten. Diese Ergebnisse legen die Annahme nahe, daß eine Prädisposition zum Alkoholismus vererbt werden kann. Auch aus Zwillingsuntersuchungen (Kaij, 1960; Partanen u. Mitarbeiter, 1966) lassen sich Belege dafür ableiten, daß zur Suchtentstehung eine genetisch verankerte Prädisposition erforderlich sein dürfte (s. hierzu auch Vogel, 1981).

1.9.5 Fehlsteuerungen im Zentralnervensystem

Auch diese Modellvorstellungen basieren auf Tierversuchen. Danach spricht manches dafür, daß es spezifische Zentren im Gehirn geben könnte, die in Form von Regelkreisen miteinander verbunden sind. Kommt es z. B. zu einer Verbindung zwischen einem Schaltkreis, der das Zustandekommen von Angst und Mißbehagen steigert und einem anderen, der den Wunsch nach Alkohol anhand von dessen Wirkungen reguliert, so ist leicht vorstellbar, daß die Stimulation des einen auch zur Stimulation des anderen führen kann. Dies würde den Umstand erklären können, daß bei einem abstinenten Suchtkranken der Genuß schon relativ kleiner Substanzmengen genügt, um die alten süchtigen Verhaltensweisen wieder hervorzurufen. Sicher handelt es sich hier nur um eine modellhafte Vorstellung, die uns aber doch wesentliche Anteile des süchtigen Geschehens erklären könnte. Bei der Opiatsucht dürften kompensatorische Erhöhungen der Aktivität des Adenylatcyclasesystems von Bedeutung sein, die zu Adaptationsvorgängen in den betroffenen Hirnzentren an den veränderten neuronalen Impulsfluß führen (Herz und Bläsig, 1979).

1.10 Verbreitung des Drogenkonsums in der Bundesrepublik Deutschland

1.10.1 Zahlen auf der Grundlage von Umfrageergebnissen

Welz (1981) hat zwischen 1970 und 1979 29 Feld- und Repräsentativstudien aufgeführt, die eine Stichprobe von jeweils mindestens 300 Personen umfaßten. Dabei handelt es sich teils um solche Untersuchungen, die das geforderte Kriterium gerade erfüllten (Bieringer u. Mitarbeiter, 1976), teils um solche mit einer Stichprobengröße von bis zu 8735 Personen (Hessisches Kultusministerium, 1973).

Die Untersuchung in Hessen ergab für 1972 nur 1,3 % Konsumenten unter den befragten Schülern. Im gleichen Jahre haben nach der Studie von Gostomzyk und Mitarbeitern in Rheinland-Pfalz 4,3 % der Befragten die Frage nach Drogenkonsum bejaht, in Nordrhein-Westfalen 4,2 % und im Saarland 12 %. Noch stärker schwanken die Zahlen bei den Probanden, die angaben, jemals Drogen konsumiert zu haben: Das waren 1971 in Baden-Württemberg 34 % (Schmitt u. Mitarbeiter, 1972), zur gleichen Zeit in der Großstadt Essen

11 % (Zimmermann, 1971) und ein Jahr später im Bundesland Rheinland-Pfalz gleichfalls 11 %, im Bundesland Nordrhein-Westfalen 16,4 % (Peterson u. Welz, 1975). Diese gravierenden Unterschiede lassen sich wohl zum großen Teil aus unterschiedlichen Erhebungsinstrumenten, unterschiedlichen Definitionen von Konsumenten und Drogenerfahrung und aus unterschiedlichen Zusammensetzungen der Stichproben erklären. Zusätzlich geben diese Daten jeweils Augenblicksbefunde von begrenzter regionaler Aussagekraft wieder, sind aber untereinander in der zeitlichen Entwicklung nur schwer miteinander vergleichbar.

1975 sprach das Bundesministerium für Jugend, Familie und Gesundheit von 40 000 opiatsüchtigen jungen Menschen in der Bundesrepublik Deutschland (Zander, 1975). 1978 gingen wir von insgesamt etwa 50 000 Konsumenten harter Drogen aus (Jahrbuch der Deutschen Hauptstelle gegen die Suchtgefahren, 1981). Manches spricht dafür, daß die tatsächliche Zahl allerdings höher liegt und mit ca. 80 000 anzusetzen ist. Die Entwicklung in den Jahren 1981 und 1982 mit ihrem großen Angebot an Heroin führte zeitweise zu einer weiteren quantitativen Ausdehnung der Drogenszene.

Auf Einzelergebnisse der zahlreichen Umfragen zur Verbreitung des Drogenkonsums in der Bundesrepublik Deutschland wollen wir nicht näher eingehen. Ein Trend allerdings, der eine klare Richtung erkennen läßt, sei erwähnt: die Geschlechterrelation hat sich in Richtung einer Annäherung des Anteils von weiblichen Konsumenten an die Zahl der männlichen Konsumenten verändert (Tabelle 1).

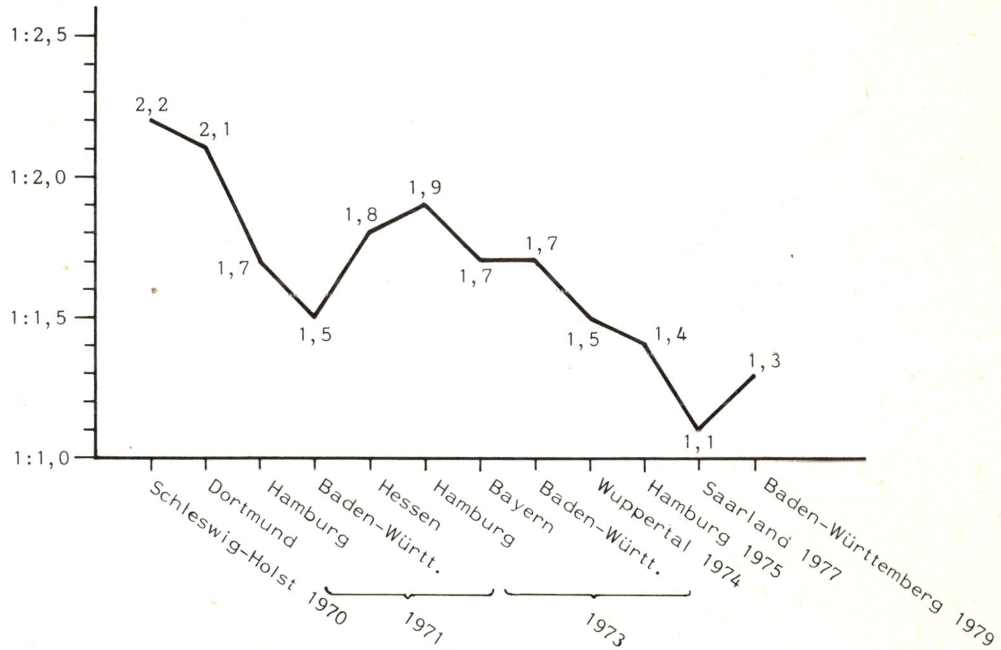

Tab. 1: Verlauf der Geschlechterrelation bei Drogenkonsumenten zwischen 1970 und 1979 in verschiedenen Bundesländern und Städten (nach Welz, 1981).

Dabei handelt es sich um einen Trend, der schon früh zu erkennen war (Wanke, Süllwold, Ziegler, 1972; Täschner u. Wanke, 1972; Täschner, 1973).

Zieht man Daten aus den USA heran, so zeigt sich, daß dort die Durchseuchung insbesondere der jungen Bevölkerungsteile mit Rauschdrogenkonsum einen viel höheren Grad als bei uns erreicht zu haben scheint. So gaben 1979 30,9 % der 12- bis 17jährigen und 68,2 % der 18- bis 25jährigen an, Marihuana konsumiert zu haben. Beim Kokain waren es 5,4 % der 12- bis 17jährigen und 27,5 % der 18- bis 25jährigen (Fishburne u. Mitarbeiter, 1980). Täglichen Konsum von Marihuana betrieben im Jahre 1979 10,3 % aller High-School-Abgänger. Sie rauchten zu 25,3 % Zigaretten, tranken zu 6,9 % Alkohol und konsumierten zu 0,6 % Weckamine und zu je 0,2 % Kokain bzw. Halluzinogene (Kandel, 1981).

1.10.2 Die Entwicklung der Drogendelinquenz und der Mengen sichergestellter Drogen

Die vom Bundeskriminalamt (BKA) zusammengestellten Zahlen über die polizeilich festgestellten Täter in unmittelbarem Zusammenhang mit Rauschgiftdelikten werden jährlich von der Deutschen Hauptstelle gegen die Suchtgefahren (DHS) in ihrem Jahrbuch veröffentlicht. Sie liegen bei Abfassung dieses Buchs bis 1980 vor. Daraus ergibt sich eine stetige Zunahme der Rauschgiftdelinquenz seit 1970 (Tabelle 2).

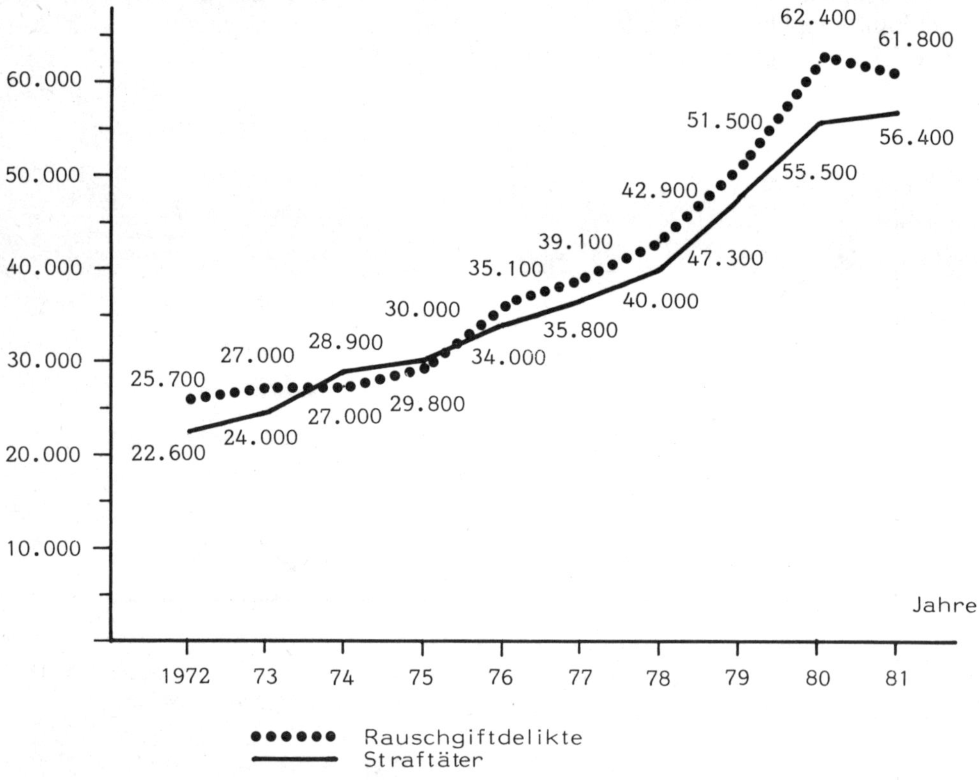

Tab. 2: Anstieg der Rauschgiftdelikte und der ermittelten Straftäter im Zusammenhang mit Rauschgiftdelikten in der Bundesrepublik Deutschland (Angaben der polizeilichen Kriminalstatistik bzw. des BKA, wiedergegeben von der DHS, 1982).

Der *Anteil* der jugendlichen Straftäter ist dagegen kontinuierlich rückläufig, wenn auch die *absolute* Zahl von Tätern unter 21 Jahren stetig zugenommen hat (Tabelle 3).

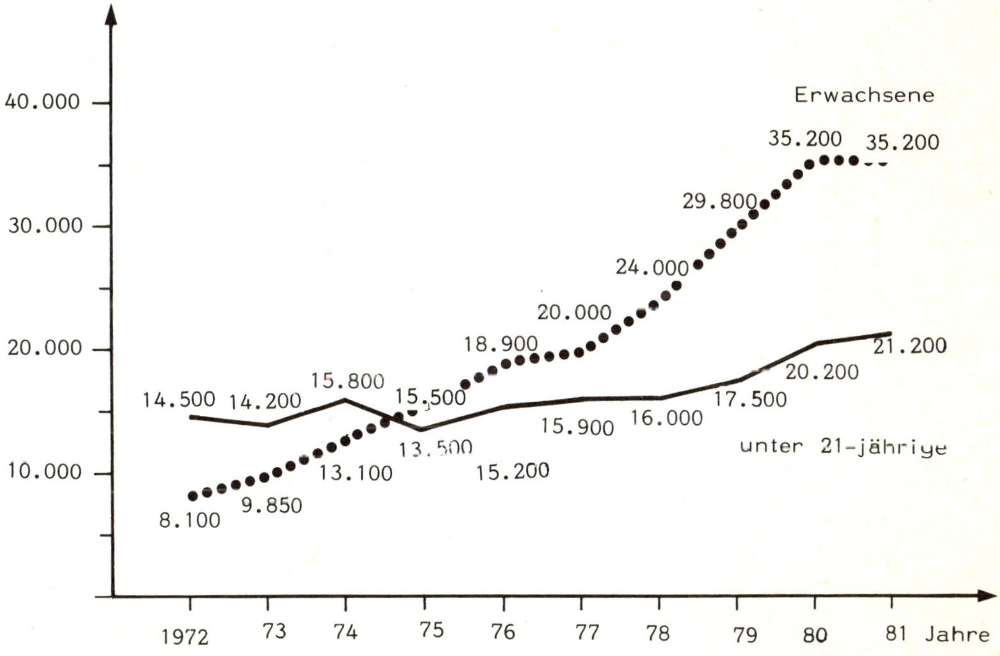

Tab. 3: Anteile von unter und über 21 Jahre alten Straftätern an der Drogendelinquenz in den letzten 10 Jahren (Angaben der polizeilichen Kriminalstatistik, wiedergegeben von der DHS, 1982).

Sicherlich geben auch die Statistiken nur ein Orientierungsschema ab; denn die Zahl der festgenommenen Täter besagt noch nichts über die Zahl der Verurteilungen und gleichfalls nichts über den Umfang der kriminellen Akte.

Ähnliche, nur der Orientierung dienende Rückschlüsse läßt die Statistik über die sichergestellten Rauschgiftmengen zu, die ebenfalls vom Bundeskriminalamt stammt und von der Deutschen Hauptstelle gegen die Suchtgefahren jährlich publiziert und kommentiert wird. Diese Statistik hängt von vielen Zufallseinflüssen ab: Ein einziger großer Aufgriff (gerade im Bereich der Cannabissicherstellungen) kann die Zahl richtunggebend ändern. Deshalb sollte der Gehalt dieser Zahlenangaben nicht überschätzt werden; sie sagen eigentlich mehr über die polizeilichen Aktivitäten als über den Umfang des zugrundeliegenden Drogenproblems aus.

Wir sehen gerade beim Cannabis die starken Schwankungen in den Sicherstellungsraten von Jahr zu Jahr, eine klare Tendenz ist hier nicht erkennbar (Tabelle 4).

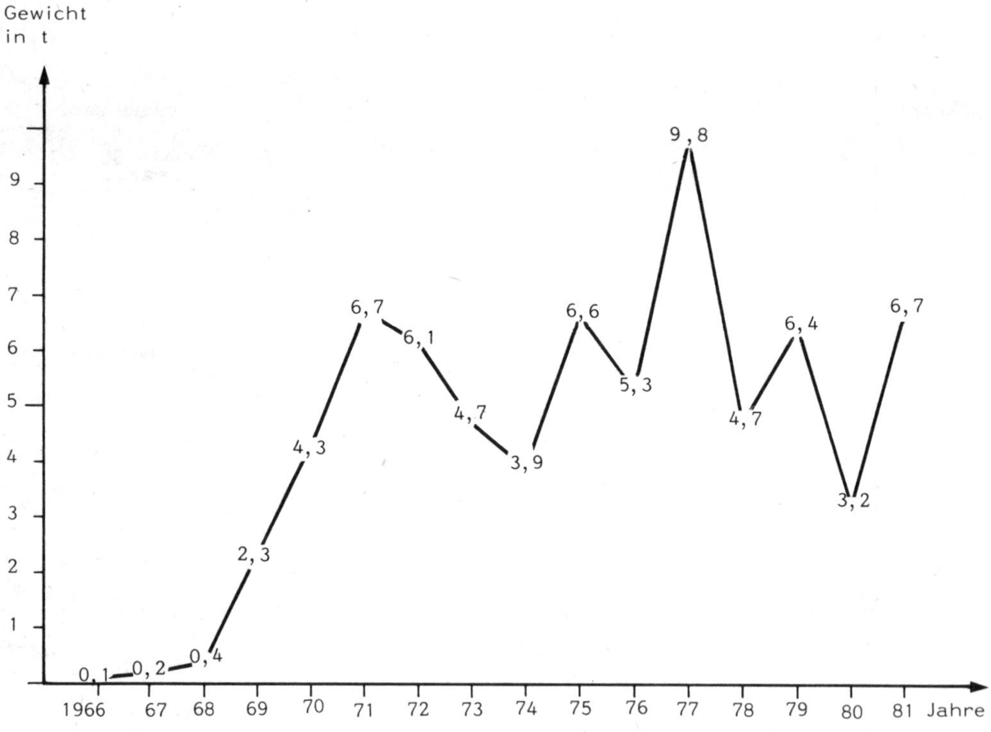

Tab. 4: Cannabissicherstellung in der Bundesrepublik Deutschland (Angaben der DHS, 1982).

Bei den Opiat- und Heroinsicherstellungen ist eine in den letzten Jahren zunehmende Tendenz deutlich erkennbar. Der Gipfel 1971 ist offenbar auf einen einzelnen größeren Aufgriff zurückzuführen (Tabelle 5).

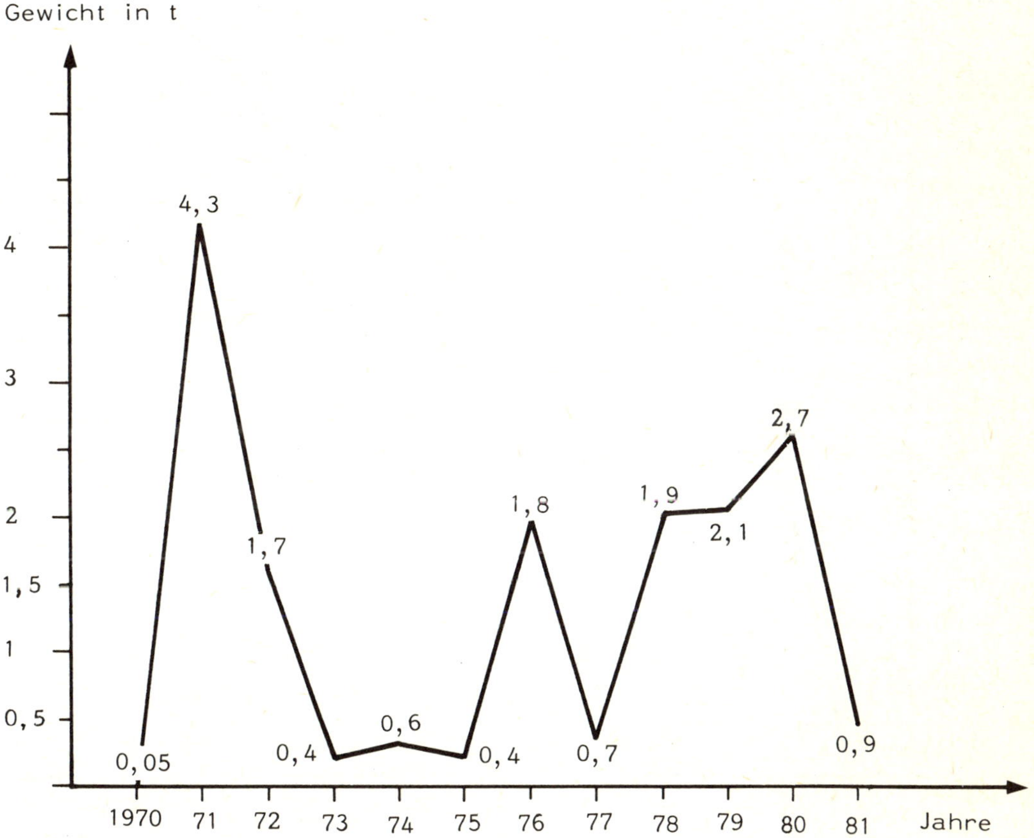

Tab. 5: Sicherstellung von Opiaten einschließlich Heroin (nach Angaben der DHS, 1982).

Am deutlichsten ist die zunehmende Tendenz beim Kokain, wobei die sichergestellten Mengen in ihrer Absolutzahl noch relativ gering sind (Tabelle 6).

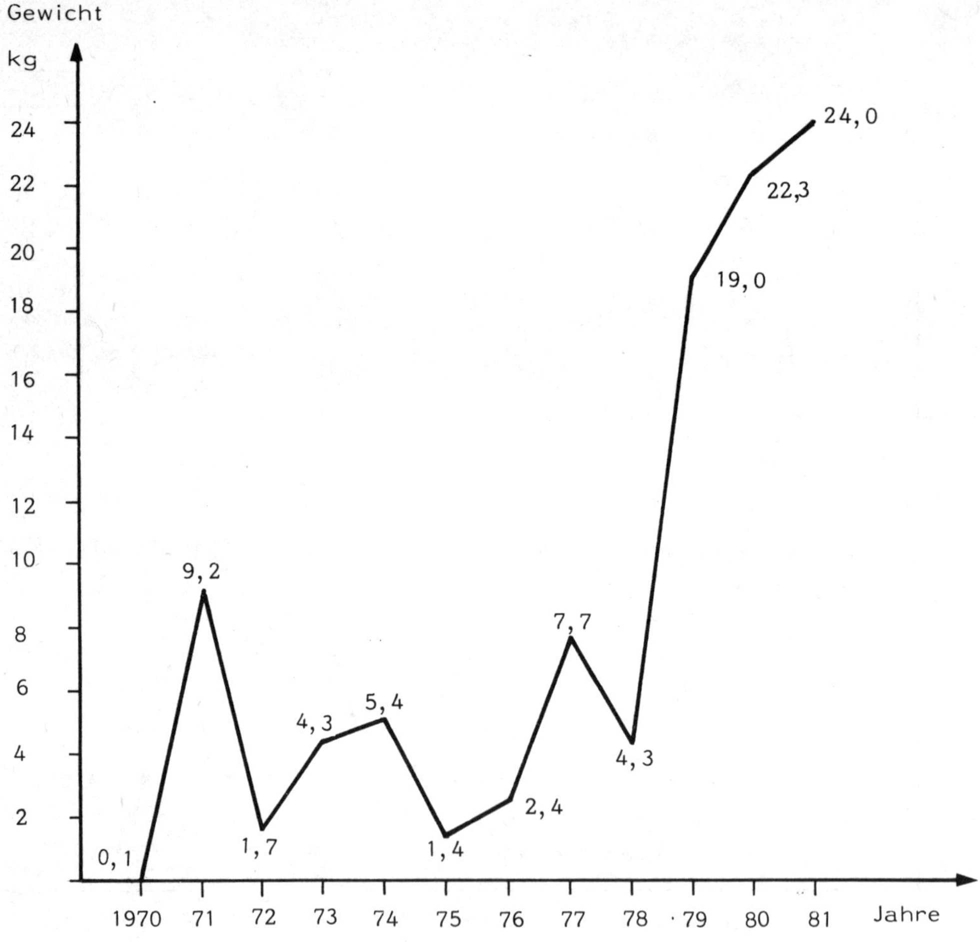

Tab. 6: Kokainsicherstellung in der Bundesrepublik Deutschland (Angaben der DHS, 1982).

1.10.3 Zahlen über Todesfälle bei Drogenkonsumenten

Die verfügbaren Zahlenangaben geben u. a. deshalb – wie die Kriminalitätsstatistiken – nur Anhaltspunkte über das tatsächliche Vorkommen von Todesfällen bei Drogenkonsumenten und die Verbreitung des Drogenkonsums, weil sie von zahlreichen Zufallsfaktoren beeinflußt weden. Heberle und Gerchow (1980) haben darauf hingewiesen, daß etwa die Sektionsfrequenz in einer Region mit darüber entscheidet, wie oft Todesfälle auf Drogenkonsum zu beziehen sind. Die Frage stellt sich auch, inwieweit mittelbare Zusammenhänge mit zu berücksichtigen sind (Verkehrsunfälle). Auch die Frage nach der Spezifität der erhobenen Befunde ist dabei zu bedenken. Für die Zuordnung zu den Drogentodesfällen entscheiden in der Regel die Vorgeschichte und die Auffindungssituation der Leiche bzw. des (noch lebenden) Drogenkonsumenten. Die Frage, ob ein Suicid zugrunde liegt, ist in den meisten Fällen ebenfalls nicht sicher zu klären.
Die Zahl der (mit den vorstehenden Unsicherheiten) erhobenen Drogentodesfälle ist bis 1979 kontinuierlich angestiegen und zeigt seither eine rückläufige Entwicklung (Tabelle 7).

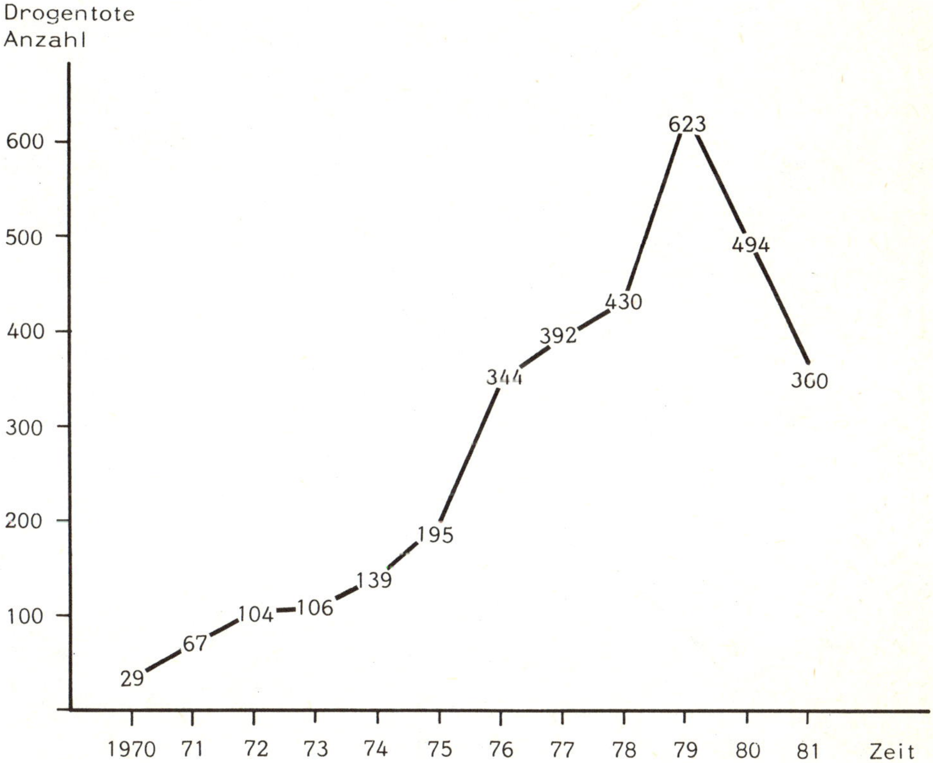

Tab. 7: Drogentote in der Bundesrepublik Deutschland.

Die Entwicklung in der als ein Zentrum des Drogenhandels und -konsums geltenden Stadt Frankfurt am Main ist ein getreues Abbild der bundesdeutschen Verhältnisse (Tabelle 8). Ähnliches gilt für andere deutsche Großstädte, z. B. Berlin und Hamburg.

Angesichts des Rückgangs der Todesfälle im Zusammenhang mit Drogenkonsum in der Bundesrepublik ist die Auffassung zu hören gewesen, dies sei ein Zeichen für den Rückgang des Drogenproblems überhaupt. Hierbei sollten wir allerdings bedenken, daß die Zahl der »Drogentodesfälle« auch mit der Marktsituation zu tun hat: in Zeiten der Sättigung des Marktes ist weniger mit desolaten Ausgangssituationen bei den Süchtigen zu rechnen als in Zeiten eines knappen (und damit teuren) Marktes. Inwieweit also aus den genannten Zahlen auf das Greifen therapeutischer oder etwa polizeilicher oder strafjustizieller Maßnahmen und damit auf einen Rückgang des Problems zu schließen ist, muß dahingestellt bleiben.

1.10.4 Die Erhebungen über die Situation in Berlin

Die Insellage Berlins hat zur Folge, daß es hier eine relativ gut überschaubare Dro-

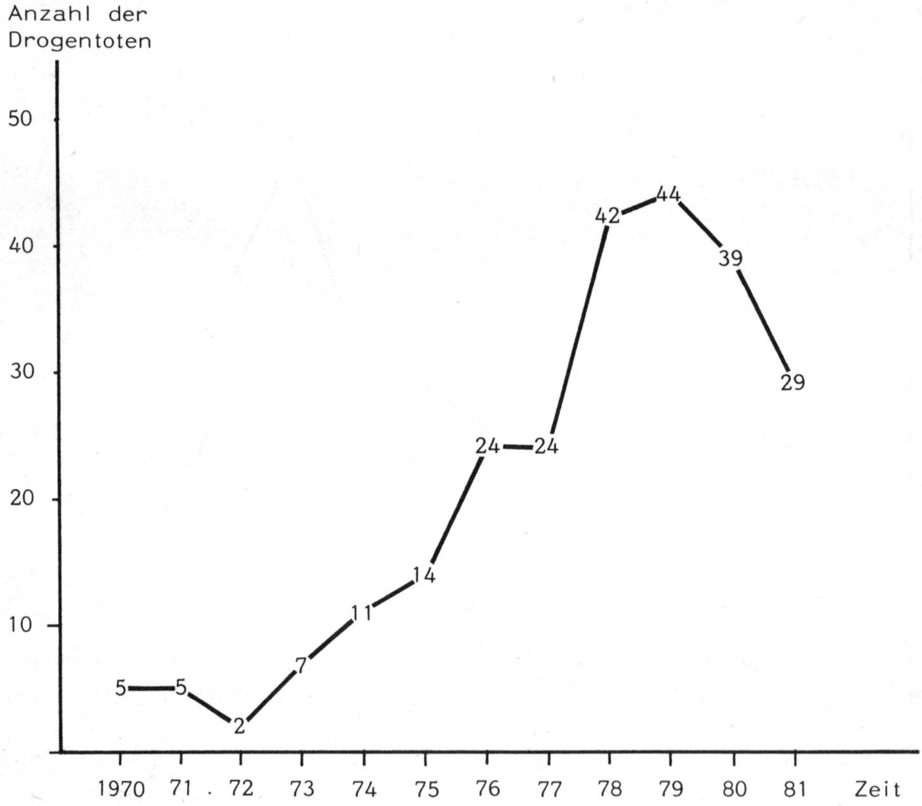

Tab. 8: Drogentote in Frankfurt am Main von 1970 bis 1981.

genszene gibt. Anhand ausgedehnter epidemiologisch-statistischer Erhebungen in Berlin im Rahmen eines vom Senator für Familie, Jugend und Sport in Auftrag gegebenen Forschungsprojektes fanden Skarabis und Becker (1979), daß die Gesamtzahl der Heroinsüchtigen im freien Teil der Stadt etwa 6 000 beträgt, von denen vier Fünftel aus der sozialen Unterschicht stammen. Drei Viertel haben keinen Schulabschluß oder nur den der Hauptschule, sieben Zehntel keine Berufsausbildung. Je mangelhafter die Schul-und Berufsausbildung ist, desto früher fangen die Probanden mit dem Drogenkonsum an. Die Anzahl derer, die keinen Kontakt zu Hilfsinstitutionen hatten, nahm im Laufe der Jahre zu, obgleich der Umfang der Hilfsangebote im gleichen Zeitraum anwuchs. Alkoholgefährdung der Herkunftsfamilie und Drogenabhängigkeit der jungen Generation korrelieren hoch miteinander. Zwei Drittel der Drogenabhängigen benutzten »weiche« Drogen, ein Drittel kam direkt an das Heroin. Ausschließlich dem Rauschgiftdezernat der Polizei waren 20 % aller Heroinsüchtigen bekannt. Dem Rauschgiftdezernat und zugleich anderen Institutionen waren ca. 12 % der Abhängigen bekannt, so daß man davon ausgehen kann, daß die Zahlen des Rauschgiftdezernates multipliziert mit dem Faktor drei etwa die wahre Zahl der Abhängigen einer Großstadt wie Berlin wiedergeben. Demnach wäre in vergleichbaren Großstädten (Frankfurt, Hamburg, München) mit vergleichbaren epidemiologischen Ergebnissen zu rechnen.

1.10.5 Die Schätzungen der Deutschen Hauptstelle gegen die Suchtgefahren (DHS)

In ihrem jährlich erscheinenden *Jahrbuch zur Frage der Suchtgefahren* (1982) nennt die DHS die von ihr geschätzten Zahlen zur Verbreitung des Rauschdrogenkonsums. Danach haben wir von ca. 50 000 bis 80 000 Heroinsüchtigen in der Bundesrepublik auszugehen. Das sind 0,3 % bis 0,5 % der betroffenen Bevölkerungsgruppe der 15- bis 35jährigen. Außerdem spricht die DHS von 20 000 Medikamentenabhängigen und 1,2 Millionen Alkoholkranken. Die Zahl der Cannabiskonsumenten ist dabei gesondert zu betrachten.

Dazu ist anzumerken, daß die Zahl der Heroinsüchtigen (*Polytoxikomanen*) sich danach im Laufe der letzten Jahre nur unwesentlich verändert hätte, sie wäre vor allem nicht entscheidend geringer geworden.

2. Allgemeine Methoden und Organisation der Therapie Suchtkranker

2.1 Vorbemerkung

Wir wollen die Begriffe *Prävention, Restitution* und *Kompensation* als grundlegende Prinzipien darstellen, die sich nur teilweise mit den Bereichen ambulanter bzw. stationärer Therapie und Rehabilitation bzw. auch beschützender Therapie dekken. Dabei haben wir das folgende Kapitel in drei Teilabschnitte untergliedert: Im ersten Abschnitt steht die *Prävention* im Vordergrund der Erörtungen. Im zweiten Abschnitt gehen wir auf *Therapie/Rehabilitation* und ihre allgemeine Methodik ein. Der dritte Abschnitt schließlich hat *Organisations-* und *Koordinationsfragen* zum Inhalt.

Wir haben in diesem Kapitel auf die Darlegung spezifisch medizinischer oder psychiatrischer Methoden der Behandlung Süchtiger weitgehend verzichtet; in Kapitel 3 schildern wir diese Bereiche ausführlicher. Es kommt uns darauf an, hier zunächst eine *Projektion des Notwendigen* bei der Therapie Drogenabhängiger zu entwerfen.

2.2. Prävention

In den präventiven Bereich der Maßnahmen gegen Suchterkrankungen gehört die Auseinandersetzung mit der Verhinderung von Rauschmittelkonsum, aber auch von Medikamenten- und Alkoholabhängigkeit. Gesetzliche Maßnahmen haben hier in einigen Fällen Erfolge gezeigt (Narkotikagesetze um die Jahrhundertwende in den USA; Kokaingesetzgebung zunächst in den USA, später auch in Deutschland; Amphetamingesetzgebung in Japan nach dem Zweiten Weltkrieg).
Auch für den Bereich der Bundesrepublik haben Einschränkungen der Verfügbarkeit durch gesetzgeberische oder andere administrative Maßnahmen durchaus zu Erfolgen geführt. Dies gilt vor allem für die illegalen Rauschdrogen, aber auch für Arzneimittel, wie es sich am Beispiel des Ausbaus der Betäubungsmittelgesetzgebung zeigt.
Das seit dem 1. 1. 1982 neugefaßte und gestraffte Betäubungsmittelgesetz ist ein Beispiel für den Willen des Gesetzgebers, durch weitere Verfügbarkeitseinschränkungen im Bereich der Medikamente und Rauschdrogen der Verbreitung solcher Stoffe entgegenzuwirken. Dem Argument, das Verbotene mache »gerade scharf« (wie es Heckmann, 1981, als typisches Argument der »Haschisch-Lobby« persifliert hat) ist entgegenzuhalten, daß sich ein großer Teil der Bevölkerung durch Verbote durchaus vom Rauschgiftkonsum abhalten läßt. Dieser Anteil würde geringer werden, wenn man einen Teil der Verbote aufheben würde.
Das Festhalten am bestehenden Betäubungsmittelrecht hat zu einer Eindämmung des Rauschmittelmißbrauchs bei Jugendlichen beigetragen, die sich nicht unbedingt in einem Rückgang der Zah-

len, sondern vor allem auch in einem nicht mehr weiteren Ansteigen der Verbreitung der entsprechenden Substanzen niederschlagen kann. Damit kommt der Einschränkung der Verfügbarkeit durch gesetzliche Maßnahmen auf den Gebieten von Rauschmitteln und Medikamenten eine hohe präventive Bedeutung zu.
Eine Planungsstudie zur *Psychiatrie-Enquête* (1975) weist im Hinblick auf eine Vollversorgung Suchtkranker auf die Notwendigkeit der Durchführung folgender präventiver Maßnahmen hin:

- Übernahme psychologischer und therapeutischer Aufgaben durch Sozialfürsorgedienste;
- Übernahme psychologischer und therapeutischer Aufgaben durch schulmedizinische Dienste;
- Information und Schulung der Lehrer über Suchterkrankungen;
- Information der Schüler in Biologie und Gemeinschaftskundeunterricht über Suchtkrankheiten;
- Schaffung von Beratungsstellen für alle Altersgruppen; auch für Familienangehörige und andere soziale Bezugspersonen;
- Koordination therapeutischer Hilfen;
- Rückfallprophylaxe durch Nachsorgeambulanzen und niedergelassene Ärzte;
- Mobile Kriseninterventionsmöglickeiten;
- Verbesserung von Ausbildung, Weiterbildung und Fortbildung der beteiligten Mitarbeiter;
- Öffentlichkeitsarbeit über Suchtkrankheiten (etwa analog der Straßenverkehrserziehung);
- Früherkennung familiärer Suchtentwicklungen durch Einbeziehung der Eltern in die Vorsorgeuntersuchung von Schulanfängern;
- Förderung von Angeboten der Jugendhilfe (z. B. Jugendgruppenarbeit).

Während die aufgeführten präventiven Maßnahmen für jedes Standardversorgungsgebiet bereitzustellen sind, sind folgende Maßnahmen in die übergeordnete Versorgung aufzunehmen:

- Erweiterung der Bewährungshilfe für Straffällige;
- Verbesserung der freiwilligen Erziehungshilfe und Fürsorgeeinrichtungen für Risikofamilien und behandlungseinsichtige Jugendliche.

2.2.1 Prinzipien der Prävention

Prävention soll das erstmalige Auftreten von Mißbrauch und Sucht verhindern. Hierzu sind grundsätzlich verschiedene Ansätze denkbar:

- *Verbotsprinzip*: In diesem Zusammenhang wäre etwa die Betäubungsmittelgesetzgebung zu nennen, die den Umgang mit einer Reihe von Stoffen verbietet bzw. nur unter bestimmten Voraussetzungen zuläßt. Verstöße dagegen sind durch Strafen bedroht.
- *Informationsprinzip*, wonach über eine weitreichende Aufklärung der Bevölkerung der Versuch unternommen wird, die rationalen und emotionalen Instanzen des Einzelnen so zu beeinflussen, daß Mißbrauch keine erstrebenswerte Verhaltensweise ist, so daß Mißbrauchverhalten auch keinen Prestigegewinn bringt und Sucht damit gewissermaßen ausgetrocknet wird. Dies hat eine weitgehende Umformung des geltenden Wertsystems in unserer Gesellschaft zur Voraussetzung und kann damit allenfalls Grundlage einer längerfristig angelegten präventiven Beeinflussung der Bevölkerung sein.
- *Besteuerungsprinzip*: Die konsumierten Substanzen können hoch besteuert und damit einem großen Benutzerkreis unzugänglich gemacht werden, was die Möglichkeit sozialer Ungerechtigkeiten in sich trüge.
- *Erziehungsprinzip*, das nicht objektive Information über die mißbrauchte Substanzen und deren Wirkungen, sondern massive propagandistische Beeinflussung der Bevölkerung in Richtung Abstinenzverhalten zum Inhalt hätte. Dieses Prinzip ist mit den Mitteln des sozialen Rechtsstaates kaum durchzuführen, auch wenn der Sozialstaat die Aufgabe hat, Schaden von seinen Bürgern abzuwenden.
- *Das Prinzip der Hilfeleistung im Einzelfall* ist als präventives Prinzip sicher wirksam, aber unwirtschaftlich und hat deshalb kaum Aussicht, im Rahmen der Prävention süchtiger Entwicklungen eine größere Bedeutung zu erlangen.

Gegen die einzelnen Prinzipien, die oben aufgeführt sind, ist skeptisch vorzubringen, daß sie nur teilweise zu realisieren sind.
So wissen wir, daß das Betäubungsmittelgesetz allein, ohne flankierende Maßnahmen etwa informierender und erzieheri-

scher Art, nicht ausreichend greifen kann. Das Informationsprinzip setzt den guten Willen der Bevölkerung voraus, Lernbereitschaft und Entgegenkommen, Einsicht und Bereitschaft zum Verzichtverhalten. Dies sind Idealforderungen, mit denen niemand ernsthaft rechnen kann, der die Verhältnisse kennt und kritisch einzuschätzen vermag. Das Besteuerungsprinzip kann im Bereich des Alkohols eingesetzt werden, nicht aber etwa im Bereich der Rauschdrogen. Da die hohen Kosten gegen das präventive Prinzip der Hilfestellung im Einzelfall sprechen, kann es allenfalls gelegentlich herangezogen werden: es sind damit jedenfalls keine durchschlagenden präventiven Erfolge zu erzielen.

So viele Möglichkeiten gibt es also nicht, die uns für Präventivmaßnahmen gegen Suchterkrankungen zur Verfügung stehen. Wenn gegen die zahlreichen im Umlauf befindlichen Broschüren und die immer wieder durchgeführten Vortrags- und Informationsveranstaltungen eingewandt wird, sie erreichten nicht die eigentlich erwünschten Adressaten, so ist dies sicher ein eigenes Problem. Aber allein der Mangel an wirksamen Alternativen läßt uns vielfach keine andere Wahl als die Mittel der Information weiter einzusetzen, die im Rahmen sozialer Dienste gewiß die größte Bedeutung unter den genannten Ansätzen und Möglichkeiten haben.

Wanke unterscheidet die in Betracht kommenden präventiven Maßnahmen nach dem Grad ihrer Ausrichtung auf die Drogenszene. Er spricht von nicht spezialisierter und spezialisierter Vorfeldarbeit, die er den jeweils in Betracht kommenden Institutionen zuordnet:

- *Nicht spezialisierte Vorfeldarbeit ist zu leisten von:* Jugendberatungsstellen, Jugendclubs, Erziehungsberatungsstellen, schulpsychologischem Dienst.
- *Spezialisierte Vorfeldarbeit ist zu leisten als:* Streetwork von speziellen Beratungsstellen, Teestuben und vergleichbaren Kommunikationszentren, Kontaktzentren anderer Art, auf die Drogenabhängige ansprechen.

Heckmann (1981) unterscheidet präventive Maßnahmen durch *Restriktion, Beratung* und *Aufklärung.* Neue Ansätze der Prävention müßten sich vor allem um solche Faktoren kümmern, die stabilisierend auf Jugendliche wirken und sie vom Drogenkonsum abhalten. Denn alle Jugendlichen sind in mehr oder minder starkem Umfang den gleichen Konstellationen und situativen Gegebenheiten ausgesetzt, die zum Drogenkonsum führen können, während nur für einen geringen Teil daraus Drogenverhalten erwachse.

Zur Illustration dessen, was Prävention beinhalten kann, sei auf die von Heckmann genannte, in Berlin eingesetzte Serie von sechs Fernsehspots hingewiesen, die der Sender Freies Berlin ausstrahlte. Dabei zeigte sich, daß die Jugendlichen, an die sich die Sendung in erster Linie wandte, kaum erreicht wurden; aber eine gewisse Resonanz war bei den Eltern zu verzeichnen.

Ferner sind Fortbildungsmaßnahmen für Drogenkontakt-Lehrer, Sozialarbeiter und andere Fachkräfte zu nennen. In diesem Zusammenhang ist an den Hochschulen Berlins die Ausbildung zum Thema »Sucht« erweitert worden, ferner hat man Untersuchungen über Einzelfragen der Suchtprävention durchgeführt. Daneben fanden Veranstaltungen gegen den Drogenkonsum statt, so z. B. ein »Anti-Drogen-Song-Festival«. Eine andere Möglichkeit präventiver Beeinflussung der relevanten Zielgruppe ist in »Projekten mit gefährdeten Jugendlichen« zu sehen, die mehr pädagogisch ausgerichtet waren.

Außerdem gab es Versuche mit sogenannten *Mobilen Teams,* die jeweils regional in Berlin eingesetzt wurden und aus je drei Mitarbeitern bestanden (Psychologe, Sozialarbeiter, Pädagoge). Diese Teams kümmerten sich um die Erweiterung von Freizeitangeboten, machten Hilfsangebote bei sozialen Konflikten (etwa am Arbeitsplatz), klärten über Suchtmittel auf, planten Informationsveranstaltungen und erarbeiteten Stellungnahmen aus aktuellen Anlässen.

Solche projektorientierte präventive Jugendarbeit bedarf der Planung und Koordination. Nur dann, wenn praktisch alle Träger von Einrichtungen in einer Region kooperieren, kann flächendeckende Präventivarbeit geleistet werden (vgl. Bschor u. Kunze, 1979).

Ob freilich die Lektüre von Christiane F.s *Wir Kinder vom Bahnhof Zoo* und Burroughs *Junkie* geeignet ist, in präventiven Lehrerseminaren objektive Information zu liefern, muß zweifelhaft bleiben. Die undistanzierte Darstellungsweise allein verhindert Information und fördert allenfalls Neugier und möglicherweise die Einstellung, daß es ja ganz schick sein kann, Drogen zu konsumieren.

Auf die Bedeutung des sogenannten *Streetwork*, also der aufsuchenden Sozialarbeit unter Drogenabhängigen, ist zwar verschiedentlich hingewiesen worden, aber in praxi geschieht auf diesem Sektor präventiver und initial-therapeutischer Arbeit wenig. In Frankfurt am Main sind wir gegenwärtig Zeugen eines Versuchs der städtischen Behörden, ein Team aufsuchend tätiger Sozialarbeiter auf der Drogenszene einzusetzen. Das Konzept dieser Arbeit sieht die Herstellung von Erstkontakten zu Drogenabhängigen ebenso vor wie Kriseninterventionen im Notfall und Motivierung zum Aufsuchen einer Beratungsstelle als ersten Schritt zur Einleitung einer Therapie.

Ein interessantes Angebot an Suchtgefährdete und ehemals drogenabhängige Jugendliche besteht in der Beschaffung von Ausbildungsplätzen für diese Zielgruppe (Stichwort: »Werkstatt«, ein Teil der in Frankfurt realisierten Drogentherapieeinrichtungen). Dieses Angebot wird sozialpädagogisch geleitet und trägt Merkmale sowohl primärer als auch sekundärer präventiver Maßnahmen. Es kann sich jedoch nur auf wenige handwerkliche Berufszweige konzentrieren: Tischler, Installateure, Kraftfahrzeugmechaniker. Die »Werkstatt« bildet mittlerweile einen festen Bestandteil präventiver Maßnahmen auf dem Drogensektor. L. Süllwold (1972) hat in diesem Zusammenhang schon früh auf den Umstand hingewiesen, daß es nicht sinnvoll ist, von der Wirklichkeit abzulenken, in der die jugendlichen Drogenmißbraucher – die eigentlichen Adressaten von Drogenprävention – leben. Vielmehr ist es wichtig klarzumachen, daß das Leistungsprinzip ein bestimmendes Ausleseverfahren unserer Gesellschaft ist. Es kann – wie die zahlreichen gescheiterten Experimente der vergangenen 10 Jahre deutlich zeigen – nicht darum gehen, dieses Prinzip zu verlassen, sondern statt dessen die Jugendlichen dazu zu bringen, mit diesem Prinzip zu leben und es akzeptieren zu können. Drogenprävention ist auch ein Stück Erziehung; und wo wir darauf verzichten, werden wir mit Ausweichverhalten, also auch mit Drogenkonsum in der Zukunft weiterhin rechnen müssen.

Wie Drogenprävention praktisch zu organisieren ist, hat Renn (1982) ausgeführt. Er betont, daß es nach dem »Wildwuchs« präventiver Aktivitäten Ende der 60er, Anfang der 70er Jahre an der Zeit sei, systematisch zu *planen,* die daraus resultierenden Aktivitäten planungsgerecht zu *steuern* und schließlich ihre Wirkung zu *evaluieren. Ziel* der Suchtprävention sei das Überflüssigmachen des Drogenkonsums auf individueller und gesellschaftlicher Ebene. Auf gesellschaftlicher Ebene kommen hier in Betracht: z. B. Verbesserung des Freizeit- und Lehrstellenangebots, Vermeidung von Ausgrenzungsverhalten und bessere Integration der Gastarbeiter der zweiten Generation. Die *Zielgruppe* besteht aus Drogengefährdeten. Wer aber ist drogengefährdet? Hier beginnen schon die Schwierigkeiten der praktischen Arbeit. Wir sind nach wie

vor auf Mutmaßungen angewiesen, zumal schichtenspezifische Merkmale hier keine erkennbare Rolle spielen.
Wir unterscheiden spezifische und unspezifische Prävention, wobei letztere in der Regel erfolglos bleiben muß. Wir müssen vielmehr *spezifische Prävention* betreiben, zielgruppenorientiert und nicht nach dem »Schrotschußprinzip« vorgehen. Das planerische Gesamtkonzept enthält die Zielgröße, die Art der Maßnahmen, die Randbedingungen und die Nebenwirkungen.

2.2.2 Aufklärungsaktivitäten, Drogenerziehung

Die Vorstellung, sachliche Information über Wirkung und Folgen der Rauschmittel könne die Zahl der Konsumenten reduzieren, das Ausmaß des Konsums eindämmen und ggf. Umfang und Schwere der Folgeerscheinungen vermindern, geht von dem Gedanken aus, Informationen über einen Sachverhalt seien in der Bevölkerung als Verhaltensdeterminanten wirksam. Aus den Ergebnissen psychologischer Forschung wissen wir, daß es in vielen Fällen nach solchen Informationsveranstaltungen nur zu kurzzeitigen Verhaltensänderungen kommt, wobei die Art der Darbietung von wesentlicher Bedeutung zu sein scheint (Biener, 1978). So scheinen etwa Horror-Darstellungen von Endzuständen eher Neugier und Abwehr zu erwecken. Diese Abwehr richtet sich aber anscheinend weniger gegen die verursachenden Substanzen als gegen die darbietenden Personen, die ja in der Regel der Gruppe der Nichtkonsumenten zugehören.
Aufklärung über Wirkung und Folgen der Rauschmittel sollte dennoch erfolgen, weil auf längere Sicht eine Umstimmung der Meinungen nicht ganz aussichtslos erscheint. Sie hat sich an Kinder jeden Alters und an Jugendliche und Erwachsene zu wenden, wobei die Zielgruppen unterschieden werden müssen. Die Institutionen der Schule, Volkshochschule und Weiterbildung sind zur Informationsvermittlung mit heranzuziehen. In welcher Form im einzelnen Aufklärung zu leisten ist, wollen wir hier nicht besprechen, es handelt sich dabei eher um eine Frage an kompetente Medien- und Werbespezialisten. Wir meinen, daß solche aufklärenden Aktivitäten langfristig anzulegen sind, möglichst viele Zielgruppen ansprechen sollten, sachlich aufgebaut sein müßten und unter Heranziehung von Experten mit fachlich fundierter Kenntnis zu organisieren sind. Den Verteilerweg sollten ebenfalls Fachleute festlegen.
Drogenerziehung stellt einen eigenen Teil der präventiven Arbeit dar, der sich vor allem an Schüler und Jugendliche wendet. Wir unterscheiden *Primärprävention,* die sich an alle richtet, um ein geeignetes Verhaltensrepertoire zu vermitteln, mit dessen Hilfe eine Art Immunisierung gegen Drogenkonsum aufgebaut werden kann. Sie setzt im Kindesalter ein und hat Problemlösungstechniken als wesentlichen Inhalt.
Eine zweite Form ist die *Sekundärprävention,* die sich an Risikopersonen bzw. Risikogruppen wendet. Dabei wäre es von entscheidender Bedeutung, diese Gruppen Gefährdeter sicher identifizieren zu können. Hierzu existieren zwar Forschungsansätze, bislang aber nur wenig verläßliche Ergebnisse.
Tertiärprävention schließlich bedeutet Rückfallverhütung bei solchen Suchtkranken, die eine Therapie bereits durchlaufen haben. Sie kann vor allem in der Nachsorgephase zum Tragen kommen (Wanke u. Täschner, 1978).
Erfahrungen in der Drogenerziehung bestehen bislang vor allem bezüglich des Alkoholproblems und vieles, was über Dro-

generziehung geschrieben wird, bezieht sich eigentlich auf Alkoholerziehung (vgl. Feser, 1981).

Soweit es sich bei Drogenprävention um die Schaffung eines neuen gesundheitlichen Bewußtseins handelt, dürfte sie eine Idealforderung sein, die durch ständige Wiederholung nicht realitätsnäher wird. In diesem Zusammenhang hat Janz (1978) betont, auf dem Gebiet der Gesundheitserziehung gehöre die Bundesrepublik Deutschland bis jetzt zu den unterentwickelten Ländern. Zur Begründung verweist er auf die unzureichende Berücksichtigung gesundheitserzieherischer Maßnahmen etwa in den Ausbildungsplänen von Pädagogischen Hochschulen, wonach es nicht überrasche, daß das Wissen über Gesundheit in der Bundesrepublik oberflächlich geblieben sei und sich auf abfragbare Vokabeln beschränke (von Troschke, 1976). Insbesondere die Massenmedien ließen nur wenig Neigung erkennen, auf diesem Gebiet sachlich tätig zu werden oder gar die Initiative zu ergreifen, im Gegenteil: in vielen Darstellungen sorge man dafür, »daß ein kräftiger Trunk den Alkoholkonsum als nachahmenswertes Statussymbol harter Männlichkeit, gerade auch in der Wirkung auf Jugendliche stimulieren und scheinbar legitimieren kann« (Janz, 1978).

Die Planung präventiver Maßnahmen trifft besonders dort auf Schwierigkeiten, wo sie sich bezüglich ihrer Wirksamkeit ausweisen müssen. Gerade die Wirksamkeit von Maßnahmen der Drogenerziehung ist aber bisher weder in der Bundesrepublik noch im Ausland sicher nachgewiesen (Braucht u. Mitarbeiter, 1973; Biener, 1978).

Präventivprogramme sind neben therapeutischen Programmen der zweite wesentliche Pfeiler der »Drogenpolitik«, wobei kommunikative von strukturellen Maßnahmen zu unterscheiden sind (Abb. 5).

Problematisch bei präventiven Maßnahmen ist die noch ungeklärte zeitliche Stabilität von erwünschten Aufklärungseffekten. Aber auch der Frage, welche unerwünschten Nebenwirkungen wir erzielen, sollten wir Aufmerksamkeit

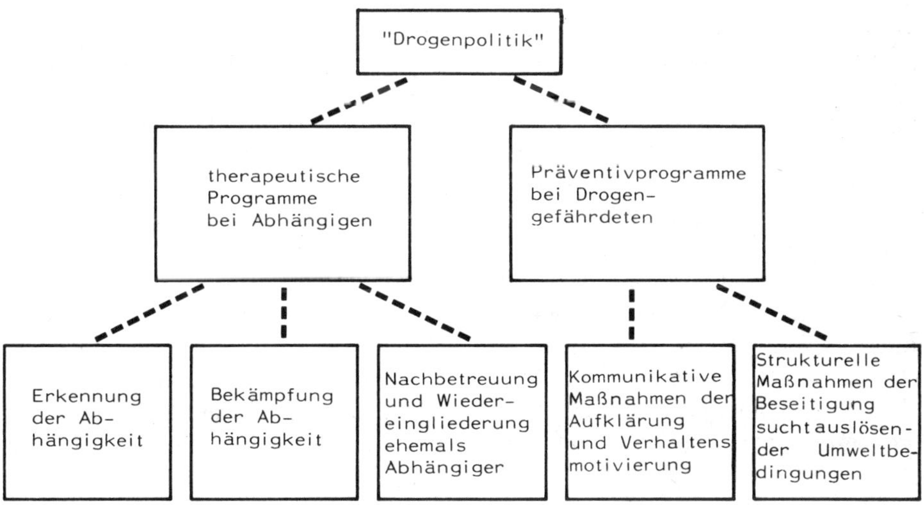

Abb. 5: Stellung von Präventivmaßnahmen im Rahmen von »Drogenpolitik« (nach Renn, 1981).

schenken. Zu denken ist hierbei insbesondere an die Anregung von Neugierverhalten.
Grundsätzlich dürfte unstrittig sein, was Jungmann (1976) zur Frage der Notwendigkeit von Gesundheitserziehung ausgeführt hat: Daß für ihren Erfolg eine enge Kooperation von Pädagogik und Medizin erforderlich sei. Wenn auch Anstrengungen zu solcher Kooperation erkennbar sind, so sind sie doch nach aktueller Kenntnis und Einschätzung noch lange nicht ausreichend, um den komplexen Sachverhalt »Sucht« zu einem alle interessierenden Problem der Gesundheit und der Gesundheitserziehung zu machen. Zu intensiv ist der Blick der Öffentlichkeit noch immer auf die vermeintliche Soziogenese süchtiger Verläufe gerichtet, zu wenig indessen auf den Krankheitscharakter derartiger Fehlentwicklungen.
Abschließend wollen wir auf die Rolle der Familie im Rahmen präventiver Maßnahmen eingehen. Die Psychiatrie-Enquête der Bundesregierung (1975) hat darauf hingewiesen, daß die Sicherung der Grundbedürfnisse im familiären Nahraum für die Entwicklung des Menschen wichtig sei. Dazu zählt das Bedürfnis nach Geborgenheit, aber auch nach kontinuierlichen und klar strukturierten Kontakten zu festen Bezugspersonen, nach geeigneten Vorbildern usw. Dies alles sicherzustellen, sei die intakte Familie in hervorragender Weise geeignet. Wesentlich seien auch affektive und intellektuelle Anregungen, die für die adäquate Entwicklung des Menschen erforderlich sind. Deshalb müsse der Familie besondere Aufmerksamkeit gewidmet werden, deren Unversehrtheit und Kontinuität über alle Lebensabschnitte hinweg ein wesentlicher Garant für psychische Stabilität sei. Damit kommt der Familie auch eine entscheidende präventive Bedeutung im Hinblick auf die Entstehung von Drogenabhängigkeit zu. Daß die Familie des Suchtkranken in die diagnostischen Erwägungen, aber auch in den therapeutischen Prozeß einzubeziehen ist, ist fester Bestandteil der Suchtkrankenhilfe. So kümmern sich z. B. die *Guttempler-Gruppen* stets in besonderer Weise um die Angehörigen, weil sie wissen, daß es den einzelnen Suchtkranken im Grunde gar nicht gibt, sondern daß er eingebunden ist in sein soziales Umfeld, insbesondere seine Familie. Wenn heute der Akzent stärker auf die Mitwirkung und Einbeziehung der Familie des Abhängigen in die Beratung und Therapie gesetzt wird, so ist dies eine Entwicklung, die sich aus der Erfahrung ableitet, daß gerade bei jugendlichen Drogenabhängigen die Familie eine zentrale Rolle nicht nur bei der Entwicklung der Sucht, sondern auch im therapeutischen Geschehen spielen kann.
Dabei kann es aber nicht um einfache Schuldzuweisungen gehen oder um ein Rechten darum, was richtig und was falsch gemacht worden sei, sondern lediglich darum, wie am effizientesten Hilfe zu leisten ist.
Wenn Kuypers (1980) in diesem Sinne von Familienbehandlung spricht, dann tut sie das auf dem Hintergrund der Tradition der deutschen Suchtkrankenhilfe, wie sie sich besonders in den Jahren nach dem letzten Krieg entwickelt hat. Es geht ihr primär um Verständnisvermittlung über die Entstehungs- und Wirkungszusammenhänge der Krankheit des speziellen Familienmitglieds, sekundär aber auch um die aktive Mitbehandlung der Familienangehörigen aufgrund der Transparentmachung von bis dahin nicht bewußt erlebten Interaktionsmechanismen. Sie begreift Familientherapie nicht als neue und revolutionäre Behandlungsmethode, sondern als eine zusätzliche Sichtweise, die uns bis dahin wenig beachtete Aspekte der Krankheit »Drogen-

abhängigkeit« im konkreten Falle eröffnen kann.

Die grundsätzlichen Möglichkeiten der Einbeziehung der Familie in das therapeutische Geschehen beschreibt Kaufman (1981). Er ist der Auffassung, daß man mit der Familie des Suchtkranken und mit ihm selbst nur dann arbeiten kann, wenn er abstinent ist. Hier ist Abstinenz die Voraussetzung zur Behandlung, nicht ihr Ziel. Deshalb sei in einem ersten Schritt anzustreben, die Familie dazu zu bewegen, daß sie die Entgiftung des suchtkranken Familienmitglieds unterstützt bzw. dieses dazu bewegt. Erfolgt ein Rückfall, so muß die Familie ermuntert werden, damit sie den Suchtkranken zu einer erneuten Behandlung motiviert. In einem zweiten Schritt wird die Familie dann dazu motiviert, das drogenabhängige Mitglied in eine drogenfreie Langzeittherapie zu bringen.

Unter den familientherapeutischen Techniken, deren Anwendung Kaufman empfiehlt, spielen psychodynamische und kommunikationsorientierte Vorstellungen eine Rolle, aber auch Techniken der Verhaltenstherapie sind geeignet, Verhaltensänderungen in der Familie zu bewirken. Letztlich erweist sich ein pragmatisches Vorgehen als am ehesten angemessen. Zu unterscheiden sind »joining«- und »restructuring«-Techniken (teilnehmende Beobachtung bzw. aktive Beeinflussung der Familiensituation durch den Therapeuten) bei der Arbeit mit der Familie des Suchtkranken, aber auch Behandlungsverfahren in der Gruppe gehören zum Repertoire des Familientherapeuten.

2.3 Therapie und Rehabilitation

2.3.1 Vorbemerkung

Im medizinischen Bereich entspricht das Prinzip der Prävention weitgehend der Methode der *Prophylaxe*. Wenn wir in diesem Abschnitt von Therapie sprechen, so kann ihr Ziel entweder restitutiv oder kompensatorisch erreicht werden. Im einen Fall steht die Wiederherstellung der ursprünglichen gesundheitlichen Verhältnisse im Vordergrund, im andern Fall der Ausgleich umschriebener Defizienzen. Selbstverständlich hat Restitution vor Kompensation den Vorrang, vielfach ist jedoch eine Wiederherstellung nur noch kompensatorisch zu erreichen. Kompensierende Maßnahmen können durchaus eine wirksame Wiedereingliederung erleichtern und sind damit ein wichtiges therapeutisches Element.

Während bisher der Schwerpunkt therapeutischer Bemühungen auf psychiatrischem Gebiet – und damit auch auf dem Gebiet der Suchtkrankenhilfe – stets im stationären Bereich lag (vgl. den »Rahmenplan für stationäre und ambulante Behandlungsmodelle für Drogengefährdete/Drogenabhängige« der Kommission »Behandlungsmodelle« bei der Deutschen Hauptstelle gegen die Suchtgefahren, 1971), hat die Psychiatrie-Enquête der Bundesregierung (1975) den Akzent stärker auf die ambulante Behandlung Abhängiger gelegt. Sie geht dabei von der Vorstellung aus, daß bei manchen Drogenabhängigen allein eine intensive ambulante Behandlung zum Erfolg führen könne. Inwieweit diese Überzeugung gerechtfertigt ist, soll an dieser Stelle offen bleiben; wir werden darauf noch zu sprechen kommen. Wir werden auch darauf zurückkommen müssen, ob der wesentliche Nachteil stationärer Therapie tatsächlich darin liegt, daß der Patient zwangsläufig seine gewohnte Umgebung verlassen und in eine neue Umwelt, nämlich die Klinik, integriert werden muß. Die Psychiatrie-Enquête (1975) sieht hier einen entscheidenden Mangel stationärer Therapie und überträgt diese Vorstellung

auf das Gesamtgebiet der psychiatrischen Krankenversorgung. Beide Behandlungsbereiche – ambulante und stationäre Therapie – müssen, nach unserer Auffassung, in enger Verflechtung kooperieren. Wir sprechen deshalb in diesem Zusammenhang von *integrierten Versorgungssystemen.* Beratungs- und Kontaktaktivitäten werden dabei in erster Linie in den ambulanten Bereich gehören, während die Akut-, Entgiftungs- und Entwöhnungsbehandlung Domänen stationärer Therapie sein dürften. Die Entwöhnung reicht bereits in den rehabilitierenden Abschnitt der Behandlungskette hinein und schließt damit den Kreis zur Nachsorgeambulanz.
Die Behandlung eines in so vielen verschiedenen Stadien und Ausformungen anzutreffenden Geschehens, wie es Sucht darstellt, muß komplex und vielschichtig angelegt sein. Insbesondere muß das *aktuelle* Studium der Sucht Berücksichtigung finden.
Drei Prinzipien therapeutischer Strategie sind zu nennen (Wieser, 1972):

- Das *Totalitätsprinzip,* das Partner, Familie und soziales Umfeld mit in die Therapie einzubeziehen trachtet;
- das *Pluralitätsprinzip,* nach welchem die Therapie multidisziplinär zu orientieren ist, d. h. daß Angehörige verschiedener Berufsgruppen am therapeutischen Prozeß zu beteiligen sind (Sozialarbeiter, Psychologen, Ärzte, Theologen, Sozialpädagogen);
- das *Permanenzprinzip,* das vorsieht, dem Suchtkranken einen langdauernden und später latent fortbestehenden therapeutischen bzw. stützenden Rahmen zu geben.

Wie bei der Behandlung des Alkoholismus ist die *Basis* der Therapie die Abstinenz vom Suchtmittel. *Ziel* der Behandlung hingegen ist die soziale Selbständigkeit, ferner die Fähigkeit, mit maximaler Ausnutzung aller vorhandenen bzw. wiedergewonnenen Freiheitsgrade ein eigenständiges, verantwortliches Leben in optimaler sozialer Integration zu verwirklichen.
Selbsthilfegruppen kommt dabei große Bedeutung zu. Ihre Berechtigung und Wirksamkeit scheinen unbestritten. Die Mitarbeit »Ehemaliger« *(Ex-user)* kann wertvoll sein, wenn diese ihre volle Eigenverantwortlichkeit wiedergefunden haben und nicht die Gruppe durch eigene Probleme oder Störungen/Fehlhaltungen belasten. Wir kennen viele – insbesondere aus den Vereinigten Staaten kommende – Therapiemodelle, die ihre Mitarbeiterteams aus dem Kreis der »Ex-user« rekrutieren. So arbeitet etwa *Synanon* ohne jeden professionellen Mitarbeiter.
Die Therapie der Drogenabhängigkeit umfaßt drei methodische Ansätze:

- Medikamentöse Therapie;
- Psychotherapie;
- Soziotherapie.

Medikamentöse Therapie: Sie spielt vor allem in der Entgiftungsphase eine entscheidende Rolle; es gibt aber auch einzelne Modelle, die grundsätzlich auf medikamentöse Therapie verzichten. Der Einsatz von Opiatantagonisten hat sich bis heute nicht durchsetzen können (Cyclazocin, Naloxon). Pentazocin (Fortral) hat eine erhebliche eigene suchterzeugende Potenz; Hoffnungen werden lediglich auf das Naltrexon gesetzt, das aber in der Bundesrepublik noch nicht erhältlich ist.
Die psychotherapeutischen Verfahren, die in Betracht kommen, sind vor allem die Verhaltenstherapie und die Gesprächspsychotherapie. Die Verhaltenstherapie beruht auf der Beobachtung, daß praktisch jede Form von Verhalten erlernt wird, auch Fehlverhalten, bzw. daß auf bestimmten Gebieten ein Verhaltensdefizit existieren kann, weil das betreffende Verhalten nicht gelernt wurde. Durch ein System von gezielten Verstärkern kann

erwünschtes Verhalten gefördert, unerwünschtes Verhalten gelöscht werden. Verhaltenstherapie kann als Einzel- oder Gruppentherapie durchgeführt werden. Gesprächspsychotherapie bewährt sich als Grundlage jedes Umgangs mit Klienten. Psychoanalytische Ansätze spielen in der Praxis eine untergeordnete Rolle, spezielle Techniken der Suchtkrankenbehandlung liegen von dieser Seite bislang noch nicht vor (vgl. Lürssen, 1974).
Die Voraussetzungen für die Durchführung der meist zeit- und mittelintensiven Psychotherapieverfahren ist im Einzelfall sorgfältig zu prüfen. Die Ökonomie solcher Maßnahmen ist zu berücksichtigen. Dort, wo sie Grundlage ganzer Programme sind, also nicht etwa als individuelle Einzeltherapie eingesetzt werden, sind sie verständlicherweise am wirtschaftlichsten zu verwenden.
Zu bedenken ist, daß Beratungsstellen nur im Ausnahmefall der Ort für ausgedehnte Einzelpsychotherapien sein können. Sie gehen meist auf Kosten der eigentlichen Beratungs- und Betreuungstätigkeit und dienen oft mehr der Wunscherfüllung und Befriedigung von Selbstprofilierungstendenzen der Mitarbeiter als der Erweiterung des konkreten Hilfsangebots an Drogenabhängige.
Weiterhin kommen auch übende Methoden und Entspannungsverfahren (z.B. Autogenes Training) in Betracht. Musiktherapie kann in manchen Fällen eine wertvolle ergänzende Maßnahme darstellen. Eine besondere Form der Psychotherapie stellt die mittelfreie Entzugstherapie mit ärztlicher Vorsorge gegen Zwischenfälle durch stützende und direktive Behandlungsverfahren dar.
Unter *Soziotherapie* verstehen wir in einem weitgefaßten Sinne sowohl die Methoden der Beschäftigungs- und Arbeitstherapie als auch die Versuche zur Beeinflussung des Konfliktfeldes und des Umfeldes ganz allgemein. Wir rechnen im weitesten Sinne hierzu auch Methoden, die traditionell ins Gebiet der Sozialarbeit fallen: Arbeitsplatzbeschaffung, soziale Reintegration, Klärung von Versicherungsfragen, Rentenfragen, Arbeitslosenunterstützung, Hilfe zum Lebensunterhalt plus Sozialhilfe und ähnliches, etwa Wohnraumbeschaffung und Wiederaufnahme von Ausbildungsgängen.

2.3.2 Ambulante Beratung und Behandlung

Wir haben bereits ausgeführt, daß im ambulanten Bereich vor allem die Kontaktaufnahme zwischen therapeutischer Institution und Patienten erfolgen muß. In dieser Phase kommt es darauf an, Hilfsbedürftige auf Hilfsmöglichkeiten aufmerksam zu machen, die Voraussetzungen dazu zu prüfen, und zwar sowohl von seiten der Süchtigen als auch von seiten der Institutionen. Wir müssen aufklärende Gespräche über die Situation der Betreffenden führen und ggf. Motivationen für eine Behandlung wecken. Wir sollten auch den Kontakt mit der Familie des Betroffenen aufnehmen, weiterhin die Diagnose der aktuell vorliegenden Suchtform stellen. Wir müssen das vorliegende süchtige Verhalten von einem Mißbrauchverhalten abgrenzen, weil die therapeutischen Konsequenzen jeweils unterschiedlich sind. Schließlich ist ein Augenmerk auf komplizierende Begleiterscheinungen zu richten, die praktisch bei keinem Drogenabhängigen fehlen. Dabei denken wir sowohl an medizinische wie auch an soziale Komplikationen. Der Patient sollte schon am Anfang über die Art unseres Vorgehens, die Dauer der Behandlung, die Zielvorstellungen und Einzelheiten der Therapie Klarheit gewinnen können. Der Therapeut sollte sich dabei immer die Kostenfrage vergegenwärtigen, die nach unserer Erfahrung, angesichts der sogenannten Kostenexplosion im medizinischen Bereich mit ihren zahlreichen Auflagen zur Kostendämpfung im Gesundheitswesen immer größere Bedeutung gewinnt, in vielen Fällen, aber wohl noch immer nicht ausreichend, Eingang in die Überlegungen der Therapeuten gefunden hat; teilweise deswegen, weil auch die Träger offensichtlich mehr in Pflegesätzen statt in tatsächlichen Kostenbeträgen denken.

Dies mag u. a. auch mit der Tatsache zusammenhängen, daß nach unserem Abrechnungssystem der Therapeut kaum je mit den tatsächlichen Kosten der von ihm angewandten Verfahren konfrontiert wird. Hier sind seitens der Kostenträger Informationen für die Therapeuten unumgänglich, um sie zu einer möglichst kurzen, aber auch ausreichend langen Therapiedauer unter Anwendung geeigneter, kostengünstiger Maßnahmen zu veranlassen. Solange die Therapeuten nicht motiviert sind, so kostengünstig wie möglich zu arbeiten, solange wird es auch zu keiner Optimierung der Behandlungskosten für Drogenabhängige bei den damit befaßten Institutionen kommen.
Ein wesentlicher kostenbestimmender Faktor ist die Länge der Aufenthaltsdauer in einer stationären Einrichtung. Wenn wir für 1982/83 Grundpflegesätze von mehr als 350,– DM pro Tag (im »Zentrum der Psychiatrie« des Universitätsklinikums Frankfurt am Main) zugrunde legen, so wird deutlich, welche Kostenfaktoren durch die Verweildauer von Patienten in Kliniken zum Tragen kommen. Auch wenn die Pflegesätze in den Langzeiteinrichtungen weit darunter liegen, so sind sie doch hoch genug, um in erheblichem Maße kostenrelevant zu wirken. In die Kostenüberlegungen muß auch die Frage der Mehrfachdiagnostik in verschiedenen Einrichtungen eingehen, die oft auf mangelnder Kommunikation der einzelnen medizinischen Dienste beruht. Schließlich ist auch der Ausbildungsstand der Therapeuten in manchen Fällen ein kostenrelevanter Faktor.

Zu den Grundsätzen der Beratungstätigkeit in Drogenberatungsstellen gehört Vertraulichkeit der Gesprächsinhalte genauso wie die auf Wunsch gewährte Anonymität für Patienten und deren Angehörige. Die noch immer nicht ausreichend geklärte Frage der Schweigepflicht auch für solche Sozialarbeiter, die in Beratungsstellen beschäftigt sind, belastet nach wie vor deren Tätigkeit.
Wir unterscheiden drei Abschnitte der Beratung eines Klienten (Patienten): In einer *ersten Phase* kommt es darauf an, den Kontakt zu dem Klienten herzustellen und anschließend zu stabilisieren. Unser Hauptanliegen ist es, ihn zu einer adäquaten Behandlung zu motivieren. In einer mehr diagnostisch ausgerichteten *zweiten Phase* geht es um die Erfassung wesentlicher Daten aus dem persönlichen und sozialen Bereich des Klienten, aber auch um die psychologische und psychopathologische Diagnostik, die teilweise auch mit Hilfe testpsychologischer Verfahren geleistet werden kann. In erster Linie dient die *dritte Phase* der Beratung dazu, den Klienten nach erfolgter Motivierung in eine kompetente Einrichtung zu vermitteln.
Wir müssen zwischen Beratung und Behandlung unterscheiden. Während Beratung ein eher kurzfristiges, weniger intensives und auf Information ausgerichtetes Verfahren ist, liegt der Behandlung ein längerfristiger und intensiverer Kontakt mit dem Patienten zugrunde. Diagnostik und Behandlungsplanung gehen der eigentlichen Therapie voraus. Wir betonten schon, daß nur in seltenen Fällen die Behandlung ambulant erfolgen kann. Bei Opiatsüchtigen ist dies zum gegenwärtigen Zeitpunkt praktisch auszuschließen.
Beratungsstellen sind auf eine Vielzahl von Kontakten angewiesen: Jugend- und Sozialämter, Justizbehörden und Krankenhäuser sind unmittelbare Partner ihrer Arbeit. Sie sollten aber auch mit anderen Beratungsstellen und mit niedergelassenen Ärzten kooperieren, die ihrerseits Kontakt zu den von ihnen beratenen Klienten haben oder hatten. Auch mit der

Schule und dem schulpsychologischen Dienst Kontakte zu unterhalten, kann die Drogenberatung erheblich erleichtern. Schließlich wird es selten einen Fall geben, in dem nicht wesentliche Informationen von der Familie zu gewinnen sind, zumal häufig von der Familie des Suchtkranken die Initiative zur Beratung ausgeht.

Spezielle Aufgaben kommen der Drogenberatung im schulischen Bereich zu, wo vor allem Beratungslehrer auszubilden, einzusetzen und weiterzubilden sind. Hier ist eine kurative von einer präventiven (prophylaktischen) Beratungsfunktion zu unterscheiden (Bäuerle, 1981). Bei der kurativen Drogenberatung geht es darum, in einem aktuellen drogenbedingten Anlaß Hilfsmaßnahmen einleiten zu können, wozu außer pädagogischen Fähigkeiten auch Drogenfachkenntnisse erforderlich sind. Bei der prophylaktischen Drogenberatung, geht es um Aufklärung über allgemeine Ursachen des Drogenkonsums Jugendlicher. Eine wirkungsvolle Ergänzung zur ambulanten Beratungstätigkeit ist in der Einrichtung eines *Telefon-Notrufs* für Süchtige und Suchtgefährdete zu sehen. Solche Einrichtungen arbeiten bereits in einigen Großstädten der Bundesrepublik überwiegend mit ehrenamtlichen Helfern, die speziell für ihre Aufgabe geschult werden. Solche Telefon-Notrufe können vor allem die zeitliche Lücke füllen, die nachts und an Wochenenden eintritt, wenn die Beratungsstellen nicht besetzt sind. Voraussetzung für eine effiziente Arbeit sind die Zuverlässigkeit der Mitarbeiter, ihr konsistenter Ausbildungsstand, der durch ständige Fortbildung zu erhalten ist, und die zeitliche Lückenlosigkeit des Hilfsangebotes. Entlastende, stützende und beratende sowie informierende Gespräche machen den wesentlichen Inhalt des Hilfsangebots aus. Ob eine solche Notrufeinrichtung als selbständige, das sonst schon vorhandene Beratungsangebot ergänzende Institution jeweils für eine Region zu schaffen ist oder ob eine Anbindung an bestehende Einrichtungen (z. B. die Telefonseelsorge) möglich ist, dürfte im Einzelfall zu entscheiden sein.

Sicher ist auch die *Praxis des niedergelassenen Arztes* – sei er Facharzt, z. B. für Psychiatrie und Neurologie, oder auch praktischer Arzt – eine Institution, die in die Versorgung Suchtkranker mit einbezogen werden sollte, mehr jedenfalls als das bisher der Fall ist. Aus Erfahrung wissen wir, daß es verschiedene Einstellungen der niedergelassenen Ärzte gegenüber Suchtkranken gibt: Die Palette reicht von Unkenntnis, freundlicher Toleranz bis hin zu offener, gereizt-aggressiver Ablehnung Drogenabhängiger. Erschwerend kommt hinzu, daß, in Anbetracht des hohen zeitlichen Aufwandes, der mit Suchtkranken getrieben werden muß, unser kassenbestimmtes Versorgungssystem wenig geeignet ist, optimale ambulante Hilfe für unsere Klientel in der Arztpraxis bereitzustellen.

Dem frei praktizierenden Arzt kommt zunächst die Aufgabe zu, den Kontakt zum Suchtkranken herzustellen und – wo möglich – zu halten. Dabei kommt der Erkundung der persönlichen Situation, des familiären und beruflichen Hintergrundes und der Diagnostik auf psychischem und organischem Gebiet die wesentliche Bedeutung zu. Verschreibungen sind aber grundsätzlich zu vermeiden, insbesondere von jenen Stoffen, die der Patient verlangt und die ein Suchtpotential besitzen, vor allem also von zentralwirksamen Arzneien. Der Versuch einer ambulanten Therapie sollte unterbleiben. Das Beispiel der Kapuste-Katastrophe in München sollte jedem Arzt warnend vor Augen stehen (vgl. S. 200 ff.). Statt dessen sollte Motivierungsarbeit (Kleiner, 1980,

1982) so früh wie möglich einsetzen. Der Arzt sollte sich darum bemühen, den Suchtpatienten davon zu überzeugen, daß nichts anderes seine Situation verbessern kann als eine möglichst umgehend einsetzende fachmännische Hilfe, die aber in der Praxis selbst nicht umfassend zu leisten ist. Der niedergelassene Arzt bedarf deshalb konkreter Kontakte zu stationären Abteilungen, Beratungsstellen, Fachkliniken, Gesundheitsämtern u. ä. Institutionen.

Auch in der Nachbehandlung Suchtkranker kann der niedergelassene Arzt tätig werden. Seine Mitwirkung in der Nachsorgephase setzt Engagement, Kenntnis und den Willen zu geduldigem Eingehen auf den Patienten voraus. Es ist keine Frage, daß der niedergelassene Arzt hier einen Bereich ausfüllen kann, in dem ihm seine vielfach große Vertrautheit mit dem Patienten eine entscheidende Hilfe sein kann. Auch hier kommt es auf die enge Kooperation mit den professionellen Institutionen der Suchtkrankenhilfe an.

Die Vielzahl der von Drogenabhängigen eingenommenen verschreibungsfähigen Arzneimittelspezialitäten ist für den Arzt oft unüberschaubar. Hier sind vor allem Barbiturate, Benzodiazepine, aber auch Distraneurin und andere Schlaf-, Schmerz- und Beruhigungsmittel zu nennen, z. B. methaqualonhaltige Substanzen (Mandrax) und Weckmittel (Captagon, Ritalin u. a.). Verschreibungen in der Arztpraxis erfolgen oft, um Drogenabhängigen (vermeintlich) zu helfen und um Nebenerkrankungen oder Einzelsymptome der Abhängigkeit (Schlafstörungen, Unruhe) zu »behandeln«. Dabei sollte sich der Arzt darüber im klaren sein, daß er allenfalls symptomatisch, nicht aber kausal behandelt. Viele Abhängige sehen den Arzt als probaten Lieferanten von Überbrückungsstoffen an und damit als »Helfer« (Nusselt u. Salzhuber, 1976). Ärzte müssen sich deshalb der Gefahr bewußt sein, wie schnell sie aus der Rolle des wirklichen Helfers hinausgeraten können, wenn sie unkritisch den Erwartungen Süchtiger entsprechen.

2.3.3 Akutbehandlung, Entgiftung und Behandlung medizinischer Komplikationen und Begleiterkrankungen

Die Entgiftungsphase ist identisch mit dem Abschnitt des Therapieverbundes, in dem auch akute Zustandsbilder (Notfälle) und die bei Drogenabhängigen vielfältig vorhandenen Begleiterkrankungen behandelt werden.

Untersuchungen haben ergeben, daß die Langzeitresultate bei der Behandlung von Alkoholkranken weniger von den angewandten Verfahren abhängen als von den primären psychischen, sozialen und biologischen Charakteristika der jeweiligen Patientengruppe, aber auch vom Stadium der Sucht und von der Länge der Behandlungsdauer (Feuerlein, 1980). Es kommt also darauf an, so früh wie möglich mit der Behandlung zu beginnen, um die sich im Laufe einer süchtigen Karriere ständig verschlechternde therapeutische Ausgangssituation zu vermeiden. Dabei ist die Mehrdimensionalität des therapeutischen Ansatzes von Bedeutung: unter Umständen kann Polypragmasie hier zur Tugend werden, während sie sonst im klinischen Bereich häufig Ausdruck von Unkenntnis oder Unsicherheit ist. Es geht also um die Schaffung eines differenzierten Behandlungsangebotes für Drogenabhängige.

Wesentliche Bestandteile des Therapieangebotes sind das multidisziplinär orientierte Behandlungsteam und die therapeutische Gemeinschaft. Betrachtet man den zeitlichen Ablauf der Maßnahmen von der ambulanten Phase (Kontaktphase), der Entgiftung, Entwöhnung, ggf. Rehabilitation bis hin zur Nachsorge, so haben die einzelnen Phasen ihre Schwerpunkte an verschiedenen Stellen des Therapieverbundes. Wenn man von der jeweils erforderlichen Qualifikation für die Erfüllung der anstehenden Aufgaben ausgeht, so werden Rollenkämpfe überflüssig, die in manchen Institutionen zu beobachten sind, zumal sie von Abhängigen schnell und geschickt ausgenutzt werden. Die therapeutische Gemeinschaft erscheint besonders geeignet, spezielle Folgen des süchtigen Verhaltens, wie berufliches Versagen oder Ehekonflikte, durch das Korrektiv der Gruppe zu bearbeiten, dem Süchtigen das Gefühl von Toleranz, Selbstbewußtsein, Aktivität und kritischer Auseinandersetzung mit den bedrängenden Sachverhalten zu geben und ihn aus seiner Isolierung zu befreien, in die er sich mit fortschreitender Drogenkarriere immer stärker hineinbegeben hat. Die Geborgenheit in der neuen Umgebung kann dem passiven, interesselosen, teils von Kindheit an verwöhnten Abhängigen in vielen Fällen den Verzicht auf den Suchtstoff erleichtern. Der Patient muß Zeit erhalten, um zu Einsicht und Neuorientierung finden zu können.

In der Akutbehandlung erstreckt sich die Phase der medikamentösen Behandlung im wesentlichen auf den Zustand der Intoxikation und auf die Entziehung. Auf die hier im Einzelfall anzuwendenden Verfahrensweisen wird in den Kapiteln über Notfälle und Entgiftung einzugehen sein. Das Einzelgespräch mit dem Therapeuten sollte den Patienten während der stationären Behandlung begleiten. Gesprächstherapie ist hier ein sinnvoll anzuwendendes Verfahren. Hingegen haben sich psychoanalytische Techniken im großen und ganzen nicht bewährt wegen des oralen Charakters der Abhängigkeit, der Passivität und der geringen Frustrationstoleranz der Suchtkranken (Feuerlein, 1979). Bei der Anwendung gruppentherapeutischer Verfahren, ist zu beachten, daß Verstärkungsprozesse von der Art des sogenannten »Drogenpalavers« (Süllwold, 1972) bei Rauschmittelkonsumenten zu vermeiden sind. Von Bedeutung ist, daß wir den Patienten von vornherein in ein detailliertes Programm integrieren, das auch Beschäftigungs-, Arbeits-, Bewegungs- und physikalische Therapie als wichtige Elemente enthalten sollte. Die Organisation der Einzelabläufe sollte unter lerntheoretischen Aspekten erfolgen.

Vorbehalte sind gegenüber der medikamentösen Therapie Drogenabhängiger anzumelden. Ganz abgesehen davon, daß durch die Verabreichung von Tranquilizern und anderen Ersatzmitteln der Entwicklung einer Mehrfachabhängigkeit Vorschub geleistet wird, lehnen wir auch die Methadonverabreichung an Heroinsüchtige für die Bundesrepublik grundsätzlich ab. Aber auch der Einsatz sogenannter Antagonisten hat bisher noch keine überzeugenden Resultate gebracht. Wie es sich mit Naltrexon verhält, wissen wir heute noch nicht sicher. Die angeblich ermutigenden Erfahrungen in den Vereinigten Staaten bedürfen der Nachprüfung.

Bei Naltrexon handelt es sich um eine dem Naloxon verwandte Substanz, die 1963 synthetisiert wurde. Sie hat eine sehr hohe Affinität zu Opiatrezeptoren und wird im Magen-Darm-Trakt sehr gut resorbiert. Seine antagonistische Wirkung hält bis zu 72 Stunden nach oraler Gabe an. Allerdings werden auch schwache agonistische Wirkungen, die also mit denen der Opiate übereinstimmen, angegeben. An dieser Stelle muß bereits Skepsis aufkommen. Die bisher mit dem Naltrexon gemachten klinischen Erfahrungen lassen nur einen sehr begrenzten Optimismus aufkommen. Wenn sich auch erwies, daß sich mit etwa 150 bis 200 mg Naltrexon die subjektiven Effekte des Morphins für 72 Stunden blockieren lassen, so zeigte jedoch eine große Verbundstudie in den Vereinigten Staaten, daß das

Problem auf einer anderen Ebene liegt: bei der hohen Abbruchrate am Anfang der Behandlung. Diese Rate betrug in einer Studie 74 %, d. h. drei Viertel der Patienten verließen die Studie wieder, bevor sie überhaupt irgendeine Medikation erhalten hatten. In einer anderen Studie stiegen 42 % der Behandelten im ersten Monat der Naltrexon-Gabe aus. Während der Behandlung konsumierte mehr als ein Drittel nebenher Opiate. Viele Patienten gingen auf Methadon über. Der Entzug des Naltrexons gelang nur in einem geringen Anteil der Fälle (O'Brien u. Greenstein, 1981).

Bei der klinisch-stationären Entgiftung Drogenabhängiger (Opiatsüchtiger) hat sich Doxepin (Aponal) bewährt, das in einer Dosierung von 4 x 100 mg pro Tag über mehrere Tage hinweg in zunächst ansteigender, später ausschleichender Dosierung zu verabreichen ist. Es blokkiert zwar nicht alle Entzugserscheinungen, führt aber doch zu Sedierung und Stimmungsaufhellung bei den meisten Abhängigen und ist insoweit den meisten anderen in Betracht kommenden Psychopharmaka überlegen. Zu ambulanter Entgiftung, von der viele Abhängige träumen, ist es – wie jede andere Substanz – nicht geeignet. Die Anwendung anderer Medikamente kommt für uns grundsätzlich nicht in Betracht, z. B. von Clomethiazol (Distraneurin).

Neueste Erfahrungen sprechen für eine gute Wirksamkeit von Clonidin (Catapresan) zur Behandlung des akuten Entzugsbildes bei Opiatsüchtigen, wobei sich eine Dosierung von bis zu 5 x 200 µg bzw. 4 x 250 µg täglich als ausreichend erwiesen hat, wie eigene Untersuchungen ergeben haben (vgl. S. 149–150). Die Anwendung dieses Hochdruckmittels bei der Behandlung des Entzugssyndroms Opiatsüchtiger beruht auf der Erfahrung, daß sowohl Morphin als auch Clonidin eine elektrisch oder pharmakologisch herbeigeführte Aktivierung des sogenannten Blauen Flecks *(Locus coeruleus)* blockieren. Dieses Nervenzentrum enthält die größte Menge Noradrenalin, die im Gehirn überhaupt zu finden ist. Hinzu kommt, daß man nach Gabe von Clonidin eine deutliche Reduzierung der Entzugssymptomatik bei Opiatsüchtigen beobachtete (Gold u. Mitarbeiter, 1978). So begannen erste systematische Untersuchungen dieser (Neben-)Wirkung des Clonidins an methadonisierten Opiatabhängigen; und es zeigte sich, daß das Absetzen des Methadons unter »Clonidin-Schutz« praktisch problemlos innerhalb weniger Tage möglich war, ohne daß die gerade beim Methadon gefürchteten Entzugserscheinungen eine nennenswerte Ausprägung erreichten (Kreek in: Lowinson u. Ruiz, 1981). Pharmakologisch beruht die Wirkung des Clonidins auf einer Hemmung der Freisetzung des Noradrenalins, eines wichtigen interzellulären Überträgerstoffs des Zentralnervensystems, aus den Nervenendigungen. Die Ausschüttung von Noradrenalin an den Nervenzellendigungen wird durch die sogenannten Alpha-2-Rezeptoren kontrolliert: eine Stimulierung derselben hemmt die Freisetzung von Noradrenalin, ihre Blockierung fördert sie. Von angrenzenden Alpha-1-Rezeptoren wird die Erregung der benachbarten Nervenzellen nur dann fortgeleitet, wenn Noradrenalin ausgeschüttet wird. Unterbleibt dies bei Stimulation der Alpha-2-Rezeptoren, dann findet keine Weiterleitung der nervösen Erregung statt. Da sie aber zugleich die Grundlage für das Auftreten des Entzugssyndroms ist, erklärt sich hieraus die Wirksamkeit des Clonidins beim Opiatsüchtigen im Entzug (Görlich, 1982).

In der Tat bestätigen auch eigene Erfahrungen mit der Anwendung dieser Substanz bei Heroinsüchtigen, daß das Beschwerdebild im Entzug deutlich positiv beeinflußt wird. Unruhe, Schwitzen, Zittern, Naselaufen, Schlafstörungen, aber auch die typischen Schmerzsensationen in praktisch allen Körperabschnitten werden deutlich abgemildert. Manche Autoren sprechen davon, daß die Schlaflosigkeit und die Schmerzempfindungen nicht nachhaltig beeinflußt würden (Uhde u. Mitarbeiter, 1980). Die blutdrucksenkende Wirkung der Substanz kommt im übrigen nicht so deutlich zum Tragen, wie das ursprünglich zu befürchten stand. Insbesondere bei den ohnehin häufig primär hypotonen Heroinsüchtigen kam es nicht zu einem nennenswerten Abfall des Blutdrucks, der etwa eine Intervention mit Kreislaufmitteln erforderlich gemacht hätte. Dies war höchstens im Einzelfall einmal erforderlich, ist aber eine Nebenwirkung, die wir auch bei Anwendung anderer Substanzen und sogar beim Entzug ohne Einsatz von Medikamenten (»cold turkey«) einkalkulieren müssen. Insofern stellt sich uns das Clonidin als ein gut wirksames und gut verträgliches Hilfsmittel bei der Behandlung des Heroinentzugssyndroms dar.

In vielen Fällen ist neben der eigentlichen Entgiftungsbehandlung eine Spezialbehandlung wegen komplizierender Begleiterkrankungen erforderlich. Wir denken dabei an alle Arten von Psychosen bei Medikamenten- und Rauschmittelabhängigen, Vergiftungen durch Überdosierung, an Unverträglichkeitsreaktionen, aber auch an neurologische und körperliche Begleiterkrankungen.

Unter den neurologischen Störungen ist an periphere Läsionen, aber auch an die Polyneuropathie zu denken. Unter den behandlungsbedürftigen organischen Erkrankungen dominieren Leberveränderungen, Magen-Darm-Erkrankungen, Nieren- und Blasenerkrankungen, Vitamin-Mangelzustände, Infektionskrankheiten, venerische Erkrankungen (vor allem *Lues*) und dermatologische Veränderungen (vor allem Parasitenbefall). Eine besondere Bedeutng kommt der Behandlung des Zahnverfalls *(Karies)* zu.

2.3.4 Entwöhnungsbehandlung

Vorbemerkung

An die Entgiftungsbehandlung sollte sich möglichst nahtlos die Entwöhnungsbehandlung anschließen. Abgeschlossene Entgiftung ist Voraussetzung für die Entwöhnungsbehandlung. Motivation hierzu sollte am besten von vornherein vorhanden sein. Entwöhnungsbehandlung kann aber im Einzelfall auch unter Zwang erfolgen, z. B. bei einer Behandlung im Rahmen des § 64 StGB (»Unterbringung in der Entziehungsanstalt«).

In der Entwöhnungsphase soll der Drogenabhängige wieder lernen, mit der sozialen Wirklichkeit seines Umfeldes zu leben. Wir streben folgende *Therapieziele* an:

- Die Fähigkeit, ohne Drogenkonsum zu leben;
- die Fähigkeit zu kritischer Selbsteinschätzung des eigenen Verhaltens und der eigenen Person;
- die Fähigkeit, mit eigenen und fremden Dingen verantwortlich umzugehen;
- die Fähigkeit, sich kritisch mit der Realität auseinanderzusetzen;
- die Fähigkeit der Überwindung der Kluft zwischen Anspruch und tatsächlichen Fähigkeiten (modifiziert nach Baumert, 1974).

Über den Weg zu diesen utopisch anmutenden Idealzielen ist viel geschrieben worden. Aber nirgendwo hat ein Autor konkret dargestellt, was an Einzelschritten, an konkreten Abläufen, an zu überwindenden Schwierigkeiten, an täglichem Einerlei, an gängigen und praktizierten Methoden bedacht, benutzt bzw. ausgeschlossen werden sollte (vgl. z. B. die Mehrzahl der Einzelbeiträge in dem Sammelband von Biniek, 1978). Eine Ausnahme bildet vielleicht Petzold (1974), der auf diese Fragen mit der erforderlichen Akribie und so konkret wie möglich eingegangen ist, allerdings unter dem Aspekt des von ihm bevorzugten Vier-Schritte-Modells. In neuerer Zeit hat Heckmann (1980) versucht, Einzelbeschreibungen existierender therapeutischer

Einrichtungen für Drogenabhängige zu geben, und in dem von Petzold und Vormann herausgegebenen Band (1980) über therapeutische Wohngemeinschaften findet sich eine Reihe von Beiträgen, die sich mit konkreten Einzelproblemen befassen, welche in der Therapie Drogenabhängiger eine Rolle spielen. Hier ist zunächst die Einzeldarstellung Vormanns und Heckmanns über die Geschichte der therapeutischen Wohngemeinschaften in der Bundesrepublik Deutschland zu nennen, die ungewöhnlich instruktiv ist und auf die wir hier ausdrücklich verweisen, wenn auch das manchmal durchscheinende Pathos, etwa bei der Darstellung der Release-Gruppen, unangebracht erscheint angesichts des Elends, das hier aus schierer Ignoranz und Aggressivität gegen das »Establishment« angerichtet worden ist.
Bemerkenswert ist auch der Aufsatz Heckmanns in dem genannten Band, in dem er sich mit der Rolle des Therapeuten in der therapeutischen Wohngemeinschaft auseinandersetzt. Darin wird der Versuch gemacht, die Widersprüche zwischen der Existenz des Therapeuten und der Existenz der Klienten darzulegen und dialektisch zu vermitteln.

Wir wollen nun den Versuch unternehmen, den in unseren Augen dritten Schritt (nach Kontakt- und Entgiftungsphase) der Entwöhnungsbehandlung näher zu beschreiben, wobei es sich um das Kernstück der Therapie (»die eigentliche Therapie«) der Drogenabhängigkeit handelt.[1]

Methoden

Zunächst stellen wir therapeutische Einzelelemente dar, die selbstverständlich nicht alle in einer Therapiekette vorhanden sein müssen, sondern die nur einen Begriff von der Vielgliedrigkeit der Behandlung geben sollen.

Es erhebt sich zunächst die Frage, nach der Anzahl der Patienten: Es haben sich etwa 20 bis 40 Patienten als praktikabel erwiesen.

Gemeinsames Prinzip ist die vollständige Strukturierung des Tagesablaufs vom morgendlichen Aufstehen bis zur abendlichen Nachtruhe unter Einschluß von Wochenenden und Feiertagen. Dies ist erforderlich, weil eine der Grundstörungen, die bei Drogenabhängigen immer zu beobachten ist, ein weitgehender Verlust jedes Gefühls für Zeitstrukturen ist. Das In-den-Tag-Hineinleben ohne feste Planung der Abläufe des Tages ist so verfestigt, daß es nur durch eine intensive und nachhaltige Gewöhnung an fest geplante und dann kompromißlos realisierte Zeitstrukturen verändert werden kann. Allein schon die Gewöhnung an einen geregelten Tag-Nacht-Rhythmus stößt bei Drogenabhängigen auf Schwierigkeiten, weil sie es gewohnt sind, ihre Zeit nach dem Drogenbedarf und dem Drogenkonsum bzw. der Drogenbeschaffung »einzuteilen«.

Neben den festen Vorgaben an klaren Zeitstrukturen haben Drogentherapieeinrichtungen folgende organisatorische Charakteristika:

- Leitung durch ein professionelles Therapeutenteam unter (bedarfsweisem) Einschluß von (wenigen) Ex usern.
- Empirisch-wissenschaftlich begründete Konzeption der Therapieabläufe (z. B. Verhaltenstherapie, Gestalttherapie).
- Überwachung der Therapieabläufe durch kompetente Supervision zur Vermeidung sich allmählich einschleichenden selbstgestrickten und betriebsblinden Verhaltens der Therapeuten.

1) Unabhängig davon, ob man das »Vier-Schritte-Modell« Petzolds für den richtigen Weg hält oder eine so weitgehende und strenge Unterteilung einzelner Abschnitte der Therapie für künstlich und wenig realistisch hält, werden wir uns im folgenden öfter auf diesen Autor beziehen, weil an seinen Gedankengängen und Vorstellungen im Grunde niemand vorbei gehen kann, der sich mit der Therapie unserer Klientel befaßt.

- Wissenschaftliche Begleitung, Dokumentation von Befunden, Verläufen und Ergebnissen.
- Einbindung in einen Therapieverbund, so daß Zugang von Klienten (»input«) und Abgang von Klienten (Entlassung, Verlegung, »output«) jederzeit gewährleistet sind.
- Innerhalb des Hauses bestehen klare Kompetenzabgrenzungen zwischen Therapeuten und Patienten.
- Definition der Therapieziele und konsequente Verwirklichung der Zielsetzung bei gleichzeitiger Kooperation zwischen Therapeuten und Patienten.
- Durchlässigkeit der einzelnen Therapieabschnitte nach beiden Seiten (Rückstufung, »Beförderung«).
- Schrittweises Vorgehen mit jedem einzelnen Klienten innerhalb der möglichen einzelnen Gruppen des Hauses (Stufenmodell), Kriterien für vorzeitige oder geplante Entlassung.
- Gruppeninteressen überwiegen in der Regel im Konfliktfall gegenüber Einzelinteressen.

Unter Berücksichtigung der genannten Prinzipien wird die Gesamtgruppe einer Behandlung mit abgestufter Intensität ausgesetzt: Nur kurz im Programm befindliche Patienten werden weniger belastet als solche, die schon weitgehende Distanz von ihrer Drogenproblematik gewinnen konnten. Während die Gruppe neu aufgenommener Patienten in der Regel mit Hausroutine beschäftigt ist, werden in einer zweiten Stufe verantwortungsvollere Tätigkeiten verteilt, in einer dritten Stufe können schulische und Arbeitsaktivitäten breiten Raum einnehmen. In einer letzten Stufe schließlich werden die Patienten auf den Übergang in die Rehabilitations/Nachsorge-Phase vorbereitet.

Neben den genannten »Routine-Abläufen« erfolgt eine auf die Bedürfnisse unserer Klientel abgestimmte Koordination von psycho- und soziotherapeutischen Maßnahmen. Sie durchdringen das gesamte Leben in der Gemeinschaft und sind ein wesentliches, die Behandlung tragendes Element.
In der Therapie ergänzen Gruppen- und Einzelaktivitäten einander. Lebensinhalte aus der Drogenszene werden sukzessive durch konkrete (drogenfreie) Aktivitäten und Interessen ersetzt und damit überflüssig gemacht.
Parallel zur Aufenthaltsdauer des Klienten wird seine Isolation nach außen abgebaut, seine Freiheitseinschränkungen im Rahmen der Institution werden allmählich reduziert, so daß der ehemals Drogenabhängige am Ende der Verweildauer in der Entwöhnungsbehandlung praktisch im Vollbesitz seiner Rechte und Freiheiten ist (nicht im juristischen, sondern im therapeutischen Sinne).
Die Behandlungsdauer beträgt in der Entwöhnungsphase nicht weniger als zwei und nicht mehr als sechs bis acht Monate, die Nachsorgephase muß aber mit im Mittel sechs Monaten – bei kontinuierlich geringer werdendem therapeutischem Aufwand – hinzugezählt werden (Bühringer, 1981).
Zugleich ist die Entwöhnungsphase nach dem Prinzip der therapeutischen Gemeinschaft zu strukturieren. Therapeutische Gemeinschaft bedeutet, daß alle am therapeutischen Prozeß Beteiligten, also Ärzte, Psychologen, Sozialarbeiter, Schwestern und Patienten sich als Partner verstehen. Der Patient/Klient tritt aus der Rolle des passiven Adressaten therapeutischer Aktivitäten heraus und wird (aktiver) Teilnehmer am Behandlungsprozeß. Er nimmt als Partner an Planung und Durchführung der therapeutischen Maßnahmen teil.

Therapeutische Wohngemeinschaften existieren außerhalb eines Klinikstatus. Aber auch in Groß-Kliniken sind inzwischen abgewandelte therapeutische Wohngemeinschaften eingerichtet worden, die wesentliche Prinzipien der therapeutischen Gemeinschaft in die Behandlung Suchtkranker eingebracht haben. Von ihren Entwicklungsbedingungen und ihrer Entstehungsgeschichte her handelt es sich um eine Art Selbsthilfeorganisation, auch wenn das professionelle Element (zumindest in Deutschland) dominierend ist.

Grundprinzip ist nach Heckmann die radikale Änderung der gesamten Lebensverhältnisse der Abhängigen auf einer experimentell-therapeutischen Grundlage. Alles das, was er als Abhängiger getan hat, muß er nun lassen; und alles das, was er früher gelassen hat, das muß er jetzt tun. Seine Aktivität muß gesteigert werden, die sich früher auf Drogenbeschaffung und -konsum reduziert hatte. Sie muß neue Richtungen erhalten. Sie muß zu einer Ausdifferenzierung seiner Person beitragen. Die Mehrheit aller Aktivitäten muß er neu lernen: Hausarbeit, Auseinandersetzung mit anderen Menschen, geistige und körperliche Arbeit im allgemeinen, Freizeitbeschäftigung, Organisation des Alltags, Zukunftsplanung, Vorsorge.

Ohne Regeln, die das Miteinander ordnen, kann es in der therapeutischen Wohngemeinschaft nicht abgehen. Es gelten die Minimalregeln: Abstinenz, Verzicht auf Gewalt, keine Drohung mit Gewalt.

In der Wohngemeinschaft hat der Neuankömmling stets seine Zukunft in Gestalt derer vor Augen, die schon längere Zeit in der Gemeinschaft leben. An ihnen kann er seine Entwicklung und seine eigene Perspektive orientieren. Die Festlegung kleiner, schrittweise zu erreichender Therapieziele in Form eines Stufenmodells ist sinnvoll, weil sich dann die Klienten leichter zurechtfinden können.

Ob es jedoch sinnvoll ist, die Aufnahme in therapeutische Wohngemeinschaften vom Bestehen bestimmter Aufnahmerituale abhängig zu machen, ist zu bezweifeln. Sie tragen oft ein unsinnig-sadistisches Gepräge und dienen häufig lediglich der geltungsbedürftigen Selbstdarstellung derer, die meinen, den therapeutischen Prozeß schon hinter sich gebracht zu haben. Oft handelt es sich um ein Stück konkreter Machtausübung. Der Nutzen solcher »Initiationsriten« ist nie empirisch belegt worden. Bühringer (1981) hat in seiner abschließenden Beurteilung von Therapieeinrichtungen für Drogen- und Alkoholabhängige gefordet, daß Aufnahmerituale zur Motivationsprüfung entfallen sollten, soweit sie von menschenunwürdigem Charakter seien. Auch von vielen Drogenabhängigen wissen wir, daß es vielfach die Aufnahmerituale sind, die sie davon abhalten, eine Drogentherapie zu beginnen.

Verhaltenstherapeutische Prinzipien haben in den letzten Jahren zu Recht mehr und mehr Eingang in das Repertoire der zur Verfügung stehenden Methoden der Drogentherapie gefunden. Dort, wo sie zentrale Bestandteile der Struktur der jeweiligen Therapieeinrichtung sind, haben sie sich bewährt (vgl. Dvorak, 1982). Auf die Bedeutung der verhaltenstherapeutischen Methodik bei der Behandlung Suchtkranker hatte schon früher L. Süllwold (1972) hingewiesen. Sie forderte, auch in der Prävention des Drogenkonsums Jugendlicher solche Prinzipien zu berücksichtigen, indem etwa die Drogenideologie möglichst unattraktiv dargestellt werde, hingegen drogenfreie Verhaltensweisen attraktiv gemacht würden, so daß dieses Verhalten der Jugendlichen verstärkt werde. Sie wies darauf hin, daß solche Therapieeinrichtungen zum baldigen Scheitern verurteilt sein müßten, die nicht konsequent Drogenkonsum ausschlössen, weil von solchen Einrichtungen keine ausreichende soziale Bekräftigung für das erwünschte abstinente Verhalten ausgehe. Diese Voraussage hat sich inzwischen vielfach bestätigt. Auch Selbsthilfegruppen, wie etwa die Anonymen Alkoholiker, strukturieren ihre Vorgehensweisen nach lerntheoretischen Grundlagen, wenn sie dies auch nicht ausdrücklich so deklarieren. Klares Zielverhalten, Vorgehen in klar definierten Einzelschritten mit zwischengeschalteten Korrekturmöglichkeiten, Verstärkung erwünschten Verhaltens durch die Gruppe, aversive Darstellung des Alkohol- bzw. Drogenkonsums, höchstes Ansehen in der Gruppe für den erfolgreich Abstinenten, Entlastung des Neuankömmlings von Schuldgefühlen durch Akzeptanz seines früheren Verhaltens und Einordnung desselben als Krankheit sind Elemente des Vorgehens auf lerntheoretischer Grundlage. Hinzu kommt Angstreduktion durch Integration in eine hilfreich-akzeptierende Bezugsgruppe. Alle diese Prinzipien sind inzwischen auch Teil der Methoden vieler Langzeittherapieeinrichtungen.

Die Steuerung des Verhaltens durch die Reflexion der unmittelbaren Konsequenzen dieses Verhaltens ist ein fundamentales Prinzip des therapeutischen Vorgehens bei Süchtigen. Je unmittelbarer die Folgen eigenen Tuns erlebt werden können, desto sicherer können sie auf dieses Tun in der einen oder anderen Richtung einwirken, je nachdem, ob sie negativ oder positiv für das betroffene Individuum sind. Erfolgserlebnisse müssen zur Verstärkung des vorangegangenen Zielverhaltens eingesetzt werden, Mißerfolgs- und Versagenserlebnisse sind zur Löschung des vorangegangenen Fehlverhaltens zu verwenden. Sind die Folgen inkonsequent und schwankend, so entstehen besonders löschungsresistente Fehlverhaltensweisen durch intermittierende Verstärkerwirkung.

Verhaltenstherapie umfaßt eine große Zahl von spezifischen Techniken, die lernpsychologische Prinzipien verwen-

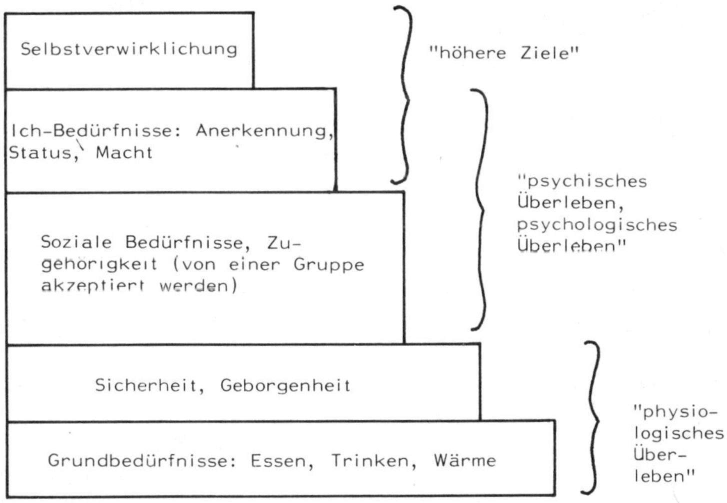

Abb. 6: Bedürfnishierarchie des Menschen nach Maslow, 1970 (vgl. Schneider, 1982).

den, um menschliches Verhalten konstruktiv zu verändern (Rimm u. Masters, 1979). Dazu stehen im wesentlichen 4 Methoden zur Verfügung: Gegenkonditionierung, operantes Konditionieren, Modell-Lernen und kognitive Umstrukturierung.

Die Gliederung der menschlichen Bedürfnisse in einer hierarchischen Ordnung ist geeignet, das therapeutische Vorgehen chronologisch zu strukturieren. Hierzu ist die Hierarchie von Maslow (1970) hilfreich (Abb. 6).

Es ist klar, daß elementare Bedürfnisse vor differenzierteren Bedürfnissen zu befriedigen sind. Dabei wird es in jedem Falle auf individuelle Abstufungen ankommen. Wir sehen aber an diesem Beispiel deutlich, wie verhaltenstherapeutische Prinzipien zur übersichtlichen Gestaltung therapeutischen Vorgehens bei Suchtkranken entscheidend beitragen können.

Auch das zentrale Problem jeder Suchtkrankentherapie, den Rückfall, vermag die Verhaltenstherapie schlüssig zu erläutern. Dabei spielen Risikosituationen mit Erschütterung der durch Therapie gelernten Kontrollfähigkeit, Mangel an Methoden des Umgangs mit Versuchssituationen und persönlichen Schuldeffekten eine zentrale Rolle. Die Erarbeitung von Selbstkontrolltechniken ist deshalb ein elementarer Bestandteil jeder Therapie Drogenabhängiger geworden, ohne daß jedem so Behandelnden unbedingt klar wäre, daß er sich damit auf verhaltenstherapeutischem Boden befindet. Mit anderen Worten: Eine ganze Reihe von Techniken, die wir heute benutzen, beruht auf lerntheoretischen Prinzipien.

Spezielle Probleme

Eine der immer wieder kontrovers diskutierten Fragen ist die nach der gemeinsamen Behandlung von Alkoholikern und Drogenabhängigen. Es fehlt nicht an Versuchen, das gemeinsam zugrundeliegende Phänomen »Sucht« gewissermaßen als das Zielsymptom zu betrachten, dem die Therapie zu gelten hat. So rät Petzold (1974) zur gemeinsamen Behandlung beider Gruppen Suchtkranker, sofern eine Einteilung in Gruppen gemeinsamen Alters möglich ist. Bühringer (1981) sieht eine gemeinsame Behandlung im ambulanten Bereich für möglich an, nicht aber im stationären und begründet diese Auffassung mit den Erfahrungen aus den 60 von ihm ausgewerteten ambulanten und stationären Einrichtungen in der Bundesrepublik Deutschland. Er betont zugleich, daß es an ausreichend fundierten empirischen Versuchen bislang fehle, um zu einem abschließenden Urteil kommen zu können.

Andere spezielle Probleme der Entwöhnungsphase sollen hier nur kurz angesprochen werden: Sexualität in der therapeutischen Wohngemeinschaft, Einbeziehung der Herkunftsfamilie bzw. auch der Ehegatten und Kinder des Klienten in die Therapie, Behandlung von Ehepaaren. Kinder, Schwangere, ältere Opiatsüchtige und – teils sprachunkundige – Ausländer sind weitere Problemgruppen, auf die wir später näher eingehen wollen (vgl. S. 119 ff.).

Einzelheiten, über die objektive Aussagen nur schwer zu treffen sind, wollen wir hier nicht näher erörtern: Ob die Musik in der therapeutischen Einrichtung zentral gelenkt werden soll und wenn ja, nach welchen Gesichtspunkten; ob die Haartracht vorgeschrieben werden darf oder nicht und wenn ja, in welchem Maße; ob Backpulver im Kuchen und Zucker als Drogen anzusehen sind und folglich auf den Index zu setzen sind oder ob die Teilnahme am Schweineschlachten wirklich in der therapeutischen Wohngemeinschaft obligat sein sollte, kann nicht schlüssig beantwortet werden. Dies gilt letztlich auch für die Frage, ob Entwöhnungseinrichtungen auf dem Lande – fern der großstädtischen Drogenszene – oder in der Großstadt selber zu etablieren sind. Für jede der beiden Alternativen gibt es Argumente. In einem Punkt indessen sind sich praktisch alle Einrichtungen einig: daß Alkoholkonsum mit dem Drogenkonsum gleichzusetzen ist. Beim Tabakrauchen hingegen scheiden sich schon wieder die Geister.

2.3.5 Nachsorge

Die endgültige Stabilisierung von Suchtkranken ist nur zu erreichen, wenn nach erfolgter Entwöhnungsbehandlung eine Nachbehandlung sichergestellt werden kann. Nachsorge ist eine wesentliche Voraussetzung für die Konsolidierung des Behandlungserfolgs in einem Therapieverbund. Sie kann auf drei verschiedene Weisen erreicht werden:

- in der ambulanten Beratungsstelle,
- in eigenen Nachsorgeeinrichtungen (Wohngemeinschaften, Wohngruppen),
- durch Selbsthilfegruppen ehemals Drogenabhängiger.

In beschränktem Umfange können auch niedergelassene Ärzte in die Versorgung entwöhnter Drogenabhängiger einbezogen werden.
Huhn (1975) hält die Fachambulanz für den geeigneten Ort, um die ambulante Nachbehandlung Suchtkranker durchzuführen. Dieser Begriff stammt aus der Psychiatrie-Enquête und ist dort mit hohen Vorschußlorbeeren bedacht worden. Die psychotherapeutischen und pharmakotherapeutischen Maßnahmen sollen sich ggf. über Jahre erstrecken. In jedem Falle sei hier mit längeren Behandlungszeiträumen zu rechnen. Der Autor denkt dabei auch an milieutherapeutische Maßnahmen zur Beeinflussung der pathogenen bzw. die Krankheit unterhaltenden Strukturen der Umgebung des Suchtkranken. Daneben hält er die Schaffung sogenannter »Schwerpunktambulanzen« mit reicher personeller Ausstattung für erforderlich; eine Idee, die im Zeitalter der Kostendämpfung im Gesundheitswesen allenfalls als Idealforderung anzusehen sein dürfte, deren Verwirklichung aber unter den gegebenen Umständen kaum möglich erscheint.
Die tatsächliche Entwicklung der Nachsorgepraxis ist in den letzten Jahren verschiedene Wege gegangen. Einerseits hat sie sich am Prinzip Übernahme der ambulanten Nachbehandlung durch die Beratungsstellen/Ambulanzen orientiert. Andererseits beobachten wir eine Entwicklung, die zur Etablierung eigener Nachsorgeeinrichtungen innerhalb des jeweiligen Therapieverbunds geführt hat. Der Schwerpunkt liegt dabei auf speziellen Wohngemeinschaften bzw. Wohngruppen, die meist in Großstädten entstanden sind, wo die Eingliederungsmöglichkeiten und die Gelegenheiten zur Drogenbewährung realistischer vorhanden sind als in der räumlichen Nähe der meist fernab der großstädtischen Zentren auf dem Lande gelegenen Entwöhnungseinrichtungen.
So verfügt die von der Mitarbeitergruppe des Max-Planck-Instituts in München wissenschaftlich begleitete Einrichtung »Prop-Alternative« über eine separate Nachsorgeeinrichtung für diejenigen Patienten, die das Programm der Entwöhnungsbehandlung durchlaufen haben (Wohngemeinschaft »Am Neudeck« in München). Bei Abschluß der Arbeiten zu diesem Buch bemühte sich die Drogenklinik Parsberg, die vor allem zwangseingewiesene drogenabhängige Jugendliche, aber auch Drogenabhängige außerhalb dieser Altersgruppe behandelt, um die

Schaffung einer Nachsorgewohngruppe in München oder Regensburg, und auch andere Kliniken arbeiten nach diesem Prinzip, um den output der Behandelten zu sichern.

Wohngruppen nehmen in der Regel ausreichend stabilisierte ehemalige Drogenabhängige nach Abschluß der Entwöhnungsbehandlung auf. Die Stabilisierung im Hinblick auf Abstinenzverhalten ist Voraussetzung für den Erfolg der weiteren Betreuung in der Wohngruppe. In ihr muß die Mehrzahl der anfallenden sozialen Belastungen vom Einzelnen unter Bezugnahme auf die Gruppe bewältigt werden. Eine realistische Auseinandersetzung mit den täglichen Problemen und Konflikten ist deshalb ein wichtiges Ziel von Wohngruppen. Andererseits sollten wir uns aber auch an den beschützenden Charakter solcher Gemeinschaften erinnern. Wohnkollektive geben Hilfestellungen in Konfliktsituationen. Sie sind deshalb dann besonders sinnvoll, wenn die Betreffenden bereits in der Lage sind, bestimmte soziale Wiedereingliederungsmaßnahmen durchzuführen bzw. an denselben teilzunehmen, wenn sie also nicht darauf angewiesen sind, den ganzen Tag innerhalb des Kollektivs zu verbringen. Sie sind damit ein wesentlicher Faktor der Rehabilitation Suchtkranker (vgl. Menzemer, 1974).

Aber auch nach dem Prinzip ambulanter Selbsthilfegruppen arbeiten manche Einrichtungen. In Frankfurt am Main gibt es eine Gruppe entlassener ehemaliger Drogenabhängiger, die sich nach dem Selbsthilfeprinzip – weitgehend unstrukturiert – regelmäßig trifft und anfallende Probleme thematisiert. Inwieweit sich solche Aktivitäten zur Stabilisierung entlassener Klienten aus Entwöhnungseinrichtungen tatsächlich eignen, müssen die Erfahrungen zeigen, die mit solchen Modellen zur Zeit gemacht werden.

2.3.6 Institutionen für Therapie und Rehabilitation

Wir haben dargelegt, daß Behandlung und Wiedereingliederung von Süchtigen mit Hilfe eines schrittweisen Vorgehens zu bewerkstelligen ist, das vom ersten Kontakt mit dem Hilfesuchenden über die Entziehungs- und Entwöhnungsbehandlung bis hin zur sozialen Integration in die Gesellschaft und die Wiederherstellung sozialer Kompetenzen reicht. Mit Hilfe welcher Institutionen können wir diese Ziele erreichen? Hier ist erneut die therapeutische Kette als Folge von hintereinander geschalteten, eng verzahnten Einrichtungen der Beratung, Behandlung und Wiedereingliederung zu nennen. Kontaktaufnahme, Beratung und ambulante Betreuung können am besten in Fachambulanzen durchgeführt werden, die den Schwerpunkt eines Standardversorgungsgebietes (Sektors) darstellen. Von hier aus bestehen vielfältige Kontakte zu niedergelassenen Ärzten, Psychologen, Beratungsstellen, Selbsthilfeorganisationen und freiwilligen Mitarbeitern, aber auch zu geeigneten Kliniken der nähren Umgebung. Sie sind vor allem für die Akut- und Entgiftungsbehandlung zuständig. Es ist an Spezialeinrichtungen im Sinne von therapeutischen Wohngemeinschaften zu denken, wenn es um die längerfristige Entwöhnungsbehandlung geht. Das Allgemeinkrankenhaus kann der Ort für die Behandlung von Zusatzerkrankungen und Komplikationen im Gefolge von Mißbrauch und Abhängigkeit sein.

Inwieweit die Drogenambulanz auch Multiplikatorfunktionen übernehmen kann, ist im Einzelfall zu prüfen. Es ist durchaus denkbar, daß sie eigene aufklärende Aktivitäten im präventiven Sinne durch laufende Veranstaltungsreihen oder auch die Schulung von Mitarbeitern oder die Herausgabe von Merkblättern übernehmen kann. Der Gruppenarbeit kommt in diesem Zusammenhang besondere Bedeutung zu. Solche Initiativen sollten regional zentral gesteuert werden.

Auf die Problematik der Behandlung Suchtkranker in psychiatrischen Kliniken ist bereits eingegangen worden. Grundsätzlich sind solche Institutionen zur Behandlung Suchtkranker geeignet, wenn sicherzustellen ist, daß Suchtkranke getrennt von psychisch Kranken anderer Art (z. B. von Kranken mit endogenen oder exogenen Psychosen) behandelt werden können. Auch muß es möglich sein, verschiedene Typen von Suchtkranken getrennt zu behandeln, etwa Drogenabhängige getrennt von Alkoholkranken. Auch auf die Alterszusammensetzung muß man Rücksicht nehmen.

Wir benötigen Einrichtungen zur langfristigen stationären Behandlung Suchtkranker, etwa in Form geschlossener Abteilungen psychiatrischer Landeskrankenhäuser oder geschlossener Pflegeheime für auf längere Sicht behandlungsunwillige und nicht rehabilitationsfähige Patienten, für Patienten, die körperlich und psychisch bereits erheblich geschädigt sind und die weiterhin akut gefährdet bleiben; denn die Zahl der Adressaten solcher Einrichtungen scheint dauernd zu wachsen.

Schließlich sind Übergangseinrichtungen vorzusehen, etwa Nachtkliniken, Übergangsheime, Wohnheime, Wohngemeinschaften und geschützte Arbeitsplätze. Nicht alle diese Einrichtungen müßten in einem Standardversorgungsgebiet vorhanden sein. Es ist lediglich sicherzustellen, daß für jeden Suchtkranken ein geeigneter Behandlungs-/Unterbringungs-Platz vorhanden ist.

Ein spezielles Problem innerhalb der therapeutischen Institutionen besteht hinsichtlich straffällig gewordener Süchtiger. Das Problem ist deshalb besonders drängend, weil die meisten jungen Drogenabhängigen dieser Gruppe zuzurechnen sind; denn Rauschmittelsucht ohne Delinquenz gibt es de facto nicht. Wir werden auf dieses Thema noch gesondert zu sprechen kommen (vgl. S. 158 ff., 214 ff.).

Die im Gesetz vorgesehene Teilung zwischen psychiatrischem Krankenhaus und Entziehungsanstalt als zwei getrennte Institutionen, existiert in der Wirklichkeit nicht. Vielmehr handelt es sich in beiden Fällen um das gleiche psychiatrische Landeskrankenhaus, in das die Patienten einzuweisen sind. Die Erfahrung zeigt in vielen Fällen, daß die Prognose für Süchtige im normalen Strafvollzug besser ist als für diejenigen, die nach § 64 StGB im Maßregelvollzug untergebracht werden. Besonders schlecht scheint die Prognose für diejenigen zu sein, die nach § 63 StGB im psychiatrischen Krankenhaus untergebracht werden müssen. Dies wirft ein bezeichnendes Licht auf die Behandlungswirklichkeit für eine nicht gerade kleine Gruppe von Drogenabhängigen. Hier müssen dringend weitere geeignete Institutionen bereitgestellt werden, die imstande sind, wirkungsvoll Hilfe zu leisten und dem Gesetzesauftrag zu entsprechen.

Von besonderer Bedeutung ist das Problem auch deswegen, weil sich hier die Rückfalldelinquenz mit dem Drogenrückfall deckt. Im Interesse einer Spezialprävention gerade von Drogentätern ist die Schaffung von Spezialabteilungen an psychiatrischen Landeskrankenhäusern oder separaten Institutionen zur Rehabilitation delinquenter Süchtiger dringend erforderlich. Erste Rehabilitationsschritte erscheinen hier besonders aussichtsreich, weil eine der wirksamen Ursachen der Delinquenz, nämlich die Notwendigkeit der Beschaffungskriminalität aus der

Sucht heraus, bekannt und über eine Behandlung der Sucht eine wirkungsvolle Rehabilitation grundsätzlich zu erreichen oder zumindest einzuleiten ist.
Zum Aufbau therapeutischer Einrichtungen ist festzustellen, daß bestehende Institutionen in die zu schaffenden Therapieketten eingebaut werden sollten. Das Problem der Behandlung Süchtiger besteht nicht nur im Fehlen von Einrichtungen, sondern vor allem in der mangelnden Kooperation der schon bestehenden Beratungsstellen, Kliniken, Ämter und überhaupt der bereits mit dem Problem befaßten Institutionen. Dabei ist die Frage der Trägerschaft natürlich von besonderer Bedeutung. Immer wieder kommt es zu Kompetenzüberschneidungen und Reibungsflächen, wenn mehrere Träger an einer therapeutischen Kette beteiligt sind. In der Praxis ist es jedoch notwendig, daß die verschiedenen Träger in einer Kette möglichst umfassend kooperieren.
Grundsätzlich ist die Gliederung des Therapieverbunds in Ambulanz, Akutstation, Behandlungseinrichtungen zur Entwöhnung, Übergangseinrichtungen zur Rehabilitation und Langzeitstationen für längerfristige Unterbringungen unstrittig. Innerhalb dieses Gerüsts sollen den Trägern flexible Lösungsmöglichkeiten für Einzelprobleme überlassen bleiben, die sich auch an örtlichen Gegebenheiten orientieren können. Dabei ist der Gedanke der Therapie und Rehabilitation von entscheidender Bedeutung.
Die Psychiatrie-Enquête der Bundesregierung (1975) hat als Zielvorstellung folgende Einrichtungen zur Behandlung Süchtiger vorgeschlagen:

1. **Ambulante Versorgung, ständig:**
   Niedergelassene Nerven- und Allgemeinärzte
   Fachambulanzen
   Beratungsstellen freier Träger
   Gesundheitsamt

   im Notfall:
   niedergelassene Nerven- und Allgemeinärzte
   Fachambulanzen
   Gesundheitsamt
   Polizei (»Ordnungsauftrag«)

   zu Hause:
   niedergelassene Nerven- und Allgemeinärzte
   Fachambulanzen

   Konsiliardienst:
   niedergelassene Nervenärzte
   Fachambulanzen

2. **Teilstationäre Versorgung:**
   Übergangsheime (Alkohol- und Rauschmittelabhängige getrennt)
   Werkstätten

3. **Stationäre Versorgung:**
   Wenn nötig, Entziehungsbehandlung, Psychosebehandlung in Aufnahmestation und Intensivpflegeeinheit von psychiatrischen Krankenhäusern. Als Entzugsbehandlung auch auf internen Stationen von Allgemeinkrankenhäusern. Entwöhnungsbehandlung in Suchtkliniken und Suchtabteilungen öffentlicher und freier Träger. Behandlung chronisch Kranker in Langzeitstationen von psychiatrischen Krankenhäusern (schwerstgeschädigte Suchtkranke).

4. **Komplementäre Versorgung:**
   Selbsthilfeorganisationen
   Anonyme Alkoholiker, »Ehemaligen-Clubs«
   Patientenclubs
   Release-Gruppen
   Wohnheime
   Wohngemeinschaften
   fakultativ geschlossene Pflegeheime

Alle diese Institutionen sollen jeweils im Standardversorgungsgebiet für eine Bevölkerungsgruppe von ca. 250 000 Einwohnern vorhanden sein. Ferner ist an die Schaffung folgender übergeordneter Versorgungseinrichtungen gedacht:

- Spezialeinrichtungen für Rauschmittelabhängige
- geschlossene Pflegeheime für schwerstgeschädigte Langzeituntergebrachte
- sozialtherapeutische Anstalten für dissoziale Abhängige (kriminell Rückfällige).

Die Zentralisierung dieser Institutionen wird in Anbetracht der bisher noch mangelhaften personellen Voraussetzungen in den Standardversorgungsgebieten für sinnvoll gehalten.

2.4 Organisation und Koordination von Therapieverbund-Systemen

2.4.1 Vorbemerkung

Die Praxis der Behandlung Drogenabhängiger in den letzten 15 Jahren hat gezeigt, daß eine optimale Versorgung dieser Klientel nur dann zu gewährleisten ist, wenn die beteiligten Einrichtungen möglichst reibungsfrei miteinander kooperieren (können). Wir müssen uns stets vor Augen halten, daß es dabei nicht um institutionelle oder individuelle Interessen (Macht, Ansehen, persönlicher Erfolg, Einkommen, wissenschaftliches Renommee) geht, sondern um die Versorgung Kranker, die auf unsere Hilfe angewiesen sind. Wir sollten deshalb versuchen, unsere Arbeit auf der Basis von Sachentscheidungen zu organisieren. Das klingt banal und ist eine selbstverständliche Voraussetzung allen therapeutischen Handelns, aber die Praxis zeigt, daß auch Erwägungen in die Entscheidungsprozesse einfließen, die aus dem Interesse Einzelner und dem Interesse von Institutionen resultieren, etwa aus deren systemimmanenter Neigung zur Expansion.

2.4.2 Steuerung des Behandlungsangebots

Von einer flächendeckenden Versorgung Suchtkranker sind wir in der Bundesrepublik weit entfernt. Noch immer müssen Suchtkranke zur Entwöhnungsbehandlung in entfernt gelegene Therapiestätten verlegt werden, ein Zustand, wie er für die Psychiatrie seit der Mitte des vergangenen Jahrhunderts zu einem beklagenswerten Faktum geworden ist. Die Psychiatrie-Enquête der Bundesregierung (1975) hat sich mit diesem Zustand befaßt und Vorschläge unterbreitet, wie eine regionalisierte, gemeindenahe Versorgung psychisch Kranker organisiert werden kann.
Das Stichwort »Regionalisierung« gilt auch für die therapeutische Versorgung Suchtkranker. Aus den mehr oder minder zufällig entstandenen Hilfsangeboten, die vor allem von den Großstädten ausgingen, müssen flächendeckend versorgende Therapieeinrichtungen hervorgehen: eine Entwicklung, die es zu fördern gilt.
Daß es schwer ist, einen tatsächlich vorhandenen Therapiebedarf zu ermitteln, ergibt sich aus der täglichen Arbeit auf dem Gebiet der Planung solcher Aktivitäten und Einrichtungen. So verfügt der Unterausschuß Sucht des Psychosozialen Ausschusses der Stadt Frankfurt am Main, der die zuständigen Stellen der Stadt bei allen Drogen- und Therapiefragen berät, bis heute nicht über verläßliche Zahlen über den Umfang des Drogenproblems in der Region. Dieser Zustand betrifft aber nicht nur die Stadt Frankfurt am Main. Bühringer (1981) hat ausgeführt, daß die Abschätzung des Therapiebedarfs deshalb schwierig sei, weil Drogenkonsum illegal sei, weil sich die Zusammensetzung der Drogenszene rasch wandle und weil viele kleinere, qualitativ unterschiedliche Einrichtungen an der Therapie Drogenabhängiger beteiligt seien.
Wir haben früher eine Schätzung vorgelegt (Wanke, Täschner, Hünnekens, 1975), die einen Suchtkrankenbestand (einschließlich Alkoholkranker und Medikamentenabhängiger) pro Standardversorgungsgebiet (von 250 000 Einwoh-

nern) von 5 000 bis 6 250 Personen zugrundelegte, darunter ein weit überwiegender Anteil von Alkoholkranken.
Wir kommen anhand dieser Schätzung auf einen benötigten Bettenindex von reichlich eins pro Tausend der Bevölkerung bei einem Index von 1.84 vorhandenen Betten für psychisch Kranke pro Tausend der Bevölkerung in der Bundesrepublik Deutschland.
In unserer Schätzung haben wir den Anteil von Rauschgiftsüchtigen mit 10 % der Alkoholkranken angesetzt. Das sind danach 0,2 % der Bevölkerung, eine Zahl, die eher zu hoch liegen dürfte. Rechnen wir auf dieser Basis weiter, dann kommen wir auf einen Bedarf von 4 800 Betten für Drogenabhängige in der gesamten Bundesrepublik, wenn wir 20 % der Klientel mit 2 Jahren Wartezeit jeweils 6 Monate lang stationär behandeln wollen. Davon existieren bisher 2 000 Betten (Ziegler, 1982). Aber schon eine Verkürzung der Behandlungszeit würde einen niedrigeren Bettenbestand erforderlich machen, und wir kämen dann mit unserem Ist-Bestand bereits in die Nähe des Solls, das – wie erwähnt – auf der Grundlage eher zu hoch angesetzter Zahlen zustande gekommen ist.
Rosorius (1981) spricht von der Notwendigkeit, pro 100 000 Einwohner eine Suchtberatungsstelle einzurichten, die mit je drei hauptamtlichen Mitarbeitern zu besetzen sei. Damit könnten 3 500 Suchtkranke der zugehörigen Region ambulant versorgt werden. Für Nordrhein-Westfalen seien in 134 Beratungsstellen derzeit ca. 500 hauptamtliche Kräfte tätig, der finanzielle Aufwand hierfür betrage ca. 27 Millionen Mark. An stationären Behandlungsplätzen existierten 1981 130 Betten; da für 5 % der geschätzten Zahl Drogenabhängiger Therapieplätze erforderlich seien, müsse die Zahl der Betten auf 500 ausgebaut werden.
Ziegler (1982) spricht von ca. 4 000 Adressaten einer durchschnittlichen Beratungsstelle; allerdings kämen nur ca. 200 Klienten pro Jahr dorthin, davon freilich viele mehrmals. Sie werden zu 25 % von der Familie bewogen, die Beratungsstelle aufzusuchen, zu 22 % vom Hausarzt und zu etwa 1 % vom Pfarrer.
Neben den Beratungsstellen existieren nach Erhebungen der Deutschen Hauptstelle gegen die Suchtgefahren (DHS) 281 stationäre Facheinrichtungen, davon 150 für Alkohol-, Medikamenten- und Drogenabhängige. 25 Einrichtungen behandeln nur Alkoholsüchtige, 6 nur Medikamenten- und Drogenabhängige und 100 nur Drogenabhängige. Damit stehen insgesamt für Drogenabhängige 2000 Behandlungsplätze in der Bundesrepublik zur Verfügung, für Alkoholkranke 7 460 und für Drogen- und Medikamentabhängige nochmals 70 Plätze. Die durchschnittliche Verweildauer von 150 Tagen ermöglicht in den genannten Einrichtungen 23 600 Behandlungen Suchtkranker pro Jahr (unter Einschluß der Alkoholiker).

2.4.3 Voraussetzungen der Funktionsfähigkeit von therapeutischen Einrichtungen

Hier sind allgemeine Prinzipien anzuführen, die für das Funktionieren eines Therapieverbundes von entscheidender Bedeutung sind.

Kompetenz
Kompetenz hat zwei Seiten: Sie besteht aus einer allgemeinen Zuständigkeit der angesprochenen Institution, die sie letztlich aus ihrer Ausstattung und dem Ausbildungsgrad ihrer Mitarbeiter bezieht. Sie besteht aber auch aus den Einzelkompetenzen der jeweiligen Mitarbeiter i. S.

von Anweisungsbefugnissen im Team und gegenüber den Klienten. Gerade sie müssen klar definiert sein, um einen zeitlichen Leerlauf durch überflüssige und aufreibende, das therapeutische Klima belastende Diskussionen um Scheinprobleme zu vemeiden. Petzold (1974) betont, daß die Kompetenzen der einzelnen therapeutischen Mitarbeiter bekannt sein sollten, auch den Klienten, damit Angst auslösende verdeckte Machtpositionen Einzelner nicht entstehen können.

Koordination

Koordination setzt Information aller Glieder des Therapieverbunds sowohl über Prinzipien als auch Einzelmaßnahmen voraus. Die Einzelteile des Therapieverbundes dürfen nicht voneinander isoliert sein. Koordination kann durch regelmäßige Besprechungen der leitenden Mitarbeiter gewährleistet werden, die die weiteren Mitarbeiter der Einrichtungen über die relevanten Ergebnisse informieren. Der Austausch von Datenmaterial und die Abfassung von Fallberichten sind ebenso Voraussetzungen für koordiniertes Vorgehen wie regelmäßige Besprechungen innerhalb der jeweiligen Einrichtung unter Einbeziehung der Klienten. Dies soll aber nicht zu einer Verwischung der Grenzen zwischen Therapeut und Klient führen, da es sonst leicht zu einer Erosion der therapeutischen Kompetenzen kommen kann.

Koordination beinhaltet einen Informationsaustausch mit anderen auf dem Gebiet der Hilfe für Drogenabhängige tätigen Personen/Institutionen innerhalb einer Region, Behörden, Ministerien und zuständige Dezernate eingeschlossen. Gerade auf diesem Sektor bleibt noch viel Raum für entsprechende Aktivitäten.

Daß im Einzelfall Schweigepflicht und Datenschutzbestimmungen den Austausch von Datenmaterial und Informationen begrenzen können, ist dabei zu beachten.

Kooperation

Kooperation als Voraussetzung für das reibungsfreie Funktionieren der therapeutischen Kette erstreckt sich wieder auf zwei Teilgebiete: Die Zusammenarbeit im Inneren des Systems und nach außen. Während interne Kooperation fraglos überall gewährleistet sein sollte, ist die Kooperation verschiedener Träger oder auch verschiedener Institutionen nicht selbstverständlich. Kooperation hat als Voraussetzung sowohl Kooperationswillen als auch die Fähigkeit zur Zusammenarbeit, beide Voraussetzungen sollten stets gegeben sein.

Konsistenz

Konsistenz einer Verbundes therapeutischer Einrichtungen bedeutet, »daß die Mitarbeiter der gesamten Kette hinter dem Konzept stehen und daß sie die gleichen therapeutischen Ziele und eine einheitliche therapeutische Haltung den Klienten gegenüber haben müssen« (Petzold, 1974). Die innere Stimmigkeit eines Therapieverbunds beginnt bei der einheitlichen Gestaltung der therapeutischen Grundlagen und endet bei einer Übereinstimmung in der Beurteilung alltäglicher Probleme und Konflikte in der Einrichtung durch die verschiedenen beteiligten therapeutischen Mitarbeiter. Wo Konflikte in grundlegenden Bereichen das therapeutische Team entzweien, ist eine geordnete Therapie nicht möglich. Nur ein Miteinander aller Beteiligten kann den Erfolg des therapeutischen Handelns sicherstellen.

Kontinuität

Auf das Problem der Notwendigkeit von Kontinuität im therapeutischen Handeln sind wir bereits eingegangen. Sie ist an eine Kontinuität in der personellen Ausstattung der Einrichtung gebunden. Die jährliche Personalfluktuation soll 10% nicht übersteigen. Kontinuität sollte nicht mit Rigidität verwechselt werden. Für einen angepaßten Wandel von Personal und therapeutischem Inventar muß immer Raum bleiben.

Kapazität
Den Begriff der Kapazität hat Petzold (1974) in unserem Zusammenhang so verstanden, daß innerhalb eines Therapieverbundes kein Glied der Kette über- bzw. unterdimensioniert sein sollte. Die therapeutische Kapazität sollte innerhalb der Therapiekette in allen Einrichtungen gleich sein, damit eine entsprechende Durchlässigkeit als Voraussetzung für das reibungslose Funktionieren der Rehabilitation der Klienten jederzeit gewährleistet bleibt. Eine in diesem Sinne angepaßte Kapazität der Einrichtungen ist stets das Ergebnis von Koordination und Kooperation. Bei der Dimensionierung der Einzelabschnitte therapeutischer Ketten ist die Abbrecherproblematik zu berücksichtigen.

Information
Eine entscheidende Voraussetzung für das Funktionieren eines Therapieverbundes ist die homogene Information aller am Therapievorgang Beteiligten, so daß ein abgestimmtes Handeln realisiert werden kann. Welche Informationssysteme im einzelnen eingesetzt werden, ist nicht von wesentlicher Bedeutung. Es darf keine Mitarbeiter (oder gar Klienten) mit Informationsvorsprung geben. Das Prinzip der Rückkopplung ist einzuhalten. Der therapeutischen Leitung muß es jederzeit möglich sein, sich ein klares Bild vom aktuellen Stand der wesentlichen therapeutischen Vorgänge bei jedem einzelnen Klienten zu verschaffen. Die dazu notwendigen Informationen müssen also nicht nur einzelnen Personen des therapeutischen Teams, sondern allen Mitgliedern des Teams zugänglich sein. Das Wirtschaftlichkeitsgebot ist dabei einzuhalten; es darf nicht zu einem hypertrophen Papier- und Formularkrieg kommen, der die eigentlichen therapeutischen Aktivitäten beschneidet oder im Extremfall lähmt.

2.4.4 Ausstattung von Einrichtungen

Während für die einzelne Beratungsstelle ein optimaler Mitarbeiterbedarf von drei bis vier Vollbeschäftigten unstrittig zu sein scheint, gehen die Meinungen bezüglich der Personalausstattung von Entwöhnungseinrichtungen bereits auseinander. Auf drei Patienten sollte mindestens eine therapeutische Kraft kommen, die Schreibkraft und technischen Hilfskräfte (z. B. Hausmeister) nicht mitgerechnet. Wichtiger als die Berufszugehörigkeit des therapeutischen Personals sind deren Ausbildungsstand, Motivation und Erfahrung. Auf einen Arzt wird man kaum je verzichten können, allerdings muß seine Funktion nicht zwingend in einer Vollzeitstelle aufgehen: hier sind stundenweise Engagements denkbar. Zwischen Sozialarbeitern und Diplom-Psychologen sollte ein ausgewogenes Verhältnis bestehen. Ex-user und handwerklich ausgebildete Mitarbeiter können das therapeutische Team wirkungsvoll komplettieren.

Bühringer (1981) fordert, daß die Hälfte des therapeutischen Personals in Gesprächs-, Gestalt- oder Verhaltenstherapie oder aber in analytischer Therapie ausgebildet sein sollte. Die Fluktuation der Mitarbeiter solle jährlich 10% nicht übersteigen, um eine Mindestkontinuität des therapeutischen Handelns auf diese Weise sicherzustellen. Supervision, regelmäßige Fortbildung der Mitarbeiter und wöchentliche Fallbesprechungen sind weitere Grundelemente des therapeutischen Tuns.

Es besteht keine Notwendigkeit, den Personalschlüssel über die angegebene Relation von einem Therapeuten auf drei Patienten hinaus zu erweitern. Statt dessen sollten die therapeutischen Aktivitäten stärker strukturiert und exakter geplant werden, um so zu einem höheren Auslastungsgrad des therapeutischen Personals zu kommen.

3. Spezielle Methoden und therapeutische Aufgaben

3.1 Notfallbehandlung

Notfälle treten bei jugendlichen Drogenkonsumenten deshalb besonders häufig auf, weil sie hochwirksame Substanzen mit zentralnervöser Wirkung (und häufig geringer therapeutischer Breite) in unsicherer Dosierung konsumieren und dies meist auf intravenösem Wege. Hinzu kommt, daß es sich bei ihnen um Menschen mit oft körperlichen Begleiterkrankungen und Veränderungen vor allem im Bereich derjenigen Organsysteme handelt, die der Freihaltung des Organismus von Giftwirkungen dienen (Leber, Niere).
Die chemische Zusammensetzung der jeweiligen Drogenmischungen ist meist unsicher und unklar; hochwirksame Verunreinigungen sind häufig enthalten. Wechsel- und Summationseffekte mit anderen, meist unbekannten Rauschmitteln oder zentralwirksamen Medikamenten sind nicht selten, die zuvor oder daneben konsumiert werden und deren Wirkung jeweils noch nicht abgeklungen ist.
Beim Vorliegen eines akuten Drogennotfalls bleibt in der Regel keine Zeit, die Frage zu diskutieren, ob es sich um eine Krise oder einen Notfall oder einen Notfall aus der Krise oder eine Krise aus dem Notfall handelt, wie dies wortreich-akademisch formuliert worden ist (Bochnik et al., 1978). Hier gilt es nach kurzgefaßter Entschlußbildung die richtigen diagnostischen Maßnahmen einzuleiten und die zutreffenden und zugleich optimalen therapeutischen Schlüsse zu ziehen und zu realisieren, um dem Patienten wirksam helfen zu können.
Notfälle verlaufen im Zusammenhang mit dem Konsum von Rauschdrogen oft deshalb besonders dramatisch, weil sie häufig als zentrales Symptom eine Bewußtseinsstörung (meist als Bewußtlosigkeit) aufweisen. In diesem Falle hängt es von zufällig gegebenen situativen Umständen ab, ob Hilfe noch rechtzeitig einsetzen kann. Typisches Beispiel ist der Tod in der verschlossenen öffentlichen Toilette, der vielfach deshalb eintritt, weil die Umgebung auf die Notsituation nicht rechtzeitig aufmerksam werden konnte.
Notfälle beobachten wir in erster Linie bei der Vergiftung mit Rauschdrogen, die durch relative oder absolute Überdosierung eintritt. Dabei kann sowohl ein chemisch reines Rauschmittel, z. B. Heroin, die Vergiftung herbeiführen, wenn es überdosiert wird, als auch eine eventuell noch vorhandene toxische Beimengung, z. B. beigefügtes Strychnin. Die Giftwirkung kann aber auch von selbst hergestellten Drogen bzw. von dabei anfallenden toxischen Zwischenprodukten ausgehen.
Auch dort, wo irrtümlich andere hochwirksame Stoffe anstelle von Heroin intravenös injiziert werden, kann ein Notfall eintreten. Es sind Fälle bekannt ge-

worden, in denen Colchicin oder auch Kokain anstelle von Heroin appliziert wurden.

Neben diesen Giftwirkungen können Notfälle aber auch durch Komplikationen im Entzug eintreten. Wir beobachten sie ferner als sogenannte Injektionszwischenfälle, also als unmittelbar auf die Stoffzufuhr folgende, oft letale Ereignisse. Hier kann es offenbar zum anaphylaktischen Schock kommen, der zum plötzlichen Zusammenbruch lebenswichtiger Organfunktionen führt. Auch das Einatmen von Lösungsmitteln (*glue sniffing*) kann zu schweren bedrohlichen Intoxikationen führen. Drogennotfälle können auch durch extreme psychopathologische Folgezustände eintreten: Angst- und Panikreaktionen, »Horror-Trips«, depressive Verstimmungen im ausklingenden Heroin- oder Kokainrausch.

Die Erkennung und Behandlung von Drogennotfallsituationen wird besonders dadurch kompliziert, daß die kombinierte Wirkung verschiedener Rauschdrogen (durch gleichzeitige oder auch alternierende Einnahme bei langer Halbwertszeit) zu weitgehend unspezifischen Bildern führt. Dies gilt für die entstehenden psychopathologischen Zustandsbilder genauso wie für die neurologischen Folgeerscheinungen, worauf Barth (1972) schon am Anfang der sogenannten Drogenwelle hingewiesen hat. Sie stellte fest, daß wir typische lehrbuchmäßige Syndrome wie das der Morphinvergiftung (Pupillenverengung, Atemdepression, Koma) oder der Atropinvergiftung (Pupillenerweiterung, Tachykardie, Hautrötung, Mundtrockenheit, hochgradige psychomotorische Unruhe) bei den jugendlichen Rauschmittelkonsumenten praktisch nicht mehr zu sehen bekommen. Nur im seltensten Falle prägen Typ und Dosis einer bestimmten Droge das äußere Erscheinungsbild eines Intoxikationsnotfalls, wie das Hasse und Mitarbeiter (1971) für die Frühphase der sogenannten Drogenwelle Anfang der 70er Jahre noch als typisch darstellen konnten.

3.1.1 Diagnostik bei Notfällen

Bevor die Behandlung eines Drogennotfalls einsetzen kann, hat eine diagnostische Klärung des vorliegenden Zustandsbildes zu erfolgen. Zunächst muß gesichert werden, daß tatsächlich ein *drogen*bedingter Notfall vorliegt. Danach müssen wir feststellen, ob er durch Vergiftung, Entzug bzw. einen Injektionszwischenfall bedingt ist oder ob es sich um eine drogeninduzierte Psychose bzw. einen atypischen Rauschverlauf handelt. Je nach Art des zugrundeliegenden Zustandsbildes wird eine jeweils spezifische Behandlung einzuleiten sein.

Die erste Frage, ob der Notfall drogenbedingt ist, können wir durch den Nachweis des Rauschmittels im Urin oder in einer anderen Körperflüssigkeit (Serum) beantworten. In manchen Fällen kann auch ein Schluß auf die Art des Drogennotfalls aus den bei dem Patienten gefundenen Rauschmittelresten zu ziehen sein. Die zweite Frage nach der Ursache des drogenbedingten Notfalls ist meist identisch mit der Frage nach der Art des eingenommenen Rauschmittels. Auch hier sind die bereits erwähnten Nachweisverfahren einzusetzen. Die weitere Frage nach dem Zustandekommen des krankhaften Zustands, also etwa durch Vergiftung oder Entzug, ist anhand der psychiatrisch-neurologischen Untersuchung des Notfallpatienten zu beantworten.

Wir gehen bei der Diagnostik also zweigleisig vor: durch den toxikologischen Nachweis der Droge und durch die psychiatrisch-neurologische Untersuchung des Patienten verschaffen wir uns zunächst Klarheit über die Art des zugrundeliegenden Krankheitsbildes. Die bei einem Drogennotfall grundsätzlich in Betracht kommenden Nachweisverfahren zeigt Tabelle 9.

Tab. 9: Nachweisverfahren bei Vergiftungen

1. Farbreaktionen
2. UV-Spektroskopie
3. Dünnschichtchromatographie (TLC)
4. Gaschromatographie
5. Hochdruckflüssigkeitschromatographie (HPLC)
6. Massenspektrometrie
7. Fluorimetrie
8. Enzymimmunologische Verfahren (EMIT)
9. Radioimmunverfahren (RIA)

Hier sind alle gängigen Verfahren der klinischen Chemie anwendbar, also qualitative und quantitative Farbreaktionen, UV-Spektroskopie, Dünnschicht- und Gaschromatographie, Hochdruckflüssigkeitschromatographie, Massenspektrometrie, Fluorimetrie und die in letzter Zeit starkes Gewicht erhaltenden enzymimmunologischen Verfahren (EMIT) und Radioimmunverfahren (RIA). Voraussetzung für die Anwendung der oben genannten Analyseverfahren ist die möglichst vollständige Abtrennung der nachzuweisenden Wirkstoffe (Inhaltsstoffe) von den Begleitstoffen. Hierzu stehen spezielle Extraktionsverfahren zur Verfügung. Für jede nachzuweisende Wirksubstanz sollte der Metabolismus mit den einzelnen (oft nur zwischenzeitlich auftretenden) Stoffwechselprodukten bekannt sein, da viele Rauschdrogen schnell metabolisiert werden und dann nur noch in Gestalt ihrer teilweise mit anderen organischen Stoffen konjugierten Stoffwechselprodukte zu erfassen sind.

3.1.2 Notfälle und Behandlungsprinzipien bei Vergiftungen

Die ersten Maßnahmen beim Verdacht des Vorliegens einer Vergiftung dienen der Entfernung des Giftes, soweit dies möglich ist. Hier ist vor allem an die orale Aufnahme von toxisch wirkenden Substanzen zu denken. Vielfach haben wir es allerdings gerade bei Opiatvergiftungen mit intravenöser Zufuhr zu tun, so daß mechanische Maßnahmen zur Entfernung des Giftes entfallen müssen.
Bei der oralen Giftaufnahme wird man zunächst versuchen, Erbrechen herbeizuführen, um den Mageninhalt nach außen zu führen. Hierzu kann die Salzwassermethode bzw. die Verabreichung von Apomorphin dienen. Beim Bewußtlosen kommt die Magenspülung in Betracht, bei welcher durch einen weichen Gummischlauch, der unter Kontrolle in den Magen eingeführt wird, lauwarmes Wasser bis zum klaren Rückfluß zur Spülung dient. Anschließend kann Aktivkohle bzw. Natriumsulfat (Glaubersalz) eingebracht und ein Erbrechen provoziert werden.
Bei der oralen Aufnahme von Gift durch Einatmung (etwa beim Schnüffeln organischer Lösungsmittel) ist der Patient an die frische Luft zu bringen bzw. mit Sauerstoff zu beatmen.
Von entscheidender Bedeutung kann es sein, eine Verlegung der Atemwege zu verhindern, wobei die intratracheale Intubation das Mittel der Wahl darstellt. Bei zentraler Atemlähmung kann vorübergehend Mund-zu-Mund-Beatmung eingesetzt werden, bis die Atmung maschinell herbeigeführt werden kann. Bei Kreislaufkomplikationen steht die Schockbekämpfung an erster Stelle. Hierzu ist die Schaffung eines zuverlässigen Venenzugangs wichtig, etwa durch Anlegen eines Sub-

claviakatheters. Außerdem ist zur Durchführung einer forcierten Diurese die Einführung eines Blasendauerkatheters unerläßlich. Zugleich sollte die Temperatur ständig durch rektale Messungen registriert werden.

Flüssigkeitsbilanzierung, richtige Lagerung, ausreichende Sauerstoffzufuhr, vorsorgliche Gabe von pneumonieverhindernden Antibiotika und laufende Elektrolytkontrolle sind wesentliche Maßnahmen der Intensivbehandlung Vergifteter.

In diesem Zusammenhang sei an die »10 Gebote zur Behandlung akuter Vergiftungen« (von Clarmann, 1972) erinnert, die wegen ihrer Griffigkeit und Plausibilität auch nichtmedizinischen Laien bekannt gemacht werden sollten (Tab. 10):

Tab. 10: Die »10 Gebote zur Behandlung akuter Vergiftungen« (von Clarmann, 1972)

1. An die Möglichkeit einer Vergiftung denken
2. Gift entfernen und sicherstellen
3. Elementargefährdungen beseitigen
4. Den Vergifteten laufend beobachten
5. Die Situation so lange ernst beurteilen, bis das Gegenteil feststeht
6. Falls erforderlich, Prokura übernehmen
7. Bei Zwischenfällen den Vorrang der Atmung geben
8. Geräte und Antidote (Gegenmittel) gebrauchsbereit halten
9. Nicht vorzeitig aufgeben
10. Die Ursache der Vergiftung beseitigen

In der Bundesrepublik Deutschland existieren eine Reihe offizieller Informationszentren für Vergiftungsfälle, die teilweise Tag und Nacht besetzt sind. Dort können Auskünfte im Vergiftungsfall eingeholt werden (Tab. 11).

Tab. 11: Verzeichnis von Informations- und Behandlungszentren für Vergiftungen in der Bundesrepublik Deutschland (Stand: November 1980). K = Kinderklinik, I = Medizinische Klinik, ♀ = Kein 24-Stunden-Dienst

	Berlin	
K	Beratungsstelle für Vergiftungserscheinungen an der Universitäts-Kinderklinik, KAVH, Heubnerweg 6, 1000 Berlin 19	(0 30) 3 02 30 22
I	Reanimationszentrum der Freien Universität Berlin im Klinikum Charlottenburg, Spandauer Damm 130, 1000 Berlin 19	(0 30) 3 03 54 66/3 03 22 15 Zentrale: 3 03 51
	Bonn	
K	Universitäts-Kinderklinik und Poliklinik Bonn Informationszentrale gegen Vergiftungen Adenauerallee 119, 5300 Bonn	(02 28) 21 35 05 Zentrale: 21 70 51 FS: 8 869 546 KLBO D
	Braunschweig	
I	Medizinische Klinik des Städtischen Krankenhauses Salzdahlumer Straße 90, 3300 Braunschweig	(05 31) 6 22 90 Zentrale: 69 10 71
	Bremen	
I	Kliniken der Freien Hansestadt Bremen Zentralkrankenhaus St.-Jürgen-Straße, Klinikum für innere Medizin – Intensivstation – St.-Jürgen-Straße, 2800 Bremen 1	(04 21) 4 97 52 68 diensthabender Arzt: 4 97 36 88

Freiburg

K	Universitäts-Kinderklinik Freiburg Informationszentrale für Vergiftungen Mathildenstraße 1, 7800 Freiburg	(07 61) 2 70 43 00/ 2 70 43 01 Zentrale/: 27 01

Göttingen

K, ♀	Universitäts-Kinderklinik und Poliklinik Humboldtallee 38, 3400 Göttingen	(05 51) Zentrale: 39 62 10/11 (Vermittlung an den dienst-habenden Arzt) Poliklinik: 39 62 39 FS: UniGö 96 703

Hamburg

I	II. Medizinische Abteilung des Krankenhauses Barmbek, Giftinformationszentrale Rübenkamp 148, 2000 Hamburg 60	(0 40) 6 38 53 46/45

Homburg/Saar

K	Universitäts-Kinderklinik Homburg/Saar Informationszentrale für Vergiftungen 6650 Homburg/Saar	(0 68 41) 16 22 57/16 28 46 Zentrale: 1 61

Kiel

I	Zentralstelle zur Beratung bei Vergiftungsfällen an der I. Medizinischen Universitätsklinik Kiel Schittenhelmstraße 12, 2300 Kiel	(04 31) 5 97 42 68 Pförtner: 5 97 24 44/24 45 FS der Landesregierung: 2 99 871 lreg d (Kennwort: Vergiftungszentrale)

Koblenz

I	Städtisches Krankenhaus, Kemperhof, Koblenz, I. Medizinische Klinik Koblenzer Straße 115, 5400 Koblenz	(02 61) 4 60 21 App. 648 FS der Stadtbibliothek: 8 62 699

Ludwigshafen

I	Städtische Krankenanstalten Ludwigshafen, Entgiftungszentrale, I. Medizinische Klinik Bremserstraße 79, 6700 Ludwigshafen	(06 21) 50 34 31 FS der Städt. Berufsfeuer-wehr: 4 64 861

Mainz

I	Zentrum für Entgiftung und Giftinformation, II. Medizinische Klinik und Poliklinik der Universtität Langenbeckstraße 1, 6500 Mainz	(0 61 31) 2 23 33/19 24 18 Zentrale: 1 91

München

I	Giftnotruf München Toxikologische Abteilung der II. Medizinischen Klinik rechts der Isar der Technischen Universität Ismaninger Straße 22, 8000 München 80	(0 89) 41 40 22 11 FS: 5 24 404 klire d

	Münster	
I	Medizinische Klinik und Poliklinik Westring 3, 4400 Münster Spezielle toxikologische Fragen: ♀ Institut für Pharmakologie und Toxikologie der Westfälischen Wilhelms-Universität	(02 51) 83 62 45/83 61 99 Zentrale: 8 31 Pforte: 83 62 01 u. 83 62 02
	Nürnberg	
I	II. Medizinische Klinik der Städtischen Krankenanstalten Toxikologische Abteilung Flurstraße 17, Abholfach, 8500 Nürnberg 5	(09 11) 3 98 24 51 FS: 6 22 903 stnbg d
	Papenburg	
K, ♀	Marienhospital, Kinderabteilung 2990 Papenburg	(0 49 61) Zentrale: 3 81 (Vermittlung an den diensthabenden Arzt)

Vergiftungen durch Cannabis und Halluzinogene (LSD, Meskalin, DOM, DMT)

An *Nachweisverfahren* für den wirksamen Inhaltsstoff des Cannabis, das Delta-9-THC in Körperflüssigkeiten steht seit einiger Zeit das enzymimmunologische Verfahren (EMIT) zur Verfügung. Die Schwierigkeit des Nachweises in Körperflüssigkeiten erwächst aus den zu erwartenden geringen Konzentrationen, in denen der Wirkstoff dort anzutreffen ist. Die Sicherheit dieses Nachweisverfahrens beträgt etwa 95 %.

Vergiftungen treten am ehesten bei der Aufnahme von Cannabis auf oralem Wege auf, also etwa in Gebäck oder Joghurt. Wir beobachten dann ein *sympathikomimetisch bestimmtes Bild* mit Tachykardie, Mydriasis, Fieber, erhöhter Reflexbereitschaft, Unruhe, Angstzuständen, Schweißneigung. Insgesamt sind Cannabisintoxikationen selten, da die Substanz meist geraucht wird und Überdosierungen auf diesem Wege praktisch kaum möglich sind.

Die *Behandlung* solcher Intoxikationszustände erfolgt durch die Verabreichung von Diazepam (Valium), das vor allem intramuskulär, aber grundsätzlich auch einmal intravenös injiziert werden kann, und zwar in einer Dosierung bis zu dreimal 15 bis 20 mg pro Tag (Barth, 1972). Meist klingen die Intoxikationserscheinungen schon nach ein- bis zweimaliger Gabe von 10–20 mg Valium ab (Hasse u. Mitarbeiter, 1971).

Bei den Überdosierungen von Cannabis und Halluzinogenen kommt der Methode des »talk-down« (beruhigendes Einreden auf den Patienten) besondere Bedeutung vor allem dann zu, wenn psychotisch anmutende Angst- und Unruhezustände und weniger die neurologischen Symptome das Bild beherrschen.

Der Nachweis von *LSD* aus Körperflüssigkeiten ist wegen der extrem geringen Wirkstoffmengen, die dort zu erwarten sind, bis heute nicht zuverlässig möglich. Hier kommt also der Sicherung von Spuren außerhalb des Organismus besondere Bedeutung bei der Erkennung von Art und Ursache der zugrundeliegenden Intoxikation zu.

Hingegen ist *Meskalin*, das im Grammbereich wirksam ist, leicht aus Körperflüssigkeiten mit Hilfe etwa der Dünnschichtchromatographie oder der Gaschromatographie nachzuweisen.
Gleiches gilt für den Nachweis von *DOM* (Dimethoxymethylamphetamin) und von *PCP* (Phencyclidin) sowie *TMA* (Trimethoxyamphetamin), während der Nachweis von *DET* (Diäthyltryptamin) und von *DMT* (Dimethyltryptamin) Schwierigkeiten bereiten kann.
Das Erscheinungsbild der Intoxikation mit Halluzinogenen gleicht in wesentlichen Elementen demjenigen bei der Cannabisintoxikation. Bei Vergiftungen mit hohen Dosen LSD kann es zur Atemlähmung kommen, die therapeutisch wegen fehlender spezifischer Antidote nur schwer angehbar ist. Hier sind die Prinzipien der Intensivbehandlung von Vergifteten anzuwenden.
Auch die *Behandlung* von Halluzinogenintoxikationen unterscheidet sich in den wesentlichen Prinzipien nicht von derjenigen der Cannabisintoxikation. Diazepam stellt das Mittel der Wahl dar. Barbiturate und Antidepressiva können die Wirkungen der Halluzinogene verstärken und sind daher kontraindiziert. Phenothiazine sind ebenfalls zu vermeiden, weil hier die Gefahr des Herzstillstands besteht (Hasse u. Mitarbeiter, 1971). Bei DOM (STP) ist mit extrem langen Halbwertszeiten und entsprechend langer Wirkdauer zu rechnen, so daß die Behandlungsmaßnahmen entsprechend auszurichten sind.

Kokain/Weckmittel

Das in den letzten Jahren stärker auf den Markt drängende Rauschmittel Kokain, das Anfang der 80er Jahre geradezu eine Renaissance erlebt, ist mit Hilfe der Dünnschichtchromatographie, aber auch mittels EMIT und Radioimmunassay (RIA) in Körperflüssigkeiten nachzuweisen, und zwar jeweils in Gestalt seiner Metaboliten Benzoylekgonin bzw. Ekgonin.

Die Zahl der Todesfälle bei Kokainkonsum ist in den USA in den letzten Jahren mit dem Ansteigen der Verbreitung des Kokainkonsums in der amerikanischen Bevölkerung beträchtlich angewachsen. Wetli und Wright (1979) referieren 68 Todesfälle der Jahre 1969 bis 1978 mit einer signifikanten Zunahme der Zahl tödlicher Komplikationen in den letzten Jahren. Finkle und McCloskey (1977) werteten in den USA zwischen 1971 und 1976 111 Fälle von tödlicher Kokainvergiftung aus. Davon mußten 25 Fälle ausgesondert werden, weil hier der Tod jeweils nicht sicher auf Drogenkonsum zurückzuführen war. In 60 Fällen lagen Kombinationen mit anderen Rauschdrogen vor. 26 Fälle waren sicher allein auf Kokain zu beziehen. Auch diese Autoren sahen einen deutlichen Anstieg der Zahl der mit Kokain in Zusammenhang stehenden Todesfälle in den Jahren des von ihnen beschriebenen Beobachtungszeitraumes.

Die *toxischen Wirkungen* des Kokains äußern sich als gesteigerte sympathikomimetische Reaktionen: Tachykardie, Angst und Unruhe, zunehmendes Kreislaufversagen durch vegetative Fehlregulation und Lähmung der Vasomotorenzentren, also derjenigen Hirnabschnitte, die die Gefäßweite regulieren. Hinzu treten Fieber, cerebrale Krampfanfälle und zunehmendes Herzversagen sowie schließlich auch Atemlähmung.
Für den *Nachweis von Weckmitteln* kommen vor allem gaschromatographische Verfahren in Betracht, daneben ebenfalls EMIT-Verfahren. Bezüglich Einzelheiten der Nachweisverfahren für Weckmittel, vor allem falsch positive Ergebnisse durch sogenannte Kreuzreaktionen, d. h. gleichartige Reaktionen, die durch andere in der Probe mitenthaltene Substanzen hervorgerufen werden, verweisen wir auf Geldmacher-von Mallinckrodt (1980).

Auch die *Weckmittelvergiftung* zeigt eine ähnliche Symptomatik wie die Kokainvergiftung. Auch sie ist durch sympathikomimetische Wirkungen der überdosierten Rauschdroge hervorgerufen: Tachykardie, Schwitzen, Unruhe, Tremor, u. U. pulsierende Kopfschmerzen (erhöhter Blutdruck!), daneben Angst, Halluzinationen optischer und akustischer Art, illusionäre Verkennungen und Wahnbildungen. Das Vergiftungsbild kann zunächst als Delir imponieren, wie dies grundsätzlich auch bei der Kokainvergiftung möglich ist.

Die *Behandlung* der Kokain- und der Weckmittelvergiftung richtet sich an gleichartigen Prinzipien aus: Die Patienten sind durch Krampfanfälle, Atemlähmung und Herzversagen bedroht. Dies sind zugleich die Zielsymptome der intensiven Vergiftungsbehandlung.

Einer Sedierung mit Diazepam (Valium) wie bei der Cannabis- und Halluzinogenvergiftung kommt neben den bekannten Intensiv-Maßnahmen besondere Bedeutung zu. Die Dosierung liegt hier während 8 Stunden bei nicht mehr als 0,5 mg Diazepam pro Kilogramm Körpergewicht (Barash, 1977). Kontraindiziert ist auch hier die Verabreichung von Barbituraten. Der Senkung des meist erhöhten Blutdrucks müssen wir besondere Beachtung schenken (Betarezeptorenblocker wie Propranolol).

Barbiturate und andere Schlafmittel

Drogenabhängige nehmen Schlafmittel (vor allem Barbiturate und methaqualonhaltige Stoffe oder Benzodiazepinabkömmlinge) relativ häufig neben ihren Rauschdrogen ein. Einerseits wollen sie damit den Beginn der Entzugserscheinungen abmildern, andererseits auch Beschaffungsengpässe für Heroin überbrücken. In der Klinik beobachten wir häufig kombinierte Intoxikationen von Heroin mit Barbituraten und Schlafmitteln, aber auch durch Schlafmittelkonsum abgeschwächte oder überlagerte Entzugssyndrome. Bei Vergiftungszuständen Drogenabhängiger ist immer auch an die Möglichkeit einer Schlafmittelvergiftung zu denken, u. a. beim Auftreten von cerebralen Krampfanfällen. Gerade die kombinierten Vergiftungen geben dabei oft diagnostische Rätsel auf.

Der *Nachweis* erfolgt mit Hilfe der Dünnschicht- bzw. der Gaschromatographie.

Das *klinische Bild* der Schlafmittelvergiftung ist vor allem durch die fortschreitende Bewußtseinstrübung bis hin zum Koma gekennzeichnet. Die Atmung wird oberflächlich, der Puls steigt an, die Pupillen sind eher eng, das Hautkolorit ist gerötet, dann fahl und schließlich zyanotisch. Die Atemdepression schreitet parallel zu der zunehmenden Herz-Kreislauf-Insuffizienz voran. Die Reflexe schwächen sich ab, allmählich bildet sich ein Schockzustand aus, dem nur noch mit den bereits erwähnten Intensivmaßnahmen zu begegnen ist, wobei auch die künstliche Beatmung ins Auge gefaßt werden muß. Drucknekrosen und Blasenbildungen der Haut, letztere vor allem bei der Barbituratvergiftung und bei längerer Liegezeit, sind nicht selten.

Unter der detoxifizierenden Behandlung kann es zu Angst- und Unruhezuständen im Sinne eines Excitationsstadiums bis hin zu sogenannten Durchgangssyndromen (flüchtigen exogenen Psychosen) kommen.

Opiate

Den *Nachweis* der Opiate, vor allem des Heroins, des Morphins und ihrer Metaboliten in Körperflüssigkeiten, führen wir

heute entweder dünnschichtchromatographisch oder gaschromatographisch, mit Hilfe des EMIT- oder des RIA-Verfahrens (enzymimmunologische bzw. radioimmunologische Verfahren) durch.
Bei den letztgenannten Untersuchungsmethoden liegt eine hohe Spezifität für das Morphingerüst vor, auf das freilich auch Codein anspricht. Für Methadon wird bei Anwendung des EMIT-Verfahrens ein eigener Testsatz benötigt (Geldmacher-von Mallinckrodt, 1980).
Das *klinische Bild* der Opiatvergiftung ist im Idealfall durch die Trias »Bewußtlosigkeit, Atemdepression, stecknadelkopfgroße Pupillen« gekennzeichnet. Durch die häufig kombinierten Konsummuster ist allerdings in der Praxis kaum ein solch reines Zustandsbild zu beobachten. Meist finden wir »unspezifische« Bewußtseinstrübungen.
Auch hier ist für die *Behandlung* die Atemdepression das Hauptzielsymptom. Der Einsatz von Opiatantagonisten (Levallorphan, Lorfan® bzw. Naloxon, Narcanti®) ist nur in begrenztem Umfang möglich, weil beim Abhängigen leicht ein Entzugssyndrom ausgelöst werden kann, das den Zustand zusätzlich kompliziert. Die Wirkung gleichzeitig genommener Barbiturate soll durch die Antagonisten verstärkt werden können (Hasse et al., 1971). Die Behandlung folgt auch hier den oben angegebenen Prinzipien der intensiven Vergiftungstherapie. Besonders zu achten ist wieder auf die Behandlung der drohenden zentralen Atemlähmung und auf die Gefahr des Lungenödems, insbesondere bei der Heroinvergiftung.
Bei der klinischen Untersuchung von Patienten mit Verdacht auf Opiatintoxikation achten wir insbesondere auf Spontanatmung, Kreislaufverhältnisse, Herzfunktion, Körpertemperatur, Urinausscheidung, aber auch auf Muskeltonus, Reflexstatus, Pupillenweite und Motorik.
Die Prognose ist entscheidend vom Zeitpunkt des Einsetzens der Intensivbehandlung bestimmt. Die meisten Todesfälle treten dadurch ein, daß den Vergifteten – aus vielerlei Gründen – keine fachmännische Hilfe geleistet werden kann.
Eine Besonderheit bei der Opiatvergiftung besteht darin, daß aus den toxikologisch festgestellten Konzentrationen der Wirkstoffe in den einzelnen Körperflüssigkeiten kein sicherer Schluß auf den Zeitpunkt der letzten Opiatzufuhr und auf die Größe der genommenen Überdosis, mithin also auf das Ausmaß der Vergiftung, gezogen werden kann (Geldmacher-von Mallinckrodt, 1981).
Aufbauend auf Erfahrungen mit mehr als 1000 jährlichen Todesfällen bei Opiatsüchtigen in New York in den Jahren 1969 bzw. 1970, von denen mehr als 80 % als plötzliche, unerwartete Todesfälle einzustufen waren, und auf dem Umstand, daß dort schon seit den 30er Jahren Chinin als ein viel benutztes Streckmittel für Heroin verwendet wird, führten Levine und Mitarbeiter (1973) Tierversuche durch, um die Kardiotoxizität gerade dieses Stoffes nachzuweisen und damit eine Ursache für den häufigen, plötzlich eintretenden Tod bei Opiatsüchtigen herauszufinden. Bei Ratten konnten die Untersucher Bradyarrhythmien hervorrufen (Verlangsamung und Unregelmäßigkeiten des Herzschlags) sowie in vielen Fällen auch Herzstillstand bei schneller intravenöser Gabe von Chininhydrochlorid beobachten. Damit ist der Faktor »Streckmittel« (hier: Chinin) als eine mögliche Ursache gerade des sogenannten Sekundenherztods bei Heroinsüchtigen wahrscheinlich gemacht worden. Es kommt danach im Einzelfall weniger auf die Überdosis als auf die Art der Beimengung an, wenn Heroinsüchtige noch mit der Kanüle in der Vene während der Injektion bewußtlos werden und kurz darauf der

Tod eintritt. Dabei muß zunächst offen bleiben, ob auch andere geläufige Streckmittel ähnliche Wirkungen hervorrufen können, zumal die Beobachtung immer zu machen ist, daß die Morphinserumspiegel bei vielen Opiatsüchtigen den Tod vielfach nicht erklären können, weil sie weit unter der tödlichen Schwelle liegen.

Organische Lösungsmittel (Schnüffelstoffe)

Der *Nachweis* erfolgt gaschromatographisch, ggf. unter Hinzuziehung der Massenspektrometrie.
Das *Zustandsbild* der Vergifteten kann in einem Anfangsstadium von Angst, Unruhe, Panik und paranoid-getriebener Verstimmung gekennzeichnet sein. Häufig treten Halluzinationen hinzu. Bei schweren Intoxikationen treten Koma, zunehmende Atemlähmung und fortschreitendes Kreislaufversagen auf.
Bei der *Behandlung* bilden die letztgenannten Veränderungen zugleich die Zielsymptome. Intensivbehandlung nach dem oben angegebenen Schema ist dann erforderlich. Im Excitationsstadium kann eine Sedierung mit Benzodiazepinen angezeigt sein.

3.1.3 Notfälle im Entzug

Vorbemerkung

Vorab ist festzustellen, daß wir in der täglichen Praxis relativ selten mit so schweren Komplikationen im Entzug bei Drogenabhängigen zu tun haben, daß hieraus Notfälle resultieren. Die in unserer Klinik durchgeführten Entzugsbehandlungen betreffen in der großen Mehrzahl der Fälle allenfalls mittelschwer ausgebildete Entzugssyndrome; und auch die Fälle sind gar nicht so selten, in denen die Entzugssymptomatik sich auf mäßig ausgeprägte vegetative Dysregulationen beschränkt. Auch scheint die Beobachtung von allgemeiner Gültigkeit zu sein, daß gerade bei denjenigen Patienten, die sich auf den Konsum von Opiaten beschränken, seltener schwer ausgeprägte Entzugssymptome auftreten als bei denjenigen Drogenkonsumenten, die als Polytoxikomane zu bezeichnen sind.
Die von uns zur Entzugsbehandlung eingesetzte Medikation ist sicher generell imstande, die Entzugserscheinungen in Art und Schwere ihrer Ausprägung subjektiv zu vermindern. Eine vollständige Ausschaltung der Entzugssymptomatik gelingt jedoch mit der von uns verwendeten Medikation nur in den seltensten Fällen. Aber auch andere als medikamentöse Behandlung kann möglicherweise gleichrangige Effekte bewirken, so daß der Methode des sogenannten »cold turkey« (Entzug ohne Medikamente) sicher eine gewisse Bedeutung nicht vollständig abzusprechen sein dürfte. Eins scheint aber festzustehen: die nachfolgend beschriebenen Komplikationen im Entzug sind ausschließlich mit gezielter Intensivbehandlung zu beherrschen. Hier sind die Grenzen einer wie immer gearteten psychotherapeutischen Beeinflussung des Entzugssyndroms deutlich sichtbar.

Krampfanfälle

Wir beobachten das Auftreten cerebraler Krampfanfälle vor allem bei solchen Drogenkonsumenten, die neben Opiaten noch andere zentralwirksame Substanzen konsumieren. Unter diesen spielen die Barbiturate die Hauptrolle, grundsätzlich ist aber auch bei einer kombinierten Abhängigkeit von Opiaten und Tranquilizern mit dem Auftreten von Krampfanfäl-

len im Entzug zu rechnen. Bei reinen Opiatkonsumenten scheinen jedoch Anfälle in der Entzugssituation nicht aufzutreten. Wir haben bislang noch keine derartigen Fälle beobachtet.
Wir verabreichen krampfenden Drogenpatienten Valium intravenös, wobei Dosen bis hin zu etwa 40 mg innerhalb von 8 Stunden möglich sind. Grundsätzlich kommen zur Behandlung des Krampfanfalls auch andere Substanzen in Betracht, vor allem Benzodiazepine (Rivotril).
Der einzelne Krampfanfall wird nur selten eine spezielle Behandlung erforderlich machen. Hingegen müssen wir Anfallsserien bzw. gehäufte Anfälle in der Regel unterbrechen. Hierzu bietet sich der Einsatz von Diazepam bzw. anderen Benzodiazepinen ebenfalls an.
In seltenen Fällen kann es auch zum Auftreten eines Status epilepticus kommen. Die ohne Unterbrechung aufeinander folgenden epileptischen Anfälle über längere Zeitdauer hinweg müssen unter allen Umständen durchbrochen werden. Gelingt dies durch die Verabreichung der genannten Medikamente nicht, müssen wir an den Einsatz spezieller antikonvulsiver Substanzen denken (Epanutin). Gelingt es auch damit nicht, den Status zu durchbrechen, bleibt als letztes Mittel die intratracheale Intubation, die Verabreichung von Muskelrelaxantien und die künstliche Beatmung des Patienten.

Delirien

Vor allem bei Barbituratsüchtigen, aber auch bei Polytoxikomanen und bei Tranquilizerabhängigen müssen wir mit dem Auftreten von deliriumsähnlichen Zuständen bzw. echten Delirien im Entzug rechnen. Sie sind durch Desorientiertheit, zeitweise Verwirrtheit, das Auftreten von optischen und akustischen Halluzinationen, durch motorische Unruhe, Suggestibilität und schwere Verkennungen gekennzeichnet. Die vegetative Symptomatik, die vor allem das Alkoholdelir begleitet, kann bei den medikamentenbedingten Delirien in den Hintergrund treten.
Zur Behandlung kann in solchen Fällen vorübergehend das Clomethiazol (Distraneurin) eingesetzt werden, Benzodiazepinen ist hier aber der Vorzug zu geben; u. U. reicht auch eine gewisse neuroleptische Sedierung. Im allgemeinen sollte Zurückhaltung bei der Verabreichung von zentralwirksamen Substanzen an delirante Abhängige geübt werden. Grundsätzlich ist die Behandlung eines Medikamentendelirs auch mit Haldol, Chloralhydrat oder Paraldehyd möglich. Letzteres wird besonders in Österreich zur Behandlung von Delirien eingesetzt.
Steht das exogen-psychotische Bild gegenüber der vegetativen Symptomatik beim Delir im Vordergrund, so ist der Einsatz von Neuroleptika zu erwägen, etwa Chlorpromazin (Megaphen) oder auch von antidepressiv wirkenden Substanzen (Aponal). Anstelle von Haldol ist auch Fluphenazin-Dekanoat ein Mittel, dessen Einsatz in Betracht gezogen werden kann.

Elektrolytstörungen

Die Entzugssymptomatik bei Opiatsüchtigen ist gelegentlich durch heftiges, lang andauerndes Erbrechen gekennzeichnet, das häufig von schweren Durchfällen begleitet sein kann. Wenn es nicht gelingt, die Patienten einer baldigen stationär-klinischen Therapie zuzuführen, kann es zu Natrium/Kalium-Verlusten, mithin also zu schweren Elektrolytverschiebungen im Serum kommen, deren Folge schließlich ein Schockzustand sein kann, der sich nach außen als zunehmendes Herz-Kreislauf-Versagen und Bewußtseinstrübung äußern kann. Hier ist eine spezifische Korrektur der Serumelektrolytverhältnisse durch gezielte Infusionstherapie erforderlich. Wenn es auch im Einzelfall nur selten einmal zu einem so stark ausgeprägten Zustandsbild kommen sollte, so ist doch stets an diese Möglichkeit zu denken, wenn ein Patient im Opiatentzug kollaptisch wirkt und schließlich in einen Schock hineingerät.

Excitationsstadien im ausklingenden Rausch

Diese Zustände werden hier beschrieben, weil es sich ebenfalls um vorübergehende Entzugssituationen handeln dürfte. Hier ist vor allem mit aggressiven Fehlverhaltensweisen, motorischen Unruhezuständen, Desorientierung und Verwirrtheit bei den Patienten im Entzug zu rechnen. Der Einsatz von beruhigender Medikation, vor allem von Benzodiazepinen, ist hier gerechtfertigt, um derartige Durchgangsstadien zu überbrücken.

Provokation einer akuten Entzugssymptomatik durch die Gabe von Naloxon an Opiatabhängige

Nicht selten werden Vergiftete, bei denen Verdacht auf Überdosierung von Opiaten besteht, mit Naloxon (Narcanti) behandelt. Es muß betont werden, daß dic Gabc von mehr als ein bis zwei Ampullen dieser Substanz bei einem Opiatsüchtigen kontraindiziert ist, weil es zur Provokation oftmals lebensbedrohlicher Entzugssymptome kommen kann. Der Notfall durch Vergiftung schlägt dann in den Notfall im Entzug um, auf den sich die Behandelnden meist nur schwer einstellen können. Das Bild ist durch zunehmendes Kreislaufversagen (abfallenden Blutdruck bei steigendem Puls) und das allmähliche Hineingleiten in einen Schockzustand gekennzeichnet.

Da eine Behandlung der Opiatvergiftung grundsätzlich auch unter Verzicht auf den Einsatz von Opiatantagonisten mit Aussicht auf Erfolg möglich ist, sollte man auf diese Substanzgruppe immer dann verzichten, wenn eine Opiatsucht verdachtsweise angezeigt bzw. nicht auszuschließen ist. Nur dann, wenn man wirklich sicher sein kann, daß es sich um eine einmalige Zufuhr von Opiaten gehandelt hat, die zur Vergiftung führte, ist der Einsatz von Opiatantagonisten zu rechtfertigen.

3.1.4 Notfallsituationen bei Injektions- bzw. Transportzwischenfällen

Komplikationen im Bereich der Lunge

Bei Heroinsüchtigen ergibt die Autopsie häufig ein *Lungenödem*. Dieses kann sich entweder kurz vor dem Tode als sekundäre Erscheinung ausgebildet haben; es kann aber auch die eigentliche Todesursache darstellen. Morrison und Mitarbeiter (1970) berichten über eine große Zahl von Heroinvergiftungen, bei denen sich ein Lungenödem ausbildete. Sie verweisen auch auf Berichte in der Literatur, die sich mit entsprechenden tödlichen Komplikationen befassen (Troen, 1953; Silber u. Clerkin, 1959). Das zeitweise gehäufte Auftreten von Lungenödemen bei Heroinvergifteten erklären sie damit, daß bestimmte Begleitstoffe jeweils für die Herbeiführung des Lungenödems veantwortlich seien. Es handele sich um eine Art anaphylaktischen bzw. allergischen Geschehens, zumal keine Relation zwischen der zugeführten Heroinmenge und dem Auftreten des Lungenödems zu erkennen sei und auch in vielen Vergiftungsfällen

überhaupt kein Lungenödem beobachtet werde.
Dem Lungenödem parallel geht entweder ein akutes Herzversagen, das z. B. durch ein Schockgeschehen (Auslöser kann sowohl Heroin als auch eine beliebige Beimengung sein) eintreten kann, oder auch eine sich allmählich ausbildende Herzinsuffizienz.
Eine weitere Komplikation von seiten der Lunge kann durch eine *Embolie* eintreten. Sie kann durch Injektion von kolloidalen oder als Fremdkörper wirkenden Substanzformen zustande kommen, aber auch durch Thrombenbildung, etwa auf entzündlicher Grundlage.

Kürzlich wurde über einen Fall berichtet, bei dem ein Opiatsüchtiger im Anschluß an die intravenöse Injektion seines Suchtstoffes erblindete. Der Nachweis in der Netzhaut gelegener feiner Partikel (Fremdkörper) und des Verschlusses zahlreicher kleiner Blutgefäße sprach hier für einen mikroembolischen Prozeß als Ursache des Verlustes der Sehfähigkeit (Siepser u. Mitarbeiter, 1981).

Die *Endokarditis* ist ebenfalls eine häufige Ursache der Lungenembolie. Die Behandlung des Lungenödems, der Lungenembolie wie auch der Luftembolie folgt den Prinzipien der intensiven Schockbekämpfung und wird hier nicht nochmals dargestellt (Kienle, 1968; Halhuber und Kirchmair, 1970).

Anaphylaktischer Schock

Bei dem nicht seltenen, von Augenzeugen gelegentlich beobachteten plötzlichen Todeseintritt noch während der Injektion bei Heroinsüchtigen muß an einen anaphylaktischen Schock gedacht werden. Oft werden die Opfer noch mit der Kanüle in der Vene tot aufgefunden, ein Hinweis auf die rasch einsetzende Bewußtlosigkeit und den wahrscheinlich auch in diesen Fällen schnell eintretenden Tod.
Man hat zunächst an einen Tod durch Lungenödem gedacht; später jedoch setzte sich aufgrund von Obduktionsergebnissen mehr und mehr die Überzeugung durch, daß es neben dem plötzlichen »Lungentod« und dem plötzlichen »Herztod« (Sekundenherztod) auch noch den schlagartigen Todeseintritt durch die rasche Ausbildung eines Hirnödems auf anaphylaktischer Grundlage gebe (Vich, 1972). Dabei kann offen bleiben, ob das Heroin selber oder aber seine zahlreichen Begleitsubstanzen für die anaphylaktischen Reaktionen verantwortlich zu machen sind.
Klinisch äußert sich das eintretende Hirnödem durch zunächst einsetzende delirante Veränderungen; danach kommt es zur Bewußtseinstrübung bis hin zu tiefem Koma. Atemdepression, Schnappatmung, Cheyne-Stokessche-Atmung und daraus resultierende Zyanose komplettieren das Bild. Der Blutdruck sinkt bis auf nicht mehr meßbare Werte ab, selten treten epileptische Anfälle auf. Das sich als Schockgeschehen darstellende Krankheitsbild endet letal durch zentrale Atemlähmung und Herzstillstand.
Die Therapie dieses innerhalb von Minuten ablaufenden Geschehens ist meist nicht möglich. Die Patienten werden meist nicht mehr lebend gefunden; sind Zeugen vorhanden, so versuchen sie nach unseren Erfahrungen die Therapie mit »Hausmitteln« selbst zu übernehmen, indem sie etwa Kochsalz intravenös injizieren, alkoholhaltige Getränke einflößen und von Mund zu Mund beatmen. Wir haben Fälle erlebt, in denen die im Schock befindlichen Drogenabhängigen aus der Etagenwohnung auf die Straße getragen und z. B. vor einem Lokal unter der Vorstellung abgelegt wurden, daß sie dort am ehesten gefunden würden und so am schnellsten Hilfe erhalten könnten. Der Arzt oder die Polizei wurden deshalb

nicht direkt benachrichtigt, weil sich die Beteiligten nicht als Drogenkonsumenten zu erkennen geben wollten. Erreicht dennoch ein solcher Patient lebend die Klinik, so orientiert sich die Therapie an den bekannten Richtlinien zur Schockbekämpfung bzw. zur Intensivbehandlung Bewußtloser.

Kokainschock

Nachdem das Kokain in den letzten Jahren wieder häufiger auf der Drogenszene auftaucht, müssen wir damit rechnen, daß wir wieder verstärkt mit Fällen sogenannten Kokainschocks konfrontiert werden. Dabei handelt es sich um plötzlich einsetzende (anaphylaktische?) Schockzustände nach Zufuhr geringster Mengen der Substanz, etwa beim Einträufeln ins Auge bei therapeutischer Verwendung oder auch beim oralen Konsum im Rahmen eines Mißbrauchs. Plötzlich kommt es zur Ausbildung von Angst, Beklemmung, nachfolgender Erregung und Unruhe; der Schockzustand zeigt sich bald durch extreme Hautblässe, Atemnot, Schweißausbruch, fadenförmigen beschleunigten Puls, der auch in starke Pulsverlangsamung übergehen kann. Der Blutdruck fällt auf kaum mehr meßbare Werte ab. Die Patienten werden komatös. Es ist selbstverständlich, daß derartige schwere Schockzustände nur durch möglichst rasch einsetzende Intensivbehandlung aufgefangen werden können, wenn dies überhaupt noch möglich ist. Da die Hauptgefahr für das Leben der Patienten vor allem im drohenden Herz-Kreislauf-Versagen besteht, ist dies das Zielsymptom, an dessen Beseitigung die Therapie auszurichten ist. Auf Einzelheiten der Schockbekämpfung wollen wir in diesem Zusammenhang nicht eingehen und verweisen auf S. 100–101.

Sepsis

Diese Komplikation wird deshalb erörtert, weil sie gleichfalls mit den Injektionsgewohnheiten der Drogenabhängigen zusammenhängt. Bei den üblichen unsauberen, allen Regeln der Asepsis zuwiderlaufenden Umständen der Injektion von Opiaten durch Süchtige, die häufig ihre Injektionsutensilien untereinander verleihen, wochenlang ohne Sterilisation wiederverwenden, in der Hosentasche oder Unterhose aufbewahren usw., ist es nicht überraschend, daß es im Einzelfall zu so massiven Bakterieneinschwemmungen mit der Injektion kommen kann, daß die ohnehin geschwächte Abwehrlage der Süchtigen zur Kompensation der Erregerinvasion in die Blutbahn nicht mehr ausreicht. In solchen Fällen kommt es zur Sepsis, wie wir sie im Falle einer jungen Patientin beobachtet haben, die ein voll ausgeprägtes septisches Bild mit Fieberzacken, schwerer Beeinträchtigung des Allgemeinbefindens und lebensbedrohlichen Veränderungen der Herz-Kreislauf-Situation aufwies. Durch sofort einsetzende massive antibiotische und fiebersenkende Maßnahmen konnte das Leben der Patientin gerettet werden. Als Spätfolge, die sich anläßlich einer Wiederaufnahme nach ca. 6 Monaten herausstellte, hatte die Patientin allerdings ein Aortenvitium davongetragen, offenbar im Gefolge einer sepsisbedingten Endokarditis.
Amerikanische Befunde zeigen, daß die Endokarditis der Opiatsüchtigen eine der Haupttodesursachen in dieser Gruppe ist (Helpern u. Rho, 1966). Die Erreger sind entweder Staphylokokken, Streptokokken oder Candidapilze. Sepsis ist in New York unter Süchtigen die Ursache jedes 12. Todesfalls (Helpern u. Rho, 1966).
Wir wissen aus Untersuchungen, daß die injizierten Stoffe selbst keine Endotoxine

enthalten, die ihrerseits etwa zu fiebrigen Erkrankungen oder zu plötzlichen Todesfällen führen könnten (Tuazon u. Elin, 1981). Die vor allem für die Endokarditis verantwortlichen Staphylokokken stammen ebenfalls nicht aus dem injizierten Rauschgift, sondern von der Hautoberfläche bzw. den Schleimhäuten der Drogenkonsumenten selber (Tuazon, Hill, Sheagren, 1974). Auch die zum Auflösen des meist pulvrigen Stoffs benutzten Flüssigkeiten kommen als Infektionsquellen eher in Betracht als die verwendeten Drogen selbst.

Die Behandlung von Sepsis und Endokarditis richtet sich nach den bekannten Grundsätzen der Intensivtherapie solcher Zustandsbilder, der Schwerpunkt dürfte dabei auf der Antibiotikabehandlung und der Intensivpflege liegen.

Luftembolie, Eröffnung von Arterien

Zwar ist die Kenntnis, daß nur mit luftfreien Spritzen gefahrlos injiziert werden kann, auf der Drogenszene durchaus verbreitet. Den meisten medizinischen Laien sind die Notwendigkeit und der Vorgang der Luftentleerung auch in der optischen Anschauung z. B. aus Film und Fernsehen geläufig. Gleichwohl kennen wir Fälle, in denen Drogenabhängige nach einer Injektion zu Tode kamen, wobei eine Luftembolie nachgewiesen werden konnte. In anderen Fällen wurde Milch bzw. Seifenlösung injiziert in der Vorstellung, daß es dadurch zu embolischen Ereignissen kommen werde. In beiden Fällen lagen Suicidabsichten zugrunde.

Auf die spezifischen Behandlungsverfahren bei Verdacht auf Embolien soll hier nicht eingegangen werden; wir verweisen auf die entsprechende Literatur (Lawin, 1981; Schölmerich, 1980).

Die Eröffnung von Arterien bei der Injektion kommt gelegentlich dann zustande, wenn die Abhängigen in ulzerierte Hautbezirke mehr oder weniger wahllos hineininjizieren. Wird eine Arterie getroffen, z. B. im Kubitalbereich, dann kommt es nur selten zu einer schweren arteriellen Blutung, weil die Elastizität des Gefäßes in der Regel zu einem spontanen Verschluß der Injektionsstelle führt. An die Gefahr einer solchen Blutung muß allerdings gedacht werden.

Zwischenfälle beim Transport von Kokain bzw. Haschischöl

Kokain wird aus den Andenländern häufig von Kurieren in die Vereinigten Staaten transportiert, die den Stoff etwa 5- bis 20grammweise in Präservative füllen, diese verschließen und anschließend verschlucken. Die Präservative werden später – bei Ankunft am Zielort – auf natürlichem Wege wieder ausgeschieden.

Suarez und Mitarbeiter (1977) berichteten über drei Fälle schwerer Vergiftungen mit Kokain, von denen zwei tödlich verliefen. In allen drei Fällen hatten die Betroffenen versucht, Kokain auf dem genannten Wege in die USA einzuführen. In zwei der genannten Fälle wurden die Kokainkuriere tot in Hotelzimmern aufgefunden, sie waren beide jeweils kurz zuvor aus Kolumbien in den Vereinigten Staaten eingetroffen. Die Autopsie förderte bei dem einen Täter 53 Kondome mit Kokain zutage, von denen sich 26 im Magen, 3 im Zwölffingerdarm, eines in einem weiteren Dünndarmabschnitt und 23 im Dickdarm befanden. Eines der im Dünndarm befindlichen Kokainpäckchen war gerissen und hatte offensichtlich die tödliche Vergiftung hervorgerufen. Im zweiten Falle waren die Umstände ähnlich. Bei der Obduktion der Leiche des 22jährigen Mannes fanden sich 75 Päck-

chen mit 75%igem Kokain im Magen-Darm-Trakt, von denen 8 gerissen waren und die Substanz freigegeben hatten, was zu der tödlichen Vergiftung geführt hatte.
Auch in der Statistik von Wetli und Wright (1979) finden sich fünf Fälle, in denen jeweils große Mengen Kokain zu Transportzwecken in Fingerlingen oder Präservativen verpackt und verschluckt worden waren und in denen der Tod nach Platzen der Behälter eingetreten war.
Auch im Bereich unseres Klinikums sind zwei derartige Fälle beobachtet worden, die bisher noch nicht publiziert sind. In einem Falle handelte es sich um den Transport von Kokain in der beschriebenen Weise. Im anderen Fall war Haschischöl in entsprechender Verpackung in den Mastdarm eingeführt worden, wo der Behälter offensichtlich undicht geworden war. In beiden Fällen kam es zu tödlichen Vergiftungen.

3.1.5 Notfälle bei Psychosen und atypischen Rauschverläufen

Akut auftretende, kurzdauernd verlaufende Psychosen (»Horror-Trips«, »bad trips«)

Die Unterscheidung zwischen Psychosen und atypischen Rauschverläufen ist unter therapeutischem Aspekt nicht von ausschlaggebender Bedeutung. Zwar sind atypische Rauschzustände an die Anwesenheit von Fremdsubstanzen im Organismus gebunden, während dies bei Psychosen auszuschließen ist. Das Ergebnis, das psychopathologische Bild also, stimmt jedoch in beiden Fällen oft weitgehend überein.
Die Symptomatik besteht aus Angst, Unruhezuständen, Getriebenheit, Erregung, panikartigen Entäußerungen, gelegentlich auch in Aggressivität gegen die eigene Person bzw. gegen die Umwelt. Der Antrieb ist gesteigert, die Stimmung häufig depressiv verändert, gelegentlich aber auch euphorisch überhöht. Die Psychomotorik ist inadäquat, Denkstörungen herrschen vor: Halluzinationen, Wahnerlebnisse, Ich-Identitätsstörungen, Spaltungserlebnisse, aber auch Pseudohalluzinationen, Verkennungen, Derealisations- und Depersonalisationserlebnisse gehören in vielen Fällen dazu.
In diesen Zuständen geht für die betreffenden Patienten der Zusammenhang mit der Realität verloren; Desorientierung und Verworrenheit der Denkabläufe lassen eine geordnete Realitätskontrolle nicht mehr zu. Es ist klar, daß in dieser Situation leicht Fehlverhaltensweisen zu fatalen Folgen führen können. Insbesondere aus der Angst heraus resultierende Attacken gegen die Umwelt, aber auch gegen die eigene Person sind immer wieder Grund für die Klinikaufnahme. Auslösende Momente sind dabei vor allem ein ängstigendes »setting«. Die Patienten können ihre halluzinativen Rauscherlebnisse bald nicht mehr in die Realität integrieren und geraten in Zwiespalt mit der Umgebung. Dies wirkt angsterzeugend und führt häufig unmittelbar in aggressive Verhaltensweisen hinein. Die paranoide Umformung des Erlebens kann allerdings auch zu Suicidhandlungen überleiten.
Werden solche Zustandsbilder nicht klinisch behandelt, so können sie über viele Stunden hinweg andauern. Es hängt dann u. U. von der Wirkungsdauer (Halbwertszeit) der eingenommenen Droge ab, wie lange der Horror-Trip anhält. Auch tagelange Verläufe, etwa bei Konsum von DOM sind beschrieben. In der Regel wird das auslösende Rauschmittel allerdings Haschisch oder LSD sein, von daher sind kürzere Verläufe zu erwarten.
In jedem Falle warten wir aber den Spon-

tanverlauf solcher Zustände nicht ab, sondern versuchen, diese medikamentös zu beeinflussen. Hierzu bieten sich beruhigend wirkende Medikamente an: Diazepam (Valium) ist das Mittel der Wahl, aber auch Truxal und Dominal eignen sich hierzu. In der Regel sind diese Medikamente zu injizieren, da die ängstlich-paranoiden Patienten es ablehnen, Medikamente einzunehmen.

Unter dieser Medikation klingt die Psychose bzw. der atypische Rausch in aller Regel schnell ab. Oft genügt eine einzige Injektion, um den quälenden Zustand zu durchbrechen.

Akut auftretende, länger dauernd verlaufende Psychosen (drogeninduzierte Psychosen)

Über die einzelnen Psychoseformen, die bei Konsum der verschiedenen Rauschdrogen auftreten können, wird in einem der folgenden Abschnitte (vgl. S. 127 ff.) ausführlich berichtet. Wir haben danach insbesondere bei Konsum von Cannabis, Halluzinogenen, unter denen vor allem das LSD die Hauptrolle spielt, aber auch bei Konsum von Kokain und von Weckmitteln, seltener bei Opiatkonsumenten, mit Psychosen zu rechnen.

Diese Psychosen treten häufig akut auf, sind dann zunächst von atypischen Rauschverläufen oder auch von Horror-Trips nicht sicher zu unterscheiden, klingen aber auch unter der oben beschriebenen Behandlung nicht gleich ab, sondern gehen in ein subakutes und letztlich auch in ein chronisches Stadium über. Verlaufsuntersuchungen haben gezeigt, daß bei einem großen Teil der Fälle mit chronischen Verläufen zu rechnen ist.

Bei akutem Auftreten dieser Krankheitsbilder kommt es zunächst darauf an, Drogenfreiheit herzustellen, d. h. die Betreffenden in der Klinik aufzunehmen und den Drogenkonsum zu unterbinden. Nach Abklingen der Drogenwirkung haben wir das eigentliche psychotische Bild vor uns, das es zu behandeln gilt. Dabei richtet sich die Therapie in ihren Einzelheiten an den entsprechenden psychotischen Symptomen aus. Wir behandeln diese Krankheitsbilder dann so, als ob es sich um endogene Erkrankungen handele, im Prinzip kommen also die unter Kapitel 3.4.7 genannten Medikamente in Betracht, vor allem die Gruppe der sogenannten Neuroleptika. Während es in einer Vielzahl von Fällen zu einem Abklingen der psychotischen Symptomatik kommt, ist in einem geringeren Anteil mit der Ausbildung von Residualzuständen zu rechnen. Im Einzelfall kann die Behandlung in einer Spezialeinrichtung notwendig werden.

Depressive Verstimmungen (z. B. bei Kokainkonsum)

Depressive Verstimmungen sind im Verlauf von Drogenkarrieren nichts Seltenes. In der Regel sind es ihre mißlichen Lebensumstände, die Drogenkonsumenten in reaktive Depressionen hineingleiten lassen. Aus dieser Situation heraus sind Suicidversuche bei Opiatsüchtigen zu verstehen, mit denen wir im klinischen Alltag immer wieder konfrontiert werden. Diese depressiven Verstimmungen sind sicher deswegen nur selten Gegenstand der Therapie, weil sie nur auf dem Hintergrund der Drogensucht verständlich sind und es in solchem Zusammenhang gilt, zunächst die Grundkrankheit zu behandeln, zumal wir auf diese Weise das Symptom »Depression« ebenfalls mit beeinflussen.

Bei der Kokainabhängigkeit ist ein ausklingendes Rauschstadium als »depressives Stadium« bezeichnet worden. Dieses Stadium ist durch Müdigkeit, Erschöpfung und Antriebsverlust gekennzeichnet. Die Berauschten werden »schlaff«, ihre Betriebsamkeit macht einer zunehmenden Müdigkeit Platz, ohne daß etwa ein eigentliches Schlafbedürfnis entstünde. Allmählich kann es zum Auftreten von Schuldgefühlen, stärker werdender Angst, Niedergeschlagenheit, zu Selbstvorwürfen und Selbstwertkrisen kommen. Aus dem Bedürfnis nach erneuter Zufuhr der Substanz wird ein wachsender Drang, der immer stärker in einen Zwang einmündet. Letzterer tritt immer mächtiger und fordernder in den Vordergrund, parallel dazu entwickeln sich Selbstmordphanatasien für den Fall, daß es nicht gelingt, den Drogennachschub zu sichern. Die Rückkehr zu einem geordneten Dasein erscheint den Kokainkonsumenten undenkbar, der Zwang zur Wiederholung des Konsums der Rauschdroge wird immer stärker. Der scheinbare Verlust an akzeptablen Lebensalternativen führt vielfach zu einer so starken Einengung des Denkens und Erlebens, daß der Suicid subjektiv einen praktikablen Ausweg darstellt. Solche Berauschte sind in hohem Maße selbstmordgefährdet; Suicidfälle im ausklingenden Kokainrausch sind in der Literatur beschrieben.

3.1.6 Notfälle im Verlauf chronischen Rauschmittelkonsums

Blutbildveränderungen (Thrombozytopenie)

In letzter Zeit sind einzelne Fälle beschrieben worden, in denen es im Laufe einer Heroinsucht ohne besonderen erkennbaren Anlaß zur Ausbildung einer Thrombozytopenie (Absinken der Zahl der Blutplättchen, Normalwert: ca. 250 000 bis 350 000 pro mm^3 im Serum) kam. Die Patienten wurden meist als Notfälle in die Klinik gebracht, Hauptbefunde waren typische Hautblutungen aufgrund allgemeiner Blutungsneigung, daneben die herabgesetzte Zahl der Thrombozyten auf Werte unter 10 000 pro mm^3 Serum. In einigen Fällen lag der Verdacht nahe, daß Chinidin als Streckmittel im Heroin die Verminderung der Zahl der Blutplättchen hervorgerufen hatte (Khaleeli u. Giorgio, 1980), in anderen Fällen war eine Ursache konkret nicht nachzuweisen (Taetle u. Browning, 1979), eine Besserung trat aber in drei Fällen nach Gabe von Nebennierenrindenhormonen ein. Auch Adams (1979) weist auf die Begleitstoffe des Heroins als die auslösenden Substanzen für die immer wieder zu beobachtenden Blutbildveränderungen hin und nennt neben Chinin und Chinidin noch Phenacetin, Salizylamid, Antipyrin und Phencyclidin.

Wundstarrkrampf (Tetanus), Gasbrand

Helpern und Rho (1966) haben einen Überblick über die zahlreichen Todesfälle und ihre Ursachen unter den Heroinsüchtigen New Yorks gegeben. Dabei erweist sich, daß pathologisch-anatomische Befunde oft nicht sehr aufschlußreich sind, wenn es um die Todesursachenermittlung geht. Ähnliche Erfahrungen existieren auch in unserem Umkreis (Heberle u. Gerchow, 1980). Unter den zahlreichen von den amerikanischen Untersuchern genannten Todesursachen interessiert uns hier vor allem die Infektion mit Wundstarrkrampferregern (Tetanus), die im deutschen Schrifttum bislang noch nicht erwähnt worden ist. Dies mag an der besseren Prophylaxe in unserem Land liegen; gleichwohl verwundert es, wenn man an die Vielzahl von Ausländern denkt, die auch unter den Drogentoten zu finden sind. Gerade die vielen superinfizierten, teilweise abszedierenden Hautveränderungen im Umkreis alter Einstichstellen sind geradezu ideale Nährböden für Tetanusinfektionen. Auch wenn wir bisher noch keine derartigen Erfahrungen machen mußten, werden wir in Zukunft doch auf diese Komplikationsmöglichkeit zu achten haben. Wir kennen allerdings den Fall eines Süchtigen, bei dem es im Bereich seiner Injektionsstellen am Arm zu immer stärker werdender Nekrotisierung und schließlich zu Infektion mit Gasbranderregern kam, die antibiotisch nicht mehr zu beherrschen war, so daß der Arm schließlich amputiert werden mußte.

Crush-Syndrom

In Einzelfällen ist bei Opiatsüchtigen der an isolierter Stelle (z. B. in der Glutealmuskulatur einer Seite) auftretende Zerfall der quergestreiften Muskulatur beobachtet worden (Benson u. Mitarbeiter, 1971). Die den Muskelnekrosen zugrundeliegenden Mechanismen sind bis jetzt noch nicht schlüssig aufgeklärt worden. Parallel ging in den oben erwähnten Fällen ein schweres Schockbild mit Nierenversagen, das durch Intensivbehandlung allerdings beherrscht werden konnte. Untersuchungen in unserem Klinikum dienen z. Zt. der Aufklärung dieser Erscheinung.
Einen solchen Fall hat unlängst auch Krüger (1981) mitgeteilt.

»Septische Pneumonien«

Vogel und Mitarbeiter (1981) berichteten über drei Fälle von weiblichen Heroinabhängigen, die an einem septischen Krankheitsbild mit disseminierter beidseitiger herdförmiger Pneumonie (Lungenentzündung) mit Beteiligung des Rippenfells erkrankten. Es kam zu Abszeßbildungen im Bereich der Entzündungsherde. Die Erkrankung konnte jeweils mit spezifischer antibiotischer Behandlung unter Kontrolle und zur Abheilung gebracht werden. Sie verweisen auf weitere Fälle aus der amerikanischen Literatur und die dort angegebene hohe Inzidenzrate derartiger komplizierter Zustandsbilder unter Heroinsüchtigen (5–10 % aller Fälle mit Lungenkomplikationen). Daß die Sepsis nicht nur als akute Notfallsituation auftreten kann, sondern vor allem im Verlauf einer chronischen Rauschmittelabhängigkeit zur Komplikation auswächst, sei hier nur am Rande erwähnt. Wir verweisen in diesem Zusammenhang auf S. 111 ff.

3.2 Therapie von Begleiterkrankungen

3.2.1 Leberveränderungen

Leberveränderungen stellen die wohl am häufigsten bei Drogenabhängigen zu beobachtende organische Begleitkrankheit dar. Hepatitiden und ihre chronischen Folgezustände entstehen vor allem bei der parenteralen Aufnahme von Heroin und anderen Drogen. Ihre Häufigkeit geben May und Mitarbeiter (1980) mit 50 bis 70 % bei den von ihnen behandelten-Drogenpatienten an, je nachdem wie streng man die Kriterien anlegt. Sie unterscheiden mehrere typische Parameter, von denen zwei bis vier erfüllt sein müssen. Kontrollgruppen weisen dagegen in ihren Untersuchungen nur eine Belastung mit Hepatitis in 2,2 % der Fälle auf, während sich bei nichtdrogenabhängigen

Kontaktpersonen (z. B. dem Personal von Beratungsstellen) in etwa 6–10 % der Fälle eine Hepatitisbelastung nachweisen ließ. Die Belastung mit Leberleiden stieg zwischen 1972 und 1977/78 im Bochumer Beobachtungsgut Mays beträchtlich an.
Eine Querschnittsuntersuchung an Drogenabhängigen in 9 nordrhein-westfälischen Beratungsstellen ergab für das Jahr 1977 bei 79 % der jugendlichen Drogenabhängigen Hinweise auf das Bestehen von Lebererkrankungen. Für die in den Beratungszentren tätigen Sozialarbeiter, Psychologen und Mediziner besteht nach Prack und Mitarbeitern (1979) ein erhöhtes Infektionsrisiko, so daß bei diesem Personenkreis infektiöse Hepatitis, die als Hauptursache anzusehen ist, als Berufskrankheit anerkannt werden sollte.
Diese Zahlen stimmen weitgehend mit denen überein, die Preek (1981) für die USA angibt. Danach zeigten Methadonabhängige aus entsprechenden Programmen, Heroinsüchtige und zum Zeitpunkt der Untersuchung drogenfreie frühere Süchtige in 60 % der Fälle Leberveränderungen. In der Mehrzahl der Fälle handelt es sich um chronisch persistierende Hepatitiden, die meist auf Virusinfektionen beruhen. Dabei erfolgt die Infektion in 58 % der Fälle mit dem Hepatitisvirus vom Typ B (Zachoval u. Mitarbeiter, 1982). In einer Vielzahl von Fällen sei auch die Non-A-Non-B-Hepatitis zu beobachten, die allerdings nur selten zu schwerwiegenden chronischen Verläufen führe. Ob neben infektiösen Ursachen auch toxische Wirkungen der verwendeten Drogen die Veränderungen herbeiführen, wird z. Zt. kontrovers diskutiert.
May und Mitarbeiter sahen bei 61 Drogenabhängigen in den Jahren 1970/75 zu 42 % akute, zu 34 % chronische Leberentzündungen. In 17,5 % der Fälle gehen sie davon aus, daß es sich um toxische Leberschäden handelt, wobei dem polyvalenten Drogen- bzw. Alkoholkonsum der Patienten eine erhöhte Bedeutung zukomme.
Bei der akuten Hepatitis gehört der Übergang in eine chronische Verlaufsform mit Anstieg der spezifischen Globulinfraktionen des Serums zu den häufigen und typischen Verläufen, vielfach entwickelt sich eine chronisch-aggressive Hepatitis bzw. eine persistierende Verlaufsform.
Die Behandlung dieser schwerwiegenden Erkrankungen eines lebenswichtigen Organs gehört prinzipiell in die Hand des Internisten. In unserer Klinik ziehen wir bei all den Fällen einen internistischen Konsiliar hinzu, bei denen eine manifeste Beschwerdesymptomatik vorliegt und die Leberveränderungen ihren Ausdruck nicht ausschließlich in (mäßig) erhöhten Serumleberwerten finden. In allen Fällen steht die Herbeiführung von Drogenabstinenz im Rahmen der Entgiftungsbehandlung im Vordergrund unserer Bemühungen. Diätetische und symptomatische Maßnahmen können diese Behandlung ergänzen. Bei manifester Gelbsucht verlegen wir die Patienten auf eine internistische Isolierstation zur weiteren Abklärung und Behandlung.

3.2.2 Lues und andere Infektionskrankheiten

Aufgrund der sorglosen und frei von hygienebedingten Skrupeln realisierten Injektionsgewohnheiten der Opiatabhängigen kommt es neben der Hepatitis nicht selten zur Übertragung einer Reihe von Infektionskrankheiten. Als häufigste ist die Lues *(Syphilis)* zu nennen, die wir im ersten und zweiten Stadium beobachten und die meist auf dem Wege der Inokulation akquiriert wird. Das Erstaunen der

Betroffenen ist meist groß, wenn sie Kunde davon erhalten, daß trotz darniederliegender Sexualkontakte bei ihnen eine solche Infektionskrankheit besteht. In diesen Fällen ist eine fachgerechte antibiotische Therapie, bei Lues II sind weitere diagnostische Maßnahmen erforderlich, etwa die Lumbalpunktion.
Aber auch andere – meist atypisch verlaufende – Infektionskrankheiten sind zu registrieren: So etwa die *Röteln*, die nur zu einem unspezifischen, mitigierten Exanthem führen können; bei allen unklaren Hautausschlägen ist an diese Möglichkeit zu denken.
In unserem Zusammenhang soll auch die *Septikämie* erwähnt werden, die wir bei Opiatabhängigen mehrfach beobachtet haben. Hier stehen Veränderungen des Allgemeinbefindens, vor allem aber Fieberzacken bzw. Schüttelfrost im Vordergrund. Oft kann der Herd, von dem die Sepsis ausgeht, nicht sicher ausgemacht werden, vielfach sind aber Pyodermien oder Abszeßbildungen die Ursache der gefährlichen Erkrankung.

3.2.3 Krätze, Läuse

Die oft abenteuerlichen Lebensgewohnheiten mit fortgeschrittener Verwahrlosung und Vernachlässigung der elementaren Körperpflege haben zu einer Renaissance der Krätze bei unserer Klientel geführt. Da die Wirkung des Heroins Juckreiz und Schmerzen weitgehend unterdrückt, kommt es meist erst bei klinischer Aufnahme der Süchtigen zur Entdeckung dieses Parasitenbefalls. Hier ist eine spezifische äußere Behandlung einzuleiten.
Das gleiche gilt für die Kopflaus, die wir wieder vermehrt beobachten, seit wir Drogenabhängige zur regelmäßigen Klientel unserer Kliniken zu zählen haben. Seltener tritt die Filzlaus bzw. die Kleiderlaus auf. Auch hier führt das Desinteresse der Süchtigen am eigenen Organismus und seinem Wohlbefinden zum Verwahrlosungssyndrom und zur Ausbildung des Parasitenbefalls. Auch hier ist die spezifische äußere Behandlung angezeigt (Jacutin).

3.2.4 Abszesse, Thrombophlebitiden, Thrombosen

Abszesse gehen vor allem von den verunreinigten Injektionsstellen aus. Wenn wir uns vergegenwärtigen, daß ohne jede geeignete hygienische Vorkehrung Spritzen und Kanülen verwahrt werden, so überrascht es uns nicht, daß hier entsprechende infektiöse Veränderungen an den Einstichstellen an der Tagesordnung sind. Auch die Lokalisation der Einstichstellen (Zungengrund, Leistengegend, Knöchel- und Fußrücken) unterstützt eine schnelle Abszeßbildung.
In manchen Fällen können die Abhängigen nur noch intramuskulär spritzen, auch diese Injektionsweise begünstigt die Entstehung von Abszessen. Die schon erwähnte Indolenz der Abhängigen läßt sie erst dann einen Arzt aufsuchen, wenn schon erhebliche sekundäre Veränderungen zu beobachten sind. Hier ist häufig die chirurgische Intervention angezeigt, eine antibiotische Behandlung muß sich anschließen.
Venenentzündungen (Thrombophlebitiden) treten bei nahezu jedem Opiatspritzer auf; durch sie verschließen sich die Lichtungen der meist benutzten Venen allmählich, so daß immer weniger punktierbare Hautvenen zur Verfügung stehen. Im Extremfall ist auch hier spezifische Behandlung angezeigt.
Thrombosen bei jugendlichen Opiatabhängigen sind ebenfalls vereinzelt zu be-

obachten; auch in diesen Fällen muß die fachinternistische (stationär-klinische) Behandlung als Mittel der Wahl angesehen werden.

3.2.5 Karies

Fortschreitender hochgradiger Zahnverfall ist bei praktisch allen Opiatsüchtigen zu finden. Die entstehenden Veränderungen sind in den letzten Jahren Gegenstand wissenschaftlicher Untersuchungen gewesen, und zwar sowohl bei Alkoholikern als auch bei Drogenabhängigen (Gerlach, 1977).
Gegenüber einer Vergleichsgruppe von gleichaltrigen, sonst gesunden Patienten wiesen die Drogenabhängigen einen außerordentlich starken Befall mit Zahnhalskaries auf. Als Ursache dieses spezifischen Zahnverfalls kommen rauschmittelinduzierte Stoffwechselveränderungen, mangelnder Speichelfluß und Mundtrockenheit, vor allem aber vernachlässigte Mundhygiene und mangelnde zahnärztliche Betreuung in Betracht (Tabelle 12).

Tab. 12: Ursachen der Karies bei Opiatsüchtigen:

1. Rauschmittelinduzierte Stoffwechselveränderungen
2. Herabgesetzter Speichelfluß, Mundtrockenheit
3. Vernachlässigte Mundhygiene
4. Mangelnde zahnärztliche Betreuung
5. Veränderte Ernährungsgewohnheiten (viel Süßigkeiten, wenig vitaminreiche Mischkost)
6. Verändertes Beißverhalten mit erhöhter Bißkraft im Rauschzustand
7. Analgesie, allgemeines Desinteresse am eigenen Organismus und an seinem Wohlbefinden

Mit dem Grad der sozialen Desintegration, der abhängig ist vom Stand der Drogenkarriere, nehmen Mundhygiene und Zahnpflege ab. Außerdem finden sich offenbar aufgrund rauschbedingter Erhöhung der Bißkraft häufig Abbrüche, Sprengungen und Einrisse an den Zähnen infolge von Spasmen der Kaumuskulatur. Zahnfleischentzündungen und Konkrementauflagerungen sind weitere häufigere Erscheinungen bei Süchtigen. Sechs und mehr zerstörte Zähne bei den meist jungen Drogenpatienten sind keine Ausnahme. In vielen Fällen kommt nur noch prothetische Versorgung in Betracht.
Daneben wiesen 78 % aller Rauschmittelkonsumenten Zahnfleischerkrankungen auf (Gerlach u. Wolters, 1977). Das Zahnfleisch ist in diesen Fällen nicht nur entzündlich verändert, sondern weist auch vielfältige Auflagerungen und Pigmentierungen auf.

3.3 Besondere Problemgruppen

Wir wollen in diesem Abschnitt die Aufmerksamkeit auf verhältnismäßig kleine Gruppen von Abhängigen richten, die in der Praxis nur mit Mühe in therapeutischen Einrichtungen unterzubringen sind, weil sie von der Masse der Drogenabhängigen abweichen. Sicher wird man nicht für jede dieser Gruppen spezielle Einrichtungen oder Programme fordern müssen, aber der gegenwärtige Zustand ist hier besonders unbefriedigend, und deshalb soll diesen Gruppen nachstehend Aufmerksamkeit geschenkt werden.

3.3.1 Schwangere

Das Problem der Schwangerschaft opiatsüchtiger Mädchen und Frauen stellt sich im klinischen Alltag vergleichsweise seltener als man angesichts der Tatsache erwarten sollte, daß etwa ein Drittel der Heroinsüchtigen in der Bundesrepublik Deutschland Frauen sind, von denen sich etwa 80 % im gebärfähigen Alter befinden. Das liegt offensichtlich nicht zuletzt an der die Libido (und Potenz) dämpfenden Wirkung des Morphins und seiner Abkömmlinge, vor allem des Heroins. Jedoch kommt es bei sexuellen Aktivitäten opiatsüchtiger Frauen, die zu einem hohen Prozentsatz der Prostitution nachgehen, u. a. deshalb besonders häufig zu *ungewollten* Schwangerschaften, weil sie aufgrund der zentralen, auf einer Fehlfunktion des hypophysär-hypothalamischen Systems beruhenden Zyklusstörung, die sich im Ausbleiben der Periodenblutung äußern kann, keinen Überblick über den augenblicklichen Stand ihres Menstruationszyklus haben. Anscheinend kommt es auch zu unregelmäßigen Ovulationen, so daß die Möglichkeit des Eintritts einer Schwangerschaft kaum mehr kalkulierbar wird. Die Signalwirkung des Ausbleibens der Periodenblutung als Zeichen einer eingetretenen Schwangerschaft entfällt bei dieser Klientel vielfach, so daß die Schwangeren oft erst relativ spät, nämlich beim deutlichen Zunehmen des Leibesumfanges und bei Ausbildung von sekundären Schwangerschaftsmerkmalen, Kenntnis von ihrem Zustand erlangen. Von 36 Schwangeren, die in einer Berliner Klinik entbunden wurden, kannten nur 12 das Datum ihrer letzten Menstruation. Bei 9 von ihnen war die Regelblutung seit mindestens einem Jahr ausgeblieben, 17 hatten unregelmäßige Blutungen gehabt (Stauber et al., 1982).

Bei Ausbildung sekundärer Schwangerschaftsmerkmale ist es freilich meist zu spät für eine legale Unterbrechung der Gravidität, deren Voraussetzungen bei Opiatsüchtigen fast immer zu bejahen sind. Denn in aller Regel ist die Sorge um ein Neugeborenes, die Wahrnehmung seiner Pflege, die Einsicht in die Notwendigkeit von und die Fähigkeit zu regelmäßiger konsequenter und zuverlässiger Versorgung eines pflegebedürftigen Kleinkindes von einer opiatsüchtigen Mutter nicht zu erwarten. Wir haben erwähnt, daß das Gefühl für regelmäßig in der Zeit wiederkehrende Pflichten Drogenabhängigen vielfach abgeht; ihr Lebensrhythmus wird stark vom Drogenkonsum und den daraus erwachsenden eigenen Versorgungsnotwendigkeiten bestimmt.

Gerade aus diesem Grund kommen opiatsüchtige Schwangere in der Regel erst relativ spät in ärztliche Behandlung. Hier stellt sich die Frage nach der optimalen Versorgung der Patientin: Soll sie entzogen werden, um Risiken für sie bei der Geburt und für das Neugeborene bei und nach der Geburt abzuwenden oder sollen gerade durch kontinuierliche, ärztlich kontrollierte Gabe des Suchtmittels diese Risiken angegangen werden?

Diese Frage stellt sich u. a. deshalb, weil wir wissen, daß das Risiko für den Feten bei Fortbestehen der Heroinsucht mit all ihren Begleiterscheinungen, Schwankungen in der Stoffzufuhr, Perioden der (erzwungenen) Abstinenz bei Mangel an Rauschmitteln, vorübergehendem Überstieg auf andere Suchtmittel erheblich erhöht ist. Die bei vielen Schwangeren vorliegenden venerischen und parasitären Erkrankungen und das häufige Vorkommen von Hepatitis, aber auch die Ernährungsgewohnheiten erhöhen ebenfalls das Risiko für den Feten. Schwangerschaftsspezifische Erkrankungen (Gestosen) sind dreimal häufiger als bei normalen Schwangerschaften (Stauber et al., 1982). Dies führt zu einer Retardierung in der Entwicklung des Feten, wobei zusätzlich die direkte Einwirkung auf ihn durch

das placentagängige Opiat eine Rolle spielen dürfte. So sind während der Schwangerschaft Durchblutungsstörungen und Episoden mangelnder Sauerstoffversorgung vor allem des Gehirns bei dem Feten nichts Außergewöhnliches, wobei diese Zustände von der Schwangeren nicht unbedingt als Abstinenzerscheinungen bei ihr selbst registriert werden müssen. Beim plötzlichen Entzug des Heroins sind fetale Todesfälle nicht selten, so daß sich in der Tat die Frage nach der Substitution des Heroinkonsums durch eine kontinuierliche und kontrollierte Gabe von Methadon stellen muß.
Für diese Entscheidung ist u. a. das Stadium der vorliegenden Schwangerschaft eine Beurteilungsgrundlage. Wir tendieren heute dazu, im ersten Drittel der Schwangerschaft diese zu unterbrechen. Im zweiten Drittel werden wir versuchen, eine Motivation für Entgiftungs- und Entziehungsbehandlung herzustellen und streben Abstinenzverhalten an. Im dritten Drittel der Schwangerschaft neigen wir dazu, die Schwangere in ein Erhaltungsprogramm zu übernehmen, um den Risiken einer Entgiftung und Entwöhnung in einem so fortgeschrittenen Stadium der Gravidität zu entgehen. Dabei wissen wir, daß nur die Abstinenz der Mutter letztlich die geeignete Grundlage dafür sein kann, daß das Neugeborene unter vertretbaren Bedingungen aufwachsen kann. Auf diese Abstinenz der Mutter verzichten wir bei der Substitutionsbehandlung, so daß wir möglichst bald nach der Geburt weitere Schritte in Richtung Abstinenz unternehmen müssen. Dann jedoch sind die Chancen für eine entsprechende Motivation der Süchtigen geringer, weil solche Mütter dann eher dazu neigen, sich den bereits erkennbaren Belastungen der Mutterschaft zu entziehen, während sie bei noch bestehender Schwangerschaft eher dazu tendieren, die positive Seite einer Mutterschaft zur Entscheidungsgrundlage pro Abstinenz zu machen.
Stets sollte nach erfolgter Einstellung der opiatsüchtigen werdenden Mutter der Versuch unternommen werden, die verabfolgte Methadondosis kontinuierlich zu reduzieren. Diese Maßnahme ist natürlich nur mit dem Einverständnis der Patientin möglich und sollte nicht ohne ihr Wissen vorgenommen werden. Als ideale Lösung schwebt uns vor, möglichst lange vor dem vorausberechneten Termin der Niederkunft Drogenfreiheit herzustellen. Das ist selbstverständlich nur dann sinnvoll, wenn auch zu gewährleisten ist, daß die entzogene Schwangere weiterhin drogenabstinent leben wird.
Die Dosierung des Methadons kann sich an den von Dole (1973) angegebenen Richtlinien orientieren. Er empfiehlt bei erwachsenen Heroinsüchtigen im allgemeinen eine Detoxifizierung mit Methadon nach folgendem Schema:

> Über drei Tage hinweg erhalten die Patienten zunächst täglich morgens und abends je 20 mg Methadon, dann über die folgenden sechs Tage hinweg je zweimal 10 mg Methadon, am zehnten Tag kein Methadon, am elften Tag 10 mg, am zwölften Tag kein Methadon und am dreizehnten Tag nochmals 10 mg des Opiats. Anschließend wird das Opiat abgesetzt. Bei Jugendlichen empfiehlt Dole die Verwendung von zweimal 10 mg Methadon an den ersten neun Tagen und verfährt dann an den folgen den vier Tagen wie bei Erwachsenen.

Es stellt sich die Frage, ob diese Dosierung für das in Deutschland offizinelle L-Polamidon (Levomethadon) übernommen werden kann, oder ob aufgrund der vielfach behaupteten doppelt so starken Wirkung bei geringer Halbwertszeit nur die halbe Wirkstoffmenge an Polamidon zu verabreichen sei. Diese Auffassung vertritt Riedesser (1974), auch Keup ist dieser Meinung (1980), gleiches geben auch Beil und Trojan (1973) an. Dies bedeutete eine Dosierung von 2 x 10 mg L-Polamidon in den ersten drei Tagen, 2 x 5 mg L-Polamidon an den folgenden sieben Tagen und dann alternierend einmal 5 mg bzw. kein Polamidon an den letzten vier Tagen. Wir liegen damit innerhalb der Höchstverschreibungsmenge für L-Polamidon, die das Betäubungsmittelgesetz vorsieht (60 mg täglich). Im übrigen ist L-Polamidon eines derjenigen Betäubungsmittel, bei denen in schweren Fällen eine Überschreitung der täglichen Höchstdosis möglich ist, und zwar um das Doppelte.

Pragmatisch sind die Dosierungsrichtlinien, die Schönhöfer und Hasse (1973) angegeben haben: Sie schlagen zur Detoxifizierung vor, diejenige Polamidonmenge herauszufinden, die gerade ein Entzugssyndrom unterdrückt, den Patienten bei dieser Dosis zwei bis drei Tage lang zu stabilisieren und dann täglich 5 % weniger Polamidon zu geben, so daß die Entgiftung über zwei bis drei Wochen hinweg abgeschlossen sei.

Alle diese Entgiftungsverfahren sind ausschließlich *stationär* anzuwenden. Eine ambulante Detoxifizierung einer opiatsüchtigen Schwangeren ist als Kunstfehler anzusehen, da selbst minimalste Sicherheitsvorkehrungen gegen eine Vergiftung nicht zu garantieren sind.

Reicht die Zeit vor der Geburt nicht mehr zur Entgiftung der werdenden Mutter aus, so sollte die Entgiftung mit Hilfe von Methadon bald nach der Geburt erfolgen. Bietet sich auch hierzu keine Gelegenheit, so sollte die Behandlung nach den Regeln für erwachsene Opiatsüchtige erfolgen, wobei der Aufenthalt in einer solchen Einrichtung (z. B. Halfing) anzustreben ist, die auch das Neugeborene mit aufzunehmen bereit ist. Opiatsüchtige Mütter,

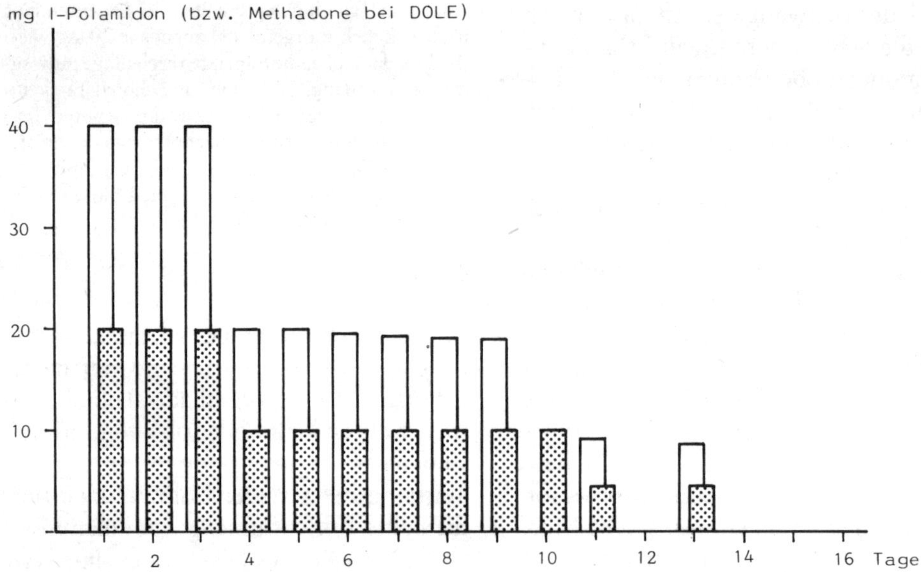

Abb. 7: Dosierung von Methadon (Dole) bzw. l-Polamidon bei Schwangeren.

☐ Dole

▩ Beil u. Trojan

darauf ist ausdrücklich hinzuweisen, dürfen nicht stillen, weil das Opiat in die Muttermilch übergeht.
Die Geburt selbst ist bei Heroinsüchtigen in der Regel eine Risikogeburt (Stauber et al., 1982). Operative Eingriffe sind oft notwendig. Zudem kommen die Patientinnen meist ohne Vorbefunde (etwa nach Vorsorgeuntersuchungen) im fortgeschrittenen Stadium zum Arzt, so daß auch von hier zusätzliche Risiken des Geburtsverlaufs zu erwarten sind.

3.3.2 Neugeborene

Neugeborene, deren Mütter opiatabhängig sind, sind selbst opiatabhängig, da die Opiate die Plazentaschranke überwinden und in das Serum des Feten übergehen. Sie entwickeln unterschiedlich lange nach der Geburt ein Opiatentzugssyndrom: Schwitzen, Naselaufen, extreme Unruhe, Durchfall, Erbrechen, Fieber, auch Atemstörungen und sogar Krampfanfälle. Anhaltendes spitzes, schrilles Schreien kann die Aufmerksamkeit ebenfalls auf ein mögliches Opiatentzugssyndrom lenken. Tremor und muskulärer Hypertonus ergänzen das Bild. Mangelgeburten können in einzelnen Fällen zu derartigen Äußerungen unfähig sein, so daß uns das Abstinenzsyndrom bei dieser Gruppe entgehen kann. Generell hängt der Ausprägungsgrad des Entzugsbildes vom Ausmaß der Opiatsucht der Mutter ab (Tabelle 13).
Das Entzugsbild kann sich innerhalb von Stunden nach der Geburt entwickeln, oft aber auch erst nach Tagen. Die Behandlung des Entzugssyndroms Neugeborener sollte am zweckmäßigsten mit Tinctura opii erfolgen, einem Opiumextrakt mit einem Gehalt von 1 % Morphin. Tinctura opii ist dem Methadon bei Neugeborenen deswegen vorzuziehen, weil seine

Tab. 13: Häufigste Symptome des Entzugssyndroms bei Neugeborenen.
N = 382 (Zahlen von Stone et al., nach Beil und Trojan, 1972)

Symptome	Anzahl
Irritabilität (Fahrigkeit, gesteigerte Reflexe, Schlaflosigkeit)	170
Tremor	169
Erbrechen, Fütterungsprobleme (»Spucken«)	95
schrilles, übermäßig langes Schreien	68
Niesen	66
Muskelhypertonus, Hyperaktivität	53
Atemnot	33
Fieber	22
Diarrhoe (Durchfall)	18
Schleimabsonderung aus der Nase	15
Schwitzen	14
Krämpfe	8
Gähnen	7
Kratzen, Reiben	4
andere, unbedeutende Symptome	10

Inhaltsstoffe nicht in dem Maße wie das Methadon an Plasmaeiweiß gebunden werden, welches beim Neugeborenen für den Transport von vermehrt anfallendem Bilirubin benötigt wird (Schönhöfer u. Hasse, 1973). Eine Dosierung von sechsmal 4–10 Tropfen Tinctura opii in den ersten Lebenstagen bzw. nach Auftreten von Entzugssymptomen wird empfohlen (Otte, 1980). Nach zehn Tagen kann auf eine ausschleichende Methadonbehandlung übergegangen werden. Frühestens zwei bis drei Wochen nach der Geburt sollte man mit der Reduktion der Methadondosis beginnen.
Grundsätzlich kommen auch andere Behandlungsverfahren in Betracht: Einerseits können wir praktisch alle offizinellen Opiate zum Entzug einsetzen, andererseits ist auch eine Behandlung mit Megaphen (Chlorpromazin) denkbar (2,2 bis 2,8 mg pro Kilogramm Körpergewicht pro Tag, aufgeteilt auf vier Einzeldosen). Ferner können wir auch mit Luminal

(Phenobarbital) behandeln. Hier werden Dosen von 8 mg pro Kilogramm Körpergewicht und Tag vorgeschlagen, die auf drei bis vier Einzeldosen aufgeteilt werden sollen (Otte, 1980). Sowohl Chlorpromazin als auch Phenobarbital kann anfangs gespritzt, später oral verabreicht werden.

Neugeborene opiatsüchtiger Mütter sind meist untergewichtig. Vielfach liegt das Geburtsgewicht unter 2500 g. Die Frühgeburtenrate ist signifikant erhöht. Die Kinder sind meist auch mangelentwickelt und machen unter der Geburt mehr oder weniger lange Asphyxiephasen durch. Geburtskomplikationen sind bei opiatsüchtigen Frauen häufiger als bei Entbindungen nichtabhängiger Frauen.

Tab. 14: Art der Komplikation bei der Entbindung von 382 opiatsüchtigen Frauen (nach Beil und Trojan, 1972)

Art der Komplikation	Zahl	Prozent
verfrühte Wehen (nach weniger als 38 Schwangerschaftswochen)	115	30
verfrühter Blasensprung	42	11
Steißlage	34	9
Abriß der Placenta	8	2
Blutung nach der Geburt	8	2
Zwillinge	2	1
insgesamt	209	55

Tab. 15: Art der Geburt bei 382 opiatsüchtigen Müttern (nach Beil und Trojan, 1972)

Art der Geburt	Anzahl	Prozent
Spontan	233	61
Überstürzt	42	11
Zangengeburt	38	10
Steißlage	34	9
Zu Hause	27	7
Kaiserschnitt	8	2
insgesamt	382	100

Die Sterblichkeitsquote unbehandelter Neugeborener opiatsüchtiger Mütter liegt bei 93 % (Stone u. Mitarbeiter, 1971), bei konsequenter Behandlung ist sie auf 8,6 % zu reduzieren, sie liegt damit allerdings immer noch mehrfach über der der Normalpopulation. Auch diese Zahl liegt nach Berliner Erfahrungen (Stauber et al., 1982) eher zu hoch und bedarf kritischer Nachprüfung.

Die Behandlungsdauer Neugeborener drogenabhängiger Mütter liegt im Schnitt bei ca. 10–20 Tagen, eine routinemäßige (prophylaktische) Behandlung aller Neugeborenen opiatsüchtigen Mütter ist nicht zu empfehlen. Die Therapie richtet sich an der zugrundeliegenden manifesten Entzugssymptomatik aus.

Über das spätere Schicksal der Kinder opiatsüchtiger Mütter hat Waldmann (1980) anhand eigener Beobachtungen berichtet. Es ist dadurch gekennzeichnet, daß nur höchstens 27,5 % der Mütter etwa 3 Jahre nach der Geburt ihres Kindes drogenfrei sind, der Rest ist abhängig. Entsprechend schlecht ist die Versorgung der Kinder. Nur 50 % der Mütter versorgten ihre Kinder. Bei dieser Gruppe waren in 90 % der Fälle allerdings Eingriffe der Jugendbehörden zur Sicherstellung des Wohls des Kindes erforderlich.

Aus einer anderen Untersuchung (Sardeman u. Madsen, 1976) geht hervor, daß 50 % der Kinder heroinsüchtiger Mütter ihre ersten Lebensjahre zumindest zeitweise in Heimen, getrennt von der Mutter, verbringen mußten. Dies gerade sind diejenigen Verhältnisse, die Prädispositionen für eine spätere Sucht bei den Heranwachsenden schaffen können.

So ergibt sich die erschütternde Schlußfolgerung, daß diese Kinder im Grunde vor ihren Müttern geschützt werden müssen. Die eigentlich nachteiligen Wirkungen auf das Kind gehen demnach weniger von den Drogen als vielmehr von den süchtigen Müttern aus, und hier wiederum weniger von einer möglichen genetischen Belastung als vielmehr von einer Prägung im Kindesalter. Waldmann rät zu frühzeitiger Freigabe dieser Kinder zur Adoption, zumindest aber zur Übertragung des Sorgerechts auf eine nichtabhängige geeignete Person.

3.3.3 Paare

Nirgendwo stößt man bei Durchsicht der relevanten Literatur über die Therapie Drogenabhängiger auf einen Hinweis, was mit drogenabhängigen Paaren zu geschehen hat. Die gerade in letzter Zeit häufiger gewordenen Darstellungen von Therapiekonzepten und -abläufen schweigen sich über dieses Thema aus.
Einzelne Einrichtungen erklären sich jedoch bereit, Paare aufzunehmen; damit nicht beide zur gleichen Zeit gleichschwierige Entzugs- und Entwöhnungsphasen durchmachen, werden die beiden Klienten in einem vierwöchigen Abstand aufgenommen. Das Problem besteht bekanntlich in der Verstärkerwirkung, die von jeweils dem schwächeren Partner ausgeht und den (noch) labilen, wenn auch stärkeren Partner dazu bringen kann, rückfällig zu werden. Der gemeinsame Entschluß eines drogenabhängigen Paares, von selber im Eigenentzug aus der Drogenabhängigkeit zu finden, muß aufgrund dieser oft wechselseitigen Verstärkerwirkung scheitern. Dies betrifft aber nicht nur den Versuch des Selbstentzugs, sondern auch den Versuch der Therapie in einer dazu geeigneten Einrichtung.
Eine Lösung des Problems besteht in der zeitlich versetzten Aufnahme der beiden Abhängigen in der gleichen Einrichtung. Eine andere Möglichkeit ist die gleichzeitige Aufnahme in verschiedenen Therapieeinrichtungen, wenn es nicht gelingt, die erste Lösung zu verwirklichen, was in der Praxis häufig der Fall ist. Nur bei Synanon in Berlin scheint die gemeinsame Aufnahme eines drogenabhängigen Paares möglich zu sein.

3.3.4 Ausländer

Eine weitere Gruppe, die nur schwer einen Platz in therapeutischen Einrichtungen findet, besteht aus Ausländern, die über nur unzureichende Kenntnisse der deutschen Sprache verfügen. Hier handelt es sich häufig um Araber, Israelis, Türken und Afrikaner, die zwar grundsätzlich zu einer Langzeittherapie zu motivieren sind; die Unterbringung scheitert aber, weil Voraussetzungen für eine Teilnahme am therapeutischen Prozeß die ausreichende Kenntnis der deutschen Sprache ist. Es gibt Einrichtungen, die in Ausnahmefällen diese Personengruppe aufnehmen, die Regel ist dies aber nicht. So ist in diesen Fällen praktisch die Konsequenz, abzuwarten, bis die Betreffenden im Rahmen ihrer Delinquenz auffällig, nach geltenden Gesetzen bestraft und dann meist in ihre Heimatländer abgeschoben werden, wo dann allerdings eine Therapie in den seltensten Fällen möglich ist.

3.3.5 Ältere Suchtkranke

Spezielle Einrichtungen für diese Klientel existieren bislang nicht. Die Gruppe von Patienten, die – je nachdem, wen man als »älter« bezeichnet – meist die über 30jährigen umfaßt, wird allerdings immer größer. »Altfixer«, deren Konsum sich bis in den Anfang der 70er Jahre zurückverfolgen läßt, begegnen uns immer wieder; und es stellt sich dann die Frage, in welcher Einrichtung ein weiterer Versuch un-

ternommen werden soll, Drogenabstinenz auf Dauer zu erreichen.
Die Altersgrenzen bei den einzelnen Einrichtungen schwanken. Aber es ist oft schwierig, einen Klienten in einer Therapiestätte unterzubringen, der älter als 30 Jahre ist. Er fällt aus dem Gros der Abhängigen heraus, gilt als »Opa«, hat häufig andere Interessen und Motivationen, andere Erfahrungen und (weniger) Bindungen als vergleichsweise Jüngere. Hinzu kommt, daß ältere Patienten oft tiefer in der Sucht stecken als jüngere, die erst seit einem Jahr oder zwei Jahren drogenabhängig sind. So rekrutiert sich gerade aus dieser Gruppe die Vielzahl der Endzustände – und das ist ein Grund für viele Einrichtungen, sich dieser Klientel zu erwehren. Die meisten Einrichtungen sind darauf bedacht, durch eine gezielte Auswahl ihrer Patienten das Klima in der Institution, die Stimmung der Beteiligten, aber auch die Therapieerfolge möglichst hoch zu halten und die Zahl der Schwierigkeiten von vornherein soweit wie irgend möglich zu begrenzen – eine durchaus nachvollziehbare Haltung.
In der Praxis stehen wir damit allerdings einmal mehr vor der Frage, wohin wir den älteren Patienten verlegen sollen. Gelingt es, einen Therapieplatz zu finden, so erfolgt nach kurzer Zeit doch oft der Therapieabbruch.

3.3.6 Depravierte, Endzustände

Über das Erscheinungsbild der Depravation bei Suchtkranken haben wir berichtet. Es bezeichnet die suchttypischen Wesensänderungen, die teils auf hirnorganische Faktoren verweist. Dabei muß offen bleiben, ob es sich um ein unabhängiges Zusammenwirken von organischen Veränderungen und suchttypischen Einstellungs- und Wesensänderungen handelt oder um sich gegenseitig bedingende Phänomene. Daß es sich nicht etwa nur um eine Störung der »Besinnung« handelt, hat Schrappe (1980) überzeugend dargelegt.
Es ist zu betonen, daß die Gruppe der depravierten bzw. der irreversiblen Endzustände unter den Opiatabhängigen noch relativ klein zu sein scheint. Im klinischen Erfahrungsgut spielen sie keine entscheidende Rolle. Selbst bei sogenannten »Altfixern«, die Drogenkarrieren von 12 und mehr Jahren hinter sich haben, sind zwar amotivationale Syndrome zu beobachten, aber nur selten korsakowähnliche Zustände oder auch Fälle hirnorganisch unterlegter Depravation, wie wir sie von den Alkoholsüchtigen her kennen.
Statt dessen stellt sich bei dieser Gruppe das Phänomen der sogenannten „Therapieresistenz« deutlicher in den Vordergrund. Damit hat sich u. a. Kleiner (1980, 1982) auseinandergesetzt. Er vertritt die Auffassung, daß es unmotivierbare Süchtige im Grunde nicht gibt und daß es darauf ankommt zu verhindern, daß an einer sogenannten »Therapieresistenz« die Behandlung scheitert. Wir sollten uns darauf konzentrieren, auch primär Unmotivierte zu entgiften und daß sich diese resistente Phase dazu nutzen läßt, Therapiemotivation zu schaffen (vgl. auch Schuler, 1981).
Mit der Frage der »menschenwürdigen Versorgung Suchtkranker mit therapieresistenten Endzuständen« hat sich Binder (1980) beschäftigt. Er meint damit die Gruppe depravierter Alkoholkranker mit einer Vielzahl von Rückfällen in der Vorgeschichte. Interessant und durchaus übertragbar auf unsere Fragestellung bei jungen Drogenabhängigen ist das von ihm so benannte »therapeutische Resistenzsyndrom«: Auf jede Entlassung folgt schneller ein Rückfall, weil der Kontrollverlust fortbesteht; ablehnende Haltung gegenüber Hilfsmaßnahmen, sozia-

le und psychische Hilflosigkeit, Verwahrlosungstendenzen, Entwurzelung, Depravation, organisches Psychosyndrom, wiederholte Intoxikationszustände, aggressive Verhaltensweisen, Beschaffungsdelinquenz, klinische Einschätzung als Pflegefall – sind weitere Einzelsymptome. Einzelne dieser Symptome sind sicher bei vielen Drogenabhängigen zu diagnostizieren. Das Gesamtsyndrom indessen dürfte nur selten vorliegen, insbesondere wegen der relativen Seltenheit hirnorganischer Veränderungen bei unserer Klientel. Im Ergebnis kommt es aber nicht auf das *vollständige* Vorliegen aller Symptome an; denn die Frage nach der geeigneten Therapie stellt sich auch dann schon, wenn nur mehrere der Kriterien vorhanden sind. Dann nämlich sind unsere überwiegend auf motivierte Suchtkranke ausgelegten Therapieeinrichtungen schnell überfordert.

Wie sollen wir also die Endzustände bei Drogenabhängigen versorgen? Wir haben gemeinsam mit Wanke (1976) darauf verwiesen, daß es eine Gruppe momentan nicht behandelbarer Abhängiger gibt, die primär verwahrt werden müssen, weil man zunächst abwarten muß, ob es zu einem Abklingen der organisch anmutenden Symptomatik kommt. Es ist auch an eine Gruppe von nicht motivierbaren Abhängigen zu denken, die ebenfalls in der Regel nur noch zu verwahren sind. Zu fordern ist deshalb neben der Einrichtung von Therapiestätten auch die Institutionalisierung von Einrichtungen eher verwahrenden Charakters; ein allgemeiner Therapieoptimismus ist nicht angebracht, denn wir müssen leider auch erkennen, daß es Fälle gibt, die zumindest zeitweise sich einer therapeutischen Beeinflussung sperren.

3.4 Psychosen bei Drogenkonsumenten

3.4.1 Zur Einteilung von Psychosen nach der psychiatrischen Krankheitslehre*)

Die psychiatrische Krankheitslehre hat Anfang des Jahrhunderts zwei wesentliche Ordnungsprinzipien entwickelt, die noch heute für die Systematik des Fachs von entscheidender Bedeutung sind. Es handelt sich dabei um die Zweiteilung der Gruppe der Psychosen anhand des Verlaufs in das Krankheitsbild der Dementia praecox (»früh auftretendes Irresein«) und in die Gruppe der phasisch verlaufenden manisch-depressiven Krankheiten durch Kraepelin. Die Gruppe der Dementia praecox nannte später E. Bleuler Gruppe der Schizophrenien. Diese Begriffsbildung hat sich bis heute gehalten. Ein anderes entscheidendes Ordnungsprinzip psychiatrischer Krankheiten führte K. Bonhoeffer ein, der die Psychosen in körperlich begründbare und in solche ohne faßbare körperliche Ursache einteilte. Letztere nennen wir noch heute endogene Psychosen.

Trotz vielfacher Impulse aus verschiedenen Richtungen ist die psychiatrische Krankheitslehre bis heute über die beiden genannten Ordnungsprinzipien nicht entscheidend hinausgekommen. Der Versuch, von der Existenz nur einer einzigen psychiatrischen Grundkrankheit (der sogenannten Einheitspsychose) auszugehen, den vor allem Rennert (zuletzt 1982)

*) Dieser Abschnitt folgt im wesentlichen den Ausführungen in: Täschner, K.-L., Rauschzustände, Intoxikationen und Psychosen bei Drogenkonsumenten, Nr. 5 der Schriftenreihe »Umfragen, Ergebnisse, Konzeptionen« der AGJ, Freiburg 1982

unternommen hat, hat sich für das Gesamtgebiet der Psychiatrie zwar als Anstoß, nicht aber als tragfähige neue Ordnungsgrundlage erwiesen. Auch die differenzierte Unterteilung der verschiedenen Gruppen psychiatrischer Krankheiten in eine Vielzahl von Untergruppen durch K. Leonhard (1968) hat sich in der Psychiatrie nicht durchsetzen können. Dies zeigt, daß die alte Einteilung durch Kraepelin und Bonhoeffer nur schwer zu ersetzen ist, sie scheint sich weiterhin zu bewähren.

Das Verdienst Bonhoeffers war es zu erkennen, daß auch sehr verschiedene Einwirkungen auf das Zentralnervensystem von außen nur relativ wenig unterschiedliche psychische Reaktionsformen hervorrufen. Bonhoeffer zeigte, daß nicht die Einwirkungen von außen die Gesetze des Krankheitsablaufs und der auftretenden Krankheitserscheinungen bestimmen, sondern daß es die auf die Einwirkung eigengesetzlich reagierenden Strukturen des Zentralnervensystems sind, die über Art, Auftreten und Dauer der entstehenden Psychosen entscheiden. Seine Lehre von den exogenen Reaktionstypen führte dazu, daß eine Reihe von Erkrankungen aus der großen Gruppe der endogenen Psychosen herausgenommen werden konnte. Dabei blieb entscheidendes Kriterium, daß eine identifizierbare Einwirkung von außen zum Ausbruch der Psychose geführt haben mußte. Kann ein solches Ereignis festgestellt werden, so nennt man das Ergebnis eine exogene Psychose. Hingegen spricht man von (endogenen) schizophrenen Psychosen, wenn kein solches Ereignis festgestellt werden kann. Diese Einteilung gilt – mit wenigen Abwandlungen – noch heute.

Eine solche, scheinbar undifferenzierte Art der Einteilung von Krankheiten muß auf Kritik stoßen. Die Beobachtung des Erscheinungsbildes exogener Psychosen im Vergleich zu endogenen führte dazu, daß man versuchte, typische exogene Symptome herauszufinden. Was aufgrund der Ursache verschieden sein sollte, das müßte doch eigentlich auch im Erscheinungsbild verschieden sein. So beobachtete man bei exogenen Psychosen Bewußtseinsstörungen, Erinnerungs- und Gedächtnisstörungen, spezielle Arten von Halluzinationen, die es bei der Schizophrenie nicht geben sollte. Auf diese Weise entstand die Illusion, man könne die exogenen Psychosen nicht nur von der Art ihrer Entstehung, sondern auch von ihrer Symptomatik her aus dem großen Kreis der endogenen Psychosen herauslösen. Dieser Versuch scheint aber inzwischen gescheitert zu sein.

Schon K. Schneider fand heraus, daß die Bewußtseinstrübung keinesfalls obligater Bestandteil exogener Psychosen ist, sondern daß diese Krankheiten auch ohne Bewußtseinstrübung verlaufen können. Umgekehrt beobachtete er, daß auch bei Schizophrenien, insbesondere bei der katatonen Form, Bewußtseinstrübungen auftreten können. L. Süllwold hat schließlich gezeigt, daß Gedächtnisstörungen bei der Schizophrenie durchaus häufig vorkommen können; man hatte ihnen früher offenbar nicht genug Aufmerksamkeit geschenkt. Die verschiedenen Formen von Halluzinationen sind bei der Schizophrenie zu beobachten, wenn auch selten. Hierzu ist freilich zu bemerken, daß auch bei organischen Psychosen etwa optische Halluzinationen oder solche taktiler Art eher selten sind.

Im Verlauf der Schizophrenieforschung ergaben sich weitere interessante Beobachtungen. So kamen einzelne Forscher zu dem Schluß, aus dem querschnitthaft erhobenen Befund könne bei einer Psychose kein sicherer Rückschluß auf die Art von deren Zustandekommen bzw. auf ihre Ursache gezogen werden

(Conrad). So ließen sich etwa die Katatonie und die Gehirnentzündung (Encephalitis) in ihrer Psychopathologie nicht immer von einander unterscheiden. Sie haben aber gleichwohl grundverschiedene Ursachen. Die progressive Paralyse kann mit der Manie verwechselt werden. Bei manchen Hirntumoren gibt es depressive Verstimmungen. Bei der Chorea Huntington (erblicher Veitstanz) gibt es typische paranoid-halluzinatorische Bilder, und beim Hirnabbau beobachten wir Zustände, die solchen ähneln, wie sie als sogenannter Scheinblödsinn (Pseudodemenz) gelegentlich zu beobachten sind. Diese Erfahrungen führten schließlich zu der Feststellung, daß das gesamte schizophrene Inventar auch bei körperlich begründbaren Psychosen vorhanden sein kann. Man muß danach von einer Großgruppe von Schizophrenien sprechen, unter denen sich auch sogenannte symptomatische Schizophrenien befinden. Von symptomatischen Schizophrenien sollte man dann sprechen, wenn das schizophrene Bild das Symptom einer dahinterliegenden organischen Grunderkrankung ist.

Diese Überlegungen sollen deutlich machen, daß wir in der Psychiatrie mit unseren Erwägungen zur Entstehung psychischer Krankheiten keinesfalls am Ende, sondern erst am Anfang sind. Die Dinge sind hier im Fluß. Wir wissen, daß wir nur über wenige sichere Erkenntnisse auf diesem Gebiet verfügen. Im Gegensatz allerdings zu Systembildungen, die aufgrund ihrer breitgefächerten hypothetischen Grundlagen für jede menschliche Regung eine Erklärung anbieten können, hält die klinische Psychiatrie an der erfahrungswissenschaftlichen Grundlage fest und verliert sich nicht im Deuten, Vermuten und Phantasieren. Das betrifft auch diejenige Gruppe von Krankheiten, mit denen wir uns hier besonders befassen wollen, nämlich die drogeninduzierten Psychosen.

Wir wollen in den folgenden Abschnitten auf die einzelnen Psychoseformen bei Haschischkonsum, bei LSD-Konsum, beim Konsum von Kokain, Weckmitteln und Opiaten eingehen und in einem letzten Abschnitt die therapeutischen Aspekte drogeninduzierter Psychosen besprechen.

3.4.2 Cannabispsychosen

Cannabispsychosen sind in besonderem Maße Gegenstand wissenschaftlicher Erforschung gewesen; in dieser Hinsicht sind sie nur mit den Weckmittelpsychosen zu vergleichen. Die wissenschaftliche Literatur ist umfangreich und läßt sich bis zu Beginn der 30er Jahre dieses Jahrhunderts zurückverfolgen. Stringaris (1933) teilte die Cannabispsychosen in zwei Gruppen ein, wobei er bereits ein noch heute gültiges Prinzip zu ihrer Differezierung verwendet: die *Verlaufsdauer.* Er unterschied mehr *akut* verlaufende, halluzinatorisch-delirante Psychosen von solchen, die einen eher *chronischen* Verlauf von monate- bis jahrelanger Dauer aufwiesen. Manche der akuten Formen erinnerten ihn an Schizophrenien. Aber auch die chronischen Psychosen zeigten eine deutliche schizophrenieähnliche Symptomatik. Stringaris bemerkte, daß chronische Cannabispsychosen von Schizophrenien nicht sicher zu unterscheiden sind.

Beobachtungen aus der Türkei (Gökay, 1937), aus Süd-Rußland (Skliar, 1934) und aus den USA (Bromberg, 1934) erfolgten ebenfalls in jener Zeit und deuteten in die Richtung, daß schizophrenieähnliche Psychosen unter den Cannabispsychosen besonders häufig sind. Dabei beobachteten die Wissenschaftler vor allem Störungen des Affekts, des Gedächtnisses und der Konzentrationsfähigkeit. Wahnsymptome, optische und akustische Halluzinationen beschrieb auch Stringaris in seiner Monographie zu diesem Thema (1939, 2. Auflage 1972). Er beobachtete einen unterschiedlichen Verlauf. Manche der Krankheitsbilder heilen offensichtlich ohne Defektbildung aus, andere verlaufen chronisch-progredient und führen zu nicht rückgängig zu machenden Veränderungen. Man könnte hier auch von Defektbildung sprechen.

Eine amerikanische Untersuchergruppe kommt in ihrem 1942 publizierten und seither immer wieder zitierten Aufsatz über die psychiatrischen Aspekte des Cannabiskonsums zu dem Schluß, eine charakteristische Haschischpsychose oder Marihuanapsychose existiere nicht (Allentuck u. Bowman). Andere Untersuchungen wurden im Rahmen der Erstellung des sogenannten La-Guardia-Berichts (1944) durchgeführt; dabei ergab sich, daß von 77 Probanden 9 psychotische Zeichen aufwiesen. Man sah es gleichwohl als unwahrscheinlich an, daß Marihuana überhaupt Psychosen hervorrufen könne. Vielmehr seien zusätzlich zur Psychoseerkrankung prädisponierende Faktoren erforderlich wie etwa eine instabile Persönlichkeitsstruktur oder andere allgemeine psychische Auffälligkeiten. Dies sind freilich sehr allgemeine Beschreibungen. Weiter betonen die Autoren, die beobachteten Psychosen seien inhaltlich sehr verschieden strukturiert, und man habe nicht zwei Formen identifizieren können, die identisch wären. Im Grunde gebe es eine Krankheitseinheit »Cannabispsychose« nicht. Statt dessen benutzte man das Wort für schizophrene, affektive, paranoide, organische, psychoneurotische und psychopathische Erkrankungen. Die Psychose dauere im übrigen nur kurz, manchmal Stunden, höchstens Wochen; und man könne sie durch einen Entzug des Marihuana zum Abklingen bringen.

Auf die Vielzahl neuerer Untersuchungen zu unserem Thema können wir hier nicht ausführlich eingehen.*) Wir wollen allerdings einige Arbeiten nennen, die in diesem Zusammenhang interessante Ergebnisse vermitteln.

Es ist hier zunächst auf die Untersuchung von Boroffka (1966) hinzuweisen, die auf Beobachtungen des Autors an einem großen Untersuchungsgut in einer Klinik in Nigeria beruht. Der Autor kommt zu dem Schluß, daß außer der chronischen Einnahme der Substanz auch ein dispositionelles Element vorhanden sein müsse, damit eine Cannabispsychose entstehen könne. Sowohl er als auch indische Untersucher (Chopra u. Smith, 1974) bezweifeln, daß es eine eigene Krankheitseinheit »Cannabispsychose« gibt.

Eine differenzierte Einteilung psychiatrischer Folgezustände nach Cannabiskonsum hat Keup (1976) versucht. Sie bezieht sich freilich nur auf 14 beobachtete Fälle. Im gleichen Jahr berichtete Vierth über Beobachtungen, die er anläßlich einer zweijährigen Tätigkeit in einem psychiatrischen Hospital in Marokko gewinnen konnte. Er sah bei Cannabiskonsumenten eine Vielzahl verschiedenartiger psychopathologischer Erscheinungsbilder. Darunter waren Erregungszustände, Zustandsbilder mit schwankender Bewußtseinslage und unscharfer Orientierung, aber auch Zustände, bei denen ein gestörter Gedankenablauf mit paranoiden Er-

*) Wir verweisen in diesem Zusammenhang auf die ausführliche Darstellung der Cannabispsychosen in: Täschner, K.-L.: Rausch und Psychose, Kohlhammer Verlag, Stuttgart 1980. Hier wird auch ein Überblick über die wesentlichen Literaturstellen gegeben.

lebnisproduktionen und Zeitgitterstörungen im Vordergrund standen. Bei Haschischeinnahmen, die chronisch über Jahre hinweg erfolgten, sah der Autor psychoorganische Dauerveränderungen. Er kommt zu dem Ergebnis, daß offensichtlich auch organische Psychosyndrome durch Dauerkonsum von Cannabis entstehen können.

Auch Tennant und Groesbeck (1972) beobachteten an 720 cannabiskonsumierenden amerikanischen Soldaten in der Bundesrepublik deren Psychophatologie. Bei 112 Patienten waren schizophrene Symptome zu beobachten, und zwar vor allem in der Gruppe derjenigen Patienten, die 25 bis 200 Gramm Cannabis pro Monat, also eine relativ hohe Dosis konsumierten. Parallel zur Zunahme des Drogengebrauchs unter den amerikanischen Soldaten in der Bundesrepublik nahm auch die Zahl der schizophrenen Erkrankungen bei dieser Gruppe zu, so daß man hier wohl von einem Zusammenhang sprechen muß. Allerdings mag dieser wohl nicht allein nur auf das Konto des Cannabis gehen, denn meist wurden von den Probanden mehrere Substanzen nebeneinander oder zumindest alternierend konsumiert.

Der vierte Bericht an den Amerikanischen Kongreß über Marihuana und Gesundheit (1974), der vom amerikanischen Gesundheitsministerium herausgegeben wurde, geht – im Gegensatz zu seinen Nachfolgern (5.–7. Bericht, zuletzt 1980 erschienen) – breit auf die Beziehung zwischen Cannabiskonsum und psychopathologischen Veränderungen ein. Er weist auf Divergenzen in den einzelnen Untersuchungen hin. Insbesondere verweist er darauf, daß vielfach auch schon vor Beginn des Marihuana-Konsums psychiatrische Störungen bei manchen Probanden bestanden haben könnten. Danach handelt es sich bei chronischen Marihuana-Konsumenten um eine Gruppe mit primärer Gefährdung, die ein hohes Risiko für das Auftreten psychiatrischer Erkrankungen schon von vornherein in sich trägt (Halikas u. Goodwin, 1972).

Eigene Untersuchungen an 107 cannabiskonsumierenden Patienten, die psychotische Störungen aufwiesen, ergaben u. a., daß Cannabiskonsum *allein* relativ selten vorkommt (Täschner, 1983). Meist wurden andere Substanzen zusätzlich konsumiert, insbesondere Halluzinogene, Weck- und Schlafmittel. Vergleicht man Patienten mit der Kombination Psychose und Cannabiskonsum mit solchen, die andere Stoffe konsumiert hatten und psychotisch geworden waren, so zeigt sich, daß gravierende Unterschiede zwischen den einzelnen Psychosen nicht bestehen. Ausschließlich bei Cannabispsychosen kommt es zum Symptom Antriebsarmut. Dieser Befund ist wichtig, weil es sich um eine Hauptwirkung der Rauschdroge Cannabis handelt. Orientierungsstörungen, Gedächtnisstörungen, aber auch Störungen der Aufmerksamkeit, des Affekts, des Sozialverhaltens, ferner Wahnsymptome und Halluzinationen waren auch bei psychotischen Patienten zu beobachten, die andere Stoffe als Cannabis konsumiert hatten.

Vergleicht man die Symptomatik der Psychosen bei Cannabiskonsum mit der Schizophrener, die keine Rauschdrogen konsumiert hatten, so ergibt sich ebenfalls ein hohes Maß an Übereinstimmung. Abweichungen von der Schizophrenie haben die cannabisinduzierten Psychosen mit anderen drogeninduzierten Psychosen gemeinsam. Das Ergebnis unserer Untersuchungen besteht hinsichtlich Cannabispsychosen darin, daß Haschisch offensichtlich keine sicher als spezifisch anzusehenden Psychosen hervorruft und daß es von daher fraglich ist, ob eine eigene Krankheitseinheit »Cannabispsycho-

se« überhaupt aufrecht erhalten werden kann. Hier müssen Untersuchungen an »reinen« Cannabiskonsumenten folgen, die ihrerseits psychotische Zeichen aufweisen.
Zusammenfassend ist festzustellen, daß sich Cannabispsychosen nur geringfügig von der gesamten Gruppe anderer drogeninduzierter Psychosen unterscheiden. Die Unterschiede zur Schizophrenie haben sie weitgehend mit den restlichen drogeninduzierten Psychosen gemeinsam. Es gibt offensichtlich kein typisches Syndrom »Cannabispsychose«, sondern nur weitgehende Gemeinsamkeiten mit denjenigen Symptomen, die wir auch bei anderen drogeninduzierten Psychosen und bei der Schizophrenie finden. Vieles spricht dafür, daß es sich bei den sogenannten Cannabispsychosen tatsächlich um ausgelöste Schizophrenien handelt. Diese Frage wird man aber erst klären können, wenn genaue Verlaufsuntersuchungen vorliegen.

3.4.3 LSD-Psychosen

Beobachtungen an der Frankfurter Universitäts-Klinik haben dazu geführt, bei den LSD-Psychosen von einer Kerngruppe die sogenannten Nachräusche *(flash backs)* und die mehr exogen gefärbten, akut verlaufenden Zustandsbilder abzutrennen, die den sogenannten Intoxikationspsychosen ähnlich sind.
Bei der Kerngruppe der LSD-induzierten Psychosen fanden wir ängstliche Verstimmungen, innere Unruhe, Gefühlsstörungen, Wahnsymptome und eine Vielzahl von Denkstörungen.
Bei den mehr akut verlaufenden LSD-Psychosen ist ein Vergleich mit den Weckmittelpsychosen (vgl. S. 133–134) durchaus erlaubt. Die Symptomatik weist hier starke Ähnlichkeiten auf. Die meisten dieser Bilder gehen mit Verwirrtheit, Verworrenheit der Denkabläufe und mit delirant anmutenden motorischen Unruheerscheinungen einher. Hinzu kommen Angst- und Panikerlebnisse bei zum Teil vollständiger Verkennung der realen Situation. Auch optische und/oder akustische Halluzinationen werden bei diesen Psychoseformen beobachtet. Halluzinationen der Körpersphäre, wenn auch nicht taktiler Art, treten ebenfalls auf. Die Dauer des Spontanverlaufs ist schwer zu beurteilen, da meist sofort therapeutische Maßnahmen einsetzen. Diese folgen den Richtlinien der Behandlung endogenpsychotischer Zustandsbilder und sind neuroleptisch ausgerichtet. Solche Psychosen können innerhalb von Tagen bis Wochen zur Ruhe kommen (vgl. S. 134).
Psychosen bei LSD-Konsumenten wurden auch von Burchard (1971) und Remschmidt (1973) beobachtet. Burchard sah acht Fälle von Halluzinogenkonsumenten, die wegen psychiatrischer Komplikationen in der Klinik aufgenommen werden mußten. Darunter befanden sich fünf paranoid-halluzinatorische Psychosen mit exogenen Beimengungen und drei mehr schizophrenieforme Bilder. Remschmidt sah eine Mischung paranoid-halluzinatorischer mit deliranten Symptomen, in einem Fall führte ein monatelanger Verlauf in ein globales Defektbild.
Unsere eigenen Beobachtungen deuten darauf hin, daß wir bei LSD-Konsumenten vor allem mit solchen Psychoseformen rechnen müssen, die teils den Intoxikationspsychosen mit kurzem Verlauf, teils mehr den schizophrenieähnlichen Bildern zuzurechnen sind. Es ist auch in diesen Fällen immer schwer zu beurteilen, ob sich unter der Symptomatik nicht endogene Psychosen verbergen, in deren Anlaufstadium der Drogenkonsum als komplettierender Faktor hinzutrat.

3.4.4 Kokainpsychosen

Hier stützen wir uns neben wenigen eigenen Beobachtungen vor allem auf die Literatur der 20er Jahre (Joel und Fränkel, 1924; Maier, 1926). Psychosen bei Kokainkonsumenten wurden schon 1887 durch Thomsen an der Berliner Charité beschrieben. Es handelt sich dabei um eine der ersten Beschreibungen, die symptomatische Psychosen bei Rauschdrogenkonsum zum Gegenstand haben. Der Autor beobachtete vor allem paranoide Erlebnisveränderungen, Zwangsideen und Zwangshandlungen bei seinen Patienten. Außerdem sah er akustische Halluzinationen, Angstzustände und sexuelle Auffälligkeiten in Gestalt homophiler Fehlhaltungen und perverser sexueller Phantasien. Er beschreibt Mikrohalluzinationen, die später auch Bonhoeffer als typisch bezeichnete. Insbesondere kleine Lebewesen, z. B. Insekten, aber auch Schlangen, Frösche und andere Tiere wurden von den Patienten als in oder unter der Haut befindlich halluziniert. Diese Erlebnisse sind für die Betroffenen von außerordentlichem Realitätsgehalt und so unangenehm und quälend, daß es vielfach zu Kratzeffekten der Haut kommt. Joel und Fränkel haben in ihrer ausführlichen Darstellung der Kokainabhängigkeit bereits 1924 darauf hingewiesen, daß neben den Erlebnisstörungen auch häufig ineinander übergehende optische und taktile Halluzinationen auftreten, so daß die Patienten die von ihnen wahrgenommenen Kleinlebewesen nicht nur fühlen, sondern sogar sehen (*Synästhesien*). Hier bestehen Berührungspunkte der kokaininduzierten Psychosen mit anderen symptomatischen Psychosen, etwa dem Alkoholdelir. Es sind aber auch Ähnlichkeiten mit dem Meskalinrausch unverkennbar. Joel und Fränkel wiesen darauf hin, daß insbesondere der paranoid-halluzinatorische Charakter dieser Psychosen ein fester Bestandteil aller symptomatischen Psychosen sei, die auf Intoxikationen zurückzuführen sind.
Unsere in den letzten Jahren gemachten Erfahrungen mit Kokainkonsumenten, meist Polytoxikomanen, haben uns zu keinen Erkenntnissen geführt, die über die Einteilungsversuche hinausführen könnten, die uns nicht bereits von den aufgeführten Autoren bekannt sind. Es scheint sich aber zu bestätigen, daß es sich beim Kokain wie bei einigen anderen zentralwirksamen Substanzen um ein Rauschmittel handelt, das offensichtlich eine hohe psychoseauslösende Potenz besitzt.

3.4.5 Psychosen bei Weckmittelkonsumenten

Die Psychosen bei Weckmittelkonsumenten können verschiedene Bilder zeigen. Wir unterscheiden ängstlich gefärbte paranoid-halluzinatorische Psychosen von depressiv-zwanghaft gefärbten Psychosen mit Verstimmungszuständen. Daneben gibt es ein sogenanntes paranoid-mikrohalluzinatorisches Syndrom, bei welchem neben der paranoiden Erlebnisumformung vor allem die Halluzinationen von Kleinlebewesen bzw. von kleinen Objekten auf der Haut (also im Bereich des Tastsinns) auftritt. Bei den Mikrohalluzinationen steht die Wahrnehmung kleiner toter Objekte (Kristalle, Splitter, Fädchen) neben der Wahrnehmung kleiner belebter Objekte (Milben, Läuse, Würmer) im Vordergrund des Erlebens. Diese Wahrnehmungen sind in paranoide Erlebnisumformungen eingebettet, wobei sich die Patienten z. B. verfolgt fühlen können. Das Krankheitsbild klingt bei Abstinenz innerhalb von wenigen Wochen ab.

Bewußtseinsstörungen gehören offensichtlich nicht zur Symptomatik dieser Psychosen. Hingegen sind Denkstörungen typisch für diese Psychoseform. Hinzu kommen Wahn- und Depersonalisationserlebnisse. Angst und depressive Verstimmung können das Bild abrunden. Es bietet sich an, mit Steinbrecher (1975) die Psychosen bei Weckmittelkonsum nach ihrem Verlauf einzuteilen. Danach würden wir *akut* verlaufende Psychosen mit Unruhe, Beziehungs- und Beeinträchtigungsideen und akustischen Halluzinationen von *subakut* verlaufenden Formen unterscheiden, bei denen die Sinnestäuschungen und Wahnerlebnisse einige Zeit bestehen bleiben. Darüber hinaus existieren mehr *chronisch* verlaufende Psychoseformen, bei denen wiederum Denkstörungen, aber auch Wahnerlebnisse vielfach zu einem chronischen Defektbild überleiten. Gerade bei den Psychosen bei Weckmittelkonsum ist aufgrund der Symptomatik des Querschnittsbildes die Nähe zur Schizophrenie unverkennbar.

3.4.6 Psychosen bei Opiatkonsumenten

Psychosen bei Opiatkonsum oder Opiatabhängigkeit scheinen selten zu sein. Nach unserer Erfahrung kommen solche Psychosen nur in vereinzelten Fällen vor, bei denen nicht einmal sicher zu sagen ist, ob die Psychose dem Konsum der genannten Substanzen vorangegangen ist – wenn auch nur vielleicht in einer latenten, kaum bemerkbaren Form. Auch in der neueren Literatur finden wir keine Schilderungen morphinspezifischer Psychosen bei Drogenkonsumenten. Während bei den Halluzinogenen von vornherein der Verdacht bestand, daß sie Psychosen auslösen, was sich überwiegend auch bestätigt hat, hat ein solcher Verdacht bei den Opiaten nicht bestanden und sich auch nicht bestätigt. Auf diesem Gebiet wird noch intensive Forschungsarbeit erforderlich sein, um die Verhältnisse endgültig zu klären. Aus der Klinik ist jedenfalls die Erfahrung mitzuteilen, daß bei Patienten mit der Kombination Opiatkonsum/Psychose in aller Regel der Opiatkonsum sporadisch bleibt bzw. Symptom der schon länger bestehenden Psychose zu sein scheint. Kleiner (1983) berichtet im Gegensatz hierzu allerdings über den Fall eines opiatsüchtigen Abhängigen, bei dem er im Laufe einiger Jahre mindestens 6 psychotische Episoden beobachtete, ohne daß ein längerdauernder schizophrener Verlauf zustande kam.

3.4.7 Behandlung von Psychosen bei Drogenkonsumenten

Die Behandlung der geschilderten drogeninduzierten Psychosen richtet sich nach den Grundsätzen der Behandlung schizophrener Erkrankungen. Zunächst kommt es darauf an, bei den Patienten Drogenfreiheit herbeizuführen. Dies kann in aller Regel nur dadurch geschehen, daß die Patienten zunächst auf einer geschlossenen psychiatrischen Station behandelt werden. Danach folgt eine Phase, in der bei bestehender Drogenfreiheit das psychopathologische Bild, das nun zurückbleibt, am zuverlässigsten zu beurteilen ist. Dieses psychopathologische Bild und der vorangegangene Verlauf sind die wesentlichen Kriterien, an denen sich die einzuleitende Therapie zu orientieren hat. Während bis zu diesem Zeitpunkt nur Medikamente in Betracht kommen, die im Falle körperlicher Abhängigkeit zu erwartende Entzugserscheinungen dämpfen (z. B. Doxepin, Clonidin), geht dem Beginn der Behandlung der Psychose im engeren Sinn ein kurzes Intervall voraus, in dem keine Medikamente anzuwenden sind. Die nun einzuleitende Therapie wird in der Regel eine neuroleptische Therapie sein, d. h. wir verwenden jetzt solche Medikamente, die geeignet sind, die meist paranoid-halluzinatorische Symptomatik bis zur Symptomfreiheit zu beeinflussen. Hier kommen Medikamente in Betracht wie Haldol, Glianimon, Neurocil, Atosil, Melleril, Truxal, Orap, Dapotum, Fluanxol, Lyogen. Daneben existiert noch eine Vielzahl andere Medikamente, die ebenfalls grundsätzlich in Betracht kommen.

Unter einer solchen Therapie, die im Laufe der Behandlung durch Einzel- und Gruppengespräche, Beschäftigungs- und Arbeitstherapie, aber auch Einzel- und Gruppengymnastik und weitere Aktivitäten zu ergänzen ist, kommt es nach Wochen, manchmal auch nach Monaten zu einer Remission. Die Patienten werden vielfach zwar nicht ganz symptomfrei, aber das Gewicht, der Stellenwert der psychopathologischen Symptomatik tritt in den Hintergrund.

Was zurückbleibt ist vielfach eine Symptomatik, die man früher als Defektbildung bezeichnet hat. Ein gewisser Antriebsverlust, eine Antriebsschwäche, eine Neigung zu passivem, teilnahmslosem Verhalten, Interesselosigkeit, mangelnde Flexibilität und Vitalität sind Kennzeichen dieser Residualsymptomatik. Sie kann durch kombinierte Beeinflussung von medikamentöser mit komplementärer Therapie angegangen werden. Der Schwerpunkt liegt hier sicherlich auf einer rehabilitierenden Vorgehensweise.

Es ist klar, daß wir die Gruppe, der in unserem Zusammenhang die Aufmerksamkeit gilt, nicht im Rahmen einer üblichen Langzeittherapie optimal fördern können. Hier wird deshalb die Notwendigkeit deutlich, spezielle Einrichtungen für diesen nicht kleinen Patientenkreis zu schaffen. In Frankfurt existiert bereits eine solche Einrichtung; die Therapiekette Jugendberatung/Suchtberatung verfügt über das sogenannte Eschenbachhaus, in dem eine Gruppe von etwa 15 Patienten mit der genannten kombinierten Diagnose (Drogenkonsum/Psychose) rehabilitativ behandelt wird. Diese Einrichtung ist zwischen Beratung und Klinik einerseits und Wohngemeinschaft/ambulante Therapie andererseits eingebunden. Hier hat man eine therapeutische Lücke geschlossen, die uns bisher in besonderem Maße belastet hatte.

3.5 Pharmakotherapie bei Suchtkranken

3.5.1 Methadonprogramme und Behandlung mit anderen opiatähnlichen Substanzen (Agonisten)

Die üblicherweise angewandten Formen der Behandlung von Opiatsüchtigen orientieren sich am Modell der klassischen Entziehungs- und Entwöhnungsbehandlung, also an den sogenannten drogenfreien Programmen.

Ausgangspunkt für die Überlegung, zu den bisher praktizierten drogenfreien Programmen eine Alternative zu schaffen, war die bereits in den 60er Jahren in den USA katastrophale Situation der Heroinsüchtigen, die vor allem durch eine weit verbreitete und ständig ausufernde Beschaffungskriminalität gekennzeichnet war. Auf dem Hintergrund der wenigen vorhandenen Spezialeinrichtungen für Heroinsüchtige erhob sich der Ruf nach durchgreifenden Maßnahmen in der Öffentlichkeit; und es war in erster Linie ein Politikum, daß man nach Programmen rief, die es erlaubten, eine Vielzahl von

Heroinsüchtigen bei relativ geringem Aufwand »aufzunehmen«. Dabei war weniger Effizienz gefragt als vielmehr die Beruhigung des öffentlichen Rufs nach Beseitigung des drängenden Heroinproblems auf den Straßen der amerikanischen Großstädte.

Eine weitere Ausgangsüberlegung beruhte auf ökonomischen Faktoren: Ein Heroinsüchtiger richtet jährlich durch seine Beschaffungskriminalität nach amerikanischen Erhebungen einen Schaden von etwa 30 000 Dollar an. Demgegenüber kostet die Stützung des gleichen Abhängigen mit Methadon aus öffentlicher Quelle nur etwa 1500 Dollar im Jahr. Selbst ein Gefängnisaufenthalt kostet nur das Dreifache dieser Summe. Unter diesen Aspekten konnten die Pragmatiker unter den Drogentherapeuten den Politikern klarmachen, daß es wirtschaftlich sei, Methadonprogramme einzuführen. Zusätzlich führte Dole an: 80 % von 2000 in einem Forschungsprogramm mit Methadon behandelten Fälle seien sozial reintegriert worden. Es ist allerdings darauf zu verweisen, daß die Schwundproblematik unberücksichtigt blieb, daß also nur diejenigen Patienten gerechnet wurden, die während längerer Verlaufsdauer im Programm blieben, während diejenigen keine Berücksichtigung fanden, die das Programm verließen und in den meisten Fällen rückfällig geworden waren.

Beim Methadon handelt es sich um eine dem Morphin eng verwandte Substanz, deren wesentlicher Bestandteil das sogenannte quartäre, asymmetrische C-Atom ist. Durch dieses asymmetrische C-Atom tritt eine ausgeprägte Wirkungsspezifität der optischen Antipoden*) auf. Auch von der 1941 durch Bockmühl und Erhart gefundenen Substanz 2-Dimethylamino-4,4-diphenylheptanon-(5)-hydrochlorid (Methadon, Hoechst 10820) existieren drei Formen: die linksdrehende (l-Methadon), die rechtsdrehende (d-Methadon) und das Razemat (d,l-Methadon). Dabei handelt es sich bei der Bezeichnung Methadon um den Freinamen, bei der Bezeichnung Methadone dagegen entweder um die englisch-amerikanische Version des Freinamens oder um den amerikanische Präparatenamen für das Razemat. In der Bundesrepublik ist hingegen nur die linksdrehende Form (l-Methadon) unter dem Präparatenamen Polamidon auf dem Markt, in Verbindung mit der atropinartig wirkenden Substanz Diphenyl-4-piperidino-butyramid-hydrochlorid auch als Polamidon C. Seine Indikation sind wie beim Morphin stärkste Schmerzen, die auf andere Weise nicht beherrscht werden können, z. B. bei Tumoren, Nervenentzündungen, Gelenkentzündungen, Angina pectoris und Starrkrampf (Hellwig, 1973). Es ist in Form von Tropfen (1 ml à 5 mg Polamidon), Tabletten (1 Tablette à 2,5 mg), Zäpfchen (1 Zäpfchen à 5 mg) und Ampullen (1 ml à 2,5 mg), ferner in Stechflaschen zu 10 ml (entspricht 25 mg) im Handel. Es wird je nach Zubereitungsform peroral, rektal oder subcutan bzw. auch intravenös verabreicht.

Die Verbindungen der Methadonklasse leiten sich vom Diphenylazetonitril ab. Von diesem existierten bis 1954 bereits etwa 200 Abkömmlinge (Schaumann, 1957). Darunter sind Stoffe wie das Propoxyphen (Darvon), Normethadon (Ticarda), Dipipanon (Diconal), Dextromoramid (Jetrium, Palfium), Isoaminil (Peracon), Isomethadon, das in der Bundesrepublik nicht im Handel ist, und Ace-

---

*) Von optischen Antipoden spricht man bei spiegelbildlich isomeren Substanzen. Spiegelbildisomerie bezieht sich auf die Eigenschaft einer chemischen Substanz, in gelöstem Zustand die Ebene des einfallenden polarisierten Lichts abzulenken: Spiegelbildisomere wirken entweder rechts- oder linksdrehend. Spiegelbildisomere Stoffe stimmen in den meisten chemischen und physikalischen Eigenschaften überein. Solche optischen Antipoden gehören entweder der d- oder der l-Reihe an, was über die Richtung des Drehungssinnes noch nichts aussagt, in dem das polarisierte Licht abgelenkt wird. Bei organisch-chemischen Synthesen entsteht meist eine Mischung beider Isomeren. Dieses Gemisch aus in der Regel gleichen Teilen der d- und l-Form der Substanz bezeichnet man als Razemat.

tylmetadol. Alle diese Substanzen sind – wie das Methadon– als suchterzeugend anzusehen.
d,l-Methadon ist bei der Maus per os drei- bis fünfmal weniger wirksam als bei subcutaner Injektion. Gegenüber dem Morphin ist es kürzer wirksam. Die analgetische Wirkungsstärke ist beim Menschen etwa ein- bis zweimal so hoch wie die des Morphins. Die des l-Methadons ist 1,7- bis 2,5mal so hoch wie die des d,l-Methadons und bei verschiedenen Tierarten 4- bis 82mal so hoch wie die des d-Methadons. Die Toxizität des l-Methadons ist im Tierversuch mindestens doppelt so hoch wie die des d-Methadons; die des d,l-Methadons liegt bei verschiedenen Tierarten um das 5- bis 20fache höher als beim Morphin. Die Wirkung auf die Abstinenzerscheinungen, die durch Absetzen einer Erhaltungsdosis von Morphin provoziert werden, hält viermal länger an als beim Morphin, und zwar sowohl beim l- als auch beim d,l-Methadon.
Bei allen Vergleichen, die zwischen der Methadonbehandlung Heroinabhängiger in den USA und der Gabe von Polamidon an Drogenabhängige in der Bundesrepublik gezogen werden, ist zu berücksichtigen, daß es sich in den USA um das schwächer wirkende Razemat d,l-Methadon und bei uns um das relativ stark wirkende l-Methadon handelt.
Über erste Fälle von Methadonabhängigkeit wurde bereits früh berichtet. So wies schon Isbell Anfang der 50er Jahre darauf hin, daß die Methadonsucht ein ernstes öffentliches Gesundheitsproblem werden könne, wenn Herstellung und Gebrauch des Mittels nicht bald unter Kontrolle genommen würden. Sattes berichtete 1951 über eine Reihe von Fällen von Polamidonsucht, die ab 1950 erstmals in der deutschsprachigen Literatur auftauchten, nachdem das Mittel von der Firma Hoechst entwickelt und Ende der 40er Jahre auf den Markt gebracht worden war.
Zur Frage der ambulanten Entziehung von Morphinisten durch Polamidon äußerte sich Sattes schon damals eindeutig ablehnend und meinte, hier werde lediglich das eine Suchtmittel durch ein anderes ersetzt. Es handele sich grundsätzlich um ein euphorisierendes, abhängigmachendes Mittel, man könne dann die Patienten auch beim Morphin belassen. Sattes sprach sich für die Unterstellung der Substanz unter das Betäubungsmittelgesetz aus. 1950 führte er aus:

»Insbesondere muß es als eine Gefahr erscheinen, vorbelasteten Süchtigen mit Polamidon als Morphinersatz unter die Arme greifen zu wollen. Wenn bei einem Morphinisten durch die Substitution mit Polamidon seine Entziehung erleichtert wird, so ist er ja erstens nicht von seiner Sucht geheilt, aber er ist zweitens mit einem Mittel bekannt geworden, von dem er weiß, daß es ihm die Mühsal der Entziehung abnimmt und zu dem er vielleicht drittens seine Zuflucht in Zukunft überhaupt nimmt.«

Die neuere amerikanische Entwicklung, auf die wir noch eingehen wollen, scheint diese Voraussage in vollem Umfange zu bestätigen.
Polamidon stand bereits 1954 an zweiter Stelle (17,4 %) in der Verbreitung von Suchtstoffen in Deutschland, und zwar hinter dem Morphin (21,4 %). Es zählt noch heute zu den am häufigsten mißbrauchten Opiaten bei jugendlichen Drogenabhängigen, wenn auch seine Bedeutung auf der Drogenszene vielleicht nicht mehr so groß sein mag wie das früher der Fall gewesen ist.
In den vor allem in den USA und Großbritannien, aber auch anderen westlichen Ländern etablierten Methadonstützprogrammen waren ursprünglich drei Schritte vorgesehen:

- *»Entgiftung«* durch Abdeckung der Abstinenzsymptome des Heroins mittels Einstellung auf

Methadon (es handelt sich also nicht um eine echte Entgiftung, sondern um den Ersatz eines Suchtstoffes durch einen anderen);
- *»Erhaltungsphase«*, die Jahre dauern kann und während der kontrolliert Methadon an die Abhängigen ausgegeben wird;
- *eine Phase des »Ausschleichens« bis hin zur Abstinenz* (es handelt sich um die eigentlich problematische Phase, die das zentrale therapeutische Problem darstellen dürfte).

Von den bekannten Programmen ist bisher über die zweite Stufe hinaus keines fortgeführt worden, d. h. daß es sich bei der angewendeten Methode eindeutig um die Dauerverabreichung eines Betäubungsmittels handelt. Inzwischen sind nicht zuletzt in den USA zahlreiche Erfahrungen mit der neuen Substitutionstherapie gemacht worden, die den Optimismus weitgehend dämpfen müssen, der mit der Anwendung der Substanz ursprünglich verbunden war. Heute wird auch in der amerikanischen Ärzteschaft erwogen, diese Methode wieder zu verlassen.

Streng zu unterscheiden ist von den Stützprogrammen (Substitutionstherapie, maintenance-program) die Entziehungsbehandlung (»Detoxifikation«) durch vorübergehende Gabe von Methadon. Hier liegen zwei völlig verschiedene Zielsetzungen vor: Im ersten Falle geht es um die Dauerverabreichung des Suchtstoffs, im zweiten Fall wird Abstinenz angestrebt. Vor allem bei der Behandlung von opiatsüchtigen Neugeborenen, bei denen die Mütter die Opiatsucht auf die Neugeborenen übertragen haben, spielt Methadon als »Entgiftungsmedikament« eine wichtige Rolle (vgl. S. 80). Darüber hinaus ist es aber zur Entgiftung weitgehend entbehrlich.

In den *Methadonstützprogrammen* wird
- die Substanz oral gegeben.
- Die Einnahme der Substanz wird streng kontrolliert, d. h. sie ist unter den Augen des Therapeuten zu schlucken.
- Der Patient ist laufender Kontrolle unterzogen, ob er andere Stoffe nebenher konsumiert. Dies geschieht durch Urinkontrollen.
- Der Patient wird laufend kontrolliert, ob er andere Stoffe bei sich führt.
- Dem Patienten wird kein Betäubungsmittel mitgegeben, insbesondere auch kein Rezept ausgehändigt.
- Methadonprogramme schließen das Gebrauchsmuster des Injizierens aus. Die Einhaltung dieser Maßnahme wird anhand körperlicher Untersuchungen kontrolliert. Ferner werden
- nur Heroinsüchtige behandelt, nicht Mehrfachabhängige (Polytoxikomane) und
- in manchen Programmen nur über 21jährige, in anderen nur über 18jährige Patienten substituiert.

Die Ergebnisse der bisher praktizierten Methadonprogramme in den Vereinigten Staaten und England sind unterschiedlich, durchweg aber als unbefriedigend zu bezeichnen. Als Entzugsprogramme sind sie sicherlich problematisch. Eine Reihe scheinbarer Erfolge erklärt sich teilweise aus statistischen Fehlern. Wenn man beispielsweise unterschiedlich lange Zeiträume vor der Gabe von Methadon und nach seiner Gabe im Hinblick auf die Zahl der Verurteilungen miteinander vergleicht, so muß man zwangsläufig zu falschen Ergebnissen kommen, da bei gleichbleibender krimineller Energie in einem längeren Zeitraum mit mehr Kriminalität zu rechnen ist als in einem kürzeren (Maddux u. Bowden, 1972; Bowden, 1978).

Die unterschiedlichen Methadonprogramme sind z. T. auch nicht miteinander zu vergleichen. Sie unterscheiden sich in wesentlichen Punkten, u. a. in den Aufnahme- und Entlassungskriterien. Der Verbleib in einem Methadonprogramm ist kein geeignetes Erfolgskriterium. Auch ein im Programm Gebesserter kann die »Therapie« abbrechen. Weiterhin gibt es keine Vergleichsuntersuchungen zwischen Methadonprogrammen und drogenfreien Programmen in ein und derselben Region. Ohne die Kenntnis der entsprechenden Alternativen zu einem Methadonprogramm sind jedoch dessen Erfolge nicht sicher zu beurteilen. Hinzu kommt, daß gerade die Selektionsfaktoren bezüglich der Zugangskriterien zu einem Programm nicht immer offengelegt werden, so daß auch von hier eine Beurteilung der eingetretenen Effekte schwierig ist.

Ergebnisse und Beurteilung von Methadonprogrammen

In einer umfassenden Arbeit hat Krauthan (1980) die Vor- und Nachteile von Methadonprogrammen zusammengestellt. Als wesentlichen Nachteil solcher Programme nennt er die Vielzahl körperlicher und psychischer Nebenwirkungen bei der Verabreichung des Methadons. Er führt sedierende Wirkungen, Wahrnehmungsstörungen, Reaktionsstörungen, Schwindel und Sehstörungen, Reduktion der motorischen Aktivität, Halluzinationen, Schlafstörungen, Menstruationsstörungen, vegetative Störungen, Beinödeme bis hin zur Gefahr tödlicher Darmverschlüsse auf. Die Neugeborenen von Müttern aus Methadonprogrammen sind genau so häufig untergewichtig wie die heroinabhängigen Mütter. Sie zeigen zehnmal häufiger Krampfanfälle als Neugeborene abstinenter Mütter. Behandlungsbedürftige sexuelle Störungen sind an der Tagesordnung.
Die Zahl der Todesfälle in Methadonprogrammen betrug in New York 1970 1,3 %, das entspricht der Todesrate unbehandelter Heroinsüchtiger (Gearing, 1970; Cadden, 1975). 1973 gab es in New York mehr Methadontote als Herointote. Abbrecher aus Methadonprogrammen weisen eine Todesrate von 10 % auf (Cadden, 1975). Insgesamt sind damit die Methadonprogramme mit einem hohen Risiko behaftet.
Ein dritter Einwand gegen die Programme besteht darin, daß Methadon ein stark abhängigkeitserzeugendes Mittel ist, das zu ausgeprägter Toleranzentwicklung führt. Der Methadonentzug ist oft schwieriger und komplikationsreicher als ein Heroinentzug. In New York konnten innerhalb von 19 Jahren nur 15 % der Methadonklienten entgiftet werden (Cushman, 1977).
Hinzu kommt schließlich, daß Methadon illegal konsumiert wird; die Methadonprogramme sind offenbar durchlässig, der schwarze Markt wird mit einem weiteren Suchtstoff beliefert. Viele Abhängige, die in Methadonprogramme kamen, hatten bereits zuvor Methadon illegal konsumiert.
Als Einwände gegen die Einführung von Methadonprogrammen in der Bundesrepublik führt Krauthan an, daß die Programme hohe Kosten verursachen, organisatorische und rechtliche Probleme herbeiführen (was geschieht, wenn ein Methadonklient verreist, wie erhält er sein Methadon?), daß Datenschutzprobleme entstehen, und daß schließlich ein erheblicher Verwaltungsaufwand für die reibungslose Durchführung erforderlich wäre.
Die Hauptbedenken sind allerdings therapeutischer und gesundheitspolitischer Natur. Zunächst muß bedacht werden, daß wir in der Bundesrepublik nur einen zahlenmäßig geringen Anteil reiner Heroinsüchtiger besitzen, das Gros der Abhängigen ist polytoxikoman. Von daher kommt nur eine relativ kleine Gruppe von Patienten für Methadonprogramme in Betracht, wobei zusätzlich noch berücksichtigt werden muß, daß gerade in den USA vorwiegend solche Klienten in den Programmen sind, die es bei uns praktisch

nicht gibt (hier unbekannte rassische bzw. sozio-ökonomische Auslesefaktoren). Amerikanische Heroinabhängige, die der deutschen Klientel vergleichbar wären, bevorzugen dagegen drogenfreie Therapieprogramme. Es muß deshalb die Frage aufkommen, ob mit der Bereitstellung von Methadonprogrammen in der Bundesrepbulik überhaupt eine zusätzliche Klientel erreicht werden kann.

Therapeutische Bedenken müssen auch deswegen aufkommen, weil in den Methadonprogrammen die Klienten in einer Konsumhaltung bestätigt werden, die aus der täglichen Versorgung mit dem benötigten Suchtstoff resultiert. Der Leidensdruck wird vermindert. Eine Auseinandersetzung mit Problemen des Alltags ist nicht erforderlich. Eine positive soziale oder persönliche Entwicklung ist von daher nicht zu erwarten. Die zahlreichen persönlichen Konfliktlagen, in denen sich Drogenabhängige befinden, können ferner nicht dadurch gelöst werden, daß eine illegale Droge durch eine legale ersetzt wird. Eine zeitlich befristete Verabreichung von Methadon ist zum Aufbau sozialer Stabilität weitgehend ungeeignet. Die passive Versorgungseinstellung Drogenabhängiger wird in eklatanter Weise gefördert. Eigene Aktivitäten werden überflüssig, eine aktive Auseinandersetzung mit der Umwelt bleibt aus.

Hinzu kommen Bedenken gesundheitspolitischer Art, unter denen als erstes zu nennen ist, daß die Attraktivität drogenfreier Programme vermindert werden muß, wenn zugleich Stützprogramme angeboten werden, die insgesamt natürlich viel geringere Anforderungen an die Abhängigen stellen. Damit werden präventive Ansätze und auch therapeutische Programme mit dem Ziel der Drogenfreiheit unglaubwürdig, repressive staatliche Maßnahmen gegen den Drogenschwarzmarkt geraten ins Zwielicht, die Abhängigen werden in einer unselbständigen Krankenrolle konserviert, Methadonprogramme können zu einem Instrument sozialer Kontrolle auswachsen, woran niemandem ernsthaft gelegen sein kann.

Auf die Relativität des scheinbaren Erfolgs der Methadonprogramme wiesen auch Lennard und Mitarbeiter (1972) hin. Sie stellten fest, daß die künstlich erzeugte Methadonsucht durchaus mit der Heroinsucht zu vergleichen sei. So werde häufig übersehen, daß die Methadonabhängigen schläfrig, leicht ermüdbar, leistungsgemindert und schlafbedürftiger seien als drogenfreie Probanden. Die Entzugserscheinungen seien aufgrund der hohen Dosierung mit denen bei Heroinentzug zu vergleichen. Das Sexualleben, die Atmungs- und die Verdauungsfunktion seien beeinträchtigt, das soziale und das psychische Verhalten verändert. Die Wahrnehmung sei eingeschränkt und die Möglichkeit der Erfahrungsbildung reduziert. So sei es insgesamt fragwürdig, ob sich Methadon wirklich zur Dauerbehandlung Heroinsüchtiger eigne.

Anhand von 32 Patienten, die an einem Methadonstützprogramm für mindestens 8 Monate in Auckland (Neuseeland) teilnahmen, wiesen McLeod und Mitarbeiter (1973) auf mögliche Fehler ihres Vorgehens hin, die auch für unsere Fragestellung von Bedeutung sind:

- Einige Patienten waren entweder keine regelmäßigen »user« harter Drogen bzw. nicht abhängig, sondern nur sporadische Konsumenten;
- einige Patienten benutzten nebenher unkontrolliert andere Drogen;
- einige Patienten nahmen nebenher zusätzlich Methadon.

Für die Verhältnisse in Neuseeland kamen die Autoren zu dem Schluß, daß eine Notwendigkeit der Einführung von Methadonprogrammen z. Zt. nicht bestehe.

Auf gewisse Teilerfolge wiesen Kleber und Mitarbeiter (1971) hin. Sie behandelten nur Heroinabhängige über 21 Jahre mit dem Argument, bei Jüngeren sollten erst alle anderen Behandlungsmethoden angewendet werden; ferner mußte die Heroinabhängigkeit mindestens 2 Jahre gedauert haben. Dabei sahen sie eine Senkung der Todes- und Kriminalitätsrate und eine Erhöhung der Beschäftigungsrate bei den von ihnen behandelten Fällen. Die Notwendigkeit strikter Überwachung so Behandelter wird gleichwohl betont.

Rathod (1972) weist auf die zunehmende Vermischung von gleichzeitigem Heroin- und Methadongebrauch unter den jugendlichen Drogenabhängigen hin, und zwar in 91 % der registrierten Fälle.

Martin (1973) fand, daß seine Patienten bei 100 mg Methadon pro Tag durchaus süchtiges Verhalten zeigten. Sie wirkten lethargisch und in ihrer sexuellen Aktivität vermindert. Die körperliche Abhängigkeit bei Verabreichung dieser Dosis per os war mit der bei Morphin zu vergleichen. Die Entzugserscheinungen setzten verzögert ein, waren etwa so stark wie bei Morphinsüchtigen ausgeprägt und dauerten länger als bei diesen. Abgesehen von den anders gearteten Entzugssymptomen ist nach seiner Auffassung im wesentlichen zwischen Morphin- und Methadonabhängigkeit kein Unterschied zu erblicken.

Auf die Ergebnisse von Tierversuchen wiesen in diesem Zusammenhang Misra und Mitarbeiter (1973) hin. Sie untersuchten die Wirkungsweise von l Methadon bei Ratten und fanden, daß bei oraler Gabe offensichtlich selektive Speicherung der Substanz im Gehirn stattfindet. Hier sind nach 3 Wochen noch Substanzmengen nachzuweisen, die höher sind als z. B. die Werte im Zwölffingerdarm, obgleich dort eine Stunde nach der Aufnahme per os die fünffache Konzentration nachweisbar ist. Der langsamere Abbau im Gehirn korrespondiert mit der Verabreichung auf subkutanem Wege, der erreichte Gipfel eine Stunde nach Zufuhr ist hier aber mehr als 30mal so hoch. Nach 25 Stunden sind die Werte etwa gleich hoch. Bei toleranten Tieren findet sich 96 Stunden nach Verabreichung durchweg eine höhere Konzentration der Substanz in den meisten Geweben im Vergleich zu nicht toleranten Tieren (Ausnahme: Plasma, Duodenum, Leber). Die Halbwertszeit im Gehirn und Plasma ist bei subkutaner Gabe von 10 mg pro Kilogramm Körpergewicht im Durchschnitt bei nicht toleranten Tieren doppelt so groß wie bei toleranten und bei oraler Gabe von 50 mg pro Kilogramm bei nicht toleranten Tieren etwa 5mal größer. Die Konzentrationsgipfel bei oraler Gabe an nicht tolerante Tiere werden durchweg nach 8 Stunden erreicht, gegenüber dieser Konzentration ist die nach 24 Stunden gemessene Menge im Schnitt erst um die Hälfte zurückgegangen. Bei toleranten Tieren dagegen wird der Gipfel nach einer halben Stunde in der Leber, in allen anderen Organen eine Stunde nach Verabreichung der Substanz erreicht. Die Werte nach 8 Stunden liegen in den meisten Organen noch bei 20–30 % dieser Konzentrationen. Nach 24 Stunden sind nur noch geringe Konzentrationen nachweisbar.

Überträgt man diese Ergebnisse mit aller Vorsicht auf den Menschen, so bestätigt sich, was Keup (1973) ausgeführt hat: Die Wirkung des Methadons bei Süchtigen ist zwar länger als die üblicher Opiate, aber zu kurzdauernd, um mit einer Tagesdosis auskommen zu können. 85 % der an Methadonprogrammen beteiligten Süchtigen benutzen nach seinen Angaben andere Substanzen nebenher, u. a. deswegen, weil bei der Wirkdauer einer üblichen Methadondosis von 16 Stunden ein Drittel des Tages (8 Stunden) frei bleibt. Der schnellere Abbau der Substanz bei »süchtigen« Ratten weist darauf hin, daß beim Menschen ähnliche Verhältnisse vorliegen können. Worauf dieser Mechanismus beruht, ist unbekannt. Die lange Verweildauer des Stoffs bei toleranten Tieren weist auf die Richtigkeit einer Modellvorstellung hin, wonach Methadon bestimmte Rezeptoren für Opiate blockiert, wodurch möglicherweise die euphorisierende Wirkung der Opiate ausbleibt. Schließlich weist die verminderte Halbwertszeit bei toleranten Tieren gerade bei einmaliger oraler Verabreichung pro Tag

auf die verstärkte Gefahr »freier Intervalle« hin, die zum Konsum anderer Opiate, aber auch von Barbituraten, Alkohol oder Kokain, sowie von beliebigen Ersatzstoffen benutzt werden.
Im deutschen Sprachgebiet wurde 1970 noch ganz hoffnungsvoll über die ersten amerikanischen Methadonprogramme berichtet (Neudek, 1970). Die erste kritische Stimme erhob sich mit Burchard (1972), der bereits von zunehmender Ablehnung spricht, auf die die Methadonprogramme in den Vereinigten Staaten stießen. Zur Begründung führt er an, daß die Konkurrenz zu den opiatfreien Therapieformen die Programme für die Süchtigen attraktiv mache, weil sie in den Methadonprogrammen praktisch keinerlei Eigenleistungen zu erbringen brauchten. Burchard erinnert auch daran, daß es ein Ärgernis sei, daß der Arzt sich gewissermaßen in die Rolle des Heroinhändlers begeben müsse, der dem Abhängigen seinen Suchtstoff gebe. Er weist darauf hin, daß »das gesamte System der Kontrolle gesetzlich für gefährlich erklärter Drogen ... in Gefahr zu geraten (scheine), wenn man die Methadonstütztherapie bejaht«. Solange man die Wirksamkeit der drogenfreien Therapieprogramme nicht kenne, sei es wohl nicht am Platze, Methadonprogramme einzuführen.
Schönhöfer und Hasse (1973) schlagen vor, daß strenge Kriterien für die Aufnahme in ein solches Programm entwickelt werden sollten, und daß u. U. Sachverständigengremien hinzugezogen werden müßten, um das Vorliegen dieser Kriterien zu überprüfen. So müßten Vorerkrankungen ausgeschlossen werden; die Vielzahl der Polytoxikomanen sei für Therapieprogramme dieser Art ebenfalls nicht geeignet. Ferner seien Kooperationswilligkeit und hinreichende intellektuelle Fähigkeiten vorauszusetzen, damit in Eigenverantwortung die Tragweite des Programms vom Patienten überschaut werden könne. Es seien auch nur jene Opiatsüchtigen ins Programm aufzunehmen, deren süchtiges Fehlverhalten durch stationäre Behandlung und durch intensive psychotherapeutische Maßnahmen nicht beeinflußbar sei. Ein begleitendes sozialtherapeutisches Programm sei unabdingbar. Eine intensive Kontrolle verschiedener Parameter (Methadonmenge, Abstinenz von allen anderen Drogen) sei erforderlich. Zur Kritik führen die Autoren aus, die nicht präzisierte Beendigung der Programme sei ihr Hauptmangel. Methadonverabreichung bekämpfe eben nicht die Abhängigkeit, sondern verstärke sie und umgehe einige ihrer Folgen. Deshalb mißlinge es in der Regel, größere Patientengruppen aus den Programmen wieder auszuschleusen. Der Abbau der Methadondosis gelinge nicht. Dies ist im übrigen kein Wunder: Eine Motivation hierfür besteht ja nicht. So ist es nicht überraschend, daß die meisten Klienten in den Methadonprogrammen nebenher andere Drogen konsumieren, vor allem Heroin, Barbiturate und Amphetamine.
Auch Keup (1973) warnte schon früh vor der Einführung von Methadonerhaltungsprogrammen in der Bundesrepublik Deutschland. Statt dessen sei es erforderlich, die drogenfreien Behandlungseinrichtungen auszubauen, was zwar kostspielig, letztlich aber sozioökonomisch indiziert sei. Die Hoffnung Keups, in zwei Jahren gebe es ein Ersatzmittel für Methadon, das »dann nicht mehr oder kaum mehr Abhängigkeit produzieren (solle), aber die Wirkung des Opiats am Rezeptor voll blockiere«, hat sich freilich bis heute nicht erfüllt, und es sind nicht zwei, sondern mittlerweile zehn Jahre ins Land gegangen. Auch Keup führt zur Kritik der Methadonprogramme an, daß durch die Gabe von Methadon das Sucht-

verhalten der Opiatsüchtigen nicht vollständig abgeblockt werde und es deshalb zu polytoxikomanem Verhalten komme. Er weist ebenfalls auf die Schwierigkeit hin, die Methadondosis zu reduzieren, zumal es sich beim Methadon um ein im Einzelfall stärker als das Morphin abhängig machendes Mittel handele.

Im gleichen Jahr warnten die Arzneimittelkommission der Deutschen Ärzteschaft und der Ausschuß »Psychohygienische Fragen« der Bundesärztekammer vor der Methadon-»Behandlung« Rauschmittelabhängiger. Verschreibung und Injektion von Polamidon an Heroinsüchtige seien Kunstfehler. Eine ambulante Überbrückung durch Gabe von Methadon an Opiatsüchtige bis zur stationären Einweisung sei denkbar, allerdings nur im Einzelfall unter ganz speziellen Voraussetzungen.

Beil und Trojan (1973) führten aus, die in den USA praktizierte Methadone-Maintenance-Therapie sei nicht auf deutsche Verhältnisse übertragbar. Die Gruppe der Opiatabhängigen in den USA sei nicht mit unseren in Deutschland vorkommenden Opiatsüchtigen vergleichbar. Deshalb komme es in unserem Bereich darauf an, Motivation für die Behandlung in drogenfreien Programmen zu wecken. Eine Opiatsubstitution mit l-Polamidon sei nur im Ausnahmefall bei einwandfrei festgestellter Opiatabhängigkeit und Einhaltung einer möglichst niedrigen maximalen Tagesdosis von insgesamt 25 mg Polamidon bei Kontrolle der sofortigen oralen Einnahme denkbar. Es gehe hierbei nur um die Überbrückung relativ kurzer Zeiträume, die von den Verfassern in ihrer Dauer allerdings nicht abgesteckt werden.

Als eine »resignierende Therapie« bezeichnet Schneider (1973) die Methadonprogramme. Sie weist darauf hin, daß solange von der Aufnahme in entsprechende Programme abgesehen werden solle, wie auch nur die geringste Möglichkeit bestehe, eine Therapie in einem drogenfreien Programm durchzuführen. Natürlich handele es sich um eine »unbequeme« Therapie, wenn man drogenfreie Programme statt Methadonprogramme durchführe. Bei Jugendlichen sei die Methadonsubstitution schon deswegen fragwürdig, weil sie bei ihnen den Eindruck hervorrufen müsse, »man sei unheilbar krank«.

Unter Hinweis auf die amerikanischen Erfahrungen kam auch Riedesser (1974) zu dem Ergebnis, die »Methadonisierung Amerikas« sei eine fragwürdige Entwicklung, die nicht nur zu vielen Todesfällen, sondern auch zu nur wenigen Erfolgen geführt habe. Für die spezifische Situation der Bundesrepublik seien Methadonprogramme ungeeignet. Statt dessen müßten die drogenfreien Programme stärker ausgebaut werden. Er widerspricht auch der Grundannahme Doles und Nyswanders, daß es sich bei der Heroinabhängigkeit im Grunde um eine Stoffwechselkrankheit von der Art des Diabetes handele, so daß ein Suchtkranker sein Methadon so benötige wie der Zuckerkranke sein Insulin. Sicherlich ist dies eine etwas verkürzte Betrachtungsweise, als Modell dürfte sie aber den Methadonprogrammen doch zugrunde liegen. Wir selbst haben uns zusammen mit Wanke (1974) ebenfalls zu diesem Problem geäußert und ausgeführt, daß der Einführung von Methadonprogrammen in der Bundesrepublik gewichtige Gründe entgegenstünden. Am schwersten wiege dabei die Gefahr des therapeutischen Nihilismus, der der Methode immanent sei. Solange noch die geringste Aussicht bestehe, durch Verbesserung der Einrichtungen und konsequente Therapie in Richtung Heilung von der Sucht Erfolge zu erzielen, sollten wir nicht ohne Not von bewährten Methoden und Erfahrungen abrücken. Nur im Ausnahmefall sei eine Überbrückung mit Methadon denkbar, wofür allerdings klare Kriterien zu erarbeiten seien.

Der 81. Deutsche Ärztetag äußerte sich 1978 in Köln zur Frage der Behandlung Suchtkranker und behandelte auch das Problem eventuell einzuführender Methadonprogramme. In einer Entschließung kam er zu dem Ergebnis, ambulante Entzüge Heroinabhängiger seien in der Regel nicht kontrollierbar und dann ohne Erfolg. »In diesem Zusammenhang ist auch die Verordnung von suchterhaltenden Medikamenten im Sinne eines Erhaltungsprogrammes abzulehnen.«

Die Diskussion um die Einführung von Methadonprogrammen wurde in der Folge fortgesetzt und fand auch ihren Eingang in die höchstrichterliche Rechtsprechung (Urteil des Bundesgerichtshofs vom 8. 5. 1978, 1 StR 118/79). Der diesem Urteil zugrundeliegende Fall Kapuste wird an anderer Stelle erörtert (vgl. S. 200 ff.). Das Fehlverhalten dieses Arztes hat zwar mittelbar von Vorstellungen seinen Ausgang genommen, die mit den Methadonprogrammen zu tun haben, hat direkt damit aber nichts zu tun.

Die Zahl der Arbeiten über Versuche mit der Verabreichung von Methadon an opiatsüchtigen Patienten ist groß. In letzter Zeit scheint sich die Methode vor allem in der Schweiz auszubreiten. Wo man sich freilich einen Therapieerfolg schon dort zugute hält, wo von 14 Patienten 12 nach 2 Jahren noch im Methadonprogramm befindlich sind (Gmür, 1981), ist eine kritische Auseinandersetzung mit der Methode, insbesondere auf dem Hintergrund der zahlreichen drogenfreien Programme, sicherlich nicht möglich.

Betrachtet man Methadon als eine Art Köder, um den Kontakt zu solchen Patienten herzustellen, zu denen er auf anderem Wege nicht herzustellen wäre, so mag seine Anwendung eine gewisse eingeschränkte Berechtigung haben. Seine Legalität ist ein zweiter großer Vorteil (Lennard u. Mitarbeiter, 1972; zitiert nach Platt, 1982). Daß die orale Aufnahme nicht zur Euphorie führt, macht es grundsätzlich für eine initiale Behandlung von Opiatsüchtigen in einigen speziellen Fällen attraktiv. Als letztes Mittel für »ausgebrannte« Süchtige, deren Lebensfähigkeit anders nicht zu sichern ist, die praktisch als »therapieunfähig«, als »nicht therapierbar«, als »therapieresistent« anzusehen sind, mag es weiterhin eine gewisse Berechtigung haben. Es besteht aber insgesamt kein Anlaß, daß wir uns in Illusionen hineinsteigern und die Möglichkeiten der Methadonbehandlung überschätzen.

Vor diesem Hintergrund überrascht nicht, daß ein in der Bundesrepublik 1973 und 1975 durchgeführter Versuch mit einem ambulanten Therapieprogramm mit Methadon in Hannover weitgehend scheiterte. Dankenswerterweise haben die beteiligten Therapeuten darüber kritisch berichtet, so daß wir damit über eine wertvolle Erfahrung auch in der Bundesrepublik verfügen (Krach u. Mitarbeiter, 1978).

Dieses Methadonprogramm hatte zum Ziel, die Klienten aus dem Drogenmilieu zu lösen, sie soziale Verhaltensweisen lernen zu lassen, sie in soziale Bezüge zu reintegrieren, ihre Ausbildung zu vervollständigen, ihre Frustrationstoleranz zu erhöhen, sie zu einem kritischen Umgang mit der eigenen Person kommen und sie schließlich opiatfrei werden zu lassen.

Man ging in drei Phasen vor, wobei in der ersten Phase eine Einstellung auf 25 bis 65 mg l-Polamidon pro Tag erfolgte, nach 4–6 Wochen begann die zweite Phase der Psycho- und Soziotherapie, die nach 18 Monaten dann zur Entgiftung überleiten sollte. In der letzten Phase war vorgesehen, die tägliche Methadondosis um 5 % zu reduzieren, um auf diese Weise zu einer vollständigen Entziehung zu gelangen.

Das Programm konnte bis zur dritten Phase durchgeführt werden, dort begannen indessen die

Schwierigkeiten. Es gelang letztlich nicht, die Klienten zu entziehen. Die soziale Situation der Beteiligten hatte sich bis dahin zwar deutlich verbessert, aber man konnte die zahlreichen psychosozialen Probleme der Teilnehmer nicht lösen, und selbst waren sie dazu nicht imstande. Die Frustrationstoleranz blieb gering. Die Versorgungshaltung der Klienten besserte sich nicht. Sie wurden auch nicht drogenfrei. Der ursprünglich angestrebte Erfolg war mit diesem Programm jedenfalls nicht zu erreichen.

Auch Schönhöfer (1980) kommt in einer kritischen Übersicht über die Methadonprogramme zu dem Ergebnis, zwar sei bei etwa 20 bis 25 % der Heroinsüchtigen eine soziale Stabilisierung möglich, das Suchtverhalten selbst werde aber nicht blockiert. Die Rückfallrate bleibe hoch, die Motivation zu drogenfreier Existenz werde vermindert, es erfolge eine starke psychische Bindung an das Methadon, und die Wegnahme des Methadons als stabilisierender Faktor destabilisiere die Patienten so stark, daß man ihnen das Methadon letztlich nicht entziehen könne.

Levo-alpha-acetylmethadol (LAAM)

Einer der Nachteile der Methadon-Stütztherapie ist der Umstand, daß die Substanz täglich, also im 24-Stunden-Rhythmus, verabreicht werden muß. Die Aushändigung von Methadon in größeren Mengen an die Abhängigen zur Einnahme über das Wochenende, wie das auch in Schweizer Programmen und in Italien üblich ist, führt zu einer Verbreitung des Stoffs auf dem Schwarzmarkt. Überdosierungen und tödliche Zwischenfälle sind das Resultat.
Dies ist der Ausgangspunkt für die Suche nach solchen Substanzen, die einen ähnlichen Effekt wie das Methadon, aber eine längere Halbwertszeit aufweisen, so daß in einem größeren als dem 24-Stunden-Abstand die Substanz gegeben werden kann und sich die Aushändigung des Stoffs für den Gebrauch am Wochenende erübrigt.
Es zeigte sich bei Versuchen in den USA, daß die in deutschen Laboratorien erstmals hergestellte Substanz Levo-alpha-acetylmethadol (LAAM) bei höherer Dosierung bei Opiatabhängigen nicht so stark euphorisierend wirkt, aber auch nicht so stark sedierend wie vergleichbare Opiate, insbesondere das Methadon. Zugleich sind Angst, Nervosität und Unruhe weniger stark ausgeprägt, wenn geringfügig unterdosiert wird (Blaine, 1976, 1979). Das sogenannte »craving« (der Drogenhunger) war besser unterdrückt als mit Methadon. Um die Substanz einsetzen zu können, begann eine intensive klinische Prüfung in den USA seit 1971 (Blaine, 1981). Dabei zeigte sich, daß es bei einer Gabe von LAAM im 56-Stunden-Rhythmus zu relativ stabilen Plasmaspiegeln kommt, die in dieser Zeit lediglich um 33 % abfallen, während die Plasmaspiegel von Methadon im 24-Stunden-Rhythmus sogar um jeweils 50 % abfallen können. Es gelingt also auf diese Weise, eine relativ stabile Konzentration des Wirkstoffs im Serum herbeizuführen und damit relativ stabil auch die Sucht zu blockieren, freilich stets nur für die Dauer der Wirkungen der zugeführten Substanz. Da nach ausgedehnten klinischen Prüfungen, die noch fortgesetzt werden, die Nebenwirkungen gering zu sein scheinen, scheint sich hier eine Alternative zum Methadon zu eröffnen, freilich mit allen Vor- und Nachteilen, die auch dem Methadon eigen sind (vgl. die zahlreichen Literaturhinweise bei Blaine, 1981).

Propoxyphen

Eine weitere Methadon-ähnliche Substanz steht uns in Gestalt des Propoxy-

phens zur Verfügung. Es besitzt ein geringeres analgetisches und damit auch euphorisierendes und suchterzeugendes Potential als das Methadon. Es liegt entweder als Napsylat vor und ist dann nur in geringem Umfang wasserlöslich oder als Hydrochlorid mit besserer Wasserlöslichkeit. Es wurde vor allem zum Entzug methadonisierter Opiatsüchtiger eingesetzt (Kleber, 1981). Dabei zeigte sich, daß die Substanz nicht das volle Spektrum der Opiatentzugserscheinungen unterdrückt, die beim Absetzen des Methadons entstehen können. Es ist in einer Dosierung von etwa 1 g pro Tag anzuwenden, verteilt auf drei Einzeldosen.
Mittlerweise laufen auch Versuche, Propoxyphen-Napsylat (Darvon-N) in Erhaltungsprogrammen nach Art der Methadon-Maintenance-Programme einzusetzen. Rawson und Tennant (1981) berichteten allerdings über keine greifbaren Vorteile gegenüber den Methadon-Programmen, zumal die Patienten mehrmals täglich zur Einnahme der Substanz in die entsprechenden Beratungsstellen bzw. Ausgabestellen kommen müssen, was hohe Anforderungen an ihre Motivation und Zuverlässigkeit stellt. Auch Woody und Mitarbeiter (1981) betonen, daß Methadon in Erhaltungsprogrammen dem Darvon-N überlegen sei, da mehr Abbrecher aufgrund der unvollständigen Unterdrückung der Entzugssymptomatik zu verzeichnen seien.

3.5.2 Opiat-Antagonisten

Auch diese Gruppe von Substanzen kann allenfalls zur Unterstützung des therapeutischen Prozesses bzw. zu seiner Einleitung eingesetzt werden, sie ersetzen ihn aber nicht (Jaffe, 1975).
Dabei handelt es sich um strukturell relativ ähnliche Substanzen, die teilweise die analgetischen Eigenschaften des Morphins in Verbindung mit der Fähigkeit aufweisen, Morphinrezeptoren zu blokkieren, also zu besetzen und damit für die eigentliche Morphinwirkung vorübergehend unempfindlich zu machen (Tab. 16). Diese Substanzen besitzen meist ein gemischtes Wirkungsspektrum: z. T. sind sie Morphinagonisten, d. h. sie wirken dem Morphin gleichsinnig (analgetisch, euphorisierend, suchterzeugend), z. T. wirken sie morphinantagonistisch (blokkieren also Morphinrezeptoren, ohne selbst eine morphinähnliche Wirkung zu entfalten). Wünschenswert wäre natürlich, wenn wir über eine Substanz verfügten, die keine eigenen pharmakologischen Wirkungen entfaltet außer der einen: die Morphinrezeptoren des Zentralnervensystems zu besetzen und damit für Morphinwirkungen unempfindlich zu machen. Die Suche der Pharmakologen gilt im letzten Jahrzehnt dieser Substanz; bis heute ist sie allerdings noch nicht gefunden worden.

Tab. 16: Opiatantagonisten

Cyclazocin
Naloxon (in Valoron N, Narcanti)
Pentazocin (Fortral)
Nalorphin
Naltrexone
Apomorphin
Levallorphan (Lorfan)

Über die historischen Entwicklungsstadien der Behandlung von Opiatsüchtigen mit Opiat-Antagonisten aus psychiatrischer Sicht hat Fink (1978) berichtet. Danach kam erstmals 1966 *Cyclazocin* ins Gespräch, das sich parenteral schon in kleinen Dosen als wirksam erwies: 4 bis 5 mg Cyclazocin oral bewirken eine Blokkade von 25 mg Heroin über 24 Stunden.

Die Nebenwirkungen bestehen allerdings in einer Dysphorie, in Schwindel- und Schwächegefühl, so daß viele Patienten eine solche Behandlung schließlich ablehnen. Die zur gleichen Zeit angebotenen Methadonerhaltungsprogramme waren damals weitaus attraktiver. Von besonderer Bedeutung ist beim Cyclazocin allerdings, daß es praktisch wegen seiner fehlenden opiatähnlichen (euphorisierenden) Wirkungen keinen Schwarzmarktwert besitzt. Es gelang allerdings nur in seltenen Fällen, eine wirklich längerdauernde Motivation zur Behandlung mit dieser Substanz bei den Patienten aufzubauen, so daß man von diesem Stoff allmählich wieder abgehen mußte. Im Prinzip ist aber die opiatagonistische Komponente nur wenig ausgeprägt, dagegen die opiatantagonistische sehr stark, so daß Cyclazocin grundsätzlich ein geeignetes Mittel zur Blockierung von Opiatwirkungen sein müßte. Es gibt hier allerdings starke Motivationsprobleme zu überwinden, so daß die anfänglich euphorische Einschätzung des Cyclazocins als eines behandlungsgeeigneten Mittels (Freedman, 1967), doch zugunsten einer skeptischen Haltung gewichen ist.

1967/68 wurde dann *Naloxon* zur Einsatzreife entwickelt, bei dem es sich um einen praktisch reinen Opiatantagonisten handelt, der so gut wie keine faßbaren opiatähnlichen Wirkungskomponenten besitzt. Bei Opiatsüchtigen ruft es ein typisches körperliches Abstinenzsyndrom hervor. Beim Morphinungewohnten hat es keine nennenswerten Wirkungen auf das Zentralnervensystem. Es wird aus diesem Grunde seit 1978 dem viel mißbrauchten, abhängigkeitserzeugenden Tilidin (Valoron) zugesetzt. Das Kombinationspräparat ruft beim Abhängigen Entzugserscheinungen hervor, während es beim Ungewohnten, bei dem die Gabe des Tilidins als stark wirkendem Analgetikum auch angezeigt ist, keine Nebenwirkungen hervorruft. Auf diese Weise kann – theoretisch – der Mißbrauch von Valoron verhindert werden. Unter geschickter Ausnutzung der unterschiedlichen Wirkungsdauer beider Komponenten ist es allerdings gleichwohl möglich, das Kombinationspräparat Valoron N als Suchtmittel zu mißbrauchen (Heinzow u. Lüllmann, 1979). Macht man sich nämlich den Umstand zunutze, daß Tilidin aufgrund seiner längeren Halbwertszeit bei häufiger Zufuhr in kleineren Abständen kumuliert, während die Naloxonkomponente mit ihrer geringen Halbwertszeit jeweils schnell abgebaut wird, so kann man durch etwa zweistündige Zufuhr von Valoron N zwar erhebliche Plasmatilidinspiegel erzielen, während die Plasmanaloxonspiegel unterhalb derjenigen Schwellenkonzentration bleiben, die zur Auslösung opiatantagonistischer Wirkungen erforderlich ist. Der Einsatz von Naloxon allein als Opiatantagonist hat sich im übrigen nicht durchsetzen können.

Auch *Pentazocin* (Fortral) besitzt eine opiatantagonistsiche Wirkkomponente, daneben aber eine stark im Vordergrund stehende analgetische, euphorisierende und damit suchterzeugende Komponente. Fälle von Fortralsucht gehören zum Erfahrungsgut jedes auf diesem Gebiet tätigen Klinikers. Als Opiatantagonist ist es praktisch nicht einzusetzen. Es wird hier lediglich aus Vollständigkeitsgründen erwähnt, besitzt aber keine klinisch-praktische Bedeutung außer als suchterzeugendes Analgetikum.

Um einen weiteren partiellen Opiatantagonisten handelt es sich beim *Nalorphin.* Es hat eine kurze, nach wenigen Stunden zu bemessende Halbwertszeit, insbesondere die opiatantagonistischen Wirkungen halten länger an. Gegen sie bildet sich auch Toleranz heraus, so daß der Verwendung dieser Substanz bei Opiatsüchtigen enge Grenzen gesetzt sind (Martin, 1967). Einen Fortschritt in der Entwicklung von Opiatantagonisten scheint *Naltrexone* gebracht zu haben. Es besitzt nach bisherigen Erfahrungen kein eigenes Abhängigkeitspotential, gegen seine opiatantagonistischen Wirkungskomponenten bildet sich anscheinend auch keine Toleranz heraus. Es ist wenig toxisch, oral wirksam und scheint eine lange Halbwertszeit zu besitzen. Danach wäre es zur Behandlung Opiatsüchtiger geeignet, zumal Nebenwirkungen bisher in ausgeprägtem Maße nicht bekannt sind. Die Behandlung mit Naltrexone kann nach einer Entgiftungsphase beginnen, da anderenfalls ein körperliches Abstinenzsyndrom »ausgeklinkt« würde. Auch hier ist eine erheblich ausgeprägte Eigenmotivation der Patienten erforderlich, damit sie eine gewisse Behandlungsdauer mit der Substanz überstehen können. Diese Motivation schränkt – wie beim Cyclazocin – die Verwendbarkeit des Mittels als Dauermedikation zur Verhinderung des Opiatrückfalls beträchtlich ein.

Eine Verbesserung der Situation könnte dann eintreten, wenn es gelänge, die Langzeitbehandlung von der täglichen Gabe des Mittels abzukoppeln, die praktisch eine immer wieder vorhandene (und damit zu leistende) Motivation bei dem Patienten erforderlich macht. Hier dienen Verabreichungsformen als Vorbilder, die bei Psychopharmaka zur Psychosebehandlung schon seit einiger Zeit im Einsatz sind: Die Wirksubstanzen werden in meist öliger Suspension intramuskulär injiziert und aus diesen Verbindungen im Muskeldepot allmählich freigesetzt. Auf diese Weise erzielt man eine Langzeitwirkung, die bis zu drei bis vier Wochen reichen kann. Erst nach Ablauf dieser Frist muß erneut eine intramuskuläre Injektion erfolgen.

Die Versuche mit *Apomorphin,* die auch in unserer Klinik zur Behandlung von Opiatsüchtigen durchgeführt wurden, haben keine befriedigenden Ergebnisse erbracht. Zwar berichteten Amitai und Mitarbeiter (1972) über die erfolgreiche Entziehung von 19 Opiatsüchtigen mit Apomorphin in nicht emetischen (unterschwelligen) Dosierungen (2–4 mg Apomorphin subkutan alle zwei Stunden); betrachtet man aber den Aufwand hierbei, ferner die Tatsache, daß injiziert werden muß, dann fragt man sich, ob diese Vorgehensweise wirklich die Bezeichnung »Entziehungsbehandlung« verdient. Das Verfahren muß über 7 bis 8 Tage hinweg durchgeführt werden, beinhaltet also nicht weniger als 84 bis 96 subkutane Injektionen. Da gibt es in der Tat weniger aufwendige Verfahren. Wanke (1981) nennt folgende Nebenwirkungen: Kollaps, Koma, Atemlähmung, Unruhe, Krämpfe. Zur Dauerbehandlung als Opiatantagonist ist die Substanz nicht geeignet, sondern allenfalls zur Erleichterung der Entgiftungsphase.

Auch *Levallorphan* (Lorfan) ist als Opiatantagonist lediglich zur Behandlung von Intoxikationen mit Opiaten zu verwenden, aber nicht zur Dauerbehandlung der Abhängigkeit durch Blockierung der Opiatrezeptoren des Zentralnervensystems.

Auf die heute in der Entgiftungsphase Drogenabhängiger in der Regel verwendeten Substanzen *Doxepin* (Aponal) und *Clonidin* (Catapresan) wollen wir hier nicht näher eingehen; sie werden im folgenden Abschnitt ausführlicher beschrieben. Zur Langzeitbehandlung sind diese Stoffe nicht geeignet, sondern lediglich zur Überbrückung des körperlichen Entzugssyndroms, das bei der Entgiftung Opiatsüchtiger auftritt.

3.5.3 Sonstige Medikamente bei Drogenabhängigen

Grundsätzlich gilt, daß nur bei dringender Indikation Drogenabhängige zentralwirksame Medikamente erhalten sollen. Im Vergleich dazu ist die Anzahl relativer Indikationen zu einer symptomatischen Behandlung von Störungen groß.

So leiden z. B. praktisch alle Opiatsüchtigen an hochgradigem Zahnverfall (Karies); die schmerzhaften Gebißveränderungen werden solange nicht registriert, wie die analgetische Wirkung des Heroins anhält. Ist sie nicht mehr vorhanden, dann kommen allmählich Zahnschmerzen zum Vorschein. Der Weg zum Zahnarzt ist aber – besonders für die vielfach psychisch labilen Opiatkonsumenten – sehr dornenreich, sie vermeiden ihn und bevorzugen die Einnahme von Analgetika. Hier ist natürlich immer die kausale der symptomatischen Therapie vorzuziehen: Die Gebißsanierung ist angezeigt statt der Gabe von Schmerzmitteln.

Auch die oft wochen- und monatelang persistierenden Schlafstörungen nach Absetzen von Heroin könnte man als Indikation für die Gabe von Hypnotika mißverstehen. Wir sollten uns aber erinnern, daß sich der physiologische Schlaf-Wach-Rhythmus am sichersten spontan wieder einpendelt. Schlafmittel hingegen erzwingen vielfach den Schlaf auf Kosten des REM-Schlafanteils und führen damit zu Scheinerfolgen.

Menstruationsbeschwerden bei entzogenen heroinsüchtigen Frauen, Kopfschmerzen, Angstzustände, Unruhe, aber auch Abszesse und Panaritien sind weitere Beispiele dafür, daß es immer scheinbare Indikationen für die Verordnung von Schmerz- oder Beruhigungsmitteln gibt. Die kausale Behandlung ist aber auch hier stets vorzuziehen.

Welche Medikamente sind bei Drogenabhängigen noch erlaubt? Zunächst die beiden zur Entgiftung bzw. zur Überwindung des körperlichen Entzugsbildes eingesetzten Medikamente Doxepin (Aponal) und Clonidin (Catapresan).

Beim *Doxepin* (Aponal) handelt es sich um ein Antidepressivum, mit dem ausgedehnte Erfahrungen bei der Entziehungsbehandlung bestehen. Bei Drogenabhängigen wirkt es sedierend, schlafanstoßend, stimmungsaufhellend und allgemein reizabschirmend. Viele Abhängige berichten, daß das Entzugsbild unter Doxepin subjektiv leichter zu ertragen sei. Einige hingegen halten wenig von dieser Substanz: Sie behaupten, daß sie nur schwach spürbare Wirkungen im Entzug entfalte. Wir geben es gleichwohl routinemäßig in unserer Abteilung in einer Dosierung bis zu 4 x 100 mg täglich. Nennenswerte Nebenwirkungen oder gar Zwischenfälle haben wir bislang nicht registriert. Das Erfahrungsgut beträgt dabei etwa 120 bis 150 Entzüge Opiatsüchtiger pro Jahr, von denen der Großteil mit Doxepin behandelt wird. Unter den wenigen zur Verfügung stehenden Substanzen zur klinischen Behandlung des Entzugssyndroms Drogenabhängiger handelt es sich beim Aponal bis heute um das Mittel der Wahl.

Inzwischen liegen Erfahrungen mit dem blutdrucksenkenden Medikament (Antihypertonikum) *Clonidin (Catapresan)* vor. Es entfaltet eine gegen das Entzugssyndrom gerichtete Wirkung bei Opiatsüchtigen, ohne den Blutdruck bei dieser Patientengruppe nennenswert zu senken. Er ist bei ihnen ohnehin primär niedrig, zu einer weiteren (bedrohlichen) Blutdrucksenkung kommt es nicht. Die gleichzeitige Gabe von Kreislaufmitteln, die den Blutdruck wieder erhöhen, ist in den wenigsten Fällen erforderlich. In letzter Zeit bevorzugen viele Opiatsüchtige Clonidin, wobei wir nicht sicher wissen, ob diese

Einstellung ausschließlich auf pharmakologischen Wirkungsunterschieden beruht. Die Ergebnisse einer doppelblind angelegten Studie, die einen Wirkungsvergleich zwischen Doxepin und Clonidin zum Inhalt hat, liegen zur Zeit noch nicht vor.

Auf die Gabe anderer Medikamente verzichten wir in der Klinik weitgehend. Bei hartnäckigen Schlafstörungen kommt im Einzelfall die Gabe von Dominal in einer Dosierung von 40 bis 80 mg in Betracht. Dieses Neuroleptikum hat keine eigene suchterzeugende Potenz. Distraneurin (Clomethiazol) setzen wir bei Drogenabhängigen in der Klinik nicht ein. Bei Delirien – meist auf der Grundlage eines gleichzeitigen Fortral-, Lexotanil- oder Tavormißbrauchs bzw. bei deliriumsähnlichen Bildern, wenn zugleich Halluzinogene oder auch Phencyclidin genommen wurde oder wenn die Genese zunächst unklar bleiben muß – verwenden wir Diazepam (Valium) i.m. bzw. auch Haldol i.v. Auch die Gabe von Megaphen oder Truxal kommt hier in Betracht, um die akute Symptomatik in den Griff zu bekommen. Insgesamt sind solche Komplikationen aber selten.

3.6 Stereotaktische Therapie (Psychochirurgie)

Da praktisch alle psychischen Äußerungen des Menschen an das Substrat »Gehirn« gebunden sind, liegt die Schlußfolgerung nahe, die Forschung in Richtung einer Lokalisation einzelner psychischer Funktionen nach dem Muster der neurologischen Lokalisationslehre voranzutreiben. Hier hat man in den letzten Jahren sicher einige Erfolge erzielt. Diese Erfolge haben zur Etablierung der sogenannten Psychochirurgie als einer Behandlungsmethode geführt, die sich die Therapie schwerwiegender, anders nicht behandelbarer psychischer Störungen zum Ziel gesetzt hat. Es überrascht nicht, daß auch die Suchterkrankungen unter diesem Aspekt betrachtet worden sind.

Roeder (1974) hat ausgeführt, daß für die Lokalisation solcher Verhaltensweisen, die mit Sucht zu tun haben, der mediale und der laterale Hypothalamus heranzuziehen sind. Hier sei insbesondere der sogenannte Nucleus ventromedialis auf beiden Seiten ein wesentliches organisches Substrat für Suchtentstehung. Aufgrund der engen Verknüpfung dieses Hirnabschnitts mit anderen Arealen des Zentralnervensystems lasse sich ein Modell der Suchtentstehung denken, wobei insbesondere die vielfältigen Verbindungen mit dem limbischen System (vgl. Hassler, 1964) zu berücksichtigen seien.

Der stereotaktische Eingriff hat zum Ziel, den genannten ventro-medialen Kern im Hypothalamus bds. zu zerstören, um damit die Voraussetzung für eine Suchtentstehung zu beseitigen. Auf die von Roeder mit dieser Methodik erzielten Ergebnisse gehen wir später (vgl. S. 171) näher ein. Sie sind wenig ermutigend. Dies mag der Grund sein, daß in neueren Übersichtsarbeiten zur Psychochirurgie süchtige Entwicklungen nicht mehr zu den typischen Indikationsgebieten stereotaktischer Operationen gezählt werden (Adler u. Saupe, 1979; Schmidt u. Potthoff, 1981).

3.7 Psychotherapie bei Drogenabhängigen

Mit Hilfe psychotherapeutischer Verfahren allein können Drogenabhängige sicher nicht adäquat behandelt werden. Psychotherapeutische Verfahren haben eine unterstützende Funktion; wir wollen deshalb nur jene Momente einiger psychotherapeutischer Verfahren darstellen, die im Rahmen der Suchtbehandlung von Interesse sind.

Psychoanalyse: Wir haben (vgl. S. 52 ff.) verschiedene psychoanalytische Theorien dargestellt, die sich mit der Suchtentstehung befassen und darauf hingewiesen, daß eine Ursache des geringen Umfangs psychoanalytischer Literatur zu unserem Thema in der bisher weitgehend ausgebliebenen Beschäftigung psychoanalytisch tätiger Therapeuten mit Suchtkranken liegt.

Die Patienten, mit denen wir es zu tun haben, sind aber in der Regel psychodynamischen Erklärungen ihres Verhaltens gegenüber offen, und das Phänomen der Gegenübertragung bedarf im therapeutischen Prozeß auch bei Suchtkranken sicher besonderer Beachtung.

Aber das Ausmaß der Störung, die narzißtische Verwundbarkeit, die geringe Frustrationstoleranz unserer Patienten sind Gründe, die für das häufige Mißlingen psychoanalytischer Therapie Suchtkranker Erwähnung finden müssen. Das Ziel der Ich-Stärkung kann nur selten erreicht werden. Die oralen Phantasien der Suchtkranken und die Störung der Objektrepräsentanz sind weitere Gründe für den häufigen Abbruch einer psychoanalytischen Behandlung. Psychoanalytiker müssen registrieren, daß sie sich gegenüber einem Süchtigen in einer schwachen Position befinden: »Denn selbst der geschickteste Psychoanalytiker«, schreibt Limentani (in: v. Scheidt, 1972), »kann sich auf die Dauer nicht mit der angstmildernden Kraft des Marihuanas messen, nicht einmal für kurze Zeit.«

Verhaltenstherapie: Die Verhaltenstherapie basiert auf der Lerntheorie der experimentellen Psychologie. Verhalten sei *gelerntes* Verhalten, das durch Wiederholung gefestigt und verstärkt werde, das man aber auch wieder »verlernen« könne. Hier setzt die Therapie an. Sie ist eine streng problemorientierte Form der Psychotherapie, die Schneider (1982) in vier Bereiche einteilt: Gegenkonditionierung, operantes Konditionieren, Modellernen und kognitive Umstrukturierung. Verhaltenstherapie ist gerade deshalb bei der Suchtbehandlung angezeigt, weil sie der Neigung der Abhängigen zu einem planlosen, ziellosen und sinnlosen Verhalten entgegensteuern kann. Ein bis in Einzelheiten durchgegliedertes Behandlungsprogramm auf verhaltenstherapeutischer Grundlage enthält das Therapiemanual von Kraemer und De Jong (1980), in dem jeder einzelne Schritt genau beschrieben ist und das uns den konkretesten Einblick in die Vorgehensweise der Verhaltenstherapie gibt.

Klientenzentrierte Gesprächspsychotherapie: Die Gesprächspsychotherapie kann ebenfalls im Rahmen der Suchtbehandlung Verwendung finden. Im Zentrum des therapeutischen Vorgehens steht die Aufarbeitung biographischer Zusammenhänge, so daß die Techniken der Klientenzentrierten Psychotherapie nach Rogers vor allem auch die Gesprächsführung mit Klienten generell positiv beeinflussen können (ausführlicher zu diesem Verfahren vgl. Tausch, 1971; Bommert, 1977).

Gestalttherapie: Elemente der Gestalttherapie finden in einigen Therapieeinrichtungen (»Four steps«) Verwendung. Auch hier geht es um die Aufarbeitung der Lebensgeschichte mit ihren möglichen Enttäuschungen, Entbehrungen, Komplikationen und zahlreichen Möglichkeiten der Fehlentwicklung. Einzelheiten der Durchführung gestalttherapeutischer Verfahren finden sich bei Polster (1975), Petzold (1976) und Perls (1976).

Hypnose, Autogenes Training, Transzendentale Meditation: Bei der *Hypnose* handelt es sich um einen »durch Suggestion herbeigeführten, eingeengten und verschiedengradig gesenkten Bewußtseinszustand... Suggestion ist ein ich-fremder Einfluß, der bei positiver emotioneller Wechselbeziehung angenommen und autosuggestiv verarbeitet wird« (Langen, 1980).

Der durch *autogenes Training* zu erreichende Zustand der Selbstversenkung ist als »passiv entspannter Wachzustand« zu bezeichnen. Es wird ein eigentümlicher Zustand zwischen Wachen und Schlafen erreicht, der nur schwer zu beschreiben ist, in welchem aber die verschiedenen, auch bewußt wahrzunehmenden Einschlafstadien wiederkehren.

Wesentliches Ziel sowohl der Hypnose als auch des autogenen Trainings ist die Herbeiführung eines Zustandes möglichst weitgehender Entspannung der physischen und psychischen Anteile des Gesamtorganismus. Beim autogenen Training, das vor allem bei der Behandlung Suchtkranker im Rahmen eines weitergehenden Therapiekonzepts Anwendung finden kann, gehen wir schrittweise vor und legen dabei den größten Wert auf die Betonung der Eigenanteile an Leistung, die der Patient gerade bei diesem Verfahren erbringen muß. Bei den weitgehend passiven Suchtkranken ist das Erlebnis, den Zustand des eigenen Organismus auch ohne den Konsum von Fremdstoffen beeinflussen und neuartige Erlebnisformen auch ohne Einnahme von Rauschdrogen bewirken zu können, von großem Wert und zeigt den Patienten neue Wege des Umgangs mit sich selber. Auch die besondere Nähe gerade des autogenen Trainings zu den östlichen Selbstversenkungsverfahren und Entspannungsübungen, die im Rahmen z. B. der Zen-Philosophie am Anfang der Drogenbewegung noch eine große Rolle spielten, macht diese Verfahren für Drogenabhängige besonders attraktiv. Die Verwendung dieses Verfahrens in der Therapie Drogenabhängiger ist auch deshalb besonders unproblematisch, weil es nur wenige Kontraindikationen gegen das autogene Training gibt. Es ist relativ leicht zu erlernen (sowohl vom therapeutischen Personal als auch von dem Klienten) und praktisch jederzeit und ohne große Vorbereitungen anzuwenden. Hingegen dürfte die Hypnose, die hier der Vollständigkeit halber Erwähnung findet, nur im Ausnahmefall in unserem Bereich zum Einsatz kommen. Weiterführende detaillierte Darstellungen beider Verfahren findet man vor allem bei Langen (1978).

In seiner Abwandlung als *Transzendentale Meditation* (TM) findet das autogene Training Anwendung in der Therapie Suchtkranker (Siegel, 1981). Wie beim autogenen Training steht die körperliche und psychische Entspannung dabei im Vordergrund. Anhänger dieses Verfahrens betonen, daß es dabei auch zu meßbaren Veränderungen physiologischer Größen komme, etwa einer Verlangsamung der Herz- und Atemfrequenz und damit zu einer Verminderung des Sauerstoffverbrauchs. Dieser Umstand wiederum bewirke eine Steigerung der Kreativität, verleihe mehr innere Stabilität und verbessere die Wahrnehmungsfähigkeit allgemein.

Berichte über den erfolgreichen Einsatz des Verfahrens scheinen gewisse Erfolge zu belegen, allerdings lassen sie eine kritische Beurteilung nicht zu, weil zu viele Unwägbarkeiten bestehen bleiben: unklare Eingangsbedingungen, nicht näher beschriebene »Behandlungs«-abläufe und das völlige Fehlen definierter Katamnesebedingungen (Monahan, 1977; Lazar u. Mitarbeiter, zit. nach Siegel, 1981).

Psychodrama: Beim Psychodrama handelt es sich um eine Methode der klinischen Psychologie, »in der Situationen,

Konflikte, Phantasien über die Verbalisation hinaus in Handlung, in dramatisches Spiel umgesetzt werden, um emotionales Erleben, rationale Einsicht und körperlich vollzogene Aktion zu Erfahrungen von vitaler Evidenz zu verdichten, durch die die Änderung von Haltungen und Verhalten möglich wird« (Petzold, 1978). Das Psychodrama geht auf die Arbeiten von Moreno (1959) zurück, der Elemente des Stegreifspiels und des kindlichen Spiels zu einer Darstellungsform verdichtete, die geeignet ist, auch die Konflikte und Ereignisse des Erwachsenenalltags darzustellen, den Betreffenden zu entlasten und ihm zu Erkenntnissen über sich selbst und seine individuelle und soziale Situation zu verhelfen. Das Psychodrama zählt zu den wichtigsten Verfahren der Gruppenpsychotherapie und hat kürzlich durch Ploeger eine ausführliche Würdigung erfahren (Ploeger, 1983).

Wesentliche Elemente des Psychodramas sind: Die Bühne oder Spielfläche, die vom Gruppenkreis deutlich abgesetzt ist; der Protagonist, der seinen Konflikt darstellt; der Leiter des Psychodramas, der die Funktion hat, in der Gruppe ein Klima herzustellen, in dem der Protagonist schließlich aktiv werden kann (er hat die Leitung des Spiels und verdeutlicht im Zusammenwirken mit dem Darsteller dessen Absichten); die psychodramatischen Techniken, die man in Initialtechniken (zum Ingangsetzen des Spiels), Handlungstechniken (zum Darstellen und Realisieren der Spielinhalte), Abschlußtechniken und Rahmentechniken unterteilen kann; Assistenten (Hilfstherapeuten), die bei der Realisierung des Psychodramas helfen und die Rollen von Personen aus dem sozialen Umfeld (Konfliktfeld) des Protagonisten zu übernehmen haben; die Teilnehmer der Gruppen, die ein Klima des Vertrauens und der Kommunikation herzustellen haben, in welchem das Psychodrama als Darstellung persönlicher Konflikte realisierbar wird.

Es bedarf sicher keines besonderen Hinweises darauf, daß die Technik des Psychodramas hervorragend geeignet ist, gerade bei Drogenabhängigen während der stationären Langzeittherapie eine Vielzahl von Situationen zu aktualisieren und zu verarbeiten, die auf dem Weg in die Abhängigkeit von Bedeutung sind. Von besonderer Bedeutung ist es auch deshalb, weil es sich um eine in der Gruppe durchführbare therapeutiche Aktivität handelt, die Drogenabhängige anspricht und ihnen die Möglichkeit des Ausagierens und der Selbstdarstellung gibt. Der direktive Stil des Psychodramas ermöglicht es, die Abwehr der Suchtkranken besser anzugehen, und auch Patienten mit mangelnder Introspektions- und Verbalisationsfähigkeit können im Rollenspiel an ihre Konflikte herangeführt werden (Petzold, 1978).

Transaktionale Analyse, Realitätstherapie und rational-emotive Therapie: Dem von Berne (1967) aus der Psychoanalyse entwickelten Therapieverfahren der *transaktionalen Analyse,* das sowohl als Einzel- wie auch als Gruppensitzung anzuwenden ist, liegt ein Konzept zugrunde, wonach wir im Kontakt mit der Umgebung bestimmte Ich-Zustände zum Ausdruck bringen, die die Art unserer Interaktion und Kommunikation in jeder einzelnen Situation bestimmen. Das Spielerische am menschlichen Verhalten wird als Ausdruck bestimmter unbewußter Strebungen gedeutet. Ziel der Therapie durch transaktionale Analyse ist die Festigung des Ichs, die Fähigkeit zur Übernahme von Verantwortung im individuellen und sozialen Bereich. Besonders Suchtkranke, deren soziale Beziehungen meist tiefgreifend gestört sind, ohne daß es sich dabei aber um eigentlich psychisch Kranke handelt, können durch dieses Verfahren zu Einsichten über ihre eigene Rolle und ihr Verhalten im sozialen Prozeß gelangen. Deshalb kann die transaktionale Analyse im Einzelfall zur Ergänzung anderer Verfahren in der Entwöhnungsbehandlung eingesetzt werden.

Bei der sogenannten *Realitätstherapie,* die

aus der Arbeit mit jugendlichen Delinquenten stammt, übernimmt der Therapeut die Rolle eines zugewandten und sorgenden Partners. Als Basisbedürfnis wird den Klienten nahegebracht: Liebe und Geliebtwerden. Dazu bedarf es eigenen Selbstwertgefühls, das sich auch entfalten kann. Auf der Basis von Vertrauen zwischen Therapeut und Klient kommt es im Verlauf der Therapie zur Fähigkeit, die eigenen Interessen und Bedürfnisse gegen die der Umgebung abzugrenzen und abzuwägen. Dabei verwendet der Therapeut auch verhaltenstherapeutische Elemente.

Bei der *rational-emotiven Therapie* (Ellis, 1977) geht es vor allem um den Abbau von irrationalen Denkinhalten, die vom Therapeuten aufgespürt werden und die ihres unlogischen Charakters im Verlauf der Therapie zu entkleiden sind. Die rational-emotive Therapie will die Fähigkeit des Patienten stabilisieren, sich positiv einzuschätzen, indem irrationale und falsche Leitsätze des Handelns des Patienten korrigiert werden.

Andere Psychotherapieverfahren (Logotherapie, Biofeedback, Urschrei): Im letzten Abschnitt sollen zum Kapitel »Psychotherapie« drei Beispiele sehr unterschiedlicher Therapieverfahren gegeben werden, die grundsätzlich jedoch Verwendung in der Therapie auch Drogenabhängiger finden können und teilweise als wirkungsvolle Ergänzungen anzusehen sind.

Die *Logotherapie* will einen Beitrag zur Sinnfindung bieten. Mangel an Sinn (Logos) führt nach Frankl (1972), dem Schöpfer der Logotherapie, zu Langeweile und in die Sinnkrise. Beide Phänomene sind wichtige und oft anzutreffende Ausgangspunkte für die Entwicklung einer Drogenabhängigkeit. Kann der Mensch aber den Sinn seiner Existenz erfassen und reflektieren, so kann er mit seinem Schicksal auch verantwortlicher umgehen. Suggestive und beratende Elemente sind wesentliche Bestandteile dieser Therapieform.

Bei der *Biofeedback-Therapie* versucht man, physiologische Prozesse durch ihre unmittelbare Rückmeldung in eine vom Individuum bzw. seiner Umgebung gewünschte Richtung zu modifizieren (Birbaumer, 1978). Sowohl muskuläre als auch zentralnervöse oder autonome Prozesse können rückgemeldet werden; beispielsweise können wir EEG-Abläufe oder den Herzschlag in akustische Signale umwandeln und so dem Klienten bewußt wahrnehmbar machen. Die Rückmeldung ermöglicht es dem Patienten, die rückgemeldete Funktion nach einiger Übung zu beeinflussen.

Legewie (1980) schlägt vor, Biofeedback als eine Technik unter anderen in ein umfassendes Konzept der Verhaltensänderung vor allem bei psychosomatischen Störungen zu integrieren. Hier ist auch an die Drogenabhängigkeit zu denken, bei der nicht selten psychosomatische Krankheiten eine Rolle spielen. Sie können mit Biofeedback im Einzelfall angegangen werden, wobei wir den Vorteil eines medikamentenfreien Verfahrens haben, das leicht und mit geringem Aufwand durchführbar ist und zu (meist vorübergehenden) eindrucksvollen Veränderungen einzelner Körperfunktionen führen kann.

Der Vollständigkeit halber wollen wir auch auf die *Urschrei-Therapie* (Primärtherapie) Janovs hinweisen. Nach der zugrundeliegenden Theorie kommt es in der Kindheit vielfach zu einer Fülle von Versagungserlebnissen, die als »Urschmerzen« gespeichert werden und den Ausgangspunkt neurotischer Fehlentwicklung darstellen können. Werden diese Urschmerzen abgebaut, wird also der »Urschmerzfundus« »entleert« (Zander,

1980); so wird, dieser Theorie zufolge, das krankmachende Potential beseitigt. Dies kann dadurch erfolgen, daß sich der Patient ganz in sein »Gefühl fallen läßt« und die ihn unbewußt quälenden Konfliktererinnerungen äußert: durch Schreien, Weinen, Rufen nach Mutter und Vater usw. Gerade bei Suchtkranken mit ihren vielen Versagungserlebnissen in der Anamnese und ihrem zugleich vielfach deutlich gesteigerten Selbstdarstellungsbedürfnis ist eine solche Therapieform u. U. eine wirkungsvolle Ergänzung im therapeutischen Gesamtinventar.

3.8 Selbsthilfegruppen

Das Prinzip der Selbsthilfe bei der Behandlung von Suchtkrankheiten hat eine lange Tradition. Wenn wir an die hundertjährige Geschichte des Guttempler-Ordens denken, so müssen wir damit den Gedanken an 100 Jahre Selbsthilfe für Süchtige bzw. durch Süchtige verbinden. Was für den Bereich des Alkoholismus ein selbstverständlicher integrierender Bestandteil praktisch jeder Form von Therapie geworden ist, die Mitarbeit (ehemals) Selbstbetroffener, ehemals Süchtiger (»Ex-User«), das ist in der Therapie Drogenabhängiger erst relativ spät praktiziert worden: 1958 durch die Gründung von *Synanon* in den USA bzw. 1967 durch die Gründung von *Release* in England. Das Prinzip der Hilfe zur Selbsthilfe ist daraus hervorgegangen und stellt einen Versuch dar, Drogenabhängige durch das Zusammenleben mit professionellen Therapeuten so weit und so lange zu stützen und zu unterstützen, bis sie zu eigener Hilfe imstande sind – ein aufwendiges Verfahren. Elterngruppen bzw. Elternkreise schließlich bildeten sich in der Bundesrepublik Anfang der 70er Jahre und entstanden aus der Betroffenheit von Eltern, die sich mit einem bis dahin für sie unbekannten und kaum faßbaren Phänomen konfrontiert sahen: der Drogenabhängigkeit ihrer Kinder.

Das Modell »Synanon«/Das Modell »Release«

Die ersten Selbsthilfegruppen für Drogenabhängige wurden 1958 in den USA von Dederich gegründet. Er ging bewußt von zwei wesentlichen Prinzipien der Drogentherapie ab: Er verzichtete auf die Mitarbeit sogenannter Professioneller, also ausgebildeter Therapeuten ohne eigenen Bezug zur Sucht, und er faßte die von ihm gegründete Institution *Synanon* als eine alternative Lebensgemeinschaft ehemals Süchtiger auf und nicht als ein Mittel zur Behandlung und Reintegration Drogenabhängiger. Der Synanon-Gedanke hat seither vor allem in den USA weite Verbreitung gefunden. Auch in der Bundesrepublik gibt es eine Variante: Synanon in Berlin. Yablonski (1975) sagt zum therapeutischen Prinzip Synanons: »Vielleicht das umstrittenste Element Synanons ist die tiefe Überzeugung, daß Menschen sich selbst helfen können, ohne fachgemäße Therapie oder Therapeuten.« Auf die spezielle Methode, die hier angewandt wird, wollen wir später eingehen (vgl. S. 177).

Dederich selbst hat über Synanon gesagt: »Wir benutzen so viele Erkenntnisse wie möglich, aus so vielen Quellen wie möglich... Wir benutzen jedes Ideensystem, das uns hilft, die Lage des Menschen besser zu verstehen. Wir arbeiten mit Selbstschulung... Wir beschäftigen uns mit der Identität des Einzelnen im Hier und Jetzt. Wir benutzen Gehirnwäsche und Angriffstherapie, um diejenigen Teile des Selbst abzuschälen, die nicht allzu nützlich gewesen sind und die jemanden in den Sumpf gebracht haben, in dem er jetzt drin steckt. Wir machen ihm neue Ideen und Verhaltensweisen klar... Wir gehen in der entgegengesetzten Richtung vor, wie die Psychoanalyse. Die Analytiker fangen beim

Es und beim Unbewußten an. Wir gelangen auch dorthin, aber wir fangen beim Verhalten und beim Über-Ich an. Schlechtes Verhalten belohnen wir hier nicht, wir versuchen immer gutes Verhalten zu belohnen« (zit. nach Yablonski, 1975).

Release beruht auf ähnlichen Prinzipien. Auch hier steht die Selbsthilfe der Opiatsüchtigen im Vordergrund. Auf die Mitarbeit professioneller Therapeuten wird auch hier verzichtet. Die Release-Bewegung versteht sich als ein unterstützendes Glied im therapeutischen Prozeß, der die Wiedereingliederung des ehemals Süchtigen in die Gesellschaft nicht aus dem Auge verloren hat.

Release entstand 1967 in England und steht für »Entlassung« (aus der Haft), aber auch für »Befreiung, Emanzipation«. Von England sprang der Gedanke bald auf den Kontinent über; so gab es 1970/71 in Frankfurt und Heidelberg, bald auch in Berlin Release-Gruppen; die Frankfurter Gruppe scheiterte bald an eigenen Unzulänglichkeiten und der Diskrepanz zwischen einem überhöhten Anspruchsniveau und einem sehr eingeschränkten Leistungsvermögen, nicht etwa am Widerstand der »Professionellen« oder der Behörden (s. hierzu: »Helft euch selbst!« – Der Release-Report gegen die Sucht, Reinbek 1971). Die kleine Berliner Gruppe ist bedeutungslos geblieben.

Bei Release traten die Beteiligten mit dem Anspruch auf, ein ernsthaftes und erfolgversprechendes Therapieangebot unterbreiten zu können, das sowohl Beratung, ambulante Behandlung, Entgiftung, stationäre Kurz- und Langzeittherapie, Nachbehandlung und Wiedereingliederungshilfen verschiedenster Art umfassen sollte. Diese breite Palette von Hilfen, die insgesamt eine Therapiekette darstellten, sollte in einer räumlichen Einheit wohngemeinschaftsähnlichen Zuschnitts von selber Süchtigen, die sich teils distanziert hatten von der eigenen Sucht, teils aber noch in der Sucht mit all ihren Komplikationen und Imponderabilien befangen waren, geleistet werden. Dabei trat man zunächst ohne finanzielle Hilfe von außen an und lebte in der Illusion, daß man sich mit festem Willen schon werde behaupten können. Man war auf das Milieu der Abbruchhäuser und Matratzenlager angewiesen, das bald zu Konflikten mit Strafverfolgungsbehörden führte, zumal immer wieder auch Betäubungsmittel in die Wohngemeinschaften eingeschleppt wurden. Um sich als »verfolgte Minderheit« dennoch behaupten zu können, griff man zu massiven Ideologiebildungen, und erreichte so eine gewisse Stabilisierung und Solidarisierung der eigenen Gruppe, die allerdings als tragfähige Grundlage für den Bestand des Unternehmens letztlich nicht ausreichte. So scheiterten die meisten derartigen Bewegungen an ihren inneren Konflikten und Unzulänglichkeiten, allerdings im Bewußtsein der Beteiligten, daß es »die Verhältnisse« seien, die das Scheitern verschuldeten.

Hilfe zur Selbsthilfe

Zur Erläuterung des Prinzips »Hilfe zur Selbsthilfe« soll Sybille Kretschmer (1980) zitiert werden: »Die Gemeinschaft (Abhängiger und Nichtabhängiger, Anm. des Verfassers) sollte größtmögliche Autonomie gegenüber professioneller Hilfe von außen verlangen; der Ansatz der Betroffenen, sich unter optimalen Bedingungen weitgehend gegenseitig bei ihrem psychischen Entzug zu unterstützen, d. h. Selbsthilfe zu praktizieren, sollte Schritt für Schritt angestrebt werden.«

Abhängige sollen befähigt werden zur Selbsttätigkeit und zur aktiven Auseinandersetzung mit sich und der sozialen Umgebung, sie sollen instand gesetzt werden, eigene sinnvolle Lebensinhalte und

-ziele zu finden und zu realisieren. Dabei spielt das Engagement professioneller Therapeuten eine untergeordnete Rolle – im Gegensatz zu den typischen Drogentherapieeinrichtungen. Das wesentliche Element ist das gleichrangige Zusammenleben von Drogenabhängigen mit solchen (als Therapeuten wirkenden) Personen, die nie etwas mit Drogen zu tun hatten und bereit sind, das persönlich zu vermitteln und vorzuleben, was Leben ohne Drogen ermöglichen und bedeuten kann. Wichtig sind Vorbildverhalten und Bereitschaft zum Lernen und zur Kompromißbildung. Weniger wichtig ist therapeutisches Know-how oder professionelle Routine. Allein der Mangel an geeigneten und dazu bereiten Mitarbeitern dürfte aber der Ausbreitung des Prinzips der Hilfe zur Selbsthilfe enge Grenzen setzen.

Elterngruppen/Elternkreise

Bei jugendlichen Drogenabhängigen haben wir es in der Regel mit Personen unter 30 Jahren zu tun. Das bedeutet, daß wir eine Gruppe vor uns haben, bei der die Eltern häufig die engsten Bezugspersonen sind, zumal der Personenstand »ledig« bei dieser Gruppe besonders häufig vertreten ist. Legen wir zugrunde, daß die Krankheit »Sucht« komplexe Ursachen hat (vgl. Kapitel 1), so folgt daraus unmittelbar, daß auch ihre Therapie sich nicht auf die erkrankte Person allein konzentrieren kann. Sucht ist eine Krankheit, die tief im sozialen Umfeld wurzelt; und eine adäquate Therapie ist nur bei gleichzeitiger Berücksichtigung und Beeinflussung der Umgebungsfaktoren denkbar. Berücksichtigen wir diese Grundsätze, so wird deutlich, daß die Eltern der meist jugendlichen Opiatsüchtigen in die Therapie einzubeziehen sind.
Man muß sich in der Tat wundern, warum sich dieses Prinzip der Elternbeteiligung bis heute nicht in dem Maße durchsetzen konnte, wie dies wünschenswert wäre. Renner (1980) hat dafür mehrere Gründe angeführt. Einer davon (Thamm, 1977) liegt darin, daß lange Zeit die Eltern als die einzig Schuldigen für die süchtige Fehlentwicklung ihrer Kinder betrachtet wurden und von daher als Ansprechpartner ungeeignet erschienen. Hinzuzufügen wäre: Sie fühlten sich auch aus ihrer eigenen Sicht in diese Rolle gedrängt, und das hatte seine Ursache in der vorschnellen Verurteilung durch wenig fachkundige, weil mangelhaft ausgebildete »Therapeuten«, die sich schnell ein Urteil über den komplexen Sachverhalt »Sucht« mit Hilfe voreiliger Schuldzuweisungen bildeten, ohne zu bedenken, daß hier Wechselwirkungen und Lernprozesse das Bild *aller* Beteiligten, auch der Eltern, mannigfaltig prägen.
Ein anderer Grund für die geringe Beteiligung der Eltern mag auch darin begründet sein, daß sie häufig dazu neigen, ihre süchtigen Kinder zu schützen, zu unterstützen, daß sie vieles abwehren, das sie in ihrer Selbstachtung und in ihrem Selbstgefühl bedroht; deshalb sind sie auch schwierige Verhandlungspartner.
Aus dem Kreis der betroffenen Eltern haben sich bereits Anfang der 70er Jahre Gruppen gebildet, die gewissermaßen ein gemeinsames Schicksal zusammenfügte. Während sie anfänglich der Stützung, Beratung und Information der eigenen Mitglieder der Gruppen im Sinne einer Selbsthilfe dienten, sind sie heute teilweise über diese Zielsetzung weit hinausgewachsen und erfüllen vielfach die Ansprüche komplementärer Dienste. So teilt beispielsweise der »Elternkreis drogengefährdeter und drogenabhängiger Jugendlicher in Bonn« seine Aufgaben in fünf Bereiche ein: Elternhilfe, Gesprächsführung mit Jugendlichen, Prävention, Öffentlich-

keitsarbeit, Dokumentation und Auswertung. Dabei spielen die Bereiche »Elternhilfe« und »Öffentlichkeitsarbeit« eine dominierende Rolle.
So wirkungsvoll auch ein Elternkreis das »Therapieangebot« oder besser das Beratungsangebot einer Region ergänzen kann, so groß sind doch auch die Gefahren, die von einer solchen Gruppierung ausgehen können: Der Eifer und das Engagement mancher Eltern können in einen undifferenzierten Feldzug gegen Drogen einmünden, mit dem sich die primär Wohlmeinenden schließlich ins Unrecht setzen und ihre Glaubwürdigkeit verlieren. Eltern, die mit sektenhaftem Fanatismus auftreten, sind weder für informationswillige Jugendliche noch für betroffene andere Eltern ein akzeptabler Gesprächspartner. Wo sie schließlich dazu neigen, auch die Art therapeutischen Vorgehens im Einzelfall mitbestimmen zu wollen, können sie zu einer Gefahr für die Patienten werden.
Neben frei gebildeten Elternkreisen existieren auch an den Beratungsstellen eigenständige Elterngruppen, die von einem Therapeuten der jeweiligen Therapiekette geleitet werden. Ihre Zielsetzung ist: Aufarbeitung der aus der Sucht der Kinder herrührenden Problematik für die Eltern; Bearbeitung der Haltungen und Einstellungen im familiären Umkreis, die als Nährboden für Suchtentwicklungen bei Jugendlichen anzusehen sind. Zugleich wird versucht, den Eltern aus der Rolle der Schuldigen herauszuhelfen um ihnen die Möglichkeit zu geben, ihr eigenes Verhalten kritisch und distanziert betrachten zu lernen. Inwieweit der viel weitgehendere familientherapeutische Ansatz geeignet ist, hier eine sinnvolle Ergänzung der Arbeit mit betroffenen Eltern zu bieten, steht bis heute dahin, wenn man für seine Beurteilung streng empirische Kriterien anlegt.

Elternkreise haben oft keine leichte Stellung. Sie sind in Gefahr, als eine Vereinigung der eigentlich Schuldigen angesehen zu werden. Sicher dienen Elternkreise auch der eigenen Entlastung von Schuldgefühlen aufgrund von außen herangetragener Schuldzuweisungen. Erschwerend tritt die Haltung einiger Therapeuten hinzu, die von einer Art Sündenbockdenken ausgehen und versuchen, Eltern das Recht abzusprechen, sich überhaupt um ihre erkrankten Kinder zu kümmern. Dem Ruf der betroffenen Familie nach Hilfe für das erkrankte Familienmitglied wird dann ein Konzept entgegengehalten, wonach die Eltern zu behandeln sind, aber nicht der Erkrankte.

3.9 Therapie in der Haftanstalt, Probleme der Motivation

Die Mehrzahl der fortgeschrittenen Drogenabhängigen kommt in die Haftanstalt, und zwar meist zunächst zum Vollzug der Untersuchungshaft. So befanden sich z. B. 1981 in der Haftanstalten des Landes Nordrhein-Westfalen ca. 2000 drogenabhängige Personen (Rosorius, 1981).
Auch wenn man einräumen muß, daß einem Aufenthalt in einer speziellen therapeutischen Einrichtung in der Regel der Vorzug vor einem zwangsweisen Entzug durch Inhaftierung zu geben ist, so liegt es doch nahe, die Haftzeit zu nutzen, um Motivation zur Behandlung der Sucht zu wecken und mit der therapeutischen Arbeit zu beginnen (vgl. Leschhorn und Mitarbeiter, 1980; Kindermann, 1979; Romkopf, 1980; Borkenstein, 1981; Rosenberg, 1981).
Sicher behindert eine Vielzahl struktureller Mängel die Arbeit in den Justizvollzugsanstalten. Auch sind die Verhältnisse in den Haftanstalten nicht vergleichbar

mit jenen in sogenannten freien Einrichtungen. Zu denken ist dabei vor allem an die Schwierigkeit, das Einschleppen von Drogen in die Anstalt zu unterbinden, an die vielfach unter Zeitdruck erfolgenden vertraglich-therapeutischen Absprachen mit den Klienten (weil die Dauer der Haft sich nur bedingt mit sinnvollen therapeutischen Verfahren vereinbaren läßt), schließlich auch an die zwangsläufige und kaum zu vermeidende Unterordnung der Drogenabhängigen unter die Gesetzmäßigkeiten des Regelvollzugs. Die Vielzahl der praktischen Schwierigkeiten, die sich dem Versuch einer Drogentherapie in der Haft entgegenstellen, hat Apitzsch (1980) dargestellt. Hier wird deutlich, daß es entscheidend darauf ankommt, den Personalmangel in den Drogenabteilungen zu überwinden und ein therapeutisches Klima zu schaffen, um zur Therapie zu motivieren.

An zentraler Stelle der Arbeit mit Drogenabhängigen steht der Begriff der Motivation zur Therapie.

Kleiner hat sich mit dieser Frage intensiv beschäftigt (1976, 1978, 1980, 1982). Zu verweisen ist auch auf die Arbeiten von Hadler (1981, 1982), Hänsel (1980), Schmidt (1981) und Soeder (1981). Zum Begriff der Motivation aus psychologischer Sicht s. Graumann (1970).

Die früheren Arbeiten von Kleiner sind deswegen besonders bemerkenswert, weil er schon zu einem Zeitpunkt, als die Möglichkeiten der Unterbringung Drogenabhängiger noch sehr begrenzt waren, die Auffassung vertrat, daß es u. a. auch jugendrichtlicher Initiativen zur Therapieaufnahme bedarf. Er unterscheidet zwei Verfahren der Motivationswekkung bei Opiatsüchtigen: die *induktive Methode* mit der an weiter Süchtigen auf der Szene, also gleichsam auf der Straße gearbeitet wird, und die *initial-repressive Methode*. Hier wird zunächst Zwang angewandt, etwa in der Psychiatrischen Klinik oder in der Haftanstalt, und diese Zwangssituation wird genutzt, um Motivation zur eigentlichen Therapie herbeizuführen (»helfender Zwang«).

Motivation zum »Aussteigen« kann erzeugt werden durch Angst, dem Tod etwa von Freund oder Freundin durch Heroinkonsum, aber auch durch das Vorbild von Bekannten, die es geschafft haben, von der Droge loszukommen. Auch Neugier auf die Therapie, schließlich auch ein drohendes Strafverfahren, dem die Abhängigen ausweichen wollen, sind von außen kommende Faktoren, die zur Therapiemotivation führen können (Kleiner, 1982).

Daß Motivation nicht ein statischer, sondern ein dynamischer Vorgang ist, hat Hänsel (1980) gezeigt. Er weist darauf hin, daß es hier Stufen und Entwicklungen gibt, Verläufe, in denen sich Motivation ausbildet. Wesentlich ist der Schritt hin zur Erkennung der eigenen Abhängigkeit; das Erlebnis eigener Betroffenheit ist hier ein entscheidender Faktor.

Drei Schritte des Motivierungsprozesses lassen sich beschreiben: als erster Schritt die Motivation zur Veränderung des augenblicklich bestehenden Zustandes, als zweiter Schritt die Motivation zur Realisierung derjenigen Schritte, die zur Veränderung notwendig sind, und als dritter Schritt der zur Beibehaltung der eingetretenen Veränderung (Hadler, 1982).

Daraus geht hervor, daß Motivation ohne die aktive Mitarbeit des Patienten nicht möglich ist. Gerade bei solchen Patienten, die nicht problemeinsichtig sind, und bei denen die Motivation zur Therapie am nötigsten ist, sollten wir deshalb unbedingt versuchen, in ein vertrauensvolles Gespräch zu kommen, um ihnen die Einsicht zu vermitteln, daß ihr desolater Zustand unmittelbar mit dem Suchtmittelkonsum zusammenhängt.

4. Behandlungsergebnisse

4.1 Fehlerquellen

Die richtige Beurteilung vorliegender Behandlungsergebnisse, von denen wir nachfolgend einige vorstellen werden, wird leider teilweise durch verschiedene Fehlerquellen erschwert. So fehlen manchmal z. B. genaue Angaben über die Selektionsfaktoren der untersuchten Stichprobe, es werden keine genauen Behandlungs- oder Katamnesezeiträume angegeben. Die Erfolgskriterien, die zugrunde gelegt werden, schwanken ebenfalls von Untersuchung zu Untersuchung. So entsteht eine durchweg uneinheitliche Basis, auf der wir unser Urteil fällen müssen. Wenn Feuerlein (1980) zu den Behandlungsergebnissen bei Alkoholikern bemerkt, daß die Erfolgsziffern stark von der Selektion der Patienten abhängen, so nennt er eigentlich den Kern des Problems.

Watzl (1979) hat auf Fehlerquellen bei Effizienzuntersuchungen zum therapeutischen Vorgehen hingewiesen: Eine Fehlerquelle sieht Watzl in der Vorselektion der Patienten. Eine weitere Fehlerquelle liegt darin, daß Behandlungsabbrüche bei späteren Katamnesen nicht berücksichtigt werden. Gerade bei Behandlungsabbrüchen sondern wir aber die prognostisch ungünstigen Fälle aus, so daß es zu einer Verzerrung der Behandlungsstatistik kommt. Eine dritte Fehlerquelle liegt in der sogenannten Schwundproblematik. Bühringer (1978) hat dieses Problem so gelöst, daß er diejenigen Patienten als nicht geheilt einstufte, die bei der Katamnese nicht mehr zu erfassen waren. Schließlich besteht in der Art der katamnestischen Erhebung ein wichtiger Prädiktor für das spätere Ergebnis. Wesentlich ist in diesem Zusammenhang die *persönliche Nachuntersuchung* des früheren Patienten. Hinzu kommen müßte die Kontrolle der Angaben des Patienten durch den Vergleich mit Auskünften weiterer Informanten.

Bedenkt man, daß diese Fehlerquellen sich summieren können, so wird man manchen Angaben über den Effekt der Behandlung Suchtkranker mit etwas mehr Skepsis begegnen. Auch bei den folgenden Behandlungsergebnissen sollten wir uns daran erinnern, daß solche Fehler die Aussagen mitbestimmt haben können, auch wenn wir sie nicht in jedem Fall ausdrücklich nennen.

4.2 Untersuchungen im deutschen Sprachraum seit 1976

4.2.1 Langzeittherapie auf freiwilliger Basis

Eine der ersten Studien zu der Frage, ob die Behandlung jugendlicher Drogenabhängiger seit Beginn der »Drogenwelle«

Ende der 60er Jahre überhaupt Erfolge zeige, stammt aus der Baseler Klinik von Kielholz u. Mitarbeitern (1976). Eine Nachuntersuchung an etwa 100 Patienten durchschnittlich fünf Jahre nach ihrer Entlassung aus stationärer Behandlung der Klinik ergab, daß 36 % abstinent lebten. 27 % nahmen periodisch suchterzeugende Substanzen ein, 32 % waren zwischenzeitlich wieder behandlungsbedürftig geworden. 5 % zeigten einen progredienten Verlauf in Richtung Invalidität.

Ursprünglich waren es 125 Patienten gewesen, die in die Untersuchung eingehen sollten, von denen aber 10 bei der Nachuntersuchung nicht mehr lebten. Zwei Patienten lehnten die Nachuntersuchung ab, 12 waren nicht mehr aufzufinden. Es handelte sich um eine gemischte Stichprobe von 80 % Polytoxikomanen; aber auch nur Halluzinogen- bzw. Haschischkonsumenten, die im Grunde mit Polytoxikomanen nicht zu vergleichen sind, wurden in die Untersuchung aufgenommen. Damit steht und fällt im Prinzip auch schon der Aussagewert dieser sonst verdienstvollen Arbeit: die Stichprobe ist inhomogen, die angewendeten Therapieverfahren sind nicht angegeben, die Erfolgskriterien sind relativ willkürlich gewählt, die Schwundproblematik bleibt unberücksichtigt.

Ein Ergebnis sollte jedoch genannt werden: Freiwilligkeit der Behandlung erwies sich nicht als ein prognostisch positives Kriterium. Und hier ist an die Diskussion um die Frage zu erinnern, ob Freiwilligkeit der Behandlung wirklich so intensiv und ausschließlich anzustreben sei, wie das verschiedentlich gefordert wird. Die Untersuchungen, die sich mit diesem Thema befaßt haben (Kielholz u. Mitarbeiter, 1976; Kurtz, 1980; Dolde, 1982) relativieren jedenfalls den prognostischen Stellenwert der freiwilligen Behandlung.

Dittrich u. Mitarbeiter (1976) untersuchten eine Gruppe von 74 Patienten, von denen zwei Drittel Opiatsüchtige waren. Die Katamnesedauer betrug drei Jahre. Danach waren 11 % absolut drogenfrei, 23 % genügten einer erweiterten Erfolgsdefinition, in die auch soziale Bewährung und kurzdauernde Rückfälle mit eingegangen waren. Kritisch ist hier anzuführen, daß die Stichprobe inhomogen war. Ziegler (1978) untersuchte an der Frankfurter Universitäts-Klinik 43 früher behandelte Patienten nach; aus den laufenden Aufnahmen unserer Klinik entnahm sie weitere 60 Drogenpatienten (sämtlich Heroinsüchtige) und befragte sie zu ihrer Drogenentwicklung. Alle 103 Fälle wertete sie gemeinsam aus. Sie fand Drogenabstinenz seit mindestens 3 ½ Jahren in 39 % der Fälle. 6 % Patienten hatten drogenfreie Intervalle von etwa 6 Monaten durchgemacht, 32 % kürzere drogenfreie Zeiträume, 23 % der Patienten waren weiter abhängig geblieben. Zur Kritik an dieser Arbeit ist anzuführen, daß es sich um eine sehr heterogene Stichprobe handelte; gerade die Patienten, die vorbehandelt worden waren und der Aufforderung nicht folgten, sich nachuntersuchen zu lassen, wären von besonderem Interesse gewesen und hätten sicher zu einem ganz anderen Ergebnis der Untersuchung geführt. Die Schwundproblematik ist auch hier unberücksichtigt geblieben.

Dubacher (1980) berichtete auf dem Baseler Drogensymposion 1979 über seine Erfahrungen in einer Spezialklinik für suchtkranke Männer und Frauen in Gontenschwil in der Schweiz. Er behandelt dort sowohl Alkoholkranke als auch Medikamenten- und Drogenabhängige beiderlei Geschlechts. Eine Nachuntersuchung der Patienten aus dem Jahre 1975 nach einem mindestens dreijährigen Katamnesezeitraum ergab, daß etwa ein Drittel abstinent lebte, ein Drittel gelegentlich Sucht-

mittel konsumierte und ein Drittel als weiter abhängig anzusehen war.
Pörksen (1980) berichtete über Erfahrungen mit dem Modell »Drogenhilfe Tübingen«. Eine dezidierte Untersuchung legte er zwar nicht vor, aber seinen Angaben ist zu entnehmen, daß von 618 Patienten, die seine Einrichtung besuchten, 328 die Behandlung abbrachen, davon ca. 48 % innerhalb der ersten 10 Tage und ca. 52 % innerhalb der ersten 30 Tage. Spätabbrüche waren relativ selten. 15 % der Behandlungsabbrecher waren, wie die Nachuntersuchung zeigte, inzwischen verstorben. Der Autor weist darauf hin, daß Behandlungsabbrüche nicht gleichbedeutend mit Rückfällen seien. Deshalb könne man die Behandlungsabbrüche nicht durchweg negativ werten.
Mit den Therapieabbrüchen, nicht eigentlich mit dem Therapieerfolg, befaßte sich Waldmann (1980). Bei einem Gesamtkollektiv von 200 in seiner Einrichtung in München aufgenommenen Patienten, bei denen das Verhältnis männlich zu weiblich 3 : 2 betrug, beendeten die Therapie zwischen 15 % und 20 % der Männer und zwischen 28 % und 32 % der Frauen. Der Rest brach die Therapie ab, wobei bei den Männern 57 % bis 70 % innerhalb der ersten 8 Wochen die Klinik verließen, während bei den Frauen dieser Anteil 28 % bis 40 % betrug.
Mit der Frage, warum Süchtige während der Langzeittherapie die Einrichtung verlassen und die Therapie abbrechen, hat sich Deissler (1982) beschäftigt. Er vermutet, daß die Anforderungen an die Süchtigen zu hoch seien und daß es zu einer Überbelastung in körperlicher und psychischer Hinsicht komme. Demnach wäre Streß nicht nur eine Ursache der Sucht (Wanke, 1981), sondern auch eine Ursache des Rückfalls. Im körperlichen Bereich ist an die Folgen fehlenden Trainings zu denken, das vegetative Krisen und Fehlregulationen hervorrufen kann. Als Beispiel für psychische Überforderungen führt Deissler die Konfrontation mit eigener Schuld, Insuffizienz, eigenem Versagen und ungeliebten Persönlichkeitseigenschaften im Verlauf der Therapie an.
Berichte wie die von Marx (1979) über die Ergebnisse einer ambulanten Behandlung von Drogenabhängigen, die in verschiedenen Wohngruppen untergebracht waren und von außen betreut wurden, sind mit Skepsis zu beurteilen. Wenn auch die Therapieerfolge sich in einem vergleichsweise bescheidenen Rahmen bewegen, so muß sich doch die Frage erheben, inwieweit hier eine exakte Nachprüfung der Behandlungsergebnisse überhaupt möglich war. So berichtete Marx, daß von 175 Patienten, zu denen er Kontakt hatte, 75 Drogenabstinenz erlangten und von diesen wiederum 36, das entspricht 48 %, weiterhin drogenabstinent gelebt hätten. Der betrachtete Zeitraum wird nicht angegeben. 29,3 % (n = 22) hätten das Behandlungsziel erreicht: »Nachweisliche Drogen- und Medikamentenfreiheit, Arbeits- bzw. Ausbildungsplatz, drogenfreies soziales Umfeld und psychische Stabilisierung«. Der Autor sagt nicht deutlich, wo der Unterschied zwischen der erstgenannten Erfolgsgruppe und der zweitgenannten liegt, insbesondere nicht, wo der Unterschied zwischen »Drogenabstinenz« und »nachweislicher Drogen- und Medikamentenfreiheit« liegen soll.
Wir wollen im folgenden auf die Ergebnisse des Langzeittherapie-Programms »Prop Alternative« in Aiglsdorf b. München eingehen. Das Programm wurde knapp zwei Jahre von 1973 bis 1975 durchgeführt und im Rahmen eines Forschungsprogramms ausgewertet. Nicht aufgenommen in diese Einrichtung wurden Psychosekranke und Suizidgefährdete, miteinander bekannte oder befreun-

dete Klienten und solche, die wesentliche Auflagen aus dem Aufnahmevertrag nicht erfüllten; das waren von 105 Klienten insgesamt 7. Auf alle Einzelheiten der Ergebnisse wollen wir hier nicht eingehen (wir verweisen in diesem Zusammenhang auf die ausführliche Darstellung bei De Jong u. Mitarbeitern, 1978). Mit Hilfe einer Reihe von Erhebungsinstrumenten (Kontrollbögen, Checklisten) und einer Testbatterie, die u. a. Persönlichkeit und Intelligenz, aber auch Konzentrationsfähigkeit und Angstbereitschaft erfaßte, verschafften sich die therapeutischen Mitarbeiter und die Klienten während der Entgiftung jede Woche, während der Entwöhnung und Nachsorge alle drei Wochen einen Überblick über die inzwischen erreichten Therapieziele.
Die Dauer des Aufenthalts in der Entgiftungsphase betrug im Durchschnitt 16 Tage und verteilte sich relativ homogen auf kürzere und längere Verweildauern.

Tab. 17: Dauer der Entgiftungsphase in der Klinik, Therapieeinrichtung Prop-Alternative Aiglsdorf, N = 91 (De Jong et al., 1978)

Tage	N	%
1– 5	12	13
6–10	16	18
11–15	31	34
16–20	22	24
21–25	4	4
26–	6	7
	91	100

Es ergaben sich im Hinblick auf die Charakteristik der »Abbrecher« Hinweise darauf, daß Abhängige erst einmal einen individuellen »Tiefpunkt« ihrer Entwicklung erreicht haben müssen, um hinreichend stabil für die Therapie motiviert zu sein. Hier besteht eine Parallele zur Therapiebereitschaft bei Alkoholkranken.
89 Patienten durchliefen die Entwöhnungsphase, die im Durchschnitt 3,8 Monate dauerte (mit einer Streuung von 2,2 Monaten). Davon verließen 21 Klienten die Einrichtung planmäßig. Von den 68 Klienten, die die Einrichtung nicht planmäßig, nämlich vorzeitig verließen, taten das 26 Klienten auf eigenen Wunsch; 18 mußten wegen Alkoholkonsums, 16 wegen Drogenkonsums und 8 aus anderen Gründen die Einrichtung vorzeitig verlassen. Planmäßig Entlassene blieben im Durchschnitt 5,4 Monate in der Einrichtung, vorzeitig Entlassene 3,1 Monate.
Im Nachsorgeprogramm befanden sich von 1973 bis 1975 insgesamt 18 Klienten, von denen 6 planmäßig und 12 vorzeitig die Einrichtung verließen.
Nach zwei Jahren waren noch 32 % aller Klienten drogenfrei, die mindestens 7 Tage im Rehabilitationsprogramm verblieben waren. Dieser Prozentsatz kann höher liegen, weil diejenigen Klienten als rückfällig eingestuft wurden, die bei der Nachuntersuchung nicht zu erreichen waren.

Tab. 18: Drogenkonsum der entlassenen Klienten der Therapieeinrichtung Prop-Alternative Aiglsdorf, 1 bzw. 2 Jahre nach der Entlassung, Angaben in % der Gesamtstichprobe, N = 89 (nach De Jong u. Henrich, 1978)

	1-Jahres-Nachkontrolle	2-Jahres-Nachkontrolle
drogenfrei	37	32
drogenrückfällig	28	21
in Therapie oder Gefängnis	21	23
nicht erreichbar	11	18
verstorben	2	4

Betrachtet man die planmäßig entlassenen Patienten, so beträgt der Anteil der Drogenfreien nach zwei Jahre 80 %. Da dieses Ergebnis über die ersten zwei Jahre nach der Entlassung hinweg bei den nachuntersuchten Klienten relativ konstant ist, genügt als ausreichendes Kriterium für den Behandlungserfolg offensichtlich eine Nachuntersuchung schon nach sechs Monaten.

Wer, das zeigt die Untersuchung zusammenfassend, ein sechs Monate dauerndes verhaltenstherapieorientiertes Programm planmäßig durchlaufen und beenden kann und nach sechs Monaten noch drogenfrei ist, gehört zu den 80 % aller Heroinsüchtigen, die eine gute Chance haben, auf Dauer drogenfrei zu bleiben.

4.2.2 Therapie unter Bedingungen äußeren Zwanges

Die Nachuntersuchung von Kurtz (1980) aus dem Psychiatrischen Krankenhaus Merxhausen in Hessen umfaßt 66 Patienten, die mindestens ein halbes Jahr lang behandelt worden waren. Von ihnen wurden 57 mindestens sechs Monate nach der Entlassung nachuntersucht. Dabei handelte es sich ausschließlich um zwangseingewiesene Patienten, die sich nach § 126 a StPO, § 64 StGB oder nach dem Hessischen Freiheitsentziehungsgesetz (HFEG) in der Einrichtung aufhielten. Kurtz weist darauf hin, daß wir mit einer Spontanverlaufsquote von 2 % Remissionen pro Jahr rechnen müssen (vgl. auch Vaillant, 1966). Nur das, was zahlenmäßig darüber liege, sei als Therapieeffekt anzusehen. Dieser Aspekt ist bei den meisten Nachuntersuchungen vernachlässigt worden, so daß wir von allen sogenannten Erfolgszahlen immer die 2 % pro Jahr auftretenden Spontanheilungen abziehen müßten.

Zum Zeitpunkt der Nachuntersuchung waren 35 % der Patienten drogenfrei, 40 % befanden sich in Ausbildung oder Beruf, 70 % hatten keine Eintragungen ins Strafregister nach der Therapie, während dies vorher nur 14 % waren. Freilich befanden sich zum Zeitpunkt der Nachuntersuchung 39 % der Patienten im Krankenhaus oder in Haft, sie sind jedoch nicht als drogenfreie Patienten mitgerechnet worden.

Betrachtet man den gesamten Katamnesezeitraum, so waren in dieser Zeit nur 17 % der Patienten drogenfrei oder ein einziges Mal rückfällig geworden.

Insgesamt legt Kurtz die drei Erfolgskriterien Drogenfreiheit, Legalitätsbewährung und Arbeitsverhalten zugrunde. 12 % der nachuntersuchten Patienten hatten seit Entlassung keine Drogen oder höchstens einmal welche konsumiert, hatten daneben keinerlei Strafregistereintragungen und waren während der ganzen Katamnesedauer in Ausbildung oder berufstätig.

Legt man allerdings eine »weichere« Definition für »Erfolg« zugrunde, so kommt man auf eine Quote von 26 %. Man muß dann zulassen, daß höchstens einmal in der Katamnesezeit Opiate konsumiert wurden, andererseits allerdings fordern, daß keine Betäubungsmitteldelinquenz nach Abschluß der Therapie erfolgte und daß sich die Betreffenden zum Zeitpunkt der Nachuntersuchung in Ausbildung oder Beruf befanden.

Hier wird deutlich, wie unterschiedlich die Ergebnisse ausfallen müssen, wenn die zugrunde gelegten Kriterien unterschiedlich gestaltet sind. Immerhin macht diese Untersuchung aber auch deutlich, daß selbst bei zwangseingewiesenen Patienten eine reelle Chance besteht, bei adäquater Behandlung zum Erfolg zu kommen.

Bschor (1976) untersuchte eine Gruppe

von 63 delinquenten jungen Drogenabhängigen, die er 1970–1973 begutachtet hatte, 1975 nach und fand, daß 16 davon außerhalb von Strafanstalten oder Langzeiteinrichtungen drogenfrei lebten. Das entspricht bei einer mittleren Katamnesedauer von ca. 3 Jahren einer Abstinenzrate (wahrscheinlich auch einer »Erfolgsquote«) von 25,4 %. Über die Art der Maßnahmen, die zu diesem Erfolg führten, macht der Autor keine Angaben; es ergibt sich aber aus dem Zusammenhang, daß alle Probanden eine Haftzeit und nicht spezielle therapeutische Maßnahmen durchmachten.

Aus dem Vollzugskrankenhaus Hohenasperg liegen folgende Zahlenangaben vor: Zwischen 1972–1979 wurden 171 Drogenabhängige aufgenommen. Davon verlegte man 66 % in den sogenannten Regelvollzug. Die mittlere Behandlungsdauer lag bei den Regelentlassenen bei ca. einem Jahr (11,7 Monaten). Das Durchschnittsalter betrug 23–24 Jahre. Bei der Katamnese 1980 waren 11 Probanden (das entspricht 6 %) verstorben. Es wird nicht angegeben, welcher Gruppe sie zuzurechnen sind. Die Katamnesedauer betrug mindestens 2 Jahre und bis zu 7 Jahren, kürzere Katamnesedauern wurden nicht berücksichtigt. 57 % der Gesamtgruppe (48 % der Entlassenen, 62 % der Verlegten) wurden schwerwiegend rückfällig, ein »Bagatellrückfall« war bei insgesamt 28 % zu verzeichnen; sie verteilten sich auf 17 % der Entlassenen und 13 % der Verlegten (Abbrecher). Kein Rückfall lag bei 35 % der Entlassenen und 25 % der Verlegten vor; als »Bagatellrückfall« galten Wiederverurteilungen bis zu einer Höhe von 90 Tagessätzen bzw. 3 Monaten Freiheitsentzug. Gravierend sind die Unterschiede bei beiden Gruppen also nicht.

Die Autorin (Dolde, 1982) hat sicher recht, wenn sie anmerkt, daß aus den Zahlen der Schluß gezogen werden kann, die Therapie unter Vollzugsbedingungen sei eine durchaus vertretbare Sache und daß das Vorurteil von der Nutzlosigkeit therapeutischer Bemühungen überhaupt und insbesondere im Rahmen von Vollzugsbedingungen revidiert werden müsse.

4.3 Ausländische Erfahrungen

Aus England berichteten Wiepert u. Mitarbeiter (1978) über die Behandlungsergebnisse bei 575 Opiatsüchtigen, die zwischen 1968 und 1975 in zwei Londoner Kliniken behandelt worden waren und im Oktober 1975 nachuntersucht wurden. Sie legen folgende Ergebnisse vor: 52 % der nachuntersuchten Patienten waren (wieder) in Behandlung. 28 % waren nicht aufzufinden, 11 % verstorben, 6 % im Gefängnis, 3 % außer Landes. Andere Kriterien (etwa die Kategorie »gebessert«) wenden die Autoren nicht an. Sie legen eine Todesrate von 2–3 % jährlich zugrunde. Die Verschreibung von Heroin und injizierbarem Methadon, wie sie in England zeitweise üblich war, erwies sich nach ihren Ergebnissen nicht als therapeutisch sinnvoll. Im Durchschnitt waren während der Nachuntersuchung die gerade hospitalisierten Patienten neunmal stationär behandelt worden.

Wile (1981) untersuchte in England eine Gruppe von 128 Heroinpatienten, die 1969 an einem ambulanten Heroinverschreibungsprogramm teilgenommen hatten, 10 Jahre später nach. Sie waren inzwischen durchschnittlich 35 Jahre alt, und der Beginn des Heroinkonsums lag im Mittel ca. 15 Jahre zurück. Von ihnen befanden sich 38 % weiterhin in der gleichen Behandlung, davon erhielt die Hälfte weiter Heroin verordnet (!), der Rest Methadon. 47 % waren nicht mehr in dem genannten Programm, ohne daß geklärt werden konnte, wo sie verblieben waren. 15 % waren verstorben.

Gunne (1980) berichtete auf dem Baseler Drogensymposion über die Ergebnisse der Behandlung von 250 Drogenabhängigen in Schweden, bei denen es sich vor allem um Amphetamin- und Opiatspritzer handelte. Die kontinuierliche und wiederholte Nachuntersuchung nach 2, 4 und 6 Wochen, nach 3 und 6 Monaten und dann jährlich nach der Entlassung aus der Klinik zeigte, daß die Mehrzahl der Rückfälle früh erfolgte. Ein Jahr nach der Entlassung waren noch 23 % der behandelten Drogenabhängigen frei von Drogen, danach verbesserten sich die Ergebnisse jährlich um wenige Prozent. Hier muß sich die Frage nach der Spontanremissionsquote stellen. Unter den Gründen für die Aufgabe des Drogenkonsums werden Überdrüssigkeit an der Existenz als Drogenspritzer, unangenehme Drogenwirkungen einschließlich Infektionen, die Möglichkeit, ohne Drogen eher eine Arbeit zu finden, daneben aber auch stabile sexuelle Beziehungen mit drogenfreiem Partner, der Druck von Angehörigen und Freunden, schließlich auch politische und religiöse Überzeugungen, Schwangerschaft und nicht zuletzt eine langfristige stationäre Behandlung (bei einigen wenigen Patienten) genannt.

Die größte Zahl von Drogenabhängigen, die unseres Wissens jemals auf die Effektivität der bei ihnen durchgeführten Behandlung hin untersucht worden ist, umfaßt die ca. 44 000 Patienten der Studie DARP *(Drug Abuse Reporting Program)*, die vom National Institute on Drug Abuse NIDA in Rockville/USA erfaßt wurde. Über die Auswertung der Befunde, die Patienten betreffen, welche zwischen dem 1. 6. 1969 und dem 31. 3. 1973 in 52 Einrichtungen der USA wegen Drogenabhängigkeit behandelt und die teils vor-, teils nachuntersucht wurden, gibt es eine derartige Fülle von Veröffentlichungen, daß ihr Studium allein eine Langzeitaufgabe wäre. Sells hat die Ergebnisse in zwei Handbuchbeiträgen zusammengefaßt (1979, 1981). Das Datenmaterial ist in einem fünfbändigen Werk niedergelegt. Auch Simpson hat sich hierzu ausführlich geäußert (1978, 1979).

Die ungeheure Fülle der mitgeteilten Daten kann hier selbstverständlich nicht annähernd vollständig wiedergegeben werden. Beschränken wir uns auf die wesentliche Frage nach der Effektivität verschiedener Verfahren der Behandlung von Drogenabhängigen. Auf ein Problem müssen wir allerdings vorab hinweisen: Denn von 43 943 Fällen wurden nur 35 179 ausgewertet. 6708 Fälle gingen in die Untersuchung nicht ein, weil sie schon vor Aufnahme in der jeweiligen Einrichtung drogenfrei waren. Die Daten von 1388 Fällen wurden nicht verwertet, weil sie »von minderer Qualität« waren. Bei 475 Klienten lag kein Konsum illegaler Drogen vor. Die Daten von 193 weiteren Klienten tauchen ohne Begründung nicht mehr auf (Sells, 1981). Die Daten von 6074 Klienten wurden bei einer Reihe von Untersuchungen nicht verwertet, weil sie weniger als einen Tag in der jeweiligen Einrichtung verblieben waren. Bei den Nachuntersuchungen seien sie freilich verwertet worden. Schließlich reduziert sich die Stichprobe auf 27 460 Klienten, aus denen 4107 Personen aus 25 verschiedenen Einrichtungen durch Randomisierung ausgewählt wurden (Simpson u. Mitarbeiter, 1970), die dann nach komplizierten statistischen Verfahren so nach einzelnen Merkmalen verteilt wurden, daß möglichst homogene Gruppen entstanden (z. B. nach Geschlecht, Hautfarbe, Alter, Konsummuster usw.). Auf diese Weise entstanden schließlich fünf Untergruppen mit insgesamt 2278 männlichen (nach Simpson 2178) Klienten, die sich entsprechend Tab. 19 verteilten.

Die Nachuntersuchung umfaßte eine Katamnesedauer von fünf Jahren. 87 % der gesamten Stichprobe konnten aufgefunden werden; davon konnten die Untersucher 76 % nachinterviewen, das sind 3131 von 4107 Personen, die schließlich die Grundlage aller folgenden Auswertungen darstellten. Die Untersuchungsergebnisse wurden in vier Gruppen unterteilt, je nach Zustand der jeweiligen Klienten.

Tab. 19: Die DARP-Stichprobe, die den Auswertungen zugrunde liegt (N = 2278), Verteilung der einzelnen Therapieprogramme nach Alter, Rasse, Drogenkonsum und früherer Behandlung (nach Sells, 1981)

	Methadonprogramm	drogenfreies LZ Progr.	ambulantes LZ Progr.	Entgiftung	Abbruch am 1. Tag
Durchschnittsalter (Jahre)	27	24	23	26	24
Neger (%)	53	47	45	50	51
Opiatkonsum tgl. (%)	84	61	48	80	70
Opiatkonsum weniger als tgl. (%)	16	39	52	20	30
Nicht-Opiat-Konsum (%)	3	11	25	7	9
Frühere Behandlung (%)	54	56	40	45	53
Zahl von Patienten (männlich)	921	735	289	174	159

Tab. 20: Ergebnisse der Behandlung im Rahmen von DARP, Programm unberücksichtigt. N = 2278 (nach Sells, 1981)

1. sehr gut	31,1 %	Drogenabstinenz, aber noch Nachbehandlung im Katamnesezeitraum und zeitweise ohne Beschäftigung
2. gut	20,3 %	Opiatabstinenz, aber zeitweiser Konsum »weicher« Drogen bis hin zu zeitweisem Opiatkonsum, zeitweise ohne Beschäftigung, keine Kriminalität
3. mäßig ungünstig	32,2 %	mäßiger Opiatkonsum bis hin zu schwerem Opiatkonsum, Kriminalität, keine Beschäftigung, erneute Behandlungen
4. hochgradig ungünstig	16,4 %	schwerer Opiatkonsum ohne Beschäftigung, Kriminalität, erneute Behandlungen

Die Ergebnisse unter Berücksichtigung der einzelnen Programme sind in der folgenden Tabelle dargestellt.

Tab. 21: Ergebnisse der Therapie Drogenabhängiger im Rahmen von DARP. Die Einteilung der Ergebnisse von 1-4 orientiert sich an der Einstufung und ihren Kriterien in Tab. 20, Angaben in %. Modifiziert nach Sells (1981).

Ergebnis	Total	Methadonprogr.	drogenfreies Langzeitprogr.	ambulantes Langzeitprogr.	Entgiftung	Abbruch am 1. Tag
1.	31,1	29,5	36,9	34,4	19,6	21,0
2.	20,3	25,6	15,9	19,9	15,6	16,1
3.	32,2	30,8	31,1	31,1	39,3	38,4
4.	16,4	14,1	16,1	14,6	25,5	24,5

Danach sind fünf Jahre nach Absolvierung eines Methadon-Maintenance-Programms als geheilt anzusehen 29,5 %, nach Durchlaufen eines stationären Langzeitprogramms (TC – Therapeutic Community) 36,9 %, nach einem ambulanten Antidrogen-Programm (DF – »Drug Free«) 34,4 %, nach einer Entgiftung ohne nachfolgendes Programm von höchstens 21 Tagen Dauer (Sells, 1979) 19,6 %, und selbst diejenigen, die keine Behandlung erhielten (NT – No Therapy), weil sie auf der Schwelle der Einrichtung kehrtmachten, waren nach fünf Jahren zu 21 % drogenfrei.

Diese Zahlen widersprechen allen Ergebnissen, die von anderer Seite vorgelegt worden sind. Gerade die bei Sells positive Wertung der Methadon-Programme im Vergleich beispielsweise zur Zusammenstellung einer Reihe von Arbeiten durch Krauthan (1980) oder im Gegensatz zu den Untersuchungen von Lennard (1972), Ballah (1977) und Dole und Joseph (1977) muß den Eindruck aufkommen lassen, daß hier mit anderen Maßstäben gemessen worden ist. Beispielsweise könnte die Schwundproblematik nicht berücksichtigt worden sein, wofür es Anhaltspunkte in Anbetracht der Aussonderung von 6074 Klienten ganz am Anfang der Auswertung gibt. Auch die Aussonderung der Klienten, die in den letzten zwei Monaten vor der Aufnahme keine Drogen konsumiert hatten, ist fragwürdig. Die große Zahl der erhobenen Daten der ursprünglich erfaßten Patienten, aber auch der letztlich ausgewerteten Fälle, darf nicht gleichgesetzt werden mit hoher Sicherheit der entstehenden Aussagen: ein Fehler im Auswertungs- oder Erhebungssystem kann sich durch die große Zahl der Stichprobe erst recht verdeutlichen und die Ergebnisse nachhaltig in eine bestimmte Richtung beeinflussen. Fragwürdig ist auch die Zusammenfassung der Klienten zu einer eigenen Gruppe, die weniger als einen Tag in einer Einrichtung blieben, also der ganz frühen Abbrecher. Sie belasten natürlich jede Erfolgsstatistik negativ; aber da es sich um »Aufnahmen« handelt, wenn auch um schnell scheiternde Aufnahmen, müssen sie in der Statistik erhalten bleiben und dürfen nicht in Gestalt einer eigenen Gruppe ausgesondert werden. Weiter werden die Zugangskriterien (Selektionskriterien) für die Aufnahme in den einzelnen Einrichtungen nicht deutlich, die von wesentlicher Bedeutung für die Beurteilung der Erfolgszahlen sind. Da auch nicht sicher zu beurteilen ist, wie weitere Reduzierungen der Stichprobe zustande gekommen sind (Interviews bei der Nachuntersuchung von 76 % einer bereits reduzierten Stichprobe), muß die DARP-Erhebung mit ihren Ergebnissen sehr zurückhaltend betrachtet werden. Wir sehen dabei folgende Interpretationsmöglichkeit: die 21 % Heilungen bei nicht durchgeführter Therapie sind als Spontanverläufe anzusehen. Diese Quote ist aber höchstwahrscheinlich auch bei allen tatsächlich durchgeführten Therapieprogrammen zugrunde zu legen. Wir müssen danach von allen Erfolgszahlen 21 % abziehen und erhalten so 8,5 % Erfolge bei Methadon-Maintenance-Programmen, 13,4 % Erfolge bei ambulanter drogenfreier Therapie und 15,9 % bei herkömmlichen stationären Langzeittherapien. Die bloße Entgiftung zeitigt danach mit dem Spontanverlauf vergleichbare Ergenisse. Klassische drogenfreie stationäre Langzeitprogramme sind damit das Therapieverfahren mit der am deutlichsten hervorgehobenen Effizienz.

4.4 Methadonprogramme

Schon Anfang der 70er Jahre hat es warnende Stimmen im Hinblick auf die geradezu euphorisch anmutende Verbreitung der Methadonprogramme – auch über die USA hinaus – gegeben (vgl. S. 135 ff.). Zusammen mit Wanke haben wir 1974 diese Stimmen zusammengefaßt; die spätere Entwicklung hat unsere Auffassung weitgehend bestätigt (Krauthan, 1980; Täschner, 1982).
So hatten schon Maddux und Bowden (1972) auf die rechnerischen und statistischen Fehler bei der Beurteilung der Methadonprogramme hingewiesen. Hier ist beispielsweise der Umstand anzuführen, daß in manchen Statistiken über den Erfolg von Methadonprogrammen nicht Drogenfreiheit über einen kontrollierten Katamnesezeitraum hinweg als Erfolgskriterium angesehen wurde, sondern daß man schon die Blockierung der euphorisierenden Heroinwirkung durch Methadon und damit die vorübergehende Beseitigung der unmittelbaren Sucht nach Heroin als Erfolg ansah, was selbstverständlich zu Ergebnissen führen muß, die sich mit denjenigen nach Langzeittherapie

nicht vergleichen lassen. Die Parameter sind zu verschieden: hier kontrollierte Drogenfreiheit über einen klaren Katamnesezeitraum zwischen Entlassung aus der Therapie und Nachuntersuchung, dort Verbleib im Methadonstützprogramm, Regelmäßigkeit des Kontakts, Abbau von Delinquenz. Schraubt man die Erwartungen auf diese Weise herab, dann kann man sich leicht »Erfolge« in die Tasche lügen.

Aufgrund der Tatsache, daß Methadon legal verabreicht wird und damit Beschaffungskriminalität für den Süchtigen entfällt, während Heroin illegal ist und Beschaffungskriminalität erfordert, kann Legalitätsbewährung auch nicht als Erfolgskriterium betrachtet werden.

Wenn man bedenkt, daß in manchen Methadonprogrammen der Anteil »unreiner« (d. h. heroinhaltiger bzw. morphinhaltiger) Urine schon nach 6 Monaten 77,5 % betragen kann (Taylor, Bowling, Mason, 1972), nach 14 Monaten sogar 92,3 %, daß in anderen Untersuchungen 78 % der Substitutionsklienten nebenher andere Drogen, meist Heroin, konsumierten (Weppner, Stephens u. Conrad, 1972), was auch Cohen (1974) und Dale und Dale (1973) bestätigen, dann ist schon Skepsis an den Erfolgszahlen angezeigt, mit denen beispielsweise Quensel (1982) umgeht. Er will uns glauben machen, daß es die mangelnde Informiertheit, aber auch der verstockt-konservative Geist der deutschen Psychiatrie und der deutschen Suchtkrankenhilfe sei, die sie hinderten, möglichst flächendeckende Methadonprogramme in der Bundesrepublik Deutschland einzuführen, wobei er die Augen vor der tatsächlichen Erfolglosigkeit der Programme fest verschließt.

Maddux und Bowden (1972) kritisieren an vielen Auswertungen von Methadonprogrammen ferner die Vernachlässigung der Schwundproblematik (vgl. Watzl, 1979). Die Untersuchungen beziehen sich vielfach auf laufend weiterschrumpfende Stichproben, und ausgewertet werden nur die im Programm bleibenden Probanden, was natürlich zu verzerrten, d. h. geschönten Ergebnissen führen muß. Ein Beispiel hierfür ist die Arbeit von Gearing (1970). Von 990 Süchtigen hatten bei Behandlungsaufnahme 29 % eine Arbeitsstelle, nach 6 Monaten waren 816 Patienten noch in Programm, davon hatten 45 % eine Arbeitsstelle und 3 % besuchten eine Schule. Nach 12 Monaten waren noch 672 Süchtige im Programm, 61 % gingen einer Erwerbstätigkeit nach, 4 % zur Schule. Nach 18 Monaten waren noch 515 Patienten im Programm, die Zahlen lauteten: 66 % waren erwerbstätig, 6 % gingen zur Schule. Nach 24 Monaten: 364 Patienten, 70 % arbeiteten, 4 % besuchten die Schule; nach 30 Monaten: 223 Patienten, 77 % arbeiteten, 3 % gingen zur Schule, nach 36 Monaten: 88 Patienten, davon waren 88 % berufstätig, 4 % in Ausbildung befindlich. Nichts ist darüber gesagt, was aus den Klienten wurde, die aus dem Programm ausschieden. Dabei wissen wir aus anderen Untersuchungen, daß die Fünfjahreskatamnesen Erfolgszahlen von unter 10 % ergeben, wenn man sie um die Spontanverlaufe bereinigt (DARP-Ergebnisse, vgl. S. 166–167).

Maddux und Bowden (1972) kommen bei einer kritischen Betrachtung der Ergebnisse von Dole und Nyswander (1966) zu dem Ergebnis, daß bei den Erfolgszahlen, die sich auf 79 Patienten bezogen, 12 Patienten nicht berücksichtigt wurden, die aus dem Programm mittlerweile ausgeschieden (und rückfällig geworden) waren. Statt eines Anteils von 71 % beruflich integrierter Methadonpatienten bleibt dann nur ein Anteil von 62 %, wenn man die Stichprobe entsprechend bereinigt. Das gilt in gleicher Weie für die Arbeit von Wieland und Chambers (1970), aber auch für die Untersuchungen von Dole, Robinson, Orraca und Mitarbeitern (1969) und Perkins und Bloch (1970), wo sich ebenfalls nach Berechnung auf der Basis der ursprünglichen Stichprobengröße weit geringere Erfolgsquoten ergeben als von den jeweiligen Autoren angegeben worden waren.

Auch muß bei der Beurteilung des Erfolgs im Hinblick auf berufliche Integration der Umfang der vor Beginn der Behandlung schon vorhandenen beruflichen Tätigkeit objektiv Berücksichtigung finden. Man kann dabei nicht von 0 % ausgehen und danach nur das messen, was während des Methadonprogramms an positiven Änderungen eintritt. Geht man von etwa 30 % beruflicher Integration vor Aufnahme des Methadonprogramms aus, dann ermäßigen sich die angegebenen Erfolgszahlen erheblich. Vor allem die angebliche Überlegenheit gegenüber drogenfreien Programmen relativiert sich beträchtlich.

Auch die Verwendung kumulativer Daten über die Delinquenz vor und nach Aufnahme eines Methadonprogramms führt zu falschen Werten, weil die unterschiedlich lange Dauer vor und während des Programms nicht berücksichtigt wird. Es ist klar, daß in einem Jahr die Delinquenz niedriger ausfällt als in 10 Jahren, auch wenn keine Therapie durchgeführt wird.

Betrachtet man die Reduzierung der Verhaftungsquoten im Vergleich zwischen drogenfreien Therapieformen und Methadonprogrammen, so zeigt sich die Überlegenheit der ersteren (Nash, 1973). Von den drogenfreien Patienten mit einer Behandlungsdauer von 12 Monaten oder länger wurden in einem konstanten Beobachtungszeitraum danach 14 % verhaftet, von einer vergleichbaren Methadongruppe im gleichen Zeitraum dagegen 27 %, das ist knapp die doppelte Verhaftungsrate.

Weitere Ergebnisse der Methadonprogramme: Meester und Mitarbeiter (1971) konnten 68 Abhängige mit langfristigem Heroinkonsum zur Therapie annehmen. Nach 3 Wochen kamen noch 59 Patienten in das Behandlungszentrum, davon erhielten 46 Methadon und 13 wurden in ein drogenfreies Langzeitprogramm überwiesen. Von den Methadonpatienten mußten 11 wegen dauernden Heroinmißbrauchs neben dem Methadonkonsum aus dem Programm ausscheiden. Nach 35 Behandlungswochen waren 60 % der Kontrollurine wieder heroinhaltig. Es gelang innerhalb von insgesamt 16 Monaten nicht, einen einzigen Methadonpatienten drogenfrei zu bekommen. Eine Nachuntersuchung ergab, daß 16 noch im Programm geblieben waren, 14 Heroin benutzten, 14 inhaftiert worden waren und 2 nach vorübergehender Drogenfreiheit wieder Heroin konsumierten.

Auch Lennard und Mitarbeiter (1972) kamen anhand eigener Erfahrungen zu keiner günstigen Aussage über die Methadon-Programme. Methadon-Abhängige seien im Grunde nicht leichter zu führen als Heroinsüchtige. Zur Dauerbehandlung sei Methadon nicht geeignet. Rathod (1972) wies auf die Methadonisierung der Heroin- und allgemeinen Drogenszene als unerfreuliches Nebenprodukt der Methadon-Maintenance-Programme hin. Auch Martin (1973) und McLeod (1973) konnten zwar über Nebenwirkungen, Risiken und Schwachstellen der Methadon-Programme berichten, nicht aber über positive Behandlungsergebnisse.

Dole und Joseph (1977) fanden bei einer Untersuchung an 202 ehemaligen Methadon-Patienten, die im Schnitt zwei Jahre nach Beendigung des Programms befragt wurden, daß nur 10,8 % diesen Zeitraum ohne Drogenkonsum überstanden hatten. Zwei Drittel von ihnen waren zum gelegentlichen oder auch kontinuierlichen Konsum der Rauschdrogen zurückgekehrt.

Ballah und Mitarbeiter (1977) berichteten über 102 Patienten, die in einem kanadischen Methadon-Programm behandelt und im vierten Jahr nachuntersucht wurden. Die Schwundproblematik blieb offenbar unberücksichtigt. Die Ergebnisse lauteten: 26,5 % waren noch im Programm, 18,6 % waren weiter abhängig, 15,7 % waren nicht aufzufinden, 14,7 % verstorben, 12,7 % im Gefängnis und 11, 8% waren sogenannte Non-User, wobei aber nicht gesagt wurde, wie lange sie drogenfrei lebten.

Der unseres Wissens in der Bundesrepublik bislang einzige ausgewertete Versuch mit einem Methadon-Programm wurde in Hannover durchgeführt (Krach u. Mitarbeiter, 1978; vgl. S. 144–145). Das Programm scheiterte, weil es nicht gelang, die Abhängigen in die Entgiftungsphase zu überführen.

4.5 Stereotaktische Behandlung (Psychochirurgie) und andere Außenseiter-Methoden

Hierzu existieren im deutschen Sprachraum wenige Untersuchungen. Die ausführliche Mitteilung von Roeder (1974) bezieht sich auf 11 Patienten, die von der durch ihn geleiteten Göttinger Stereotaktischen Arbeitsgruppe operiert worden waren. Über fünf von ihnen konnte der Autor auch katamnestische Daten mitteilen. Roeder geht davon aus, daß eine bestimmte Hirnstruktur, nämlich der mediale Hypothalamus in Höhe der Nuclei ventromediales in erster Linie den Sättigungsmechanismus reguliere, während der laterale Hypothalamus mit dem Hungergefühl in Verbindung zu bringen sei. Diese mit vielfachen anderen Hirnstrukturen eng verkoppelten Hirnareale bildeten letztlich einen Schaltkreis, mit dessen Hilfe die Mechanismen der Abhängigkeit zu erklären seien. Dabei verweist Roeder insbesondere auf die Verkoppelung der genannten Hypothalamusareale mit Teilen des limbischen Systems (vgl. Hassler, 1964). Schaltet man den Nucleus ventromedialis beidseits aus, so zerstört man damit diejenige Hirnstruktur, die für die Suchtentstehung nach dieser Auffassung verantwortlich zu machen wäre und hätte auf diese Weise die Voraussetzung für Sucht beseitigt (vgl. S. 150).

Unter den fünf nachuntersuchten Fällen waren drei von Alkoholismus, einer von Opiatsucht und einer von gemischter Alkohol/Schlafmittel-Sucht (bromhaltige Schlafmittel). Die Katamnesedauer im ersten Fall beträgt drei Monate, im zweiten Fall sieben Monate. Dies sind natürlich sehr geringe Zeiträume, bei beiden Patienten war es in der Zwischenzeit zu keinem Rückfall gekommen, und sie fühlten sich subjektiv von ihrer Sucht geheilt. Bei den drei Alkoholismusfällen sah die Bilanz nicht so günstig aus: in einem Fall war ein Patient nur einseitig operiert worden: er wurde alkoholrückfällig. Bei einem weiteren kam es ebenfalls postoperativ zu einem Rückfall, der aber offensichtlich schnell wieder zu überwinden war. Eine Klinikaufnahme war indessen notwendig. Bei dem dritten Alkoholkranken kam es zu einer vollständigen Remission. Über die weiteren sechs Fälle kann bezüglich der Entwicklung nach der Operation nichts genaues gesagt werden, der Verlauf sei aber »ermutigend« gewesen.

Die Beurteilung anderer Verfahren ist

weiterhin widersprüchlich. Wir denken hierbei insbesondere an die Akupunktur und die Hypnose. Sie sind sicherlich nicht als isolierte Behandlungsverfahren zu betrachten, die Akupunktur kann freilich wegen der damit verbundenen suggestiven Einwirkung und der gleichzeitigen Zuwendung gegenüber den Patienten bei der Entgiftung im Einzelfall einmal hilfreich sein. Innerhalb bestimmter Programme mögen sie einen begrenzten Stellenwert haben. Eine gesonderte Beurteilung ihrer Wirksamkeit ist bis heute nicht möglich (vgl. O'Brien 1979).

Am Beispiel der *Akupunktur* wollen wir dies belegen: Man und Chuang (1980) berichteten über die Anwendung der Akupunktur bei 35 Methadon-Patienten, die vom Methadon abgesetzt werden sollten und zur Unterstützung dieses schwierigen Vorhabens akupunktiert wurden. 83 % von ihnen hatten unreine Urine, benutzten also weiterhin Rauschdrogen neben Methadon. Ein Erfolg der Akupunktur war nicht nachzuweisen. Marx (1981) wies in einem Erfahrungsbericht auf den nach seiner Auffassung hohen Wert der Akupunktur bei der Behandlung der Entzugserscheinungen von Alkoholkranken hin, ohne freilich konkrete statistische Auswertungen vorzunehmen. Die Arbeiten über die Wirksamkeit der Akupunktur von Wen und Cheung (1973) wurden von Whitehead (1978) kritisch beleuchtet. Dabei ergab sich, daß diese Mitteilungen nicht als wissenschaftlich begründete Ergebnisse zu verstehen sind, da sie einfachen statistischen Anforderungen nicht genügen. Das Verfahren als solches, auch in Verbindung mit der Gabe von Naloxon, ist bisher in seiner Effizienz nicht sicher zu beurteilen, zumal auch spätere Mitteilungen unvollständig geblieben sind (Chen, 1977; Wen, 1977).

4.6 Entgiftungsbehandlung

Im Zentrum der Psychiatrie des Klinikums der Johann Wolfgang Goethe-Universität behandeln wir durchschnittlich ca. 1000 Suchtpatienten pro Jahr. Davon sind ca. 62 % Alkoholkranke, 32 % Heroinsüchtige bzw. Polytoxikomane und 6 % sind Medikamentenabhängige.

Diese Patienten stellen insgesamt ca. 43 % aller Patienten unserer Klinik dar. Betrachtet man den Zeitraum von März bis Mai 1979 und berücksichtigt man nur die in der Abteilung für Klinische Psychiatrie II unseres Zentrums behandelten Patienten, bei denen es sich um ca. 40 % der Gesamtaufnahme des Zentrums handelt, so ergibt sich folgendes Bild: von 31 Heroinsüchtigen bzw. Polytoxikomanen wurden 15 auf freiwilliger Basis und 16 gegen ihren Willen aufgenommen. Das Durchschnittsalter der Patienten betrug 25 Jahre. Die Verweildauer lag im Durchschnitt bei 8 Tagen; 13 Patienten konnten zur Langzeittherapie überwiesen werden. 18 Patienten mußten wir, meist auf ihren Wunsch hin, ohne Nachbehandlung wieder entlassen.

Die Zahlen haben sich drei Jahre später nur geringfügig geändert. Eine Erhebung über die Drogenfälle im 1. Halbjahr 1982 ergibt 91 Patienten: 43 Männer, 48 Frauen. Davon wurden 62 wieder entlassen, ohne daß sich eine Nachbehandlung anschloß. 11 % der Patienten konnten zur Langzeittherapie, ebenfalls 11 % in ein Psychiatrisches Landeskrankenhaus überwiesen werden.

Selbst bei einer günstigen Betrachtungsweise unterscheidet sich das Ergebnis von den früheren Verlegungsquoten in die Langzeittherapie ganz erheblich. Dafür mag es verschiedene Gründe geben, u. a. die Tatsache, daß wir in letzter Zeit mehr Patienten zur bloßen Entgiftung motiviert haben, nachdem bekannt wurde, daß Entgiftung relativ leicht und ohne großen Aufwand mit Hilfe des Medikaments Clonidin (Catapresan) möglich ist. Nur 18 % (gegenüber 52 % im Jahr 1979) der Patienten wurden zwangseingewiesen; es kamen also mehr als vier Fünftel unserer Drogenpatienten freiwillig zur stationären Entgiftung.

5. Beispiele für therapeutische Einrichtungen

Im folgenden Abschnitt geht es uns um die weitestgehende Konkretisierung dessen, was wir unter Therapie der Drogenabhängigkeit verstehen: Wir wollen existierende Modelle und tatsächlich arbeitende Einrichtungen aus unserem eigenen Erfahrungsbereich beschreiben. Dieser Abschnitt wird weniger die professionellen Therapeuten unter den Lesern dieses Buches interessieren. Er ist für diejenigen gedacht, die sich außerhalb der professionellen »Helferszene« für Drogenabhängigkeit und die konkreten Möglichkeiten ihrer Behandlung interessieren.

An dieser Stelle sei betont, daß es bereits eine Fülle von Einzeldarstellungen der Therapiemöglichkeiten auf unserem Gebiet gibt. Seit wir mit dem Problem des süchtigen Verhaltens bei Jugendlichen in stärkerem Maße befaßt sind – also etwa seit Anfang der 70er Jahre – ist eine Vielzahl von Einzelarbeiten zu unserem Thema verfaßt und veröffentlicht worden, aber es sind keine umfassenden Darstellungen erschienen. Und auch das an anderer Stelle erwähnte Buch von Petzold (1974) ist aus Einzelbeiträgen zu teilweise sehr speziellen Problemen im Umkreis der Therapie der Drogenabhängigkeit zusammengefügt. Gleiches gilt für das von Heckmann (1982) herausgegebene Buch über die Praxis der Drogentherapie. Gleichwohl enthalten beide Darstellungen viele lesenwerte Einzelheiten und sind deshalb als Ergänzungen zu dem nachfolgenden Kapitel zu empfehlen. Gleiches gilt für das Buch von Biniek (1978), das einen Querschnitt von Einzelaufsätzen sehr unterschiedlicher Autoren zu sehr verschiedenartigen Themen aus dem Gesamtgebiet der Drogenabhängigkeit enthält, die teilweise auch historischen Charakter tragen, wie auch das von Petzold u. Vormann (1980) herausgegebene Buch über Wohngemeinschaften viele Einzelaspekte unseres Themas behandelt (vgl. Steinbrecher u. Solms, 1975).

Zur Methodik der Drogenerziehung ist am konkretesten das Buch von Feser (2. Aufl., 1981). Viele Diskussionen mit Lehrern haben uns gezeigt, daß im Bereich der pädagogischen »Behandlung« des Drogenproblems viele Fragen offen sind, was um so bedauerlicher sein muß, als Prävention auf dem Sektor beispielsweise des Cannabis-Konsums bei Schülern wohl der meistversprechende Weg der Hilfe sein dürfte.

Zur Anwendung der Verhaltenstherapie in der Praxis der Behandlung Drogenabhängiger sind die Veröffentlichungen von De Jong u. Bühringer (1978), Kraemer u. De Jong (1980) und Bühringer (1981) von besonderer Bedeutung. In unseren Ausführungen zu diesem Thema haben wir darauf ausführlich Bezug genommen (vgl. S. 56, 150, 162 ff.).

Den aktuellen Stand der Diskussion um die Therapie der Drogenabhängigkeit und ihrer Methodik geben die Sammelbände von Keup (1978, 1980, 1981) und von Ladewig (1980, 1982) wieder, die viele lesenswerte Einzelarbeiten – teilweise wenig vermittelt und nebeneinander publiziert – enthalten. Wir erwähnen diese Literaturstellen deshalb, weil aus ihnen vieles zu entnehmen ist, das als Ergänzung der folgenden Ausführungen verstanden werden kann.

Bevor wir uns den Wurzeln der heute vorhandenen Therapieeinrichtungen zuwenden, die in den USA zu finden sind, wollen wir unsere Aufmerksamkeit kurz denjenigen Einflüssen widmen, die in der Bundesrepublik in den letzten Jahren von entscheidender Bedeutung gewesen sind. Hier ist vor allem die Psychiatrie-Enquête zu erwähnen, die 1975 ihren »Bericht über die Lage der Psychiatrie in der Bundesrepublik Deutschland – Zur psychiatrischen und psychotherapeutischen/psychosomatischen Versorgung der Bevölkerung« vorlegte (Bundestags-Drucksache 7/4200). Bis dahin hatte es Vorstellungen über die Therapie Drogenabhängiger gegeben, die sich entweder eng an die Methodik der Alkoholiker-Behandlung anlehnten (Ladewig, 1971; Hasse u. Mitarbeiter, 1971) oder aber ideologisch stark eingefärbte und von zahlreichen sachfremden Theorien überlagerte Modellvorstellungen wie z. B. das Modell einer Arbeitsgruppe, das auf einem Fortbildungsseminar der Caritas in Mülheim/Ruhr 1971 erarbeitet wurde (Bschor, 1971). Dort ist von einem »repressiven Modell«, einem »Totalmodell« und einem »emanzipatorischen Modell« die Rede, von »therapeutischer Subkultur«, die Probanden sollen in »kreative Prozesse hereingenommen« werden. Das alles klingt sehr unbestimmt und von wenig Erfahrung getragen, und dies verwundert nicht, wenn man die Jahreszahl dieser Publikation betrachtet (1971).

Der Abschlußbericht der Enquête-Kommission (1975) enthält ein umfassendes Kapitel über Suchtkranke. Darin macht die Sachverständigenkommission auch Ausführungen über ihre Vorstellungen von der therapeutischen Praxis bei Drogenabhängigen. Ausgehend von der Behandlung der Alkoholsucht, kommt die Kommission zu dem Ergebnis, daß ein »komplexes therapeutisches Programm« zur Therapie erforderlich sei. Die Kommission hält am Prinzip der therapeutischen Kette fest, die aus Entgiftungsbehandlung, Entwöhnung und Nachsorge zu bestehen habe. Prognostische Kriterien seien wichtiger als spezielle therapeutische Techniken. Motivation und soziales Herkunftsmilieu seien die zentralen Punkte, die die Erfolgsaussichten einer Therapie bestimmten. Bei jugendlichen Drogenabhängigen liegen nach Ansicht der Kommission die Schwerpunkte auf »pädagogisch-psychologischem und psychotherapeutischem Gebiet«. Gruppentherapie und laufende Suchtstoffkontrolle seien wesentliche Prinzipien, die es anzuwenden gelte.

Die Kommission stellte aktuelle »Leitprinzipien für die bedarfsgerechte Versorgung von Alkohol- und Drogenabhängigen« auf (Kap. 9.1.8 des Enquête-Berichts). Darin spielt die gemeindenah gelegene Fachambulanz eine zentrale Rolle. Ein regionales Verbundsystem der verschiedenen, an der Therapie beteiligten (auch stationären und teilstationären) Einrichtungen soll die Versorgung optimieren. Dabei legt die Kommission durchaus Wert auch auf den Ausbau stationärer Behandlungseinrichtungen und fordert nicht etwa einseitig einen Schwerpunkt auf ambulantem oder teilstationärem Gebiet. Sie betont den besonderen Wert der Beteiligung von Selbsthilfeorganisationen auf allen Sektoren der Versorgung Suchtkranker und spricht von »integrierter Versorgung« (Kap. 9.1.9 des Enquête-Berichts). Viele von den Forderungen der Enquête-Kommission sind in den nachstehend beschriebenen Institutionen realisiert (vgl. hierzu vor allem Kap. 5.2–5.4), wir finden wesentliche Elemente auch in den »Grundsätzen und Kriterien für die Behandlung Suchtkranker« wieder, die vom Fachausschuß »Suchtkrankenhilfe« der Deutschen Hauptstelle gegen die Suchtgefahren (DHS) erarbeitet wurden (1975).

In den letzten Jahren galt die Aufmerksamkeit der Therapeuten in verstärktem Maße der Planung und Schaffung von gemeindenahen bzw. gemeindeverbundenen Therapieeinrichtungen für Drogenabhängige. Die Beteiligten erkannten deutlich, daß es eines konsequent organisierten Verbundsystems bedarf, um in einer Region effiziente Therapie betreiben zu können und daß insbesondere die zahlreichen Kompetenzüberschneidungen nicht wünschenswert sind, die aus dem Wildwuchs von mehreren – vollständigen oder unvollständigen – Therapieketten innerhalb eines Gebietes regelmäßig erwachsen. So spricht beispielsweise Hünnekens (1980) von »regionalem Verbund« und beschreibt eine mehrdimensionale Stufentherapie (Heinemann) als ideale Gliederung eines Prozesses, der auf Nachreifung und Selbstentfaltung hin ausgelegt sein müsse. Er betont ausdrücklich den Wert der Gruppentherapie und der Selbsterfahrungsgruppen und setzt damit einen Akzent, der mittlerweile überall stärkeres Gewicht erhalten hat. Wesentliche Lernziele sind dabei der Abbau der Versorgungs-, Konsum- und Anspruchshaltung, die Drogenabhängigen eigen ist; Offenheit in der Darstellung der eigenen Problematik, selbstkritische Einsicht, die Fähigkeit zur Wahrnehmung der eigenen Widersprüche zwischen Einsicht und Verhalten und schließlich solidarisches Verhalten und die Bereitschaft zur Übernahme von Verantwortung für andere sind weitere derartige Lernziele. Die realistische Einschätzung beruflicher und gesellschaftlicher Gegebenheiten hält er für wichtiger als die Bemühung um Änderung dieser Gegebenheiten; letzteres kann allenfalls in einem sekundären Prozeß erfolgen, der ersteres zur Voraussetzung hat. Sportliche Ertüchtigung und aktive, geplante Freizeitgestaltung, die weitgehende Herausnahme von Zufallsprinzipien aus der Lebensgestaltung sind weitere Elemente therapeutischen Vorgehens bzw. anzuvisierende Ziele. Auch Einzelheiten – wie beispielsweise der Umgang mit Geld – müssen von der therapeutischen Planung mit erfaßt werden, und daran wird der pragmatische Charakter solcher Aktivitäten deutlich.

Ein Modell stationärer Behandlung jugendlicher Drogenabhängiger haben Benos und Mitarbeiter (1980) vorgelegt. Auch diesem Programm liegt eine Gliederung des therapeutischen Ablaufs in vier Phasen zugrunde: Entgiftung, Entwöhnung, Rehabilitation und Reintegration. Methodisch enthält die Therapie vor allem verhaltenstherapeutisch ausgerichtete Techniken (De Jong u. Bühringer, 1978), aber auch Einzel- und Gruppengespräche und »klassische« Therapiebestandteile wie Beschäftigungs- und Arbeitstherapie, die der Praxis der Psychiatrie entnommen sind.

Die Bemühungen um die Planung und den Aufbau gemeindenaher Therapieeinrichtungen für jugendliche Drogenabhängige haben ihren Niederschlag auch in zwei Workshops gefunden, die 1980 in Berlin stattfanden (Bschor, 1980, 1981). Der Rolle des niedergelassenen (Haus-) Arztes schenken die Autoren dieser Publikationen vermehrte Aufmerksamkeit, und gerade unter dem Aspekt wachsender Kosten im Gesundheitswesen kommt solchen Erwägungen und Planungen sicher vermehrte Bedeutung zu, weil hier schon funktionierende Therapieelemente übernommen werden können. Gemeindenahes arbeiten mit Suchtkranken bietet aber auch den Vorteil, andere in den Gemeinden schon vorhandene Institutionen zu nutzen, seien es Ausbildungseinrichtungen (Schulen, Werkstätten, Universitäten), seien es Kirchen, Behörden (Arbeits- Gesundheitsämter) oder caritative oder andere soziale Dienste (vgl. Wanke, Täschner, Hünnekens, 1976). Den Berliner Autoren ist zuzustimmen, daß – wie an der Entwicklung der psychiatrischen Dienste exemplarisch zu sehen – die Tendenz von der gemeindefernen, zentralisierten Versorgung weg und hin zu gemeindeorientierten, wohnsitznahen, dezentralisierten Versorgungssystemen gehen muß.

5.1 Vorbilder

5.1.1 Synanon

Auf die Geschichte und die Idee von Synanon sind wir bereits eingegangen (vgl. S. 155 ff.). Wir verweisen in diesem Zusammenhang vor allem auf das Buch von Yablonski (1975), in welchem die wesentlichen Inhalte des Synanon-Gedankens wiedergegeben sind. Synanon ist der entscheidende Ausgangspunkt für die Behandlung Drogenabhängiger, und die nachfolgend beschriebenen Einrichtungen sind hiervon wesentlich geprägt worden. Das gilt auch für die in der Bundesrepublik arbeitenden Langzeitprogramme.

5.1.2 Daytop

Zu den aktivsten freien Trägern im Bereich der stationären drogenfreien Langzeittherapieprogramme zählt die aus den USA stammende Daytop Gruppe. Die nachfolgende Darstellung der Praxis der Drogentherapie bei Daytop folgt im wesentlichen einer Darstellung von Bauer (in Petzold und Vormann, 1980). Daytop ist eine Abkürzung von »Drug addict use treatment on probation« und wurde vor etwa zwanzig Jahren in den USA im Zuge der Schaffung ähnlicher therapeutischer Langzeiteinrichtungen gegründet. Es hat danach weite Verbreitung in den USA gefunden. In der Bundesrepublik existierten 1979 elf Daytop-Einrichtungen, von denen sich sieben mit der Behandlung von Drogenabhängigen befaßten. Organisatorisch sind die bestehenden elf Häuser einer zentralen Geschäftsführung in München und Düsseldorf unterstellt.
Dem Therapiekonzept von Daytop liegt die Überzeugung zugrunde, daß ein phasenhafter Verlauf in die Sucht führt. Da es sich bei Suchtentwicklung um eine Form unerwünschter Entwicklung handele, könne auch nur eine phasenweise durchgeführte therapeutische Beeinflussung den Entwicklungsrückstand wieder kurieren. Der therapeutische Prozeß ist daher ebenfalls in mehrere Phasen unterteilt. Der Weg in die Sucht führt über mehrere Stationen. Am Anfang steht eine Reifungs- oder Lebenskrise, die mit Drogenkonsum aufgefangen wird. Statusgewinn steht als Motivation stärker im Vordergrund als etwa rauschbedingte Erlebnisumformungen. Erst in der zweiten Phase gewinnt das im Drogenrausch Erlebte immer mehr an Wichtigkeit. Es kommt zu einer »identitätsstiftenden Wirkung«, wobei es von nicht so starker Bedeutung ist, ob die Droge stärker euphorisierend, passivierend, erotisierend oder etwa abstumpfend wirkt. In dieser Phase kommt es immer noch zu einer Leistungssteigerung, zu einem Gewinn an Erlebnismöglichkeiten, zur Verbesserung der subjektiven Grundbefindlichkeit und noch nicht zu Leistungsbeeinträchtigungen und zu solchen etwa auch im sozialen Bereich. Dies geschieht vielmehr erst in der dritten Phase, die von einem Zwang gekennzeichnet ist, mit dem Drogenkonsum fortzufahren. Der Kontrollverlust setzt ein, der soziale Abstieg beginnt, die familiären und partnerschaftlichen Strukturen zerbrechen, und wir finden in diesem Stadium den typischen chronischen Süchtigen, bei dem schon weitgehende Entgleisungs- und Entordnungserscheinungen zu beobachten sind.
In diesem Stadium soll sich der Patient dann an Daytop wenden. In jedem Daytop-Haus gibt es ein Bewerbergremium, das im wesentlichen aus einer Gruppe von Klienten besteht, die sich bereits längere Zeit in der Einrichtung befinden, ferner gehört zur Gruppe auch ein Teammitglied.

Entschließt sich ein Süchtiger dazu, sich um die Aufnahme bei Daytop zu bewerben, so muß er ein Aufnahmeritual durchlaufen, das nach relativ festen Regeln abläuft. Diese Rituale sind es im übrigen vielfach, die Drogenabhängige vom Beginn einer Therapie abhalten. Sie sind zugleich eine Möglichkeit für die Einrichtung, sich diejenigen Klienten herauszusuchen, die ihnen genehm sind. Sie sind damit eine Form repressiver Kontrolle, wie sie zwar unter organisatorischen Gesichtspunkten von der Seite der Therapieeinrichtungen wünschenswert und auch sinnvoll sein mag, wie sie sich andererseits aber als Erschwernis, ja als Hindernis für den Beginn einer Therapie im Einzelfall erweisen kann. Da Aufnahmerituale vielfach auch geradezu inhumanes Gepräge tragen, indem sie auf die Erniedrigung des Bewerbers abgestellt sind und indem sich im Aufnahmeritual vielfach Emotionen von seiten therapeutisch nicht geschulter ehemals Süchtiger über den Bewerber ergießen, sind sie eigentlich nur als Requisit zu verstehen und deshalb bei vielen Einrichtungen weitgehend aufgegeben worden.

Daytop spricht davon, daß es notwendig sei, bei dem Bewerber Schmerzen und Angst zu erzeugen, um gewissermaßen eine Art zweiter Geburt bei ihm herbeizuführen. Der Bewerber werde auch nicht ins Nichts fallen gelassen, sondern letztlich von der Gruppe und vom therapeutischen Team aufgefangen. Symbolische Handlungen, die für die »Wiedergeburt« stehen sollen, bilden letztlich den Abschluß des Aufnahmerituals. Wir sollten es in seiner ganzen Fragwürdigkeit zur Kenntnis nehmen, aber stets im Auge behalten, daß es damit gelingt, eine praktisch unbegrenzte Selektion des Klientenmaterials zu betreiben, so daß dann später auch die Ergebnisse keinesfalls als repräsentativ anzusehen sind.

Die erste Phase des Aufenthalts im Daytop-Haus ist die sogenannte *Baby-Phase,* während der der Neuankömmling besonders intensiv betreut wird. In dieser Zeit kann der neue Klient »leistungs- und verantwortungsfrei« leben. Nach etwa vier bis sechs Wochen beginnt die sogenannte *Stamm-Phase*; der Klient soll nunmehr Verantwortung übernehmen und unter Kontrolle älterer Gruppenmitglieder einfache Aufgaben ausführen. Er wird überwiegend mit Hausarbeiten beschäftigt. Jedem Mitglied der Gruppe werden allmählich Funktionen zugeteilt, die überwiegend Versorgungsaufgaben für das Haus selbst beinhalten. Das hierarchische Prinzip von Daytop besteht darin, daß diejenigen innerhalb der Therapiegruppe zu bestimmen haben, die länger da sind. Daytop sieht hierin ein hierarchisches Prinzip, spricht aber im gleichen Atemzug von einer sogenannten »Verantwortungs-Phase«, die auf dem Weg der Rehabilitation notwendig sei. Darauf folgt schließlich eine *Kontakt-Phase*, in der der Klient allmählich Kontakt mit dem sozialen Umfeld aufnehmen soll. Grundsätzlich strebt Daytop an, rehabilitativ auf seine Klienten einzuwirken, daß heißt ihnen die Fähigkeit zu vermitteln, unter den sozialen Bedingungen des Alltags drogenfrei leben zu können. Daytop legt Wert auf die Feststellung, daß in seinen Häusern das Prinzip der therapeutischen Gemeinschaft realisiert sei. Es gelte, die »Prinzipien einer heilen Familie, die den Einzelnen fordern und fördern«, zu realisieren: Offenheit, Konsequenz, Verständnis, Hilfe und Liebe. Der ganze Mensch müsse erfahren, daß er auch mit einem drogenfreien Leben seine Ziele und Pläne verwirklichen könne.

Daytop ist aber nicht frei von ideologischen Vorstellungen: Man verlangt beispielsweise den Verzicht auf Kaffee und Nikotin, man verlangt eine einheitliche

Arbeitskleidung, unter Umständen einen kurzen Haarschnitt, den Verzicht auf Sexualität, keinerlei Beziehungen zu dem anderen Geschlecht in den ersten sechs Monaten, kein Musikhören, Fernsehen, Spazierengehen in den ersten Wochen. Es ist klar, daß hier auch weitaus flexiblere Forderungen denkbar wären. Es ist auch die Frage, ob nicht eine solche rigide Regelung an der Individualität der Klienten vorbei geht.

Das therapeutische Team einer Daytop-Einrichtung besteht aus hauptamtlich angestellten Fachkräften, denen in der Regel ein Arzt als Leiter der Einrichtung vorsteht. Daneben gibt es Psychologen und Sozialarbeiter. Der andere Teil des therapeutischen Teams besteht aus ehemaligen Patienten (sogenannten Ex-Usern), die ebenfalls wesentliche Funktionen innerhalb des Teams übernehmen. Diese ehemaligen Drogenabhängigen bringen einerseits auf der Erfahrungsebene Kenntnisse über Sucht und Suchttherapie mit. Da sie in aller Regel aber keine geschulten, ausgebildeten Mitarbeiter sind, entsteht eine duale Struktur im therapeutischen Team, die nur bedingt wünschenswert sein kann. Trotz aller Beteuerungen kann es auf dieser Ebene keine Gleichheit oder Gleichberechtigung im therapeutischen Team geben. Dies wiederum wird Konfliktstoff und kann sich ungünstig auf die therapeutische Atmosphäre in der Einrichtung auswirken. Wenn Daytop behauptet, daß in der Verbindung von ausgebildeten hauptamtlichen Mitarbeitern und nicht ausgebildeten Ex-Usern seine Stärke liege, so ist dies zunächst eine Behauptung, deren Begründung noch aussteht. Die Verwendung sogenannter »Professioneller« im therapeutischen Team läßt sich sehr gut begründen, und das geschieht auch immer wieder. Aber der Einsatz von »Ehemaligen« ist schon sehr viel problematischer, und hier sind die Begründungen wenig überzeugend. Auch andere Einrichtungen, selbst im ambulanten Bereich, verzichten nicht auf den Einsatz von Ehemaligen. Hier müssen aber Mindestkriterien vorhanden sein, um den therapeutischen Effekt dieses Einsatzes wirklich gewährleisten zu können.

5.1.3 Phoenix-Haus

Phoenix-Haus wurde 1967 als therapeutische Wohngemeinschaft für Drogenabhängige in den Vereinigten Staaten gegründet. Seine Gründung liegt etwas später als die von Daytop. Wenige Jahre nach der Gründung der ersten Phoenix-Haus-Einrichtung gab es bereits eine Vielzahl gleichartiger Einrichtungen mit mehr als tausend Therapieplätzen in den Vereinigten Staaten. Mittlerweile gibt es auch in der Bundesrepublik Deutschland Phoenix-Häuser, die neueste Gründung liegt in Frankfurt a. M. Die Organisation des Therapieablaufs weist viele Ähnlichkeiten mit dem Daytop-Modell auf. Im therapeutischen Team gibt es sowohl professionelle, hauptamtliche Mitarbeiter (Ärzte, Krankenpflegepersonal, Diplom-Psychologen, Sozialpädagogen, Sozialarbeiter) als auch Ex-User. Wir finden eine Gliederung in verschiedene Arbeitsbereiche: Beratungsstellen, Entgiftungseinrichtungen und die eigentlichen therapeutischen Wohngemeinschaften als Institutionen, in denen Entwöhnungstherapie durchgeführt wird. Letztere dauert zwischen sechs und zehn Monaten. Die Einrichtungen liegen nicht auf dem Lande, sondern in den Großstadtzentren, möglichst nahe an der Drogenszene. Gruppentherapie ist ein wesentliches Element der Behandlung in den Phoenix-Haus-Einrichtungen.

Ein weiterer Schwerpunkt der Therapie

liegt auf der Hausarbeit, daneben werden Fortbildungsveranstaltungen durchgeführt, wobei vieles der Eigeninitiative der Gruppenmitglieder überlassen bleibt. In den einzelnen Seminaren geht es u. a. um die Schulung der Fähigkeit zum Diskutieren, sich durchzusetzen, seine Meinung zu arktikulieren. Man kann diese Veranstaltungen auch als eine Art Selbstsicherheitstraining bewerten.

Nach Abschluß dieser Therapiephase werden aus den bisherigen Gruppenmitgliedern sogenannte »Graduierte«. Sie können in speziellen Phoenix-Einrichtungen bis zur Höchstdauer von etwa einem Jahr verbleiben; während dieser Zeit wird die Gruppentherapie fortgesetzt. Zugleich versucht man, die Graduierten sozial wieder einzugliedern.

Im Zentrum der therapeutischen Aktivitäten steht die Gemeinschaft eines Phoenix-Hauses bzw. seiner Mitglieder. Diese Gemeinschaft wird in extremer Weise betont, so daß es zu einer Abhängigkeit des einzelnen von ihr kommen kann. Diesen Vorgang kennt das therapeutische Team sehr genau, ja, es strebt ihn sogar an. Zugleich besteht darin natürlich auch eine Gefahr, weil der »Phoenix-Gedanke« zu einer Art überwertiger Idee denaturieren und auf diese Weise das Handeln der Mitglieder der jeweiligen Gemeinschaft außerordentlich dominieren kann. So besteht ein wesentliches Problem der Phoenix-Gemeinschaften in der Ablösungsproblematik. Sicher ist dieses Problem auch in anderen Therapieeinrichtungen thematisch, insbesondere Synanon blendet über weite Strecken seiner Therapie diesen Gedanken geradezu aus. Viele Elemente der Therapie in den Phoenix-Häusern stimmen mit den Inhalten der Therapie Drogenabhängiger überein, wie sie in den therapeutischen Langzeiteinrichtungen etabliert sind, die in der Bundesrepublik arbeiten. Von daher soll auf eine nähere Beschreibung von Phoenix-Haus als Therapiemodell hier verzichtet werden.

5.1.4 Odyssey-Haus

Auch diese Therapieeinrichtung wurde ursprünglich 1967 in New York gegründet und hat eine ähnliche Expansion erfahren, wie Phoenix-Haus und später Daytop.

Hier geht man nach einem in drei Phasen gegliederten Programm vor, das eine *Vorbereitungsphase*, eine *geschlossene Behandlungsphase* und eine *Wiedereingliederungsphase* umfaßt. Die Aufnahme in eine solche Einrichtung erfolgt nach einer längeren »Probezeit«, in der die Klienten zunächst ambulant die Einrichtung aufsuchen und an Gruppenaktivitäten teilnehmen. Auf die Empfehlung eines Betreuers hin können sie dann von den Mitgliedern der Gemeinschaft als stationäre Klienten in ein Odyssey-Haus aufgenommen werden. Das Programm in der Langzeiteinrichtung entspricht demjenigen, das auch andere therapeutische Einrichtungen für Drogenabhängige praktizieren: Hausarbeit, Gruppentherapie, andere Gruppenaktivitäten, Einzeltherapie, Fortbildung usw.

Das therapeutische Team besteht auch hier aus professionellen Mitarbeitern und Ex-Usern. Sowohl verhaltenstherapeutische als auch psychoanalytische Elemente finden sich in den verschiedenen therapeutischen Verfahren, die im Langzeitprogramm angewendet werden. Die üblichen Reibungsverluste zwischen ausgebildeten Mitarbeitern, insbesondere Ärzten und Psychologen auf der einen Seite und nicht ausgebildeten »Ehemaligen« werden durch das Prinzip der therapeutischen Gemeinschaft so klein wie möglich gehalten. Das Therapieprogramm hat eine Beeinflussung des gegenwärtigen Verhaltens, der zwischenmenschlichen Beziehungen und der Haltungen und Einstellungen zum Hauptgegenstand. Die verhaltenstherapeutischen Elemente der Therapie finden u. a. darin ihren Niederschlag, daß monatlich über den Status jedes einzelnen Mitglieds Buch geführt wird, so daß eine kritische Bilanz des jeweiligen Vorgehens jederzeit möglich ist. Ähnliche Vorgehensweisen werden wir in der deutschen Einrichtung »Prop-Alternative« wiederfinden. Nach sechs- bis zwölfmonatiger Behandlung im Langzeitprogramm wird der Klient in ambulante Weiterbehandlung entlassen. Er nimmt dann für die Dauer einiger Jahre noch an regelmäßigen Gruppenveranstaltungen teil, bevor die Wiedereingliederungsphase als abgeschlossen betrachtet wird (vgl. Petzold, 1974).

5.2 Das Frankfurter Therapie-Verbundsystem

Am Beispiel von Frankfurt a. M. soll die Gestaltung der Versorgung Suchtkranker in einer Region dargestellt werden, wie sie sich in den letzten 15 Jahren herausgebildet hat. Die Situation ist u. a. dadurch gekennzeichnet, daß zu den traditionellen Trägern der Suchtkrankenhilfe, die sich bis Ende der 60er Jahre vor allem mit der Versorgung Alkoholkranker befaßte, weitere Träger hinzugekommen sind, die die Betreuung der jugendlichen Drogenabhängigen übernommen haben. Hier sind in erster Linie zwei Träger zu nennen, die beide zunächst parallel darangingen, eigenständige Therapieketten aufzubauen: der *Frankfurter Verein für Arbeits- und Erziehungshilfe*, eine wesentlich städtische Einrichtung, und der *Verein Jugendberatung und Jugendhilfe*, eine im Ursprung kirchliche Initiative. Daneben existieren noch Einrichtungen weiterer freier Träger, die sich ebenfalls mit Beratung und Behandlung Drogenabhängiger befassen. Da die Kooperation und Koordination der einzelnen Einrichtungen in den vergangenen Jahren nicht immer optimal erschien, gab und gibt es eine Reihe von Gremien, die schon im Planungsstadium beratend tätig sind: der Psychosoziale Ausschuß mit einem Unterausschuß Sucht, ein Besprechungskreis beim Sozialdezernenten, ein Pilotkreis beim staatlichen Schulamt der Stadt Frankfurt; ferner beraten auch die einzelnen Träger untereinander, die Landesstelle gegen die Suchtgefahren ergreift gewisse Aktivitäten, die Initiativen des Landes Hessen werden über eine Rauschmittelkommission an die Stadt herangetragen.

Unter den vielen Einrichtungen, die Frankfurter Bürgern zur Verfügung stehen, unterscheiden wir Beratungsstellen, Einrichtungen der Entgiftungsbehandlung, der Entwöhnungsbehandlung, therapeutische Wohngemeinschaften, Sondereinrichtungen und Selbsthilfegruppen.

In der *Kontaktphase* sind vor allem die Beratungsstellen im Stadtgebiet und im Umland von wesentlicher Bedeutung. Hinzu treten Beratungsaktivitäten in den Haftanstalten Frankfurts und der Umgebung. Seit neuem gibt es eine Gruppe von Sozialarbeitern, die »Streetwork« auf der Drogenszene betreiben mit dem Ziel, sonst nicht ansprechbare Drogenabhängige für eine Therapie, mindestens für eine Entgiftung zu motivieren (»aufsuchende Drogenhilfe«).

Die *Entgiftungsphase* können die Abhängigen entweder in der Universitäts-Nervenklinik in Frankfurt oder auf internistischen Abteilungen von Frankfurter Allgemeinkrankenhäusern durchmachen, weiterhin steht das Psychiatrische Landes-

krankenhaus Hadamar hier zur Verfügung, das allerdings nur eine geringe Akzeptanz zu besitzen scheint.
Die *Entwöhnungsphase* kann in verschiedenen hessischen Langzeiteinrichtungen durchlaufen werden.

Als Beispiel führen wir das *Langzeitprogramm Eppstein* an, das 27 Behandlungsplätze in der Nähe Frankfurts anbietet. Die Einrichtung besitzt eine Schreinerei, Töpferei, Sauna, ein Fotolabor und ein großes Gartengelände. Die Mitarbeiter entstammen allen relevanten Berufsgruppen: Arzt, Psychologe, Sozialarbeiter, Handwerker, Pflegepersonal, Verwaltungsangestellte, Wirtschafterin usw. Die Verweildauer ist auf 12 bis 15 Monate ausgelegt. Die Zielgruppe besteht aus 18- bis 25jährigen Heroinsüchtigen beiderlei Geschlechts.
Die Organisation der Einrichtung folgt den Grundprinzipien der therapeutischen Gemeinschaft und ist sozialpädagogisch-pragmatisch ausgerichtet. Therapieziele sind Integration, Aufbau »eigenverantwortlicher und realitätsgerechter Selbständigkeit«, Wiederherstellung der Arbeitsfähigkeit, Förderung musischer, kreativer und sportlicher Fähigkeiten und Erlangung sozialer Kompetenz. Dies wird durch eine optimale Organisation von Arbeit, Wohnen und Freizeit nach strengen Regeln erreicht. Der Tages- und Wochenablauf ist geplant, das Tagesprogramm beginnt 6.20 h mit Wecken, 8.00 h folgt der Arbeitsbeginn, 16.00 h ist Arbeitsende, es schließen sich Konferenzen und geregelte Freizeit bis 21.00 h an. 23.00 h endet der Tag mit dem Beginn der Nachtruhe. Grundrechte und Grundpflichten sind in der Einrichtung klar festgelegt. Im Laufe der Zeit rückt der einzelne Klient immer stärker an verantwortungsvollere Bereiche des Zusammenlebens heran und nimmt gegen Ende des neunten Monats in der Einrichtung den ersten Kontakt zu Nachsorge-Wohngemeinschaften auf. Beim Eintreten eines Rückfalls kann der Klient die Therapie noch einmal von vorn durchlaufen.

In der *Nachsorgephase* kann der Klient in einer entsprechenden Wohngemeinschaft leben, in der er von den Mitarbeitern eines speziellen therapeutischen Teams weiterbetreut wird. Er kann aber auch eine spezielle Schule besuchen, in der alle schulischen Zweige bis hin zum Abitur vertreten sind (Hermann-Hesse-Schule). Der Zugang zu dieser Schule ist auch direkt von der Beratungsstelle ohne Zwischenschaltung der Entwöhnungstherapie möglich. Gleiches gilt für die Wohngemeinschaft für psychisch kranke Drogenabhägige (Eschenbach-Haus). Beide Einrichtungen tragen Modellcharakter und sind unseres Wissens erstmals in Frankfurt von der Therapiekette Jugendberatung und Jugendhilfe realisiert worden. Auf gewerblichem Gebiet ist das Trainingszentrum Silostraße geschaffen worden, um spezielle Ausbildungsplätze für ehemals Drogenabhängige auf den Berufsfeldern Holz, Metall, Elektro, Textil und Gartenbau anbieten zu können.
Dieses therapeutische Verbundsystem wird durch präventive Aktivitäten ergänzt, die als »Frankfurter Modell« bekannt geworden sind. Für 147 Frankfurter Schulen existieren in einem einwöchigen Kurs speziell ausgebildete »Beratungslehrer für Suchtprävention und Drogenfragen«. Sie sollen die jeweilige Schulleitung und das Kollegium beraten und informieren, aber auch den Eltern bei Drogenproblemen ihrer Kinder helfen, z. B. an Elternabenden zur Verfügung stehen. Insbesondere sollen sie auch drogengefährdete oder -abhängige Schüler beraten und ihnen helfen, entsprechende Schritte zur Therapie einzuleiten, wenn dies erforderlich scheint. Sie stellen Kontakte zu professionellen Einrichtungen der Drogenhilfe her. Ein Fachberater für Suchtprävention und Drogenfragen koordiniert alle entsprechenden schulischen Maßnahmen. Über den schon erwähnten »Pilotkreis« beim staatlichen Schulamt in Frankfurt soll der Kontakt zu politischen Entscheidungsträgern einerseits, andererseits aber auch zur Elternschaft (über die Elternbeiräte) hergestellt und unterhalten werden. Mit Hilfe einer eigenen Schriftenreihe versucht das Schulamt, die interessierten Eltern und Lehrer über aktuelle Fragen im Zusammenhang mit Drogenproblemen zu informieren.

5.3 Eine verhaltenstherapeutisch orientierte Einrichtung: »Prop-Alternative« in Aiglsdorf bei München

Wir wollen im folgenden Abschnitt kurz Konzeption, Realisierung und dabei auftauchende Probleme eines Therapieverbundes schildern, der aufgrund der publizistischen Aktivität der Beteiligten besonders gut nachvollziehbar ist. Das Beispiel zeigt auch die Pragmatik, die bei der Organisation eines derartigen Therapieverbundes nach einer übergreifenden Methodik (hier: der Verhaltenstherapie) angewendet werden kann (vgl. Bühringer et al.; De Jong u. Bühringer [Hrsg.], 1978).

5.3.1 Allgemeines

Folgende Überlegungen liegen dem therapeutischen Gesamtkonzept zugrunde:

- Drogenabhängigkeit ist abweichendes Verhalten.
- Im Verlauf einer Drogenabhängigkeit nehmen abhängigkeitsbezogene Verhaltensweisen zu, hingegen solche Verhaltenweisen ab, die keinen Bezug zur Drogenabhängigkeit besitzen (z. B. Freizeit- und Arbeitsverhalten).
- Bei fortgeschrittener Abhängigkeit dient das gesamte Verhalten dem Erwerb und Konsum von Drogen.
- Es gibt individuelle Unterschiede in der Progredienz der süchtigen Verhaltensänderung.
- Mit Hilfe der Lerntheorie können die eingetretenen Verhaltensänderungen erklärt werden.
- Die eingetretenen Verhaltensänderungen sind aber auch nach der Lerntheorie zu beeinflussen, und zwar vor allem durch Einübung nicht drogenbezogener Verhaltensweisen.

Die Effizienzkontrolle erfolgte bei jedem Klienten mit Eintritt in das Programm und in regelmäßigen Abständen nach Ausscheiden aus dem Programm, getrennt jeweils danach, ob der Klient das volle Behandlungsprogramm durchlaufen hatte oder vorzeitig ausgeschieden war (»Abbrecher«). Folgende Verhaltensbereiche unterlagen der Kontrolle:

- Verhalten in bezug auf Drogen-, Medikamenten- und Alkoholkonsum;
- Arbeitsverhalten;
- Freizeitverhalten;
- Sozialverhalten;
- Selbst- und Umweltorganisation;
- Problemlösen und Entscheiden.

Ergänzt wurden die Verhaltenskontrollen durch die Erhebung personenbezogener Daten und eine Verhaltensanalyse. Die Verhaltensfortschritte wurden von Therapeut und Klient gemeinsam alle drei Wochen anhand einer Checkliste beurteilt.

5.3.2 Entgiftungsphase

In der Entgiftungsphase begann bereits die verhaltenstherapeutische Vorgehensweise. Das Verständnis für die angewendete Methodik zu wecken, war der erste therapeutische Schritt neben der eigentlichen Entgiftungseinleitung. Dann wurde zur »Auslöseranalyse« übergegangen; der Klient soll sich in dieser Analyse bewußt machen, welche Situationen es für ihn jeweils sind, die zum Drogenkonsum bzw. zum Drogenrückfall führen. Alles, was sich an Ausdrucksweisen und Gesprächen auf Drogen bezieht, wird vermieden, auch drogenbezogene Gedanken sollen allmählich ausgelöscht werden. Dazu stehen verschiedene Verfahrensweisen zur Verfügung:

1. *Koverantenkontrolle*: Dabei handelt es sich um eine verhaltenstherapeutische Methodik, die

das Ziel hat, die Gedanken eines Menschen bewußter zustande kommen zu lassen, als dies üblicherweise geschieht. Erwünschte Gedanken sollen häufiger zustande kommen, was z. B. durch so einfache Techniken wie Auswendiglernen oder schriftliches Notieren solcher Gedanken zu bewirken ist.

2. *Gedankenstopptraining*: Es dient dem Ziel, unerwünschte, aber wenig bewußt ablaufende Gedankenverknüpfungen willkürlich zu unterbrechen, z. B. durch ein selbstgegebenes verbales Signal. Auf diese Weise sollen die Klienten lernen, »Drogengedanken«, die sich mehr oder weniger aufdrängen, zu unterbrechen, um allmählich von ihnen loskommen zu können.
3. *Verdeckte Sensibilisierung*: Hier sind typische Auslösesituationen für Drogenkonsum, die sich der Klient vorstellt, mit unangenehmen Vorstellungen gedanklich zu verknüpfen, z. B. mit Erbrechen. Auf diese Weise kann man erreichen, daß eine feste gedankliche Verbindung zwischen dem zu löschenden Verhalten (hier: Drogenkonsum) und unangenehmen Vorstellungen entsteht.

Ein weiteres Lernziel für die Patienten in der Entgiftungsphase ist, Situationen zu vermeiden, die zum Drogenkonsum führen können bzw. in solchen Situationen angemessen zu reagieren. Hierzu müssen alternative Verhaltensweisen eingeübt werden, z. B. im Rollenspiel. Diesem »Ablehnungstraining« kommt neben dem »Selbstsicherheitstraining« vor allem in der Entwöhnungsphase besondere Bedeutung zu, beide Techniken spielen dort eine zentrale Rolle. Ergänzt wurde das Programm durch einen Abbau des Wunsches der Klienten nach dem Handel mit Drogen.

Neben dem Drogenverhalten wurde in der Entgiftungsphase auch Wert darauf gelegt, den Verhaltensbereich »Selbstorganisation des Klienten« zu beeinflussen. Hierbei geht es vor allem um die Einübung des Einhaltenkönnens der Therapie- und Stationsregeln. Dies ist erfahrungsgemäß ein Punkt, der bei Entgiftungsbehandlungen immer wieder zu kontroversen Auseinandersetzungen zwischen therapeutischem Personal und Patient führt. Drogenabhängige sind es nicht gewöhnt, auch einfach scheinende soziale Regeln anzuerkennen und sich nach ihnen zu richten. Ihr Verhalten richtet sich am Drogenbedarf aus, der ihre Maßstäbe setzt.

In der Frankfurter Klinik gehen wir nach relativ restriktiven Regeln vor, die erst nach 10 Tagen gelockert werden. Im Programm der Prop-Alternative gab es stärkere Abstufungen, so daß die Klienten nach einiger Zeit sogar einige Stunden freien Ausgang erhielten (wobei natürlich Urinkontrollen das Abstinenzverhalten nachweisen sollten).

Ein zweiter Punkt war die Forderung an die Drogenabhängigen, anstelle des Drogenkonsums, der ihre Zeit vorher ausfüllte, stufenweise zu sinnvoller Beschäftigung überzugehen. Die Abhängigen sollen zunächst drei, später fünf und schließlich sieben Stunden Beschäftigung am Tag nachweisen, die ihnen vom Pflegepersonal bescheinigt werden mußte. Schließlich sollten die Klienten auch einüben, ihre Tagesbeschäftigungen vorauszuplanen; denn im Laufe ihrer Karriere verlernen Drogenabhängige Planungsverhalten. Es soll auf diese Weise schon im Frühstadium der Behandlung allmählich wieder gelernt und auch eingeübt werden.

5.3.3 Entwöhnungsphase

Auch die eigentliche (»Langzeit«-)Therapiephase war klar nach verhaltenstherapeutischen Gesichtspunkten aufgebaut. Auch hier wurden einzelne Verhaltensbereiche gesondert bearbeitet und gesondert nach genau festgelegten Kriterienkatalogen im Laufe der Therapie danach beurteilt, inwieweit Änderungen – auch in einzelnen Bereichen – zu beobachten waren. Es handelte sich dabei im wesentlichen um die gleichen Verhaltensbereiche, die auch schon in der Entgiftungsphase den Gegenstand der therapeutischen Arbeit mit dem Süchtigen bildeten. Das *Drogenverhalten* wurde so beurteilt wie in der Entgiftungsphase. Klienten in der Einrichtung, die Alkohol oder Drogen konsumierten, mußten mit ihrer sofortigen Entlassung rechnen.

Beim *Freizeitverhalten* wurden zwei Ziele aufgestellt: Einmal die Fähigkeit zu selbständiger Gestaltung der eigenen Freizeit, zum anderen die Kenntnis geeigneter Freizeiteinrichtungen.

Im Bereich *Arbeitsverhalten* stellte man folgende Ziele auf: Die Klienten sollten lernen, regelmäßig über längere Zeit hinweg zu arbeiten. Nach einem Punktesystem wurden die Leistungen registriert. Die Pünktlichkeit bei der Arbeit bildete einen eigenen Punkt der Beurteilung; ein weiteres Ziel stellte die Ausbildung der Fähigkeit dar, eine angefangene Arbeit auch zu Ende zu bringen. Die Ordentlichkeit und Sauberkeit der Arbeitsausführung waren ein weiterer Punkt, der in die Beurteilung des Arbeitsverhaltens einging. Weitere solche Einzelbereiche waren die Auswahl der eigenen zukünftigen Berufstätigkeit und die konkrete Auswahl einer Arbeitsstelle bzw. eines Ausbildungsverhältnisses. Weitere Einzelheiten können der Arbeit von Bühringer (1978) entnommen werden. Wir erwähnen hier lediglich die verschiedenen Arbeitsbereiche in der Therapieeinrichtung: Während eine Gruppe sich mit Haushalt und Küche befaßte, führte ein anderes Team Renovierungsarbeiten im Haus aus. Eine dritte Gruppe arbeitete in einer eigenen Werkstatt im Hause, während sich die vierte, schon fortgeschrittenere Gruppe auf den qualifizierten Hauptschulabschluß vorbereitete; dieser Punkt betraf naturgemäß die Schulabbrecher.

Den vierten Bereich der verhaltensmodifizierenden Therapie bildete das *Sozialverhalten.* Darunter wurde eine Reihe von Fähigkeiten bzw. Verhaltensweisen verstanden, die sich auf allgemein-soziales Kontaktverhalten, aber auch auf Problemlösungsverhalten und Kompromißfähigkeit bezog. Andere Punkte dieses Bereiches bildeten Informationen über sexuelle Themen, soweit sie die Klienten und eine Vorbereitung auf eine Kontaktaufnahme mit früheren »Bezugspersonen« betrafen.

Der fünfte Bereich war die »*Selbst- und Umweltorganisation*« mit den Einzelzielen: sinnvoller Umgang mit Geld, sinnvolle Beziehung zu Kleidung und Körperpflege, zur Zimmerreinigung und allgemeines Ordnungsverhalten. Hierzu gehörte auch die schrittweise Ausbildung der Fähigkeit zur Übernahme von Verantwortung und zur Kontaktaufnahme mit Behörden und Institutionen, alles Punkte, die erfahrungsgemäß von Heroinsüchtigen weitgehend vernachlässigt werden. Schließlich sollten die Klienten ein sinnvolles Planungsverhalten entwickeln. Gerade bei den vorstehend aufgeführten Punkten erkennen wir, daß es sich bei allen genannten Therapiezielen um schrittweise zu erlernende Fähigkeiten handelt, die von Nichtsüchtigen mühelos zu bewältigen sind, für den ehemals Süchtigen aber große und belastende Probleme darstellen können.

Schließlich bildete der Bereich »*Problemlösen und Entscheiden*« einen Abschnitt, durch den die Klienten in der Langzeiteinrichtung lernen sollten, möglichst viele entstehende Probleme, auftauchende Konflikte und anstehende Entscheidungen selber anzugehen. Hier ging es um Ziele wie etwa die aktive Bewältigung persönlicher Probleme, um den Abbau des suchttypischen Vermeidungsverhaltens, das wir in der Klinik immer wieder und geradezu stereotyp erleben. Ein zentraler Punkt ist die Fähigkeit zum Aufschieben unmittelbarer zugunsten später einsetzender Befriedigung.

5.3.4 Nachsorgephase

In der *Nachsorgephase* legte man die gleichen Zielbereiche für erwünschtes Verhalten fest, die auch in der Entwöhnungsphase galten. In das Nachsorgeprogramm wurden drei Gruppen von Klienten aufgenommen: Einmal die planmäßig aus der Entwöhnungseinrichtung entlassenen Klienten, dann diejenigen, die in andere Wohngemeinschaften oder in separate eigene Wohngelegenheiten entlassen wurden, aber im Großraum München blieben, und schließlich auch die Abbrecher, die in München wohnen blieben.

5.4 Maßregelvollzug in Parsberg

Die Klinik in Parsberg wurde zu einer Zeit konzipiert, als der Mangel an geeigneten Unterbringungsmöglichkeiten für straffällig gewordene Drogenkonsumenten immer deutlicher und der Vollzug der vom Gesetzgeber vorgesehenen Maßregeln nach § 64 StGB bzw. § 93 a JGG an dem tatsächlichen Mangel an geeigneten Einrichtungen ad absurdum geführt zu werden drohte. Dabei handelt es sich um eine Klinik mit 56 Behandlungsplätzen, die im Gegensatz zu anderen Psychiatrischen Krankenhäusern gegen Entweichungen nach außen weitgehend gesichert ist. In Parsberg sollen im wesentlichen vier Gruppen von Patienten nach dem Maßregelvollzug behandelt werden:

- Nicht motivierte Patienten, worunter solche fallen, die eine Therapie aus negativer Lebenserfahrung heraus für überflüssig und die sich selbst für willensschwach halten und deshalb glauben, eine Therapie ohnehin nicht durchhalten zu können und schließlich um persönlichkeitsgestörte Patienten.
- Patienten, die zwar in Zukunft drogenfrei leben wollen, aber der Auffassung sind, sie benötigten keine Behandlung. Sie lehnen also nicht das Ziel der Behandlung, sondern die Behandlung selber ab.
- Klienten, die frühere Therapien meist aus momentanen Verstimmungszuständen heraus abgebrochen hatten und
- Patienten, die zu mehrjährigen Haftstrafen verurteilt wurden und die therapiewillig sind.

Das Behandlungskonzept in Parsberg sieht vier Stufen vor, die nicht nur zeitlich von den Patienten kontinuierlich durchlaufen werden sollen, sondern die auch räumlich jeweils auf getrennten Stationen realisiert werden.

1. *Aufnahmeabteilung*: Hier soll zunächst eine gewisse Adaptierung an die Lebensverhältnisse in der geschlossenen Vollzugsklinik erreicht werden, die Klienten sollen an minimale Sozialverhaltensweisen gewöhnt werden: Einhalten von Regeln, Ordnung, Sauberkeit und Pünktlichkeit. Sie sollen lernen, in der Therapie auch positive Aspekte erkennen zu können. Das gegenüber der Therapie bestehende Mißtrauen soll abgebaut werden. Sie sollen instandgesetzt werden, die vorgesehenen Maßnahmen im Rahmen des Maßregelvollzugs mitzumachen und mitzutragen.
2. *Therapiestufe I*: Hier soll vor allem an persönlichen Defiziten gearbeitet werden, Kontaktstörungen sind abzubauen, negative Einstellungen zur Gesellschaft in eine mehr positive, tragfähige Richtung zu verändern. Es wird mit einer stufenweisen Belastung des Klienten begonnen, man konfrontiert ihn auch mit seinen eigenen persönlichen Schwächen in der Vorstellung, auf

diese Weise zu einer Nachreifung der Persönlichkeit beitragen zu können.

3. *Therapiestufe II*: In dieser Stufe geht es vor allem um die Weckung einer Motivation zu einem drogenfreien Leben und der Bereitschaft zur persönlichen Veränderung. In dieser Phase kommen vor allem gestalttherapeutische Verfahren zur Anwendung, die gesamte Hausordnung ist jedoch nach verhaltenstherapeutischen Prinzipien aufgebaut. Das Psychodrama ergänzt die Behandlung in dieser Stufe.
4. *Entlassungsstation*: Hier kommt es allmählich dazu, die Patienten an das Leben draußen zu gewöhnen; es wird versucht, rehabilitierend insoweit vorzugehen, als man für die Patienten Arbeitsplätze sucht und die Nachbetreuung sicherstellt. Jedem Patienten wird zur Auflage gemacht, daß er nach seiner Entlassung einer Berufstätigkeit nachgeht, Wohnung nimmt und daß eine ambulante Therapie erfolgt.

Es ist klar, daß nicht alle Klienten, die nach § 64 StGB bzw. § 93 a JGG eingewiesen werden, nach diesem Schema zu behandeln sind. Gerade im Maßregelvollzug, bei dem die Aufnahme nicht nach Motivation, sondern nach richterlicher Anordnung erfolgt, spielen sogenannte therapieresistente Patienten eine vermehrte Rolle. Mit ihnen umzugehen, erfordert Erfahrung und Durchsetzungsvermögen. Zeichnet sich ein Scheitern des Maßregelvollzugs ab, weil entweder Motivation nicht zu erreichen ist oder bei vorhandener Motivation eine Rehabilitation als Therapieziel nicht in Betracht kommt, so gibt es drei Möglichkeiten:

- Entweder wird der Patient, wenn er noch eine Gefängnisstrafe zu verbüßen hat, in den Justizvollzug zurückverlegt oder er wird
- in ein anderes Psychiatrisches Landeskrankenhaus verlegt. Schließlich kommt noch
- die Möglichkeit in Betracht, falls er nach JGG verurteilt ist, ihn gleichwohl zum Ende des Vollzugs der Maßregel (2 Jahre) in der Einrichtung zu belassen, was in vielen Fällen zu mißlichen Zuspitzungen führen kann.

Die Erfahrungen des Bezirkskrankenhauses Parsberg gehen dahin, daß sich eine Behandlung von Jugendlichen bzw. Heranwachsenden, die nach dem Jugendgerichtsgesetz verurteilt wurden, und älteren Drogenabhängigen, die nach dem Erwachsenengesetz verurteilt wurden, als durchaus möglich, in vielen Fällen sogar als nützlich erwies. Das Bezirkskrankenhaus Parsberg hatte lange Zeit darunter zu leiden, daß der »Abfluß« in die Therapieeinrichtungen freier Träger nicht möglich war, weil diese mit Parsberg nicht kooperieren wollten. Dabei besteht grundsätzlich die Möglichkeit der Aussetzung einer Maßregel zur Bewährung und unter der Auflage, die Therapie in einer freien Langzeiteinrichtung anzutreten. Dies ist natürlich nur dann eine realisierbare Möglichkeit, wenn eine geeignete Einrichtung hierfür zur Verfügung steht. Eine vorläufige Auswertung zeigt, daß die Ergebnisse der Therapie offensichtlich nicht schlechter als die in Einrichtungen freier Träger sind. Von 44 Klienten eines bestimmten Zeitraumes waren 20 bei einer Nachuntersuchung mehr oder weniger drogenfrei. Strengen Anforderungen genügt diese Nachuntersuchung nicht, so daß hier lediglich ein Hinweis darauf zu gewinnen ist, daß durchaus positive Ergebnisse – wie auch bei anderen Langzeittherapieprogrammen – zu erzielen sind. Insoweit scheint hier eine Parallele zu den Ergebnissen zu bestehen, die auch von der zwangsweise durchgeführten Therapie im Psychiatrischen Krankenhaus Merxhausen bekannt sind (vgl. Kurtz, 1980).

6. Rechtsfragen

6.1 Betäubungsrechtliche Bestimmungen

6.1.1 Die bis Ende 1981 gültige Betäubungsmittelgesetzgebung

Das heute geltende Betäubungsmittelgesetz (»Gesetz zur Neuordnung des Betäubungsmittelrechts« vom 28. 07. 1981, Bundesgesetzblatt I S. 681, ber. S. 1187) geht im Ursprung auf das Gesetz über den Verkehr mit Betäubungsmitteln vom 30. 12. 1920 zurück. Die Reichsregierung ratifizierte am 15. 08. 1929 das internationale Opiumabkommen vom 19. 02. 1925. Da hierdurch der Geltungsbereich des Betäubungsmittelrechts auch auf die Hanfdrogen (Cannabis) ausgedehnt wurde, mußte eine Änderung des Betäubungsmittelgesetzes von 1920 erfolgen. Das Gesetz über den Verkehr mit Betäubungsmitteln (Opiumgesetz), wurde am 10. 12. 1929 im Reichsgesetzblatt veröffentlicht. Es trat am 01. 01. 1930 in Kraft. In der Folge galt es mit geringen Änderungen bis Ende 1981, also mehr als fünfzig Jahre. Immer wieder wurde sein Geltungsbereich auf neue, synthetisch hergestellte Betäubungsmittel ausgedehnt. Es war zuletzt in der Fassung von 1972 gültig.

Die Zunahme der Verstöße gegen das Opiumgesetz seit 1967 veranlaßte den Gesetzgeber 1972, das Gesetz zu modifizieren und als »Betäubungsmittelgesetz« zu bezeichnen. Im Gefolge der Zuspitzung der Situation auf der Drogenszene in der Bundesrepublik Deutschland kam es dann schließlich zur Reform des Betäubungsmittelrechts und zum Erlaß des neuen Betäubungsmittelgesetzes von 1982.

Das bis Ende 1981 gültige Betäubungsmittelgesetz definierte folgende Stoffgruppen als Betäubungsmittel im Sinne dieses Gesetzes: Opium und seine Abkömmlinge, Kokain und seine Abkömmlinge, Morphin und seine Abkömmlinge einschl. Codein, Blüten und Fruchtstände der Gattung Cannabis und das Ekgonin.

§ 1(2) ermächtigt die Bundesregierung, durch Rechtsverordnung weitere Stoffe den zuvor genannten rechtlich gleichzustellen. Auf alle gleichgestellten Betäubungsmittel soll hier nicht näher eingegangen werden. Es genüge der Hinweis, daß sich darunter eine Vielzahl für die Drogenszene nicht relevanter synthetisch hergestellter Substanzen befindet, die vielfach nur industrielle bzw. pharmazeutische Bedeutung haben. Die wenigsten davon sind einer breiten Öffentlichkeit bekannt. Allerdings befinden sich darunter auch so populäre Substanzen wie Amphetamin, Dextromoramid, DOM (STP), Fentanyl, Levorphanol, Mescalin und Psilocybin.

Die Kontrolle von Ein- und Ausfuhr, Gewinnung, Herstellung und Verarbeitung

oblag dem Bundesgesundheitsamt. Diese Behörde hatte auch das Recht, Ein- und Ausfuhr sowie Herstellung von Betäubungsmitteln einzuschränken.
§ 4 BtMG regelte den Erwerb sowie die Veräußerung und Abgabe von Betäubungsmitteln. Hierzu war ein auf den Namen des Erwerbers lautender Bezugsschein erforderlich, der beim Bundesgesundheitsamt zu beantragen war. Ausgenommen war von der Erlaubnispflicht durch das Bundesgesundheitsamt lediglich der Bezug von Betäubungsmitteln aus Apotheken aufgrund ärztlicher, zahnärztlicher bzw. tierärztlicher Verschreibung. Der Bundesminister für Jugend, Familie und Gesundheit war ermächtigt, durch Rechtsverordnung die Bezugsscheinerteilung zu regeln. Der Bundesregierung blieb es vorbehalten, einzelne Betäubungsmittel von der Verschreibung auszuschließen, Höchstmengen vorzuschreiben, Form und Inhalt der Verschreibung zu regeln und Nachweise über den Verbleib von Betäubungsmitteln zu fordern. Schließlich enthielt das alte Betäubungsmittelgesetz auch Strafbestimmungen, wonach mit Freiheitsstrafe bis zu drei Jahren und mit Geldstrafe belegt werden konnte, wer Betäubungsmittel ohne die nach § 3 bzw. § 4 erforderliche Erlaubnis bzw. nicht als ärztliche Verordnung erwarb, abgab oder veräußerte (§ 11 BtMG von 1972). In besonders schweren Fällen konnte das Strafmaß bis zu zehn Jahren Freiheitsentzug betragen. Ein schwerer Fall lag dann vor, wenn die Gesundheit mehrerer Menschen gefährdet, wenn eine andere Person in Todesgefahr gebracht wurde oder auch dann, wenn es um den Besitz oder die Abgabe von Betäubungsmitteln in »nicht geringen Mengen« ging. Was eine »nicht geringe Menge« war, war im Gesetz nicht festgelegt.
Mit der Androhung von Strafe wollte das Gesetz für den Fall der Zuwiderhandlung im Rahmen der geltenden Rechtsordnung verhindern, daß die in ihm aufgeführten Stoffe zu anderen Zwecken als zur Heilung und zur wissenschaftlichen Forschung verwendet würden. Dabei legte das Gesetz als gemeinsames Merkmal aller unter seine Regelung fallenden Stoffe die betäubende Wirkung zu Grunde, wobei offenbar auch an die euphorisierende und abhängigkeitserzeugende Wirkung der Substanzen gedacht war.
In der alten Betäubungsmittelgesetzgebung bedurfte die Verschreibung von Betäubungsmitteln durch Ärzte, Zahnärzte bzw. Tierärzte keiner besonderen Erlaubnis; Apotheker konnten ohne besondere Erlaubnis für den Zweck der Abgabe Betäubungsmittel bereithalten. Die Einzelheiten des Verschreibungsvorganges und seiner Voraussetzungen waren in der Betäubungsmittelverschreibungsverordnung geregelt, die zuletzt in der Fassung vom 25. 04. 1978 galt. In der BtMVV war niedergelegt, daß Betäubungsmittel nur dann zu verschreiben seien, wenn ihre Anwendung ärztlich begründet sei. Die Kommentierung hierzu ging davon aus, daß eine solche Begründung dann vorliege, wenn nach den Regeln der ärztlichen Wissenschaft die Anwendung der Arznei sowohl zulässig als auch geboten sei. Dabei habe eine Prüfung nach den Regeln der Schulmedizin zu erfolgen. Nach einem Urteil des Bayerischen Obersten Landesgerichts haben Untersuchung und Diagnosestellung voranzugehen. Auf die Angaben des Patienten allein dürfe sich der verschreibende Arzt nicht verlassen. Auch die verschriebene Menge des Betäubungsmittels müsse ärztlich begründet sein.
Im Zusammenhang mit der Verschreibung von Betäubungsmitteln an Opiatsüchtige hat es in den vergangenen Jahren eine Vielzahl von Prozessen gegeben, weil Ärzte Betäubungsmittel an Opiatsüchti-

ge verschrieben und dabei gegen geltende Strafbestimmungen verstießen. Darauf wird (vgl. S. 200 ff.) noch näher einzugehen sein.
Durch die Änderung des Betäubungsmittelgesetzes vom 02. 03. 1974 führte der Gesetzgeber spezielle Rezeptformulare zur Verschreibung von Betäubungsmitteln ein. Diese Rezeptvordrucke sind durchnumeriert und dreiteilig: ein Durchschlag hatte beim Arzt, einer bei der Apotheke, ein weiteres Exemplar bei der Gesundheitsbehörde zu verbleiben, die bestimmte zentrale Auswertungen vornehmen konnte.
Für die *Verschreibung von Kokain* galt eine spezielle Regelung, die in den §§ 12 bis 18 der Betäubungsmittelverschreibungsverordnung (BtMVV) niedergelegt war. Seit der Neufassung dieser Verordnung vom 24. 01. 1974 ist jedoch keine Sonderregelung für das Kokain mehr vorgesehen. Auch die Neufassung des Betäubungsmittelrechts von 1982 enthält keine Sonderregelung für das Kokain.
Nach der alten Betäubungsmittelverschreibungsverordnung durfte Kokain als Substanz nicht verschrieben werden (§ 12), die Höchstmenge für einen Patienten betrug 100 mg pro Tag (§ 13), für die Praxis eines Arztes oder Zahnarztes 1 g täglich (§ 14). § 15 lautete:

»Über jede Verschreibung einer Kokain enthaltenden Arznei hat der Arzt oder Zahnarzt in einem besonderen, mit fortlaufenden Seitenzahlen versehenen Buch (Kokainbuch) Aufzeichnungen zu machen. Bei Verschreibungen für einen Kranken zu dessen eigenem Gebrauch (§ 13) hat der Arzt in dem Buch den Namen des Kranken, die vom Arzt festgestellte Erkrankung, die das Verschreiben einer Kokain enthaltenden Arznei notwendig macht, den Tag des Verschreibens und die Menge des in der Arznei enthaltenen Kokains einzutragen. Bei Verschreibungen für den Bedarf in seiner Praxis (§ 14) hat der Arzt oder Zahnarzt den Tag des Verschreibens und die Menge des in der Arznei enthaltenen Kokains einzutragen.«

Das Kokainbuch mußte mindestens fünf Jahre nach der letzten Eintragung aufbewahrt und auf Verlangen der Gesundheitsbehörde vorgelegt werden.
Für die Verschreibung von Kokain gelten seit 1974 die gleichen Bestimmungen wie für alle anderen dem Betäubungsmittelgesetz unterstehenden Medikamente. Die zu verordnende tägliche Höchstmenge pro Patient bzw. für eine Praxis ist mit 100 mg bzw. 1000 mg pro Tag gleich geblieben.
Als Hintergrund der gesetzlichen Gleichstellung des Kokains mit den Opiaten und anderen dem Betäubungsmittelgesetz unterliegenden Medikamenten ist die Erfahrung zu sehen, daß es mit Hilfe der früheren restriktiven Verschreibungsvorschriften offenbar gelungen war, das Ausmaß mißbräuchlicher Kokainverschreibungen weitgehend einzudämmen.

6.1.2 Das seit 1982 geltende Betäubungsmittelgesetz (BtMG)

Die unter 6.1.1 beschriebene Betäubungsmittelgesetzgebung wurde durch das am 01. 01. 1982 in Kraft getretene »Gesetz zur Neuordnung des Betäubungsmittelrechts« vom 28. 07. 1981 (BGBl. I S. 681, ber. S. 1187) abgelöst. Die Zahl und Art der vorgenommenen bzw. ursprünglich vorgesehenen Änderungen hatte dazu geführt, daß das Reformgesetz nicht in der vorgeplanten Zeit realisiert und damit Gesetzes- bzw. Rechtswirklichkeit werden konnte. Nach Einschaltung eines Vermittlungsausschusses stimmten schließlich am 26. 05. 1981 alle Parteien des Bundestages dem Reformentwurf zu; der Bundesrat gab wenig später ebenfalls seine Zustimmung.
Wesentliches Anliegen des Gesetzes ist eine Straffung des bis dahin geltenden Gesetzes. So gibt es in Zukunft nur noch

vier anstelle von sechzehn ergänzenden Verordnungen (und zwar die Betäubungsmittelverschreibungsverordnung [BtMVV], die Betäubungsmittelbinnenhandelsverordnung, die Betäubungsmittelaußenhandelsverordnung und die Betäubungsmittelkostenverordnung; alle vom 16. 12. 1981).

Neu an dem Gesetz ist die Erfassung der angesprochenen Betäubungsmittel in einem Anhang, der drei Listen enthält: Einmal in Liste I die nicht verkehrs- und nicht verschreibungsfähigen Stoffe (z. B. Heroin bzw. Cannabis), zum anderen in Liste II die zwar verkehrs-, aber nicht verschreibungsfähigen Substanzen (z. B. Kokablätter oder Codein) und in Liste III die verkehrs- und verschreibungsfähigen Betäubungsmittel, etwa Amphetamin, Kokain oder Morphin. Diese drei Listen treten an die Stelle des Verzeichnisses, das im alten Gesetz unter § 1 die vom Gesetz erfaßten Stoffe aufführte, bzw. die durch Gleichstellungsverordnung Betäubungsmitteln gleichgestellten Substanzen, zuletzt gültig in der Fassung vom 15. 06. 1981.

In der Liste III sind erstmals Substanzen erfaßt, die bisher nicht dem Betäubungsmittelgesetz unterstanden hatten, z. B. Methaqualon und eine Reihe von Barbitursäureabkömmlingen (Amobarbital, Zyklobarbital, Secobarbital u. a.).

Der Gesetzgeber hat mit dem neuen Gesetz die Strafbestimmungen im Bereich der Betäubungsmittel-Kriminalität verschärft. Dies hat er zunächst damit angestrebt, daß er neue Straftatbestände in das Gesetz aufgenommen hat (§ 29 BtMG): einmal den Anbau von Betäubungsmitteln (etwa von Cannabis-Pflanzen ohne bestehende Erlaubnis des Bundesgesundheitsamtes), zum anderen, indem er unter Strafe stellt, wenn sich jemand Betäubungsmittel »in sonstiger Weise verschafft«, womit praktisch jede Form der Besitzerlangung erfaßt werden soll. Ferner hat der Gesetzgeber auch die Bereitstellung von Geldmitteln oder anderen Vermögenswerten unter Strafe gestellt; auch die verbotswidrige Werbung für Betäubungsmittel steht nunmehr ebenso unter Strafe wie das »Verleiten zum unbefugten Verbrauch« von Betäubungsmitteln.

Die Verschärfung der Strafbestimmungen schlägt sich auch in dem erweiterten Strafrahmen nieder: Die Höchststrafe für Verstöße gegen das Betäubungsmittelgesetz im besonders schweren Fall beträgt 15 Jahre Freiheitsentzug. Im einfachen Fall gilt ein Strafrahmen bis zu vier Jahren Freiheitsentzug. Ein besonders schwerer Fall bzw. sogar ein Verbrechenstatbestand liegt in der Regel dann vor, wenn gewerbsmäßig oder bandenmäßig gehandelt wird, wenn die Gesundheit mehrer Personen gefährdet oder der Tod eines Menschen verursacht wird, wenn an Jugendliche Betäubungsmittel abgegeben werden und wenn der Tatbestand der »nicht geringen Menge« erfüllt wird. Zur Abgrenzung dieser im Gesetz nicht genauer definierten Mengenbezeichnung gibt es eine ausgedehnte Rechtsprechung bzw. Kommentierung (vgl. Körner, 1982). Die Gerichte sind sich da keineswegs einig.

So wird z. B. der Preis für die betreffende Rauschgiftmenge zugrunde gelegt: z. B. ist Haschisch für DM 1000,– eine nicht geringe Menge (BayObLG). Der übliche Vorrat eines Durchschnittskonsumenten ist das am häufigsten herangezogene Kriterium für die Definition der »nicht geringen Menge«. Wird die Menge deutlich überschritten, die ein durchschnittlicher Konsument in der Regel für den Eigenbedarf als Vorrat anzulegen pflegt, dann kommt man in den Bereich der nicht geringen Menge (OLG Hamm). Auch der durchschnittliche Monatsbedarf kann als Maßstab für die genannte Mengenabgrenzung dienen (OLG Karlsruhe). Doch ergeben sich hier wie auch bei den anderen Vorgehensweisen Unsicherheiten, die zu immer wieder erneuter Relativierung der jeweiligen Gerichtsentscheidungen und zu immer neuen Versuchen geführt haben, die »nicht geringe Menge« exakt festzulegen, und zwar für jedes Rauschgift einzeln. So kam man unter anderem auch auf die Idee, die für dreißig bis zweiunddreißig Rauschzustände erforderlichen Substanzmengen einzuführen (OLG Hamburg, OLG Düsseldorf). Schließlich dienen auch absolute Gewichtsmengen der verschiedenen Stoffe als Maßstab für die jeweils nicht geringe Menge (OLG Celle). Salomonisch mutet die Rechtsprechung des Bundesgerichtshofs (BGH) an, der »alle Umstände des Einzelfalls« in die Beantwortung der Frage eingehen lassen will, was eine nicht geringe Menge jeweils sei.

Zu welch widersprüchlichen Feststellungen die Gerichte in dieser Situation kommen können, hat Körner (1982) ausführlich mit Beispielen belegt: So sind 2,9 g eines 25%igen Heroingemischs *keine* geringe Menge, aber dreißig Heroinanwendungen mit je 25 mg, das entspricht 750 mg reinem Heroin oder 2 g (Anmerkung des Verfassers: Es müßte wohl 3 g heißen) einer 25%igen Zubereitung oder 1,6 g einer 46%igen Zubereitung, stellen eine nicht geringe Menge dar. Beide Entscheidungen traf das gleiche Gericht, nämlich das Oberlandesgericht Frankfurt, dem es auch zweifelhaft erschien, ob zehn Brokken Heroins unbekannter Qualität und unbekannten Gewichts für DM 2000,– eine nicht geringe Menge darstellten und das auch 3–4 g Heroins unbekannter Konzentration nicht zweifelsfrei als nicht geringe Menge bezeichnen mochte.
Eine weitere Neuerung im Rahmen der Strafbestimmungen des neuen Betäubungsmittelgesetzes ist die Einführung des Kronzeugenprinzips (§ 31 BTMG). Danach kann das Gericht die Strafe mildern bzw. von einer Bestrafung absehen, wenn der Täter durch freiwillige eigene Angaben dazu beiträgt, daß die Tat besser aufgeklärt werden kann bzw. wenn er geplante Straftaten anzeigt und damit verhindern hilft. Diese Regelung stellt eine strafrechtliche Neuheit dar, die es bisher in einer so weitgehenden Form nicht gegeben hat und die über das hinausgeht, was im Bereich der Banden- und Terrorkriminalität bislang an Vergünstigungen für kooperative Straftäter möglich war (§ 129, 129 a StGB).
Die größte Aufmerksamkeit fand das neue Betäubungsmittelgesetz durch seine Intention, den Rehabilitationsgedanken stärker in den Vordergrund zu rücken als das bisher der Fall war. Unter dem Schlagwort »Therapie vor Strafe« und an mancher Stelle sogar euphorisch »Therapie statt Strafe« (was nie die Absicht des Gesetzgebers war) bot das neue Gesetz Anlaß zu einer breiten Beachtung und Diskussion in der Öffentlichkeit. Dabei handelt es sich um den siebten Abschnitt des Gesetzes mit den §§ 35–38, die eine Reihe neuartiger Regelungen enthalten, in denen eine konsequente Weiterentwicklung des Rehabilitationsgedankens vor allem im Hinblick auf die drogenabhängigen Täter kleineren und auch noch mittleren Formats zu erkennen ist, die zahlenmäßig das Gros der Drogendelinquenten ausmachen.
Freilich bestand bei neutralen Beobachtern auch damals schon die Befürchtung, daß das Gesetz möglicherweise nicht zu den gewünschten Effekten führen werde. Wenn auch die Bedenken wenig konkret schienen (Flöhl, 1980), und von »Durchmogeln« der Abhängigen bzw. von »Drehtüreffekten zwischen Therapie und Knast« die Rede war, so zeigten sie doch das Unbehagen angesichts des Umfanges des Gesamtproblems und die Zweifel am Wert allein gesetzgeberischer Maßnahmen zur Bekämpfung eines als gesellschaftlich bedingt apostrophierten Sachverhalts.
Auch die Deutsche Hauptstelle gegen die Suchtgefahren (DHS) artikulierte Teile dieses Unbehagens in einer Stellungnahme zu dem endlich in Kraft getretenen Gesetz im März 1982 und empfahl unter

anderem eine intensivere Zusammenarbeit zwischen Justiz und Therapieeinrichtungen als den Trägern der geplanten Maßnahmen. Von gemeinsamen Fortbildungsveranstaltungen ist die Rede und von koordinierenden regionalen Arbeitskreisen. Probleme sah die DHS auch bei der Meldung des Therapieabbruches durch die Therapieeinrichtung, die im Gesetz vorgesehen ist und welche in den Einrichtungen tätige Therapeuten in erheblichen Rollenkonflikt bringen können.

Welche Neuerungen enthalten die §§ 35–38 BtMG?

Der siebte Abschnitt des Betäubungsmittelgesetzes steht unter der Überschrift »Betäubungsmittelabhängige Straftäter«. Zunächst ist eine Rückstellung der Vollstreckung einer Strafe im Hinblick auf die vorrangig zu betreibende Therapie eines drogenabhängigen Straftäters möglich. Ein auf rechtskräftiger Verurteilung beruhender Vollstreckungsbefehl kann aufgehoben werden, wenn dadurch eine Therapie gefährdet würde, falls:

- die zu vollstreckende Strafe nicht mehr als zwei Jahre ausmacht;
- Drogenabhängigkeit der Ausgangspunkt der Straftat und damit der Verurteilung war (ist);
- sich der Verurteilte bereits in einer entsprechenden Therapieeinrichtung befindet oder gewährleistet ist, daß er dies tun wird.
- Das Gericht muß dieser Verfahrensweise seine Zustimmung geben.

Auch eine schon laufende Strafvollstreckung kann unterbrochen werden, wenn der Strafrest zwei Jahre nicht überschreitet.

Nach § 35 Abs. 3 BtMG muß der Verurteilte den Nachweis erbringen, daß er sich in Behandlung befindet bzw. die Behandlung bald antreten wird. Unterläßt er dies, kann die Zurückstellung widerrufen werden. Der Widerruf kann aber rückgängig gemacht werden, er steht einer erneuten Zurückstellung der Strafvollstreckung nicht entgegen (§ 35 Abs. 4 BtMG).

Die behandelnden Institutionen haben Therapieabbrüche an die Strafvollstreckungsbehörde mitzuteilen. Dagegen richten sich die Bedenken mancher Therapeuten, die darin eine über ihre therapeutische Rolle hinausreichende Hilfsfunktion für die Staatsanwaltschaften erblicken, die sie mit ihrem eigenen Selbstverständnis nicht vereinbaren zu können glauben. Demgegenüber muß natürlich auf die durch den Abbruch entstehende Gefährdung des Abhängigen und seiner Umgebung hingewiesen werden, die möglicherweise im Einzelfall die Bedenken eines Therapeuten aufheben kann (Winkler, 1981). Die Vollstreckungsbehörde kann dann einen Haftbefehl erlassen, dessen Vollzug aber erneut zurückgestellt werden kann, wenn die Voraussetzungen dazu wieder vorliegen.

Nach § 36 BtMG kann die Behandlungszeit in einer freien Therapieeinrichtung auf die Dauer der Strafe angerechnet werden, eine Bestimmung, die in dieser Form bislang nur für den Vollzug einer Maßnahme nach § 64 StGB gegolten hatte. Voraussetzung für die Anrechnung ist, daß bei dem Untergebrachten die »freie Gestaltung seiner Lebensführung erheblichen Beschränkungen« unterlegen haben muß. Ein Drittel der Strafe soll nicht durch Therapiemaßnahmen kompensierbar sein; dieses Drittel wird in der Regel aber zur Bewährung ausgesetzt. Es dient dazu, dem Probanden Bewährungsauflagen erteilen zu können. Dies hält der Gesetzgeber zur nachträglichen Stabilisierung des Abhängigen für erforderlich.

Von der Strafverfolgung kann abgesehen

werden, wenn daraus ein Konflikt mit einer schon laufenden Behandlung entstünde. So kann die Erhebung der öffentlichen Anklage zurückgestellt werden, wenn:

- höchstens drei Jahre Freiheitsentzug zu erwarten sind;
- Drogenabhängigkeit vorliegt;
- bereits drei Monate Therapie absolviert sind;
- die Prognose für eine tatsächlich mögliche Rehabilitation spricht und
- das Gericht seine Zustimmung gibt.

Die Ermittlungsbehörde kann das Ermittlungsverfahren wieder in Gang setzen, wenn der Abhängige die Therapie abbricht, wenn er erneut Straftaten begeht und wenn er keine entsprechenden Nachweise über seinen Verbleib bzw. seine Therapie erbringt.

Von all diesen Maßnahmen hat sich der Gesetzgeber im wesentlichen eine motivationsfördernde Auswirkung auf das Gros der drogenabhängigen Straftäter versprochen, also vor allem der Beschaffungstäter, die bisher lediglich nach § 64 StGB untergebracht bzw. im Wege richterlicher Weisung in Therapieeinrichtungen verbracht werden konnten. Die Praxis wird hier zeigen müssen, inwieweit das Gesetz tatsächlich geeignet ist, die Hoffnungen zu erfüllen.

6.1.3 Betäubungsmittelverschreibungsverordnung von 1982 (BtMVV)

Die Betäubungsmittelverschreibungsverordnung galt bis zu ihrer Neufassung vom 15. 06. 1981 zuletzt in der Fassung vom 25. 04. 1978. Sie enthielt die Grundsätze, die für die Verschreibung von Betäubungsmitteln zu beachten sind. Die für den ärztlichen Bereich entscheidenden Sätze waren in § 4 BtMVV enthalten. Sie lauteten:

»Betäubungsmittel dürfen von Ärzten, Zahnärzten und Tierärzten ... nur dann verschrieben werden, wenn ihre Anwendung im oder am menschlichen oder tierischen Körper begründet ist. Die Anwendung ist insbesondere dann nicht begründet, wenn der beabsichtigte Zweck auf andere Weise erreicht werden kann.«

Diese Vorschrift ist in § 13 Abs. 1 des neuen Betäubungsmittelgesetzes praktisch wörtlich enthalten, so daß es einer gesonderten Nennung in der Betäubungsmittelverschreibungsverordnung nicht mehr bedarf.

Die Anlage zu § 5 der zuletzt gültigen Betäubungsmittelverschreibungsverordnung enthielt eine Liste von 108 Stoffen, die nicht verschrieben werden durften. Eine solche Liste enthält die neue Betäubungsmittelverschreibungsverordnung von 1982 nicht mehr, weil sie praktisch identisch ist mit den in Anlage I und II des neuen Betäubungsmittelgesetzes enthaltenen Aufstellungen nicht verschreibungsfähiger Substanzen. Damit hat der Gesetzgeber entscheidende Teile der alten Betäubungsmittelverschreibungsverordnung in das neue Betäubungsmittelgesetz integriert und auf diese Weise zu einer Straffung des Betäubungsmittelrechts beigetragen.

Wesentlicher Inhalt der jetzt gültigen BtMVV sind die Höchstmengen bestimmter Substanzen, die pro Tag verordnet werden dürfen. So durften nach § 6 BtMVV von 1978 z. B. 100 mg Kokain, 100 mg Dextromoramid, 60 mg Levomethadon, 30 mg Levorphanol, 200 mg Methylphenidat, 200 mg Morphin, 2000 mg Opium und 1000 mg Pethidin pro Tag an einen Patienten verordnet werden. Die gleichen Bestimmungen sind jetzt in § 2 BtMVV von 1981 enthalten, § 3 enthält die analogen Bestimmungen für den Zahnarzt, § 4 für den Tierarzt.

§ 9 und § 10 der alten Betäubungsmittelverschreibungsverordnung regelten die

Form der Verschreibung auf speziellen Rezeptvordrucken. Diese Bestimmungen sind weiterhin gültig und nun in den §§ 5 und 6 der neuen BtMVV enthalten. Danach muß eine Verschreibung (das Rezept) Name, Vorname und Anschrift des Patienten enthalten, ferner das Ausstellungsdatum, die Bestandteile, Gewichtsmengen und die Darreichungsform sowie die Stückzahl, wenn die Mengen abgeteilt sind (z. B. Tabletten). Ferner muß das Rezept eine Gebrauchsanweisung mit Einzel- und Tagesgabe enthalten; auch der Name des verschreibenden Arztes, dessen Berufsbezeichnung und Anschrift müssen enthalten sein. Seine Unterschrift muß ungekürzt erscheinen. Die Mengen sind in arabischen Ziffern anzugeben und in Worten zu wiederholen, die in Klammern dahinter zu stehen haben.

Alle diese und noch weitere formalistisch anmutende Einzelheiten der Verschreibung dienen dem Zweck, die Verordnung selber zu erschweren und damit Fälschungen zu verhindern.

In einer Bekanntmachung zur BtMVV vom 22. 12. 1981 sind die amtlichen Rezeptformulare beschrieben und abgebildet.

6.1.4 Probleme der Verordnung von Betäubungsmitteln an Opiatsüchtige

In den vergangenen Jahren hat es immer wieder Fälle gegeben, in denen Ärzte an Opiatsüchtige suchterzeugende Pharmaka verschrieben haben. Bei diesen Pharmaka handelte es sich häufig um Betäubungsmittel wie das l-Methadon (Polamidon), in verschiedenen Fällen aber auch um den Betäubungsmitteln nahestehende Substanzen wie das Pentazocin (Fortral), dann aber auch um das Tilidin (Valoron), schließlich um methaqualonhaltige bzw. auch barbiturathaltige Schlafmittel (Mandrax, Vesparax) und schließlich um die Tranquilizer Diazepam (Valium), Clorazepat (Tranxilium) und Lorazepam (Tavor) und andere. Dabei gerieten die verschreibenden Ärzte deshalb in das Schußfeld der Strafbestimmungen des § 11 BtMG alter Fassung, weil sich die Frage erheben mußte, ob solche Verschreibungen ärztlich begründet sind. Mit dieser grundsätzlichen Frage wollen wir uns im Folgenden befassen, weil hierüber offensichtlich in der Ärzteschaft keine endgültige Klarheit zu bestehen scheint (vgl. Winkler, 1980 und Keup, 1980; eine abweichende Auffassung hiervon vertritt Bschor, 1981).

Grundregeln der Verschreibung bei Opiatsüchtigen

An dieser Stelle muß man sich fragen, wie die Behandlung eines Suchtkranken zu erfolgen hat, welche Regeln der ärztlichen Kunst hier zu beachten und worin Verstöße gegen die Sorgfaltspflicht zu erblicken sind, die der Arzt bei Verschreibungen wie bei jeder ärztlichen Handlung zu beachten hat. Stets bleibt einerseits für ärztliches Handeln in Diagnostik, Therapie und Prognostik ein beträchtlicher Spielraum, der durch Ermessensentscheidungen auszufüllen ist. Andererseits wird dieser Spielraum aber durch eine Reihe klar definierter Regeln eingeengt. Bei Verstößen gegen diese Regeln wird es sich in der Mehrzahl um fahrlässige Verstöße handeln, zumal jeder Arzt grundsätzlich Kenntnis von den Grundprinzipien seines Vorgehens haben dürfte.

In einer Vielzahl von Gutachten zur Frage der Sorgfaltspflicht bei der Verschreibung von Pharmaka an Suchtkranke haben wir uns in den Jahren seit 1973 immer wieder in gleicher Weise geäußert, unter anderem zusammen mit Wanke (1977) in dem

Strafverfahren gegen den Münchner Arzt Dr. Kapuste. Dort haben wir folgende 10 Regeln für Diagnostik und Therapie genannt:

1. Eine Diagnose kann nicht ohne umfassende ärztliche Untersuchung des Patienten gestellt werden.
2. Das Ergebnis jeder Untersuchung ist ausführlich zu dokumentieren. Eine Untersuchung als Voraussetzung einer Behandlung ist nur sinnvoll, wenn deren Ergebnisse auch ausführlich dokumentiert werden, wobei eine Idealforderung ist, daß möglichst auch negative Befunde zu dokumentieren sind.
3. Die Abschätzung des Behandlungsrisikos, das mit jeder Behandlung verbunden ist, ist ohne eine gründliche Untersuchung des Patienten nicht möglich. Das Risiko der meisten Behandlungen ist gering. Bestimmte Zustände des Patienten bzw. Erkrankungen können aber das Behandlungsrisiko erhöhen, z. B. Schwangerschaft, Tuberkulose, Herzinsuffizienz, Lungenemphysem Leberzirrhose, Diabetes mellitus, Epilepsie, endogene Psychosen, Suizidalität. Beim Vorliegen solcher Krankheits- bzw. Zustandsbilder können für bestimmte Behandlungsmethoden Kontraindikationen entstehen. Die genannten Krankheiten sind jedoch ohne Untersuchung des Patienten häufig nicht aufzudecken.
4. Eine Therapie ist in der Regel nur dann sinnvoll, wenn zuvor eine sichere Diagnose gestellt worden ist. Bei den einzelnen Krankheiten, die durch diagnostische Maßnahmen zu erkennen sind, existieren einzelne Behandlungsindikationen. Deshalb kommt der richtigen Diagnose bei Beginn der Therapie ein entscheidender Stellenwert zu. Nur im Ausnahmefall kann eine Diagnose ex juvantibus, d. h. aus dem Heilerfolg heraus gestellt werden. Diese Methode entfällt jedoch bei der Suchtkrankenbehandlung.
5. Keine Therapie sollte ohne ein klares Therapieziel begonnen und durchgeführt werden.
6. Es sollte keine Therapie ohne klare Verlaufskontrolle erfolgen. Diese muß Nach- und Kontrolluntersuchungen beinhalten. Die Ergebnisse sind zu dokumentieren.
7. Die Kontrolle der Effizienz des eigenen Vorgehens ist ohne klare Dokumentation der laufend zu erhebenden Befunde nicht möglich.
8. In manchen Fällen gerade psychiatrischer Behandlung ist die Effizienzkontrolle des eigenen therapeutischen Vorgehens ohne Fremdkontrolle (Supervision) bzw. Objektivierung der laufend erhobenen Befunde nur schwer bzw. eingeschränkt möglich.
9. Es ist selbstverständlich, daß keine Diagnostik und Therapie ohne spezielle (in der Regel fachärztliche) Kenntnisse bei den Patienten betrieben werden kann, deren Erkrankung aus der allgemeinärztlichen Praxis hinausweist. Sind solche fachärztlichen Kenntnisse nicht vorhanden, muß sich der behandelnde Arzt eines Konsiliarius oder der Überweisung an den Facharzt bedienen. Die Aufspaltung der Gesamtmedizin in medizinische Fachrichtungen eröffnet hier viele Möglichkeiten, zumal für den Allgemeinarzt in einer Großstadt.
10. Ist ein Krankheitsbild durch ambulante Therapie nicht zu beherrschen, so ist der Versuch einer stationären Therapie geboten.

Neben diesen allgemein gültigen ärztlichen Regeln sind bei der Behandlung von Opiatsüchtigen noch weitere spezielle Regeln zu beachten:

1. Die ambulante Entzugsbehandlung Opiatabhängiger ist in der Regel nicht möglich. Hierzu existiert eine Fülle von entsprechender Literatur (z. B. Dietrich, 1975; Freedman u. Mitarbeiter, 1972; Huber, 1974; Huhn, 1975; Kielholz u. Ladewig, 1971, Kielholz, Battegay u. Ladewig, 1972; Kolb, 1968; Kryspin-Exner, 1971; Redlich u. Freedman, 1970; Schmidbauer u. vom Scheidt, 1971; Schulte u. Tölle, 1971; Solms, 1960; Täschner u. Wanke, 1972; Wieck, 1974).

   Es kann daher als allgemein anerkannter Behandlungsgrundsatz gelten, daß die Entzugstherapie Opiatsüchtiger – zumindest im ersten Abschnitt – nur *stationär* erfolgen sollte.

Diese Meinung vertrat bereits der Deutsche Ärztetag 1928 in Danzig, der feststellte, die Verordnung von Morphin und anderen Opiaten sei ärztlich nur begründet, »wenn der Arzt nach strenger Prüfung der Besonderheiten des einzelnen Kranheitsfalles mit anderen Mitteln nicht auskommen kann. Bei der Behandlung des Morphinsüchtigen in der Praxis ist es die wesentliche Aufgabe des Arztes, auf möglichst sofortige Einleitung der Entziehungskur zu drängen. Bis zum Beginn der Entziehungskur soll der Arzt mit möglichst geringen Dosen von Morphin auszukommen suchen« (zit. nach Beil u. Trojan, 1973). Auch der Deutsche Ärztetag 1967 hat Richtlinien dahingehend entwickelt, daß eine ambulante Entziehung Opiatsüchtiger nicht möglich ist (zit. nach Scholz, 1975).

Der 81. Deutsche Ärztetag nahm 1978 folgende Entschließung zum Drogenproblem an:

»Ambulante Entzüge Heroinabhängiger sind in der Regel nicht kontrollierbar und dann ohne Erfolg. In diesem Zusammenhang ist auch die Verordnung von suchterhaltenden Medikamenten im Sinne eines Erhaltungsprogrammes abzulehnen« (zit. nach Körner, 1982).

Auch Spann (1962) hat ausgeführt, daß von ambulanten Entwöhnungskuren ein Erfolg von vornherein nicht zu erwarten sei. Vielmehr lasse sich nur durch Behandlung in geschlossenen Anstalten eine kürzer oder länger anhaltende, mitunter auch vollständige Befreiung von der Sucht erzielen.
In ähnlicher Weise äußerte sich auch die Psychiatrie-Enquête der Bundesregierung (1975):

»Wie beim Alkolholkranken ist eine Behandlungskette angezeigt. Beim körperlich abhängigen Drogenkonsumenten muß die Therapie mit einer Entgiftungsbehandlung beginnen, die eine spezielle klinische Einrichtung voraussetzt. Die Entwöhnungsbehandlung sollte gleichzeitig einsetzen und erfordert einen langen Zeitraum, wobei zumindest in schweren Fällen eine länger dauernde stationäre Behandlung zur Stabilisierung der Persönlichkeit und zur Erlernung der Selbstkontrolle nicht zu umgehen ist ... Mehr als bei Alkoholabhängigen muß bei Drogenabhängigen eine leistungsfähige fortlaufende chemische Suchtmittelkontrolle gewährleistet sein. Die medikamentöse Therapie tritt zurück und ist – wenn überhaupt – nur in Verbindung mit sozialpädagogischen rehabilitativen Maßnahmen indiziert. Dies gilt besonders für die in den USA und später in wenigen anderen Ländern durchgeführte Methadon-Substitution. Nach dem gegenwärtigen Stand zeigt die Substitutionsbehandlung keine wesentlichen Erfolge; sie enthält aber große Gefahren, daher ist sie nicht zu vertreten.«

2. Die Therapie Opiatsüchtiger ist immer multidisziplinär angelegt. Sie hat sich nach dem Pluralitätsprinzip zu richten, nach welchem die Beteiligung einer Reihe unterschiedlich orientierter Mitarbeiter zu gewährleisten ist. Nur so kann eine gewisse Effizienz sichergestellt werden. Eine solche Behandlung ist stufenweise gegliedert und setzt die Beteiligung einer Reihe hintereinander geschalteter, eng verzahnter Behandlungseinrichtungen voraus. Auch dieses Prinzip der Behandlung Opiatsüchtiger kann als allgemein anerkannte Grundlage ärztlichen Handelns auf unserem Gebiet gelten.
3. Die Behandlung Opiatsüchtiger braucht (stationäre) Institutionen. Sie ist vom einzelnen Therapeuten ambulant nicht zu leisten. Auch dies ist ein gesicherter Grundsatz (vgl. oben zitierte Ausführungen der Psychiatrie-Enquête, 1975).
4. Abstinenz ist nicht das Ziel, sondern die Basis der Behandlung Süchtiger. Ziele der Therapie Süchtiger sind die Reintegration des Individuums in soziale Bezüge und die freie Selbstverfügbarkeit der Person.
5. Einzel- und Gruppenpsychotherapie kann nur mit entzogenen Suchtkranken durchgeführt werden, da Intoxikation und weiterbestehende Sucht die Motivationslage der Patienten so weitgehend einengen, daß psychotherapeutische Arbeit zum Agieren bzw. Palavern denaturiert. Jede psychiatrische Erfahrung bestätigt, daß mit Intoxikierten und weiter Süchtigen Psychotherapie nicht durchführbar ist. Es steht fest, daß die Opiatsucht durch analytische Psychotherapie allein unbeeinflußbar ist.
6. Bei geeigneter stationärer Therapie Suchtkranker sind Komplikationen am ehesten zu beherrschen. Dabei ist an

dekompensierende Herz-Kreislauf-, Leber und Nierenerkrankungen zu denken, aber auch an intermittierende Infektionen. Bei der herabgesetzten Abwehrlage vieler fortgeschritten Opiatsüchtiger ist diesem Aspekt besondere Beachtung zu schenken. Auch deshalb ist ambulante Therapie bei einer solchen Gruppe von Kranken obsolet. Todesfälle durch Überdosierung sind im übrigen bei geeigneter stationärer Therapie mit an größtmöglicher Wahrscheinlichkeit zu verhindern.

7. Die intravenöse Selbstapplikation von Opiaten kann schließlich ärztlicherseits weder vertreten noch unterstützt werden, da sie geeignet ist, das Injektions- und Suchtverhalten der Patienten festzuschreiben. Die Verordnung von Injektionsmaterial an solche Patienten ist deshalb nicht zu rechtfertigen.

Dem Argument mancher Ärzte, Methadon-Programme in den Vereinigten Staaten hätten als Modell für die Verordnung von Opiaten an Opiatsüchtige gedient, ist folgendes entgegenzuhalten:

1. Die Methadon-Stützprogramme bestehen aus drei Phasen (vgl. S. 135 ff.): einer Entgiftungsphase durch Abdekkung der Abstinenzsymptome des Heroins mittels Einstellung auf Methadon, einer Erhaltungsphase, die Jahre dauern kann und während der kontrolliert Methadon an die Abhängigen ausgegeben wird und einer Phase des Ausschleichens bis hin zur Abstinenz. Auf die Problematik insbesondere der letzten Phase sind wir bereits ausführlich eingegangen.
2. In den Methadon-Stützprogrammen wird die Substanz oral verabreicht.
3. Der Patient wird laufend kontrolliert, ob er andere Stoffe nebenher konsumiert oder etwa bei sich trägt.
4. Die Einnahme der Substanz wird streng kontrolliert.
5. Dem Patienten werden keine Betäubungsmittel ausgehändigt, auch keine Rezepte.
6. Das Gebrauchsmuster des Injizierens wird vermieden, die Einhaltung dieser Maßnahme kontrolliert.
7. Es werden nur Heroinsüchtige behandelt, nicht Polytoxikomane.
8. Es gibt Altersbeschränkungen.

Dies würde bedeuten, daß Methadon- bzw. Polamidontropfen nur dann verwendet werden könnten, wenn sie

1. oral in zwei Tagesportionen verabreicht würden;
2. unter Aufsicht verabreicht würden;
3. nur bei Heroinsüchtigen, nicht aber bei Polytoxikomanen verwendet würden;
4. daß sie niemals verschrieben oder dem Süchtigen gar ausgehändigt würden;
5. daß keine anderen Substanzen nebenher konsumiert werden könnten;
6. daß keine anderen Ärzte nebenher aufgesucht werden könnten;
7. eine Betreuung über die Wochenenden und in Urlaubszeiten und ähnlichen außergewöhnlichen Zeiträumen möglich wäre.

Allein schon aus diesen Kriterien wird ersichtlich, wie groß die Unterschiede zwischen dem Modell der Methadon-Substitution einerseits und der Rezeptierung von Betäubungsmitteln an Opiatsüchtige andererseits sind.

Zur Frage der Sorgfaltspflicht des Arztes

Die Sorgfaltspflicht des Arztes ist verschiedentlich definiert worden: breite Ausführungen darüber finden sich vor allem bei Spann (1962). Danach ist der Arzt »bei der Ausübung seines Berufes zur Sorgfalt verpflichtet, d. h. er hat sich so zu verhalten, daß der Patient nicht oder zumindest nicht mehr als nach den Umständen unvermeidbar Schaden leidet.« Ein Verstoß gegen diese Sorgfaltspflicht ist als Kunstfehler zu bezeichnen. Zur Sorgfaltspflicht gehört, daß der Arzt »bei einem übernommenen Behandlungsfall seine eigene Leistungsfähigkeit auch hinsichtlich der vorhandenen diagnostischen und therapeutischen Hilfsmittel« prüfen muß (Spann, 1962). Wenn der Arzt aufgrund einer solchen Prüfung zu der Auffassung kommt, daß die ihm zur Verfügung stehenden Möglichkeiten zur gewissenhaften Behandlung eines Patienten nicht ausreichen, so muß er die Hinzuziehung eines weiteren Arztes oder eines Facharztes veranlassen.

Auch für den Fall, daß ein Arzt ein ihm bekanntes, von ihm aber abgelehntes, sonst jedoch bewährtes Verfahren nicht selber durchführen kann, ist er zur Hinzuziehung eines anderen Arztes oder zur Überweisung an einen solchen Arzt oder an ein Krankenhaus verpflichtet, in dem diese Methode angewendet werden kann. Von Fahrlässigkeit kann auf therapeutischem Gebiet nur dann die Rede sein, wenn fundamentale Regeln verletzt worden sind.

Als Kunstfehler ist ein Verstoß gegen die von Wissenschaft und Praxis anerkannten gültigen Regeln und Erkenntnisse der ärztlichen Kunst in Diagnose, Therapie usw. zu verstehen. Als Kunstfehler ist jede ärztlich nicht begründete Verschreibung eines Mittels anzusehen. Die ärztliche Begründung ist nach den Regeln der Schulmedizin, d. h. also der in Lehrbüchern niedergelegten Grundsätze zu prüfen, die allgemein akzeptiert sind. Das dazu erforderliche medizinische Fachwissen muß sich der Arzt jederzeit erhalten und ergänzen. Er ist deshalb zur Fortbildung verpflichtet. Die heute in der Bundesrepublik Deutschland geltenden medizinischen Grundüberzeugungen gehen dahin, daß es für die ambulante Verschreibung von Polamidon und anderen suchterzeugenden Substanzen an Süchtige keine Grundlage gibt. Dies ist eine allgemein anerkannte ärztliche Auffassung, die vielfach niedergelegt und publiziert worden ist. Davon gibt es nur streng umschriebene Ausnahmen, die die orale Gabe von Polamidon unter Kontrolle als kurzfristige Überbrückungsmaßnahme betreffen, und zwar bei solchen Süchtigen, die in kürzester Zeit stationär aufgenommen werden sollen, schließlich auch bei opiatsüchtigen Schwangeren in einem fortgeschrittenen Abschnitt der Schwangerschaft und bei der ausschleichenden Behandlung von Neugeborenen opiatsüchtiger Mütter, vielleicht auch bei schweren chronischen körperlichen Begleiterscheinungen, etwa einer Lungen-Tbc mit fortgeschrittener Kachexie. In allen diesen Fällen kommt aber nur die kontrollierte orale Gabe in Betracht, niemals die Rezeptur.

Die Aushändigung von Suchtstoffen oder entsprechender Rezepte an Süchtige führt vielmehr dazu, daß die Drogenabhängigen nicht geheilt und einer Heilung nicht zugeführt werden, daß sie einer Heilung mehr und mehr aus dem Wege gehen und daß ihre Suchterhaltung sich verfestigt. Die Gefährdung durch die fortgesetzte Drogenzufuhr hält an. Die Weitergabe von Betäubungsmitteln an andere Süchtige bleibt wahrscheinlich.

Für die ambulante Verschreibung von Suchtstoffen an Opiatsüchtige können die Methadon-Stützprogramme in den USA wegen grundsätzlicher Verschiedenheiten nicht als Modell angeführt werden. Durch die Rezeptur versorgt der Arzt vielmehr Süchtige mit Suchtmitteln. Die Kontrolle über die Einnahme der Substanz gibt er aus der Hand. Er häuft Risiken auf seine Patienten, da es eine Reihe von Kontraindikationen gibt, die er in der Regel nicht prüft. Er kann auch nicht kontrollieren, ob die Patienten andere Suchtstoffe nebenher einnehmen, die sie sich von anderen Ärzten beschaffen und durch deren Konsum sie sich in Lebensgefahr bringen können. Er kann die Dosierung der von ihm verordneten Substanz nicht kontrollieren. Er versorgt in der Regel auch Mehrfachabhängige mit Polamidon. Bei einem Suchtkranken muß der Arzt schließlich damit rechnen, daß dieser das verordnete Mittel nicht als Heilmittel, sondern als Suchtstoff verwendet. Der Arzt muß sich auch klarmachen, daß er eine qualifizierte stationäre Behandlung durch seine Verschreibungspraxis unter Umständen verhindert. Er bindet statt dessen den drogenabhängigen Patienten an seine Praxis, wo er ihn nur ungenügend behandeln kann. In jedem Falle wäre aber die Überweisung in eine stationäre Einrichtung bei Opiatabhängigen erforderlich. Unterläßt ein Arzt diese Überweisung, so macht er sich eines Verstoßes gegen die Sorgfaltspflicht schuldig.

Rezeptpflicht

Eine Vielzahl von Medikamenten, insbesondere alle zentral wirksamen Substanzen, unterliegen der Rezeptpflicht (Verschreibungspflicht). Sie ist in § 48 des Gesetzes zur Neuordnung des Arzneimittelrechts und hier in Art. 1, dem Gesetz über den Verkehr mit Arzneimitteln (Arzneimittelgesetz, AMG) geregelt.
Dort heißt es, daß solche Arzneimittel nur gegen Vorlage einer ärztlichen, zahnärztlichen oder tierärztlichen Verschreibung an Verbraucher abgegeben werden dürfen, die aus Stoffen bestehen oder solche enthalten, die die Gesundheit von Mensch und Tier auch bei bestimmungsgemäßen Gebrauch gefährden können, die häufig in erheblichem Umfang nicht bestimmungsgemäß gebraucht werden, wenn dadurch die Gesundheit des Verbrauchers gefährdet werden kann. Der zuständige Bundesminister wird ermächtigt, Vorschriften über Form und Inhalt der Verschreibung zu erlassen und gegebenenfalls Höchstmengen festzusetzen.
Von dieser Rezeptpflicht waren bereits früher sämtliche Schlafmittel erfaßt. Auch ein Teil der Schmerzmittel unterlag schon in früheren Jahren der Rezeptpflicht. Die gesetzgeberische Tendenz geht dahin, immer mehr Arzneimittel mit Gefährdungspotentialen einer strenger kontrollierten Abgabevorschrift zu unterwerfen.

Fälle ärztlicher Kunstfehler bei der Behandlung von Opiatsüchtigen

Der Fall des Münchener praktischen Arztes Dr. Kapuste ist deshalb als Beispiel für das Fehlverhalten eines Arztes gegenüber Opiatsüchtigen in besonderem Maße geeignet, weil hier gravierende Fehler in der Behandlung Drogenabhängiger gemacht worden sind, die der schließlich verurteilte Arzt noch bis zuletzt als vermeintlich richtiges Verhalten verteidigt hat. Der Autor ist zusammen mit Wanke in diesem Verfahren als Sachverständiger zu der Frage tätig gewesen, ob die Anwendung von Polamidon zur ambulanten Behandlung heroinabhängiger Personen ärztlich begründet sei (Gutachten vom 9. 11. 1977 für die Staatsanwaltschaft bei dem Landgericht München I). Die meisten der vorstehend aufgeführten Beurteilungsmaßstäbe sind auch in diesem Gutachten enthalten.
Dem Arzt wurde vorgeworfen, in 55 Fällen teilweise länger als über ein Jahr hinweg bis zu 700 mg Polamidon pro Woche per Rezept verordnet zu haben. Das sind bis zu 14 Einzelpackungen à 10 ml Polamidon wöchentlich, d. h. 2 Flaschen pro Tag. Das Gericht stellte in seinem erstin-

stanzlichen Urteil vom 10. 10. 1978 fest, der Angeklagte sei eines fortgesetzten Vergehens der unerlaubten Verschreibung von Betäubungsmitteln schuldig und verurteilte ihn zu einer Freiheitsstrafe von zwei Jahren, die es zur Bewährung aussetzte. Außerdem verbot es dem Angeklagten für die Dauer von fünf Jahren die Ausübung seines Berufes als Arzt, soweit es sich um die Behandlung von Drogenabhängigen und Suchtkranken aller Art handele. Es stellte fest, daß er insgesamt in einem 2-Jahres-Zeitraum 180 Patienten mit Polamidon versorgte, nur ein Teil der Fälle kam jedoch zur Anklage. Das Gericht stellte fest, daß der Angeklagte folgendermaßen vorging:

»Kam ein Patient mit dem Wunsch zu ihm, entzogen zu werden, so stellte er zunächst die Tatsache der Sucht durch zwei Blicke und zwei Fragen fest. Er blickte dem Patienten in die Augen und prüfte sodann dessen Haut. Seine Fragen galten den Entzugserscheinungen und dem Zeitpunkt und Umfang der letzten eingenommenen Dosis eines Betäubungsmittels. Eine weitergehende körperliche Untersuchung an den einzelnen Patienten nahm der Angeklagte nicht vor. Er untersuchte die Patienten insbesondere nicht auf allgemeine Begleiterkrankungen, wie z. B. Tbc, Lungenemphyseme, Zuckerkrankheit und Leberzirrhose. Er verließ sich bei seinen Feststellungen ausschließlich auf die Angaben der Patienten ...
Hatte der Angeklagte auf seine Weise das Vorhandensein einer Sucht festgestellt, so injizierte er dem Patienten Polamidon, bis bei diesem erkennbar die Entzugssymptome verschwunden waren. Diese Methode bezeichnete er als sogenanntes Glücklich spritzen. Aus der benötigten Injektionsmenge schloß er auf den Grad der bei dem jeweiligen Patienten vorhandenen Sucht und die Höhe der Dosierungen, die er anschließend dem Patienten verschrieb.
Die Rezepte händigte er in allen Fällen den jeweiligen Patienten aus, wobei das Polamidon nicht nur in Tablettenform, sondern auch in Form von Tropfen und Ampullen zur Selbstinjektion durch den Patienten verschrieben wurde. Auf den Rezepten vermerkte er zugleich schriftlich für den Patienten, wie dieser das Polamidon nehmen sollte, wobei er stets sinkende Dosierungen angab.
Hielt sich ein Patient nicht an die Einnahmevorschrift und ging ihm das verschriebene Polamidon vorzeitig aus, so erhielt er von dem Angeklagten sofort wieder eine neue Verschreibung, um seine Entzugssymptome bekämpfen zu können ...
Durch die Aushändigung der Rezepte bzw. die Verschreibung des Chinesischen Topfes*) an die Süchtigen war es dem Angeklagten nicht möglich, die Einhaltung seiner Einnahmevorschrift zu überprüfen. So war es Patienten möglich, das Betäubungsmittel entweder nicht selbst zu verbrauchen, sondern in der Rauschgiftszene weiterzuveräußern, oder über die vorgeschriebenen Mengen hinaus Überdosen zu nehmen, wobei sie auch eine Art Vorratswirtschaft betreiben konnten.
Diese Folgen der Aushändigung der Rezepte und damit der Aushändigung des Betäubungsmittels unmittelbar an die Patienten waren dem Angeklagten bekannt und wurden von ihm in Kauf genommen. Der Angeklagte wußte insbesondere, daß die Drogenabhängigkeit eine schwere Krankheit ist, deren wesentliches Merkmal die Einschränkung der Willensfreiheit des Süchtigen ist, wenn es um die Beschaffung eines Betäubungsmittels geht.«

Zur Begründung seines Verfahrens gab er in der Verhandlung an:

»Er habe die Behandlung mit Polamidon für geeignet gehalten und als Methode der Wahl erachtet. Er halte auch eine ambulante Behandlung Süchtiger für möglich, wenn die Beziehungen zwischen Arzt und Patienten gut seien. Er habe sich für befähigt gehalten, diese Beziehungen herzustellen. Der deutschen Psychiatrie spreche er dagegen jede Befähigung ab. Er halte sie für unterbelichtet, während die deutsche Psychotherapie naiv sei. Niemand in Deutschland habe es so gut gemacht wie er. Er sei der Meinung, daß die Sucht ein psychosomatisches Phänomen sei, das darauf zurückgehe, daß die Süchtigen vaterlos aufgewachsen seien. Er habe auch z. T. versucht, durch Einzelgespräche oder Gruppentherapie psychotherapeutisch auf die Süchtigen einzuwirken. Einige seiner Patienten

*) Hierbei wird eine Mischung von Methadon und einem Verdünnungsmittel (Saft) hergestellt. Der Konsument entnimmt täglich eine Konstante Volumenmenge der Mixtur und füllt täglich den »Chinesischen Topf« mit Saft auf die ursprüngliche Volumenmenge wieder auf. Es entsteht eine immer stärkere Verdünnung des Wirkstoffs und damit eine ausschleichende Dosierung des Methadons.

seien auch clean geworden ... Er sei der Meinung, daß die von ihm vorgenommenen Untersuchungen ausreichend gewesen seien. Für ihn genügten zwei Blicke und zwei Fragen an den Patienten. Es sei äußerst leicht, ein Entzugssyndrom an einem Patienten zu sehen, insbesondere, da derartige Patienten eine merkwürdig kalte und feuchte Haut hätten. In gleicher Weise könne er mit einem Blick Lebererkrankungen am Weiß der Augen sowie Zuckerkrankheiten, Lungenemphyseme, Epilepsien u. ä. sehen. Im übrigen müßte auch bei Vorliegen derartiger Krankheiten Polamidon gegeben werden, da dies immer noch besser sei als die Einnahme von Heroin. Dies gelte auch für Schwangerschaften. Für den Säugling sei zwar seiner Meinung nach Heroin günstiger als Polamidon, doch sei dies in der Bundesrepublik Deutschland verboten ... Zur Aushändigung der Rezepte gab der Angeklagte an, er sei der Meinung, Rezepte gehörten grundsätzlich in die Hand des Patienten. Er habe einem Patienten nie auf einmal soviel Polamidon verschrieben, daß die tödliche Dosis erreicht worden sei. Er halte bei einem süchtigen Patienten wegen des Entzugssyndromes eine Unterdosierung für weitaus schlimmer als eine Überdosierung. Seine Methode setze voraus, daß der Patient sich irgendwie an seine Anordnungen halte. Er habe seinen Patienten gewisse Toleranzen gelassen und es auch in Kauf genommen, daß sie mehr nehmen, als er verordnet habe ... Er sei auch häufig von Patienten belogen worden, um so eine höhere Menge zu verschreiben. Es sei unglaublich, welche Kniffe Süchtige anwendeten, um zu ihrem Suchtmittel zu kommen. Er halte es theoretisch für möglich, daß Patienten eine so umfangreiche Vorratswirtschaft hätten vornehmen können, daß sie sich die Menge bis zum tödlichen Schuß hätten sparen können. Er habe auch nicht überprüfen können, ob Patienten daneben noch andere Opiate nähmen ... Er sei allerdings in der Lage, es Patienten anzusehen, ob sie außer Polamidon noch andere Mittel nähmen. Die Einnahme von Barbituraten erkenne er schon ab der dritten Tablette.«

Das Gericht kam zu dem Ergebnis, daß der Angeklagte Betäubungsmittel verschrieben hatte, deren Anwendung ärztlich nicht begründet war. Es hielt ihm vor, daß er seine Patienten nicht eingehend körperlich untersucht hatte und daß er ihnen Rezepte und damit das Suchtmittel zur freien Verfügung ausgehändigt hatte. Die Anwendung von Betäubungsmitteln sei nur ärztlich begründet, wenn der verschreibende Arzt aufgrund ärztlicher Prüfung zu der Überzeugung komme, daß nach den anerkannten Regeln der ärztlichen Wissenschaft die Anwendung der Arznei zulässig und geboten sei. Deshalb müsse sich der Arzt vor der Verschreibung von Betäubungsmitteln vom Krankheitszustand des Patienten aufgrund eigener Untersuchung überzeugen. Die ordnungsgemäße Einnahme der Mittel müsse garantiert sein. Der Patient dürfe nicht mehr als nach den Umständen unvermeidbar Schaden erleiden. Der Angeklagte habe aber durch sein Verhalten seine Patienten einem hohen Behandlungsrisiko ausgesetzt. Als besonders gravierend bezeichnete es das Gericht, daß der Angeklagte in einem Falle einem Opiatsüchtigen zusätzlich Lorfan verordnete und ihn so in Todesgefahr gebracht hatte. Durch seine Behandlung habe er viele Patienten davon abgehalten, sich zur Motivation für stationären Entzug und damit eine nachhaltige Behandlung durchzuringen. Der Arzt sei uneinsichtig bezüglich seines Verhaltens, das Berufsverbot sei anzuordnen, weil er wegen einer Tat verurteilt worden sei, die eine grobe Verletzung seiner Pflichten als Arzt darstelle.
Auf die Revision des Angeklagten gegen das Urteil entschied der Bundesgerichtshof am 8. 5. 1979, daß die Sache zu neuer Verhandlung und Entscheidung an eine andere Strafkammer des Landgerichts zurückverwiesen werde. Der BGH führte aus, der Gesetzgeber habe es nicht der freien Entscheidung des Arztes überlassen wollen, ein medizinisch indiziertes Betäubungsmittel auch bei erkennbarer Gefahr der mißbräuchlichen Verwendung zu verschreiben. Der Angeklagte habe das noch im straffreien Raum liegende Risiko des Arztes eindeutig überschritten.

»Bei jedem Opiatsüchtigen besteht infolge der krankheitsbezogenen Einschränkung seiner Willensfreiheit eine sehr erhebliche Wahrscheinlichkeit dafür, daß er ein ihm verschriebenes Betäubungsmittel nicht als Heilmittel, sondern als Suchtmittel verwendet, wenn es ihm zu unkontrolliertem Gebrauch zugänglich gemacht wird.« Der Arzt müsse deshalb, wenn er es schon verschreibe, Vorkehrungen treffen, »um die handgreiflich naheliegende Gefahr eines Mißbrauchs seiner Verschreibung zu bannen. Das kann er wirksam dadurch erreichen, daß er Patienten das Mittel nur unter eigener Aufsicht oder unter der Aufsicht zuverlässiger Hilfspersonen gebrauchen läßt. Eine Verschreibung zu unkontrolliertem Gebrauch dagegen ist, wie das insoweit sachverständig beratene Landgericht mit Recht angenommen hat, ärztlich nicht zu verantworten; sie ist daher i. S. des § 11 Abs. 1 Nr. 9 a Betäubungsmittelgesetz ärztlich nicht begründet.«

Der Angeklagte habe somit objektiv gegen diese Strafbestimmung verstoßen. Er habe nicht zweifelsfrei i. S. eines bewußten und gewollten Verstoßes gegen das Betäubungsmittelgesetz gehandelt. Mithin habe er also auch nicht sicher schuldhaft gehandelt. Über die Rechtswidrigkeit seines Handelns habe sich der Angeklagte möglicherweise keine zutreffenden Vorstellungen gemacht. Bisher befasse sich überdies kein Urteil mit der Frage der Aushändigung von Betäubungsmitteln an einen Süchtigen zu unkontrolliertem Gebrauch. Er habe möglicherweise damit nicht wissen können, daß die Verhütung einer mißbräuchlichen Verwendung einer Betäubungsmittelverschreibung mit zu den ärztlichen Pflichten zähle. Deshalb müsse eine andere Strafkammer die innere Tatseite der Verstöße des Arztes gegen das Betäubungsmittelgesetz würdigen.

Auf die Festellungen des Bundesgerichtshofs hin wurde gegen den Angeklagten erneut verhandelt. Das Landgericht München verurteilte den Angeklagten am 20. 11. 1979 wegen Vergehens gegen die ärztlich begründete Verschreibung von Betäubungsmitteln zu einer Freiheitsstrafe von 8 Monaten, die es zur Bewährung aussetzte. Es verbot dem Arzt, seinen Beruf insoweit auszuüben, als es sich um die Behandlung von Drogensüchtigen wegen deren Sucht oder wegen der durch die Sucht verursachten Entzugserscheinungen handelt. Das Gericht legte zugrunde, daß der Angeklagte bei einer großen Zahl von Heroinsüchtigen trotz vorangegangener Warnungen durch die Staatsanwaltschaft, die sich auf ein Obergutachten der Münchner Universität stützte, mit einer ambulanten Entzugsbehandlung begann. Er habe etwa 185 Patienten mit etwa 5000 Polamidon-Rezepten versorgt. Er habe ein selbst entwickeltes Konzept zugrunde gelegt, das wir bereits aus dem erstinstanzlichen Urteil zitiert haben. Auch das zweitinstanzliche Urteil enthält den Hinweis, daß der Arzt es unterlassen habe, die Einnahme des verschriebenen Suchtmittels zu überwachen. Vielmehr habe er die Dosierung praktisch den Suchtkranken überlassen, so daß sie höhere Dosen oder auch die ganze verordnete Menge auf einmal nehmen konnten, daß sie das Polamidon auch veräußern und eine Vorratshaltung betreiben konnten. Den Gefahren der Ausbildung einer Polytoxikomanie sei er nicht entgegengetreten. Auch bei der zweiten Verhandlung war der Angeklagte weiterhin davon überzeugt, daß sein Behandlungskonzept allen von der deutschen Psychiatrie unternommenen Versuchen der Behandlung Suchtkranker überlegen sei. Seine Polamidon-Verschreibungen hielt er nach wie vor in jedem einzelnen Fall für ärztlich begründet. »Sein Studium der deutschen medizinisch-wissenschaftlichen Literatur und die Auseinandersetzung mit dem Standpunkt der deutschen Psychiatrie hätten ihn demgegenüber darin bestätigt, daß deren Auffassungen als Erkenntnisquellen für die Frage der ärztlichen Begründetheit von Suchtbehandlungen auszuscheiden hätten. Die Auffassung des Deutschen Ärztetages sei schon deshalb unverbindlich, weil die Spitzen der ärztlichen Standesvereinigungen korrupt seien.« Seine Ausführungen gipfelten in dem Vorwurf, die deutsche Psychiatrie sei bestrebt, »auch die Drogensüchtigen jener Euthanasie auszuliefern, zu der sie sich während des nationalsozialistischen Regimes bei den Geisteskranken hergegeben habe. Darauf laufe nämlich die von der deutschen Psychiatrie bevorzugte Hospitalisierung und ›Zwangsentziehung‹ Drogensüchtiger hinaus. Über das, was in Deutschland als anerkannte Regeln der ärztlichen Kunst und der medizinischen Wissenschaft im Bereich der Behandlung Süchtiger angesehen werde, habe er sich deshalb hinwegsetzen müssen«.

Zu dem Vorwurf, er habe seine Patienten nicht untersucht, bevor er sie behandelt habe, erklärte er, er habe eine Fähigkeit zum »diagnostischen Blick«, mit der er etwaige Krankheitsanzeichen erkennen könne.

Demgegenüber folgte die Kammer den Ausführungen der Sachverständigen, wonach die Verschreibungen des Betäubungsmittels Polamidon an Süchtige zum unkontrollierten Gebrauch ärztlich nicht zu verantworten waren. Auf das Modell der Methadon-Programme nach ausländischem Muster könne er sich nicht berufen, weil seine Methode »selbstgestrickt« sei, weil sie auf einer wenig wissenschaftlichen Grundlage beruhe und weil wesentliche Kennzeichen der Methadon-Programme fehlten. Die körperliche Untersuchung dürfe kein Arzt vor Beginn einer Suchtbehandlung unterlassen. Sie sei in jedem Fall selbstverständliche ärztliche Pflicht. Die vom Angeklagten praktizierte »Blickdiagnose« sei ärztlich nicht haltbar. Daß keine Suchtanamnese erhoben worden sei, sei ebenfalls als Verstoß gegen die ärztliche Sorgfaltspflicht anzusehen. Die Aushändigung von Suchtmitteln an Süchtige sei ärztlich nicht zu verantworten.

In seiner rechtlichen Würdigung kam das Gericht schließlich zu dem Ergebnis, der Angeklagte habe »in weitem Umfang die Möglichkeit mißbräuchlicher Verwendung des von ihm verschriebenen Polamidon eröffnet, indem er es unterließ, Vorkehrungen zu treffen, um der naheliegenden Gefahr eines Mißbrauchs seiner Verschreibungen entgegenzuwirken ... Der Angeklagte wußte, daß Suchtkranke in ihrer Willensfreiheit eingeschränkt sind, wenn es um die Beschaffung von Betäubungsmitteln geht. Indem er ihnen gleichwohl das Mittel zum unkontrollierten Gebrauch überließ, hat er eine mißbräuchliche Verwendung seiner Verschreibungen in Kauf genommen.«

Ferner führte das Gericht aus: »Der Angeklagte hat an seinem Behandlungskonzept festgehalten, obwohl er nach dem eingehenden Studium der Fachliteratur ... erkannt hatte, daß seine Methode der unkontrollierten Abgabe nirgendwo im medizinisch-wissenschaftlichen Schrifttum als vertretbar angesehen, geschweige denn gutgeheißen wurde ... Der Angeklagte hat sich über die anerkannten Regeln der ärztlichen Wissenschaft in grober Selbstüberschätzung bewußt hinweggesetzt. In der Überzeugung, es besser zu wissen, beschritt er einen Weg, den die medizinische Wissenschaft einhellig ablehnt ... Die vorgefaßte Meinung des Angeklagten, die deutsche Fachwissenschaft habe als Erkenntnisquelle auszuscheiden, führt ihn letztlich auf einen Weg, den keine medizinisch-wissenschaftliche Autorität als gangbar ansieht. Da sich der Angeklagte jedoch in eine die Schulmedizin ablehnende Haltung verrannt hatte, war er keiner Belehrung zugänglich ... Aus der Häufung gleichartiger Gesetzesverletzungen muß auf ein hohes Maß an Uneinsichtigkeit und Unbelehrbarkeit geschlossen werden ... Der Angeklagte wurde wegen einer Tat verurteilt, die er unter grober Verletzung der mit seinem Beruf verbundenen Pflichten begangen hat.« *)

Zusammenfassend ist festzustellen, daß die Anwendung von Polamidon bei den Patienten des Angeklagten insbesondere deshalb nicht begründet war, weil der

*) Aktenzeichen: 26 KLs 338 Js 160 60/76, Urteil der 26. Strafkammer des Landgerichts München I v. 20. 11. 1979

beabsichtigte Zweck, nämlich die Entziehung der Kranken, auf andere Weise hätte erreicht werden können. In jedem Falle hätte die Entziehung von der Droge durch Überweisung in eine stationäre Entziehungsbehandlung erfolgen können. Auf diese Weise wären Risiken und Komplikationen, insbesondere schwerer Art, weitgehend reduziert, wenn nicht ausgeschlossen worden. Der Fall wurde hier besonders ausführlich dargestellt, weil Presse und Fernsehen teilweise verzerrte Berichte darüber verbreitet haben, wonach der Angeklagte in eine Art Märtyrerrolle hineinwachsen konnte, v. a. gegenüber Justiz und Psychiatrie.

1976 wurde in Marburg/Lahn ein Arzt zu einer Freiheitsstrafe verurteilt, weil er im Jahre 1975 damit begonnen hatte, in größerem Umfang Betäubungsmittelrezepte an junge Patienten auszustellen. Dabei handelte es sich überwiegend um Opiatsüchtige; allerdings waren darunter auch nicht drogenabhängige Jugendliche. Dieser Fehler konnte dem Arzt unterlaufen, weil er das Opiat ohne eine eingehende ärztliche Untersuchung verordnete. Dem Arzt war bekannt, daß zumindest ein Teil der Abhängigen das verordnete Polamidon spritzte. Nachdem die Polizei einschritt, verordnete er das stark wirkende Schmerzmittel Valoron (Tilidin), dessen Verschreibung an Opiatsüchtige genauso kontraindiziert war wie die des Polamidons. Einer der von dem Arzt mit Polamidon versorgten Drogenabhängigen spritzte sich eine erhebliche Überdosis und wurde in lebensgefährlichem Zustand bewußtlos aufgefunden.

Auch diesem Arzt hielt das Gericht vor, daß er sich keinesfalls etwa auf das Modell der Methadon-Erhaltungsprogramme in den Vereinigten Staaten beziehen könne, da er das Polamidon seinen Patienten zur freien Verfügung überlassen habe und auch sonst die Voraussetzung für eine Methadon-Behandlung nicht gegeben gewesen sei. Nach dem Kenntnisstand in der deutschen Ärzteschaft des Jahres 1975 hätte der Marburger Arzt wissen müssen, daß die Verschreibungen von Opiaten an Opiatsüchtige ein Verstoß gegen die ärztliche Sorgfaltspflicht sind.

Dem Arzt wurde mit Wirkung vom 14. 6. 1976 die Approbation entzogen, weil er nach Ansicht des Regierungspräsidenten, der hierfür zuständig ist, als unzuverlässig i. S. des Paragraphen 6 Abs. 1 Ziff. 1b ÄO (Bundesärzteordnung) anzusehen sei. Bei ihm sei die Gewissenhaftigkeit in der Ausübung des Berufes nicht gegeben, die u. a. Ausdruck in der Beachtung bestehender Gesetze finden müsse. Insbesondere der Umstand, daß sich der Arzt auch während des Prozeßverlaufes vollkommen uneinsichtig gezeigt habe, belege das besondere öffentliche Interesse an dem sofortigen Vollzug der Anordnung des Ruhens der Approbation. Es sei nicht auszuschließen, daß er auch in Zukunft an ihn herantretenden Verführungen zu Gesetzesübertretungen erliegen werde. Mit Bescheid vom 26. 3. 1982 wurde dem Arzt die Approbation wieder erteilt.

In einem anderen Fall hatte ein praktischer Arzt in der Nähe von München in den Jahren 1977 bis 1978 an 19 drogenabhängige Patienten bis zu 26 Wochen lang meist 3 × 20 Tropfen Polamidon verordnet. Zur Begründung seines Verschreibungsverhaltens gab er an, er habe verhindern wollen, daß die von ihm betreuten Patienten weiterhin Heroin zu sich nähmen. Heroin halte er für gefährlicher als Polamidon. Bei einigen der Patienten waren Therapieversuche in entsprechenden Kliniken und Einrichtungen gescheitert. Der Arzt wußte von der Existenz von Methadon-Programmen in den Vereinigten Staaten, ohne sich indessen nähere Kenntnisse darüber anzueignen. Er sei davon ausgegangen, daß die Abhängigen seine Dosierungsanweisungen (3 × 20 Tropfen pro Tag) befolgen würden. Wenn ein Süchtiger arbeiten könne, sei schon viel gewonnen. Polamidon sei auch deswegen harmloser, weil es nicht gespritzt werde wie das Heroin. Befragt, welche Ziele er mit der Verordnung von Betäubungsmitteln an Betäubungsmittelabhängige verfolgt habe, erklärte er, er habe die Patienten resozialisieren und bewirken wollen, daß sie sich zu einer Therapie entschließen, und er habe geglaubt, damit ihren körperlichen Zustand bessern zu können. Eine Heilung der Sucht sei in den meisten Fällen aussichtslos, man solle aber versuchen, die Patienten bei ihrer Entschlußbildung hierzu zu bestärken. Immer wieder gab er den Ansinnen der Abhängigen nach, ihnen doch zu helfen. Der Appell an die Hilfsbereitschaft sei es gewesen, dem er gefolgt sei. Zwar habe er damit gerechnet, daß sich die von ihm mit Polamidon versorgten Patienten möglicherweise nebenher Heroin besorgten, er habe darin aber keine Gefahr erblickt. Der Arzt gab zu, keine Möglichkeit gehabt zu haben, die anweisungsgemäße Einnahme des von ihm verschriebenen Opiats zu kontrollieren. In den von ihm geführten Karteikarten waren kaum Eintragungen über seine Therapie zu finden, so daß letztlich nicht sicher nachzuprüfen war, was er im einzelnen durch die Polamidon-Verordnungen bewirkt hatte. Im übrigen habe es praktisch auch kaum Möglichkeiten einer geordneten Therapie gegeben. Es habe an Institutionen gefehlt. Hierzu mußte sich der Arzt jedoch sagen lassen, daß es in der Umgebung von München eine ganze Fülle solcher Institutionen auch zu jener Zeit gegeben habe. Einer der Patienten gab als Zeuge an, er habe gar keine Veranlassung gehabt, eine Langzeittherapie anzutreten, da er ja von dem Arzt mit seinem Suchtstoff versorgt worden sei, noch dazu gratis.

Insgesamt stellte der Arzt 860 Polamidon-Rezepte aus; er mußte sich vom Gericht vorhalten lassen, daß er eine Reihe von Kunstfehlern begangen hatte, indem er beispielsweise seinen Polamidonverordnungen eine unzureichende Diagnostik vorausschickte, keine Differentialdiagnostik betrieb, Kontraindikationen ausschloß, die Sucht seiner Patienten nicht objektivierte, sein Vorgehen nicht dokumentierte, damit auch keine kritische Erfolgskontrolle vornehmen konnte und schließlich das Polamidon zur freien Verfügung der Süchtigen rezeptierte. Er sei darüber hinaus seiner Fortbildungspflicht als Arzt nicht gefolgt.

In einem anderen Fall wurde einem Gießener Arzt vorgeworfen, an 76 überwiegend Drogenabhängige Polamidon verschrieben zu haben. In neun weiteren Fällen verschrieb er an die gleiche Anzahl von Patienten das Opiat Dilaudid. Die Anwendung sei nicht ärztlich begründet gewesen, durch seine Verschreibungspraxis habe er seine Patienten in Todesgefahr gebracht. Die Zeugenvernehmungen ergaben, daß die Verschreibung der Opiate Polamidon und Dilaudid ohne vorangegangene genaue ärztliche Untersuchung erfolgte und die Einnahme der Präparate nicht kontrolliert wurde. Es fanden lediglich Gespräche zwischen dem Angeschuldigten und den heroinsüchtigen Patienten über deren Sucht und über deren wirtschaftliche Verhältnisse statt.

In der Verhandlung zeigte sich, daß der Arzt ohne jede Kenntnis der Prinzipien der Behandlung opiatsüchtiger Patienten gehandelt hatte. Er hatte sich auf diesem Gebiet nicht fortgebildet. Er habe sich vielmehr im Prinzip dem Vorschlag eines Süchtigen angeschlossen und diesem L-Polamidon verordnet, weil dieser sich im Entzug befunden habe. In der Folge habe er dieses Vorgehen für ein Mittel der Wahl gehalten und geglaubt, daß die Süchtigen seinen Dosierungsanweisungen (ausschleichende Dosierung von 10 ml Polamidon) unterwerfen würden. Mit dieser Menge sollten die Heroinsüchtigen sich über 3–4 Wochen hinweg ausschleichend dosieren. Er habe Vertrauen zu den Patienten gehabt, und sie hätten ihm versichert, daß sie sich an die Dosierungsvorschriften halten würden. Er habe mit jedem einzelnen lange Gespräche geführt, die psychotherapeutisch-anthroposophisch ausgerichtet gewesen seien, und er habe keinen Grund gehabt, den Patienten zu mißtrauen. Er habe stets an die Würde des einzelnen appelliert, und es sei ihm lediglich um die Überbrückung der ernstesten Schwierigkeiten gegangen; daß es sich nicht um eine vollständige Suchtbehandlung gehandelt habe, habe er gewußt. Er sei davon ausgegangen, daß die üblichen Therapien 95–98 % Rückfälle erbrächten, davor habe er seine Drogenpatienten bewahren wollen. Als Arzt habe er sich zur Hilfe verpflichtet gefühlt. Seine Polamidon- und Dilaudid-Verordnungen habe er als Hilfen für die Süchtigen angesehen.

Dem Arzt mußte in der Verhandlung vorgehalten werden, daß er seine Diagnosen praktisch ohne vorangegangene Untersuchungen gestellt hatte und daß ihm damit eine Abschätzung des Behandlungsrisikos nicht möglich war. Da er seine vermeintliche Therapie aufgrund einer unsicheren Diagnose begann, sei es möglich gewesen, daß wiederholt Nichtsüchtige Polamidon verschrieben bekamen. Da die Ausgangsdiagnose unsicher war, war auch der Verlauf nicht sicher zu beurteilen, zumal nahezu nichts darüber in den Karteikarten dokumentiert wurde. Damit war eine Kontrolle des eigenen ärztlichen Tuns und Erfolgs nicht möglich. Überweisungen an Fachärzte wurden nicht getätigt, stationäre Einweisungen nicht vorgenommen, der Grundsatz, daß eine ambulante Entzugstherapie allein im Prinzip nicht möglich ist, verletzt. Daß mit noch Süchtigen Behandlungsverträge zu schließen sind, war des weiteren ein Irrtum des Arztes. Auch sein Glaube, Süchtige könnten Dosierungsanweisungen von Betäubungsmitteln beachten, ist so zu werten. Auch hielt es der Arzt nicht für möglich, daß die Patienten sein Vertrauen etwa mißbrauchen könnten und sich neben seinen Polamidon-Verordnungen Heroin besorgen würden. Daß der Kontrollverlust der Süchtigen konträr zur möglichen Vertrauensbildung steht, konnte er ebenfalls nicht recht glauben. Daß mit seinem Polamidon der Schwarzmarkt beliefert und aus Heroinsüchtigen Polytoxikomane werden konnten, daß ferner die Motivation zu einer Entzugsbehandlung sinkt, wenn Süchtige leicht an Suchtstoff kommen können, waren weitere Punkte, die in der Verhandlung aufgeklärt werden mußten.

In einem Bochumer Fall hatte ein Arzt in einer Vielzahl von Fällen das mittlerweile aus dem Verkehr gezogene opiatähnlich wirkende Valoron an Drogenabhängige verordnet. An einzelne Süchtige verschrieb er es bis zu 60 mal, insgesamt in 35 Fällen.

Auch hier war darzulegen, daß die Verschreibungsrichtlinien für das Opiat Polamidon in gleicher Weise für die opiatähnlich wirkende Substanz Valoron zu gelten haben und daß ein therapeutischer Effekt von derartigen Verordnungen nicht ausgehen kann. Auch hier hatte der Arzt auf eine gründliche körperliche Untersuchung verzichtet, so daß er zu keiner gesicherten Diagnose und damit auch zu keiner gesicherten Indikation für seine Behandlung kommen konnte. Die Angaben der Herstellerfirma hatte er nicht

beachtet, wonach Valoron zur Behandlung des Entzugssyndroms von Opiatsüchtigen nicht geeignet ist. Die einschlägige Fachliteratur kannte er nicht, durch seine Verschreibungen verhinderte er eine effizientere Behandlung seiner Patienten, etwa durch eine Langzeittherapie.
In einem weiteren Fall verordnete ein Arzt Mandrax, Valium, Librium, Vesparax, Captagon, aber auch Polamidon und Valoron an drogenabhängige Patienten in einer Vielzahl von Fällen. Hier war zu unterscheiden, ob es in einer kleinen Zahl der Fälle möglicherweise Indikationen für die Verordnung von Schlaf- oder Beruhigungsmitteln gegeben haben konnte. Die Zeugen berichteten, daß sie für die Verordnung etwa DM 20,– bis DM 50,– in bar hätten bezahlen müssen. Auch im Falle einer Schwangerschaft verordnete er derartige Medikamente. Das Vorliegen einer Schwangerschaft entging ihm, weil er in diesem Fall – wie in den meisten anderen Fällen – zuvor nicht gründlich untersucht hatte. Einweisungen in geeignete Kliniken blieben aus, eine Kooperation mit entsprechenden Spezialeinrichtungen fand nicht statt, eine motivierende Behandlung führte der Arzt nicht durch, eine strenge Indikation für seine Behandlung konnte er nicht stellen, Fachwissen auf dem speziellen Gebiet der Suchtkrankenbehandlung hatte er sich nicht angeeignet, so daß auch in diesem Falle gegen eine Vielzahl von Elementen der Sorgfaltspflicht des Arztes verstoßen worden war.
Wir haben diese wenigen Fälle zusammengestellt, um zu zeigen, welche Fehler der in freier Praxis tätige Arzt machen kann, wenn er sich über geltende Behandlungsprinzipien hinwegsetzt. Wenn er auch meistens aus Hilfsbereitschaft handelt, meistens auch der Meinung ist, Effizientes für seine Patienten zu tun, so muß ihm doch vorgehalten werden, daß es hierfür feste Regeln gibt, innerhalb deren der ärztliche Spielraum durchaus eingeengt sein kann. Dies gilt insbesondere für die Suchtkrankenbehandlung.

6.2 Strafrechtliche Bestimmungen

6.2.1 Beurteilung der Schuldfähigkeit Drogenabhängiger

Wie dargestellt, unterliegen nahezu alle auf der Drogenszene mißbrauchten Substanzen dem Betäubungsmittelgesetz und seinen Strafbestimmungen. Der Umgang mit diesen Substanzen außerhalb ihrer Funktion als Heilmittel ist damit strafbar. Folglich handelt praktisch jeder Drogenkonsument im Gegensatz zu geltenden Gesetzen (zur Frage der Drogendelinquenz bzw. der Beschaffungskriminalität, vgl. Kreuzer, 1975). Es ist nur eine Frage der Zeit, bis ein Verfahren wegen Verstoßes gegen das Betäubungsmittelgesetz eingeleitet wird.
Es stellt sich häufig die Frage nach der Schuldfähigkeit / Zurechnungsfähigkeit des Täters. Sie ist oft Anlaß für eine psychiatrische Begutachtung Drogenabhängiger. Dabei haben wir uns als Sachverständige zu den *Voraussetzungen* zu äußern, die im Gesetz für erheblich verminderte oder aufgehobene Schuldfähigkeit genannt sind, wobei wir praktisch immer im Bereich der *krankhaften seelischen Störungen* zu argumentieren haben. Sowohl der Rausch als auch die Sucht mit ihrer chronischen Intoxikation sind dieser Rubrik zuzuordnen. Hingegen kommt das Kriterium der tiefgreifenden Bewußtseinsstörung bei Drogenabhängigen in der Regel nicht in Betracht (im Gegensatz hierzu: Arbab-Zadeh, 1978). Auch die

Kriterien des Schwachsinns und der schweren anderen seelischen Abartigkeit spielen in unserem Zusammenhang natürlich keine Rolle.
Wie gehen wir bei der Beurteilung der Schuldfähigkeit vor? Hier müssen wir zunächst unterscheiden zwischen einem Rausch, also einer einmaligen Drogenbeeinflußung eines sonst gesunden und unauffälligen Menschen einerseits und einem chronisch veränderten Zustandsbild im Rahmen einer Abhängigkeit andererseits.
Bei der forensisch-psychiatrischen Beurteilung von abgrenzbaren *Rauschzuständen* orientieren wir uns im wesentlichen am äußeren Verhaltensbild, das ein Täter zur Tatzeit bietet. Bei alkoholisierten Straftätern ist eine einmalige, zeitlich abgrenzbare Alkoholbeeinflussung die Regel. Wir müssen dann im nachhinein feststellen, wie das Leistungsbild war, welche psychischen und neurologischen Ausfälle bestanden, und wir werten dazu die Angaben des Täters selber, aber auch die Angaben von Tatzeugen aus, ziehen die Blutalkoholkonzentration hinzu und kommen auf diese Weise dem Zustandsbild des Täters so nahe wie möglich. Das gilt auch für nicht alkoholbedingte Rauschzustände. Die Zahl und Art der äußerlich faßbaren Leistungsausfälle ist für uns der wesentliche Parameter für die Fähigkeit eines berauschten Täters, Verantwortung für sein Tun zu übernehmen. Parallel zum Ausmaß der äußeren Leistungsausfälle geht der Abbau der Fähigkeit zu verantwortlichem Handeln, d. h. aus vorgegebenen Handlungsmöglichkeiten kritisch und umsichtig eine Auswahl zu treffen und danach sein Handeln einzurichten.
Auch die Analyse des Tatablaufs kann uns Rückschlüsse auf den Zustand des Täters und damit seine Fähigkeit zu verantwortlichem Handeln erlauben. Hier sind solche zum Teil unscharfe Kriterien anzuwenden wie »Persönlichkeitsfremdheit« einer Tat, Sinngehalt und Sinnkontinuität einer Tathandlung bzw. das Verhalten kurz vor und nach der Tat. Schließlich muß die Frage der Amnesie erörtert werden. Dabei handelt es sich um ein spezielles Problem, das leicht zu Trugschlüssen führen kann, wenn man beispielsweise den Angaben eines Probanden unkritisch folgt. Die Frage nach der Amnesie (Erinnerungslücke) führt in der Regel nur dann zu einem verwertbaren Schluß, wenn sie negativ zu beantworten ist, d. h. wenn keine Amnesie vorliegt. Dann nämlich ist ein schwerer Rauschzustand praktisch auszuschließen. Liegt hingegen Amnesie vor, dann gibt es eine Vielzahl von Möglichkeiten ihres Zustandekommens; und darunter sind Schutzbehauptungen und Simulationen ebenso möglich wie tatsächliche Bewußtseinsstörungen.
Das intakte äußere Erscheinungsbild kann aber nur dort Gradmesser einer auch intakten Psyche sein, wo Rauschmittelkonsum, also auch Alkoholkonsum, zu Ausfällen führt. Gerade das ist bei Süchtigen aber im wesentlichen nicht der Fall (vgl. Täschner u. Wanke, 1973; 1974). Aufgrund ihres dauernden Drogenkonsums sind sie im Zustand chronischer Intoxikation und im Zustand weitestgehender Toleranzbildung. Im Rahmen der Sucht ist regelmäßiger und meist hochdosierter Stoffkonsum erforderlich, um das neu eingestellte Regelniveau des Organismus zu erhalten. Die Stoffzufuhr dient nicht nur der Herbeiführung einzelner Rauschzustände, sondern vor allem dem Erhalt eines auf neuer Ebene eingestellten organisch-psychischen Gleichgewichts, mit anderen Worten: der Vermeidung sonst auftretender Entzugserscheinungen. Danach sind Drogenabhängige gerade dann in ausgeglichenem, nach

außen hin unauffällig wirkendem Zustand, wenn sie unter Mittelwirkung stehen. Leistungsausfälle im Rahmen eines Entzugssyndroms zeigen sie hingegen dann, wenn die Mittelwirkung nachläßt und der Organismus deshalb mehr und mehr aus dem Gleichgewicht gerät. Würde man, wie beim einzelnen Rauschzustand, das äußere Bild als Gradmesser für die psychische Situation und Leistungsfähigkeit eines Abhängigen benutzen (wie z. B. Mechler, 1974; Bron, 1976; Arbab-Zadeh, 1978), so müßte man zu dem Ergebnis kommen, daß Drogenabhängige stets verantwortlich handeln können, abgesehen von Entzugs- oder auch Vergiftungssituationen. Damit würde man aber den umfassenden *innerpsychischen* Veränderungen nicht gerecht, die sich im Rahmen einer Sucht einstellen. Wir müssen deshalb bei der Beurteilung der Schuldfähigkeit von Drogenabhängigen den Blick stärker auf die *innere Situation des Täters* richten.

Opiatsüchtige werden alle Möglichkeiten einsetzen, um den quälenden Zustand von Entzugserscheinungen zu vermeiden. Dadurch sind Opiatsüchtige ständig gezwungen, sich Stoff für den Eigenbedarf zu beschaffen. Aus der Drogenabhängigkeit erwachsen damit spezifische Motivationen für Beschaffungsdelikte, die es bei einmaligen Rauschzuständen nicht gibt. Diese Motivationen bzw. Zwänge erwachsen unmittelbar aus der Sucht. Es ist die Sucht, die zur Beschaffungstat drängt. Zwar ist der Süchtige ihr nicht vollständig ausgeliefert in dem Sinne, daß er etwa völlig unfähig wäre, aus verschiedenen Alternativen zu wählen, aber er hat sicher nur noch einen Teil seiner rationalen, handlungsbestimmenden kognitiven und sozialen Kompetenzen zur Verfügung, so daß in solchen Fällen meist die Voraussetzungen gegeben sind, von verminderter Schuldfähigkeit auszugehen (vgl. Wanke u. Täschner, 1979).

Entscheidend ist dabei, daß die Straftat aus der Sucht erwächst. Damit kommt dem *Nachweis der Sucht zur Tatzeit* bei der psychiatrisch-forensischen Untersuchung eine zentrale Bedeutung zu. Hierzu müssen alle Informationen verwendet werden, die zugänglich sind: Berichte über die Festnahme; Untersuchungsergebnisse, die der Polizeiarzt erhoben hat; Aufnahmebefunde und Krankenberichte aus der Haftanstalt; die Angaben des Betreffenden selbst sowie die von Zeugen; schließlich der Untersuchungsbefund zum Zeitpunkt der Begutachtung. Hat danach eine Sucht zum Tatzeitpunkt vorgelegen, so muß die Frage geklärt werden, ob ein Zusammenhang zwischen Sucht und Delikt erkennbar ist, mit anderen Worten: ob es sich um eine *Beschaffungsstraftat* gehandelt hat. An dieser Stelle dürfen wir nicht in die Beweiswürdigung des Gerichts eingreifen, trotzdem müssen wir aber vorab entsprechende Überlegungen anstellen. Bron (1976) hat sicher recht, wenn er davon spricht, der Mangel an objektiven Befunden erschwere auf diesem Gebiet in besonderem Maße die Beurteilung durch den Sachverständigen.

Besteht zwischen Sucht und Delikt kein erkennbarer Zusammenhang, etwa bei einer Körperverletzung, dann ist in der Regel von voller Verantwortlichkeit auszugehen, wenn nicht schwere Leistungsausfälle in die Richtung einer Rauschtat weisen. Dient das Delikt zur Beschaffung von Stoff für den Eigenbedarf oder steht es sonst im Zusammenhang mit der Sucht, so werden wir in den meisten Fällen zu den Voraussetzungen verminderter Schuldfähigkeit (§ 21 StGB) kommen. Aufgehobene Schuldfähigkeit (§ 20 StGB) können wir im Ausnahmefall dann konstatieren, wenn zur unmittelbaren Befriedung der eigenen Sucht ein direktes Beschaffungsdelikt verübt wird, indem etwa durch einen unmittelbaren Zugriff in einer Apotheke Stoff beschafft und gleich darauf konsumiert wird. Solche Delikte sind allerdings in den letzten Jahren selten geworden.

Zusammenfassend ist festzustellen, daß wir uns bei der Beurteilung der Schuldfähigkeit bei Drogenabhängigen nicht am äußeren Erscheinungsbild orientieren können wie bei den sonst üblichen Rauschzuständen, weil die Zahl der Leistungsausfälle gering ist und kein Maß für die Einsichts- und Steuerungsfähigkeit darstellt. Vielmehr muß die innere, motivationale Situation des Abhängigen herangezogen werden, die ihn zur Straftat zwingt. Sie ergibt bei Beschaffungsstraftaten Süchtiger meist eine Einschränkung der Fähigkeit zum verantwortlichen Handeln.

Kleiner (1971) hat darauf hingewiesen, daß eine Drogenabhängigkeit unter Umständen auch bei der Reifebeurteilung im Rahmen der Begutachtung nach § 105 JGG Berücksichtigung finden muß, da durch langdauernden Drogenkonsum erhebliche Reifeverzögerungen bei Jugendlichen und Heranwachsenden vorliegen können.

6.2.2 Die Beurteilung der Glaubwürdigkeit von Aussagen Drogenabhängiger/Vernehmungsfähigkeit

In Verhandlungen gegen Drogenabhängige kommt es gelegentlich dazu, daß Angeklagte von Zeugen belastet werden, die entweder zum Zeitpunkt der Wahrnehmung des Tatgeschehens oder zum Zeitpunkt ihrer Vernehmung opiatsüchtig waren. Die Verteidigung bringt dann gelegentlich den Einwand vor, die Aussage eines solchen Zeugen in der Hauptverhandlung sei nicht glaubwürdig, weil er weder imstande gewesen sei, die Dinge richtig wahrzunehmen noch sie richtig wiederzugeben und von daher gar keine rechte Erinnerung mehr an das Tatgeschehen haben könne.

Nun ist die Beurteilung der Glaubwürdigkeit von Zeugen grundsätzlich ein mit vielen Fehlerquellen behaftetes Problem, zumal bei Erwachsenen (vgl. Arntzen, 1970; 1977). Speziell bei Drogenabhängigen gibt es aber einige Kriterien, die manchmal doch zur Beantwortung der Frage nach der Glaubwürdigkeit von Zeugen beitragen können. Von besonderer Bedeutung ist die Beurteilung der Glaubwürdigkeit von Zeugenaussagen dann, wenn die Zeugen verstorben sind und nicht mehr zu den Modalitäten der früheren Vernehmung, ihrer Befindlichkeit bzw. ihrer Aussagemotivation zu befragen sind.

Zunächst unterscheiden wir zwischen Aussagetüchtigkeit und Aussagewahrhaftigkeit. Bei der *Aussagetüchtigkeit* gibt es Überschneidungen mit der Vernehmungsfähigkeit. Es besteht Einigkeit darüber, daß Opiatsüchtige im allgemeinen vernehmungsfähig sind. Dies beruht auf der Erkenntnis, daß sie in der Regel dann keine schwerwiegenden psychischen Leistungsausfälle zeigen, wenn sie unter der Wirkung einer jeweils für sie angemessenen Dosis des Suchtmittels stehen, von dem sie abhängig sind. Dabei kommt es auf den Grad der individuellen Abhängigkeit an, welche Substanzmenge wir hier jeweils als angemessen zu bezeichnen haben. Die Betreffenden sind zwar süchtig, aber die Ausfälle, die sie zeigen, gehen meist über diskrete neurologische Zeichen nicht hinaus. Die süchtige Umstrukturierung der Persönlichkeit, die für die Beurteilung der Schuldfähigkeit und der Voraussetzungen zur Unterbringung eine zentrale Rolle spielt, ist beim ersten Blick nicht immer gleich zu erkennen, und Dauerveränderungen im Sinne eines organischen Psychosyndroms fehlen meist.

Leistungsausfälle zeigen Opiatsüchtige dann, wenn die Mittelwirkung mehr und mehr abklingt. Sie geraten immer stärker in die Entzugssituation hinein. Je stärker sich die Entzugserscheinungen ausbilden, desto deutlicher tritt das Moment körperlicher Krankheit in den Vordergrund und übernimmt die Führung über das Handeln von Abhängigen. Das psychische Leistungsvermögen wird mehr und mehr paralysiert, die Antriebslage verändert, Affektverhalten und Stimmungslage werden nachhaltig beeinflußt. Kognitive Funktionen erleiden ebenfalls schwerwiegende Beeinträchtigungen. Damit erfolgt ein fortschreitender Abbau der Fähigkeit, einer Vernehmung zu folgen und sich dabei sinnvoll und zweckmäßig zu verhalten.

Diese Beurteilung gilt nicht nur für die allmählich einsetzende Entzugssituation, sondern auch für die Intoxikation. Manchmal gelingt es einem Süchtigen, kurz vor der Vernehmung noch einmal Heroin oder andere zentralwirksame Stoffe zu sich zu nehmen. Die danach einsetzende Intoxikation kann sich unter Umständen erst während der Vernehmung voll ausbilden: Der Abhängige wird schläfrig, langsamer in seinen Reaktionen oder er zeigt entsprechende neurologische Ausfälle. Diese Faktoren sind grundsätzlich geeignet, sich auf die Vernehmungsfähigkeit auszuwirken, weil Wahrnehmungs- und Konzentrationsvermögen, aber auch Gedächtnis und Merkfähigkeit nachhaltigen Einschränkungen unterliegen können.

Dies alles bedeutet, daß die Aussagetüchtigkeit bei Drogenabhängigen zwar grundsätzlich gegeben ist, aber durch Entzug bzw. Intoxikation erheblichen Einschränkungen unterliegen kann. Dann sind also die Grundvoraussetzungen für eine glaubwürdige Aussage möglicherweise nicht mehr gegeben, und es bestehen dann zu Recht Zweifel an der Glaubwürdigkeit der Zeugenaussage. Solche Zustände sind allerdings in aller Regel äußerlich erkennbar (im Gegensatz hierzu: Glatzel, 1981).

Allerdings muß man berücksichtigen, daß Drogenabhängige oft spezifische Gründe haben, nicht die Wahrheit zu sagen. Aufgrund drohender oder beginnender Entzugserscheinungen, die sie sehr fürchten, sind sie an einer baldigen Entlassung oft stärker interessiert als andere Verhaftete. Sie werden dann ihre Aussage so einzurichten versuchen, daß sie möglichst bald wieder entlassen werden, um möglichst rasch wieder an Stoff zu kommen. Sie werden vielleicht auch eher als andere versuchen, sich zu entlasten. Immer steht bei solchen Erwägungen das Bewußtsein der eigenen Sucht im Vordergrund und das Wissen um die drohenden Entzugserscheinungen, so daß wir insoweit stets von einer subjektiv besonders belastenden Situation für den Abhängigen auszugehen haben. Natürlich wissen wir am Schluß oft nicht, was wahr und was gelogen ist, aber die suchtspezifische Ausgangslage in der Vernehmung sollten wir berücksichtigen.

6.2.3 Schweigepflicht/ Zeugnisverweigerungsrecht

Der Gesetzgeber hat in § 203 StGB die Offenbarung von fremden Geheimnissen, insbesondere solchen, die zum persönlichen Lebensbereich des Betreffenden gehören, durch Ärzte und Angehörige verwandter Berufe (Zahnärzte, Tierärzte, Apotheker), Psychologen, Anwälte und

Angehörige verwandter Berufe (Steuerberater, Wirtschaftsprüfer) sowie durch Ehe-, Erziehungs- oder Jugendberater sowie Berater für Suchtfragen in einer öffentlich anerkannten Beratungsstelle sowie neuerdings auch für Mitglieder oder Beauftragte einer anerkannten Beratungsstelle, staatlich anerkannte Sozialarbeiter/Sozialpädagogen und Angehörige von Versicherungsunternehmen unter Strafe gestellt. Unter diese Regelung fällt auch ärztliches Hilfspersonal, das im Gesetz als »berufsmäßig tätige Gehilfen« bezeichnet wird. Die Schweigepflicht besteht auch nach dem Tode des Klienten/Patienten weiter (Abs. 4).

Die Frage taucht nun auf, ob diese Schweigepflicht, die auch im Sozialgesetzbuch § 35 SGB als Sozialgeheimnis verankert ist, in bestimmten Fällen durchbrochen werden kann. Ein Privatgeheimnis, das im Gesetz gemeint ist, liegt dann vor, wenn beispielsweise dem behandelnden Arzt eine Tatsache zur Kenntnis kommt, an deren Geheimhaltung der Patient ein schutzwürdiges Interesse hat. Bei der Einschätzung der Schutzwürdigkeit kommt es nicht auf die moralische Wertung des Arztes an, die dieser etwa bezüglich einer Drogenabhängigkeit vornimmt. Vielmehr ist das Interesse des Drogensüchtigen an der Geheimhaltung seiner Sucht schutzwürdig im Sinne des § 203 StGB. Über diese Regelung kann sich der Arzt nur dann hinwegsetzen, wenn ein rechtfertigender Notstand im Sinne des § 34 StGB vorliegt. Der Arzt muß dann eine Güter- und Interessenabwägung vornehmen und zu dem Ergebnis kommen, daß angesichts einer gegenwärtigen, anders nicht abwendbaren Gefahr zum Schutze eines höherwertigen Rechtsgutes als dem des Geheimhaltungsinteresses des Drogensüchtigen die Drogenabhängigkeit zu offenbaren ist. Ein solches höherrangiges Rechtsgut ist beispielsweise das Interesse der Allgemeinheit an der Aufrechterhaltung der Verkehrssicherheit. Unter diesem Aspekt könnte im Einzelfall der Arzt die Schweigepflicht durchbrechen und einen drogensüchtigen Kraftfahrer der Verkehrsbehörde melden, wenn er die allgemeine Verkehrssicherheit durch den Drogenabhängigen in eklatanter Weise gefährdet sieht. Andere Interessen der Allgemeinheit, etwa an der Verfolgung von Verstößen gegen das Betäubungsmittelgesetz in Gestalt des Besitzes von Drogen, müssen zurücktreten; die daraus resultierenden Gefahren für die Allgemeinheit sind nicht konkret genug, um eine Durchbrechung der Schweigepflicht zu rechtfertigen (Kauder, 1981).

Parallel zur Schweigepflichtregelung im Strafgesetzbuch kennt die Strafprozeßordnung in § 53 StPO das Zeugnisverweigerungsrecht aus beruflichen Gründen. Danach sind Geistliche, Anwälte und Angehörige verwandter Berufe, Ärzte und Angehörige verwandter Berufe sowie Mitglieder oder Beauftragte einer anerkannten Beratungsstelle berechtigt, das Zeugnis vor Gericht zu verweigern. Eingeschlossen sind auch die sogenannten »Berufshelfer«, womit entsprechendes Hilfspersonal gemeint ist.

Es ist klar, daß auch schriftliche Unterlagen, die vom Arzt oder von Angehörigen einer Beratungsstelle angelegt werden, ebenfalls der Schweigepflicht unterliegen. Zu der Frage, ob derartige Unterlagen im Einzelfalle beschlagnahmt werden können, existiert ein Urteil des Bundesverfassungsgerichts vom 24. 5. 1977 (Az.: 2 BvR 988/75; vgl. Eberth, 1981). Danach wird der geschützte Bereich, beispielsweise in der Beratungsstelle, »von gleichfalls schutzwürdigen Interessen anderer oder der Allgemeinheit bestimmt. Die Grenzen sind durch Abwägung der in Betracht kommenden Interessen zu ermitteln.« In dem Urteil befaßt sich das Bundesverfassungsgericht auch mit der grundsätzlichen Notwendigkeit einer Geheimhaltungspflicht bzw. Geheimhaltungsmöglichkeit von Mitteilungen der Klienten/Patienten an den Berater in der Beratungsstelle bzw. den Arzt oder eine andere Person seines Vertrauens. Das Gericht sieht durchaus, daß ohne einen entsprechenden Vertrauensschutz vielfach eine Beratung oder gar Behandlung eines Süchtigen nicht möglich wäre. Auf der anderen Seite jedoch weist es darauf hin, daß staatliche Eingriffe in den Schutzbereich von Grundrechten des einzelnen nicht schlechthin ausgeschlossen sind, beispielsweise im Rahmen von Ermittlungs- und Strafverfolgungsmaßnahmen.

6.3 Gesetzliche Bestimmungen zur Unterbringung Drogenabhängiger

6.3.1 Die Unterbringung im Psychiatrischen Krankenhaus

Nach § 63 StGB kann ein Straftäter dann im Psychiatrischen Krankenhaus untergebracht werden, wenn er eine rechtswidrige Tat im Zustand der Schuldunfähigkeit oder der verminderten Schuldfähigkeit begangen hat (§§ 20, 21 StGB) und wenn seine Gesamtwürdigung ergibt, daß von ihm infolge seines Zustandes erhebliche rechtswidrige Taten auch in der Zukunft zu erwarten sind und er deshalb für die Allgemeinheit gefährlich ist. Diese Maßregel wird häufig bei psychisch kranken Straftätern angewendet. Bei Suchtkranken kommt sie relativ selten zur Anwendung, und zwar gelegentlich dann, wenn die Drogenabhängigkeit in ein Stadium getreten ist, in dem die hirnorganische Veränderung oder die schwere suchttypische Wesensänderung so stark in den Vordergrund getreten ist, daß sie als selbständige Geisteskrankheit zu bewerten ist.
Die Dauer der Unterbringung nach § 63 StGB ist nicht durch eine Höchstfrist begrenzt. Das Gericht kann aber die weitere Vollstreckung der Unterbringung zur Bewährung aussetzen, sobald verantwortet werden kann zu erproben, ob der Untergebrachte außerhalb des Maßregelvollzugs keine rechtswidrigen Taten mehr begehen wird. Mit der Aussetzung der Maßnahme tritt dann die Führungsaufsicht ein (§ 67 d StGB).

6.3.2 Die Unterbringung in der Entziehungsanstalt

Nach § 64 StGB kann ein Straftäter unabhängig von seiner Schuldfähigkeit bei Begehung der Straftat für die Dauer von zwei Jahren in eine Entziehungsanstalt eingewiesen werden, wenn er den Hang hat, »alkoholische Getränke oder andere berauschende Mittel im Übermaß zu sich zu nehmen.« Weiterhin muß die Gefahr bestehen, »daß er infolge seines Hanges erhebliche rechtswidrige Taten begehen wird«. Wir müssen als Sachverständige hier zwei Fragen beantworten: die nach dem Hang und die nach dem vermutlichen Verhalten, wenn der Betreffende unmittelbar auf freien Fuß käme.
Die Frage nach dem Vorliegen dieser beiden Voraussetzungen läßt sich relativ leicht beantworten: Mit »Hang« hat der Gesetzgeber im wesentlichen »Abhängigkeit« gemeint. Sie besteht bei Opiatsüchtigen aus einer psychischen und einer körperlichen Komponente, wie wir ausführlich dargelegt haben. Wir müssen feststellen, ob zum Zeitpunkt der Begutachtung und später zum Zeitpunkt der Hauptver-

handlung eine Abhängigkeit bestanden hat/besteht. Während die körperliche Komponente weitgehend in den Hintergrund getreten sein kann, wenn wir den Probanden Monate nach Begehung der Straftat untersuchen, müssen wir doch meistens vom weiteren Vorhandensein psychischer Abhängigkeit auch nach längerer Inhaftierung ausgehen. So ist die Frage nach dem Hang bei Opiatsüchtigen fast immer zu bejahen.

Daraus folgt zugleich die Antwort auf die zweite Frage: Was wird der Abhängige tun, wenn man ihn jetzt – also zum Begutachtungszeitpunkt oder zum Zeitpunkt der Hauptverhandlung – auf freien Fuß setzte? Er wird aufgrund der weiterbestehenden süchtigen Fehlhaltung vermutlich die gleiche Beschaffungsdelinquenz zeigen, wegen der er sich gerade in Untersuchungshaft befindet. Neue Aspekte gibt es da selten zu bedenken. Wir müssen also mit neuen gleichartigen Straftaten bei ihm rechnen. Damit sind beide Fragen, die uns als Sachverständige aufgetragen sind, in der Regel mit Ja zu beantworten, und damit sind die Voraussetzungen zur Unterbringung nach § 64 StGB aus psychiatrischer Sicht meistens auch gegeben.

Insoweit ist die Beurteilung in der Regel klar. Schwierig wird es aber oft, wenn wir uns fragen, ob damit auch eine *sinnvolle* Maßnahme getroffen wird, zumal die Maßregel vor der Strafe zu vollziehen ist. Zweifel können deshalb aufkommen, weil es bis heute nur wenige spezielle Einrichtungen für den Vollzug der Maßregel nach § 64 StGB gibt bzw. weil der Zustand der wenigen Einrichtungen innerhalb psychiatrischer Krankenhäuser lange Zeit sehr mangelhaft war und es teilweise heute auch noch zu sein scheint. Solange solche unbefriedigende Verhältnisse in den zuständigen Einrichtungen herrschen, muß man sich fragen, ob man einen Probanden wirklich dorthin überweisen kann, indem man die Voraussetzungen des § 64 StGB bejaht.

Diese Bedenken hat uns allerdings die Rechtsprechung des Berliner Kammergerichts nehmen wollen. Danach muß die Beurteilung der Voraussetzungen des § 64 StGB durch den Sachverständigen frei sein von der Erörterung der Frage, ob es eine geeignete Einrichtung zum Vollzug der Maßregel überhaupt gibt. Mit anderen Worten: es soll unabhängig von der Frage nach Sinn und Zweck der Maßnahme abstrakt am jeweiligen Probanden festgestellt werden, ob er die Voraussetzungen zur Unterbringung erfüllt oder nicht; alles andere ist der Strafrechtspflege überlassen. Es fällt uns natürlich schwer, solche Vorschriften bedenkenlos zu akzeptieren, weil wir auch als Gutachter nicht immer frei von dem sind, was man gemeinhin als ärztliches Denken bezeichnet; und als Arzt fragt man sich natürlich, ob eine Maßnahme hilfreich ist oder nicht.

Der zweite Absatz des § 64 StGB bestimmt, daß die Maßnahme unterbleibt, wenn sie von vornherein aussichtslos erscheint. Wir kommen in der Praxis selten zu diesem Ergebnis, weil es therapeutische Resignation einschließt und alle Erfahrung zeigt, daß auch bei einer fortgeschrittenen Abhängigkeit im Einzelfall immer noch eine Chance bestehen kann, eine Motivation zur Therapie zu erzeugen. Nur dort kann man einen Maßregelvollzug als aussichtslos bezeichnen, wo über längere Zeit erkennbar wird, daß der Abhängige zu keinem Arrangement mit der Einrichtung bereit ist und alles tut, der Therapie auf kooperationsfeindliche Weise auszuweichen. Das sind aber nur wenige Fälle; und da die Maßnahme auch zur Bewährung ausgesetzt werden kann und die Abhängigen nach kurzer Zeit mit Therapieauflage eine freie Ein-

richtung aufsuchen können, ist der Maßregelvollzug eigentlich keine unattraktive Alternative zum Strafvollzug (vgl. Täschner, 1978).
Grundsätzlich bestehen zwei Möglichkeiten, die Maßregel der Unterbringung in der Entziehungsanstalt sinnvoller zu gestalten. Wir können einmal die Maßregel nach § 64 StGB als eine Art *Vorstufe* der eigentlichen Therapie betrachten, die dann nach Aussetzung der Maßnahme zur Bewährung auf richterliche Weisung hin erfolgen kann. Oder wir schaffen andererseits geeignete Einrichtungen für den Maßregelvollzug, die dann allerdings in einen therapeutischen Verbund zur Wiedereingliederung Drogenabhängiger integriert sein müßten. Auf diese Weise schaffen wir ein akzeptables Therapieangebot,* bei dem das Problem des Zwangs in seiner Bedeutung in den Hintergrund treten wird, zumal die Therapieergebnisse, die bis heute vorliegen, ja keineswegs entmutigend sind (vgl. Brunner, 1980). Die Modalitäten des Maßregelvollzugs wurden erstmals in einem Maßregelvollzugsgesetz in Hessen (vom 3. 12. 1981) verbindlich geregelt, in anderen Bundesländern steht eine Regelung noch aus.

6.3.3 Die Unterbringung jugendlicher Drogenabhängiger

Bei Jugendlichen kann die Unterbringung nach § 7 JGG in der Entziehungsanstalt angeordnet werden, wenn sie suchtkrank und delinquent sind. Nach § 93 a JGG wird die Maßregel in einer Einrichtung vollzogen, in der »die für die Behandlung suchtkranker Jugendlicher erforderlichen besonderen therapeutischen Mittel und sozialen Hilfen« zur Verfügung stehen (vgl. auch die Durchführungs-Empfehlungen des Bayerischen Staatsministeriums für Arbeit und Sozialordnung). Diese Einrichtungen sind indessen bis heute erst im Ansatz vorhanden. Die Maßregel kann – wie im Erwachsenenstrafrecht – zur Bewährung ausgesetzt werden. In einem solchen Fall tritt Führungsaufsicht ein. Auf das Problem der Überwachung der Jugendlichen in Freiheit wollen wir in diesem Zusammenhang nicht eingehen. Die Schwerfälligkeit unseres institutionalisierten Apparates macht hier manche gute Idee des Gesetzgebers und manche Bereitschaft zum Helfen von seiten des Jugendrichters zunichte, weil beim Scheitern einer solchen Verfahrensweise oft nicht schnell genug reagiert werden kann.

6.3.4 Unterbringung im Rahmen der Strafprozeßordnung

Danach kann ein Straftäter bis zur Höchstdauer von 6 Wochen zum Zwecke der Begutachtung nach § 81 StPO in einem Psychiatrischen Krankenhaus untergebracht werden, wenn zu erwarten steht, daß er seine Straftat im Zustand der verminderten Schuldfähigkeit oder der aufgehobenen Schuldfähigkeit (§§ 21 bzw. 20 StGB) begangen hat. Dies betrifft vielfach Drogenabhängige, die nach Abschluß der Untersuchungen entweder wieder in Haft genommen oder in einer anderen Klinik untergebracht werden.
Nach § 126 a StPO kann ein Straftäter vorläufig untergebracht werden, wenn er in vermutlich zurechnungsunfähigem oder

*) Auf die abweichenden Auffassungen Quensels (1982) soll in diesem Zusammenhang nicht eingegangen werden, der nicht nur Maßnahmen nach § 64 für sinnlos hält, sondern am liebsten nicht nur Cannabis, sondern auch Opiate (v. a. Methadon) staatlicherseits zum Konsum freigegeben (legalisiert) haben möchte.

vermindert zurechnungsfähigem Zustand eine Straftat begangen hat. Die Dauer der Unterbringung ist bis zum Abschluß des Gerichtsverfahrens begrenzt. Bei einem solchen Straftäter tritt die Unterbringung nach § 126 a StPO an die Stelle eines Haftbefehls. Ergibt eine zwischenzeitlich vorgenommene Begutachtung, daß die Voraussetzungen der Paragraphen 20, 21 StGB (Schuldunfähigkeit bzw. verminderte Schuldfähigkeit) nicht vorliegen, so kann der Unterbringungsbefehl auch in einen Haftbefehl verwandelt werden, wenn Haftgründe vorliegen.
Sowohl die Unterbringung nach § 81 als auch nach § 126 a StPO ist eine jeweils zeitbegrenzte und vorübergehende Maßnahme, die sich zur Einleitung therapeutischer Maßnahmen wenig eignet.

6.3.5 Unterbringung im Rahmen der Unterbringungsgesetze der Länder

Die Unterbringungsgesetze, die für die einzelnen Bundesländer getrennt erlassen wurden, schränken die in den Artikeln 3, 13 und 104 GG (Grundgesetz) gewährleisteten Grundrechte der Freiheit der Person, der Familieneinheitlichkeit und der Unverletzlichkeit der Wohnung ein. Sie dienen als wesentliches Instrument der Unterbringung drogenabhängiger Personen gegen deren Willen auf geschlossenen Abteilungen psychiatrischer Krankenhäuser und ermöglichen in vielen Fällen den Beginn einer Entziehungsbehandlung, weil in jener Zeit der Prozeß der Motivierung eines Suchtpatienten in Gang gesetzt werden kann. Für die Anwendung der Freiheitsentziehungsgesetze sind in Hessen die Kriterien der erheblichen Eigen- oder Fremdgefährdung gefordert. Ihr Vorliegen muß durch ärztliches Gutachten festgestellt werden. Bei fortgeschrittener Drogenabhängigkeit ist erhebliche Eigengefährdung in der Regel zu bejahen. Die Entscheidung über die Unterbringung trifft indessen der Richter.

6.4 Zivilrechtliche Bestimmungen: Pflegschaft und Entmündigung

Eine Gebrechlichkeitspflegschaft nach § 1910 BGB wird dann errichtet, wenn der Drogenabhängige einzelne seiner Angelegenheiten nicht mehr selbständig besorgen kann. Die Zustimmung des Pfleglings ist dazu erforderlich, allerdings kaum je zu erhalten. Wenn eine Verständigung mit ihm nicht möglich ist, kann die Pflegschaft gegen seinen Willen errichtet werden. Dazu bedarf es wiederum eines ärztlichen Attestes. Allerdings wird diese Voraussetzung nur höchst selten gegeben sein.
Die Pflegschaft über einen Drogenabhängigen kann Einzelgebiete umfassen, etwa die Durchführung einer einzelnen therapeutischen Maßnahme (Eröffnung eines Abszesses, Operation eines Knochenbruchs o. ä.), mit der der Abhängige nicht einverstanden ist oder zu der seine Einwilligung aus zwingenden Zeitgründen nicht mehr eingeholt werden kann. Sie kann aber auch andere Einzelgebiete umfassen, etwa das Führen eines Prozesses oder eine Vermögensverwaltung. Von dieser Möglichkeit wird in der Praxis nur selten Gebrauch gemacht.
Auch die Entmündigung nach § 6 BGB wegen Geisteskrankheit, Geistesschwäche oder Rauschgiftsucht kommt bei Drogenabhängigen relativ selten zur Anwendung. Dort ist festgelegt, wer ent-

mündigt werden kann: »wer infolge von Geisteskrankheit oder von Geistesschwäche seine Angelegenheiten nicht zu besorgen vermag« und »wer infolge von Trunksucht oder Rauschgiftsucht seine Angelegenheiten nicht zu besorgen vermag oder sich oder seine Familie der Gefahr des Notstands aussetzt oder die Sicherheit anderer gefährdet.« Die Rauschgiftsucht ist erst durch die Strafrechtsreform 1975 in den Gesetzestext aufgenommen worden.
Daß rein abstrakt gesehen dieser Sachverhalt bei vielen Abhängigen vorliegt, ist keine Frage. Insofern könnte also theoretisch bei vielen Süchtigen zur Entmündigung geschritten werden. Die Frage ist aber, ob wir mit einer Entmündigung bei einem Drogenabhängigen etwas Sinnvolles erreichen können. Für Alkoholkranke haben Langelüddeke und Bresser (1976) diese Frage verneint. Die Maßnahme bringe keine Hilfe für die Süchtigen, sondern nur zusätzliche Probleme: am Arbeitsplatz und im familiären Umkreis. Auch die Wiedereingliederung nach einer Therapie wird durch die Entmündigung nicht erleichtert. Solange der Entmündigte aber nicht in Therapie ist, läßt er sich von seinem Vormund ohnehin nur selten lenken. Alle diese Punkte gelten auch für Drogenabhängige. Der soziale Statusverlust und die Auswirkungen auf das Selbstwertgefühl des labilen und frustrationsintoleranten Abhängigen tun ein übriges, um die Prognose eher zu verschlechtern. Deshalb ist die Entmündigung Drogenabhängiger und im übrigen auch die von Alkoholkranken – zumindest in der von uns überschauten Region – zu Recht eine Ausnahme geblieben.

6.5 Sozialrechtliche Bestimmungen

6.5.1 Krankenversicherung

Folgt man der Rechtsprechung des Bundessozialgerichts (BSG), so ist Sucht als eine Krankheit i. S. des Paragraphen 182 RVO (Reichsversicherungsordnung) anzusehen. Dies gilt auch für die Drogenabhängigkeit. Entscheidendes Kriterium für das Vorliegen einer solchen Krankheit ist der Verlust der Selbstkontrolle bzw. das Nicht-mehr-Aufhörenkönnen.
Krankheit bedarf stets ärztlicher Behandlung. Ihre Kosten übernehmen die Krankenkassen, wenn es sich um eine gesetzliche Krankenversicherung handelt. Stationäre Behandlung übernehmen diese Kassen für die Dauer von 78 Wochen innerhalb von drei Jahren, wenn es sich um ein und dieselbe Krankheit handelt. Ambulante ärztliche Behandlung wird von der gesetzlichen Krankenversicherung in jedem Falle von Abhängigkeit übernommen.
Dagegen betrachten die privaten Krankenversicherungen in der Bundesrepublik Sucht teilweise als ein nichtkalkulierbares Risiko, das auch nicht versicherbar sei. Zusammen mit Krankheiten, die auf Sucht beruhen, entfällt bei ihnen vielfach die Leistungspflicht bei solchen Erkrankungen, die auf einer absichtlichen oder vorsätzlich herbeigeführten Schädigung gründen. Wir wollen nicht darauf eingehen, ob hier nicht die Vorstellung eine wichtige Rolle spielt, Sucht sei zumindest im Anfangsstadium vorsätzlich herbeigeführt. Denn auch bis zu dem schon historisch zu nennenden Urteil des Bundessozialgerichts vom 18. 6. 1968 galt Sucht als selbstverschuldete Krankheit. Ihre Kosten mußte bis dahin der Patient selbst tragen. In der letzten Zeit gibt es erneut Vorstellungen, die in diese Richtung wei-

sen, wobei die Mehrausgaben der Versicherungen für Suchtkranke in den letzten Jahren den Ausgangspunkt solcher Überlegungen darstellen.

6.5.2 Unfallversicherung

Die gesetzliche Unfallversicherung kommt nur in seltenen Fällen als Leistungsträger in Betracht. Ein solcher Fall kann dann vorliegen, wenn Drogenabhängigkeit aufgrund einer längerdauernden Behandlung infolge eines Unfalls mit hochwirksamen Schmerzmitteln eingetreten ist. Auf Drogenkonsum zurückführbare Unfallfolgen deckt die gesetzliche Unfallversicherung in der Regel nicht, wenn die Drogenwirkung überwiegender oder wesentlicher Anteil der Unfallursache ist und diejenigen Umstände zurücktreten, die sonst den Unfallversicherungsschutz begründen.
Ähnlich verhalten sich die privaten Unfallversicherungen. Auch sie gewähren dann keinen Versicherungsschutz, wenn der Unfall ursächlich auf Drogenkonsum zurückzuführen ist.
Die Unfallversicherung schließt in der Regel Leistungen aus, wenn ein *Gebrechen* vorliegt. Die Frage, ob Drogenabhängigkeit als ein Gebrechen i. S. des Paragraphen 1236 RVO anzusehen ist, ist verschiedentlich kontrovers diskutiert worden (vgl. Täschner u. Wanke, 1976). Wir sind der Auffassung, daß es sich bei der Drogenabhängigkeit in aller Regel um eine Krankheit handelt, wobei zwei Kriterien anzuführen sind:

1. Die Voraussehbarkeit der Dauer des regelwidrigen Zustands angesichts der Behandelbarkeit des Leidens macht ein Leiden zur Krankheit, die definitionsgemäß immer zeitlich begrenzt verläuft, was für ein Gebrechen nicht zutrifft;
2. die bestehende Arbeitsunfähigkeit, aber nicht vorhandene Erwerbsunfähigkeit solcher Patienten. Auch die Arbeitsunfähigkeit ist ein zeitlich begrenzter Zustand, während dies für die Erwerbsunfähigkeit nicht gilt. Bei Arbeitsunfähigkeit wird man für eine bestimmte Zeit krankgeschrieben, bei Erwerbsunfähigkeit erhält man dagegen in der Regel eine Rente.

Die Drogenabhängigkeit sehen wir darüber hinaus nur dann als Gebrechen an, wenn mehrere geeignete Entziehungsbehandlungen gescheitert sind. Das Scheitern einer Entziehungsbehandlung ist durch die erneute Einnahme jeder Art von abhängig machenden Drogen gegeben. Die Entziehungsbehandlungen müssen bestimmten Mindestanforderungen genügen. Von einem Gebrechen ist auch dann zu sprechen, wenn schwere hirnorganische oder körperliche Dauerveränderungen vorliegen, über deren Verlauf und Dauer wir keine sichere Aussage machen können. Ferner halten wir ein Gebrechen auch dann für gegeben, wenn im Rahmen einer Drogenabhängigkeit eine Psychose mit chronischem Verlauf auftritt.

6.5.3 Rentenversicherung

Die Rentenversicherung wird meist im Hinblick auf Rehabilitationsmaßnahmen, weniger wegen einer Rente aufgrund von Berufs- oder Erwerbsunfähigkeit in Anspruch genommen werden müssen. Hierbei kommen Maßnahmen zur medizinischen Rehabilitation in einer Heilanstalt bzw. auch zur beruflichen Rehabilitation, z. B. durch eine Umschulung, in Betracht. Während der Dauer dieser Maßnahmen gewährt die Rentenversicherung soziale Betreuung, z. B. in Form eines Übergangsgeldes. Voraussetzung hierzu ist, daß eine Wartezeit von 5 Jahren erfüllt ist.

Im Vordergrund der Leistungen der gesetzlichen Rentenversicherung stehen also die Maßnahmen zur Erhaltung, Besserung und Wiederherstellung der Erwerbsfähigkeit.
Das Bundessozialgericht in Kassel hat in einem Urteil von 1978 entschieden, daß Alkoholentziehungskuren sowohl zum Leistungsbereich der Rentenversicherung als auch zu dem der Krankenversicherung gehören. Welcher Versicherungsträger für die Durchführung einer Rehabilitationsmaßnahme jeweils zuständig ist, richtet sich nach der Art der Maßnahme. Ähnliches gilt auch für die Drogenabhängigkeit. Detailfragen zur Kranken-, Unfall- und Rentenversicherung und zu den hier auftauchenden Problemen behandelt Krasney (1980).
Die Kooperation zwischen Kranken- und Rentenversicherungen bei der Rehabilitation von Suchtkranken ist in der »Empfehlungsvereinbarung über die Zusammenarbeit der Krankenversicherungs- und der Rentenversicherungsträger« vom 20. 11. 1978 geregelt, die seit Anfang 1979 gültig ist. Aus der Erfahrung heraus, daß an der oft langdauernden Einigung beider Kostenträger über die jeweilige Zuständigkeit im konkreten Falle manche Suchtkrankenbehandlung scheiterte oder sich selbst erledigte, entstand diese Regelung, die sich in der Folge zwar nicht als perfekt, aber als hilfreich erwiesen hat. Für die Entgiftungsbehandlung ist danach grundsätzlich die Krankenversicherung zuständig, nur im Ausnahmefall die Rentenversicherung; für die Entwöhnungsbehandlung hingegen ist in der Regel die Rentenversicherung zuständig, weil es meist um die Abwendung von Erwerbsunfähigkeit geht und nur selten um die Behandlung organischer Leiden, die nicht eine drohende Erwerbsunfähigkeit begründen (§ 4 der Empfehlungsvereinbarung). Nach § 5 der Empfehlungsvereinbarung können Arbeitsgemeinschaften gebildet werden, die eine schnelle Einigung über die Modalitäten des jeweiligen Einzelfalls ermöglichen sollen (Wenig, 1979).

6.5.4 Bundessozialhilfegesetz (BSHG)

Tritt weder die Krankenversicherung noch die Unfall- oder die Rentenversicherung für die Kosten der Behandlung einer Drogenabhängigkeit ein und sind auch die unterhaltspflichtigen Angehörigen nicht imstande, die Kosten zu übernehmen, so kommen grundsätzlich Leistungen nach dem BSHG in Betracht. Für dieses Gesetz gelten die Prinzipien der Nachrangigkeit und der Individualhilfe. Hier sind zwei Arten von Zuwendungen zu unterscheiden, einmal die Hilfe zum Lebensunterhalt für Bedürftige, die ihren Unterhalt nicht selber bestreiten können, zum anderen die Hilfe in besonderen Lebenslagen, z. B. für die Durchführung einer ärztlichen Behandlung. Hilfe für Gefährdete ist eine spezielle Form der Hilfe in besonderen Lebenslagen. Sie kann z. B. für Beratungen oder auch sozialpädagogische Maßnahmen in Anspruch genommen werden.

6.5.5 Jugendwohlfahrtsgesetz (JWG)

Für jugendliche Drogenkonsumenten kommt das Jugendwohlfahrtsgesetz in Betracht. Es dient sowohl der Förderung bzw. Schaffung von Jugendgruppen oder Gruppenveranstaltungen als auch der individuellen Hilfe. Es sieht drei Arten der Hilfe im Einzelfall vor, und zwar Erziehungsbeistandschaft, freiwillige Erziehungshilfe und Fürsorgeerziehung. Die letztere kann das Vormundschaftsgericht auf Antrag des Jugendamtes oder des Sorgeberechtigten bei drohender oder schon vorhandener Verwahrlosung anordnen.

6.5.6 Arbeitsförderungsgesetz (AFG)

Dieses Gesetz regelt in seinem zentralen Abschnitt (§§ 33–52) die Förderung der beruflichen Bildung. Hilfe nach dem Arbeitsförderungsgesetz wird erst dann gewährt, wenn die Möglichkeiten der gesetzlichen Renten- oder Unfallversicherung ausgeschöpft oder nicht gegeben sind. Bei Drogenabhängigen können Ansprüche auf individuelle arbeits- und berufsfördernde Maßnahmen durchaus gegeben sein, wenn durch den Fortbestand der Abhängigkeit körperliche, geistige oder seelische Behinderung drohen würde. Die Abhängigen können im Einzelfall Einarbeitungszuschüsse, Eingliederungs- und Ausbildungszuschüsse (§§ 49, 54, 60 AFG) in Anspruch nehmen.

6.6 Zoll- und steuerrechtliche Bestimmungen

Es ist nur wenig bekannt, daß alle Betäubungsmittel, die im Betäubungsmittelgesetz genannt sind, der Einfuhrumsatzsteuer von derzeit 13 % unterliegen, einige sind darüber hinaus zu verzollen, in der Regel mit 13,6 % Zoll. Die Einfuhrumsatzsteuer und der Zoll werden bei der Einfuhr fällig. Die bestehenden Einfuhrverbote stehen dem nicht im Wege: auch eine Substanz, die gar nicht eingeführt werden darf, unterliegt bei ihrer gleichwohl durchgeführten Einfuhr der Einfuhrumsatzsteuer und ggfs. der Verzollung.*) Wer also Betäubungsmittel erwirbt, übernimmt zugleich die an ihnen gewissermaßen haftenden Steuerschulden. Er kann zur Begleichung dieser Schulden herangezogen werden, da in der Regel davon auszugehen ist, daß die auf der Drogenszene gehandelten Betäubungsmittel ohne Abführung der genannten Abgaben in die Bundesrepublik gelangt sind. Denn insbesondere Rauschdrogen wie Heroin, Cannabis, LSD und vergleichbare Stoffe werden in aller Regel in der Bundesrepublik nicht hergestellt. Damit liegt bei einem Verstoß gegen das Betäubungsmittelgesetz in der Regel auch zugleich ein Verstoß gegen § 370 der Abgabenordnung (AO) vor, der als Steuerhinterziehung zu sehen ist. Damit haben wir es beim Besitz von Betäubungsmitteln nicht nur mit einem Verstoß gegen betäubungsmittelrechtliche Bestimmungen zu tun, sondern zugleich auch mit einem Verstoß gegen steuer- und zollrechtliche und auch steuerstrafrechtliche Bestimmungen.

Winkler (1981) hat nachgerechnet, daß ein Heroinsüchtiger, der DM 1000,– pro Woche für Heroin ausgibt, mithin also DM 52 000,– im Jahr, oder bei einem Gramm-Preis von DM 150,– insgesamt 350 g Heroin erwirbt, erhebliche Zoll- und Steuerschulden auf sich lädt. Legt man 13 % Einfuhrumsatzsteuer und 13,6 % Zoll zugrunde, dann beträgt die hinterzogene Summe DM 13 800,–. Wird der Drogenabhängige wegen dieser Menge nach dem Betäubungsmittelgesetz belangt so wird zugleich die genannte Summe fällig.

Es ist offensichtlich, daß daraus erhebliche finanzielle Folgebelastungen für die Abhängigen entstehen, die sich in der

*) Die Frage der Einfuhrumsatzsteuer ist in § 1 Abs. 1 Nr. 3 §§ 11, 12, Abs. 1 UStG geregelt, die Abgabenpflicht bei Einfuhr in § 5 Abs. 1 ZollG, § 6 Abs. 4 Satz 2 AZO, ferner § 370 Abs. 5 AO. Die Fälligkeit ist in § 57 ZollG in Verbindung mit § 21 Abs. 2 UStG geregelt.

Regel als schwerwiegende Rehabilitationshindernisse erweisen müssen. Denn die Abhängigen sind meistens nicht nur aus diesem Grunde verschuldet, sondern auch deswegen, weil sie die verschiedenartigsten Darlehen aufgenommen haben und ggfs. auch zivilrechtlich einklagbare Schäden auf andere Weise angerichtet haben.

Um den »Schuldenberg« der Drogenabhängigen nicht zu einer Barriere werden zu lassen, an der Rehabilitationsbemühungen scheitern müssen, hat der Bundesminister der Finanzen sogenannte Billigkeitsmaßnahmen zugunsten von Betäubungsmittelkonsumenten erlassen. Darin hat er den Vorrang von Therapie und Resozialisierung vor der Erhebung von Eingangsabgaben niedergelegt. Verfügt der Abhängige nicht über hinreichendes Vermögen zur Tilgung seiner Schulden, so soll die Festsetzung von Eingangsabgaben ausgesetzt werden. Aus Billigkeitsgründen kann auch auf die Erhebung der genannten Abgaben vollkommen verzichtet werden. Vor einer Entscheidung über eine solche Billigkeitsmaßnahme hat die Zollstelle ggfs. die mit dem Drogenabhängigen befaßten Therapeuten über die Prognose zu befragen (vgl. Ellinger u. Sticker, 1978).

6.7 Arbeitsrechtliche Bestimmungen

Anders als das Bundessozialgericht (vgl. S. 16, 220) hat das Bundesarbeitsgericht den Verschuldensbegriff beim Zustandekommen von Suchterkrankungen aufrechterhalten. So entschied der 5. Senat des Bundesarbeitsgerichts 1972, daß Trunksucht und deren Folgen in der Regel selbst verschuldet seien. Die Verschuldensprüfung sei auf den Zeitpunkt des Beginns des Trinkens durch den später trunksüchtig Gewordenen abzustellen. Ein vernünftiger Mensch wisse, daß übermäßiger Alkoholgenuß zur Trunksucht führen könne.

Mit seiner Entscheidung verlangte das Bundesarbeitsgericht, daß ein trunksüchtiger Arbeiter die Beweise dafür erbringen müsse, daß eine Kündigung aufgrund seiner Trunksucht nicht berechtigt gewesen sei, weil er an seiner Trunksucht keine Schuld trage. Sinngemäß läßt sich diese Entscheidung auch auf den Bereich der Drogenabhängigkeit übertragen, obwohl derartige Gerichtsentscheidungen bislang nicht bekannt geworden sind.

6.8 Arzneimittelrechtliche Bestimmungen

Seit dem 24. 8. 1976 gilt das Gesetz zur Neuordnung des Arzneimittelrechts, dessen Hauptinhalt in Artikel 1, dem Gesetz über den Verkehr mit Arzneimitteln (Arzneimittelgesetz, AMG) besteht.

Das Gesetz enthält einen breiten definitorischen Vorspann, in welchem Arzneimittel als Stoffe bzw. Zubereitungen mit der Bestimmung beschrieben sind, »Krankheiten, Leiden, Körperschäden oder krankhafte Beschwerden zu heilen, zu lindern, zu verhüten oder zu erkennen« (§ 2 AMG). Daneben werden auch Substanzen zu diagnostischen Zwecken, Ersatzstoffe für Körperflüssigkeiten, Impfstoffe und solche Substanzen subsummiert, die »die Beschaffenheit, den Zustand oder die Funktion des Körpers oder seelische Zustände« beeinflußen (§ 2 [1], 5 AMG). Das Gesetz enthält auch eine Negativdefinition derjenigen Stoffe, die nicht als Arzneimittel anzusehen sind. Im zweiten Abschnitt (Anforderungen an die Arzneimittel) ist der Paragraph 5 (Verbot bedenklicher Arzneimittel) ein Kernstück des Gesetzeswerkes. Er lautet:

»(1) Es ist verboten, bedenkliche Arzneimittel in den Verkehr zu bringen.
(2) Bedenklich sind Arzneimittel, bei denen nach dem jeweiligen Stand der wissenschaftlichen Erkenntnisse der begründete Verdacht besteht, daß sie bei bestimmungsgemäßem Gebrauch schädliche Wirkungen haben, die über ein nach den Erkenntnissen der medizinischen Wissenschaft vertretbares Maß hinausgehen.«

In weiteren Paragraphen sind die Kennzeichnungsvorschriften, die Art der Pakkungsbeilage, schließlich auch die Herstellungserlaubnis geregelt. Im vierten Abschnitt ist das Verfahren der Zulassung von Arzneimitteln niedergelegt. Zu den Zulassungsunterlagen gehören Angaben über die Wirkungen, die Anwendungsgebiete, Kontraindikationen, Nebenwirkungen, Wechselwirkungen mit anderen Mitteln, Dosierungsangaben, Angaben über die Herstellung des Arzneimittels, die Dauer der Anwendung, die Art der Haltbarmachung und ähnliches. Es müssen Gutachten von Sachverständigen beigefügt werden, in denen die Kontrollmethoden und die Prüfungsergebnisse zusammengefaßt und bewertet sein müssen (§ 24 AMG).
Der 6. Abschnitt des Arzneimittelgesetzes regelt den Schutz des Menschen bei der klinischen Prüfung, wobei ein zentraler Grundsatz darin besteht, daß diejenigen Risiken, die mit der Prüfung für die »Versuchsperson« verbunden sind, ärztlich vertretbar sein müssen und im Verhältnis zu der voraussichtlichen Bedeutung des Arzneimittels für die Heilkunde stehen müssen. Die Versuchspersonen müssen umfassend aufgeklärt sein und freiwillig an dem Versuch teilnehmen. Mithin können nur geschäftsfähige Personen an solchen Versuchen teilnehmen. Die Erprobung von Arzneimitteln an Minderjährigen ist nur unter ganz speziellen Voraussetzungen möglich.
Der 7. Abschnitt regelt die Apothekenpflicht und den Vertrieb von Arzneimitteln, darunter in § 48 AMG auch die Verschreibungspflicht.
Die Bestimmungen des Arzneimittelgesetzes sind deswegen von besonderer Bedeutung, weil sie in der Legalisierungsdiskussion, die etwa um die Freigabe des Haschischs geführt wird, die Maßstäbe und Kriterien liefern können, die anzuwenden sind, wenn eine Substanz in den Verkehr kommen soll. Was hier für Arzneimittel ausgeführt ist, muß selbstverständlich für jeden anderen Stoff ebenfalls Geltung besitzen. Zu ergänzen ist in diesem Zusammenhang, daß das Bundesgesundheitsamt auch dann mit Gegenmaßnahmen reagieren muß, wenn ein »begründeter Verdacht« aufkommt, daß von einem Arzneimittel »nicht vertretbare unerwünschte Wirkungen« ausgehen, die nicht schon wissenschaftlich belegt sein müssen; ein Beispiel dafür, wie hoch die Anforderungen an die Sicherheit von Arzneimitteln sind.

6.9 Jugendschutzbestimmungen

Das Gesetz zum Schutz der Jugend in der Öffentlichkeit von 1957 zeigt, daß der Gesetzgeber die Gruppe der Jugendlichen einem besonderen Schutz gegenüber dem Konsum von Alkohol und vergleichbaren Substanzen unterstellen will. Es verbietet den Verkauf und die Abgabe alkoholischer Getränke an Kinder und Jugendliche unter 16 Jahren. Es stellt das Interesse des Gesetzgebers an einer gesunden körperlichen und geistig-seelischen Entwicklung Jugendlicher in den Vordergrund (§§ 2 u. 3 des Jugendschutzgesetzes). Allerdings bleibt der freie Laden- und Kioskverkauf nur schwer kontrollierbar. Untersuchungen haben immer wieder gezeigt, daß gerade in Supermärkten häufig alkoholhaltige Getränke auch an Kinder abgegeben werden. Das Trinken

alkoholhaltiger Getränke ist für Kinder auch bei Anwesenheit mit Einverständnis der Erziehungsberechtigten sowie für Jugendliche unter 16 Jahren ohne Begleitung der Erziehungsberechtigten verboten.
Das Jugendarbeitsschutzgesetz von 1976 verbietet die Ausgabe alkoholhaltiger Getränke an Jugendliche unter 16 Jahren, die in einem Arbeits- oder Lehrverhältnis stehen (§ 31 d. Gesetzes).

6.10 Das Suchtmittelgesetz der DDR

Dieses Gesetz gibt der Gesundheitsbehörde der DDR weitgehende Kompetenzen und schränkt die Rechte des betroffenen Patienten auf drastische Weise ein. Den zuständigen staatlichen Organen obliegt es, die Betreuung Suchtkranker und die Verhütung entsprechender krankheitsbedingter Gefahren für das gesellschaftliche Zusammenleben abzuwenden. Die gefährdeten Personen werden zentral durch das zuständige Ministerium erfaßt. Datenschutzprobleme scheinen für die Behörden der DDR keine große Bedeutung zu besitzen. Das Gesetz regelt vor allem Fragen der stationären Behandlung. Hingegen kann sich ein Patient ambulanter Behandlung durchaus entziehen.
Die Einzelheiten der medizinischen Maßnahmen zur Behandlung Suchtkranker sind in speziellen Durchführungsbestimmungen festgelegt. Danach obliegt es dem zuständigen Kreisarzt, letztlich also der Gesundheitsbehörde, allen Mitteilungen und Beobachtungen nachzugehen, die den Verdacht auf einen Suchtmittelmißbrauch nahelegen. Unter Hinzuziehung eines Nervenarztes erfolgt eine Aussprache mit dem Betroffenen, dem empfohlen wird, sich in einer psychiatrischen Einrichtung begutachten zu lassen. Dazu wird ihm eine Frist gesetzt. Läßt er diese Frist verstreichen, sind Zwangsmaßnahmen möglich.
Wird bei der Untersuchung festgestellt, daß ein Patient suchtkrank ist, so wird er in einem Register erfaßt, die Behandlung wird vom Kreisarzt veranlaßt. Leistet ein Patient der Aufforderung durch den Kreisarzt nicht Folge, sich in einem Krankenhaus behandeln zu lassen, so wird die Staatsanwaltschaft eingeschaltet.
Ein Suchtkranker erhält grundsätzlich keine Verschreibungen von suchterzeugenden Stoffen mehr, sie können ihm aber verabreicht werden, wenn dazu eine Indikation besteht. Die Eintragung in das Suchtkrankenverzeichnis kann nur dann gelöscht werden, wenn durch eine psychiatrische Begutachtung festgestellt wird, daß der Patient nicht mehr suchtkrank ist und eine akute Rückfallgefahr nicht mehr besteht.
Wer als Arzt, Zahnarzt oder Tierarzt Beobachtungen über einen Suchtmittelmißbrauch nicht weitergibt, muß mit einer Entziehung der Befugnis zur Verordnung suchtmittelhaltiger Arzneimittel rechnen. Wir haben es hier also mit einem ausgesprochen restriktiven Gesetz zu tun, das in krassem Widerspruch zu den auf Hilfe und Therapie ausgerichteten gesetzgeberischen Bemühungen im freien Teil unseres Landes steht.

6.11 Drogengesetzgebung im Ausland

Im westeuropäischen Ausland finden wir teilweise eine im deutschen Betäubungsmittelrecht nicht getroffene Unterscheidung zwischen weichen und harten Drogen. Inwieweit eine solche Unterscheidung sinnvoll oder gerechtfertigt ist, bleibe dahingestellt.

In *Belgien* finden wir ein etwa mit dem unsrigen vergleichbares Betäubungsmittelrecht. Die Grundtatbestände für Rauschmitteldelikte werden mit Freiheitsstrafen von drei Monaten bis zu fünf Jahren bedroht. Daneben werden besonders schwere Fälle abgegrenzt, die mit Freiheitsstrafen bis zu zehn Jahren bzw. noch längerer Zwangsarbeit geahndet werden können. Dabei handelt es sich vor allem um die bandenmäßige Drogendelinquenz und den Verkauf von Drogen an Kinder. Der Gesetzgeber hat die Möglichkeit eingeräumt, daß drogenabhängige Straftäter ihre Strafe zur Bewährung ausgesetzt erhalten können, wenn es sich um Beschaffungsdelikte handelte.

In den *Niederlanden* werden gestaffelte Freiheitsstrafen für den Besitz harter Drogen von einer Dauer bis zu zwölf Jahren angedroht. Der Besitz harter Drogen zum Eigengebrauch wird als minderschwerer Fall mit einer Freiheitsstrafe bis zu einem Jahr geahndet. Ähnliches gilt für den Besitz geringer Mengen weicher Drogen. Ihr Besitz in großen Mengen wird jedoch mit Freiheitsstrafen bis zu drei Jahren, bei grenzüberschreitendem Verkehr bis zu vier Jahren bedroht. Mengen von unter 30 g Haschisch werden mit geringen Freiheitsstrafen oder Geldstrafen geahndet. De facto scheinen sie jedoch kaum verfolgt zu werden. Hier wird nach Zweckmäßigkeitserwägungen vorgegangen. Insgesamt herrscht eine gewisse Sorg- und Bedenkenlosigkeit im Umgang mit Rauschdrogen vor: Verkauf von Haschisch in Jugendhäusern, Abgabe von Methadon an Süchtige ohne ausreichende Kontrollen und Verharmlosung des Konsums von Rauschmitteln kennzeichnen das Bild.

In den *skandinavischen Ländern* existieren ebenfalls für die Grundtatbestände Freiheitsstrafen bis zu zwei Jahren (Dänemark, Norwegen, Schweden), bei schweren Fällen bis zu sechs Jahren (Dänemark) bzw. bis zu zehn Jahren (Norwegen und Schweden). Darüber hinaus gelten ähnliche Regelungen für drogenabhängige Täter wie sie unser neues Betäubungsmittelrecht enthält: Aussetzung der Vollstreckung einer Freiheitsstrafe, wenn sich der Täter freiwillig einer Entziehungskur unterzieht und Anrechnung der Dauer der Entziehungskur auf die Strafe. Der Besitz geringer Mengen sogenannter weicher Drogen, z. B. bis zu 25 g Haschisch, kann mit Geldstrafe geahndet werden.

In *Frankreich* gibt es keine Differenzierung zwischen weichen und harten Drogen; für minderschwere Delikte gelten Freiheitsstrafen von 2 Monaten bis zu zwei Jahren, für schwere Delikte zwischen zwei und zehn Jahren, in besonders schweren Fälllen bis zu 20 Jahren Freiheitsentzug. Der Besitz geringer Mengen wird unter Umständen nicht verfolgt, wenn Eigenbedarf geltend gemacht werden kann.

In *Großbritannien* ist der Besitz von Drogen zum Eigenbedarf mit geringer Strafe bedroht. Hier wird nach der Gefährlichkeit der Drogen differenziert, bei sogenannten harten Drogen in größeren Mengen können Strafen bis zu sieben Jahren verhängt werden, der Besitz von Heroin zum Eigenverbrauch hingegen wird nur selten mit Freiheitsstrafe geahndet (Huber, 1981).

In *Österreich* steht auf den Besitz von Drogen eine Freiheitsstrafe zwischen einem und fünf Jahren, im besonders schweren Fall, z. B. bei bandenmäßiger Tatbegehung bis zu zehn Jahren. Hier existiert eine Regelung, die unserer »nicht geringen Menge« entspricht. Bei Besitz geringer Mengen von Drogen kann von Strafe abgesehen werden, wenn sie dem Eigenbedarf eines Abhängigen dienen.

In der *Schweiz* sind die Grundtatbestände mit Freiheitsstrafen bis zu drei Jahren bedroht, bei besonders schweren Fällen bis zu 20 Jahren Haft. Der Konsum und der Erwerb zum Eigengebrauch werden nur mit leichter Strafe belegt. Unter Umständen kann auch hier von Strafe abgesehen werden.

In *Italien* sind die Grundtatbestände der Herstellung, Verarbeitung und des Handels mit Freiheitsstrafen zwischen vier und fünf Jahren bedroht, wenn es sich um sogenannte harte Drogen handelt. Beim Haschisch liegt der Strafrahmen zwischen zwei und sechs Jahren. Eine Erhöhung ist für bandenmäßige Begehung oder bei der Abgabe von Drogen an Jugendliche vorgesehen. Der Besitz oder Erwerb von geringen Mengen Drogen zum Eigenbedarf ist in Italien straffrei (vgl. Dünkel, 1981).

7. Spezielle Fragen im Umkreis der Therapie

7.1 Ausbildungsfragen

Eines der Probleme, mit dem die Therapie Drogenabhängiger nach wie vor belastet ist, ist der Umstand, daß nicht in ausreichendem Maße Mitarbeiter zur Verfügung stehen, die die notwendige Ausbildung besitzen. Zur Therapie Süchtiger sind aber spezifische Kenntnisse erforderlich, auf die nicht verzichtet werden kann. Freilich sind in den klassischen Ausbildungsgängen für Ärzte, Psychologen und Sozialarbeiter, aber auch für andere Berufsgruppen (etwa medizinisches Pflegepersonal) Lehrinhalte enthalten, die die Suchtkrankenhilfe betreffen. Wenn wir aber erfolgversprechende Arbeit an Patienten mit Suchtproblemen leisten wollen, so ist die Voraussetzung dafür eine solide Ausbildung der therapeutisch Beteiligten. Zugleich muß ein hinreichendes Maß an Grundkenntnissen in bezug auf die zur Rede stehende Problematik vorhanden sein. Auch der Umgang mit Menschen, die Hilfe suchen, die in Not sind oder die Unterstützung oder Rat brauchen, ist zu erlernen. Guter Wille allein, auch wenn er mit Engagement gepaart ist, kann Grundkenntnisse nicht ersetzen. Patienten sollten auch nicht dazu dienen, den therapeutisch Tätigen zu primären Erfahrungen zu verhelfen, da viele Erfahrungen auf dem Gebiet der Suchtkrankenhilfe schon gemacht sind und nicht von jedem neu hinzukommenden Therapeuten auf dem Rücken von Patienten erworben werden müssen. Der Ausbildung unserer Mitarbeiter müssen wir also im Rahmen des Gebietes »Suchtkrankenhilfe« besondere Aufmerksamkeit schenken.

Im folgenden wollen wir auf die Ausbildung von Ärzten, Psychologen und Sozialarbeitern eingehen, aber auch von Lehrern und anderen Berufsgruppen. Fordert man hier generell in einem bestimmten Rahmen die Vermittlung von Grundkenntnissen für den Umgang mit Mißbrauchern und Abhängigen, so besteht die Gefahr, daß die genannten Ausbildungsgänge mit zusätzlichem Spezialwissen überfrachtet werden, so daß in anderen, berufstypischen Ausbildungsbereichen Abstriche erfolgen müßten. Es kann aber nicht sinnvoll sein, die vorhandenen Ausbildungsgänge weiter zu entspezialisieren und einander anzunähern. Auch sollten wir im Auge behalten, daß Grundkenntnisse der Problematik von Mißbrauch und Abhängigkeit bei allen genannten Berufsgruppen in verschiedenem Umfang zu fordern sind. Dies würde auch die Durchlässigkeit von Ausbildungsgängen erhöhen. Die Neigung geeigneter Mitarbeiter wäre zu fördern, sich mit bestimmten Fragen im Umkreis der Drogenabhängigkeit näher zu befassen, so daß wir auf diese Weise dringend benötigte Suchtspezialisten gewinnen könnten.

7.1.1 Ausbildung im Rahmen bestehender Ausbildungsgänge

Mediziner

Im Ausbildungsgang von Ärzten ist einer Krankheit, die so weit verbreitet ist und die so vielfach in die einzelnen medizinischen Fachdisziplinen hineinreicht, wie das bei der Sucht der Fall ist, derjenige Stellenwert einzuräumen, wie er vergleichbar wichtigen Erkrankungen bereits zukommt. Dabei sind Kenntnisse der Diagnostik, der Therapie, aber auch der Entstehungsbedingungen, der Verbreitung und der Erscheinungsformen von Sucht und Mißbrauch gleichermaßen zu vermitteln. Ein Schwerpunkt medizinischer Tätigkeit wird dabei die Diagnostik auf psychopathologischem, aber auch allgemein-medizinischem Gebiet sein. Ziel dieser Maßnahmen ist es, für alle neu ausgebildeten Ärzte eine breite Wissensgrundlage auf dem Gebiet von Mißbrauch und Sucht zu schaffen und damit eine Verbesserung der Versorgungssituation zu ermöglichen.
Es sollten aber auch die spezielle Weiterbildung in Form von Kursen und Zusatzausbildungsgängen nach Abschluß der eigentlichen medizinischen Ausbildung gefördert werden, damit diejenigen Ärzte, die sich auf die Behandlung Suchtkranker spezialisieren wollen, geeignete Voraussetzungen dazu vorfinden können. Dabei sollten die verschiedenen Ansätze bei der Beratung, Diagnostik und Therapie Suchtkranker Berücksichtigung finden, wobei solche Verfahren zu bevorzugen sind, die mit geringem Aufwand optimale Ergebnisse nachweisbar erzielen können.

Eine Untersuchung (Feuerlein, 1975) ergab, daß nur an wenigen deutschen Universitäten Spezialvorlesungen oder -kurse über Suchtkrankheiten in den Vorlesungsverzeichnissen zu finden sind. Sie sind also die Ausnahme. Bei einer Durchsicht der deutschsprachigen psychiatrischen Lehrbücher im Jahre 1970 nahm die Besprechung des Alkoholismus und seiner Folgekrankheiten 5 % des Gesamtvolumens der entsprechenden Bücher ein, wobei die Psychosen im Zusammenhang mit dem Alkoholismus noch den breitesten Raum beanspruchten. Texte, die Basiswissen über Mißbrauch und Sucht vermitteln, fanden sich in ausführlicher Form nicht. Die sozialen Konsequenzen finden ihren Niederschlag nicht in der gängigen Lehrbuchliteratur. Der Gegenstandskatalog für den zweiten Abschnitt der ärztlichen Prüfung (Institut für medizinische und pharmazeutische Prüfungsfragen, Mainz 1974) enthält in stichwortartiger Verkürzung die wesentlichen Lerninhalte für die Medizinstudenten. Diese Stichworte sind nach Punkten aufgegliedert. Sucht (einschließlich Alkoholismus) umfaßt 64 Punkte, die endogenen Psychosen umfassen 80 Punkte, die allgemeine Neurosenlehre 30 Punkte, die spezielle Neurosenlehre 37 Punkte, wobei bei den letztgenannten drei Lernabschnitten die Therapie noch in speziellen Abschnitten zusätzlich niedergelegt wird, was bei der Sucht nicht der Fall ist. Die Behandlung des Alkoholismus und der Drogenabhängigkeit ist im Gegenstandskatalog nicht vertreten, gehört mithin also nicht zum geforderten Prüfungswissen für angehende Ärzte.

Daraus geht unmittelbar hervor, daß wir uns nicht wundern müssen, wenn wir mangelhaft über Suchtkrankheiten informierte Ärzte in der Praxis wiedertreffen. Aus diesem Mangel an Wissen erwächst bei vielen Ärzten freilich auch ein Desinteresse an unserem Thema, zumal die betreffende Klientel in vielen Fällen besondere zusätzliche Mühe bereitet und die Behandlung von Süchtigen viele Mißerfolgserlebnisse und Enttäuschungen für Patienten und Therapeuten bereithält. Dabei fangen den Großteil der Mißbrauchspatienten und der Suchtkranken zunächst die Nichtpsychiater unter den Ärzten in der Praxis auf, für die die oben erwähnten Feststellungen in besonderem Maße gelten.
Diese Misere kann nur dadurch eine Besserung erfahren, daß schon in der Planung

des Medizinstudiums die Suchtkrankheiten stärkere Berücksichtigung finden als das bisher der Fall ist. Dazu gehört nicht nur die Diagnostik, sondern vor allem auch die Therapie dieser Krankheitsform.

Diplom-Psychologen

Die getroffenen Aussagen gelten mit spezifischen Abwandlungen auch für die Gruppe der Diplom-Psychologen. Ihre Einsatzmöglichkeiten innerhalb sozialer Dienste auf den Gebieten von Mißbrauch und Abhängigkeit bestehen sowohl im ambulanten wie auch im stationären Bereich. Diplom-Psychologen können bei präventiven, aber auch bei therapeutischen Maßnahmen qualifizierte Arbeit leisten, wenn sie entsprechend ausgebildet sind. Sie besitzen besondere Möglichkeiten auf den Gebieten der psychologischen Diagnostik und spezieller psychotherapeutischer Verfahren. Eine solide Kenntnis der Grundlagen von Abhängigkeit und Mißbrauch ist allerdings zu fordern. Die Weiterbildung zum klinischen Psychologen sollte auch Kenntnisse der Suchtkrankheiten enthalten.
Es ist zu warnen vor einer rein psychologischen, ganz besonders aber vor einer psychologisierenden Betrachtungsweise von Suchterkrankungen ohne Berücksichtigung der medizinischen Zusammenhänge. Dies müßte zu einer Verkürzung der komplexen Materie führen und könnte ihr am Ende nicht gerecht werden. Wünschenswert wäre es deshalb, wenn Psychologen und Mediziner auch über Grundkenntnisse auf denjenigen Gebieten verfügten, die über ihr eigenes Gebiet hinausreichen.
Diplom-Psychologen können auch im Rahmen der schulpsychologischen Dienste wertvolle Arbeit auf den Gebieten von Mißbrauch und Abhängigkeit leisten, u. a. durch präventive und diagnostische Aktivitäten. So kommt der Berücksichtigung des angesprochenen Fachgebiets im psychologischen Ausbildungsgang ebenfalls erhöhte Bedeutung zu.

Sozialarbeiter

Hier liegt die Hauptschwierigkeit in der wenig praxisgerechten, eher der Profilierung des Berufsbildes als den Erfordernissen der täglichen Arbeit dienenden Ausbildung vieler Sozialarbeiter. Auf kaum einem Gebiet der Suchtkrankenhilfe, vor allem aber auf dem Gebiet der Hilfe für jugendliche Drogenabhängige, klafft vielfach eine solche Lücke zwischen Anspruch und Wirklichkeit wie hier. Dafür wollen wir nicht die Sozialarbeiter verantwortlich machen, sondern diejenigen, die für ihre Ausbildung verantwortlich sind. Es tendieren viele Ausbildungsstätten für Sozialarbeiter dazu, psychische Krankheiten und Suchterkrankungen als soziogen verursachte Abweichungen aufzufassen und den organischen Anteil dieser Krankheiten stark zu vernachlässigen. Das führt häufig dazu, daß soziologische Theorien und Gesellschaftskritik zu einem Konglomerat zusammenfließen, das für viele unverständlich bleiben muß.
Wir müssen also der spezifischen Weiterbildung dieser Berufsgruppe besondere Bedeutung zumessen. Es ist ja keine Frage, daß es sich um einen unentbehrlichen Mitarbeiterkreis handelt. Die entsprechenden Lerninhalte sind entweder in den Rahmen bestehender Ausbildungsgänge einzufügen oder als zusätzlich qualifizierende Weiterbildung anzuschließen. Auch hier gilt, daß optimistische Grundeinstellung und guter Wille nicht stellvertretend für Sachkunde stehen können.

Andere Berufsgruppen

Wir denken hier besonders an das *medizinische Pflegepersonal,* das ein tragender Pfeiler der Suchtkrankenhilfe im institutionalisierten Rahmen ist. Auch hier ist die Kenntnis wesentlicher Zusammenhänge, ob psychologischer oder soziologischer Natur, unabdingbare Voraussetzung für eine erfolgversprechende Arbeit mit Süchtigen. Diese Kenntnisse sind in der Ausbildung durch zusätzlichen Unterricht zu erwerben oder durch Fortbildungsveranstaltungen (Kurse) zu vermitteln. Hier ist an ähnliche Qualifikationen zu denken, wie es sie für die Fachkrankenschwester/den Fachkrankenpfleger für Psychiatrie bereits gibt.
Eine wesentliche Berufsgruppe, die hier anzusprechen ist, stellen auch die *Lehrer* dar. Dabei ist nicht nur an Pädagogen in Hauptschulen zu denken, sondern auch an die in Gymnasien und Berufsschulen. Der Ausbildungsstand der Lehrer auf dem Suchtgebiet ist oft unzureichend. Das belegen Erfahrungen aus den letzten Jahren. Gerade Pädagogen können aber wesentliche Aufklärungsarbeit leisten, weil sie unmittelbaren Kontakt zu den gefährdeten bzw. schon abhängigen Jugendlichen haben, den wir in vielen Fällen erst mühsam schaffen müssen. So stellen Lehrer einen wesentlichen Teil der sogenannten Multiplikatoren dar, denen eine besondere Weiterbildungsaktivität im Bereich sozialer Dienste zukommen muß. Auch hier ist an spezielle Fortbildungsveranstaltungen zu denken, wie sie etwa im Rahmen der Aktion Jugendschutz schon seit längerer Zeit stattfinden.
Teilweise ist man dazu übergegangen, an Schulen einen Drogenberatungslehrer zu benennen, der in Kursen speziell auszubilden ist. Im Bedarfsfall können sich diese Drogenberatungslehrer Schülern mit spezifisch drogenbedingten Problemen zuwenden. Ihnen kommt eine wichtige Vermittlerfunktion – auch im therapeutischen Prozeß – zu, da sie vielfach der erste Ansprechpartner eines gefährdeten/abhängigen Jugendlichen sein können.

7.1.2 Das neue Berufsbild des »Suchtkrankentherapeuten/Suchtfachberaters«

Eine ausgewogene Kombination aller genannten Berufsgruppen könnte der »Suchtkrankentherapeut« bzw. der »Suchtfachberater« darstellen, der eine Ausbildung etwa ähnlich der des Sozialarbeiters haben sollte, die aber in besonderem Umfang medizinische Grund- und Spezialkenntnisse auf dem Gebiet der Suchtkrankheiten enthalten muß. Geduld und Ausdauer, Einsatzbereitschaft, Bereitschaft auch zu unkonventionellen Verfahrensweisen, Konsequenz und eine breite Frustrationstoleranz sollten ihn kennzeichnen.

Nicht ganz optimal erscheint eine Zusatzausbildung, wie sie berufsbegleitend 1973 vom Gesamtverband für Suchtkrankenhilfe im Diakonischen Werk der Evangelischen Kirche in Deutschland vorgeschlagen wurde, da sie überwiegend die Erlernung von Techniken beinhaltet, die nicht primär zur Behandlung Süchtiger geeignet sind. So beanspruchen dort z. B. psychoanalytisch orientierte Selbsterfahrungsgruppen die Hälfte des vorgeschlagenen Ausbildungsvolumens, das in weit sinnvollerer Weise mit Lerninhalten ausgefüllt werden könnte, die später praxisrelevanter einzusetzen wären. Vor einer Überschätzung des Wertes von Selbsterfahrung in unserem Kontext kann nicht intensiv genug gewarnt werden. Versteht man mit Fox und Maas (1982) Selbsterfahrung einfach, unmittelbar und ohne werterhöhende Zutaten als »die Auseinandersetzung des Therapeuten mit seinen eigenen Erlebens- und Verhaltenseigenarten, seiner bewußten und unbewußten Motivation und ihrer Genese«, dann ist verständlich, daß es hierzu nicht zwingend langdauernder Gruppenaktivitäten bedarf. Inwieweit die für manche Selbsterfahrungsgruppen angestrebten Ziele zu mehr Vitalität, Kreativität, Erlebens- und Beziehungsfähigkeit, Einsicht, zur Entfaltung bislang ungenutzter eigener Potentiale im emotionalen, aber auch im Leistungsbereich und in der Sensibilität für sich und andere überhaupt verwirklicht werden (können), muß offen bleiben. So sicher Gruppenprozesse einerseits eine Rolle beim Zustandekommen, folglich auch bei der Therapie süchtiger Entwicklungen spielen können, so sicher ist andererseits die analytische Gruppentechnik in der Tagesarbeit unökonomisch, langwierig und zu wenig erfolgreich. Empirisch überprüfte Ergebnisse mit ihr liegen bei Suchtkranken bisher nicht im erforderlichen Umfang vor. Statt dessen sollte die Pluralität des Behandlungsansatzes stärkere Beachtung finden, d. h. der Ausbildungsgang sollte offen für eine typische Verfahrensvielfalt bleiben, wie sie stets eine Tugend der Suchtkrankenhilfe gewesen ist.

Ausgewogener erscheint der Vorschlag Knischewskis (o. J.), dem ein harmonisch erscheinendes Verhältnis zwischen den einzelnen Ausbildungsinhalten zugrunde liegt und der der »Selbstbespiegelung« der angehenden Therapeuten weniger Raum läßt: Die Praxis der Helfertätigkeit umfaßt 40 von 100 Stunden, die körperlichen, psychischen und sozialen Aspekte umfassen 25 Stunden, weitere Schwerpunkte der Fortbildung sind Gefährdung durch Drogen, Pharmakologie, Seelsorge, Person des Helfers (10 Stunden) und strukturelle, organisatorische und rechtliche Fragen.

Nicht erstrebenswert für das Berufsbild des Suchtkrankentherapeuten scheint uns eine Art »Allround-Sozialarbeiter« mit dem Anspruch ausreichender Kenntnisse auf den Gebieten Psychiatrie, Psychologie, Soziologie und Sozialarbeit zu sein. Eine Aufteilung nach Zielgruppen für die Ausbildung von Suchtkrankentherapeuten ist eher ein gangbarer Weg (Rieth, 1971). Wir sehen es auch nicht als ausreichend an, Ex-User in »gruppendynamischem Kommunikationstraining« – was immer das heißen möge – zu Suchtkrankentherapeuten weiterbilden zu wollen, sie ansonsten aber ohne Fachkenntnisse zu lassen.

Nach Vermittlung des Basiswissens ist der Einsatz der zu Suchtkrankentherapeuten Auszubildenden in entsprechenden Behandlungsstätten ein empfehlenswerter Weg, die Praxisnähe der Ausbildung zu garantieren. Diesem Umstand ist in der Umschulungsmaßnahme »Fachberater für Suchtkrankenhilfe« der Deutschen Angestellten-Akademie Rechnung getragen. Hier sind längere Praktika zwischen die einzelnen eher theoretischen Fortbildungswochen geschaltet, so daß auf diese Weise eine Verbindung zwischen Theorie und Praxis zustande kommen kann. Hier sind die detaillierten Vorstellungen der Arbeitsgruppe Sucht der Psychiatrie-Enquête der Bundesrepublik offenbar in die Überlegungen eingegangen. Wir halten diesen Weg für sinnvoll, um den auf unserem Gebiet herrschenden Mangel an kompetenten Ausbildungsmöglichkeiten zu beheben. Dies gilt auch für den entsprechenden Ausbildungsgang, den die Caritas anbietet.

7.1.3 Laienhelfer

In der deutschen Suchtkrankenhilfe spielt traditionellerweise der Einsatz von Laienhelfern eine große Rolle. Auch in der psychiatrischen Behandlung kommt dem Prinzip des Einsatzes von Laienhelfern zunehmend Bedeutung zu. Die Psychiatrie-Enquête der Bundesregierung (1975) hat dieses Prinzip hinsichtlich seiner Auswirkung auf die Verbesserung der Krankenversorgung gewürdigt.

Ein Problem ist jedoch in der Ausbildung der Laienhelfer zu sehen. Wir betonten schon, daß Engagement allein Fachkenntnisse nicht ersetzen kann. Im Rahmen bestehender Ausbildungsgänge, wie sie Caritas und Diakonisches Werk bereits anbieten, können interessierte Laienhelfer auf einen Ausbildungsstand gebracht werden, der es ermöglicht, sie in der praktischen Suchtkrankenhilfe einzusetzen. Auf dem Gebiet des Alkoholismus sieht das Aktionsprogramm der Bundesregierung zur Eindämmung des Alkoholismus (1975) in seinem Maßnahmenteil die kursmäßige Aus- und Fortbildung für praxisbezogene Kenntnisvermittlung dieses Personenkreises vor. Das Aktionsprogramm verweist auf die wesentliche Rolle der freien Träger der Wohlfahrtspflege, die auf diesem Gebiet über besondere Erfahrungen verfügen, und auf die Notwendigkeit einer möglichst schnellen Erhöhung der Ausbildungskapazität in diesem Bereich.

7.2 Kostennutzengesichtspunkte

Grüner und Turek (1981) haben die Frage aufgeworfen, ob es angesichts des Elends, das Suchtkrankheit impliziert, angemessen und berechtigt sei, überhaupt Kostenbelastungen zu errechnen und nach dem Nutzen entsprechender therapeutischer Bemühungen zu fragen. Sicher sind materielle humanitäre Hilfsleistungen immer sinnvoll, auch dann, wenn dadurch nur wenigen Individuen wirkungsvoll geholfen werden kann. Von der Frage, ob im Gesundheitsbereich Kostennutzenberechnungen zu vertreten sind, soll im folgenden Kapitel jedoch abgesehen werden. Die Kosten der Behandlung Drogenabhängiger sind im Zusammenhang mit der zunehmenden Ausgabensteigerung im Gesundheitswesen in den vergangenen Jahren immer stärker ins Blickfeld geraten. Obgleich das Ausmaß der Belastung der Versicherungsträger durch diesen Patientenkreis bislang keineswegs als geklärt anzusehen ist, wurde doch die Forderung erhoben, »Risikoverursacher an den Kosten zu beteiligen, die sie verursachen« (Reichel, 1977). Diese Forderung leitet über zu der alten Diskussion, ob Sucht als eine »selbstverschuldete Krankheit« aufzufassen sei. Dies soll hier außer Betracht bleiben, weil das Bundessozialgericht dazu 1968 rechtskräftig entschieden hat. Wir sind an anderer Stelle auf dieses Urteil bereits eingegangen (vgl. S. 16).

Daß die Behandlung Drogenabhängiger von einem Therapieverbund hintereinandergeschalteter, eng verzahnter und kooperativ arbeitender Einrichtungen zu leisten ist, wurde ebenfalls bereits eingehend erörtert. Auch auf die Dauer solcher Behandlungsmaßnahmen sind wir bereits zu sprechen gekommen. Wenn wir mit mindestens einem Jahr rechnen, so ist unsere Schätzung eher niedrig als hoch anzusehen. In manchen Fällen ist mit einer längeren, vor allem ambulanten Behandlung zu rechnen. Andere Patienten benötigen von vornherein einen längeren stationären Aufenthalt, insbesondere dann, wenn zunächst mit einer Verwahrung begonnen werden muß. Schließlich ist bei Abhängigen jederzeit mit Rückfällen zu rechnen. Dieses Risiko gehört zur Suchtkrankenbehandlung hinzu. Durch dieses Risiko kann sich die angegebene Therapiedauer verdoppeln oder vervielfachen. Dabei liegt der stationäre Anteil der oben angegebenen Behandlungszeit bei 50 bis 75 %, d. h. also bei etwa 6 bis 9 Monaten.

Kostenschätzungen

Die Kosten der Therapie werden wesentlich vom Pflegesatz bestimmt. Geht man von einer 180 bis 270 Tage (6 bis 9 Monate) dauernden stationären Behandlung aus, so ergibt sich unter Zugrundelegung eines theoretisch angesetzten Pflegesatzes von 50,– DM täglich ein Gesamtkostenaufwand pro Entziehungsaufenthalt von 9000,– bis 13 500,– DM. Legt man einen Pflegesatz von 100,– DM zugrunde, wie es realistischer wäre, dann entstünde eine Gesamtkostenbelastung von 18 000,– bis 27 000,– DM; und wenn man einen Pflegesatz von 200,– DM täglich zugrunde legte (womit man noch weit unter dem Pflegesatz beispielsweise der Frankfurter Universitäts-Nervenklinik läge), dann würde eine Entziehungsbehandlung 36 000,– bis 54 000,– DM kosten.

Im Vergleich dazu sind die Kosten, die durch Beratung, ambulante Behandlung und Nachbetreuung zusätzlich entstehen, eher als niedrig anzusehen.

Das Bayerische Staatsministerium für Arbeit und Sozialordnung hat auf eine Anfrage vom 22. 7. 1980 mitgeteilt, die Kosten für eine psychosoziale Beratungs- und ambulante Behandlungsstelle (Suchtberatungsstelle) betrügen jährlich etwa 250 000,– DM, wenn eine solche Einrichtung mit drei hauptamtlichen Mitarbeitern (Arzt, Psychologe, Sozialarbeiter) und nebenamtlichen Mitarbeitern betrieben werde. Eingeschlossen sind hier Sachaufwendungen und Personal für Schreibdienst und Verwaltung. Solche Ambulanzen betreuten in Bayern im Jahre 1978 jährlich im Durchschnitt 166 Klienten, im Jahre 1979 schon 242 Klienten. Hinzu kamen etwa in einem Drittel der Fälle noch Bezugspersonen dieser Klienten, die ebenfalls betreut, in der Statistik aber nicht erfaßt wurden. Dies bedeutet, daß für jeden Patienten etwa 1000,– DM jährlich aufzuwenden sind, gleichgültig, wie oft er die Beratungsstelle aufsuchte. Diese veranschlagten Kosten pro Patient sind in Wirklichkeit geringer, weil sich die

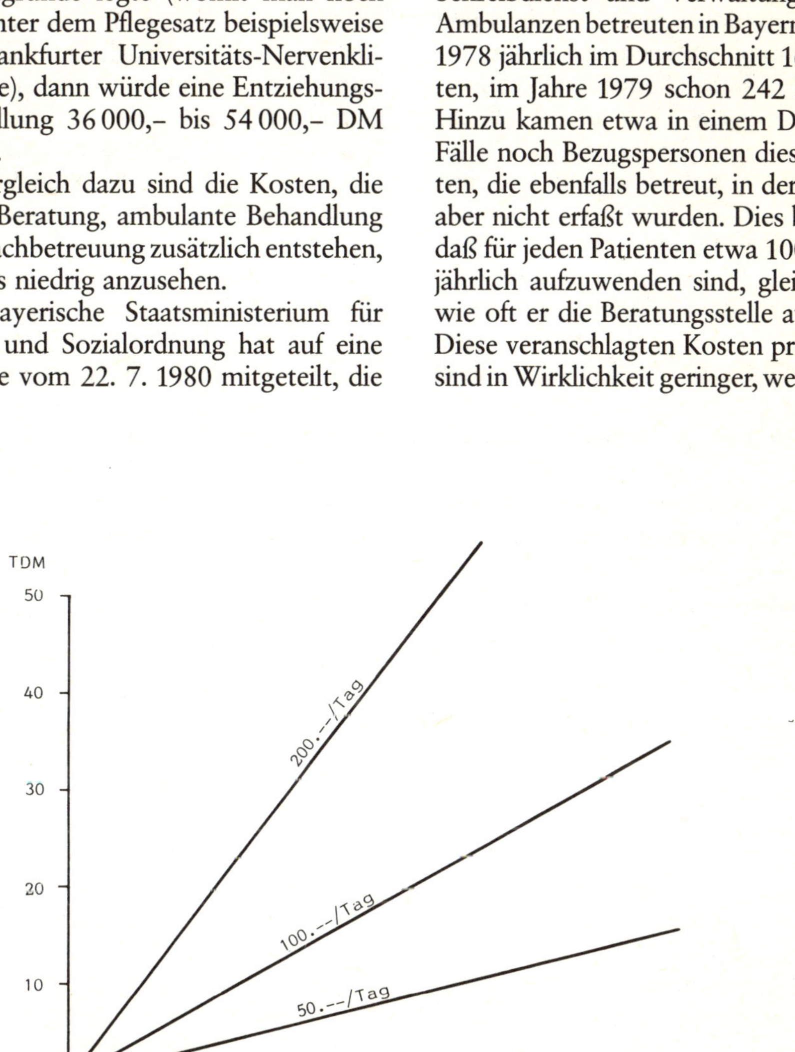

Abb. 8: Kosten für Entziehungskuren in Abhängigkeit von Länge und Pflegesatz.

Beratungsstelle nicht ausnahmslos mit Beratungen Suchtkranker befaßt, sondern darüber hinaus auch noch andere, überwiegend präventive Aufgaben erfüllt und in der Regel inhaftierte Drogenabhängige betreut; solche Aktivitäten sind in der vorgelegten Statistik nicht enthalten. Sie reduzieren aber den tatsächlichen finanziellen Aufwand pro beratenem Drogenabhängigen.

Das Bundesministerium für Arbeit und Sozialordnung hat Schätzungen über die stationären Behandlungskosten Suchtkranker vorgelegt. Danach kostet die sechsmonatige Entwöhnungsbehandlung eines Alkoholkranken zwischen 15 000,– und 20 000,– DM. Wegen des höheren Personaleinsatzes liegen nach Angaben des Ministeriums die Kosten für die stationäre Behandlung eines Drogenabhängigen zwischen 40 000,– und 60 000,– DM. Eine konkrete Begründung für diesen Kostenunterschied zwischen Alkohol- und Drogenkranken kennen wir nicht.

Ähnliche Schätzungen existieren vom Deutschen Caritasverband (1977). Danach muß für die stationäre Therapie eines Suchtkranken in einem Fachkrankenhaus einschließlich Krankengeld für 4 Monate ein Gesamtbetrag von 14 000,– DM aufgebracht werden. Die kurzfristige, jeder Entwöhnungsbehandlung vorangehende Entgiftungsbehandlung in einer geeigneten Klinik kostet nach diesen Angaben zusätzlich etwa 2500,– DM.

Der Landesverband der Ortskrankenkassen in Bayern und die Landesversicherungsanstalt in Oberbayern schätzen die Kosten der Behandlung eines Alkohol- und Medikamentenabhängigen auf etwa 20 000,– DM, die eines Drogenabhängigen auf etwa 40 000,– DM.

Die genannten Zahlen liegen also zwischen 18 000,– DM (eigene Schätzungen) und 60 000,– DM (Bundesministerium für Arbeit und Sozialordnung). Sie beziehen sich jeweils auf eine halbjährige Behandlung eines Drogenabhängigen in einer entsprechenden Einrichtung. Nicht berücksichtigt ist hierbei, daß in der Regel eine solche Behandlung länger als ein halbes Jahr dauert, so daß sich die genannten Beträge verdoppeln können. Nicht berücksichtigt ist auch, daß die Erfolgszahlen solcher Behandlungen weit unter 100 % liegen, so daß auch dieser Umstand nochmals zu einer Vervielfachung der angegebenen Beträge führen kann. Würde man zugrunde legen, daß bei einer Erfolgsrate um 33 % drei Behandlungen notwendig sind, um schließlich zum Erfolg zu kommen, dann würde sich der genannte Betrag verdreifachen. Ob dies allerdings zulässig ist, ist eine andere Frage; denn die Mehrzahl der Therapieabbrüche erfolgt ja nicht am Ende einer Behandlung, sondern meist in den ersten Behandlungswochen. Dadurch entstehen nicht so hohe Kosten, obgleich die Einrichtungen natürlich weiter mit festen Kosten belastet sind, auch wenn sich der Patient momentan dort nicht aufhält.

Nicht berücksichtigt sind auch weitere Kosten, die dadurch entstehen, daß stationäre Behandlungen bei Drogenabhängigen vielfach nicht aus Gründen erfolgen müssen, die unmittelbar mit der Sucht zusammenhängen: und zwar etwa aus akut psychiatrischer, neurologischer, internistischer, chirurgischer oder gynäkologischer bzw. geburtshilflicher Indikation. Auch soziale Indikationen spielen bei stationären Behandlungen Drogenabhängiger eine wesentliche Rolle. Alle diese Faktoren sind geeignet, die entstehenden Kosten zu erhöhen. Unberücksichtigt geblieben sind die Forschungsaufwendungen in den entsprechenden Kliniken und in anderen Einrichtungen, die Kosten für Organisation und Administration, die nicht über Pflegesätze gedeckt werden können, die Produktivitätsausfälle, die durch Fehlzeiten entstehen, die Aufwendungen, die etwa für Sozialhilfe veranschlagt werden müssen usw. Danach müssen die tatsächlichen Kosten der Behandlung Drogenabhängiger noch weit über den von uns angegebenen Zahlen liegen.

Hochrechnungen

Eine Berechnung der absoluten Zahl Drogenabhängiger in der Bundesrepublik Deutschland stößt auf beträchtliche Schwierigkeiten. Eine 1976 vom Verfasser mit Wanke durchgeführte Hochrechnung auf der Basis empirischer Daten zum Drogengebrauch bzw. -mißbrauch ergab, daß mit etwa 0,5 % Arzneimittel- und Rauschmittelabhängigen in der Bevölkerung gerechnet werden muß (Wanke, Täschner, Hünnekens, 1976). Das entspricht etwa 300 000 Personen, von denen etwa 75 % Arzneimittelabhängige und 25 % Rauschmittelsüchtige sein dürften. Die von der Psychiatrie-Enquête der Bundesregierung (1975) genannte Zahl von 10 000 jugendlichen Rauschmittelabhängigen und zusätzlich etwa 40 000 »Dauerkonsumenten« dürfte in Wirklichkeit zu niedrig geschätzt sein.
Die Deutsche Hauptstelle gegen die Suchtgefahren hat in ihrem Jahresbericht (1981) von einer Zahl zwischen 50 000 und 80 000 Opiatsüchtigen gesprochen; diese Zahl deckt sich mit den von uns errechneten Zahlen, so daß wir im folgenden von 75 000 Drogenabhängigen in der Bundesrepublik ausgehen wollen.
Legt man zugrunde, daß die in der Bundesrepublik vorhandenen 11 000 Betten für Suchtkranke zu 75 % für Alkoholiker und zu 25 % für Drogenabhängige zur Verfügung stehen, entsprechend also dem Anteil beider Gruppen an der Gesamtsuchtpopulation, so hätten wir mit einer absoluten Zahl von etwa 2750 Betten bzw. Behandlungsplätzen für Drogenkranke zu rechnen. Diese Zahl entspricht ziemlich genau dem tatsächlichen Ist-Bestand (Ziegler, 1982). Wollte man mit Hilfe dieser Betten 75 000 Drogenabhängige und Polytoxikomane stationär entziehen, so benötigt man bei einer mittleren Verweildauer von 6 Monaten und einer vollen Bettenauslastung (die nur theoretisch möglich ist) etwa 13,6 Jahre, um alle Süchtigen einmal zu behandeln. Diese theoretische Überlegung berücksichtigt nicht die laufende Inzidenzrate für Suchterkrankungen, keine Betten für zwischenzeitlich notwendige Interventionen aus aktueller Indikation, und geht davon aus, daß pro Patient wirklich nur 6 Monate Behandlung notwendig sind, was eine Idealforderung sein dürfte.

Sozioökonomische Folgen

Wenden wir uns nun wieder den Kosten für die Therapie zu, so ergibt sich unter Zugrundelegung eines Pflegesatzes von 50,– DM und mithin mittlerer Gesamtkosten von etwa 11 000,– DM pro Patient eine Summe von 825 Millionen DM, die sich bei doppeltem Pflegesatz verdoppelt bzw. bei vierfachem Pflegesatz vervierfacht. Bei vierfachem Pflegesatz ist man dann bei einer Kostenbelastung von 3,3 Milliarden DM angelangt, die umgelegt auf die 13,6 Jahre, die oben errechnet wurden, eine jährliche Belastung der Kostenträger von 242,4 Millionen DM ergeben; bei einem Pflegesatz von 100,– DM täglich 121,2 Millionen DM, bei einem Pflegesatz von 50,– DM immer noch 60,6 Millionen DM. Diese Belastung bliebe über Jahre konstant, wenn die Inzidenz für Drogenabhängigkeit so groß wäre wie die Zahl der jährlich Behandelten, also 5500 Personen beträfe. Ob dies realistisch ist, entzieht sich aufgrund des Mangels an exakten empirischen Daten unserer Kenntnis, ist aber nach Erfahrungen aus klinischer Sicht nicht unwahrscheinlich.

Diese Kostenberechnungen orientieren sich jeweils an den unteren Grenzen. Sie können sich leicht vervielfachen, wenn die Behandlungseffizienz nicht der hier zugrundegelegten Vorgabe entspricht. In jedem Fall bedarf aber die Organisation der erforderlichen Hilfsmaßnahmen eines schlagkräftig arbeitenden Managements, bei dem die Fähigkeit, effizient zu planen, genauso wichtig ist wie spezifische Sachkunde. Wir haben mehrfach darauf hingewiesen, daß die Misere unserer gegenwärtigen Situation u. a. auf der Tatsache beruht, daß jahrzehntelang der erstgenannte Gesichtspunkt zu kurz kam bzw. beide Aspekte vernachlässigt wurden (Wanke, Täschner, Hünnekens, 1976). So wichtig Ideenvielfalt gerade auf dem Gebiet der Suchtkrankenhilfe ist, so sicher muß sie doch in eine klare, nämlich wissenschaftlich fundierte Zielrichtung kanalisiert werden, damit die Behandlung drogenabhängiger Patienten auch im Hinblick auf Kosten und Nutzen in vertretbaren Dimensionen zu halten ist. Nur auf diese Weise kann bei zunehmender Kostenbelastung des Gesundheitswesens den Suchtkranken erspart bleiben, daß ihre Erkrankung als »selbstverschuldet« eingestuft wird und sich der Ruf nach Selbstbeteiligung an den Behandlungskosten verstärkt.

Auf einem anderen Wege haben sich Grüner und Turek dem Problem der Kostenbelastung der Allgemeinheit durch Suchtkranke zu nähern versucht (1981). Sie erhoben an 53 Opiatsüchtigen eine Fülle von kostenrelevanten Daten, indem sie teils Befragungen durchführten, teils Aktenunterlagen auswerteten. Dabei versuchten sie, die Kosten nicht nur stationärer Behandlungen zur Entziehung/Entwöhnung zu erfassen, sondern darüber hinaus alle Kosten, die mit der Sucht in irgendeiner Form in Verbindung gebracht werden mußten. So wurden 6 verschiedene »Kostenblöcke« zusammengestellt, die in der nachfolgenden Tabelle 22 wiedergegeben sind.

Tab. 22: Kostenbereiche (»Kostenblöcke«) bei Drogenabhängigen (nach Grüner und Turek, 1981)

I.	Ausbildung und Arbeit
II.	Krankheit und Therapie
III.	Rehabilitationsversuche durch Selbsthilfeprogramme
IV.	Kosten durch Kriminalität
V.	Rechtsfolgekosten
VI.	Lebensunterhaltskosten, Verwaltungskosten

So wurden etwa im Kostenblock IV (Kosten durch Kriminalität) auch die Folgen von Apothekeneinbrüchen, Rezeptdiebstählen, Rezeptfälschungen, Praxiseinbrüchen, Entwendungen aus Krankenhäusern und Lagern, Gewalt- und Verkehrsdelikten unter Drogeneinfluß mit einbezogen. Im Kostenblock VI (Lebensunterhaltskosten) wurden die überwiegend von öffentlichen und privaten Trägern, staatlichen und kirchlichen sowie auch privaten Organisationen aufgebrachten Hilfen zum Lebensunterhalt erfaßt, daneben Ausbildungskosten, Stipendien und Zuschüsse zum Lebensunterhalt.

Die Gesamtkosten werden für das Jahr 1979 mit annähernd 50 000,– DM pro fortgeschrittenem Suchtkranken errechnet. Im Unterschied zu den von uns vorgelegten Berechnungen ist in diesen

Kosten der Anteil von Ausgaben für Krankheit, Therapie und Rehabilitationsversuche nur mit 16,6 % vertreten. Die größten Anteile werden durch Kriminalität (36,4 %) und den Bereich »Ausbildung und Arbeit« belegt.
Es wird deutlich, daß sich die errechneten Zahlen mit den unsrigen nicht vergleichen lassen. Während wir nur die Aufwendungen für stationäre und ambulante Behandlungen pro einzelnen Suchtkranken erfaßten, stellt die von Grüner und Turek errechnete Summe die laufende kontinuierliche Kostenbelastung der Gesellschaft durch einen Opiatsüchtigen dar. Bei einem Vergleich der – relativ stark übereinstimmenden – Kostenzahlen aus beiden Untersuchungen muß man den Schluß ziehen, daß sie beide wohl eher als zu gering anzusehen sein dürften: die Zahlen von Grüner und Turek, weil sie längerdauernde Behandlungen offenbar nur sehr begrenzt einschließen; unsere Zahlen, weil sie die gesamtgesellschaftlichen Folgekosten nicht berücksichtigen.
Angaben über die volkswirtschaftlichen Verluste durch den Alkoholismus und die Kosten der Heilbehandlung von Alkoholkranken finden sich auch in dem Beitrag von Flath (1975). Allerdings geht er nicht auf die Kosten ein, die durch die Drogenabhängigkeit unter den Jugendlichen entstehen.
Aus den Aufstellungen von Jarzina (1980) geht hervor, »daß für eine durchlaufende stationäre Langzeittherapie Kosten in Höhe von ungefähr 30 000,– bis 40 000,– DM auflaufen.« Die Kosten seien bei einer Erst- bzw. Wiederholungsbehandlung gleich hoch. Hingegen sei eine ambulante Behandlung mit 4500,– DM sehr viel billiger, aber natürlich für Opiatabhängige nicht geeignet.
Auf der Grundlage von »Tagessätzen«, die für jede Einrichtung die täglichen Kostenbelastung der die Behandlung bezahlenden Träger pro Patient angibt, hat Bühringer (1981) folgende Kosten errechnet: Die Entgiftung eines Klienten kostet im Durchschnitt 2320,– DM. Dabei ist zugrundegelegt, daß er im Durchschnitt 16 Tage lang bei einem Kostensatz von 145,– DM (in unserer Klinik liegt der Tagessatz für eine Entgiftungsbehandlung 1983 bei ca. 350,– DM) stationär behandelt wurde. Legt man aber zugrunde, daß nur 58 % aller Patienten planmäßig entlassen werden bzw. in die Entwöhnungstherapie übergehen und legt die Gesamtkosten auf diese Patientengruppe um, dann ergibt sich eine Summe von 3990,– DM pro planmäßig Entgifteten (Kostenergebnisberechnung).
Für die Entwöhnungsbehandlung ergeben sich folgende Kosten: Legt man eine Behandlungsdauer von 28 Wochen und einen Tagessatz von 102,– DM zugrunde, so ergeben sich pro Klient Behandlungskosten von etwa 20 000,– DM. Geht man davon aus, daß man damit einen Behandlungserfolg (Drogenfreiheit noch zwei bis drei Monate nach Entlassung) in 29 % der Fälle erzielt*), dann kostet eine solche Behandlung etwa 69 000,– DM. Da die Werte auch für eine Katamnesedauer von 2 Jahren nach Entlassung nicht weit von den Werten für eine Katamnesedauer von zwei bis drei Monaten entfernt liegen, dürften die tatsächlichen Behandlungskosten für einen auf diese Weise längerfristig stabilisierten Klienten in etwa gleicher Höhe liegen.
Bühringer hat auch Daten von drei unterschiedlichen Programmen zusammengestellt, die insgesamt 89 Klienten betreffen. Bei den Programmen handelte es sich um ein stationäres und ein ambulantes

*) Ergebnis einer Erhebung der Daten von 13 Modelleinrichtungen mit 364 Klienten der Jahre 1976/77 (Bühringer, 1981)

Therapieprogramm für Drogenabhängige (»Fixer«) und ein ambulantes Programm für junge Alkoholiker. Die Kosten bei Zugrundelegung einer kürzeren Behandlungsdauer (16 Wochen) betragen bei gleichen Tagessätzen für alle Klienten im Durchschnitt 11 400,– DM, für solche Klienten, die nach zwei bis drei Monaten noch »clean« waren, 34 600,– DM und für solche, die bei einer Nachuntersuchung nach zwei Jahren nicht rückfällig geworden waren, 35 700,– DM. Bei dieser Berechnung wurden alle diejenigen Klienten, die – aus welchen denkbaren Gründen auch immer – nicht nachuntersucht werden konnten, als Mißerfolge gewertet (Tab. 23).

Tab. 23: Kosten der Therapie eines nach 2 Jahren noch abstinenten Drogenabhängigen auf der Grundlage von Tagessätzen (Bühringer, 1981)

Entgiftung (Tagessatz 145,– DM)	3 990,–
Entwöhnung (Tagessatz 102,– DM)	69 000,–
Nachbehandlung (Tagessatz 50,– DM)	8 400,–
	81 390,–

Auf ähnlicher, teilweise gleicher Berechnungsgrundlage haben De Jong und Mitarbeiter (1978) am Beispiel der Therapieeinrichtung »Prop-Alternative« in Aiglsdorf gezeigt, daß bei einem Tagessatz von 57,– DM in der Entwöhnungseinrichtung pro Klient 6384,– DM an Kosten anfallen (16 Wochen Behandlungsdauer), pro erfolgreich behandelten Patienten*) 18 258,– DM. Die Nachbehandlungsphase von 12 Wochen Dauer kostet bei einem Tagessatz von 50,– DM**) pro Patient im Durchschnitt 4200,– DM, pro erfolgreich behandelten Patienten 8400,– DM. Die Gesamtkosten pro Patienten betragen danach beim Durchlaufen aller drei Abschnitte des Therapieverbundes ca. 12 900,– DM, für eine erfolgreiche Rehabilitation (im vorstehend angeführten Sinne) 30 648,– DM. Bei diesen Zahlen handelt es sich um Angaben über die reinen stationären Behandlungskosten ohne Berücksichtigung der ambulanten Kosten, der Sozialhilfe, Krankengelder, Inhaftierungskosten, Gerichtskosten und vorübergehenden Kriseninterventionskosten; es sind auch keine Kostennutzenrechnungen, weil der entstehende soziale und individuelle Nutzen nicht in die Berechnungen eingegangen ist und weil auch auf die Berücksichtigung etwa volkswirtschaftlicher Ausfälle verzichtet wurde.

Methadonprogramme unter Kostengesichtspunkten

Auf die Methadonprogramme sind wir im einzelnen bereits zu sprechen gekommen (vgl. S. 135 ff., 168 ff.). Es ist klar, daß gerade unter dem Eindruck der vorgelegten Kostenberechnungen leicht ein Zugzwang entstehen kann, unter dem sich die Beteiligten zu billigeren, wenn auch schlechteren Behandlungslösungen entschließen könnten. In den USA ist für die 70er Jahre die Substitution eines Opiatsüchtigen mit Methadon pro Jahr mit etwa 1500 Dollar veranschlagt worden. Dies ist ein relativ geringer Betrag, wenn man an die von Grüner und Turek errechneten Folgekosten eines Suchtkranken denkt. Von daher muß die Fragestellung erlaubt sein, ob nicht unter Kostennutzengesichtspunkten auch bei uns eine derartige Dauerverabreichung eines Suchtmittels wie Methadon in Betracht komme. Die Belastung der Allgemeinheit

*) Katamnesedauer ein Jahr nach Entlassung, Heilungsquote 35 %

**) Datenerhebung am Entlassungszeitpunkt, Erfolgsquote ca. 50 %

könnte auf diese Weise sicherlich kurzfristig geringer gehalten werden, allerdings würde sie wohl mittel- und langfristig deswegen steigen, weil wir aus Effizienzuntersuchungen der Methadonprogramme wissen, daß sie letztlich zu keinem dauerhaften Erfolg führen. Abgesehen also auch davon, daß eine derartige »Behandlungsmethode« von Inhalt und Intention her bei uns auf große Skepsis stößt, würde die Kostenbelastung für die Allgemeinheit nur in die Zukunft verlagert werden; denn der Verzicht auf das Therapieziel »soziale Selbständigkeit« muß sich mittelfristig als Kostenfaktor ersten Ranges erweisen (Täschner und Wanke, 1974). Therapieforschung, Ausbau von drogenfreien Behandlungseinrichtungen und eine effiziente Prävention halten wir unter diesen Gesichtspunkten für sinnvoller als das Ausweichen auf zunächst scheinbar billigere Ersatzlösungen.

Berentungen

Zwischen 1972 und 1976 wurden in der Bundesrepublik insgesamt 1 070 162 Renten wegen Berufs- und Erwerbsunfähigkeit zuerkannt. Davon waren 423, d. h. 0,039 % wegen Drogenabhängigkeit erforderlich, 12 605, d. h. 1,177 % wegen eines chronischen Alkoholismus (Möllhoff, 1980). Behandlungen im Rahmen der gesetzlichen Krankenversicherung und Rehabilitation auf der Grundlage der gesetzlichen Rentenversicherung stehen also offensichtlich nach wie vor im Vordergrund. Selbst wenn man in Rechnung stellt, daß rauschmittelabhängige Jugendliche wegen Nichterfüllung der Wartezeiten nur in seltenen Fällen Ansprüche auf Rentenzuerkennung besitzen dürften, ist die deutliche Diskrepanz zwischen Erkrankten und Berenteten ein Hinweis dafür, daß die Kostenträger eher zur Rehabilitation/Behandlung neigen als zu der resignierenden Feststellung eines nicht mehr zu bessernden Leistungsunvermögens. Nach den Ergebnissen katamnestischer Untersuchungen erscheint diese Haltung auch begründet (s. Kap. 4).

7.3 Effizienzkontrolle

Von entscheidender Bedeutung für die Planung und Steuerung von therapeutischen Einrichtungen für Drogenabhängige ist die Kenntnis der Effizienz der durchgeführten Maßnahmen. Wir haben schon an anderer Stelle die Notwendigkeit einer permanenten Kontrolle therapeutischer Methoden hinsichtlich ihrer Ökonomie, ihres Ablaufs und ihres Erfolgs betont. Dazu gehören Effizienzkontrollen, die eine Dokumentation wesentlicher Kerndaten des Patienten und seiner Behandlung voraussetzen. Es gehören ferner dazu regelmäßig zu erhebende katamnestische Feststellungen über Verläufe, die sich in der empirischen Suchtforschung für jugendliche Drogenabhängige erst seit kürzester Zeit in Ansätzen finden.

Die folgende Tabelle 24 zeigt die vom Max-Planck-Institut für Psychiatrie in München anläßlich eines vom Bundesministerium für Jugend, Familie und Gesundheit geförderten Forschungsprojekts erarbeiteten sogenannten Mindestkriterien, die in einer Einrichtung vorhanden sein sollten.

Die Anwendung der Mindestkriterien ermöglicht den Vergleich einzelner Verfahrensweisen, aber auch den Vergleich einzelner Einrichtungen mit bestimmten unterschiedlichen Programmstrukturen. Die Einzelvergleiche zwischen den Einrichtungen können eine Optimierung der

Tab. 24: Mindestkriterien für Therapieeinrichtungen (nach Bühringer, 1981).

I. Schriftliche Unterlagen:
1. Konzeption der Einrichtung
2. Beschreibung des Vorgehens
3. Halbjahresbericht
4. Jahresbericht

II. Dokumentation der Maßnahmen:
5. Karteibogen
6. Anamnesebogen
7. Behandlungsplan
8. Verlaufsbogen
9. Status bei Betreuungsende

III. Ausstattungsanforderungen:
10. Interne Organisation
11. Öffnung zu festen Zeiten
12. Zwei Mitarbeiter
13. Ein Therapieraum
14. Eine Fallbesprechung pro Woche
15. Kollegiale Therapieüberwachung

Therapie ermöglichen. So könnte – anders formuliert – der Ballast sinnvoll erscheinender, aber wirkungsloser Bemühungen reduziert werden.
Zur Effizienzkontrolle gehört auch eine von Zeit zu Zeit zu errechnende Feststellung des Erfolgs, der mit den jeweiligen Verfahrensweisen zu erzielen war. Solche Erfolgsmessungen müssen allerdings auf vergleichbaren Kriterien beruhen. Auch hier ist eine Standardisierung dringend erforderlich (vgl. Kap. 4).
Auch wenn Methodenkritik und -überprüfung unmittelbar zusätzlichen Aufwand bedeutet, sind sie doch ein mittel- und längerfristig ökonomisch sinnvoller Faktor. Die auswertungsbezogene Dokumentation vermag weitere Aufschlüsse über das Bedingungsgefüge der Sucht zu geben, vor allem aber die Effizienz des eigenen Vorgehens kritisch zu durchleuchten. Hier bietet sich die Auswertung erhobener Daten mittels elektronischer Datenverarbeitung an, wie sie an zahlreichen psychiatrischen Kliniken bereits üblich ist. Jedoch sind Güte und Zuverlässigkeit einer Dokumentation und der daraus errechneten Ergebnisse nicht vom apparativen Aufwand unbedingt abhängig. So ist z. B. das von Bühringer verwendete Randlochkartensystem offensichtlich durchaus geeignet, beim Anfall begrenzter Mengen von Daten – und nur darum kann es in unserem Falle gehen – eine auswertungsbezogene Dokumentation zu ermöglichen.
In den beschriebenen Mindestkriterien werden den schriftlichen Unterlagen und der Dokumentation der Maßnahmen neun Punkte von fünfzehn Punkten zugeordnet. Hierzu wird ausgeführt:

»Für stationäre Einrichtungen und für ambulante, die ihre Tätigkeitsbereiche über reine Beratungs- und Vermittlungsaufgaben hinaus erweitern, ist eine gute Dokumentation (Klientenzahlen, Ausgangsdaten, Ziele, Maßnahmen, Verläufe und Ergebnisse) unerläßlich. Sie hilft bei der Therapieplanung und bei der Kontrolle, ob bestimmte Ziele erreicht wurden. Sie ermöglicht es anderen Mitarbeitern, schnell bei Ausfall eines Mitarbeiters die Betreuung zu übernehmen. Sie dient als Grundlage für die Auswertung und Verbesserung eines Therapieprogramms und erleichtert die Zusammenstellung der Statistik für die Berichte, sie spart Zeit, wenn man bereits erhobene Angaben an die nächste Einrichtung einer Therapiekette weitergibt« (Bühringer, 1981, S. 243).

Effizienzkontrollen sind grundsätzlich auch geeignet, in der Öffentlichkeit Vorurteile über ungünstige Therapieergebnisse bei Suchtkranken zu korrigieren. So zeigte eine von der Bundesversicherungsanstalt für Angestellte veranlaßte Untersuchung aus dem Jahre 1970, daß drei Jahre nach Abschluß einer stationären Behandlung von mehr als 250 Alkoholkranken in offenen Fachkliniken mehr als die Hälfte weiterhin abstinent geblieben war und ein Fünftel nach vorübergehendem Rückfall wieder abstinent wurde. Mehr als zwei Drittel dieser Gruppe von über 250 Patienten befand sich nach drei Jahren noch in regelmäßiger ambulanter Nachbehandlung (zit. nach Angaben der Psychiatrie-Enquête, 1975). So ist die Durchführung solcher Effizienzkontrollen auch ein Stück Öffentlichkeitsarbeit, die geeignet sein kann, die Bevölkerung darüber aufzuklären, daß Sucht eine behandelbare, in vielen Fällen heilbare Krankheit ist.

7.4 Probleme der Trägerschaft therapeutischer Einrichtungen

7.4.1 Überblick

Das Problem der Trägerschaften für die einzelnen Einrichtungen zur Behandlung Suchtkranker ist deshalb von besonderer Bedeutung, weil die Praxis zeigt, daß eine konsequente Koordination für die Zusammenarbeit verschiedenartiger in den medizinischen und in den sozialen Bereich hineinwirkender Institutionen unabdingbar ist. Im Laufe des letzten Jahrzehnts haben sich verschiedene Organisationsformen auf dem Gebiet der Hilfe für jugendliche Drogenabhängige herausgebildet. Typisch für die Situation der Suchtkrankenhilfe ist in Deutschland ein starker Pluralismus, der die Entwicklung und das Bestehen von unterschiedlichen Einrichtungen begünstigte, die zwar unter gleichen Zielsetzungen arbeiten, jedoch von teilweise sehr stark divergierenden Überzeugungen – teils auch religiöser Art – ausgehen.
Eine besondere Rolle spielen in Deutschland die sogenannten freien Träger. Sie haben die Aufgaben der Suchtkrankenhilfe zuerst wahrgenommen. Sie verfügen über motivierte Personenkreise (etwa konfessionelle Träger oder Selbsthilfegruppen wie der Deutsche Guttempler Orden). Demgegenüber haben staatliche Einrichtungen der Suchtkrankenhilfe stets im Hintergrund gestanden. Eine bedeutende Rolle spielen hingegen kommunale Institutionen, etwa Beratungsstellen, Allgemeinkrankenhäuser und z B. städtische Nervenkliniken.

Dachorganisation der in der deutschen Suchtkrankenhilfe tätigen freien Verbände ist die Deutsche Hauptstelle gegen die Suchtgefahren mit ihren Landesstellen in den einzelnen Bundesländern. Träger der Hauptstelle sind die katholischen Verbände (Bischöfliche Hauptarbeitsstelle zur Abwehr der Suchtgefahren, Kreuzbund, Katholische Bundesarbeitsgemeinschaft gegen die Suchtgefahren, Sobrietas Gemeinschaft, Aufrechtenwerk für die katholische Jugend, Deutscher Caritas-Verband), die evangelischen Verbände (Gesamtverband für Suchtkrankenhilfe im diakonischen Werk der evangelischen Kirche in Deutschland sowie das Blaue Kreuz) und die interkonfessionellen Verbände wie der Deutsche Guttempler Orden mit einem eigenen Jugendverband; der Deutsche Frauenbund für alkoholfreie Kultur; der Deutsche Bund für alkoholfreie Kultur; der Bund abstinenter Kraftfahrer; der Deutsche Bund zur Bekämpfung der Tabakgefahren; ferner die Bundesbahnzentralstelle gegen die Alkoholgefahren, die bundesweit organisiert ist; der Verband ambulanter Behandlungsstellen für Suchtkranke und Drogenabhängige sowie der Verband der Fachkrankenhäuser für Suchtkranke. An befreundeten Verbänden sind zu nennen: Das internationale Büro gegen Alkoholismus und Suchtgefahren in Lausanne (Schweiz); die Arbeitsgemeinschaft der deutschen Abstinenzverbände; die Bundesarbeitsgemeinschaft Aktion Jugendschutz; der Bund gegen Alkohol im Straßenverkehr mit 14 Landessektionen; das Adventwohlfahrtswerk und der Deutsche Rat für Fragen des Drogenmißbrauchs.

Diese vielfältigen Träger sind auf dem Gebiet der Suchtkrankenhilfe tätig, überwiegend im ambulanten Bereich, teilweise in der Prävention, andere hingegen betreiben eigene stationäre Einrichtungen. Zwei Probleme kennzeichnen die z. Zt. bestehende Situation der Suchtkrankenhilfe in der Bundesrepublik Deutschland: Im stationären und noch stärker im ambulanten Bereich besteht ein Nebeneinander von Diensten in öffentlich-rechtlicher und freier Trägerschaft, die teilweise nicht befriedigend koordiniert arbeiten. Die z. T. recht unterschiedlich ausgestatteten Einrichtungen sind teilweise nicht durch Bedarfsermittlung und darauf gegründete Regionalplanung entstanden, sondern teilweise nach Gesetzen des Zufalls gewachsen. Sie garantieren bisher keine flächendeckende qualifizierte Versorgung.

7.4.2 Bund und Länder

Im Bereich sozialer Dienste zeigt sich in den letzten Jahren eine zunehmende Tendenz, vom Staat eine totale Versorgung und Sicherstellung der Wohlfahrt jedes einzelnen Bürgers zu erwarten (»Sicherung im sozialen Netz«). Die Sorgepflicht des Staates, die in einem bestimmten Umfang zweifellos besteht, soll sich nicht nur auf Notfälle, sondern quasi auch auf den Regelfall erstrecken. Der Bürger begibt sich dabei mit seiner Anspruchshaltung mehr und mehr in die Abhängigkeit des Staates, ein sicher unerwünschter Nebeneffekt. Zwar ist unverkennbar, daß der Umfang und die Art öffentlicher Aufgaben ständig gestiegen sind und teilweise steigen mußten, doch sollte der Staat den Versuch unternehmen, die bald nicht mehr aufzubringenden, explosionsartig anwachsenden Kosten für soziale Dienste dadurch zu senken, daß er selbst nicht alle anstehenden Aufgaben übernimmt, sondern nach dem *Subsidiaritätsprinzip* an nachgeordnete Institutionen weitergibt. So verlockend für viele vielleicht die Aussicht eines zentral gelenkten Gesundheitswesens und verstaatlichter sozialer Dienste sein mag, so wenig attraktiv kann eine solche Änderung sein, wenn man es als Vorteil erachtet, daß die bestehenden sozialen Dienste dem Bürger eine Angebotsvielfalt präsentieren, über die ein staatlich gelenktes Gesundheitswesen nicht verfügen kann.

Das Prinzip der Subsidiarität steht dem Prinzip der Hilfe zur Selbsthilfe nahe und genießt deshalb Vorrang gegenüber den Gesichtspunkten der Zentralisierung, weil es folgende Vorzüge in sich birgt:

- Erhaltung des Pluralismus in der Suchtkrankenversorgung und damit des Rechtes der Bürger auf freie Wahl der erforderlichen Hilfe. Ideenvielfalt steht staatlich-bürokratisch verordneter Monotonie gegenüber.
- Es wird ein Gegengewicht gegen die zunehmende Verlagerung öffentlicher Aufgaben auf den Staat gebildet, was nach aller Erfahrung ein Beitrag zur Kostendämpfung im Gesundheitswesen ist.
- Es wird eine ständige Verbesserung des Hilfsangebotes durch eine gewisse Konkurrenz zwischen Staat und freien Trägern und zwischen den freien Trägern untereinander gesichert.

Wenn auch dem Staat eine wesentliche Rolle im Rahmen der Suchtkrankenhilfe zukommt, so sollte sie auf diejenigen Aktivitäten beschränkt bleiben, die bisher schon bestanden und die seinen personellen und finanziellen Mitteln und seiner Sachkompetenz entsprechen. Eine Ausweitung seiner Aktivitäten würden wir lediglich auf dem Gebiet gezielter präventiver Aktionen, der Planung und Koordination von Aufklärungskampagnen, der Ausrichtung etwa von Weiterbildungsveranstaltungen und ggf. der Vergabe von Forschungsprojekten auf dem Gebiet der Ursachen, Diagnostik und Therapie von Mißbrauch und Sucht für sinnvoll halten.

Die Organisation der Gesundheitsämter sollte in den Gesamtbereich sozialer Dienste für Mißbrauch und Sucht insoweit eingegliedert werden, als sie sich mit ihren einzelnen Abteilungen schon jetzt mit Beratungs- und diagnostischen Aufgaben, aber auch mit administrativen Fragen befassen. Hier wäre einer besseren Koordination mit anderen Trägern gegenüber der Ausweitung eigener Aktivitäten der Vorrang einzuräumen. Dabei sollten folgende Prinzipien der Organisation von Trägerschaften beachtet werden:

- Verbesserte *Kooperation* mit anderen Einrichtungen;
- *Koordination* der einzelnen Einrichtungen im Rahmen der regionalen und überregionalen Versorgung;
- *Aufgabenteilung,* d. h. es kann z. B. nicht jeder Träger ein flächendeckendes ambulantes und stationäres Versorgungssystem in einem Standardversorgungsgebiet anstreben. Ungenügend ausgestattete Institutionen sind aufzugeben oder auszubauen und mit klaren Zuständigkeiten zu versehen.

7.4.3 Kommunen

Auch hier sollte bei der Aufteilung von Trägerschaften der Grundsatz gelten, daß traditionell oder regional verwurzelte Organisationsformen erhalten bleiben. Ihre Förderung bzw. der Ausbau ihrer Institutionen sollte sich am jeweiligen Bedarf orientieren. Übergeordnete Gesichtspunkte sollten dabei die Zielsetzung und Leistungsfähigkeit der bestehenden Einrichtungen sein. Den Kommunen kommt besondere Bedeutung als Krankenhausträger zu, sie können ihre entsprechenden Erfahrungen in die Planung und den Betrieb auch von Therapieeinrichtungen für Suchtkranke einbringen.

Es ist sicher sinnvoll, den Aufbau sektorisierter Versorgungssysteme für Suchtkranke in den großen Städten unter Federführung der Kommunen zu betreiben. Unter Umständen bietet sich aber auch die Schaffung eines »Trägerverbandes« zur laufenden Koordination und Planung von Versorgung und Finanzierung der Projekte an, dem die Vertreter aller beteiligten Trägergruppen angehören sollten. In dünnbesiedelten Landbezirken bieten sich hingegen eher die Trägerschaften freier Verbände an, wenn mit zahlungskräftigen Kommunen weniger zu rechnen ist. Doch kann auch der Verbund von Kommunen hier tatkräftige Hilfe vollbringen. Freilich entstehen dabei möglicherweise zusätzliche strukturelle und organisatorische Probleme.

Die Aufstellung von Bedarfsplänen (»Rahmenplänen«) für die Versorgung der Bevölkerung auf dem Sektor »Mißbrauch und Sucht« ist gleichfalls eine kommunale Aufgabe. Hier sollte die zentrale Datenerfassung und -auswertung für ein oder mehrere Standardversorgungsgebiete laufende Informationen über Stand und Bedarf der Suchtkrankentherapie liefern.

7.4.4 Kirchen und andere freie Träger

Ein wesentliches Hilfsangebot besteht auf unserem Gebiet bereits von seiten der Kirchen. So geht aus einer Dokumentation über eine 1974/75 durchgeführte Erhebung des Deutschen Caritasverbandes in seinen Einrichtungen zur Beratung und Therapie Suchtkranker hervor, daß 1974 in 91 Fachambulanzen mit 454 Mitarbeitern und 593 Helfern (davon 64 % ehemals Abhängige!) knapp 15 000 Suchtkranke beraten und/oder behandelt wurden, davon die Hälfte erstmals. In 463 Betten wurden 1405 Suchtkranke im selben Jahr stationär behandelt. Diese Zahlen beziehen sich überwiegend auf Alkoholkranke, zeigen aber gleichwohl den Umfang der Hilfstätigkeit eines einzelnen freien Trägers auf dem Gebiet der Suchtkrankenhilfe.

Im Jahre 1978 suchten 24 276 Klienten die Suchtberatungsstellen des Diakonischen Werkes auf, das war eine Steige-

rung gegenüber 1977 um 4,1%. Diese Angaben sollen nur als Beispiel für die Arbeit zweier kirchlicher Träger dienen, deren Hauptaktivitäten im ambulanten Sektor liegen.
Zugleich wollen wir an dieser Stelle nochmals darauf hinweisen, daß nur solche Träger Versorgungsaufgaben erhalten sollten, die von ihrer finanziellen und personellen Ausstattung und ihren Erfahrungen und Zielsetzungen her in der Lage sind, flächendeckend soziale Dienste einer Region oder eines Standardversorgungsgebietes zu übernehmen. Trägerverbände sollten mit Kompetenzen dergestalt ausgestattet sein, daß sie Fehlplanungen und -finanzierungen rechtzeitig erkennen und verhindern können, indem sie die regional gegebenen Notwendigkeiten und die Bedarfslage mit den Ist-Werten vergleichen und daraus Schlüsse für die Optimierung der Versorgung mit sozialen Diensten im Gebiet der Suchtkrankenhilfe ziehen. Sie sollten den Ehrgeiz mancher Träger dort zügeln, wo diese Eigenes neben schon Vorhandenes setzen wollen, und dort beflügeln, wo eine Kapazitätsausweitung oder die Schaffung von Neuem neben schon Bestehendem aus dem Bedarf heraus notwendig erscheint.
Beispielhaft hervorzuheben ist der Deutsche Guttempler-Orden, der eine Reihe von eigenen stationären und ambulanten Behandlungsstätten für Suchtkranke unterhält und der auf eine über 100jährige Tradition zurückblicken kann. Er ist christlichem Gedankengut verpflichtet, ohne jedoch konfessionell gebunden zu sein. Seine Mitglieder befassen sich sowohl mit der Therapie Suchtkranker, insbesondere mit dem Alkoholismus, als auch mit Vorbeugung und Fragen der Lebensführung, die wesentlicher Inhalt von Suchtkrankentherapie sein müssen.

7.4.5 Freigebildete Organisationen (Selbsthilfegruppen, Elternkreise)

Auch freigebildete Organisationen sollten sich in angemessener Weise an der Versorgung im Bereich von Mißbrauch und Sucht beteiligen können. Dabei ist allerdings zu berücksichtigen, daß deren personelle und finanzielle Ausstattung zur Übernahme flächendeckender Maßnahmen meist nicht ausreicht. Die Struktur von Selbsthilfegruppen läßt es nicht zu, daß sie die ausschließliche Betreuung eines ganzen Sektors verantwortlich übernehmen. Kapazitätsausweitungen schon bestehender Gruppen sind meist ebenfalls aus strukturellen Gründen nicht möglich, so daß der begrenzte Aktionsradius solcher Einrichtungen bei der Gesamtplanung berücksichtigt werden muß. Dies ändert nichts am hohen Wert von Gruppen für die Suchtkrankenhilfe, die aus eigener Initiative und Motivation Hilfe leisten. Nur sollte man solche Einrichtungen nicht überfordern. So können etwa auch Elternkreise Initiativen im Bereich der Drogenabhängigkeit Jugendlicher ergreifen, Anregungen geben und Informationen verbreiten. In die Versorgung Suchtkranker sind sie von Struktur und Zielsetzung her allerdings nur schwer einzubeziehen.

7.4.6 Einzelpersonen

Im Zeitalter der Bürgerintiativen kommt der Inititative einzelner bei der Hilfe für den erkrankten Mitmenschen besondere Bedeutung zu. So kann im Einzelfall auch eine Trägerschaft für eine einzelne Maßnahme bei einem Suchtkranken von einer Einzelperson übernommen werden. Eine solche Maßnahme kann z. B. als Patenschaft für suchtgefährdete Personen im individuellen Falle viel effizientere Hilfe leisten als jede Organisation dies vermag. Freilich sollten auch hier nur solche helfenden Persönlichkeiten unterstützt werden, die aus innerer Überzeugung tätig werden, während wir auf die »Hilfe« selber Suchtgefährdeter lieber verzichten sollten.

7.4.7 Trägerverbände

Die Psychiatrie-Enquête der Bundesregierung (1975) hat vorgeschlagen, neben den bekannten Trägern auch solche Trägerverbände zu schaffen, die gemeinsam die Versorgung einzelner Gebiete übernehmen können. Sie hat dazu ausgeführt:

»Unter Berücksichtigung der örtlichen Gegebenheiten kann auch ein Trägerverband einzelne Suchtkliniken und andere Einrichtungen für Suchtkranke unterhalten. Im Kuratorium dieses Trägerverbandes sind die mit der Suchtkrankenbehandlung und Finanzierung betrauten Behörden, Organisationen und Personen vertreten. Eine solche Trägerschaft kann u. U. eine sonst nicht erreichbare Flexibilität der therapeutischen Bemühungen und die optimale Erschließung der materiellen und personellen Hilfsquellen sichern. Diese Form der Trägerschaft kann darüber hinaus die Neugründung von Einrichtungen erleichtern und die Effizienz bestehender Einrichtungen fördern.«

Wir müssen uns allerdings fragen, ob nicht durch die Schaffung von Trägerverbänden erneut ungewollt Kompetenzüberschneidungen entstehen. Wenn zu den schon vorhandenen Trägern verschiedenartige Konglomerate von Trägerverbänden hinzukommen, so müssen sich zwangsläufig nach den Erfahrungen aus der Praxis der Suchtkrankenversorgung Überschneidungen ergeben. Ob wir damit langfristig die Versorgung von Suchtkranken in der Bundesrepublik verbessern können, ist noch zu prüfen.

8. Ausblick: Drogenpolitik

Es liegt auf der Hand, daß ein gesundheitliches Problem dieser Größenordnung zugleich ein politisches Problem ist, das auch mit politischen Mitteln anzugehen ist, zumal hier kostenintensive Entscheidungen zu treffen sind, die ohne Mitwirkung der öffentlichen Hand und der hierfür bestellten Entscheidungsträger nicht zustandekommen können. Es ist vielleicht unangemessen, in diesem Zusammenhang von Drogenpolitik zu sprechen, wie man von Sicherheits- und Außenpolitik, Innen- oder Wirtschaftspolitik spricht. Gleichwohl hat sich der Begriff bereits etabliert (vgl. Mader u. Strotzka, 1980); und daß es sich immer um ein Stück Gesundheitspolitik handelt, wenn man über Maßnahmen nachdenkt und sie ggf. beschließt, die den Umgang mit Rauschdrogen betreffen, leuchtet wohl unmittelbar ein.

8.1 Strategien des Umgangs mit dem Drogenproblem

Das Spektrum der Möglichkeiten, mit dem Drogenproblem umzugehen, ist relativ weit gespannt. Es reicht von der Forderung nach »Krieg dem Rauschgift« der sogenannten »Anti-Drogen-Koalition« bis hin zu der Forderung nach Freigabe des Cannabiskonsums durch die sogenannte Deutsche Cannabisreformgesellschaft bzw. nach Freigabe auch des Heroinkonsums. Zwischen solchen Extrempositionen liegt das weite Feld der Möglichkeiten staatlicher Gesundheitspolitik, zu einer Form des Umgangs mit Rauschdrogen zu gelangen, die den geringsten Schaden für alle Beteiligten garantieren kann. Und Beteiligte sind in dieser Hinsicht alle: Auch diejenigen, die keine Drogen konsumieren, sind als Gemeinschaft der Versicherten bzw. als Gemeinschaft der Steuerzahler an den Kosten und Folgen des Drogenkonsums einer Minderheit beteiligt. Insofern stimmt nicht, daß Heroinsüchtige niemanden als sich selber schädigten und man ihnen deshalb ruhig ihre Suchtstoffe überlassen könne. Es ist eine Selbstverständlichkeit, daß die Beteiligten an einem Problem Beiträge zu dessen Lösung gemeinsam erarbeiten sollten; und so wird man auch hier nicht allein die Interessen der Abhängigen und ihre Zwänge gelten lassen, sondern auch die Interessen und Erwägungen der übrigen Beteiligten.

Wir brauchen auch im Bereich des Umgangs mit Drogen so wenig Staat wie möglich, wie wir auch im gesamten Gesundheitswesen mit nur geringfügigen staatlichen Lenkungsmöglichkeiten gut auskommen. Entstaatlichung hat für uns zwar keinen »freudig-anarchischen Klang« (Quensel, 1982), aber Verstaatlichung bietet gegenüber dem jetzigen

Zustand sicher keine nennenswerten Vorteile. Wir haben gemeinsam mit Wanke schon 1976 der Registrierung Suchtkranker aus grundsätzlichen Erwägungen heraus widersprochen, weil wir sie zur Lösung der Drogenproblematik nicht benötigen. Sie würde das Mißtrauen der Abhängigen gegenüber Hilfsinstitutionen erhöhen, die Zahl der Motivierten bzw. Motivationsfähigen verkleinern und damit die Möglichkeiten der Hilfe für Drogenabhängige reduzieren. Die unmittelbar an der Therapie Beteiligten haben sich zu Recht gesträubt, als es um die Meldung von Therapieabbrüchen im Maßregelvollzug ging. Sie werden sich gegen die Absichten zur Wehr setzen, etwa ihre gesamte Klientel registrieren zu lassen.

Innerhalb des abgesteckten Rahmens – abgesehen von den Extrempositionen des »Kriegs gegen Rauschdrogen« und der Freigabe von Heroin – stehen uns grundsätzlich drei Möglichkeiten einer Strategie des Umgangs mit Rauschdrogen zur Verfügung (vgl. Tab. 25).

Tab. 25: Strategien der Drogenpolitik

1. *Pönalisierung* des Drogenkonsums: Festhalten an bzw. Ausbau von Strafsanktionen bei Erfüllung von definierten Straftatbeständen in Zusammenhang mit Besitz, Konsum und Herstellung von bzw. Handel mit Rauschdrogen.
2. *Liberalisierung* des Drogenkonsums: Abbau von Straftatbeständen, Herabstufung von Strafsanktionen, Prinzip »Therapie vor Strafe« gegenüber Konsumenten.
3. *Legalisierung* des Drogenkonsums: Freigabe von Rauschdrogen zum Konsum analog etwa der Behandlung des Alkohols oder des Tabaks, Eigenanbau und Konsum straffrei.

Wir können die Strategie der *Strafsanktionen* gegen den Konsum von Rauschdrogen ausbauen (»Pönalisierung«). Wir können also die schon bestehenden und im neuen Betäubungsmittelrecht teilweise erweiterten Straftatbestände aufrechterhalten oder noch weiter ausdehnen. Hier bietet sich z. B. an, den Rauschgiftkonsum verherrlichende Schriften unter Strafe zu stellen, wie dies im ursprünglichen Entwurf zur Reform des Betäubungsmittelrechts auch vorgesehen war. Hierzu bieten sich Bestimmungen sowohl im Rahmen des Strafgesetzbuches als auch des Betäubungsmittelgesetzes an. Eine solche Vorgehensweise steht allerdings nur teilweise in der logischen Kontinuität der bisherigen Drogenpolitik und würde eine Verschärfung des bestehenden Betäubungsmittelrechts bedeuten. Einer solchen Strategie ist entgegenzuhalten, daß auch sie letztlich die Eingriffsmöglichkeiten des polizeilichen und justiziellen Sanktionsapparates erweitern würde, und man muß sich fragen, ob wir daran interessiert sein können.

Der zweite denkbare Weg ist die *Liberalisierung* des Umgangs mit Rauschdrogen. Die bestehenden Straftatbestände wären zu lockern bzw. teilweise auch aufzuheben. Hier bietet sich an, bestehende Straftatbestände qualitativ herabzustufen, z. B. dadurch, daß man Verbrechenstatbestände, die mit relativ harter Strafe bedroht sind, zu Vergehenstatbeständen herabstuft, die milder zu bestrafen sind. Man kann auch den Gedanken des § 11, Abs. 5 BtMG stärker ausbauen, wonach in bestimmten Fällen von Strafe abzusehen ist.

Der dritte denkbare Weg ist die *Legalisierung* des Konsums von bzw. des Umgangs mit bestimmten Rauschdrogen, im Extremfall aller Rauschdrogen. Dies würde eine Herausnahme des Umgangs mit Rauschdrogen aus der Strafgesetzgebung bedeuten, also eine Freigabe des Konsums von bzw. Umgangs mit Rauschdrogen, also freie Abgabe an jedermann, wobei allerdings Einschränkungen zu dulden wären, wie sie etwa für den Alkohol im Rahmen der Jugendschutzbestimmungen bestehen.

Tab. 26: Strategien der Drogenpolitik (nach Kreuzer, 1979)

1. *Kriminalpolitische Strategie:* richtet sich sowohl gegen die Angebots- als auch gegen die Konsumentenseite, und zwar mit polizeilichen, gerichtlichen, therapeutischen und mit Mitteln der allgemeinen Jugendhilfe.
2. *Sozialpolitische Strategie:* (sozial-)therapeutische Hilfen für die Nachfrageseite (Konsumenten), die vor allem von Behörden zu organisieren sein soll.
3. *Antiprohibitive Strategie:* Kein Vorgehen gegen die Angebots- und Nachfrageseite, Freigabe z. B. von Cannabis bzw. der Verordnung von Methadon bzw. auch Heroin.

Die Vorstellungen Kreuzers (1979) bezüglich der verschiedenen Vorgehensweisen der Drogenpolitik unterscheiden sich nicht wesentlich von denjenigen, die wir angeführt haben (Tab. 26). Seine *kriminalpolitische* Strategie stimmt mit dem Prinzip der Pönalisierung weitgehend überein. Die *sozialpolitische* Strategie betont vor allem das Prinzip der behördlicherseits bereitzustellenden Therapieangebote für die Konsumenten, wobei der soziale Aspekt besondere Beachtung finden soll zugunsten einer Einschränkung des medizinischen Aspekts. Die *antiprohibitive* (gegen Verbote gerichtete) Strategie schließlich deckt sich mit der Legalisierungsstrategie und sieht vor, Cannabis, Methadon und auch andere Rauschdrogen einschließlich des Heroins freizugeben und aus jeder Kontrolle zu entlassen.

Während Kreuzer diese drei Wege als grundsätzlich gangbar ansieht und somit auch ernsthaft als Möglichkeiten der Drogenpolitik in Erwägung zieht, geht eine Gruppe um Scheerer erheblich weiter. Sie sehen in der kriminalpolitischen Strategie eine abzulehnende »repressive« Vorgehensweise, um die sich nach ihrer Ansicht gewissermaßen ein Feigenblatt von untauglichen therapeutischen Ergänzungen rankt, das die Sache in ihren Augen eher verschleiert und verschlimmert: Strafaussetzung zur Bewährung mit Therapieauflage, Unterbringung nach § 64 StGB sind aus ihrer Sicht zur Bewältigung des Drogenproblems ungeeignete Schritte, die zur Lösung der Situation nichts beizutragen vermögen.

Statt dessen lassen diese Autoren eine sozialpolitische Strategie zwar gelten, sehen darin aber ein Vorgehen zur Vermeidung von kriminalpolitischen Maßnahmen und betrachten als ihren Hauptinhalt die Freigabe von Cannabis, eine staatliche Regelung des legalen Vertriebs des Rauschgifts und einen Ausbau des bestehenden Therapieangebots. Dieser Vorgehensweise stellen sie eine »alternative Strategie« an die Seite. Ihr Inhalt sind das »Unterlaufen des staatlichen Kontroll-und Überwachungsanspruchs durch Eigenanbau von Cannabis, informelle Kontrolle des Drogenkonsums durch Gewohnheiten« und andere unsägliche Absichten, z. B. »Betäubungsmittelkontrolle von unten«, was immer damit gemeint sein mag. Man kann nur hoffen, daß damit nicht eine Vorstellung angesprochen ist, wonach die Abhängigen selber ihre abhängigkeitserzeugenden Stoffe kontrollieren sollen; sonst hätte man in des Wortes ursprünglicher Bedeutung den Bock zum Gärtner gemacht.

8.2 Gefährlichkeit des Rauschdrogenkonsums als Ausgangspunkt von Drogenpolitik

Bevor wir uns mit den Argumenten der Legalisierungsfreunde auseinandersetzen, sollten wir uns vergegenwärtigen, auf welchen Überlegungen generell die in der Bundesrepublik geübte Drogenpolitik beruht. Sie beruht auf der vor allem durch medizinische und psychologische Untersuchungsergebnisse gestützten Überzeugung von der gesundheitsschädigenden Wirkung der meisten Rauschmittel. Wir unterscheiden *nachgewiesene, scheinbare* und *potentielle Wirkungen;* und es ist klar, daß es uns vor allem um die Argumentation mit nachgewiesenen Wirkungen gehen muß. Aber auch potentielle Wirkungen von Rauschmitteln sind hier anzuführen, weil sie die *arzneimittelrechtliche Bedenklichkeit* ebenfalls begründen können, zumal hier bereits *Verdachtsmomente* ausreichen können, um die Freigabe eines Arzneimittels auf gesetzlicher Grundlage zu verhindern. Überhaupt ist der Aspekt des Arznei- und Lebensmittelrechts in der Diskussion um die Freigabe von Rauschmitteln zum Konsum bisher vernachlässigt worden. Das mutet in einer Zeit wachsenden Gesundheitsbewußtseins in der Bevölkerung besonders unverständlich an.

Da von den Befürwortern einer Freigabe bestimmter Rauschdrogen deren Gefährlichkeit jedoch bestritten wird, muß es uns darauf ankommen, daß wir uns nüchtern und vorurteilsfrei an einem Beispiel vor Augen halten, welche Wirkungen etwa von der Rauschdroge Cannabis ausgehen und welche davon als gesundheitliche Gefährdungsfaktoren anzusehen sind. Bliebe nur ein einziges Vedachtsmoment bestehen, so wäre nach geltendem Recht eine Freigabe der Substanz nicht möglich. Es bedürfte dann der empirisch-wissenschaftlichen Widerlegung entsprechender Untersuchungsergebnisse. Da sich auch seriöse Publikationsorgane in jüngster Zeit manches Argument der Haschischfreunde zu eigen machen, kommt es in besonderem Maße darauf an, hier exakt informiert zu sein, zumal sich Drogenpolitik aus sich heraus nur schwer legitimieren läßt.

Am Beispiel des Haschischs läßt sich der nachfolgende Überblick über dessen Wirkungen und Gefährdungsmomente geben (vgl. Täschner, 1980–1982; konträr hierzu: Scheerer, 1980; Behr, 1982; Quensel, 1982).

8.3 Das Beispiel Haschisch

8.3.1 Die Auffassung der Haschischfreunde

Die Argumentation der Befürworter der Legalisierung von Haschisch geht dahin, daß diese Rauschdroge zu Unrecht der Betäubungsmittelgesetzgebung unterstellt sei und ihr Besitz, Erwerb, Konsum und Anbau sowie der Handel mit der Droge zu Unrecht strafbar seien.

Dabei sind folgende Punkte, die sich teilweise überschneiden, der wesentliche Inhalt dieser die Freigabe von Cannabis befürwortenden Position: Cannabis sei eine ungefährliche Droge; Cannabis besitze keine abhängigkeitserzeugende Wirkung; Cannabis sei auch keine Einstiegs- oder Umstiegsdroge. – Viel gefährlichere Stoffe sollten zunächst verboten werden: Psychopharmaka, Alkohol u. a. – Cannabis sei in Wirklichkeit ein Heilmittel, aber die Pharmakonzerne hielten aus Profitinteresse an den von ihnen eingeführten Substanzen fest, ohne neue, wirkungsvollere Substanzen zu berücksichtigen, zu denen das Cannabis zu zählen sei. – Das Cannabisverbot sei eine Maßnahme der Disziplinierung von Minderheiten. – In der Bundesrepublik folge die

Regierung konservativen, unaufgeklärten medizinischen Beratern, statt sich von geeigneteren Sachverständigen informieren zu lassen (dabei wird insbesondere eine stärkere Berücksichtigung von Psychologen und Sozialwissenschaftlern gewünscht). – Die Maßnahmen gegen das Cannabis seien der Ausfluß des kapitalistischen Systems, in dem wir leben. – Das Cannabisverbot sei ein Mittel zur Durchsetzung des ausbeuterisch-autoritären Leistungsprinzips. – Cannabiskonsum sei Teil der menschlichen Freiheit und dürfe nicht eingeschränkt werden. – Weitere Argumente in diesem Zusammenhang sind die folgenden: Cannabiskonsum fördere eine positive Entwicklung junger Menschen. – Cannabiswirkungen könnten nur durch Cannabis-Konsumenten beurteilt werden. – Durch Cannabiskonsum lasse sich das Auftreten einer Psychose verhindern, erst das *Absetzen* des Cannabis führe zum Ausbruch der Psychose. – Cannabiskonsum führe zu einmaligen Steigerungen der Wahrnehmung und des Erlebens. – Cannabiskonsum sei kommunikationsfördernd. – Die »bürokratischen und politischen Eigeninteressen der Gesetzesmacher« seien es, die zum Cannabisverbot geführt hätten. – Es sei die mangelnde Bereitschaft der »Drogenexperten«, sich über neueste wissenschaftliche Ergebnisse zu informieren, die die Grundlage des Cannabisverbots aufrechterhalte. – Die Haschischdiskussion in der Bundesrepublik trage irrationale Züge. – Cannabis sei keine kulturfremde Droge, sondern Teil unserer mitteleuropäischen Kulturszene. – Cannabiskonsum sei Teil einer politischen Bewegung, die der »alternativen Welt der Grünen« (Quensel, 1982) nahestehe.

8.3.2 Zusammenfassung wissenschaftlicher Untersuchungsergebnisse zur Frage der Wirkung und Gefährlichkeit des Cannabiskonsums

Wenden wir uns wissenschaftlich gesicherten Untersuchungsergebnissen zu, so fällt zunächst das typische Wirkungsprofil des Cannabis auf, das uns deutlich macht, daß vor allem psychopathologische und kognitive Veränderungen das Bild beherrschen (Tab. 27).

Tab. 27: Psychische Wirkungen des Haschischs bei einmaligem Konsum – typischer Rauschverlauf

1. Gehobene Stimmung, Heiterkeit, Euphorie
2. Verminderter Antrieb, Passivität, Apathie, Lethargie
3. Denkstörungen, bruchstückhaftes Denken, Herabsetzung der gedanklichen Speicherungsfähigkeit, Verlust der Erlebniskontinuität, Ordnung nach assoziativen Gesichtspunkten, ideenflüchtiges Denken
4. Störungen der Konzentration und der Aufmerksamkeit: erhöhte Ablenkbarkeit, abnorme Reizoffenheit (Störungen des Kurzzeitgedächtnisses)
5. Abnorme Fokussierung der Wahrnehmung, Ausrichtung auf irrelevante Nebenreize
6. Pathologische Wahrnehmungsstörungen: Illusionen, Pseudohalluzinationen, Halluzinationen, Synästhesien
7. Gedächtnis- und Erinnerungsstörungen (Langzeitgedächtnis)
8. Körperschemastörungen
9. Kritikschwäche (erhöhte Risikobereitschaft)
10. Störungen der Psychomotorik: Verändertes Ausdrucksverhalten (Mimik, Gestik)

Auch beim atypischen Rauschverlauf stehen psychische Veränderungen ganz im Vordergrund (Tab. 28); während demgegenüber die körperlichen Veränderungen fast als belanglos zu bezeichnen sind (Tab. 28).

Tab. 28: Psychische Wirkungen des Haschischs bei einmaligem Konsum – atypischer Rauschverlauf

1. Niedergedrückte Stimmung (Depression, Verstimmung)
2. Gesteigerter Antrieb (Agitation, motorische Unruhe)
3. Alle übrigen Störungen wie beim typischen Rauschverlauf (3–10)
4. Angst, Panik, innere Unruhe
5. Paranoide Erlebnisproduktion (eigenbezügliches Denken und Erleben)
6. Aggressive Impulse gegen die eigene Person beziehungsweise gegen die Umgebung
7. Desorientiertheit, Verwirrtheit

Tab. 29: Körperliche Wirkungen des Haschischs bei einmaligem Konsum

1. Gesteigerte Herzfrequenz, »Herzklopfen«
2. Gesteigerter Blutdruck
3. Vermehrter Hunger/Appetit
4. Vermehrter Durst
5. Schläfrigkeit/Müdigkeit
6. Kalte Finger- und Zehenspitzen
7. Kopfschmerz
8. Übelkeit
9. Brechreiz/Erbrechen
10. Erweiterte Pupillen
11. Reflexsteigerung
12. Parästhesien (Mißempfindungen in den Gliedmaßen)
13. Zittern
14. Gangunsicherheit

Dies gilt auch für die Wirkungen bei Dauerkonsum der Droge. Hier stehen psychische Veränderungen an erster Stelle (Tab. 30), während die körperlichen Störungen von geringerer Bedeutung sind (Tab. 31).

Tab. 30: Psychische Wirkungen des Haschischs bei Dauerkonsum

1. Abhängigkeit vom Cannabistyp: psychische Abhängigkeit, geringe Tendenz zur Dosissteigerung, Toleranzbildung gegen die wesentlichen Wirkungen der Droge
2. Euphorisch gehobene Stimmungslage
3. Allgemeine Antriebsverminderung (Mangel an Initiative, Spontaneität, Interesse)
4. Störungen des Kurzzeit- und des Langzeitgedächtnisses (Konzentrations- und Gedächtnisstörungen)
5. Kritikschwäche, Scheintiefsinn
6. Einstellungs- und Haltungsveränderungen (»Wesensveränderung«) in Richtung vermehrter Selbstzuwendung, Selbstbeobachtung und Selbstbeschäftigung (Rückzug auf die eigene Person)
7. Mangel an sozialem Interesse, Abwendung von Leistungsverpflichtungen

Tab. 31: Körperliche Wirkungen des Haschischs bei Dauerkonsum

1. Rachenentzündung
2. Bronchitis
3. Bindehautentzündung
4. Schläfrigkeit/Müdigkeit/Abgeschlagenheit
5. Parästhesien (Mißempfindungen in den Gliedmaßen)

Die aus den einzelnen Haschischwirkungen abzuleitenden Gefährdungsmomente bei intensivem Dauerkonsum von Haschisch zeigt Tab. 32.

Tab. 32: Gefährdungsmomente bei Dauerkonsum von Haschisch

1. Abhängigkeit vom Cannabistyp
2. Amotivationales Syndrom (Demotivationssyndrom): Apathie, Passivität, Euphorie
3. Haltungs- und Einstellungsänderungen (»Wesensänderung«)
4. Sozialer Rückzug
5. Umsteigeeffekt: Cannabiskonsum bahnt Mißbrauch- und Suchtverhalten allgemein, erleichtert den Weg zu härteren Drogen, zumal seine Wirkung auch durch Dosiserhöhung nicht beliebig gesteigert werden kann
6. Atypischer Rauschverlauf, flash back
7. Cannabisinduzierte Psychosen
8. Beeinträchtigung des Kurz- und Langzeitgedächtnisses
9. Fehlverhalten im Straßenverkehr
10. Lungenschäden

Hier ist vor allem die Abhängigkeit vom Cannabis zu nennen, daneben aber auch das amotivationale Syndrom (AMS), dessen Existenz viele Haschischfreunde bestreiten. Gleiches gilt für den Umsteigeeffekt, also die Funktion des Haschischs als Einstiegsdroge. Dabei gehen wir nicht etwa von einem plumpen Kausalmechanismus aus, wonach jeder Haschischkonsument beim Heroin endet (Kreuzer, 1982), sondern von einer Begünstigung des Übergangs auf stärker wirkende Substanzen, da sich die Haschisch-Wirkungen auch durch Dosiserhöhung nur begrenzt steigern lassen. So verfestigt der Haschischkonsum ein Verhalten, das die Änderung der eigenen Befindlichkeit durch Fremdstoffeinnahme zum Ziel hat. In diesem Kontext sind auch die Haltungs- und Einstellungsveränderungen anzuführen, die als »Wesensänderungen« bezeichnet worden sind. Auch muß die Tendenz zu sozialem Rückzug, zur Absonderung und Vereinzelung und zum Ausscheren der fortgeschrittenen Cannabiskonsumenten aus vorhandenen Sozialbeziehungen als ein eigenes Gefährdungsmoment angeführt werden.

Ferner kommt es nicht selten zu *atypischen* Rauschverläufen, darüber hinaus zu Psychosen und zu Beeinträchtigungen des Kurz- und Langzeitgedächtnisses. Nachräusche *(flash backs)* sind zwar nicht häufig zu beobachten, können gleichwohl aber im Einzelfall zu fatalen Folgen führen. Das Fehlverhalten im Straßenverkehr unter Cannabiseinfluß ist noch wenig untersucht. Bei der starken Verbreitung der Substanz müssen wir hier aber von einer eigenen Gefahrenquelle sprechen. Schließlich haben Untersuchungen ergeben, daß Haschischkonsum zu Lungenschäden führen kann (Tashkin u. Mitarbeiter, 1973; Vachon u. Mitarbeiter, 1976). Es ist dabei nicht von entscheidender Bedeutung, ob diese speziellen Schäden von den spezifischen Inhaltsstoffen des Haschischs ausgehen oder von einem erhöhten Teergehalt der beim Rauchen entstehenden Verbrennungsprodukte. Schließlich würde man heute – stünde diese Frage zur Diskussion – auch das Tabakrauchen wohl kaum als unbedenkliche Konsumform einer Droge freigeben können.

Daneben sind *potentielle* Gefährdungsmomente bei Dauerkonsum von Haschisch zu nennen, deren Stellenwert wir im einzelnen noch nicht kennen. Hier sind weitere Untersuchungen nötig, um sie letztlich ausschließen zu können. Dabei ist an Hirnschäden, Veränderungen am genetischen Material, teratogene Schäden, endokrinologische Veränderungen und an die Depression der zellgebundenen Abwehr zu denken (Tab. 33).

Tab. 33: Potentielle Gefährdungsmomente bei Dauerkonsum von Haschisch

1. Hirnschäden
2. Chromosomenveränderungen (Schäden am genetischen Material)
3. Mißbildungen bei Neugeborenen (teratogene Schädigungen)
4. Endokrinologische Veränderungen (Testosteron-, Glukosespiegel, Schilddrüsenfunktion)
5. Immunologische Veränderungen (Depression der zellgebundenen Abwehr in Tierversuchen)

Wenden wir uns auf diesem Hintergrund erneut den Punkten zu, die von den Befürwortern der Legalisierung des Haschischs immer wieder angeführt werden, so müssen wir zu folgenden Ergebnissen kommen:

Cannabiskonsum birgt eine Reihe von Gefährdungsmomenten, die einzeln nachgewiesen sind (Tab. 32). Chronischer und nachhaltiger Cannabiskonsum führt in einer Vielzahl von Fällen zur Abhängigkeit vom Cannabistyp. Cannabiskonsum ebnet den Weg zum Konsum anderer Rauschdrogen, weil seine Wirkung zwar nach Verstärkung und Wiederholung drängt, durch Dosiserhöhung aber nicht unbegrenzt zu steigern ist. Ein Verbot anderer Rauschdrogen (z. B. von Alkohol) steht momentan nicht zur Diskussion. Stünde beispielsweise seine Legalisierung zur Debatte, so müßten gleichartige Argumente wie beim Haschisch dagegen vorgetragen werden. Cannabis bzw. seine Inhaltsstoffe sind als Heilmittel weitgehend ungeeignet, weil wesentliche Substanzeigenschaften der Verwendung als Pharmaka entgegenstehen: fehlende Wasserlöslichkeit, schwere Resorbierbarkeit im Magen-Darm-Trakt, Toleranzbildung gegen wesentliche Wirkungen. Bei den in Betracht kommenden Indikationen (erhöhter Augeninnendruck, Nebenwirkungen der Chemotherapie des Krebses, Ausnutzung gewisser antibiotischer Eigenschaften) sind eingeführte Pharmaka weitgehend überlegen. Das Cannabisverbot richtet sich nicht gegen eine Minderheit, sondern trifft die gesamte Bevölkerung. Es entspringt der Intention des Sozialstaates, seine Bürger vor gesundheitlichen Schäden zu bewahren. Solange sich die Bundesregierung in der Cannabisfrage von Experten beraten ließ, hat sie vor allem ausgewiesene Fachleute zu Rate gezogen (Keup, Feuerlein u. a.). Auch in sogen. nichtkapitalistischen Ländern ist Cannabiskonsum unter Strafe gestellt. Cannabiskonsum verhindert in zahlreichen Fällen die positive Entwicklung junger Menschen; man denke nur an die relativ große Zahl der Drogenabhängigen, die ihre Schulausbildung abbrechen müssen und sich damit um wesentliche Entwicklungs- und Lebenschancen bringen (Rothenberger, 1983). Cannabispsychosen sind Gegenstand zahlreicher wissenschaftlicher Untersuchungen (vgl. Täschner, 1980). Sie treten häufig nach Konsum von Cannabis, gelegentlich auch nach Absetzen der Rauschdroge auf. Cannabiskonsum führt lediglich zu subjektiven Wahrnehmungs- und Erlebnissteigerungen. Cannabiskonsum ist nur sehr bedingt gemeinschaftsfördernd; die meisten chronischen Konsumenten rauchen Haschisch nicht in der Gemeinschaft und verbessern damit auch nicht ihre Kontaktfähigkeit.

8.3.3 Folgerungen für den politischen Umgang mit dem Cannabisproblem

Eine gründliche Abwägung der Argumente, die auch daraufhin befragt werden sollten, inwieweit sie empirisch belegt sind, erbringt für uns das Ergebnis, daß an eine Freigabe des Haschischs zum gegenwärtigen Zeitpunkt nicht zu denken ist. Die Bedenken* überwiegen.

Käme es zu einer Freigabe der Rauschdroge Cannabis, so wären eine Reihe von Folgen einer solchen Legalisierung zu erwarten. Statt zur Eindämmung des Konsums müßte es zur Ausweitung und einem Übergreifen auf bisher noch nicht erfaßte Konsumentengruppen kommen. Das bestehende Verbot des Cannabiskonsums hält offensichtlich eine im Umfang allerdings schwer abschätzbare Gruppe vom Gebrauch der Rauschdroge ab. Diese Schranke fiele, wenn es zu einr Legalisierung käme. Die Freigabe von Haschisch würde auch seine scheinbare Unschädlichkeit in den Augen der Bevölkerung bestätigen. Freigabe würde also Unbedenklichkeit signalisieren. Dies könnte die weitere Verbreitung von Cannabis begünstigen. Schließlich würde der Staat genötigt sein, bald auch andere Rauschdrogen freizugeben, wobei schon heute Forderungen auch nach Freigabe des Heroins vorliegen. Auch der Drogenschwarzmarkt würde nicht »ausgetrocknet«, sondern sich der Aufgabe zuwenden, die staatlich verordneten Preise zu unterbieten. Wenn etwa Leonhardt (1981) meint, eine Legalisierung von Haschisch nehme den internationalen Rauschgifthändlern einen Teil ihres Marktes, so gibt er sich einer Illusion hin. Ferner ist zu erwarten, daß die Freigabe von Cannabis zur Zunahme der mit dem Konsum dieser Rauschdroge in Zusammenhang stehenden Verkehrsdelinquenz führen müßte. Auch die cannabisbedingten Bronchialerkrankungen und letztlich die cannabisinduzierten Psychosen würden an Zahl zunehmen, wenn die Droge eine weitere Verbreitung erführe.

Häufig argumentieren die Haschischfreunde mit Hilfe des Vergleichs von Alkohol und Haschisch. Sie behaupten, Alkohol sei schädlich, doch nicht verboten, warum solle also das weitaus harmlosere Haschisch verboten sein?

* Nach dem Arzneimittelgesetz muß ein neu auf den Markt kommendes Arzneimittel unbedenklich sein. Als unbedenklich i. S. des Arzneimittelgesetzes (AMG) gilt eine Substanz, die nach dem aktuellen Stand der wissenschaftlichen Erkenntnisse bei bestimmungsgemäßem Gebrauch keine schädlichen Wirkungen entfaltet.

Diese Fragestellung übersieht, daß es in der Haschischdiskussion nicht um die Frage gehen kann, ob generell schädliche Stoffe zu Recht auf dem Markt erhältlich sind oder nicht. Man wird eine Fülle von Nahrungs- und Genußmitteln finden, deren Konsum nicht unbedenklich ist. Täglich werden neue Schadstoffe in Nahrungsmitteln entdeckt. Es geht in der Cannabisdiskussion aber nicht um ein Umwelt-Problem, das an anderer Stelle abzuhandeln wäre, sondern um die Frage, ob eine als bedenklich einzustufende Substanz legal auf den Markt gebracht werden soll.

Die Frage ist letztlich die, ob der Staat weiterhin eine seiner Aufgaben darin erblicken soll, gesundheitlichen Schaden von seinen Bürgern abzuwehren oder ob er bei voller Kenntnis konkreter Gefährdungsmomente, die von Nahrungs-, Genuß- oder Arzneimitteln (und natürlich auch von Rauschdrogen) ausgehen, in Zukunft von regelnden Eingriffen absehen soll. Diese Wende wird er bei Beachtung seines Verfassungsauftrages schwerlich vollziehen können. Damit ist die Richtung einer vertretbaren Drogenpolitik auch für die Zukunft vorgegeben. Eine Legalisierung des Cannabiskonsums kann es danach solange nicht geben, wie die Unbedenklichkeit der Substanz i. S. des Arzneimittelgesetzes nicht nachgewiesen ist.

8.4 Das Beispiel Heroin/ Methadon

Auch am Beispiel der Opiate Heroin und Methadon läßt sich deutlich das zentrale Gewicht des Kriteriums »Gefährlichkeit« für die Wahl einer angemessenen gesundheitspolitischen Auseinandersetzung mit diesen Drogen erkennen. Auch hier steht einer Gruppe vorwiegend von Sozialwissenschaftlern, die für eine weitgehende Freigabe dieser Stoffe eintreten, die große Mehrzahl der psychologisch und medizinisch orientierten Wissenschaftler gegenüber, die einer Legalisierung widerraten und die Methadon-Programmen skeptisch gegenüberstehen. Wie am Beispiel des Haschischs läßt sich auch am Beispiel der Opiate zeigen, daß wir uns am zuverlässigsten auf empirisch fundierte Erkenntnisse stützen, wenn wir zu einer ausgewogenen Entscheidung gelangen wollen. Im folgenden sollen die Auffassungen der Befürworter einer weitgehenden Freigabe auch der Opiate den Argumenten der Wissenschaftler gegenübergestellt werden.

8.4.1 Die Auffassung der Heroin/ Methadonfreunde

Wir haben die Position der Befürworter einer weitgehenden Herausnahme des Heroinkonsums aus den betäubungsmittelrechtlichen und strafrechtlichen Bestimmungen in den folgenden Punkten stichwortartig zusammengefaßt:

Heroinkonsum führe nur relativ selten zur Ausbildung einer Abhängigkeit. Meist führe der spontane Verlauf bald wieder aus der Sucht hinaus. Negative Folgen für die Süchtigen erwüchsen nicht aus den Eigenschaften der Opiate selber, sondern aus der Kriminalisierung des Umgangs mit ihnen. Nicht die Opiate machten krank, sondern der Umstand, daß der Umgang mit diesen Stoffen unter Strafe gestellt sei. Eine Veränderung der Gesellschaftsstruktur beseitige das Opiatproblem, wie das Beispiel Rot-Chinas zeige. Der Heroinkonsum führe nur selten zu dauernden Veränderungen körperlicher oder seelischer Art. Die Opiatsucht allein sei nicht das Gefährliche am Konsum, sondern die damit verknüpfte Gefahr der Ausbildung einer Mehrfachabhängigkeit (Polytoxikomanie). Die hohen jährlichen Todesraten seien nicht dem Heroin, sondern den begleitenden sozialen Umständen anzulasten, unter denen Süchtige bei uns leben müßten. Die

Langzeittherapie führe zu keinen greifbaren Erfolgen, sondern fast stets zu Abbrüchen. Eine erfolgreiche Behandlung sei allein im Rahmen einer Methadonsubstitution möglich. Die konservative Schulpsychiatrie lehne aber aus Ignoranz und Arroganz diese »bewährte Methode« ab. Die »Therapiepolitik« pathologisiere die Heroinabhängigen, mache sie zu »klinischen Fällen« und führe so das eigentliche Elend herbei. Die angebliche Therapierbarkeit sei ein Akt der Verharmlosung einer gefährlichen Droge und führe damit viele Konsumenten erst in die Sucht hinein. In der Sicherheit, es mit einer leicht behandelbaren Veränderung zu tun zu haben, würden aus Probierern Dauerkonsumenten und aus diesen schließlich Abhängige. Indem man Drogen öffentlich bekämpfe, fördere man ihre Popularität und damit die Ausbreitung des Drogenproblems. Beachte man Drogen in der Öffentlichkeit allerdings nicht, so fördere man ebenfalls ihre Ausbreitung, weil man ihre Ungefährlichkeit in den Augen der Öffentlichkeit damit bestätige. Wenn man Heroin legalisiere, schaffe man das Problem am ehesten aus der Welt, ein Schwarzmarkt wäre dann nicht mehr möglich, die Beschaffungskriminalität entfiele. Das Heroinverbot bilde den Vorwand für eine allgemeine Gängelung und Unterdrückung ganzer Bevölkerungsgruppen. Drogenkonsum als Teil menschlicher Freiheit dürfe nicht durch Gesetze eingeschränkt bzw. gar kriminalisiert werden.

8.4.2 Zusammenfassung wissenschaftlicher Untersuchungsergebnisse zur Frage der Wirkung und Gefährlichkeit des Heroins/ Methadons

Wenden wir uns nun der Frage zu, ob Heroin bzw. die Opiate einschließlich des Methadons bedenkliche Substanzen im arzneimittelrechtlichen Sinne sind, so müssen wir bei kritischer Betrachtung der heute vorliegenden wissenschaftlichen Erkenntnisse zu folgendem Ergebnis kommen:

Heroin ist eine hochtoxische Substanz, die wegen ihrer geringen therapeutischen Breite – das ist der Abstand zwischen »therapeutischer« und »letaler« (tödlicher) Dosis – besonders leicht überzudosieren ist und dann wegen ihrer spezifischen Eigenschaften leicht zum Tode führt. Heroin ist einer der am schnellsten und am nachhaltigsten körperlich und psychisch abhängig machenden Stoffe, die wir kennen. Bei regelmäßigem Konsum in geringen zeitlichen Abständen genügen u. U. schon 10 intravenöse Injektionen, um Toleranz und damit den Beginn der Abhängigkeit herbeizuführen. In Tierversuchen kam es schon nach der ersten Injektion von Levallorphan zu Beginn einer Toleranzentwicklung (Goldstein u. Sheehan, 1969). Dieser Umstand hat dazu geführt, daß Heroin in keinem Land mehr als Pharmakon Verwendung findet. Auch das deutsche Betäubungsmittelgesetz führt es in der Liste der nicht verkehrs- und nicht verschreibungsfähigen Substanzen. Die Heroinsucht ist eine nur mit hohem Aufwand und wahrscheinlich nicht in jedem individuellen Falle behandelbare Krankheit vorwiegende chronischen Gepräges mit einer Vielzahl körperlicher Begleiterscheinungen, Komplikationen und Folgezuständen (vgl. S. 36 ff. u. S. 116 ff.). Auch die sozialen Folgen der Heroinsucht sind gravierend, und zwar nicht nur für das betroffene Individuum und seine Familie, sondern auch für die Allgemeinheit, die meist die Folgelasten dieser Erkrankung zu übernehmen hat. Sozialer Abstieg bis hin zur völligen Verwahrlosung kennzeichnet eine fortgeschrittene Heroinsucht. Heroinkonsum ist von der Notwendigkeit zur Beschaffungskriminalität begleitet, die ihrerseits die soziale Ausgrenzung fördert. Unsere therapeutischen Einrichtungen sind im Einzelfall grundsätzlich imstande, Heroinsüchtige zu behandeln und in einer Vielzahl von Fällen erfolgreiche Arbeit zu leisten, die ihren Ausdruck in einer sozialen Wiedereingliederung der Süchtigen findet. Alle auch im internationalen Vergleich durchgeführten Effizienzuntersuchungen belegen die hohe Wirksamkeit der drogenfreien Langzeitprogramme im Vergleich etwa mit Methadon Programmen; deshalb geht man in den USA schon seit längerer Zeit von diesen früher mit vielen Hoffnungen belegten Programmen ab. Die nicht abflauenwollende Drogenwelle unter den Jugendlichen in der Bundesrepublik, die seit Anfang der 70er Jahre anhält, beinhaltet neben dem Mißbrauch von Cannabis vor allem den Heroinkonsum und ist zu einer der bedeutendsten gesundheitspolitischen Herausforderungen geworden, die wir kennen. Eine Eindämmung der Drogensucht unter den Jugendlichen scheint nur durch eine »konzertierte Aktion« auf verschiedenen Ebenen möglich zu sein: einerseits auf der Ebene der Strafverfolgung vorwiegend gegenüber den Händlern, andererseits auf der Ebene der Therapie gegenüber den Betroffenen, schließlich der Ebene der Prävention gegenüber den Gefährdeten und der umfassenden Aufklärung gegenüber der gesamten

Bevölkerung. Es gibt keinen Anlaß, ohne Not von Methoden abzugehen, die sich bewährt haben. Dazu zählen die organisatorisch zwar ausbaufähigen und teilweise verbesserungswürdigen, prinzipiell aber angemessen strukturierten und erfolgreich arbeitenden Therapieverbundsysteme, die teilweise schon weitgehend flächendeckend etabliert sind. Für Außenseitermethoden, die den Betroffenen nicht helfen und mehr Fragen aufwerfen als sie zu lösen imstande sind, kann außerhalb eines experimentellen Raumes kein Platz sein.

8.4.3 Folgerungen für den Umgang mit dem Heroin/Methadonproblem

Betrachtet man auf diesem Hintergrund die Äußerungen, die eine Freigabe nicht nur von Haschisch, sondern auch von Heroin und Methadon befürworten, so fragt man sich, wie die Freigabe einer derartig hochgradig bedenklichen Substanz rational zu rechtfertigen sein soll. Sicher steht die Argumentation mit den Drogentoten auf schwachen Füßen; hier hält uns Homann (1972) etwa die zahllosen Fälle von Suizid entgegen, mit denen wir gleichfalls Jahr für Jahr zu tun haben. Zwar stellt sich hier kein Verbots- oder ein Legalisierungsproblem, so wenig wie beim Alkohol, der auch die Ursache zahlreicher Todesfälle sein dürfte. Aber dennoch scheint die arzneimittelrechtliche Argumentation mit der Bedenklichkeit der Substanz, ja ihrer Gefährlichkeit, am überzeugendsten und führt uns dazu, Überlegungen in Richtung einer Lockerung der bestehenden betäubungsmittelrechtlichen Vorschriften skeptisch zu betrachten.

Auf einzelne Argumente der Befürworter einer weitgehenden Freigabe von Opiaten einzugehen, muß schwerfallen. Mit der Aussage, die deutschen Drogentoten gingen nicht am Heroin zugrunde, sondern »an ihrer unerträglich gewordenen sozialen Lage« (Scheerer, 1980), kann man sich eigentlich gar nicht mehr vernünftig auseinandersetzen, weil sie schon auf den ersten Blick unbegründet ist. Dieser Autor sollte sich die Liste der Drogentoten eines Jahres z. B. in Frankfurt a. M. ansehen, um zu erkennen, daß sie am Heroin und nicht an den sozialen Umständen gestorben sind, in denen sie zuletzt lebten. Ebenso irrational ist die Aussage, die Drogentoten seien das Opfer eines Verfolgungssystems, das ihnen keine Chance zum Leben lasse. Wer dies behauptet, sollte seine Aussage durch empirische Daten belegen. Wenn schließlich behauptet wird, die unbestreitbaren Behandlungserfolge seien es gewesen, die einzelne Gerichte dazu bewogen hätten, Polamidon verschreibenden Ärzten »Schützenhilfe« zu gewähren, so müssen wir auf die zahlreichen Urteile verweisen, von denen wir einige wiedergegeben haben (vgl. S. 200–208). Von Behandlungserfolgen ist in diesen Urteilen keine Rede.

Wir haben die Effizienz der Methadon-Programme eingehend beleuchtet. Wer danach immer noch der Auffassung ist, in der Bundesrepublik werde aus konservativer Geisteshaltung heraus den Betroffenen eine erfolgversprechende Therapiemethode vorenthalten, der möge die angegebenen Quellen erforschen und dann feststellen, daß die vorgetragenen Untersuchungsergebnisse stimmig sind. Danach ist eine Verordnung oder Abgabe von Methadon an Opiatsüchtige eine nach dem heutigen Stand unserer Behandlungsmöglichkeiten nicht mehr angemessene Methode. Auf die Erfahrungen, die in der Schweiz z. Zt. damit gemacht werden, kann man mit Recht gespannt sein.

Liest man die Ausführungen Quensels (1982) zu diesem Thema, dann muß man einen Satz voranstellen, der den Hintergrund seiner Aussagen und Einstellungen beleuchtet: »Kaum einer von uns kennt die Betroffenen oder kann sich selber in ihre Lage hineinversetzen« (S. 10). Dies ist natürlich eine unzulängliche Ausgangsbasis für eine Auseinandersetzung mit dem Heroin/Methadonproblem. Wenn auf diesem Hintergrund der Vorschlag kommt, die »kriminalisierten« Heroinkonsumenten dadurch in die Legalität zurückzuführen, daß man die Straftatbestände abschafft, so ist dies zwar vordergründig plausibel, geht in Wirklichkeit aber am Gedanken der Rechts- und Sozialstaatlichkeit unseres Gemeinwesens vorbei.

Immer wieder muß man zur Kenntnis nehmen, daß die Befürworter der Einführung von Methadon-Programmen in der Bundesrepublik die Erfahrungen aus dem Ausland entweder gar nicht oder nur auszugsweise zur Kenntnis nehmen. Die Ergebnisse etwa der amerikanischen Großstudie DARP (vgl. S. 166 ff.) werden bei solchen Argumentationen kaum berücksichtigt. Auch mit Methadon-Detoxifikationsprogrammen, die in Wirklichkeit nirgendwo durchgeführt werden, weil es viel effizientere Verfahren gibt, und mit einer angeblichen Vielfalt von Methadon-Programmen einschließlich der freien Verschreibung von Methadon wird man nicht weiterkommen, weil auch hierüber ausgedehnte Erfahrungen vorliegen, die bei kritischer Prüfung als negativ zu bezeichnen sind. Daß den drogenfreien Langzeitprogrammen ihre Erfolge allerdings in eine Art Werbung für den Drogenkonsum umgemünzt werden, ist eine kaum noch verständliche Verdrehung. Es sind nicht die in der Öffentlichkeit bekanntgemachten Erfolgszahlen verschiedener drogenfreier Langzeittherapieprogramme, die immer wieder Jugendliche in die Heroinabhängigkeit führen, sondern es sind die verharmlosenden und wissenschaftlich nicht gestützten Aussagen über Haschisch und Heroin, die die Hemmschwelle senken. Wir sollten aber nicht polemisieren, sondern nach Wegen suchen, wie eine erfolgreichere Drogenpolitik durchzuführen sei. Dabei wird es weniger darauf ankommen, ob sie restriktiv oder alternativ ist, sondern sie wird sich allein an ihrem Erfolg messen lassen müssen.

Zusammenfassend kommen wir zu dem Ergebnis, daß wir es bei den Opiaten (Heroin/Methadon) mit hoch toxischen, abhängigkeitserzeugenden Stoffen zu tun haben. Die Opiatsucht kann nur mit systematischen drogenfreien Langzeitprogrammen behandelt werden. Methadon-Programme haben sich als ineffizient erwiesen. Ihre Einführung ist überflüssig und anhand vorliegender Erfahrungen nicht zu rechtfertigen. Opiatkonsum kann nicht Teil der menschlichen Freiheit sein, weil er zu ihrer Zerstörung führt. Die psychischen, körperlichen und sozialen Veränderungen im Gefolge der Opiatsucht machen sie zu einem gesundheitlichen Risikofaktor. Eine (auch nur partielle) Freigabe von Opiaten, z. B. für Opiatsüchtige, stößt auf rechtliche Bedenken und ist von daher nicht ernsthaft in Betracht zu ziehen.

8.5 Zusammenfassung

Wie soll eine vertretbare Drogenpolitik aussehen? Es wird uns keine andere Wahl bleiben, als so fortzufahren, wie wir begonnen haben. Wir müssen auf der einen Seite restriktiv die Angebotsseite bekämpfen, und zwar mit polizeilichen und strafjustiziellen Mitteln. Wir müssen aber auch die Nachfrageseite eingrenzen; dies kann durch vermehrte Aufklärung, durch breitgestreute Hilfen aller Art, insbesondere durch Therapie, letztlich aber auch durch soziales Entgegenkommen geschehen. Wir brauchen Prävention, um die Gefährdeten aufzuklären, vor allem über die Gefährdungsmomente, die vom Rauschdrogenkonsum ausgehen und die auf gesicherten wissenschaftlich-empirischen Erkenntnissen beruhen müssen. Und wir werden uns weiterhin mit den Drogenideologen auseinandersetzen müssen, um hier kritische und sachgerechte Überzeugungsarbeit zu leisten. Wir können dabei sicher auf die Kraft der Argumente vertrauen, wobei wir freilich bereit sein müssen, auch unsere eigenen Standpunkte zur Disposition zu stellen.

9. Literatur

Abelson, H. I., P. M. Fishburne, I. Cisin: National Survey on Drug Abuse: 1977. NIDA, Rockville, Md. 1977

Adams, M., B. P. Gerhardt: Die Berücksichtigung der Behandlungsbedürftigkeit von Drogenabhängigen im Rahmen des Ermittlungs-, Erkenntnis- und Vollstreckungsverfahrens. Neue Z. Strafrecht (1981), 241–247

Adams, W. H.: Heroin-Associated Thrombocytopenia. Arch. Intern. Med. 139 (1979), 740–741

Adler, M., R. Saupe: Psychochirurgie. Enke Verlag, Stuttgart 1979

Aktionsprogramm zur Eindämmung und Verhütung des Alkoholmißbrauchs. Gemeinsame Erklärung der für das Gesundheitswesen zuständigen Minister u. Senatoren d. Länder sowie des Bundesministers für Jugend, Familie u. Gesundheit. Bundeszentrale für gesundheitliche Aufklärung (Hrsg.), Köln 1975

Allentuck, S., M. K. Bowman: Psychiatric aspects of Marihuana intoxication. Amer. J. Psychiat. 99 (1942), 248–251

Amitai, M., H. M. Dickhaut, P. Hasenknopf: Behandlung des Entzugs-Syndroms bei »Fixern« (Rauschmittelmißbrauch Jugendlicher p. Inj.). Nervenarzt 43 (1972), 157–160

Apitzsch, P.: Strafvollzug und Drogenabhängigkeit. Zschr. f. Strafvollzug u. Straffälligenhilfe 1980, Heft 2, 95–101

Arbab-Zadeh, A.: Schuldfähigkeit und Strafzumessung bei drogenabhängigen Delinquenten. NJW 31 (1978), 2326–2329

Arntzen, F.: Psychologie der Zeugenaussage – Einführung in die forensische Aussagepsychologie. Hogrefe Verlag, Göttingen 1970

Arntzen, F.: Forensische Aussagepsychologie, in: Eisen, G. (Hrsg.): Handwörterbuch der Rechtsmedizin, Band 3, S. 391–396. Enke Verlag, Stuttgart 1977

Arzneimittelgesetz (»Gesetz über den Verkehr mit Arzneimitteln«). Govi-Verlag, Frankfurt am Main 1976

Baacke, D.: Jugend und Subkultur. Juventa Verlag, München 1972

Bäuerle, D.: Drogenberatung in der Schule. Kohlhammer Verlag, Stuttgart 1981

Bäuerle, D., H. König, H. Pedina: Praxis der Drogenberatung. Kohlhammer Verlag, Stuttgart 1979

Ballah, B. et al.: A four-year follow-up study of narcotic-dependent persons receiving methadone maintenance substitution therapy. Canad. J. publ. Hlth. 68 (1977), 55–58

Bartels, O.: Drogen-Notfall. Dtsch. Ärztebl. 75 (1978), 951–952

Barth, L.: Behandlung von akuten Zwischenfällen bei Rauschmittelgebrauch. Nervenarzt 43 (1972), 266–267

Battegay, R.: Psychodynamische Aspekte der Drogenabhängigkeit, in: Labhardt, F. (Hrsg.): Aktuelle Aspekte der Toxikomanie. S. Karger Verlag, Basel 1972

Bauer, E.: Selbstverständnis und Praxis der Drogentherapie, in: Petzold, H., G. Vormann (Hrsg.): Therapeutische Wohngemeinschaften – Erfahrungen, Modelle, Supervision. Verlag J. Pfeiffer, München 1980

Baumert, I.: Arbeitsweise einer psychiatrischen Station für jugendliche Drogenabhängige, in: Petzold, H. (Hrsg.): Drogentherapie. Verlag Junfermann, Paderborn 1974

Bayerisches Staatsministerium des Innern (Hrsg.): Drogen, Alkohol, Nikotin. Dokumentation über eine Repräsentativerhebung bei Jugendlichen in Bayern. 1974

Bayerisches Staatsministerium für Arbeit und Sozialordnung (Hrsg.): Empfehlungen zur Behandlung und Rehabilitation von drogenabhängigen Jugendlichen und Heranwachsenden im Sinne des § 93 a JGG. München 1980

Bayerisches Staatsministerium des Innern und Bayerisches Staatsministerium für Arbeit und Sozialordnung (Hrsg.): Jugend und Alkohol, Drogen, Medikamente und Tabak, Repräsentativerhebung 1980. München 1982

Beil, H., A. Trojan: Opiatsüchtige Schwangere und neonatales Abstinenzsyndrom. Dtsch. Ärztebl. 69 (1972), 2717–2720

Beil, H., A. Trojan: Zur Substitutionstherapie Opiatabhängiger mit Methadon und l-Polamidon. Therapiewoche 23 (1973), 3615–3620

Benos, J.: Entzugssyndrom bei Heroinabhängigkeit. Neurol. Psychiat. 7 (1981), 111–118

Benos, J., U. Camphausen, A. Kern u. a.: Stationäre Behandlung junger Drogenabhängiger. Das Hochstadter Konzept. Neurol. Psychiat. 6 (1980), 234–240

Benson, L. E., A. J. Siegel, G. S. Beleval: Crush syndrome after drugs. N. Engl. J. Med. 285 (1971), 298–299

Bericht über die Lage der Familie in der Bundesrepublik Deutschland – Zweiter Familienbericht. Deutscher Bundestag, 7. Wahlperiode, Drucksache 7/3502. Verlag Dr. Hans Heger, Bonn-Bad Godesberg 1975

Bericht über die Lage der Psychiatrie in der Bundesrepublik Deutschland – Zur psychiatrischen u. psychotherapeutichen/psychosomatischen Versorgung der Bevölkerung. Deutscher Bundestag, 7. Wahlperiode, Drucksachen 7/4200 und 7/4201 (Anhang). Verlag Dr. Hans Heger, Bonn-Bad Godesberg 1975

Berne, E.: Spiele der Erwachsenen. Rowohlt Verlag, Reinbek 1967

Berner, P., H. Hoff, K. Kryspin-Exner: Zur Psychopathologie der Sucht. Wien. med. Wschr. 113 (1963), 362–366

Bialecki, J., F. Bschor: Rechtsfragen b. d. Therapie u. Rehabilitation junger Drogenabhängiger. Die Berliner Ärztekammer 8 (1971), 183–188

Biener, K.: Jugend und Drogen. Habegger Verlag, Solothurn 1978

Binder, S.: Menschenwürdige Versorgung Suchtkranker mit therapieresistenten Endzuständen, in: Keup, W. (Hrsg.): Folgen der Sucht. G. Thieme Verlag, Stuttgart, New York 1980

Birbaumer, N.: Biofeedback, in: Pongratz, L. J. (Hrsg.): Klinische Psychologie, Band 8, 2. Halbband des Handbuchs der Psychologie. Hogrefe Verlag, Göttingen, Toronto, Zürich 1978

Blaine, J. D.: Early clinical studies of LAAM: An Opiate Agonist for Use in the Medical Treatment of Chronic Heroin Dependence, in: Petersen, R. C. (Hrsg.): The International Challenge of Drug Abuse. NIDA Research Monograph, Nr. 19, Rockville (Maryland) 1978

Blaine, J. D., P. Renault (Hrsg.): Rx LAAM: 3x/week: LAAM Alternative to Methadone. NIDA Research Monograph Nr. 8, Rockville (Maryland) 1976

Blaine, J. D., D. B. Thomas, G. Barnett, J. A. Whysner, P. F. Renault: Levo-Alpha-Acetylmethadol (LAAM): Clinical Utility and Pharmaceutical Development, in: Lowinson und Ruiz, 1981

Blum, R., L. Richards: Youthful Drug Use, in: Dupont, R. L., A. Goldstein, J. O'Donnell (Hrsg.): Handbook on Drug Abuse. National Institute on Drug Abuse (NIDA), Rockville, 1979

Bochnik, H. J., W. Richtberg: Krise und Notfall als psychiatrische Aufgaben, in: Haase, H. J. (Hrsg.): Krisenintervention in der Psychiatrie, F. K. Schattauer Verlag, Stuttgart, New York 1978

Bommert, H.: Grundlagen der Gesprächspsychotherapie. Kohlhammer, Stuttgart 1977

Bonhoeffer, K.: Zur Frage der Klassifikation der symptomatischen Psychosen. Berl. Klin. Wschr. 45 (1908), 2257–2261

Bonhoeffer, K.: Zur Frage der exogenen Psychosen. Zbl. Nervenheilk. 32 (1909) 499–505

Bonhoeffer, K.: Die Psychosen im Gefolge von akuten Infektionen, Allgemeinerkrankungen und inneren Erkrankungen, in: Aschaffenburg, G. (Hrsg.): Handbuch der Psychiatrie, Spez. Teil, 3. Abt., 1. Hälfte. Franz Deuticke Verlag, Leipzig, Wien 1912

de Boor, W.: Pharmakopsychologie und Psychopathologie. Springer Verlag, Berlin, Göttingen, Heidelberg 1956

de Boor, W.: Bewußtsein und Bewußtseinstrübungen. Springer Verlag, Berlin, Heidelberg, New York 1966

Borkenstein, Chr.: Das Urinkontrollprogramm. Soziale Arbeit 30 (1981), 443–449

Boroffka, A.: Mental illness and Indian hemp in Lagos. E. Afr. med. J. 43 (1966), 377–384

Boudouris, J.: The Economics of Methadone Programs. Br. J. Addict. 70 (1975), 374–380

Bowden, C. L., J. F. Maddux: Methadone Maintenance: Myth and Reality. Amer. J. Psychiat. 129 (1972), 436–440

Bräutigam, W.: Psychotherapie bei Süchtigen. Nervenarzt 29 (1958), 445–456

Branovic-Halhuber, C.: Nichtrauchertraining. Münch. med. Wschr. 116 (1974), 569–572

Braucht, G. N., D. Follingstad, D. Brakarsh, K. L. Berry: Drug Education. A Review of Goals, Approaches and Effectiveness. Quart. J. Studies Alc. 34 (1973), 1279–1292

Braun, P.: Selbstkontrolle des Rauchens, in: Suchtgefahren 25 (1979), Suppl., 205–213

Brengelmann, J. C.: Die Therapie der Rauschmittelabhängigkeit, in: Brengelmann, J. C., W. Tunner (Hrsg.): Behaviour Therapy – Verhaltenstherapie. Urban + Schwarzenberg, München 1973

Brengelmann, J. C.: Selbstkontrolle als wirksamste und wirtschaftlichste Methode der Raucherentwöhnung, in: Suchtgefahren 25 (1979), Suppl. 194–204

Brenk-Schulte, E., W. Feuerlein: Das Konstrukt Therapiemotivation im Spiegel der Literatur unter besonderer Berücksichtigung der Therapie des Alkoholismus, in: Alkoholismus-Therapie. Nicol-Verlag, Kassel 1981

Bromberg, W.: Marihuana intoxication. Amer. J. Psychiat. 91 (1934), 303–330

Bron, B.: Zur psychiatrischen Begutachtung jugendlicher Drogenkonsumenten. Med. Sachverst. 72 (1976), Heft 3, 46–50

Bron, B.: Drogenabhängigkeit und Psychose. Springer Verlag, Berlin, Heidelberg, New York 1982

Brunner, R.: Strafrechtliche Rechtsfolgen und Therapie als Gesamtkonzeption für Drogenabhängige. Zentralblatt für Jugendrecht und Jugendwohlfahrt 67 (1980), 415–422

Bschor, F.: Zur Frage der Wirksamkeit strafrechtlicher Maßnahmen bei Drogenabhängigen vom Opiattyp. Z. Rechtsmed. 78 (1976), 25–30

Bschor, F. (Hrsg.): Langzeitstudien an Drogenabhängigen. Nicolaische Verlagsbuchhandlung, Berlin, 2. Aufl. 1979

Bschor, F. (Hrsg.): Modelle und Methoden gemeindeverbundener Suchtkrankenbehandlung Teil I + II. Nicolaische Verlagsbuchhandlung, Berlin 1980, 1981

Bschor, F.: Therapie Drogenabhängiger unter dem Aspekt berufsgerechten ärztlichen Handelns. Psychiat. Prax. 8 (1981), 47–53

Bschor, F., R. Kunze (Hrsg.): Prävention des Drogenmißbrauchs – Bezugspersonen und Prophylaxe. Nicolaische Verlagsbuchhandlung, Berlin 1979

Bublitz, P. M.: Suchterkrankung und Strafvollzug. Kriminalpäd. Prax. 9 (1981), Heft 11/12, 44–66

Buchkremer, G.: Erfolgsvergleich von Raucherbehandlungsmethoden, in: Suchtgefahren 25 (1979), Suppl., 245–251

Bühringer, G.: Planung, Steuerung und Bewertung von Therapieeinrichtungen für junge Drogen- und Alkoholabhängige. G. Röttger Verlag, München 1981

Bühringer, G.: Erste Konsequenzen aus der wissenschaftlichen Begleitung ambulanter Modellberatungsstellen für Abhängige und Gefährdete, in: Vollmer/Helas, 1982

Bühringer, G., R. de Jong, B. Kaliner, S. Kraemer, R. Ferstl, F.-J. Feldhege: Beschreibung eines stationären verhaltenstherapeutischen Programms zur Behandlung jugendlicher Drogenabhängiger, in: de Jong, R., G. Bühringer (Hrsg.): Ein verhaltenstherapeutisches Stufenprogramm zur stationären Behandlung von Drogenabhängigen, G. Röttger Verlag, München 1978

Bürger-Prinz, H.: Motiv und Motivation. C. Holler, Hamburg 1950

Bundesverband der pharmazeutischen Industrie (Hrsg.): Rote Liste 1976. Verzeichnis pharmazeutischer Spezialpräparate. Editio Cantor, Aulendorf (Württ.) 1976

Burchard, J. M.: Die Behandlung Opiatsüchtiger mit Opiaten und ihren Antagonisten. Nervenarzt 43 (1972), 501–504

Burchard, J. M.: Individuelle und kollektive Ursachen des Rauschmittelgebrauchs bei Jugendlichen. Mat. Med. Nordmark 24 (1972), 27

Burian, W.: Die Cannabis-Legende (Überlegungen zur Ideologiegeschichte der Medizin). Kriminalsoziologische Bibliographie 7 (1980), Heft 26/27, 92–104

Bussewitz, F.: Tiefenpsychologische Aspekte der Sucht und Drogenabhängigkeit, in: Schäfer, H. (Hrsg.): Grundlagen der Kriminalistik, Band 9. Steintor-Verlag, Hamburg 1972

Cadden, J. J.: Methadone Maintenance: A Mid 1970's Perspective, in: Proceedings of the 31st International Congress on Alcoholism and Drug Dependence (ICAA), Bangkok 1975

Cameron, D. C.: Konzepte und Planungsarbeiten gegen Mißbrauch von Alkohol und Drogen, in: Steinbrecher, W., H. Solms (Hrsg.): Sucht und Mißbrauch. G. Thieme Verlag, Stuttgart 1975

Castaneda, C.: Die Lehren des Don Juan – Ein Yaqui-Weg des Wissens. Fischer Taschenbuch-Verlag, Frankfurt a. M. 1973

Cerletti, A.: Experimentelle Möglichkeiten der Abschätzung des Drogenabhängigkeitspotentials. Bull. Schweiz. Akad. Med. Wiss. 27 (1971), 31–38

Chapel, J. L.: Emergency Room Treatment of the Drug-Abusing Patient. Amer. J. Psychiat. 130 (1973), 257–264

Chein, I., D. L. Gerard, R. S. Lee, E. Rosenfeld: The road to H: Narcotics, delinquency, and social policy. Basic Books, New York 1964

Chen, G. S.: Enkephalin, drug addiction and acupuncture. Am. J. Chinese Med. 5 (1977), 25

Chopra, G. S.: Studies on psycho-clinical aspects of long-term marihuana use in 124 cases. Int. J. Addict. 8 (1973), 1015–1926

Chopra, G. S., J. W. Smith: Psychotic reactions following Cannabis use in East Indians. Arch. Gen. Psychiat. 30 (1974), 24–27

v. Clarmann, M.: Der Drogennotfall als diagnostisches u. therapeutisches Problem. Schriftenreihe DHS, Heft 17, Hamm 1972 *v. Clarmann, M.:* Die akute klinische Toxikologie nach Einnahme von Suchtstoffen und Halluzinogenen. Z. Allg.-Med. 48 (1972), 199–206

Classen, G., M. Rennert: Ein Seminar für Lehrerinnen und Lehrer an einer Gesamtschule – Kurzbericht über ein Projekt zur Prävention, in: Bschor, F., R. Kunze (Hrsg.): Prävention des Drogenmißbrauchs. Nicolaische Verlagsbuchhandlung, Berlin 1979

Cohen, S.: Methadone maintenance: A decade later. J. of Drug Issues 4 (1974), 327–331

Coper, H.: Pharmakokinetik moderner Rauschgifte. Beitr. gerichtl. Med. 29 (1972), 144–151

Cushman, P. J. R.: Ten Years of Methadone Maintenance Treatment: Some Clinical Observations. Am. J. Drug Alcohol Abuse 4 (1977), 543–553

Dale, R. T., F. R. Dale: The use of methadone in a representative group of heroin addicts. Int. J. Addict. 8 (1973), 293–308

Daunderer, M., M. Kerscher, G. Bühringer: Entgiftung jugendlicher Drogenabhängiger in einem Allgemeinkrankenhaus. Med. Klin. 69 (1974), 1329–1332

Davison, G. C., J. M. Neale: Klinische Psychologie. Urban + Schwarzenberg, München 1979

Deissler, K. J.: Warum laufen Süchtige während der Rehabilitation weg? Drogalkohol 6 (1982), 31–40

de Jong, R., G. Bühringer (Hrsg.): Ein verhaltenstherapeutisches Stufenprogramm zur stationären Behandlung von Drogenabhängigen. G. Röttger Verlag, München 1978

de Jong, R., G. Bühringer, B. Kaliner, S. Kraemer, G. Henrich: Ergebnisse eines stationären Programms zur Behandlung jugendlicher Drogenabhängiger: Beschreibung der Klientel, Verlauf der Behandlung und erste Ergebnisse, in: de Jong, R., G. Bühringer (Hrsg.): Ein verhaltenstherapeutisches Stufenprogramm zur stationären Behandlung von Drogenabhängigen. G. Röttger Verlag, München 1978

de Jong, R., G. Henrich: Ergebnisse eines stationären Programms zur Behandlung jugendlicher Drogenabhängiger: Katamnesen nach einem bzw. zwei Jahren, in: de Jong, R., G. Bühringer (Hrsg.): Ein verhaltenstherapeutisches Stufenprogramm zur stationären Behandlung von Drogenabhängigen. G. Röttger Verlag, München 1978

Deutsche Hauptstelle gegen die Suchtgefahren (Hrsg.): Stellungnahme zum neuen Betäubungsmittelgesetz. Hamm 1982

Deutsche Hauptstelle gegen die Suchtgefahren (Hrsg.): Jahrbuch 1983 zur Frage der Suchtgefahren. Neuland Verlagsgesellschaft, Hamburg 1982

Dietrich, H.: Psychiatrie in Stichworten. 2. Aufl. Ferdinand Enke Verlag, Stuttgart 1975

Dittrich, J., F. Gnerlich, H. Hünnekens, W. Rometsch, B. Thomas: Erfolg und Mißerfolg bei der stationären Behandlung von Drogenabhängigen. Suchtgefahren 22 (1976), 121–140

Dolde, G.: Zur Rückfälligkeit von Drogenabhängigen nach Behandlung im Rahmen des Strafvollzugs. Zschr. f. Strafvollz. u. Straffälligenhilfe 1982, Heft 4 (Sonderdruck ohne nähere Angaben)

Dole, V. P.: Methadone Treatment of Narcotic Addiction. Int. J. clin. Pharmacol. 4 (1971), 429–432

Dole, V. P.: Detoxification of sick addicts in prison. J. Amer. med. Ass. 220 (1972), 366

Dole, V. P., H. Joseph: Methadone maintenance – Outcome after termination. N. Y. St. J. Med. 77 (1977), 1409–1412

Dole, V. P., M. E. Nyswander: A medical treatment for diacetylmorphine (heroin) addiction: a clinical trial with methadone hydrochloride. J. Amer. med. Ass. 193 (1965), 646–650

Dole, V. P., M. E. Nyswander: Rehabilitation of heroin addicts after blockade with methadone. N. Y. St. J. Med. 66 (1966), 2011–2017

Dole, V. P., J. W. Robinson, J. Orraca, E. Towns, P. Searcy, E. Caine: Methadone treatment of randomly selected criminal addicts. N. Engl. J. Med. 280 (1969), 1372–1375

Dubacher, H.: Erfahrungen aus einer Spezialklinik, in: Ladewig, D. (Hrsg.): Drogen und Alkohol – Der aktuelle Stand in der Behandlung Drogen- und Alkoholabhängiger. S. Karger Verlag, Basel, München 1980

Dünkel, F.: Strafrechtliche Drogengesetzgebung im internationalen Vergleich, in: Völger, G., K. v. Welck (Hrsg.): Rausch und Realität. Reinbek 1982

Dupont, R. L., A. Goldstein, J. O'Donnell (Hrsg.): Handbook on Drug Abuse. Washington D.C., 1979

van Dyke, C., R. Byck: Cocaine 1884–1974, in: Ellinwood, E. H., M. M. Kilbey (Hrsg.): Cocaine and other Stimulants. Plenum Press, New York und London 1977

Ebermann, H.: Drogensüchtige: Selbsthilfe-Einrichtungen bedürfen der Aufsicht. Dtsch. Ärztebl. 71 (1974), 709–713

Ebermann, H.: Erfahrungen und Erfolge mit Methadon – Diskussionsbemerkungen, in: Keup, W. (Hrsg.): Mißbrauch chemischer Substanzen (Alkohol, Medikamente, Drogen, Nikotin) – Neuere Forschungsergebnisse. Hamm 1975

Ebermann, H.: Verhalten des Arztes gegenüber Süchtigen. Z. Allgemeinmed. 53 (1977), 1270–1274

Eberth, A.: Drogenrecht. J. Schweitzer Verlag, München 1981

Eidgenössische Kommission für Jugendfragen (Hrsg.): Thesen zu den Jugendunruhen 1980 Nachdruck, Berlin 1981

Elling, H., H. E. Sticker: Zollrechtliche und steuerstrafrechtliche Aspekte der Betäubungsmittelkriminalität. Zeitschrift für Zölle und Verbrauchssteuern (1978), 294–298

Ellis, A.: Die rational-emotive Therapie. Verlag J. Pfeiffer, München 1977

Erlenmeyer, A.: Die Morphiumsucht und ihre Behandlung. Heuser, Berlin 1887

Eysenck, H. J.: Die Ungleichheit der Menschen. München 1975

Familienbericht: s. Bericht über die Lage der Familie ... Bonn 1975

Federn, E.: »Drogenmißbrauch« bei Jugendlichen aus einer sozialpädagogischen Sicht. Prax. Kinderpsychol. 20 (1971), 219–225

Fenichel, O.: The psychoanalytic theory of neurosis. Norton, New York 1945; deutsch: Psychoanalytische Neurosenlehre, 3 Bände, hier v. a. Band 2. Walter Verlag, Olten, Freiburg 1975

v. Ferber, Chr.: Der Wandel in der Gesellschaftsstruktur. Med. Klin. 63 (1968), 1963–1966

Feser, H.: Grundlagen der Drogenerziehung, in: Feser, H. (Hrsg.): Drogenerziehung. 2. Aufl., A. Vaas Verlag, Langenau-Albeck 1981

Feser, H. (Hrsg.): Drogenerziehung. 2. Aufl., A. Vaas Verlag, Langenau-Albeck 1981

Feuerlein, W.: Sucht und Süchtigkeit. Münch. med. Wschr. 50 (1969), 2593–2600

Feuerlein, W.: Alkoholismus – Mißbrauch und Abhängigkeit. 2. Aufl., Thieme-Verlag, Stuttgart 1979

Feuerlein, W.: Auswertung und Ergebnisse von Behandlungsprogrammen bei Alkoholismus, in: Ladewig (Hrsg.), 1980

Fink, M.: Sieben Jahre klinische Erfahrung mit Opiat-Antagonisten bei Opiatabhängigkeit, in: Biniek, E. (Hrsg.): Drogenabhängigkeit – Therapie und Rehabilitation. Wissenschaftl. Buchgesellschaft, Darmstadt 1978

Finnegan, L. P.: Maternal and neonatal effects of drug dependence in pregnancy, in: Lowinson und Ruiz, 1981

Fishburne, P., H. Abelson, I. Cisin: The National Survey on Drug Abuse, Main findings 1979. Washington D.C., 1980

Flath, K.: Volkwirtschaftliche Kosten durch Alkohol- und Tabakkonsum, in: Steinbrecher, W., H. Solms (Hrsg.): Sucht und Mißbrauch. Georg Thieme Verlag, Stuttgart 1975

Fleck, U.: Intoxikationspsychosen. Fortschr. Neurol. Psychiat. 15 (1943), 27–36

Fleck, U.: Symptomatische Psychosen. Fortschr. Neurol. Psychiat. 10 (1938), 127–138; 11 (1939), 263–275; 14 (1942), 327–362

Fleck, U.: Symptomatische Psychosen (1941–1957). Fortschr. Neurol. Psychiat. 28 (1960), 1–72

Fleischmann, R. W., D. W. Hayden, H. Rosenkrantz, M. C. Braude: Teratologic evaluation of delta-9-THC in mice, including a review of the literature. Teratology 12 (1975), 47–50

Flöhl, R.: Therapie vor Strafe. Die Erfolgsaussichten des neuen Betäubungsmittelgesetzes bei der Bekämpfung der Drogensucht. Frankfurter Allgemeine Zeitung 3. 7. 1980

Fox, R., A. Maas: Zur Bedeutung von Selbsterfahrung und Supervision in Psychotherapie und Soziotherapie, in: Kuypers, U. (Hrsg.): Sucht und Therapie. Lambertus-Verlag, Freiburg i. Br. 1982

Franke, M.: Gesundheit und Drogen als gesellschaftliches Problem. Beilage »Aus Politik und Zeitgeschichte« zur Wochenzeitung »Das Parlament«. B 39/71 (1971)

Franke, M.: Freier Rauch für freie Bürger? Jugendwohl 61 (1980), 276–281

Frankl, V. E.: Grundriß der Existenzanalyse und Logotherapie, in: Bally, G. et al. (Hrsg.): Grundzüge der Neurosenlehre in 2 Bänden, Band 1. Urban + Schwarzenberg Verlag, München, Berlin, Wien 1972

Freedman, A. M., M. Fink. R. Sharoff, A. Zaks: Cyclazocine and Methadone in Narcotic Addiction. J. Amer. Med. Ass. 202 (1967), 191–194

Freedman, A. M., H. I. Kaplan, B. J. Sadock: Comprehensive Textbook of Psychiatry. Williams und Wilkins, Baltimore 1972

Funk, F.: Notfallbehandlung u. Technik der Entgiftung bei jugendlichen Drogenabhängigen. Fortschr. Med. 90 (1972), 723–725

Gearing, F. R.: Evaluation of methadone maintenance treatment program. Int. J. Addict. 5 (1970), 517–543

Geldmacher-von Mallinckrodt, M.: Zur chemisch-toxikologischen Diagnostik der Rauschdrogen im biologischen Material, in: Diskussionsberichte Drogen, Heft 3, 1980. Nicolaische Verlagsbuchhandlung, Berlin 1980

Gerard, D. L., D. Kornetsky: in: Psychiat. Quart. 28 (1954), 1 (zit. nach Matussek, 1972)

Gerdes, K.: Zur Soziologie der jugendlichen Drogensubkultur. Soziale Welt 23 (1972), 148–169

Gerlach, D., H. D. Wolters: Zahn- und Mundschleimhautbefunde bei Rauschmittelkonsumenten. Dtsch. Zahnärztl. Zschr. 32 (1977), 400–404

Glatzel, J.: Zur Vernehmungsfähigkeit beschuldigter Drogenabhängiger. Strafverteidiger (1981), 191–196

Glover, E.: in: Intern. Zschr. Psychoanal. 19 (1933) (zit. nach Matussek, 1972)

Gmür, M.: Die Raucherbehandlung des Handauflegers Hermano – 5-Jahres-Katamnese. Schweiz. med. Wschr. 109 (1979), 1967–1973

Gmür, M.: Die Methadonbehandlung von Heroinfixern. Psychiat. Prax. 8 (1981), 54–59

Gökay, F. K.: Durch Mißbrauch von Heroin und Haschisch entstehende Geisteskrankheiten in der Türkei. Z. Neur. 158 (1937), 428–436

Göppinger, H., H. Witter (Hrsg.): Handbuch der forensischen Psychiatrie. 2 Bände. Springer Verlag, Berlin, Göttingen, Heidelberg 1972

Görlich, H. D.: Clonidin beim akuten Opiatentzugssyndrom wirksam? Psychiat. Neurol. 8 (1982), 17–21

Gold, M. S., D. E. Redmond, H. D. Kleber: Clonidine blocks acute opiate withdrawal symptoms. Lancet 1978, 2, 599

Goldstein, A., P. Sheehan: Tolerance to opioid narcotics: 1. Tolerance to the »running fit« caused by levorphanol in the mouse. J. Pharmacol. Exp. Therap. 169 (1969), 175–184

Goodman, L. S., A. A. Gilman: The Pharmacological Basis of Therapeutics. 5. Aufl. MacMillan, New York 1975

Goodwin, D. W., F. Schulsinger, L. Hermansen, S. B. Guze, G. A. Winokur: Alcohol problems in adoptees raised apart from alcoholic biological parents. Arch. gen. Psychiat. 128 (1973), 239–243

Gottschalk, L. A. et al (Hrsg.): Guide to the Investigation and Reporting of Drug-Abuse Deaths–Problems and Methods. NIDA (National Insitute on Drug Abuse), Rockville 1977

Gottwald, Chr.: Nachanalytische Psychotherapien, in: Peters, U. H. (Hrsg.): Ergebnisse für die Medizin, Band X der »Psychologie des 20. Jahrhunderts«. Kindler, Zürich 1980

Graumann, C. F.: Motivation. 2. Aufl. Akadem. Verlagsgesellschaft, Frankfurt a. M. 1970

Grote, D.: Wie freiwillig muß Drogentherapie sein? Kriminalpäd. Prax. 9 (1981), Heft 11/12, 35–38

Grüner, O., R. Turek: Betrachtungen zur Kostenbelastung der Gesellschaft durch Suchtkranke, in: Keup, W. (Hrsg.): Behandlung der Sucht und des Mißbrauchs chemischer Stoffe. G. Thieme Verlag, Stuttgart, New York 1981

Gruhle, H. W.: Gutachtentechnik. Springer Verlag, Berlin 1955

Grundsätze zur Behandlungsdauer von Suchtkranken. Grundsätze und Kriterien für die Behandlung Suchtkranker. Vorschläge für ein Aktionsprogramm zur Verhütung und Bekämpfung des Alkoholismus, in: Suchtgefahren, Heft 2/75. Neuland-Verlagsgesellschaft, Hamburg, 21 (1975), 2–16

Gunne, L.-M., B. Frykholm: Studien zur Drogenkarriere, in: Ladewig, D. (Hrsg.): Drogen und Alkohol – Der aktuelle Stand in der Behandlung Drogen- und Alkoholabhängiger. S. Karger Verlag, Basel, München 1980

Haas, E.: Selbstheilung durch Drogen? Fischer Taschenbuchverlag, Frankfurt a. M. 1974

Hacker, F.: Drogen. Molden, Wien, München, Zürich, New York 1981

Hadler, P.: Motivation als Prozeß, in: Alkoholismus-Therapie. Nicol Verlag, Kassel 1981

Hadler, P.: Fragen zur Entwicklung der Therapiemotivation in der Behandlung von Abhängigkeiten, in: Vollmer/Helas, 1982

Häfner, H., R. Welz (Hrsg.): Drogenabhängigkeit und Alkoholismus. Rheinland Verlag, Köln 1981

Hänsel, D.: Gedanken zum Verlauf der Motivation bei suchtkranken Patienten. Suchtgefahren 26 (1980), 112–118

Halhuber, M. J., H. Kirchmair: Notfälle in der Inneren Medizin. 8. Aufl. Urban + Schwarzenberg Verlag, München, Berlin, Wien 1970

Halikas, J. A., D. W. Goodwin, S. B. Guze: Marihuana use and psychiatric illness. Arch. Gen. Psychiat. 27 (1972), 162–165

Hammer, O.: Eklektische Formen der Raucherentwöhnung, in: Suchtgefahren 25 (1979), Suppl., 214–218

Haring, C., K. H. Leickert: Wörterbuch der Psychiatrie und ihrer Grenzgebiete. Schattauer Verlag, Stuttgart, New York 1968

Hartmann, K.: Väter und Söhne. Soziale Arbeit 29 (1980), 97–103

Hasse, H. E., W. Schiefgen, P. S. Schönhöfer: Notfallsituationen bei jugendl. Drogenkonsumenten. Dtsch. med. Wschr. 96 (1971), 449–453

Hasse, H. E., H. Waldmann: »Flashback«: Spontane psychotische Episoden als Folgeerscheinung des Phantasticagebrauchs Jugendlicher. Arch. Psychiat. Nervenkr. 214 (1971), 399–439

Hasse, H. E., et al.: Behandlungsprinzipien bei jugendlichen Drogenkonsumenten. Sonderdruck aus »Rheinisches Ärzteblatt« Heft 23 (1971)

Hassler, R.: Zur funktionellen Anatomie des limbischen Systems. Nervenarzt 35 (1964), 386–396

Heberle, B., J. Gerchow: Todesursachen bei Suchtkranken, in: Keup, W. (Hrsg.): Folgen der Sucht. G. Thieme Verlag, Stuttgart, New York 1980
Heckmann, W. (Hrsg.): Vielleicht kommt es auf uns selber an. Fischer Taschenbuchverlag, Frankfurt a. M. 1980
Heckmann, W.: Der Betreuer in der therapeutischen Wohngemeinschaft. Zur Dialektik von Distanz und Nähe in der Therapie Drogenabhängiger, in: Petzold, H., G. Vormann (Hrsg.): Therapeutische Wohngemeinschaften, Verlag J. Pfeiffer, München 1980
Heckmann, W.: Suchtprävention – regionale Planung am Beispiel des Stadtstaates Berlin, in: Feser, H. (Hrsg.): Drogenerziehung, 2. Aufl. Armin Vaas Verlag, Langenau–Albeck 1981
Heckmann, W. (Hrsg.): Praxis der Drogentherapie. Beltz Verlag, Weinheim und Basel 1982
Heinzow, B., H. Lüllmann: Pharmakokinetische Grundlage eines möglichen Mißbrauchs von Valoron-N. Dtsch. Ärztebl. 76 (1979), 1003–1006
Helft euch selbst. Der Release-Report gegen die Sucht. Rowohlt Verlag, Reinbek bei Hamburg 1971
Helpern, M., Y. M. Rho: Deaths from Narcotism in New York City. N. Y. State J. of Med. (1966), 2391–2408
Helwig: Moderne Arzneimittel. 4. Aufl. Wissenschaftl. Verlagsgesellschaft, Stuttgart 1973
Henkelmann, Th., D. Karpf: Die Gesundheitserziehung ist weitgehend krankheitsorientiert. Dtsch. Ärztebl. 80 (1983), Heft 10, 63–67
Herz, A., J. Bläsig: Die Opiatsucht: Neue Forschungsperspektiven. Nervenarzt 50 (1979), 205–211
Hesse, E.: Rausch-, Schlaf- und Genußgifte. 4. Aufl. Enke Verlag, Stuttgart 1971
Himmelsbach, C. K.: Symposion: Can the euphoric, analgetic and physical dependence effects of drugs be separated? With reference to physical dependence. Fed. Proceed. 2 (1943), 201–203
Hobi, V.: Die Persönlichkeit des Toxikomanen, in: Aktuelle Aspekte der Toxikomanie. S. Karger, Basel, 1972
Hobi, V.: Das Drogenproblem bei Jugendlichen. Psychologische und sozialpsychologische Aspekte. Verlag Hans Huber, Bern, Stuttgart, Wien 1973
Hobi, V., D. Ladewig: Persönlichkeitsmerkmale und Drogenverhalten jugendlicher Toxikomaner. Pharmakopsychiat. Neuropsychopharmakol. (Stgt) 4 (1971), 12–22
Hobi, V., D. Ladewig: Spezifische Persönlichkeitsmerkmale Drogenabhängiger, in: Keup, W. (Hrsg.): Mißbrauch chemischer Substanzen (Alkohol, Medikamente, Drogen, Nikotin) – Neuere Forschungsergebnisse. 1. Wissenschaftliches Symposium in Tutzing 1974. Deutsche Hauptstelle gegen die Suchtgefahren, Hamm 1975
Homann, U.: Das Haschischverbot. Fischer Taschenbuch Verlag, Frankfurt 1972
Huber, B.: Drogengebrauch und Strafverfolgung in Großbritannien, in: Völger, G., K. v. Welck (Hrsg.): Rausch und Realität. Reinbek 1982
Huber, G.: Psychiatrie. F. K. Schattauer Verlag, Stuttgart-New York 1974
Hünnekens, H.: Die Existenzproblematik des Jugendlichen – Motiv für den Drogenkonsum?, in: Drogen- und Rauschmittelmißbrauch. Heft 17 der Schriftenreihe der DHS. Hamm 1972
Hünnekens, H.: Klinische Behandlung junger Drogenabhängiger im regionalen Verbund. Therapiewoche 30 (1980), 1178–1185
Huhn, A.: Zur Therapie von Sucht und Mißbrauch und deren Folgen im Rahmen von Landeskrankenhäusern, in: Steinbrecher, Solms 1975
Jäger, H., G. Schmidtchen, L. Süllwold: Lebenslaufanalysen. Band 2 der Analysen zum Terrorismus. Westdeutscher Verlag, Opladen 1981
Jaffe, J. H.: Drug Addiction and Drug Abuse, in: Goodman, L. S., A. A. Gilman (Hrsg.): The Pharmacological Basis of Therapeutics. Mac Millan, New York 1975 (5. Aufl.)
Janz, H. W.: Drogenabhängigkeit und Gesundheitspolitik. Medizin Mensch Gesellschaft 3 (1978), 2–9
Jarzina, E.: Die Aktivitäten der Bundesländer zur Rauschgiftbekämpfung, in: Werkbericht 5: Drogen – eine tödliche Gefahr. Verlag Ernst Knoth, Melle 1980
Joachimski, J.: Betäubungsmittelrecht. Richard Boorberg Verlag, Stuttgart, München, Hannover 1972
Joel, E., F. Fränkel: Der Cocainismus. Berlin, Springer 1924
Jones, M. C.: Personality Correlates and antecedents of drinking patterns in males. Journal of consulting and clinical psychology, 1968, 32, 2–12
Jones, M. C.: Personality antecedents and correlates of drinking patterns in women. Journal of consulting and clinical Psychology, 1971, 36, 61–70
Jugendwerk der deutschen Shell (Hrsg.): Jugend 81 – Lebensentwürfe, Alltagskulturen, Zukunftsbilder. Leske + Budrich Verlag, Opladen 1982
Jungmann, G.: Motivierung zur Gesundheit. Dtsch. Ärztebl. 73 (1976), 279–282

Kaij, L.: Alcoholism and Twins. Almquist und Wiksell Verlag, Stockholm 1960
Kandel, D.: Drogenkonsum bei Jugendlichen in den USA und im internationalen Vergleich, in: Häfner, H., R. Welz (Hrsg.): Drogenabhängigkeit und Alkoholismus. Rheinland Verlag, Köln 1981
Kauder, S.: Ärztliche Schweigepflicht über die Behandlung Drogensüchtiger. Dtsch. Ärztebl. 78 (1981), 2087–2092
Kaufman, E.: Family Therapy: A Treatment Approach with Substance Abusers, in: Lowinson/Ruiz, 1981
Keup, W.: Psychotic Symptoms Due to Cannabis Abuse (A Survey of Newly Admitted Mental Patients). Dis. nerv. Syst. 31 (1967), 119–126
Keup, W.: Methadon-Erhaltungsprogramme. Dtsch. Ärztebl. 70 (1973), 1179–1182
Keup, W.: Behandlungseinrichtungen für Suchtkranke. Tendenzen in der Entwicklung von Hilfsangeboten. Nicol-Verlag, Kassel 1976
Keup, W. (Hrsg.): Sucht als Symptom. G. Thieme Verlag, Stuttgart 1978
Keup, W.: Suchtkranke in der Praxis. Münch. med. Wschr. 121 (1979), 779–780
Keup, W.: Methadon-(Polamidon-)Verschreibung bei Heroin-Abhängigkeit. Suchtgefahren 26 (1980), 78–80
Keup, W. (Hrsg.): Folgen der Sucht. Georg Thieme Verlag, Stuttgart 1980
Keup, W.: Pharmakotherapie bei Suchterkrankungen. 3. Aufl. Hoheneck Verlag, Hamm 1980
Keup, W. (Hrsg.): Behandlung der Sucht und des Mißbrauchs chemischer Stoffe. Georg Thieme Verlag, Stuttgart 1981
Khaleeli, M., A. J. Giorgio: Thrombocytopenia in Heroin Addicts: Case Reports. Int. J. Addict. 15 (1980), 295–301
Khantzian, E. J., H. Shaffer: A contemporary psychoanalytic view of addiction theory and treatment, in: Lowinson/Ruiz, 1981
Kielholz, P.: Gesamtschweizerische Enquete über die Häufigkeit des Medikamentenmißbrauchs. Schweiz. Ärztezeitg. 49 (1968), 1077
Kielholz, P., R. Battegay, D. Ladewig: Drogenabhängigkeiten, in: Handbuch Psychiatrie der Gegenwart, Band II, Teil 2, 2. Aufl., 498–564. Springer Verlag, Berlin, Heidelberg, New York 1972
Kielholz, P., O. Hauser, D. Ladewig, R. Balmer, V. Hobi, M. Weidmann: Therapie, Katamnese und Prognose der Drogenabhängigkeit. Dtsch. med. Wschr. 101 (1976), 521–526
Kielholz, P., D. Ladewig: Über Drogenabhängigkeit bei Jugendlichen mit besonderer Berücksichtigung des Haschischrauchens. Dtsch. med. Wschr. 95 (1970), 101–105
Kielholz, P., D. Ladewig: Die Drogenabhängigkeit des modernen Menschen. J. F. Lehmanns Verlag, München 1972
Kienle, G.: Notfalltherapie neurologischer und psychiatrischer Erkrankungen. 2. Aufl. G. Thieme Verlag, Stutgart 1968
Kiltz, R. R., H. Hamers, L.-D. Schwede: Psychosoziale Rehabilitation chronisch Suchtkranker am Beispiel der Arbeit des Gemeinnützigen Vereins für Rehabilitation e. V. Gütersloh. Psychiat. Prax. 8 (1981), 60–66
Kindermann, W.: Behandlung Drogenabhängiger im Justizvollzug. Mschr. Krim. 62 (1979), 218–227
Kindermann, W.: Deformationen des Sozialverhaltens bei primär und sekundär kriminellen Drogenabhängigen – Erfahrungen und Behandlung im Justizvollzug, in: Keup, W. (Hrsg.): Folgen der Sucht, Georg Thieme Verlag, Stuttgart 1980
Kindermann, W.: Behandlung Drogenabhängiger unter den Bedingungen einer Strafanstalt. Zschr. für Strafvollzug u. Straffälligenhilfe 1980, Heft 2, 90–92
Kleber, H. D.: Detoxification from Narcotics, in: Lowinson/Ruiz, 1981
Kleber, H., G. K. Klerman: Current issues in methadone treatment of heroin dependence. Medical care 9 (1971), 379–382
Klee, W. A., S. K. Sharma, M. Nirenberg: Opiate receptors as regulators of adenylate cyclase. Life Sci. 16 (1975), 1869–1874
Kleiner, D.: Probleme des Rauschgiftmißbrauchs für die Jugendkriminalrechtspflege aus jugendpsychiatrischer Sicht. MschrKrim 54 (1971), Heft 3/4 (Sonderdruck ohne Seitenzahlen)
Kleiner, D.: Jugendpsychiatrische Aspekte zur Resozialisierung junger Drogenabhängiger durch Jugendgericht und Strafvollzug. Soziale Arbeit 25 (1976), Heft 1, Sonderdruck ohne Seitenangaben
Kleiner, D.: Der junge Drogenabhängige im Strafverfahren – Therapieeinleitung und -motivation durch den Jugendrichter. MschrKrim 61 (1978), 135–138
Kleiner, D.: Über Motivationsarbeit mit Drogenabhängigen zur Theraieaufnahme. Zentralbl. f. Jugendrecht und Jugendwohlfahrt 67 (1980), 245–249
Kleiner, D.: Zu Begriff und Praxis von »Motiv« und »Motivation« in der Suchtkrankentherapie. – Betrachtungen zu einer dringlichen Aufgabe. Soziale Arbeit 31 (1982), 49—57
Kleiner, D.: persönl. Mitteilung, 1983

Knischewski, E.: Weiterbildung zum Suchtkrankentherapeuten. Sonderdruck ohne nähere Angaben, o. J.

Köhnlechner, M.: Alkohol, Droge Nr. 1. Herbig, München, Berlin 1981

Körner, H. H.: Betäubungsmittelgesetz – Deutsches und internationales Betäubungsmittelrecht. Becksche Kurzkommentare. Verlag C. H. Beck, München 1982

Koester, W., R. Schneider, E. Hachmann, N. Mai: Dokumentation und Evaluation der stationären Behandlung von Alkohol- und Medikamentenabhängigen nach einem verhaltenstherapeutischen Programm – Beschreibung des Dokumentationssystems und Ergebnisse. Suchtgefahren 27 (1981), 193–206

Kolb, L. C.: Noyes' Modern Clinical Psychiatry. 7. Aufl. Saunders, Philadelphia, London, Toronto 1968

Krach, Chr., J. Lotze, H. Peschke, U. Peter, M.-L. Rabe, P. Schönhöfer: Ambulantes Therapieprogramm mit Methadon – Aus dem Jugend- und Drogenberatungsprogramm Hannover – 2 Jahre danach. Niedersächs. Ärztebl. 51 (1978), 259 ff.

Kraemer, S.: Theorien der Abhängigkeit, in: Vollmer/Helas, 1982

Kraemer, S., R. de Jong: Therapiemanual für ein verhaltenstherapeutisches Stufenprogramm zur stationären Behandlung von Drogenabhängigen. G. Röttger Verlag, München 1980

Krasney, O. E.: Sozialrechtliche Vorschriften bei der Betreuung Suchtkranker. Nicol-Verlag, Kassel 1975, 3. Aufl. 1980

Krauthan, G.: Einführung von Methadon-Erhaltungsprogrammen in der Bundesrepublik Deutschland? Eine kritische Literaturübersicht. DHS Informationsdienst 33 (1980), Nr. 3/4, S. 1–20

Kreek, M. J.: Medical management of Methadone maintained patients, in: Lowinson, J. H., P. Ruiz (Hrsg.): Substance Abuse – Clinical Problems and Perspectives. Williams + Wilkins, Baltimore, London 1981

Kretschmer, S.: Die Hoffnung, wahrhaftige Formen des Zusammenlebens zu realisieren: die historische Entwicklung einer Hilfe-zur-Selbsthilfe-Gruppe, in: Heckmann, W. (Hrsg.): Vielleicht kommt es auf uns selber an. Fischer Taschenbuch Verlag, Frankfurt am Main 1980

Kreuzer, A.: Drogen und Delinquenz. Akademische Verlagsgesellschaft, Wiesbaden 1975

Kreuzer, A.: Das Drogenproblem und Grundstrategien einer Drogenpolitik. Suchtgefahren 25 (1979), 97–110

Kreuzer, A.: Zur forensischen Begutachtung »gefährlicher« Drogen. NJW 35 (1982), 1310–1314

Krüger, P.: Crush-Syndrom bei Heroin-Überdosierung. Notfallmedizin 7 (1981), 836–838

Kryspin-Exner, K.: Polytoxikomanie bei Jugendlichen. Pharmakopsychiat. Neuropsychopharmakol. (Stgt) 3 (1970), 116–122

Kryspin-Exner, K.: Drogen. Psychotrope Stoffe als Sucht- und Heilmittel. Jugend und Volk Verlag, Wien und München 1971

Kuiper, P. C.: Rauschmittel und das Problem der menschlichen Freiheit. Dtsch. med. J. 22 (1971), 525–528

Kurtz, Ch.: Katamnesen jugendlicher Opiatabhängiger nach richterlich angeordneter Langzeittherapie, in: Ladewig, D. (Hrsg.): Drogen und Alkohol – Der aktuelle Stand in der Behandlung Drogen- und Alkoholabhängiger. S. Karger Verlag, Basel, München 1980

Kuschinsky, G., H. Lüllmann: Kurzes Lehrbuch der Pharmakologie und Toxikologie. 8. Aufl. Stuttgart, Thieme 1978

Kuschinsky, K.: Opiate dependence. Progr. Pharmacol. Vol. 1, No. 2 (1977)

Kuschinsky, K.: Zur Pharmakologie von Opiaten. Dtsch. Ärztebl. 78 (1981), 225–228

Kuypers, U. (Hrsg.): Familienbehandlung bei Suchtkranken. Lambertus Verlag, Freiburg i. Br. 1980

Kuypers, U. (Hrsg.): Sucht und Therapie. Lambertus Verlag, Freiburg i. Br. 1982

Ladewig, D.: Die Behandlung der Drogenabhängigkeit – Gesichtspunkte und Möglichkeiten, Suchtgefahren Heft 4 (1971), 3–8

Ladewig, D. (Hrsg.): Drogen und Alkohol – Der aktuelle Stand in der Behandlung Drogen- und Alkoholabhängiger. S. Karger, Basel, München 1980

»La-Guardia-Report«: The Mayor's Committee on Marihuana (Hrsg.): The Marihuana Problem in the City of New York. Ronald Press Company, New York 1944

Langelüddeke, A., P. H. Bresser: Gerichtliche Psychiatrie. 4. Aufl. Walter de Gruyter, Berlin, New York 1976

Langen, D.: Psychotherapie. 4. Aufl. G. Thieme Verlag, Stuttgart 1978

Langen, D.: Hypnose und autogenes Training in ihrer Wechselbeziehung, in: Peters, U. H. (Hrsg.): Ergebnisse für die Medizin (2) – Psychiatrie, Band X der »Psychologie des 20. Jahrhunderts«, Kindler, Zürich 1980

Lawin, P. (Hrsg.): Praxis der Intensivbehandlung. 4. Aufl. G. Thieme Verlag, Stuttgart 1981

Legewie, H.: Biofeedback Therapie, in: Peters, U. H. (Hrsg.): Ergebnisse für die Medizin (2) –

Psychiatrie, Band X der »Psychologie des 20. Jahrhunderts«. Kindler, Zürich 1980

Lennard, H. L., L. J. Epstein, M. S. Rosenthal: The Methadone Illusion. Science 176 (1972), 881–884

Leonhard, K.: Aufteilung der endogenen Psychosen. Akademie Verlag, Berlin 1968

Leonhard, K.: Zum Problem der Nosologie im Bereich der endogenen Psychosen, in: Leonhard, K. (Hrsg.): Nosologie der Psychosen. S. Hirzel Verlag, Leipzig 1972

Leschhorn, W. et al.: Therapie von Drogenabhängigen im Strafvollzug, in: Ladewig, D. (Hrsg.): Drogen und Alkohol. Int. Symp. Basel 1979. Karger Verlag, Basel 1980

Leuner, H.: Kreativität und »Bewußtseinsveränderung«. Confin. psychiat. 16 (1973), 141–158

Levine, L. H., C. S. Hirsch, L. W. White: Quinine Cardiotoxicity: A Mechanism for Sudden Death in Narcotic Addicts. J. For. Sci. 18, (1973), 167–172

Lewin, L.: Gifte und Vergiftungen – Lehrbuch der Toxikologie. 5. Aufl. Karl F. Haug Verlag, Ulm o. J.

Limentani, A.: Drogenabhängigkeit – ein klinischer Bericht, in: v. Scheidt, J. (Hrsg.): Drogenabhängigkeit, Nymphenburger, München 1972

Lowenfeld, H., Y. Lowenfeld: Die permissive Gesellschaft und das Überich. Psyche 24 (1970), 706–720

Lowinson, J. H., P. Ruiz (Hrsg.): Substance Abuse: Clinical Problems and Perspectives. Williams & Wilkins, Baltimore, London 1981

Lürssen, E.: Psychoanalytische Theorien über die Suchtstrukturen. Suchtgefahren 20 (1974), 145–151

Lürssen, E.: Das Suchtproblem in neuerer psychoanalytischer Sicht, in: Eicke, D. (Hrsg.): Freud und die Folgen (I), Band II der »Psychologie des 20. Jahrhunderts«. Kindler, Zürich 1976

Maddux, J. F., C. L. Bowden: Critique of Success with Methadone Maintenance. Amer. J. Psychiat. 129 (1972), 440–446

Mader, R., W. Sluga: Gruppenbeziehungen rauschgift- und drogenabhängiger Jugendlicher. Jb. Psychol. Psychother. med. Anthropol. 17 (1969), 351–359

Mader, R., W. Sluga: Soziale Verläufe u. Katamnesen rauschgift- u. drogenabhängiger Jugendlicher. Wien. med. Wschr. 119 (1969), 604–608

Mader, R., W. Sluga: Veränderungen im Erscheinungsbild suchtkranker Jugendlicher. Wien. med. Wschr. 120 (1970), 330–333

Mader, R., H. Strotzka (Hrsg.): Drogenpolitik zwischen Therapie und Strafe. Jugend und Volk Verlag, Wien, München 1980

Maier, H. W.: Der Kokainismus. Geschichte/Pathologie/Medizinische und behördliche Bekämpfung. Thieme, Leipzig 1926

Man, P. L., M. Y. Chuang: Acupuncture in methadone withdrawal. Int. J. Addict. 15 (1980), 921–926

Martin, W. R.: Opioid antagonists. Pharmacol. Rev. 19 (1967), 463–521

Martin, W. R.: Methadone – a reevaluation. Arch. Gen. Psychiat. 28 (1973), 286–295

Marx, H.: Alternative Behandlung von Suchtkranken. Der informierte Arzt 7 (1979), Heft 11, S. 46–55

Marx, H. G.: Erfahrungsbericht über den Einsatz der Akupunktur in einer Fachklinik für Suchtkranke. Ärztez. Naturheilverf. 22 (1981), 170–175

Maslow, A. H.: Motivation and Personality. Harper and Row, New York 1970

Matsuzaki, M.: Behavioral, psychic, neuropharmacologic, and physiologic aspects, in: Mulé, S. J. (Hrsg.): Cocaine: Chemical, Biological, Clinical, Social and Treatment Aspects. CRC Press, Cleveland 1976

Matussek, P.: Süchtige Fehlhaltungen, in: Bally, G. et al.: Grundzüge der Neurosenlehre in 2 Bänden. Urban und Schwarzenberg Verlag, München, Berlin, Wien 1972

May, B., G. Prack, H. J. Rosenstock: Akute und chronische somatische Erkrankungen bei jugendlichen Drogenabhängigen, in: Keup, W. (Hrsg.): Folgen der Sucht. G. Thieme Verlag, Stuttgart, New York 1980

McLeod, W. R., P. N. Priest: Methadone Maintenance in Auckland. The failure of a programme. Br. J. Addict. 68 (1973), 45–50

Meadows, D.: Die Grenzen des Wachstums – Bericht des Club of Rome zur Lage der Menschheit. Deutsche Verlagsanstalt, Stuttgart 1972

Mechler, A.: Die Beurteilung der Zurechnungsfähigkeit bei Drogenabhängigen. Med. Welt (Stgt) 25 (1974), 65–69

Meester, W. D. et al.: The treatment and rehabilitation of heroin-addicts. Michigan Medicine 70 (1971), 1009–1014

Menzemer, B.: Jugendberatung, Hermann-Hesse-Schule und Wohngruppen der Reha-Kette Frankfurt, in: Petzold, H. (Hrsg.): Drogentherapie, Junfermann/Hoheneck. Paderborn, Hamm 1974

Merker, W., P. Zipp: Merkblatt zur ambulanten Diagnostik und Notfall-Therapie insbesondere jugendlicher Drogenkonsumenten. Hess. Ärztebl. 34 (1973), 117–118

Meyer, E.: Elternkreis Bonn, in: Bschor, F. (Hrsg.): Modelle und Methoden gemeindeverbundener Suchtkrankenbehandlung Teil II. Nicolaische Verlagsbuchhandlung, Berlin 1981

Misra, A. L., S. J. Mule: Stereoselectivity and differential metabolism in vivo of dextro- and levomethadone-1-^{3}H. Nature (London) 241 (1973), 281–283

Misra, A. L., S. J. Mule, R. Bloch, N. L. Vadlamani: Physiological disposition and metabolism of levo-methadone-1-^{3}H in nontolerant and tolerant rats. J. Pharmacol. Exp. Ther. 185 (1973), 287–299

Mitscherlich, A.: Vom Ursprung der Sucht. Klett, Stuttgart 1947

Möllhoff, G.: Einige sozialmedizinische Aspekte von Suchterkrankungen. (Alkoholismus und Rauschgiftsucht). Monatsschr. f. Präventivmedizin und Rehabilitation, für Sozialhygiene und öffentlichen Gesundheitsdienst, 32 (1970), 449–458

Möllhoff, G.: Sucht in rechtlicher und versicherungsmedizinischer Sicht. Dtsch. med. J. 22 (1971), 518–524

Möllhoff, G.: Versicherungsmedizinische Bewertung von Rauschmittelabhängigen. Z. Rechtsmed. 74 (1974), 1–8

Moeschlin, S.: Klinik und Therapie der Vergiftungen. 5. Aufl. Stuttgart: Thieme 1972

Monahan, R. H.: Secondary prevention of drug dependence through the Transcendental Meditation program in metropolitan Philadelphia. Int. J. Addict. 12 (1977), 629

Moreno, J. L.: Das Psychodrama, in: Handbuch der Neurosenlehre u. Psychotherapie, Band IV. Urban und Schwarzenberg Verlag, München 1959

Moreno, J. L.: Gruppenpsychotherapie und Psychodrama. G. Thieme Verlag, Stuttgart 1959

Morrison, W. J., S. Wetherill, J. Zyroff: The acute Pulmonary Edema of Heroin Intoxication. Radiology 97 (1970), 347–351

Mule, S. J. (Hrsg.): Cocaine: Chemical, Biological, Clinical, Social and Treatment Aspects. Cleveland/Ohio: CRC Press, Inc. 1976

Nash, G.: The impact of drug abuse treatment upon criminality: A look at 19 programs. Montclair State College, New Jersey 1973

Negrete, J. C.: Psychological adverse effects of cannabis smoking: A tentative classification. Canad. med. Ass. J. 108 (1973), 195–196

Neudek, K.: Entziehungsprogramm für Rauschgiftsüchtige in den USA. Münch. med. Wschr. 112 (1970), 1054–1056

Noelle-Neumann, E.: Selbstbeherrschung – Kein Thema, in: Frankfurter Allgemeine Zeitung v. 25. 5. 1982

Nusselt, L., J. Salzhuber: Hinweise für den Umgang mit drogenabhängigen Jugendlichen in der Praxis. Münch. med. Wschr. 118 (1976), 1423–1426

O'Brien, C. P.: Innovative Treatments for Drug Addiction, in: Dupont et al. (Hrsg.): 1979, S. 193–201

O'Brien, C. P., R. A. Greenstein: Treatment Approaches: Opiate Antagonists, in: Lowinson/Ruiz, 1981

Otte, J.: Neugeborene heroinsüchtiger Mütter. Deutsche Hebammenzeitschrift (1980), 372–373

Partanen, J. K., K. Bruun, T. Markkanen: Inheritance of drinking behavior. A study on intelligence, personality and use of alcohol in adult twins. The Finnish Foundation for Alcohol. Studies, Helsinki 1966

Perkins, M. E., H. I. Bloch: Survey of a methadone maintenance treatment program. Amer. J. Psychiat. 126 (1970), 1389–1396

Perls, F. S.: Gestalt-Therapie in Aktion. Ernst Klett Verlag, Stuttgart 1976

Persaud, T. V. N., A. C. Ellington: Teratogenic Activity of Cannabis Resin. Lancet 2 (1968), 406–407

Petzold, H.: Gestalttherapie und Psychodrama. Nicol Verlag, Kassel, 1973

Petzold. H.: Drogentherapie. Junfermann/Hoheneck Verlag, Paderborn 1974

Petzold, H.: Das Psychodrama als Methode der klinischen Psychotherapie, in: Pongratz, L. J. (Hrsg.): Klinische Psychologie, Band 8, 2. Halbband des Handbuchs der Psychologie. Hogrefe Verlag, Göttingen, Toronto, Zürich 1978

Petzold, H., G. Vormann: Therapeutische Wohngemeinschaften. Pfeiffer, München 1980

Pittrich, U.: Der Wandel des Haschischkonsums im Spiegel der Tagespresse und verschiedener Drogenpublikationen. Medizin. Dissertation, Frankfurt a. M. 1976

Platt, J. J., C. Labate: Heroinsucht – Theorie, Forschung, Behandlung. Steinkopff Verlag, Darmstadt 1982

Platz, W., H. Bartsch: Heroinabhängigkeit. Tempo Medical, 1982 (Heft 22), 1983 (Heft 1 und 2), Sonderdruck ohne nähere Angaben

Pörksen, T.: Erfahrungen mit dem Modell »Drogenhilfe Tübingen«, in: Ladewig, D. (Hrsg.): Drogen und Alkohol – Der aktuelle Stand in der Behandlung Drogen- und Alkoholabhängiger. S. Karger Verlag, Basel, München 1980

Polster, E., M. Polster: Gestalttherapie. Kindler Verlag, München 1975 (Reihe »Geist und Psyche«, Bd. 2150)

Prack, G., J. Rosenstock, W. Pohle, H. Baumann, B. May: Zur Häufigkeit von Lebererkrankungen bei jugendlichen Drogenabhängigen. Med. Welt (Stgt) 30 (1979), 370–371

Psychiatrie-Enquête, s. Bericht über die Lage der Psychiatrie ... Bonn 1975

Quensel, S.: Drogenelend: Cannabis, Heroin, Methadon: Für eine neue Drogenpolitik. Campus, Frankfurt a. M., New York 1982

Rado, S.: Die psychischen Wirkungen der Rauschgifte. Internat. Zschr. f. Psychoanalyse 12 (1926), 540–556, nachgedruckt in: Psyche 29 (1975), 360–376

Rahmenplan für stationäre und ambulante Behandlungsmodelle für Drogengefährdete/Drogenabhängige, erarbeitet von der Kommission »Behandlungsmodelle« bei der Deutschen Hauptstelle gegen die Suchtgefahren. Hamm 1971

Rathod, N. H.: The use of Heroin and Methadone by Injection in a New Town. Br. J. Addict. 67 (1972), 113–121

Rauchfleisch, U.: Zur Psychodynamik der Sucht. Prax. Psychother. 16 (1971), 1–8

Rawson, R. A., F. S. Tennant: Propoxyphene napsylate maintenance treatment for narcotic dependence: a non-methadone-model. Drug Alcohol Depend. 8 (1981), 79–83

Redhardt, R.: Zur Psychophathologie der ideologischen und soziokulturellen Motivationszusammenhänge des Haschischmißbrauchs. Z. Rechtsmed. 68 (1971), 57–72

Redlich, F. C., D. X. Freedman: Theorie und Praxis der Psychiatrie. Suhrkamp, Frankfurt 1970

Reichel, K.: Dtsch. Ärztebl. 74 (1977), 324

Renn, H.: Evaluierungsprobleme der Drogenerziehung, in: Feser, H. (Hrsg.): Drogenerziehung. 2. Aufl. A. Vaas Verlag, Langenau-Albeck 1981

Renn, H.: Organisatorische Fragen zur Drogenprävention. Suchtgefahren 28 (1982), 209–224

Rennert, H.: Zur Nosologie, Genetik und Therapie der endogenen Psychosyndrome aus einheitspsychotischer Sicht, in: Leonhard, K. (Hrsg.): Nosologie der Psychosen. S. Hirzel Verlag, Leipzig 1972

Rennert, H.: Zur Entstehung und Einordnung psychischer Krankheiten aus der Sicht einer »Universalgenese der Psychosen«. Psychiat. Neurol. med. Psychol. (Leipzig) 29, (1977), 9–13

Rennert, H.: Zum Modell »Universalgenese der Psychosen« – Aspekte einer unkonventionellen Auffassung der psychischen Krankheiten. Fortschr. Neurol. Psychiat. 50 (1982), 1–29

Rennert, M.: Elternarbeit, ein Stiefkind der Drogenberatungsstellen? Suchtgefahren 26 (1980), 189–194

Riedesser, P.: Methadonprogramme in den USA. Med. Klin. 69 (1974), 671–680

Rimm, D. C., J. C. Masters: Behavior therapy – techniques and empirical findings. Academic Press, New York 1979

Roeder, F. D.: Stereotaktische Therapie der Suchten, in: Nass, G. (Hrsg.): Vorbeugung und Behandlung bei Kriminellen und Süchtigen. Kassel, Verlag Gesellschaft f. Vorbeugende Verbrechensbekämpfung, 1974, 3–35

Romkopf, U.: Drogenabhängigkeit und Strafvollzug. Zschr. f. Strafvollzug u. Straffälligenhilfe 1980, Heft 2, 92–94

Rosenberg, A.: Ansätze von Drogenarbeit im Strafvollzug. Jugendwohl 62 (1981), Heft 8/9, Sonderdruck ohne Seitenangaben

Rosenfeld, H.: Über Rauschgiftsucht. Psyche 14 (1960/61), 481–495.

Rosenfeld, H.: Psychoanalyse der Rauschgiftsucht, in: v. Scheidt, J. (Hrsg.): Drogenabhängigkeit – Zur Psychologie und Therapie, Nymphenburger, München 1972

Rosorius, J.: Bericht über die Durchführung des Drogenprogramms des Landes Nordrhein-Westfalen. Düsseldorf 1981

Rothenberger, W.: persönl. Mitteilung, 1983

Rubner, O.: Suchtprophylaxe und -therapie in der ärztlichen Praxis. Rhein. Ärztebl. 1978, Heft 1 (Sonderdruck ohne nähere Angaben)

Rübsamen, K.: Optische Darstellung und Beschreibung von Drogen. Polizeiliche Drogenbekämpfung, in: Schriftenreihe des Bundeskriminalamts, Band 49, Wiesbaden 1981

Rush, A. J., B. F. Shaw: Psychotherapeutic treatment of opiate addiction. Amer. J. Psychother. 35 (1981), 61–75

Sardeman, H., K. S. Madsen, B. Friis-Hansen: Follow-up of children of drug-addicted mothers. Arch. Dis. Child. 51 (1976), 131–134

Sattes, H.: Über Polamidonsucht. Dtsch. med. Wschr. 75 (1950), 638–641

Sattes, H.: Zur Polamidonsucht. Dtsch. med. Wschr. 76 (1951), 929–931

Schaltenbrand, J.: Drogenabhängigkeit und Familie. Unveröff. Manuskript, 1982

Schaumann, O.: Morphin und morphinähnlich wirkende Verbindungen, in: Handbuch der experimentellen Pharmakologie, Band 12, Springer Verlag, Berlin, Göttingen, Heidelberg 1957

Scheerer, S., S. Kappel: Die Behandlung von Drogenabhängigen nach dem neuen Betäubungsmittelgesetz. Kriminalpäd. Prax. 9 (1981), Heft 11/12, S. 2–26

Scheerer, S.: Die gegenwärtigen Tendenzen in der deutschen Drogenpolitik, in: Mader, R., H.

Strotzka (Hrsg.): Drogenpolitik, Jugend und Volk Verlag, Wien, München 1980
vom Scheidt, J. (Hrsg.): Drogenabhängigkeit – Zur Psychologie und Therapie. Nymphenburger, München 1972
Schelsky, H.: Die skeptische Generation – Eine Soziologie der deutschen Jugend. Eugen Diederichs Verlag, Düsseldorf, Köln 1963
Scherer, G.: Anthropologische Hintergründe der Jugendrevolte. H. Driewer, Essen 1969
Schmidbauer, W., J. vom Scheidt: Handbuch der Rauschdrogen. Nymphenburger, München 1971
Schmidt, H. G. (Hrsg.): Jahrbuch zur Frage der Suchtgefahren 1981. Neuland Verlagsgesellschaft, Hamburg 1980
Schmidt, U., P. C. Potthoff: Stereotaktische Hirnoperationen – heutiger Stand. Dtsch. Ärztebl. 78 (1981), 387–395
Schmidt, L.: Der Motivationsprozeß, in: Alkoholismus-Therapie. Nicol Verlag, Kassel 1981
Schneider, M.: Methadon-Behandlung. Psychologische Bemerkungen zu einer resignierenden Therapie. Münch. med. Wschr. 115 (1973), 1655–1660
Schneider, R.: Das Menschenbild der Verhaltenstherapie und der Alkoholrückfall – ein Widerspruch?, in: Vollmer/Helas, 1982
Schölmerich, P. et al. (Hrsg.): Interne Intensivmedizin. 2. Aufl. G. Thieme Verlag, Stuttgart 1980
Schönhöfer, P. : Risiko-Nutzen-Analyse der Methadon-Maintenance, in: Ladewig, D. (Hrsg.): Drogen und Alkohol – Der aktuelle Stand in der Behandlung Drogen- und Alkoholabhängiger. S. Karger Verlag, Basel, München 1980
Schönhöfer, P.: Risiko-Nutzen-Analyse der Methadon-Maintenance, in: Drogen und Alkohol. Int. Symp. Basel 1979, 189–195. Karger, Basel, 1980
Schönhöfer, P., H. E. Hasse: Zur Diskussion der Methadon-Programme in der Bundesrepublik. Dtsch. med. Wschr. 98 (1973), 2038–2043
Scholz, J.: Ärzte als Angeklagte. Strafverfahren wegen Vergehens gegen das Betäubungsmittelgesetz. Die Berliner Ärztekammer, Heft 7 (1975), 312
Schrappe, O.: über die Depravation bei Süchtigen, in: Randzonen menschlichen Verhaltens, Festschr. zum 65. Geb. von Prof. Dr. H. Burger-Prinz. Enke-Verlag, Stuttgart 1962, S. 111–121
Schrappe, O.: Gewöhnung und Süchte. Nervenarzt 39 (1968), 337–350
Schrappe, O.: Was wissen wir heute über »Einstiegsdrogen«? Suchtgefahren 17 (1971), 5–8, Heft 4
Schuler, S.: Eigenmotivation muß erst erarbeitet werden. Psycho 7 (1981), 764–770
Schulte, W., R. Tölle: Psychiatrie. Springer, Berlin, Heidelberg, New York 1971
Schulz, R.: Körpereigene Opiate – Endorphine. Dtsch. Ärztebl. 75 (1978), 2255–2260
Schwind, H.-D.: Rebellion gegen die Fertigkeit dieser Welt, in: Frankfurter Allgemeine Zeitung v. 25. 11. 1981
Secretary of Health, Education and Welfare (Hrsg.): Marihuana and Health, 4.–8. Report to the U.S. Congress. Washington 1974–1980
Segovia-Riquelme, N., A. Varela, J. Mardones: Appetite for alcohol, in: Israel, Y., J. Mardones (Eds.): Biological basis of alcoholism. New York, Wiley, 1971
Sells, S. B.: Treatment Effectiveness, in: Dupont, Goldstein, O'Donnel (Hrsg.): (1979), S. 105–118
Sells, S. B.: Follow-up and Treatment Outcome, in: Lowinson/Ruiz (1981), S. 783–800
Sells, S. B., D. D. Simpson: The case for drug abuse treatment effectiveness. Br. J. Addict. 75 (1980), 117–131
»Shell-Studie«, s. unter: Jugendwerk der Deutschen Shell (Hrsg.): Jugend '81. Leske und Budrich Verlag, Opladen 1982
Siegel, L. M.: The Transcendental Meditation Program and the Treatment of Drug Abuse, in: Lowinson und Ruiz (Hrsg.): Substance Abuse. Baltimore und London 1981
Siegmund, G.: Rausch und Religion. Hoheneck Verlag, Hamm o. J.
Siepser, S. B., L. E. Magargal, J. J. Augsburger: Acute bilateral retinal microembolization in a heroin addict. Ann. Ophthal. 13 (1981), 699–702
Silber, R., E. P. Clerkin: Pulmonary Edema in acute Heroin poisoning. Report of 4 cases. Amer. J. Med. 27 (1959), 187–192
Simpson, D. D., L. G. Savage, M. R. Lloyd, S. B. Sells: Evaluation of Drug Abuse Treatments Based on First Year Followup. NIDA, Monograph Series, Rockville 1978
Simpson, D. D., L. G. Savage, M. R. Lloyd, S. B. Sells: Followup evaluation of drug abuse treatment in the DARP during 1969–1972. Arch. Gen. Psychiat. 36 (1979), 772–780
Skarabis, H., B.-M. Becker: Epidemiologische Untersuchung zur Schätzung des Umfangs und der Sozialstruktur der Heroinszene in Berlin (West). Senator für Familie, Jugend und Sport, Berlin 1979
Skarabis, H., B.-M. Becker, H. Patzak: Epidemiologische Untersuchung zur Schätzung des Umfangs und der Sozialstruktur der Heroinszene in Berlin (West). Die Berliner Ärztekammer, Heft 6 u. 7 (1980)
Sklar, N.: Über Anascha-Psychosen. Allg. Zschr. f.

Psychiatrie und psychisch-gerichtl. Medizin 102 (1934), 304–312
Soeder, M.: Zum Thema Motivation, in: Alkoholismus-Therapie. Nicol-Verlag, Kassel 1981
Solms, W.: Therapiemöglichkeiten bei Süchtigkeit, in: Hoff, H. (Hrsg.): Therapeut. Fortschritte in der Neurologie u. Psychiatrie. Verlag Urban u. Schwarzenberg, Wien, Innsbruck 1960
Spann, W.: Ärztliche Rechts- u. Standeskunde. J. F. Lehmanns Verlag, München 1962
Staehelin, J. E.: Nichtalkoholische Süchte, in: Psychiatrie der Gegenwart, hrsg. v. Gruhle, H. W., Jung, R. u. a. Bd. 2. Berlin, Göttingen, Heidelberg: Springer 1960
Stauber, M., M. Schwerdt, B. Hollenbach: Schwangerschaft, Geburt und Wochenbett bei heroinabhängigen Frauen – derzeitiger Wissensstand und eigene Erfahrungen. Geburtsh. u. Frauenheilk. 42 (1982), 345–352
Steckel, R.: Bewußtseinserweiternde Drogen – Eine Aufforderung zur Diskussion. Edition Voltaire, 5. Aufl. Berlin 1971
Steinbrecher, W., H. Solms (Hrsg.): Sucht und Mißbrauch. 2. Aufl. Georg Thieme Verlag, Stuttgart 1975
Stringaris, M. G.: Zur Klinik der Haschischpsychosen. Arch. Psychiat. Nervenkr. 100 (1933), 523–532
Stringaris, M. G.: Die Haschischsucht. Springer, Berlin 1939, 2. Aufl. 1972
Suchtmittelgesetz der DDR. Druck Release 1, Berlin
Süllwold, L.: Verhaltenstherapeutische Prinzipien bei der Behandlung von Drogenkonsumenten. Unveröff. Manuskript, 1972
Süllwold, L.: Zur Prophylaxe des Drogenkonsums Jugendlicher, in: Degkwitz, R. u. a.: Zum Drogenkonsum Jugendlicher. Lambertus Verlag, Freiburg i. Br. 1972
Süllwold, L.: Symptome schizophrener Erkrankungen. Springer Verlag, Berlin, Heidelberg, New York 1977
Täschner, K.-L.: Medizinische, rechtliche und pädagogische Hilfen bei der Resozialisierung jugendlicher Drogenabhängiger, in: Deimling, G. (Hrsg.): Sozialisation und Rehabilitation, Luchterhand Verlag, Neuwied 1973
Täschner, K.-L.: Social data and personality factors of clinically treated young drug users. Br. J. Addict. 69 (1974), 67–74
Täschner, K.-L.: Zur Frage gesellschaftlicher Ursachen des Drogenkonsums Jugendlicher. Zschr. Sozialpsychol. 6 (1975), 76–79
Täschner, K.-L.: Zur Problematik soziogenetischer Aussagen auf dem Gebiet der Drogenabhängigkeit, in: Nacke, O., G. Wagner (Hrsg.): Dokumentation und Information im Dienste der Gesundheitspflege, S. 243–249. F. K. Schattauer Verlag, Stuttgart, New York 1976
Täschner, K.-L.: Das Problem der Hilfen für jugendliche Drogenabhängige. Jugendwohl 59 (1978), 410–415
Täschner, K.-L.: Rausch und Psychose – Psychopathologische Untersuchungen an Drogenkonsumenten. Kohlhammer Verlag, Stuttgart 1980
Täschner, K.-L.: Haschisch für alle? Hess. Ärztebl. 41 (1980), 669–682
Täschner, K.-L.: Haschisch – Traum und Wirklichkeit. Akademische Verlagsgesellschaft, Wiesbaden 1981
Täschner, K.-L.: Das Cannabisproblem. 2. Auflage. Akademische Verlagsgesellschaft, Wiesbaden 1981
Täschner, K.-L.: Zur Behandlung Heroinsüchtiger – Drogenfreies Programm oder Methadonprogramm? Hess. Ärztebl. 43 (1982), 201–221
Täschner, K.-L.: Haschisch? Nein danke. Der informierte Arzt 10 (1982), Heft 3, 21–31
Täschner, K.-L.: Zur Differentialdiagnose drogeninduzierter und schizophrener Psychosen, in: Wanke, K., W. Richtberg (Hrsg.): Erlebte Psychiatrie. Perimed-Verlag, Erlangen 1983
Täschner, K.-L., U. Pittrich-Fahl: Probleme bei der Entgiftung von Opiatsüchtigen. Ther. d. Gegenw. 120 (1981), 334–342
Täschner, K.-L., W. Richtberg: Kokain-Report. Akademische Verlagsgesellschaft, Wiesbaden 1982
Täschner, K.-L., K. Wanke: Drogenabhängigkeit bei Jugendlichen. Med. Klin. 67 (1972), 515–520
Täschner, K.-L., K. Wanke: Beschaffungskriminalität und Zurechnungsfähigkeit bei Drogenabhängigen. Nervenarzt 44 (1973), 85–88
Täschner, K.-L., K. Wanke: Zur Frage der Verwendung von Methadon bei jugendlichen Drogenabhängigen. Hess. Ärztebl. 35 (1974), 17–25
Täschner, K.-L., K. Wanke: Zurechnungsfähigkeit bei Drogenkonsumenten. MschrKrim 57 (1974), 151–158
Täschner, K.-L., K. Wanke: Zur Frage der toxischen Psychose am Beispiel der sogenannte LSD-Psychose. Fortschr. Med. 93 (1975), 1515–1518
Täschner, K.-L., K. Wanke: Drogenabhängigkeit – Krankheit oder Gebrechen im Sinne der RVO? Med. Sachverst. 72 (1976), 32–37
Täschner, K.-L., K. Wanke: Kosten-Nutzen-Gesichtspunkte bei der Behandlung Drogenabhängiger. Lebensversicherungsmedizin 33 (1981), 13–15
Taetle, R., S. Browning: Thrombocytopenia Associated With Intravenous Heroin Abuse. West. Journ. Med. 131 (1979), 62–64

Tashkin, D. P., B. J. Shapiro, I. M. Frank: Acute pulmonary physiologcal effects of smoked marihuana and oral Δ-9-THC in healthy young men. N. Engl. J. Med. 289 (1973), 336–341

Tashkin, D. P., B. J. Shapiro, Y. E. Lee, C. E. Harper: Subacute effects of heavy marihuana smoking on pulmonary in healthy men. N. Engl. J. Med. 294 (1976), 125–129

Tausch, R.: Gesprächspsychotherapie. Hogrefe, Göttingen 1971

Taylor, W. J. R., C. E. Bowling, H. M. Mason: Methadone iatrogenesis during narcotic substitution therapy, in: Singh, J. M., L. Miller, H. Lal (Hrsg.): Drug addiction: Clinical and sociolegal aspects. New York 1972

Tenbruck, F. H.: Jugend und Gesellschaft. Soziologische Perspektiven. Rombach, Freiburg 1965 (2. Auflage)

Tennant, F. S., C. J. Groesbeck: Psychiatric effects of Hashish. Arch. Gen. Psychiat. 27 (1972), 133–136

Thamm, B. G.: Einzel- und Gruppenarbeit mit Eltern drogengefährdeter und -abhängiger Kinder, in: Familie und Suchterkrankung. Hoheneck Verlag, Hamm 1977

Thomsen, R.: Zur Casuistik der combinierten Morphin-Cocain-Psychosen. Charité-Ann. 12 (1887), 405

Toman, W.: Tiefenpsychologie. Kohlhammer, Stuttgart 1978

Troen, P.: Pulmonary edema in acute opium intoxication. N. Engl. J. Med. 248 (1953), 364–366

Troschke, J. v.: Gesundheitserziehung in der Schule. Dtsch. Ärztebl. 73 (1976), 963–967

Tuazon, C. U., R. J. Elin: Endotoxin Content of Street Heroin. Arch. Intern. Med. 141 (1981), 1385–1386

Tuazon, C. U., R. Hill, J. N. Sheagran: Microbiologic Study of Street Heroin and Injection Paraphernalia. J. Infect. Dis. 129 (1974), 327–329

Uhde, T. W., D. E. Redmond, H. D. Kleber: Clonidine Suppresses the Opioid Abstinence Syndrome without Clonidine-Withdrawal-Symptoms. Psychiat. Res. 2 (1980), 37

Unterrichtung durch die Bundesregierung – Die Lage der Familien in der Bundesrepublik Deutschland – Dritter Familienbericht. Bundestagsdrucksache Nr. 8/3121. Verlag Dr. Hans Heger, Bonn 1979

Vachon, L., P. Mikus, W. Morrissey, M. Fitzgerald, E. Gaensler: Bronchial effect of marihuana smoke in asthma, in: Braude, M., Szara, S. (Hrsg.): Pharmacology of Marihuana. Raven Press, New York 1976

Vaillant, G. E.: A 12-year followup of New York narcotic addicts: the relation of treatment to outcome. Am. J. Psychiat. 122 (1966), 727–737

Vich, V.: Plötzlicher Tod bei Heroinsüchtigen: anaphylaktisches Hirnödem. Ärztl. Prax. 24 (1972), 1739–1742

Vierth, G.: Psychopathologische Syndrome nach Haschischgenuß. Beobachtungen aus Marokko. Münch. med. Wschr. 109 (1967), 522–526

Völger, G., K. v. Welck (Hrsg.): Rausch und Realität – Drogen im Kulturvergleich. Rowohlt Taschenbuch Verlag, Reinbek bei Hamburg 1982

Vogel, F.: Humangenetische Aspekte der Sucht. Dtsch. med. Wschr. 106 (1981), 711–714

Vogel, R., W. Matthiessen, O. Brückner, M. Alexander: Lungenkomplikationen bei Rauschgiftsucht. Prax. Pneumol. 35 (1981), 988–991

Vollmer, H., I. Helas (Hrsg.): Verhaltenstherapie in der Suchtkrankenhilfe. Röttger Verlag, München 1982

Vormann, G., W. Heckmann: Zur Geschichte der therapeutischen Wohngemeinschaften in Deutschland, in: Petzold, H., G. Vormann (Hrsg.): Therapeutische Wohngemeinschaften, Pfeiffer Verlag, München 1980

Waldmann, H.: Phantastika im Untergrund. H. Bouvier + Co., Bonn 1970

Waldmann, H.: Das Schicksal der Kinder opiatabhängiger Mütter, in: Keup, W. (Hrsg.): Folgen der Sucht. G. Thieme Verlag, Stuttgart, New York 1980

Waldmann, H.: Erfahrungen aus einer großstädtischen Drogenklinik, in: Ladewig, D. (Hrsg.): Drogen und Alkohol. Karger, Basel 1980

Waldmann, H., P. S. Schönhöfer, H. E. Hasse: Vier Stadien in der Entwicklung der Drogenabhängigkeit bei Jugendlichen. Dtsch. med. Wschr. 98 (1973), 327–331

Wanke, K.: Neue Aspekte zum Suchtproblem. Multifaktorielle Analysen klinischer Erfahrungen mit jungen Drogenkonsumenten. Habil. Schr., Frankfurt 1971

Wanke, K.: Sucht als Streßfolge? Therapiewoche 31 (1981), 50–54

Wanke, K.: Leitsymptom: Sucht, Abhängigkeit und Mißbrauch, in: Heisig, N. (Hrsg.): Innere Medizin in der ärztlichen Praxis. Thieme Verlag, Stuttgart, New York 1981

Wanke, K., E. Leiser, L. Süllwold, B. Ziegler: Soziale Mobilität von Drogenkonsumenten. Z. Rechtsmed. 70 (1972), 25–31

Wanke, K., L. Süllwold, B. Ziegler: Empirische Untersuchungen zum Rauschmittelmißbrauch in Frankfurt, in: Ehrhardt, H. (Hrsg.): Perspektiven der heutigen Psychiatrie. Verlag Gerhards u. Co., Frankfurt a. M., 1972

Wanke, K., K.-L. Täschner: Gutachten für die Staatsanwaltschaft beim Landgericht München I zur Frage der Anwendung von Polamidon bei heroinabhängigen Personen in der Strafsache gegen Dr. Kapuste vom 9. 11. 1977 (Az. 398Js 16060/76)

Wanke, K., K.-L. Täschner: Drogen und Gesundheitserziehung. Medizin Mensch Gesellschaft 3 (1978), 18–23

Wanke, K., K.-L. Täschner: Straftaten unter Einfluß von Drogen. Z. Rechtsmed. 83 (1979), 209–220

Wanke, K., K.-L. Täschner, H. Hünnekens: Soziale Dienste für Suchtkranke und delinquente Kinder und Jugendliche. Eichholz Verlag, Bonn 1976

von Wartburg, W. P.: Drogenmißbrauch und Gesetzgeber. Birkhäuser Verlag, Basel und Stuttgart 1974

Watzl, H.: Überlegungen zur Bewertung von Abstinenzraten. Suchtgefahren 25 (1979), 37–38

Welz, R.: Drogenabhängigkeit in der Bundesrepublik Deutschland – Häufigkeit, Verbreitung und weitere Entwicklung, in: Häfner, H., R. Welz (Hrsg.): Drogenabhängigkeit und Alkoholismus. Rheinland Verlag, Köln 1981

Wen, H. L.: Fast detoxification of heroin addicts by acupuncture and electrical stimulation in combination with naloxone. Comp. Med. East West 5 (1977), 257

Wen, H. L., S. Y. C. Cheung: Treatment of drug addiction by acupuncture and electrical stimulation. Am J. Acupuncture 1 (1973), 71

Wenig, M: Zusammenarbeit zwischen Krankenversicherung und Rentenversicherung bei der Rehabilitation Abhängigkeitskranker. Die Krankenversicherung, Heft 1 (1979) (Sonderdruck ohne Seitenangaben)

Weppner, R. S., R. C. Stephens, H. T. Conrad: Methadone: Some aspects of its legal and illegal use. Amer. J. Psychiat. 129 (1972), 451–455

Whitehead, P. C.: Acupuncture in the treatment of addiction: A review and analysis. Int. J. Addict. 13 (1978), 1

Wieck, H. H.: Neurologie u. Psychiatrie in der Praxis. F. K. Schattauer Verlag, Stuttgart, New York 1974

Wieland, W. F., C. D. Chambers: Methadone maintenance: A comparison of two stabilization techniques. Int. J. Addict. 5 (1970), 645–659

Wiepert. G. D., T. H. Bewley, P. T. D'Orban: Outcomes for 575 British opiate addicts entering treatment between 1968 and 1975. Bull. Narcot. 30 (1978), 21–32

Wiesener, H.: Drogennotfälle bei Jugendlichen. Der Kinderarzt 6 (1972), 252–254

Wieser, St.: Familienstruktur und Rollendynamik von Alkoholikern, in: Kisker, K. P., J. E. Meyer, M. Müller, E. Strömgren (Hrsg.): Handbuch Psychiatrie der Gegenwart, Band II/2, 2. Aufl. Springer Verlag, Berlin 1972

Wile, R.: Ten-year follow-up of a representative sample of London heroin addicts: Clinic attendance, abstinence and mortality. Brit. J. Addict. 76 (1981), 259–266

Winkler, K.-R.: Zur Strafbarkeit des Arztes gemäß § 11 Abs. 1 Nr. 9 Betäubungsmittelgesetz. Suchtgefahren 26 (1980), 28–37

Winkler, K.-R.: Das neue Betäubungsmittelstrafrecht. Suchtgefahren 27 (1981), 215–220

Winkler, K.-R.: Steuerrechtliche Billigkeitsmaßnahmen zugunsten von Drogenabhängigen. Suchtgefahren 27 (1981), 176–178

Woody, G. E., C. P. O'Brien, A. T. McLellan, J. Mintz: Psychotherapy for opiate addiction: some preliminary results. Am. N. Y. Acad. Sci. 362 (1981), 91–100

Woody, G. E. et al.: Propoxyphene for maintenance – Treatment of narcotic addiction. Arch. gen. Psychiat. 38 (1981), 898–900

v. Wrangel, C.: Süchtige hinter Gittern – Ein Therapiemodell in Preungesheim. Frankfurter Allgemeine Zeitung v. 29. 8. 1981

Wurmser, L.: Psychoanalytic consideration of the etiology of compulsive drug use. J. Am. Psychoanal. Assoc. 22 (1974), 820

Yablonski, L.: Synanon – Selbsthilfe der Süchtigen und Kriminellen. Ernst Klett Verlag, Stuttgart 1975

Zachoval, R., F. Deinhardt, M. Roggendorf, G. G. Frösner: Virologische Grundlagen und Diagnostik der Virushepatitiden. Dtsch. Ärztebl. 79 (1982), Heft 50, S. 21–30

Zander, F.: Keine Anzeichen einer Heroinwelle. Dtsch. Ärztebl. (1975), 2225

Ziegler, B.: Langzeituntersuchungen bei Drogenabhängigen. Habilitationsschrift, Fachbereich Humanmedizin, Frankfurt a. M. 1978

Ziegler, H.: Einrichtungen der Suchtkrankenhilfe in der Bundesrepublik Deutschland und Arbeit der Dt. Hauptstelle gegen die Suchtgefahren. Fortschr. Med. 98 (1980), 555–556, 583–584

Ziegler, H.: Vortrag auf der 4. Tagung der Deutschen Gesellschaft für Suchtforschung und Suchttherapie in Würzburg, 3. 12. 1982

Zimmer, D.: Wir, die Ungleichen, in: Die Zeit v. 14. u. 21. 3. 1980

Zutt, J.: Zur Anthropologie der Sucht. Nervenarzt 29 (1958), 439–445

Zutt, J.: Anthropologie von Rausch und Sucht, in: Steinbrecher, W., H. Solms (Hrsg.): Sucht und Mißbrauch, 2. Aufl. Georg Thieme Verlag, Stuttgart 1975

10. Stichwortverzeichnis